U0004509

# 銀港之死

# SILVER

克里斯・漢默
CHRIS HAMMER

黃彥霖——譯

獻給格琳妮斯（GLENYS）以及凱文（KEVIN）

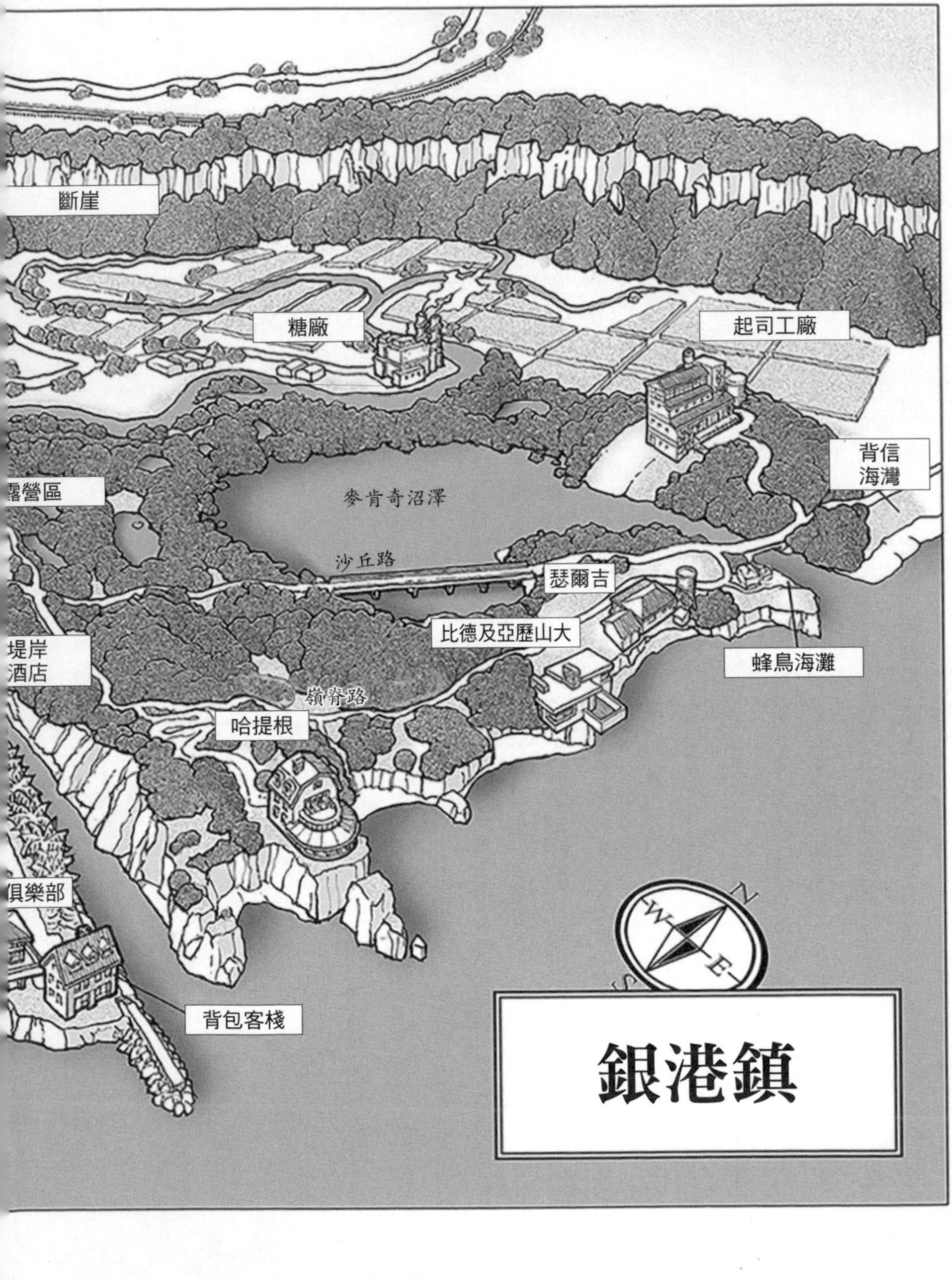

斷崖
糖廠
起司工廠
背信
海灣
露營區
麥肯奇沼澤
沙丘路
瑟爾吉
比德及亞歷山大
堤岸
酒店
蜂鳥海灘
嶺脊路
哈提根
俱樂部
背包客棧
N
W
E


# 銀港鎮

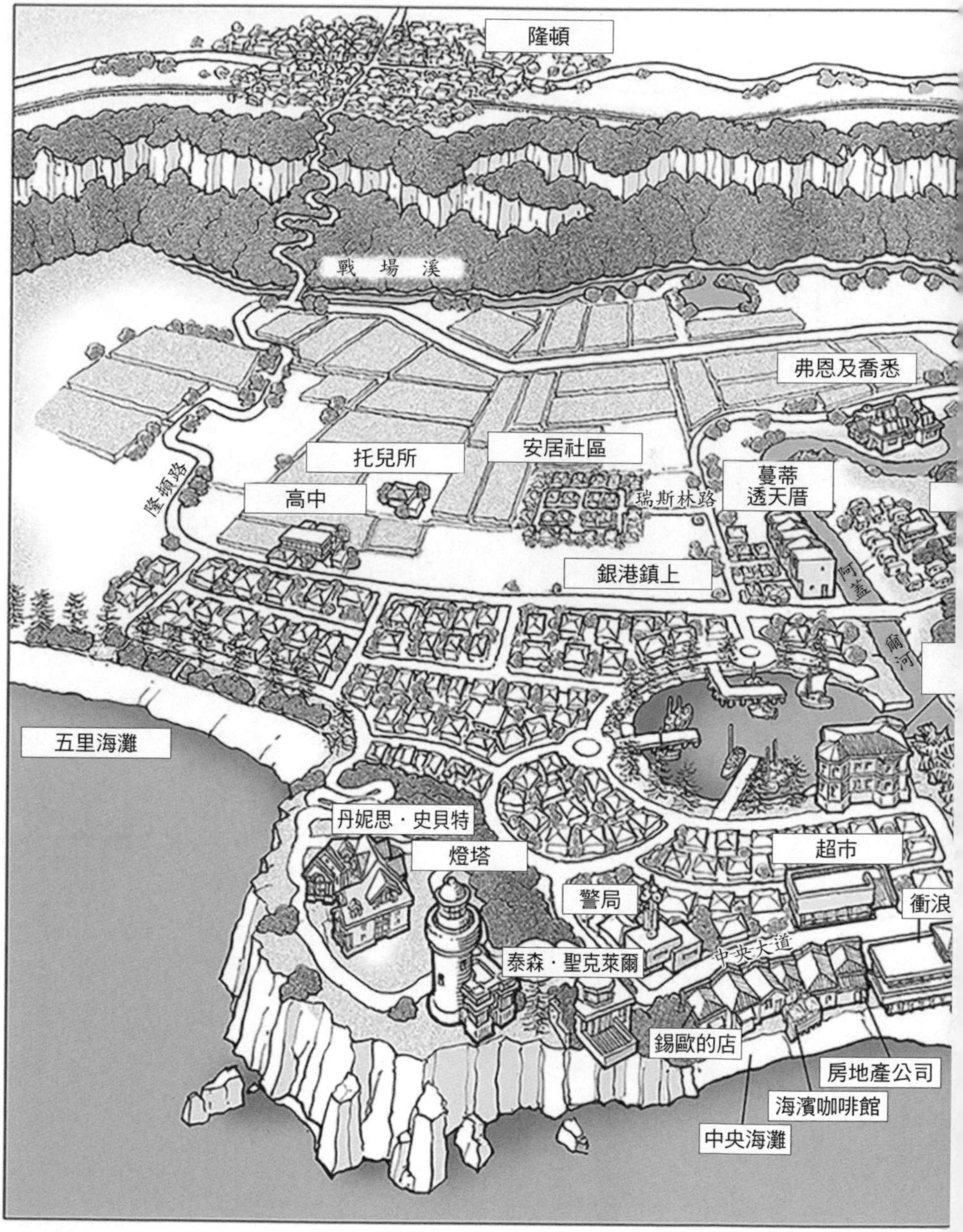
隆頓
戰 場 溪
弗恩及喬悉
托兒所
安居社區
隆頓路
高中
瑞斯林路
蔓蒂
透天厝
銀港鎮上
阿蓋
爾河
五里海灘
丹妮思．史貝特
燈塔
超市
警局
衝浪
中央大道
泰森．聖克萊爾
錫歐的店
房地產公司
海濱咖啡館
中央海灘

目次

# 星期一

Monday

# 第一章

陽光從球的邊緣滑出，放射出耀眼的光芒，一瞬間燒盡他的視野。他看不見球，只好盲目揮擊，並在心裡暗自希望：拜託至少要擦到球、不要讓我出局、也不要被球砸到。這次就好，拜託別讓我出糗。雖然閉不閉眼已經沒差了，但他還是閉上眼睛，彷彿在祈禱，然後揮出。不知怎的，也許是老天突然改變心意，他擊中了。透過木製的握柄、握柄上逐漸碎裂的橡膠層以及已經鬆弛的拍網，他可以感覺到擊球的力道，知道球被球拍正中心牢牢抓住。他感覺到海綿製的網球變扁、壓縮，接著重新擴張，沿著弧線被加速送出，發射升空，直奔天堂。在撞擊那一刻，他感覺到了一瞬間的完美。他張開雙眼、放開握柄，伸手擋住太陽，及時看見了那顆球，並對球的位置訝異不已。圓球高飛過木籬笆，躍進鄰院裡。六分。六分打點界外球。打者出局，不過是光榮退場，不是落荒而逃。球沒有咕咚一聲跌進他身後充當球門的垃圾桶，沒有人腳步紛亂地前來申訴，也沒聽到高飛接殺後應當迎面而來的嘲笑。就是個六分球，扎扎實實，落在籬笆另一邊，英雄下台一鞠躬[1]。

「操！馬汀，這球太帥了吧。」弗恩舅舅說。

「弗恩，不要說髒話。」他媽媽說。

「你打到球了，好厲害噢。」擔任投手的男孩讚嘆。他是同一條街上鄰居家的小孩。

而馬汀不發一語，毫無反應，沒有移動半步，完全沉浸在那個片刻中。那人球一體的片刻，那虜獲人的完美瞬間。

接著事情就發生了。

電話響起。「馬麻、馬麻。」伊妮德喊著。也有可能是安珀，總之是雙胞胎其中之一，她們總是形影不離，永遠分不清誰是誰。母親還來不及稱讚他的球技，來不及給他應得的獎賞便走去接電話。那通電話將世界一分為二，區隔成接電話前和接電話後，在這兩者之間劃下一條不容忽視的清晰界線。

三十三年後，馬汀．史卡斯頓開著車，一路開進回憶，駛向下方的銀港。一部分的他全神貫注注意著路面，讓車沿著一連串的彎道駛下斷崖；另一部分的他則沉浸在回憶之中，迷失在那完美的一天裡。命運在那天燃燒得那麼猛烈明亮而短暫，人生大幕朝他們當頭蓋下，彷彿戲終。今天，陽光從雨林樹冠的縫隙間篩落、閃爍，明明滅滅。他瞇起眼睛，看不見海，但能感覺得到海的存在。他知道，如果有辦法在這條窄路找到地方停車，只要停下就能看見太平洋，那片廣袤的藍色海域就在層層疊疊樹林後的某個地方。「你有看到海嗎？」父親的聲音跨越多年時光問道，就像每次他們開車下行，經過這些羊腸彎道的轉角處時他都會問得那樣。「看到海就到家了。」他說完便會大聲笑開。但馬汀從沒在此處看過海，從來沒有。不過他也到了不必用眼睛看的階段，漸漸知道海就在那裡，抵達斷崖底部，越過奶牛牧場、甘蔗田和河灘，經過漁港和度假小屋以及漫長的白色沙灘之後，就在那裡。他看不見，但感覺得到。

於是在這個初秋的日子，他開車一路下行，經過斑桉和朱蕉樹上的附生蕨類，經過棕櫚、鹿角蕨和

1　這段描述的遊戲是街頭板球，屬於非正式的板球規則，在澳洲、紐西蘭、南非、印度等地相當流行。街頭板球可以在任何地方進行，擊球手可以使用任何東西擊球，因此這段馬汀用的是網球拍，而不是傳統的板球棒。街頭板球常使用網球當球，由於較軟，打到人也比較不痛。因為街頭板球的場地常在院子、停車場或街道上，為了鼓勵不要一直把球打出界，會規定當球飛到界外或是撞到界外的東西時，計為六分打，不必跑動便直接得分，但該打者出局且要負責把球撿回來，英文術語為「six and out」。如果打了六分界外後找不回球，也沒有其他備用球，比賽會直接結束，該名打者會被判輸。

纏繞香柏的藤蔓，鐘雀的叫聲在耳邊響起。他從空氣變化就能感覺到自己正朝海的方向前進，溫度隨著高度降低而由溼冷轉為溼暖，耳膜劈啪作響，海岸山脈的這一頭離乾旱肆虐的內陸非常遙遠，那股總是拉扯著人的乾燥已鞭長莫及。而在遠處的是還未清晰可見就已氣勢磅礡的銀港，擁有他少年時光的土地，他回來了。

「弗恩！弗恩！」她大喊著，聲音裡充滿某種說不清的情緒。「馬汀！妹妹！你們快來！」當時他正爬著籬笆，剛要回到院裡，灰色的木頭表面崩裂成片，摸起來極度乾燥。他握著那顆球，本來狗咬的玩具現在是他的榮耀獎盃。母親衝出紗門，同時又笑又哭，各種情緒如高漲的海潮沖刷著她。「噢天啊，中了，他媽的竟然中了！」

馬汀看向舅舅，只看到弗恩一臉困惑，無法理解姊姊竟然史無前例地罵了髒話。

「希洛莉？」弗恩出聲提醒。

「樂透啦，弗恩。我們他媽中了樂透！還是頭獎！」

馬汀跳下籬笆，覺得自家的後院變得極為陌生，所有人都忘了那顆球，球棒都丟在地上。樂透。他們中了樂透。**那該死的樂透**。弗恩抱起馬汀其中一個妹妹，她搞不懂情況但也開心地抱著他，然後所有人：他媽媽、雙胞胎、他自己，還有弗恩舅舅，五個人全都在球門區的草坪上興奮地手舞足蹈；那是草坪上的一小塊區域，他們在比賽前才剛用除草機犁過。充當投手的鄰居小孩迅速飛奔至街上，瞪大眼睛、扯著嗓門，彷彿一陣南風，把消息頂在嘴前吹往整條街：史卡斯頓家中頭獎啦。**那該死的樂透**。

斷崖底部與平原相接，雨林消退，改由酪農場接手；路牌寫著：銀港還有三十公里。馬汀．史卡斯頓的心思完全回到當下。銀港，明燦的陽光逼得鬼魂們紛紛走避，但其實都仍潛伏等待他的到來。銀港。唉，澳洲這麼大，為什麼蔓蒂偏偏要選這個小鎮——他的家鄉——當作新生活的起點呢？他開上那座橫跨戰場溪的舊橋，橋下的溪水沿著山脈的走向前進，形成疆界，一側是斷崖所屬的自然世界，另一側是由人為切割成幾何形狀的酪農場和甘蔗田。進入平地便能開得快一些，他正準備切換成高速檔，便看到便車客在攔路。

她穿著牛仔熱褲，雙腿在亞熱帶的陽光底下閃閃發光，上身穿著露腰背心，隨興地伸著大拇指。既然是用大拇指攔車，那應該就是外國人了[2]。看到他將車駛向路肩，她便興奮地搖頭晃腦甩著頭髮，笑容也愈來愈燦爛。他停在山稜和平原交界的一處礫石空地，旁邊就是通往糖廠的岔路口。車還沒停妥，他便看見她的同伴。那名男子留著一頭深色長髮，坐在兩人的背包旁，遠離道路、烈日，也盡量避開路上來車駕駛的視線。馬汀露出笑容；他懂為什麼要來這招，並不以為意。

「去銀港嗎？」年輕女子問。

「當然。」好像這條路還能通向其他地方似的。

馬汀用鑰匙打開後車廂；這輛 Toyota Corolla 已經太老，車內的開啟按鈕早就壞了。男人毫不費力地舉起背包，放進車廂後關上門。馬汀看著那雙手臂，收縮起伏的年輕肌肉滿是刺青，包裹在菸草氣味和無憂無慮之中。他爬進後座，把馬汀那一丁點的行李推向一邊。年輕女孩則坐在馬汀旁邊，她身上有股宜人的香味，某種草本的香水。她的同伴拿下太陽眼鏡，對馬汀露出感激的笑容。「謝了，哥，你人真好。」他越過座椅扎實地握了握馬汀的手。「我叫羅伊斯，羅伊斯・麥艾勒斯特。」

「托帕絲。」女孩的手接在男子後面替補而上。「請問你叫？」她握的時間長了一點，有點調情意味。

「馬汀。」他咧著嘴，笑著回答。

2　搭便車的手勢分為很多種，伸出拇指朝上是最常見的手勢。不過依據澳洲本地傳統，乘客會伸出食指指向要去的方向。

馬汀發動車子，重新駛入道路，童年的回憶消失，不再閃現。

「你住在銀港嗎？」托帕絲問。

「不是，很久沒住在這裡了。」

「我們想找工作。」她有著美國人的口音。「聽說每年這個時候，這裡會有不少職缺。」

「大概吧。」馬汀說。「連假結束，學生都回來上課了，運氣好的話可以撿到幾個吧。」

「採水果呢？」羅伊斯傾身向前，澳洲口音不容錯認，厚重、質樸。「溫室？」

「那一定會有，不過比咖啡店或觀光餐飲的服務生辛苦。」馬汀說。

「我一定要在這裡工作才能辦簽證，只要在大城市外工作三個月，就可以在澳洲多待一年[3]。我們在雪梨時聽說往這個方向過來沿路都在招工，就搭了跨夜火車到隆頓。」托帕絲說。

「有可能，不過我也不清楚。」馬汀說。在他小時候，河流上游的那些溫室裡滿是移民，隨季節增減的流動勞力需求提供他們在這個新國家的第一個立足點。而現在，這些勞動力的首選大概就是外國的背包客。

托帕絲接著繼續說起兩人的冒險故事，熱情的態度頗具感染力。她講述自己如何在果亞認識羅伊斯，他追求她追到峇里島，然後又到龍目，最後兩人墜入愛河，一起來到澳洲。過程中，羅伊斯時不時插入幾句挖苦和笑聲，彷彿這是一場表演，是齣雙人劇，而馬汀是觀眾；有戲可以紓解無趣的車程，他對此感激。羅伊斯又把太陽眼鏡戴了回去。眼鏡少了一隻鏡腿，歪斜地掛著。但他似乎完全不在意，彷彿太陽眼鏡本來就該長這樣。「哥，我們就是順其自然而已。」他以此總結兩人故事的中心主旨。馬汀開車得盯著路面，唯一能做的就是偶爾偷瞄幾眼這兩人。羅伊斯坐在後座，下巴線條方正有型，臉上掛著燦爛笑容和自成一格的墨鏡；托帕絲則坐在前座副駕，安全帶在她胸脯間刻出一道深谷。她似乎注意到他的眼光，大方歡迎。車子沿著甘蔗田間的筆直道路開向銀港，馬汀很快也打開話匣子，向他們推薦哪個海灘最好，如果想衝浪、釣魚、游泳又該去哪。接著銀港出現在他們面前：有著新的高中、停車場和廉價的汽車旅館，速食連鎖餐廳成群結隊，低矮的棕櫚樹沿路排列。二十三年過去，這裡變了這麼多，卻又令人如此熟悉。雖然他們說在哪下車都可以，不過因為剛才兩人提到中央海灘附近好像有間背包客棧，他便堅持載他們去找。一到現場，果然有棟兩層樓高的建築，魚鱗板外牆漆了顯眼的藍色。招牌寫著「抹香鯨海灣背包客棧」，上頭還畫了隻正在微笑的鯨魚，對人眨著眼睛，豎起一邊鯨魚鰭比出大拇指。客棧居高臨下俯視著海灘，馬汀在一旁停下，幫忙羅伊斯撈出背包。他幾乎要為了離開這兩人而感到難過。

他再次獨自坐回車內，但沒有立刻發動引擎。溫暖的微風拂過他的臉，那種觸感二十多年沒變，依然暖和、溼潤、溫柔，和內陸使勁吹動的乾燥強風以及雪梨充滿沙塵的二手空氣相差甚遠。下方的海灘有更多背包客，全都懶洋洋地躺在太陽下、成群聊天或踢足球。他突然一陣嫉妒：他從來不曾「順其自然」、「把握每個當下」，從來不曾在印尼的小島和年輕美女譜過什麼浪漫戀曲。年輕時，他沒有整年的空檔去浪遊亞洲，也沒經歷過壯闊的環澳公路旅行。青春期本身已經令人難以忍受，何必依依不捨地續攤？他離開高中就直接進了大學，連學位都還沒正式拿到便又進入報社。他的旅行經歷完全不同：在戰區抱著筆電揮汗如雨，而不是在峇里島悠閒抽著捲菸；採訪自以為是的西裝男人，而不是在說著英文的酒吧幫古怪的當地顧客端茶上酒；同床共枕的都是欠缺好感的陌生人，沒有愛河可墜。也許他的生活將

3 此處指的是澳洲的打工旅遊簽證。這項簽證可逐年申請，第一年在特定地區或產業工作滿三個月後即可申請第二年。二〇一九年後放寬年限，第二年從事指定工作滿六個月可申請延長簽證至第三年。

從現在開始有所轉變，和蔓德蕾還有她的兒子連恩一起住在這裡，他有機會重新開始新的人生。不只是順其自然，而是要抓住難得屬於他的機會，要在這場人生將他留在原地、頭也不回地消失在地平線之前，趕上它，並且全然擁抱。他覺得兩位便車客似乎幫了他一個忙。他將視線從海灘上收回，發動引擎，並告訴自己，我來到銀港不是為了過去，而是為了未來，是為了開拓它，將它塑造成自己要的樣子，而那個未來看起來如此明亮熱情。蔓蒂正在這裡等著他。他之前在荒蕪一物的邊緣地帶遇見她，這位獨自帶著孩子的單親媽媽，他們當然也有自己的羅曼史，就和發生在果亞或龍目的故事一樣動人。一陣樂觀和渴望湧上心頭，就在那瞬間，當他拉動車子檔位，整個世界似乎開始往平衡的方向轉動。他等不及要見她了，迫不及待想開始新生活。

§ § §

到處是血。他推開門，四處都是血。當時門半掩著，鑰匙插在孔裡，於是他直接推門進去，正要開口招呼就見到滿地血跡。他在整排相連的住屋中找到蔓蒂的房子，停好車，來到大門前。當時大門半開。現在他眼前只見得到血，噴得到處都是，潑灑在玄關牆上，牆面有張鮮紅的手印，彷彿是用小孩塗鴉模板畫出來的，畫家還粗心地讓紅色液體滴在奶油色的瓷磚地上。他可以聞到那個味道，血液的金屬氣味吞沒了他，穿透皮膚每個毛孔。這片血跡之中有具屍體。一雙死氣沉沉的腿突出在玄關盡頭的拱門下方，那人穿著卡其色的斜紋布褲，腳上的半透明膠底鞋是那種無光澤的琥珀褐色。鞋子是男鞋的尺寸。屍體面朝下趴著，看不見上半身，血液仍持續湧出、推進，在磁磚地上形成血灘。到處都是。這個畫面打斷了馬汀往前的能力，他張著嘴，她名字的發音就在齒邊，但就是說不出來，恐懼透過視線侵入他心中。他先是一陣困惑，然後開始恐慌。

「蔓蒂？」他大喊。「蔓蒂！」

他停下聆聽。一片寂靜。血灘反射著光芒，仍在無聲地擴大。那個人還活著嗎？

「蔓蒂！」他再次大喊，聲音帶著害怕。她在這裡嗎？還是在附近？她受傷了嗎？

他往前幾步。現在能夠看到那人的全身。男人的腿伸進玄關走道，上半身則位在客廳裡，兩邊肩胛骨之間有個腥紅色的洞，彷彿有人在他的亞麻襯衫上畫了一道靶，而中央靶心大開，皮裂肉綻，盈滿血液。地上的血池以非常緩慢的速度與奶油色瓷磚抗衡著。馬汀必須跨過那具屍體和周圍暗光閃爍的護城河。有著陶瓷光澤的血液已經觸抵牆腳，占滿整條走道，他退後幾步，向前衝刺躍過，落在血池後方的階梯下方。男人一動也不動。馬汀看不到他的臉，但看得出這人粗壯結實、髮色深黑，鬢角剛出現灰髮，外表打理得整整齊齊，白色亞麻襯衫因為沾了血而黏在背上的傷口周圍。

凶手。應該有個凶手。攻擊的人還在這裡嗎？「蔓蒂！」他的聲音再次劃破寂靜。

他的腦袋恢復運作，邏輯的思緒從恐慌、腎上腺素和驚嚇之中開始浮現。他在血池的邊緣蹲下，要求自己完全平靜下來。他觀察、聆聽，但找不出任何生命跡象。門框上有另一個紅色的手印，他伸出一隻手拉著門框，然後用另一隻手去感覺男人頸間的脈搏，毫無動靜。還有體溫，這倒給了點線索，男人才剛死而已。血液沾上了馬汀的手。

男人左手握著東西，被已經死去的手指緊抓著。是張明信片；看起來像明信片，邊緣被血沾溼。馬汀傾過身，仍然用單手拉著門框，在屍體上方伸長脖子盡可能靠近去看。卡片的圖案被男人的手和緩慢滲透的血液擋住，難以辨識，但看起來與宗教有關，似乎畫了耶穌基督或某個聖人，頭上有著金色的聖光。

一陣聲音傳來，現在他終於看到她。他的視線穿過拱門，發現她一動也不動地坐在客廳的沙發上，滿手是血，兩眼直盯著死去的男人，彷彿看不見蹲在一旁的馬汀，眼中只有馬汀旁邊的屍體。她染了頭髮，本來的金髮成了紅棕色，但他注意到的不是這件事。**她雙手是血**。血液灑落在磁磚地上形成一道血痕，將她和屍體連接起來。

「蔓蒂？」她的衣服也有血。他聲音裡帶著急迫，但沒得到回應。「蔓德蕾！」

她看向他，眼神呆滯，接著非常緩慢地搖著頭，也許是出於不敢相信，也許是表示他不應該出現在這裡。

馬汀想到她十個月大的兒子，因為焦慮而心跳加速。「蔓蒂，連恩呢？他在哪裡？」

但她能做的只有搖頭。他不確定這個舉動代表什麼意思。

馬汀拿出手機，已做好收不到訊號的心理準備，覺得自己將持續卡在這彷彿夢境的虛構世界裡。不過手機的訊號強勁，滿格。他輸入三個零撥出，叫了救護車後接著報警。

蔓蒂的注意力從他身上流失，重新看向那具屍體。死去的男人四肢大開，占滿走道，但血跡並未穿進拱門，入侵客廳。馬汀報完警沒有移動腳步朝她走去，他轉而聚焦在手機，尋找一間法律事務所的電話號碼：墨爾本的萊特·道格拉斯·芬寧事務所。蔓蒂的律師名叫溫妮佛·巴比肯。相較起來，她會更需要溫妮佛，而不是他。

# 第二章

警局派來的小隊長給人一種爬蟲類的感覺，彷彿某種掠食動物。他的內雙眼皮蓋住眼睛，薄唇，臉上爬滿痘疤，膚色裡有著不該出現在這座海灘小鎮的灰暗。他足足盯著馬汀一分鐘，直到馬汀受不了他的注視，轉頭看向站在偵訊室門口攝影機旁邊的另一名員警。那名女警跟馬汀一樣不自在，在雙腳之間切換著身體重心，表情堅決地盯著攝影機螢幕，忍受著偵訊室裡持續的沉默。等到兩人的視線不再交集，小隊長才開口，聲音非常單調。「小隊長江森．沛爾偵訊馬汀．麥可．史卡斯頓。偵訊地點是銀港警察局，時間是三月四日下午兩點十分。」馬汀等待著，但這位警察又歇口，眼神無法解讀。攝影機的錄影指示燈大概每五秒會閃滅一次。

「好，史卡斯頓先生，請以你自己的話敘述一次今天到達蔓德蕾．布朗德住處前的行程。」

馬汀清了清喉嚨，頗為不安，即使不斷提醒自身是清白的，仍有種遭到指控的感覺。「我昨晚住在格倫茵內斯。昨天我從雪梨出發，沿途走新英格蘭公路，下榻的酒吧叫做豪大中央旅社，你可以去查他們的房客紀錄。今天早上我繼續上路，十一點左右抵達銀港。」

「然後直接來到蔓德蕾．布朗德位於河畔巷十五號的住家嗎？」

「不是，沒有直接過去。」馬汀描述載了托帕絲和羅伊斯那兩名便車客的過程，敘述自己將他們載到背包客棧。

小隊長寫下這則資訊。那是一本全新的筆記本，尺寸頗大。「有姓氏嗎？」

馬汀想了一下。「羅伊斯說他姓麥艾勒斯特，應該是這幾個字。女孩的就不知道了。」

「沒關係，我們會找到人。他們會證明你的行蹤，讓我們的調查輕鬆一點。」即使他因此覺得高興，眼神也並未透露任何訊息；那雙眼睛似乎沒有任何情感。「你什麼時候把那對情侶載到背包客棧，可以告訴我幾點幾分嗎？」

馬汀搖搖頭。「我不知道確切時間。就像剛才說的，大約十一點左右。」

小隊長看起來一臉質疑。馬汀感覺在他的注視下變得坐立不安。攝影機指示燈如節拍器閃爍著。要是自己真的做了什麼壞事，天曉得會是什麼感覺。

「史卡斯頓先生，我們之後會查看基地台的紀錄，進一步了解你的確切行蹤，特別是從格倫茵內斯到銀港這段時間。你有任何特別原因希望我們不要查看這些資料嗎？」

「沒有，請便。」

小隊長盯著他整整十秒，然後好整以暇地在筆記本再次記錄。他似乎正在構思下一個問題，此時他身後的門被猛然推開，一位上氣不接下氣的年輕人衝了進來。他的頭髮彷彿蓬亂的黑色羊毛，鬍渣濃得像編織出來的毛衣，瞳色深黑。他穿著寬大的短褲和涼鞋，夏威夷衫的扣子扣得亂七八糟，胸毛從衣內竄出。

沛爾小隊長沒有立刻回過頭看。相反地，他等了一會兒，嘆了口氣，才將椅子轉向後方。

「尼克．普洛斯。」男子邊喘邊說。「我是尼克．普洛斯。」

「我知道你是誰，孩子。你來幹嘛？」沛爾問。

「我被指派為史卡斯頓先生的律師。」

「是這樣嗎？」小隊長又轉回來面對馬汀。「你知道這件事嗎？」

「不知道。不過我絕對會想要有個律師。」

沛爾的神情依然冷漠。「下午兩點十六分，偵訊暫停。」女警關上攝影機。「好，我給你們兩個五分鐘搞清楚彼此的關係。五分鐘後繼續。」

「警察大哥，謝了。」普洛斯帶著開闊的笑容，似乎不受冷面警察的影響。沛爾小隊長和女警離開偵訊室後，普洛斯張開雙臂轉向馬汀，彷彿是要擁抱他。「馬汀．史卡斯頓。天啊，我是在做夢嗎？天殺的鼎鼎大名的馬汀．史卡斯頓，全澳洲最有名的記者，現在成了我的客戶！」

馬汀眨眨眼睛，一時間被年輕人的熱切燒得沉默。「你真的是律師嗎？」他打量男子的衣著還有過於年輕的外表。「拜託告訴我你只是剛好在放假。」

「對啊，我今天放假。那又怎樣？人到最重要。」

「誰派你來的？」

「一間墨爾本的事務所，萊特．道格拉斯．芬寧。他們突然打給我，要我馬上趕來。費率給得超好。」律師男子張大了眼睛，還在喘，像隻小狗。

馬汀懂了：他是蔓蒂的律師派來的。馬汀及時通報蔓蒂陷入困境，這是他們的回報。「尼克，為什麼是你？他們為什麼會打給你？」

普洛斯大笑，拉過一張椅子坐下，彷彿馬汀已經同意雇用他。「他們沒什麼選擇。這裡只有一間大間的法律事務所，叫『德雷克聯合事務所』，除此之外就是我，另外還有一些都在隆頓。」

「他們為什麼不找德雷克？」

「找了。德雷克會代表蔓德蕾．布朗德，至少在他們自己的人到銀港以前是這樣。」

馬汀的表情變得苦澀。蔓蒂的律師的確幫了他，不過也將他和她的律師有所區分，以防萬一出現兩人利益不一致的情況。萬一他們需要推他出去送死，現在得先留後路。他看著眼前的律師，對方完全沒有要平靜下來的跡象。「尼克，你現在沒在茫吧？」

「當然沒有。我不喝酒、不碰藥，根本玩不起那些東西，一碰就倒。」

「你接過很多刑案嗎？」

「多到數不完，我幾乎每天都向裁判官[1]報到。」

「這個案子大概會跳過地方裁判法院。」

「你才知道。謀殺耶，你說案子會有多大？」普洛斯摩拳擦掌，完全沒注意到馬汀的表情。「應該會直接上高等法院吧？哥，這下好玩了。」

沛爾回來時，馬汀還在考慮該怎麼回應。

「你們兩個解決了嗎？」他問。馬汀第一次在這位警官沉默寡言的敵意中察覺別的情緒：看好戲。

「是的。」馬汀說。「普洛斯先生是我的律師，目前是。」

「很好，那我們繼續吧。」

他們回到本來的位置——馬汀面對著操作攝影機的員警，和沛爾對坐——不過現在他旁邊多了尼克．普洛斯。偵訊重新開始，馬汀視野正中間是完全靜止的沛爾，視線邊緣則是不停更換各種姿勢的普洛斯。馬汀沒花多久便把事發經過重述一遍：他發現大門半掩、鑰匙插在鎖上、地上有屍體、血跡四散噴灑。他告訴沛爾自己發現了顯然被震懾住的蔓蒂，便打電話叫了救護車。

「你有看到任何人出入那間屋子嗎？」沛爾問。

「沒有，沒看到任何人。」

「你也沒聽到任何聲音？掙扎、求救，都沒有？」

「完全沒有，應該在我抵達之前，一切就結束了。」

「但你認為攻擊一事才剛發生？」

「對。因為地上的血泊還在擴大，而且當我去摸脈搏時，受害者的脖子感覺就像還活著一樣，有溫度而且柔軟，就只是沒有脈搏。」

沛爾又陷入漫長思考，停頓好一會才繼續問道：「關於受害者……你有認出他是誰嗎？」

「沒有，他當時臉朝下趴著。他是誰？」

「銀港本地的房地產經紀人，賈斯柏．史貝特。」

「賈斯柏？」尼克．普洛斯驚呼出聲。「靠。」

但沛爾並未因此分心，視線緊盯馬汀。馬汀睜大了眼睛，畏懼甚至開始在心中翻騰。

「你認識他嗎？」警官質問。

馬汀沒辦法立刻回話，他有種非常不對勁的感覺，彷彿世界偏離了運行的軌道。「認識。我們是學校同學，他是我朋友。」他勉強吐出該有的回答。「好朋友。」

「這樣嗎？在這裡嗎？在銀港？」

「對，我在銀港長大。」雙手竄起一陣顫抖，他雙手互相交握試著冷靜。

小隊長記下筆記；顯然他之前並不曉得馬汀和銀港的關聯。「除了今天早上，你上次見到受害者是

1 澳洲為聯邦制，法院制度依照審查的法律不同，主要分為聯邦法院和州法院兩種，地區裁判法院（magistrates court）和地區裁判官（magistrate）屬於最初級的州法院，其上依序為郡法院（county court）和高等法院（supreme court）。裁判法院是為了減輕上級法院負擔而於一九九九年所增設，負責審理交通違規、刑事輕罪、小額民事等案件。裁判官又譯為治安法官、地區法官。本書為了與法官（judge）區隔，譯為裁判官。

什麼時候？」

「二十三年前。高中一畢業我就離開了。」

「沒再回來過？」

「沒有。」

「從來沒有？」

「沒有。」

「這段期間也沒和賈斯柏．史貝特聯絡？信件、電子郵件、通話？」

「都沒有。就我記得沒有。」

沛爾仔細思考一番，最後問：「所以為什麼現在會回來？」

「我要搬回銀港。和我的另一半一起，就是蔓德蕾．布朗德。她最近才剛搬來。」

「什麼時候？」

「三星期或一個月前，我要查了才知道確切時間。」

「為什麼你現在才到？」

「在雪梨還有事沒處理完，我正在寫書。」

「靠，真的假的！」尼克．普洛斯驚呼。「寫前陣子發生在內陸的那些謀殺案嗎？好想看噢。」

馬汀難以置信地瞪著自己的律師。沛爾只是搖著頭。「普洛斯先生，現在是警方偵訊時間，你想要史卡斯頓先生的簽名照要等到我們結束。」

「噢對。好的，大哥，抱歉。」普洛斯回答，但懺悔的心並未連帶矯正坐姿，依然在馬汀旁邊動來動去。

沛爾的注意力回到馬汀身上。「今天早上是你第一次到蔓德蕾．布朗德的住處嗎？唯一一次？」

「是。」

「除了玄關走道之外，你沒有進到屋內其他地方？」

「對。」

「你也完全沒有觸碰凶器？」

「凶器不在場，至少我沒看到。」

「受害者身上有哪些傷口？」

馬汀只要閉上眼睛，便能立刻在腦中看見那個場面：顏色鮮豔的汙血，空中充滿了血的腥味；屍體趴在地上，血液仍往外洩。

「他看起來像是被刺中背部中間，那裡有個傷口，圍繞著一圈血跡。你可以看到傷口位置的襯衫因為攻擊而被割開，但其實那裡沒有流太多血。他在那之前一定還被刺中正面，或有其他很深的傷口，所以地上才有那麼大灘血液，但我當時看不到這些傷，只看到背上的傷口。」

「你有觸碰遺體嗎？」

「有，我摸了他的脖子，為了找脈搏，就只有這樣。我手上的血就是那時沾到的。」

「他當時脖子有血？」

「我不確定。但我記得自己只碰了他的脖子，便沾上了手。」沛爾瞇起雙眼，目不轉睛地看著他，彷彿馬汀的話至關重要。馬汀繼續說道：「他手裡握著東西，看起來像明信片，圖案跟宗教有關。」

「你有碰那個東西嗎？」

「沒有。所以那是什麼？」

沛爾搖搖頭，彷彿有些哀傷。「無可奉告。」再次停頓了一會。「你沒有靠近蔓德蕾．布朗德？她是你女朋友，你沒有試著安慰她？」

「沒有。」

「為什麼？」

馬汀沒有馬上回答，因為不知道答案。「我也不知道，可能我嚇到了。當時我們需要幫忙，那個情況超過我們的處理能力。」

「史卡斯頓先生，你是否殺了賈斯柏．史貝特？」

「慢著。」尼克．普洛斯此時介入。

「沒關係。」馬汀說。「就讓這句話留在紀錄裡吧。我絕對沒有以任何方式殺死賈斯柏．史貝特，也沒有對他造成任何傷害，他在我抵達之前就死了。」

「非常好。」沛爾說著，但語氣裡完全聽不出是否覺得馬汀的回答是好是壞，或根本無關緊要。他又問了幾個問題，主要關於蔓蒂當時的模樣和態度，然後便結束偵訊。女警關掉攝影機，拿出記憶卡離開房間。

沛爾繼續坐著，等待女下屬關門後才再次開口，語氣與其說是威嚇，不如說就事論事。「這是謀殺案，雪梨的凶案組馬上就會到這裡，之後案子就歸他們管。他們想要盡速對你進行筆錄，所以直到他們來為止，我們得把你拘留在這裡。」他轉向普洛斯。「你應該知道這事並不是我說了算？」

「我的當事人完全配合調查程序，報案人也是他，你們沒有必要拘留他。」年輕的律師說。「他沒有目擊到謀殺過程。」

沛爾略過尼克．普洛斯，直接對著馬汀說道：「我會跟凶案組講講看，但這得由他們決定。我們會去追蹤你手機的資訊，然後我會找到那兩位背包客，確認你的不在場證明。還有一組鑑識團隊會從雪梨飛來，但他們有些設備是沿著公路運送，所以我們可能需要你在這裡留一晚。」

「這理由不夠充分。」普洛斯的語氣近乎愉悅。「除非你們打算提起告訴，否則不能把他留在這裡。我看就訂個——」他戲劇化地看了看手錶。「——最晚六點半放人。你覺得怎樣？」

小隊長打量了律師一會兒。馬汀覺得似乎能在沛爾臉上察覺到些微變化，有股情緒忍不住穿透那張冷漠面具。是輕蔑嗎？「沒錯，小子。我們只能留他四小時，外加合理採證程序需要的所有時間，加起來差不多就是到明天。像我剛才說的，這件事凶案組說了算，他們很快就會到了，你要吵可以去和他們吵。」

沛爾起身，但就在要轉向門邊之前又補了幾句，這次是對馬汀說：「讓我們把話說清楚。你的律師似乎把里弗來納[2]那些謀殺案當成某種娛樂看待，我相信你不是這樣。身為警察，我很感謝你所做的努力，協助警方將殺人凶手繩之以法，但畢竟結果還是死了一個警察，然後有另一個要被關進大牢，所以不要指望我會幫你什麼忙。」沛爾狠狠地瞪了他一眼，連帶轉向尼克．普洛斯，才往門口走去。

「那蔓蒂呢？」馬汀在最後一刻開口問道。「她怎麼樣了？」

「抱歉。」沛爾背對著他偏過頭說了什麼，但總之意思就是「我無權決定」。

§ § §

2 里弗來納（Riverina）是新南威爾斯州西南部的區域地名，前作《烈火荒原》的故事地點旱溪鎮就位於這裡。

拘留室是新的，整潔乾淨，塗鴉和悲慘的故事都被刷洗乾淨，只有消毒劑的味道，沒有尿味。拘留室有著實心金屬門，在眼睛的高度開了小窗；雖然天花板一角的攝影機已明白表示他隨時受到監視，但這扇門還是給了他一點擁有隱私的錯覺。馬汀還記得舊的拘留室，滿溢著屎尿嘔吐的臭味，偏差人生的惡劣後果彷彿滷汁般浸淫著每個拘留在此的人。那時沒有攝影機，但也缺乏隱蔽的假象：一面牆全由鋼條構成且正對著前方走廊。他以前也被關進這裡幾次，原因是還沒成年就飲酒和一些青少年幹的蠢事，以前的小隊長叫麥基，會把他關在這裡一晚，說是為了他好，但其實正義與否都是老麥基說了算，不用進裁判院、也用不了什麼人身保護令[3]，老麥基想關就關。被關進來的通常是馬汀和賈斯柏，有時還有史高迪，離開的時候耳朵裡會帶走幾隻跳蚤，屁股順便被踢個幾腳。

史高迪受傷那天他們幹了什麼事？一定有喝酒，這是基本盤。他們喝摻了水的調酒，包括只剩袋子的盒裝酒[4]，還有偷來的邦迪蘭姆酒[5]。有抽大麻嗎？大概有吧，賈斯柏很愛。往事逐漸浮現。地點是在超市平坦屋頂的停車場，他們躲在護牆底下避開視線，喝酒、聊天、嘻笑。時間是晚上。他們可能已經十六歲了，身體已經成年，但心智年齡還是小孩。而且還是喝醉的小孩。旁邊是一台台購物推車，誘惑著他們。先開始的人是賈斯柏，他爬進其中一輛推車，要他們推他滑行。

馬汀在拘留室裡閉上眼睛，耳邊響起推車不斷撞擊水泥地板縫隙發出火車一般噹啷作響的聲音，他的掌心感覺得到撞擊的震動。

他們輪流推著彼此，驚險地避開燈柱，然後撞翻在人行道路緣。馬汀整個人被甩出去，膝蓋著地、手肘擦傷，笑得他們停不下來。三人趴在地上，抱著肚子狂笑，眼睛裡都是淚水，完全沉浸在當下。傷口一點也不痛，膝蓋不痛、手肘也不痛。當時他到底有多醉？

賈斯柏開始想要比賽，敢嗎你敢嗎，但只有他們三個實在比不起來，接著便出現了那個無法避免的提議。誰提的並不重要，重點是他們馬上就同意了：比賽從車道滑向一樓。他們將三台推車排成一排，彷彿鐵絲構成的戰車，爬進去、倒數、推出，速度飆升，激動興奮地尖叫，失去控制地橫衝直撞，三人全都翻車後只有史高迪還在叫，因為他斷了一隻手，還有顆牙齒不見蹤影。賈斯柏和馬汀迎面撞上停在路邊的車——鎮長的車——被衝擊力道甩出推車外，所幸沒有更嚴重的傷。

回憶令馬汀露出微笑，覺得不可思議。他們當初真有那麼莽撞、那麼瘋狂嗎？他好幾年沒想到這件事了。真要說起來，這些年他根本沒想過任何與銀港有關的事。他刻意如此。而現在，賈斯柏死了，在超市那晚的二十五年之後，馬汀剛回來他就死了。賈斯柏，頭髮亂得像深色的拖把，湛藍色的雙眼充滿星光，心情永遠那麼愉悅，隨時都有屁話可講，憑藉運氣和機會走天下，覺得努力和冒險都是別人家的事。他總用俗到不行的台詞搭訕女孩，只因為覺得有趣，如果對方也開始和他調情，他就不曉得該怎麼辦。這樣的賈斯柏，被刺殺身亡，失血過多，沒有好運能救他這次。

那天後來史高迪進了醫院，而賈斯柏和馬汀被關進警局。然後賈斯柏先離開，他媽媽丹妮思衝進來領人，罰他禁足一個月。賈斯柏離開時對馬汀眨了眨眼睛，露出狡猾得意的笑容，一場下來他毫髮無傷，酒都還沒醒。接著只剩下馬汀，手肘的痛感最先回來，然後是膝蓋，擴散到腦袋瓜，將他收管於痛苦與折磨麾下。他試圖躺下，但頭開始暈眩，於是他坐起身克制嘔吐的衝動。沒有人會來接他，也沒

---

3 原文為拉丁文「Habeas Corpus」，是英美法的制度之一，類似台灣的提審制度。

4 有些葡萄酒會以真空袋加上閥嘴裝在紙盒中販售，通常容量較大，平均下來單價也較便宜。

5 邦迪（Bundy）是澳洲國產蘭姆酒品牌邦德堡（Bundaberg）的簡稱，商標是一隻北極熊。邦德堡取名自酒廠所在的同名小鎮東邦德堡（Bundaberg East）。邦德堡是布里斯本北邊的濱海小鎮，是東澳的重要農業產地，盛產甘蔗，就是釀製蘭姆酒的主要原料。

人會罰他禁足，會罰他的只有麥基。但他並不害怕，不會因此畏縮——這也不是第一次了。在某幾個晚上，他們也會角色對調，換成他待在家裡，而他爸在拘留室呼呼大睡。

馬汀睜開眼睛，在記憶中搜羅捕捉；他是什麼時候下定決心戒酒，答應自己永遠不要變成自己的父親？是某個躺在拘留室裡醉得七葷八素的夜晚，還是一醒來便腦袋沉重、口乾舌燥同時胃部狂烈翻騰的哪個早晨？那天在放馬汀離開之前，老麥基帶著漂浮在一灘油海之中的培根和蛋出現，嘴裡說著他永遠都不想再看到馬汀了。也許馬汀終究還是聽進了那句話。不，不對，馬汀很清楚是什麼時候。是在另外一天晚上，在安居社區，他父親過世的那一晚。他站起來、踱步，把往事放回它們所屬的地方。他應該不久就能重獲自由；他可以把它們都留在這裡。

拘留室外有所動靜。馬汀從窗口往外瞄，看到她脖子的曲線，和一綹不再金黃的頭髮。「蔓蒂！」他喊道。

她停下腳步回頭，試著辨認他聲音的來向。她手裡抱著連恩，兒子安睡在懷裡。她擠出一個蒼白的笑容，眼神沉重地看著錯誤的門，目光些微渙散，怯生生地揮了揮手，便在女警的戒護下離去；跟之前操作攝影機的是同一個人。

馬汀重新坐回拘留室裡那張床。床上除了單薄的床墊外什麼都沒有，沒有枕頭，沒有毯子。她笑了，他確定她笑了，而且連恩平安無事。一陣情緒突然向他襲來：放心、渴望，一種難以克制想要保護她和孩子的衝動。他感覺那股情緒在心裡翻騰，但不確定它們從何而來。活到四十一歲的年紀，他仍在學著習慣這一切，學著習慣這些突如其來的情緒波濤，這種因為愛而在心中產生的暗湧。就在不久之前，他曾經一度掌控一切，彷彿航行在平靜的海面上，任洋流和潮汐在底下脈動而不受任何影響。現在他靠近岸邊了，海浪總能在不知不覺中趕上。他看著上了漆的牆面，深吸深吐氣，讓那股情緒退去。

警方很快就會排除他的嫌疑，不過他們會對蔓蒂展開調查。他的腦中浮現一個畫面，她坐在沙發上，因為震驚而無語，雙手是血。警方會怎麼看待這個畫面？他們會問她是否先刺傷賈斯柏・史貝特，然後再兇殘地給出最後一擊，將刀刃插入他的心臟。馬汀很清楚這種事不可能發生；在里弗來納時她曾經拿刀抵著殺人兇手的脖子，因為對方打算殺了她毫無反抗能力的孩子。但即便面對那樣極端的挑釁，她也沒殺那個人，所以馬汀無法相信現在的她做得出同樣的事，就算是出於自衛也不可能。她不可能做出那最後、最致命的一擊，尤其是在受害者已經受了重傷轉身背對她的時候。

如果蔓蒂不是兇手，那會是誰呢？馬汀意識到蔓蒂一定不知道答案。如果她目睹了謀殺、看見了兇手，應該早就已經告訴警方，馬汀也不會被關在這裡。因此她一定是在事發後才到達現場，只比馬汀早一步。也許是因為聽到聲音而下樓，然後發現已經身亡的賈斯柏，隨後馬汀便出現。

但他沒有靠近她，而是待在走廊等警方抵達，放她一人茫然、不知所措地坐在那裡。她當時那麼需要他，他卻沒有行動，是什麼原因麻痺了他？他腦中浮現另一個畫面：渾身是血的賈斯柏・史貝特。不是一具屍體，而是賈斯柏。馬汀不可抑制地顫抖起來，拚命壓抑著想要嘔吐的衝動，不再是那名冷靜、無動於衷的駐外記者。

§ § §

麥基小隊長和舊警局可能已經不在，但早餐依舊，同樣的蛋、同樣肥滋滋的培根、同樣浮著一層油。這次馬汀懂得拒絕了；他既沒宿醉，也沒破產。拿早餐來的警察是個還沒擺脫嬰兒肥的年輕小夥子，馬汀沒看過他，拒絕的舉動似乎踩到了他的地雷。「這都是好東西欸，老兄，懂不懂啊你？很多人謝都來不及。」

「那你吃吧，都給你。」

「我就吃。」警察挑釁地說著，收走了食物。看來他的嬰兒肥還會再維持一段時間。

「嗨，馬汀，不餓嗎？」站在走廊的人換成了莫銳斯．蒙特斐爾，雪梨凶案組的偵緝督察。他們六星期前才見過，地點在距離銀港超過一千公里的乾燥內陸，馬汀幫他解決了一連串殘酷的謀殺案，而現在他又出現在這裡，彷彿沒人預料到卻又逕自登場的安可曲。他應該沒有比馬汀年長太多，但看來疲憊至極，皺紋已經永駐在額頭上，彷彿經歷過太多風浪。或許這也是事實。

「莫銳斯，很高興在這裡看到你。」

「我也這麼覺得。」這名凶案組警探的眼神一下子活了過來，充滿警覺但又覺得饒富興味。

「我有律師的，你知道吧？」馬汀說。「如果你要問我話，我要求律師在場。」

蒙特斐爾露出笑容。「沒必要啦，你可以走了。抱歉把你關了一個晚上，但我們得小心一點，有些規矩免不了。我想說出於禮貌應該來看你一下。」

「你們抓到凶手了？」

「還沒。」

「所以你的鑑定小組呢？他們排除了我的嫌疑？」

蒙特斐爾搖搖頭。「那是警方的事。這是謀殺調查，我不要你去攪這場渾水，懂嗎？所謂的禮貌跟你打聲招呼也包括告訴你這件事：不要插手，讓我們去處理，可以嗎？」

「那蔓蒂呢？她也可以離開了嗎？」

「她已經出去了。他們昨晚就放她走了，大概是律師比較厲害吧。」

馬汀沒上當。「她兒子還好嗎？」

蒙特斐爾變得嚴肅起來。「他沒事。好了，現在跟我去前面櫃檯簽名走人，但我之後還得再找你問過一遍，還有她也是。」

# 星期二

# Tuesday

# 第三章

馬汀第一件事是打電話給蔓蒂。那時他還沒走出警察局燈光過於明亮的前廳，甚至還沒繫上鞋帶和腰帶。她在鈴響第三聲時接起。

「馬汀。」她大喊。他可以聽見車聲；她開了擴音。「你出來了？」

「對。」他大聲回答。「妳在哪？」

「開車前往隆頓的路上，我要去機場接溫妮佛。」

機場？他之前沒注意到那裡有機場。應該是普通航空機場，代表蔓蒂的律師包了飛機從墨爾本飛來。「好。妳還好嗎？」

停頓的空檔久到他以為電話斷訊了。「我回來的時候你會在吧？」她問。

「當然。」他說。

「好，晚點見。」她說完便掛斷電話。

他看著手機，因為通話突然結束而感到不安。她一定還沒從賈斯柏慘死的震驚中回神。溫妮佛正在來的途中，蒙特斐爾想找他們倆問話，蔓蒂仍是嫌疑人：事情還沒結束，也難怪她的對話這麼簡短。

他走入一座轉型中的小鎮，但與其說是要轉大人的青少年，更像是整型中的中年女人。本來斑駁的外表正如死皮般剝落，東揑走一段、西藏起一點，一下拉皮，一下肉毒，他童年那座小鎮正把自己妝點得更加俗艷，以迎接各地的遊客、退休人士，以及跑到海邊重整生活和遠距工作的人。這種轉變可以從象徵著安全感的全新雙層警局看出來。新的警局由混凝土與磚塊建成，人行道上立著低矮的磨砂保護鋼柱，屋頂坐滿衛星天線接收器，鋼製柵門守衛著地下停車場。他能從街道景象看出這種轉變，公共花箱、減速丘、行人穿越道，路燈上掛著一段時間就會撤換的廣告旗幟。中央大道也有所轉變。那是小鎮的主要幹道，縮減了路寬為人行道讓出空間，鋪了人字磚的走道寬得能容納戶外咖啡廳，還擺著粉筆寫的菜單看板和印了義大利咖啡品牌名稱的遮陽傘。馬汀最後一次見到這條路時，人行道還只是一條鋪了瀝青的狹窄空間，沿路散落口香糖、菸屁股和狗屎。

他看向對街，有個時空旅人剛從時光機裡走出來：那間錫歐炸魚薯條店竟然還在，簡直古代遺跡，店外掛著褪色的可口可樂招牌和標榜吃魚多健康的手繪標語。他、賈斯柏和史高迪以前會在那間店喝鋁杯裝的調味焦糖奶昔，吃牛皮紙[1]包著的馬鈴薯貝片[2]。但隔壁的二手店不見了，變成在販售精品泳裝，再隔壁則開了中式按摩。曾經有一段時間，中央大道上散落著還沒有店鋪進駐的空地，彷彿缺牙的牙床，讓人可以抄捷徑通往其他地方，一邊可以通往海灘，另一邊則往附近的住家或出租的度假小屋。但是現在的中央大道像是做了牙齒矯正般整齊，空地愈來愈少，空地之間的距離也離得更遠，隨著店家愈來愈繁榮，海灘逐漸從視線中消逝，能走的捷徑逐漸稀缺。

1 此處牛皮紙的原文為「butcher-paper」，直譯即為「肉販用的紙」。早期炸魚薯條店會以舊報紙包裹食物給客人，現代則多改用白報紙、油紙或類似牛皮紙的材質，豪華一點的會裝進紙盒。澳洲的傳統肉舖在包裝客人買的肉品時不會用塑膠袋，而是以類似的紙材，這類紙跟烘焙紙不同，純粹就是比較厚的紙張。

2 馬鈴薯貝片（potato scallops）其實就是馬鈴薯餅，雖然名稱有「貝」，但其實材料中沒有任何海鮮，單純為馬鈴薯切片裹粉炸成，或者加洋蔥、奶油等去焗烤。這項食物在澳洲各地有不同稱呼，「potato scallops」一詞多用於東部或東北部的新南威爾斯州和昆士蘭州。

一輛掛著客製車牌的黑色Range Rover緩緩駛過，停留的時間足以讓一名纖瘦的女人鑽出車外。她穿著紗籠裙，有著仿曬膚色，超大的太陽眼鏡金光閃閃，踏著一雙軟木塞材質的楔形涼鞋，噠噠噠噠地跑去打開精品店的門鎖。

馬汀走到對街。有個老男人漫步經過，不受人生的責任催促，也沒有工作的重擔，他穿著熨燙過的短褲、毫無皺褶的polo衫和帆船鞋，頭上的巴拿馬草帽沒有一絲損傷。他繼續行走，腳邊有一名差不多年紀的老人，對其視而不見，老人沒刮鬍子、睡眼惺忪，癱坐在紙板上熱情地自言自語，一側放著包裹在紙袋裡的酒瓶，另一側則有隻小狗。他面前放了頂帽子，帽裡朝上，裡頭堆了一疊硬幣，高度比他的紙板睡墊還薄。一群騎著自行車的中年男子車隊闖進馬汀視線，全都穿著萊卡運動衣，一邊說話一邊在麵包店[3]前停下，將碳纖支架的自行車依序停進公共車架。中年車隊入座，隔壁桌是一群穿著安全背心的修路工人，全都安靜地狼吞虎嚥手中的培根蛋堡。一名眼神呆滯的嬉皮拖著腳步走過，髒辮髮型、髒衣服，腳上的涼鞋骯髒磨損。

有一瞬間，馬汀彷彿看到兩個城鎮重疊在一起：他年輕時那個堅韌剛強的勞工社群，以及正在轉變成形的中產階級退休度假村。他不在的期間，應該有神仙教母拜訪過此地，到處撒了家族信託、自主管理退休基金和負扣稅[4]的魔法銀粉，只不過撒得不太均勻。那座努力奮鬥的小鎮沒有消失，而是退縮，它被推往內陸，推離海邊、推離中央大道，驅逐至隆頓路以西，那是社福人員比海風更常造訪的地帶。他知道在哪裡還能看到那個鎮的痕跡：它還潛伏在安居社區，在他童年時那些石棉纖維鋪成的街道上出沒，在比較小的農場周圍遊蕩。他看著中央大道的街景，想知道這麼多年來席捲了全澳洲各大城市的繁榮浪潮，是否曾在銀港老戰士們的戶頭裡存入任何留得住的財富。

馬汀走入名為「切格瓦拉海灣」的咖啡店，站到櫃檯前想點咖啡，但被服務生告知他們僅提供桌邊服務，要他找位子坐。他入座後，那名優雅有禮的年輕女服務生才緩緩向他走來。她穿著一件宣揚革命的圍裙，手裡揮舞的不是點菜本，而是智慧型手機。馬汀對咖啡單上的私房配方豆沒興趣，也不太想聽她解釋公平交易有機食品的好處，她似乎對此有些失望。他最後點了杯普通的澳式白咖啡和幾片酸種葡萄吐司。

他試著再打給蔓蒂，但直接進入語音信箱；她如果不是沒收訊就是正在通話。他上網搜尋尼克・普洛斯的電話號碼，此時手機跳出訊息，問他要不要使用銀港的免費無線網路。這個鎮還提供免費網路。當然了，怎麼可能沒有呢？他沒細讀就同意了使用條件，但是連接時間過久，最後還是改用自己的4G網路找到律師的電話。

「尼克嗎？我是馬汀・史卡斯頓，你人在哪裡？」

「幫孩子準備上學。你出來了？」

「對，可以碰個面嗎？」

「當然可以啊，你是我最重要的客戶耶。十一點約在衝浪俱樂部可以嗎？」

馬汀看錶，這時還不到九點。「沒辦法再早一點嗎？」

「十點半？」

「好，我也不想造成你生活上的困擾。」他掛斷電話。這個律師就像自行車多出來的輔助輪，能愈早擺脫愈好。

---

3　澳洲沒有「早餐店」的概念，取而代之的是一大早就會開門的麵包店和咖啡店。

4　自主管理退休基金（self-managed super fund，SMSF）和負扣稅（negative gearing）都是澳洲政策，後者是將購屋視為投資，只要證明不是炒作，一段時間後出售的增值收入可以獲得稅務減免，這項政策造成房價上漲，是每次大選的重要議題。

服務生送來咖啡，他開始在手機瀏覽新聞網站，但找不到任何關於銀港命案的消息：無論是費爾法克斯[5]、澳洲新聞[6]或ABC[7]旗下，還是任何主流媒體網站上都沒有。警方一定是想了辦法暫時沒讓消息走漏。他們關了他一晚就是這個原因嗎？讓案子晚一天見報？還是因為這裡距離大城市太遠，還不值得一提。濱海小鎮死了個鄉下人，這種小事怎麼比得上雪梨、墨爾本的房價，或是最新一集的實境秀內容呢？他想起隆頓，位於斷崖上的隆頓連接著高速公路，是這一帶的地區中心，以前有一份隆頓發行的地區報紙會報導周邊的新聞。他找到了網站，叫《隆頓觀察報》，但發行日期不是今天。接著他發現了原因：本來的日報現在改成一週只發行兩次，星期三和星期日出刊。今天是星期二，也許報社編輯（某個叫保羅的傢伙）此刻正如火如荼地幫賈斯柏．史貝特謀殺案撰寫明天頭版的頭條標題。應該吧。

馬汀查看自己的電子信箱，沒有來信，只有葡萄酒、超市集點和旅館訂房等廣告垃圾郵件。他喝完咖啡、付帳，離開店裡，沿著中央大道走。一群女中學生從壽司店跑出，幾乎要撞上他，但又笑著跑走。她們戴著草編的校帽，穿著綠白格紋的棉質連身裙，每個人都揹著樣式成套的綠色背包，上頭醒目印著隆頓文法學校的校徽和校訓：「服務與成功」。她們擠進路邊一輛SUV的後座。那是一間位在隆頓的私立學校。世界真的在變。他看著那輛光潔明亮現代汽車的SUV駛回道路上，然後一回頭便看到丹妮思．史貝特站在十公尺外，正打開她房地產公司的門。那是賈斯柏的媽媽。

他朝她走近幾步，態度有些猶疑。「史貝特媽媽？」他問道，說話方式彷彿回到小時候。

她轉身看他，雙眼因為缺乏睡眠滿是血絲。「馬汀？是你嗎？馬汀．史卡斯頓嗎？」

他點頭。「對，是我。」

她把雙手舉至嘴邊，身體一陣顫抖。「天啊，馬汀！」

他縮短兩人之間的距離，不確定該怎麼做、該說什麼。她拉起他一隻手，用力握著。「他走了，馬汀你知道嗎？賈斯柏死了。」

「對，我知道。」

「我還被叫去隆頓，到醫院確認身分。」她再次顫抖，眼淚滑落。「真的是他。」

一對上了年紀的夫婦經過，皺著眉投來關心的眼光。

「我們進去吧，到裡面聊。」馬汀說。

「好。」丹妮思．史貝特說。「進去聊。」她放開他的手，打開店門，進到店內開了燈，一陣嗡嗚響起，接著是一聲咔嗒，燈管便活了過來。待售物件的傳單如矩陣般貼在店前玻璃窗上，遮擋街上的陽光，也提供了某種程度的隱蔽。店裡有個空的接待櫃檯，櫃檯後方是兩間設有玻璃罩的辦公室。室內牆上各處貼了更多待售或待租傳單。

「史貝特媽媽，抱歉這麼問，但是妳為什麼在這裡？我是說今天為什麼還來上班？」

「不然能怎麼辦？待在家裡我受不了，完全睡不著。」

馬汀記憶中的她很凶悍，罵人利如刀，非常不喜歡史高迪和馬汀，但現在的她看來既迷惘、矮小又脆弱。她穿著上班的裝扮，深色長褲、低跟鞋、白襯衫，配上一頭剪短的灰髮。如果是在其他時候，這樣的打扮能讓她散發出專業氣息，但今天沒辦法。此時此刻，就算是這身打扮也撐不住她，她看來就像一只軟趴趴的袋子。

「有人可以陪著妳嗎？親戚或朋友？」馬汀問。

5 Fairfax Media，是馬汀前報社《雪梨晨鋒報》的母公司，隸屬於九號娛樂集團。
6 應指澳洲新聞集團（News Corp Australia）。
7 澳洲廣播公司（Australian Broadcasting Corporation），澳洲的國家公共廣播機構。

她搖頭。

他不放棄。「妳應該休息一陣子，公司的事讓其他人處理就好。」

「不行，就只有賈斯柏和我而已。本來今年底要全部讓他接手的。」她環顧安靜、冷清的辦公室，幾乎要啜泣，但硬是忍住。「這一切都是為了賈斯柏。」又是一陣顫抖。她臨界崩潰邊緣。兒子才剛走，整個空間似乎都看得見他的身影。

「來吧。」馬汀溫柔地說。「我們去別的地方，喝杯咖啡聊一聊。」

「不行，警察等一下要過來搜索賈斯柏的辦公室。那邊那間就是他的。」

他的辦公室門緊閉。馬汀有股衝動想進去看看，但他不應該在門把留下自己的指紋，或任何他曾經進入的證據。他走過去，透過玻璃向內看。裡頭有張桌子，桌上攤放著文件，還有支筆，筆蓋落在旁邊，彷彿準備好要寫出下一行句子。喝了一半的咖啡表面漂浮著牛奶凝結成的膜。有件外套掛在直立衣帽架上，兩張空椅子面對著辦公桌。

「看起來就像他等一下就會回來，對不對？」丹妮思走到他身邊。

「對，很像。」他輕聲回答。

「來吧，到我辦公室，我們去裡面聊。」她的聲音稍微平穩了些，彷彿克服了某種心理障礙。

她走進辦公室，坐在自己的椅子上，馬汀則在桌子對面其中一張客椅上坐下，彷彿他是要來租屋，而不是要弔唁她深愛的孩子。她身後有幾幅相框，她兒子，幾個小孩子，還有某個黑髮男性的褪色照片。

雙眼通紅的丹妮思看著馬汀。「警察說找到他的人是你。」

馬汀點點頭，有些疑惑。剛才在外面她問他知不知道賈斯柏死了，現在卻說她知道是他找到她兒子，更顯示她有多迷惘。「對，是我，發現的人是我。」

「發生了什麼事，馬汀？是誰殺了他？」

「我不知道，我覺得警方也還不曉得。我只看到他背上有個傷口，那一下攻擊可能擊中他的心臟。賈斯柏應該也不知道動手的人是誰，他應該馬上就走了，一瞬間的事情而已。」

丹妮思哀求地看著他問：「所以他沒有受苦是嗎？」

「嗯，我覺得沒有。」

「謝謝你這麼說，馬汀，你很溫柔，但我知道這些話不是真的。警察說他先被刺中腹部跟胸前，後來還試著逃跑，他的雙手也有傷口。」

馬汀不曉得該說什麼，於是保持沉默。

「他們覺得他可能認識凶手。」丹妮思看向某個不存在的遠方，與其說是在跟馬汀說話，更像自言自語，過了一會才將眼神聚焦到馬汀身上。「警察說他們正在盤問你女朋友，調查她的嫌疑。蔓德蕾・布朗德，那個南部人，她那個鄉下小鎮發生了那麼多命案和亂七八糟的事。」

「他們已經讓她離開了。」馬汀冷靜地說。「沒有證據顯示她有嫌疑。」

「所以當時她人在現場？」

「應該是。她在屋內，但不確定有沒有看見事發經過。」

「她沒聽到任何聲音嗎？什麼都沒看到？」

「我不確定。」馬汀說。「我也還沒跟她談過。」

「他們說也問過你。」

「對，我盡量配合調查。」

這個答案似乎滿足了她。她靠上椅背，緊張感從身上消失，哀傷又流了進來。

「可以問妳一件別的事嗎，史貝特媽媽？」

這句話讓她露出笑容，裝出彷彿被逗樂的神情。「馬汀，你可以叫我丹妮思就好。你也不是小孩子了。」

「好，謝謝。丹妮思，賈斯柏有信仰嗎？」

「就我所知沒有，為什麼這麼問？」

「我找到他的時候，他手裡拿著一張明信片或照片的東西。雖然看得不太清楚，但上面的圖案看起來跟宗教有關，像是耶穌或者某個聖人。」

丹妮思微微一笑，彷彿心中浮現一段美好的回憶。「應該是他那些明信片的其中一張，他有好幾千張。他喜歡蒐集明信片。」

「都是關於宗教的明信片？」

「不是，任何主題都可以，大部分都是景點的明信片。這都是因為你啊。」

「我不太懂。」

「你還記得嗎？你和史高迪剛去雪梨的時候，你曾經寄過一張給他。」

馬汀眨了眨眼睛。他甚至不記得曾寫過任何信給賈斯柏。

「他總是說要去旅行，追著你在世界各地寫的報導，然後蒐集明信片。可是到頭來，他其實從來沒見過這世界多少地方，一輩子沒出過國，不像你。」

馬汀覺得她的語氣中帶著酸苦，但沒太在意。「妳知道為什麼賈斯柏會到蔓蒂家找她嗎？」

丹妮思又笑了，混雜著別的情緒，嘴角上揚，但眼神哀傷。「不知道。我們把那地方租給她也快一個月了，應該沒有事需要過去。但是說起來，他從前就喜歡黏在漂亮女生旁邊就是了。」她聳聳肩。「不過要我說的話，我覺得他是要去找你。」

「我？為什麼？」

「只是我的想法，馬汀，你不曉得他有多以你為榮。他會讀報紙，常常把你的報導拿給我看。以前是國際版，最近就是寫西部那些事的頭條新聞。要是有人聽，他就會一直說你們兩個曾是多好的朋友。」

馬汀感到一陣愧疚和懊悔。現在換成他被情緒哽住喉頭。「我真的很希望可以再見他一面，我本來很期待的。」

「他之前聽說你要搬回來，覺得你記者的身分應該可以幫到他。」

「什麼意思？」

她向前傾身，眼神露出精光，哀傷的情緒暫時被放到一邊。「這個鎮在變，馬汀。每年、每個月，這裡就出現幾棟新建物。南邊有雪梨和墨爾本的資金，北邊有布里斯本和黃金海岸的開發商，現在南北兩邊都在這裡匯集。你到中央大道隨便問問，就會聽到大家說我們是新的拜倫灣、新的努沙[8]，有人甚至想把這裡打造成新的黃金海岸，好像那是好事一樣。」

「聽起來是房地產業的天堂。」馬汀插嘴說道，但話一脫口就後悔了。「抱歉，我沒有別的意思。」

「沒關係。你沒說錯，生意確實很好，賈斯柏的孩子們也是這樣帶大的。」

「孩子們？他結婚了？」馬汀問。他再次看向相框裡的照片：原來是賈斯柏的小孩。

8 拜倫灣（Byron Bay）和努沙岬（Noosa Heads）分別位於布里斯本南北車程兩小時處，前者位於新南威爾斯州，後者位於昆士蘭州，都是非常有名的濱海度假聖地，也是衝浪熱點。

「已經都過去了。他們在七、八年前離婚，都是他自己的問題，老是要招惹別的女人。」以死者母親的身分來說，這評價倒是非常坦白。

「那他的前妻跟小孩目前在哪？」

「你說蘇珊嗎？在紐西蘭。我昨晚跟她說了，她可能會回來參加喪禮，也可能不會。要我說的話，她應該比較想知道這對贍養費會有什麼影響。」這話裡有些怨懟；她閉起眼睛，彷彿在自責。「但也不能怪她，養小孩真的貴。」

馬汀想了一下才再次開口：「我有點不懂，妳剛才說鎮上發展正要起飛，你們賺了不少，那為什麼又說得好像賈斯柏遇到問題？他是什麼事要我幫忙？」

丹妮思皺起眉頭，彷彿她也搞不清楚為什麼話會說成這樣，或者接下來要說的事刺痛了她。「我們是房地產仲介，不是開發商，真正有賺頭的是開發商。我們當然會因此受益，可是並不代表我們就得同意他們做的每個案子。賈斯柏曾經非常有野心，有錢就賺，但老婆離開後就變得消沉。他開始重新檢視自己，冥想、參加互助團體、靜修。他撐過來了，找回本來的活力，變得比較會為人著想，沒有以前那麼流氓氣息。我不會說他因此變成環保分子，還差得遠，不過其他人在抗議水晶潟湖的開發計畫時，他也幫了一把。」

「水晶潟湖？從沒聽過。在哪裡？」

「本來的麥肯奇沼澤。就是換個名字，重新包裝。」

馬汀大笑，搖著頭說：「妳在開玩笑吧？那裡都是公牛鯊耶，腦子稍微正常的人都不會想開發那塊地吧。」

「起司工廠關了後，鯊魚就走了。」

「起司工廠？」

「你想不到的事還多著。」

起司工廠。他想不出那地方的模樣，甚至不記得自己去過，但他知道位置，沿著沙丘路走，就在鎮北邊一段距離外。他有幾段蜷曲的記憶，似乎父親曾在那裡工作過，但若要找出確切時間點或細節，又不確定那到底是真的記憶還是自己的想像。「為什麼賈斯柏會反對開發案？他想保護什麼嗎？」

丹妮思起身繞過辦公桌。辦公室其中一面牆上釘著兩張地圖：一張是銀港的街道圖，有著獨立區塊編號，並以不同顏色標出地段；另一張的比例尺比較大，囊括了鎮中心以外的周邊區域。她走向那張畫有綠色等高線的黑白區域圖，馬汀也跟著站到她旁邊。

「我們目前在這裡，在鎮上。」丹妮思指著地圖說。「走這座橋向北跨過阿蓋爾河就會接到沙丘路。這段都是高架路，穿過沼澤地，大部分潟湖都在路的左邊，而起司工廠就在潟湖北岸。」

馬汀仔細查看地圖，重新認識屬於自己少年時代的地景。沙丘路一路向北，筆直越過阿蓋爾河後延伸約二十公里，道路兩旁都是低窪地，中央蓄了水——麥肯奇沼澤，也就是重新包裝後的水晶潟湖。

「洪泛區。」馬汀說。

「對，不能當成建地。」

馬汀繼續查看地圖。從路往東邊看去，潟湖後方的地勢陡然拔升到海平面一百多公尺，最終沿著海岸線形成南北向的海崖。有人用鉛筆在圖上標出海岸懸崖上哪些地方是私有地，並用小方塊代表土地上的房子。他將視線拉回到道路，沿線向北，會來到另一座比較小的橋梁，這裡就是潟湖的出海口。「這座湖的水量會受潮汐變化影響嗎？」

「會。湖口時不時就會淤塞，但只要來場暴雨就會撐不住沖刷，重新打開湖口。這是起司工廠的位置，在這邊，是道路西側唯一的一小塊高地。」

地圖上的綠色等高線證實了她的說法。同樣地，有人用鉛筆在工廠周圍畫出了私人土地的範圍。範圍之外的地勢看起來是完全的沼地淺灘，彷彿分不出陸地和水線之間的分野，尚待釐清界線。「那這一大片溼地呢？這是王室領地嗎[9]？」

「自然保護區。原住民對那塊地提出原民地權聲請，已經很多年了還沒有結果[10]。但誰知道呢，也許哪天就確定了。」

「那裡有什麼？有蓋任何東西嗎？」

「沒有，道路西側都是空的，起司工廠以外的其他地方都是紅樹林、淤泥灘跟海水，生了一堆蚊子，還有蜱蟲跟水蛭。那塊潟湖也許哪天真的會清澈得像水晶，但現在就只是沼澤。我聽說很適合釣魚就是了，之前工廠還在營運時，那附近還會有蝦子。」

「賈斯柏為什麼反對開發案？」

「他想在河的另一岸留下未開發的淨土，留下一點綠意，說是為了未來的世代。」一想到兒子和他的未來期望，地產話題讓她能短暫分心的效果便又消退了，她的神色再次黯淡。

「所以開發計畫的確切內容是什麼？有確定的提案了嗎？」

丹妮思嘆了口氣。「船塢碼頭，位置在出海口和潟湖交界的南岸，就在橋的西側。賈斯柏覺得那會扼殺當地的紅樹林生態，破壞整個環境。」

馬汀仔細思考這項規畫。他知道建造船塢碼頭會有賺頭，但仍覺得整個開發案太不實際。「就停船的位置來說，那個地點離鎮上太遠。他們也打算蓋房子嗎？」

「不在碼頭的所在地，那裡地勢太低，太容易淹水。建案是在路的東側，在蜂鳥海灘的私有地上。」

丹妮思在地圖指出那塊地方。馬汀可以看到潟湖出海口附近有塊坐南朝北的海灘，背靠高地，綠色等高線表明這塊地能免於洪泛影響。丹妮思繼續說道：「那是一流的土地物件，海灘的位置有所庇護，冬日又能照到太陽，很漂亮。有間很大的跨國公司想在那裡蓋高級度假村吸引觀光客，但也可能會申請分層地契[11]賣給有錢人，還打算在橋下建造步道通往碼頭。第三階段的計畫則是把潟湖剩下的地方開發成高爾夫球場，並在最高水位線上方蓋一間俱樂部會所，就是舊工廠現在的位置。賈斯柏對蜂鳥海灘的度假村沒意見，他覺得那是很好的發展，但希望別去改變潟湖本身和道路以西的土地。」

「那妳呢？妳怎麼想？」馬汀問。

丹妮思聳聳肩說：「那塊地如果只是放著，我覺得對誰都沒好處。我希望能開發，但不要欺騙當地的原住民，要讓他們獲得一點錢和工作機會才算雙贏。」

馬汀看向地圖。他看得出這塊土地對開發商的吸引力何在，也理解環保人士想要保護潟湖和周邊土地的理由。「是哪間公司在推動開發計畫？」

9 原文為crown land。以前所有的土地都為王室所有，後來才小部分、小部分地被私人買走。以現在來說王室領地就是公有地的意思，可能屬於州政府或聯邦政府。

10 澳洲原住民可以向聯邦法院或高等法院提出聲請，要求裁定他們對特定土地的所有權（native title），類似台灣所說的原住民傳統領域，不過相關判決通常都需要漫長時間才會判定。

11 澳洲不動產的所有權主要分成三種形式：托倫斯式（Torrens Title）、分層式（Strata Title）和社區式（Community Title）。托倫斯式為完整分割的獨立土地，例如獨棟房舍。分層式則是不擁有土地所有權，只擁有地上建物分割出的一部分所有權，必須負擔物業管理費，由物業公司來維護通道、共用牆面等設施，例如連棟別墅或公寓。社區式則是以社區形式存在的土地，範圍內所有設施和土地皆由社區所有人擁有，除了分層式的物業費用外，還需要自行維護道路、花園、自然景觀等。除了澳洲，馬來西亞、新加坡等國也有實施分層式制度。

「有兩間。想買下蜂鳥海灘的是一間很大的法國企業，賈斯柏曾是他們的代理人。提出船塢碼頭和高爾夫球場計畫的則是這裡的開發商，泰森．聖克萊爾，他想搭法國人的順風車。」

馬汀眨眨眼睛，覺得有些訝異。丹妮思．史貝特試圖讓這句話聽來就事論事，但語調隱然藏著某種類似厭惡的情緒。「妳不喜歡他？」

「那人很貪，除非把整個鎮都收進口袋，否則他不會停手。」她話中的挖苦變得明顯。

馬汀花了點時間消化資訊。「所以賈斯柏代表法國人，試圖推動他們在蜂鳥海灘的開發案，然後同時反對泰森．聖克萊爾對船塢碼頭還有高爾夫球場的提案？」

「沒錯。」

「這顯然會造成某種程度的對立，不是嗎？」

「這我就不知道了。」

「你們兩人沒討論過？」

「沒有。他知道我不喜歡聖克萊爾，但我們沒討論過。」

馬汀記下之後要查查這個不動產開發商人。「所以，賈斯柏是希望我來報導讓這個案子獲得全國關注囉？這還在可以理解的範圍，但沒有人會因為這樣就想置他於死。還是他有其他事要告訴我？一些更機密的資訊？」

丹妮思．史貝特露出微笑，或者說勉強還能算是微笑的表情。「我不知道，馬汀。就算有，他也不會告訴我。」

「懂了。」

她的笑容來得快也去得快。「所以你會調查這件事嗎？查他到底為什麼會死。就算是為了我吧？也為了他？他一直都很喜歡你的查案。」

馬汀看出她眼裡的懇求，也聽到她聲音中的顫抖，他說：「會，當然，我也想知道怎麼回事。」丹妮思再次露出脆弱的笑容，這次多了一點感激。馬汀繼續問道：「妳說，妳不清楚他會不會因為握有什麼資訊而被害，那妳知道有誰可能知情嗎？也許是他遇到問題時會尋求建議的對象，例如聊聊開發案的內容，或是他和聖克萊爾之間的關係。有這樣的人嗎？」

她的笑容明明滅滅，彷彿電力即將耗盡的手電筒。「你可以去問問你舅舅弗恩。」

弗恩。

§ § §

弗恩和馬汀走出安居社區，沿著瑞斯林路步行穿過甘蔗田間，陽光將四周照得熾亮發燙。他們聊天談笑，被命運的暖風團團圍住，推往鎮的方向。霎時，馬汀覺得照耀在鎮上的陽光似乎更明亮乾淨，彷彿連空氣都更加舒服宜人。他的母親剛開走了弗恩的車，後座載著雙胞胎去找馬汀的父親，要告訴他這扭轉人生的好消息，告訴他可以放下手中的工具，從此告別輪班的生活。他們要告訴他好多事，關於樂透、頭獎、新的人生。他們一注獨得，不必和任何人分享，全都是他們家的。五十萬澳幣，一筆不少的財富。

弗恩和馬汀朝著主要道路走去，路面被陽光烤得焦黑，瀝青在他單薄的夾腳拖鞋底下發燙。「弗恩，再說一次我們要去買什麼好嗎？」

「買炸魚薯條啊小鬼，但這次不要點鯊魚[12]，我們點塔斯馬尼亞的扇貝。總要吃吃真的扇貝，不是假的馬鈴薯貝片。還要點維多利亞州的龍蝦、灣區[13]那些大得跟香蕉一樣的蝦子，還有北領地的野生金目鱸，這會是你這輩子吃過最豐盛的大餐。」

「魷魚圈。弗恩，可以點魷魚圈嗎？」

弗恩大笑。「當然，想吃多少點多少。」

「還有可樂，弗恩。大罐的，要很冰。」

「還有香檳，小鬼。我們去找最高級的那種，法國香檳。」

「香檳？好喝嗎？」

「你現在可能覺得不好喝，但照這情況來看，遲早要習慣的。」弗恩又大笑起來，彷彿因為能喝到香檳而愉悅，他的笑聲讓馬汀也愛上這個提議。他就要喝到香檳了。

他也喜歡其他提議：可以變速的新腳踏車、真的板球棒，甚至是衝浪板。家裡可以買一台新電視，大的背投影那種。弗恩想得更遠大，說他們可以不用再租房了，搬出現居由石棉纖維[14]蓋成的屋子、離開安居社區，搬到五里海灘，兩個小女生都可以有自己的房間。他們甚至可以買輛新車——不是二手車，而是直接從隆頓鎮上的展示廳裡開走，沒人碰過的全新品。

「舅舅，那你呢？你要買什麼？」

「我？我沒有要買啊，小鬼。那是你們的錢。中獎的是你媽媽，那錢是她的，是你們的。」

「那你怎麼辦？」

弗恩只是大笑。「小鬼，我又不缺任何東西。我沒老婆、沒小孩，我喜歡自己現在的生活。」

馬汀牽住他的手，兩人一起跨過隆頓路。他覺得自己更愛舅舅了，並默默計畫著要給舅舅驚喜，他要買一支新釣竿送他，鍍金的捲線器在太陽底下會像施了魔法閃閃發光。

12 原文為flake，是一九二〇年代興起的澳洲用語，泛指任何種類的鯊魚肉。在英國，炸魚薯條的魚排選項一般以鱈魚、黑線鱈等較為常見，不過在澳洲則還會有「flake」可選，指的是以澳洲和紐西蘭一帶的白斑星鯊（gummy shark）製成的魚排。不過由於來源標示常會不清，所以這種魚排在昔日其實泛指任何種類鯊魚的幼魚。

13 指的是北領地（也稱北澳）的巨大海灣，喀本塔利亞灣（Gulf of Carpentaria）。

14 原文為fibro house。二戰之後建材資源短缺，含石棉的纖維板因為便宜、耐用、耐火等特性，長期成為澳洲郊區或農村房舍的主要建材。不過石棉對人體有害，後來法律便規定相關纖維板中不能再採用石棉材質。

# 第四章

馬汀回到史貝特不動產公司外的街上，看了看手機，現在時間九點三十五分。距離跟尼克・普洛斯碰面還有一小時。他打給蔓蒂，但再次進入語音信箱。他正想著接下來該去哪，便看到莫銳斯・蒙特斐爾從人行道的另一端走來。「早啊，馬汀。你應該有乖乖待著，沒到處探聽一些你不該知道的消息吧？」這位警察的語氣有些調侃，但馬汀的腦力已被剛才和丹妮思・史貝特的對話耗盡，且凶殺現場的畫面仍壓在心頭，完全沒心情開玩笑。

「莫銳斯，找出凶手吧。我能幫上忙的話儘管說。」

蒙特斐爾聽出他話中的嚴肅語氣。「當然。抱歉，你好好保重。」此時蒙特斐爾的跟班伊凡・路奇用紙盤端著三杯外帶咖啡從對街走來，他對著馬汀咕噥一聲算是打了招呼，便跟著上司的腳步走進房地產公司的辦公室。

沿著中央大道走了一小段，馬汀找到一條能通向海灘的拱廊商業街。他經過二手書店、亞洲麵店、兩間掛著史貝特不動產出租啟事的空店面以及一間衝浪用品店，從商業街的另一端穿出，來到沙丘頂端一片小葉南洋杉之前。這裡有條小徑穿過林間，他沿著小徑走，然後步下幾層水泥階梯，終於正式踩到沙灘上。

有人把沙灘耙平了。到底誰會做這種事？想必是鎮議會，差人用某種拖拉機犁過。但為什麼呢？何必在乎沙灘是否平整？有個上了年紀的男人走過，彎腰俯在一架金屬探測器上，他背上的皮膚彷彿棕色的皮革。馬汀想起自己少年時期會幫附近退休的鄰居們整理草坪，賺點零用錢。喜鵲會跟在他身後，在除草機開過的路線找蟲吃，將嘴喙精準伸進剛割短的草苗間。這位整理海灘的清潔工讓他想起那些喜鵲。在馬汀的注視下，他彎腰撿起某個東西，仔細查看一番，然後把東西丟進肩上揹的地利袋[1]。這讓馬汀忘了割草坪的事。

男人並不孤單；沙灘已經擠滿背包客閃閃發光的四肢和充滿自信的悠哉態度，有人在毛巾上打盹，有人抽菸，有人正低頭用手機把引人羨慕的照片傳給困在北半球冬日裡的親朋好友。似乎無人交談，彷彿該說的話都在前晚的派對倒光了。遠處燈塔下方的海面漂浮著一群衝浪客，正等待溫和的海水起伏組成足以騎乘的大浪。天空澄澈，陽光愈來愈熾熱。時節已正式進入秋季，但夏天仍在屬於亞熱帶氣候的新南威爾斯北部海岸流連，唯有觀察陽光的質地和日光照射的角度，才能意識到夏日其實正悄悄退場。在馬汀小時候，如果是沒放假的星期二早晨，這片海灘該是空無一人，只有翹課的賈斯柏、史高迪和他在沙丘之間抽菸。但往事都已不再。

他再次看向南邊。燈塔還是老樣子，永遠不變，總帶著批判的態度聳立於海岬頂端的天際線上，白色塔體彷彿散發著光芒，與湛藍的天空對峙。馬汀可以看到燈塔下方散落著有錢人用來炫耀的豪宅：荷包飽滿的退休人士、拋下雪梨和墨爾本的一切搬到海邊開始新生活的外地客、逃離城市前來度假的企業董事和銀行家、飛黃騰達的本地人。「貴族山丘」，他們小時候這麼稱呼那個地方。那裡從前就是銀港最頂級的地段：當整座小鎮都是石棉纖維，只有那裡是磚造大房。現在，磚材正逐漸消失，取而代之的是

1 原文為dillybag，又譯為迪麗袋，是澳洲原住民會用的一種小袋子，通常以草或植物的纖維編成，形狀像切成一半的蠶蛹，有條背帶，有時也會掛在額頭上。

鋼筋水泥、石材和染色木料，雙層落地玻璃從腳下延伸至天花板，甲板般向外突出高懸在老百姓之上，讓屋主盡享落日美景、迴游的鯨群以及漫長的黃金弧線，向北到中央海灘，向南到五里海灘。馬汀想著，不知道賈斯柏後來是不是也晉升至貴族山丘，躋身為另一則銀港人的成功案例。如果是，馬汀也不會意外；不管丹妮思·史貝特說開發商咬走了多大的餅，房地產業都能從銀港鎮的未來賺取豐厚利潤。

「馬汀！」

他轉身，是昨天搭便車的托帕絲和羅伊斯，兩人沿著海灘朝他走來。羅伊斯穿著衝浪短褲，光著上身露出洗衣板般的腹肌，單肩揹著海灘包，只有一支腳的太陽眼鏡仍以歪斜瀟灑的角度掛在臉上。不過馬汀全然注意著托帕絲。她近乎裸體，比基尼布料的寬度甚至比她肚臍一側的美人魚刺青還小。他不曉得該將視線往哪擺，而她彷彿察覺他的不知所措，停下腳步後又故意晃了晃臀部，然後向後聳肩，理直氣壯挺出雙乳。

「嘿，發生什麼事嗎？」羅伊斯問道。「警察來找我們，問了一些東西，想知道你是不是真的載過我們。」

「你們怎麼說？」

羅伊斯聳聳肩。「當然是說實話啊。你讓我們上下車，在幾點幾分、你看來怎樣之類的。到底怎麼了？」

「我讓你們在背包客棧下車後不久，就無意間闖進了命案現場。」

「你認真？命案？在這裡？」羅伊斯四處張望著寧靜的沙灘。「也太沉重了吧？」

「嗯。總之謝了，你們剛好證實了我不在場。」

「真的？所以他們懷疑你是凶手？」羅伊斯的語氣聽起來充滿敬畏，彷彿馬汀是從刑案走出的人。

「多虧你們兩人，馬上就澄清了。」

「這麼好，那你改天可以請我們吃飯了。」托帕絲的表情俏皮，充滿自信。

「當然。」馬汀說。

「太棒了，晚點見囉。」她說完便從容地漫步離開。羅伊斯笑了一下，從歪向一邊的墨鏡後向馬汀挑了眉，隨後跟上托帕絲的腳步。馬汀忍不住轉身去看他們離去的背影，托帕絲一邊走著，屁股蛋還挑釁似地左右彈跳。**你有夠可悲**，馬汀暗罵自己。

銀港衝浪救生俱樂部仍在以前的位置，俯瞰中央海灘的黃金地段，但俱樂部已不是馬汀小時候那座由民眾志願搭建的小棚屋，本來樸素簡單的空心磚牆已被閃閃發光的雙層建築取代，氣勢磅礴，彷彿沙丘中長出一棟機場航廈。鋼製的露臺向著白色沙灘延伸出去，整整四十公尺長；雖然現在時候尚早，但上頭已有不少來客。馬汀沿著海灘走向俱樂部，可以看見露臺陰影中的下層空間是用來展現服務俱樂部的成立宗旨：大開的捲門裡頭可見舊式衝浪船、捲繩器和衝浪輕艇，全是衝浪救生比賽[2]會用到的傳統設備。下方沙灘上便是比較新型的裝備，有架閃閃發光的水上摩托車停在沙灘車後方的拖輪上，隨時準備出動。一把小型的瞭望救生椅俯瞰著紅黃旗幟標出的水域，座椅下面站著幾名志得意滿的救生員，全都穿著緋緊緊的紅色三角泳褲，不經意展示著肌肉，以眼神打量經過一旁的背包客。他們什麼時候開始在平日也會派人值班了？這幾人還是志願的志工嗎？

沙灘這側沒有路可以登上露臺，於是馬汀從沙丘上方的人行道走進面對中央大道的俱樂部大門。前

2 澳洲因為衝浪運動盛行，所謂的衝浪俱樂部其實本質都是救生組織，衝浪救生這項活動也因此於二十世紀早期的澳洲逐漸發展成運動項目，並舉辦競賽。衝浪救生運動在紐澳都相當盛行。

廳列著幾張告示板，以深色處理的木塊上用鍍金字體寫著榮譽名單，另外還有獎盃櫃，裡頭的銀器在海風吹撫下已經發黑，彷彿舊俱樂部裡留下來的博物館藏。整排黑白照片滿是面帶微笑的男人，個個穿著過時的泳褲，在各自的漆面相框中緩慢褪色。一旁並排掛著其他顆粒感比較近代的相片，這些男子留著粗厚的八字鬍，胸毛茂盛、泳褲迷你，紅金泳帽的色彩隨著年代增加而逐漸模糊。

櫃檯上如常放著讓散客自行登記[3]的簿子，不過，馬汀看到有個正用電子裝置閱讀的年輕女子朝他走來。她將頭髮紮到腦後，穿著不是泳裝，而是辦公室打扮，一副辦事能力很強的樣子。「不好意思，請問你們有在收會員嗎？」

「你要加入嗎？」

「可以的話。」

「你是本地人嗎？本地人才能入會。」

「我是，剛搬過來。」

她皺起眉頭。

「應該說，剛搬回來。我在這裡長大。」

她的臉色亮起來。「噢，那就好。」

「多少錢？」

「一年二十塊，三年五十五，所有飲食都可以打八折。」

馬汀笑了一下。「真的很難拒絕啊。」

「所以繳三年嗎？」

「對。你們的吃角子老虎機一定賺翻了。」

「是啊，大家都不放過它們。」

穿過前廳，俱樂部有著寬敞的大空間，連接露臺的玻璃摺疊門開著方便自由進出，海風徐徐吹來，有種奢華的悠閒氣氛。除了最遠端的地方明確劃出一塊區域置放吃角子老虎機之外，室內其餘空間都只用零散的橡膠榕盆栽和家具來區隔：吧檯前擺著高腳椅環繞的高腳桌，用餐喝咖啡的桌椅位置則靠近餐廳，幾張躺椅面向吃角子老虎機另一端的牆壁，牆面上掛著超大的電視螢幕，正在播板球賽，是某場在杜哈舉行的無趣小比賽，沒人在看。整個建築後半靠近前廳的地方是餐廳的長型吧檯和服務櫃檯，以及一間咖啡店。大部分顧客都在露臺，室內空無一人。

馬汀看了錶，還不到十點，尼克．普洛斯還要半個多小時才會來——如果他準時的話。馬汀拿出手機。律師先生沒傳訊息，蔓蒂也沒捎來任何音訊。他打給她，再次直接進入語音信箱。他還在等自己的律師出現，但她應該早和她的律師討論了不曉得第幾輪。又或者她是在照顧連恩——這是不接電話的好理由。他走到咖啡店的櫃檯點了另一杯咖啡。這次對方就要他先結帳，也沒講一堆關於配方豆的詭異論點。在這裡只要花費一半的價格，就能點到一杯一樣普通的咖啡。他端著咖啡走至露臺，找到一張空桌。露臺上空以鋼索拉起一片帆布，為顧客提供遮蔭和藍、白、黃的繽紛色彩，馬汀的位子就在帆布下方。他向外望去，視線越過耙平的沙灘和雕像般的身體們，看向貴族山丘和燈塔，以及其下等在平靜海面上的衝浪客。晚點氣溫可能會熱起來，但如今在遮蔭之下，有著海上吹來的微風，幾乎是最完美的一天。要是賈斯柏．史貝特也在這裡就好了，再配上一杯冰啤酒和幾十年來的新聞舊聞。

3　這類澳洲俱樂部目前僅剩鄉下或偏遠地區還有，通常為會員制，會在入口處放置紙條讓非會員登記後隨身攜帶，在進入博弈區或購買酒水時可區別身分。

玻璃桌面上的手機震動，簡訊寫著：**計畫有變。改約中午在德雷克的辦公室，中央大道十八號三樓。尼克。**馬汀氣得直搖頭，不過仍回了一個「讚」的表情符號，接著存入律師的電話號碼。又多出兩小時。他應該找個地方沖澡、更衣；在拘留室待了一晚，他覺得身上應該開始有味道了，這對明信片般完美的銀港來說簡直是種侵擾。他的車子還停在蔓蒂的住處外面，行李放在後座，他可以先去開車，再到沙灘邊游泳，在更衣室裡沖澡。他剛訂好計畫、喝完咖啡，就透過杯緣看見弗恩。

舅舅坐在兩張桌子外，正盯著他看。弗恩不是一個人，他面前還坐著另外兩名背對著馬汀的男子，但他的注意力全在馬汀這個外甥身上。他們牢牢地看著彼此。馬汀腦中一片空白，他完全忘記可能會有這種情況。不該是這樣相遇的。

弗恩起身走了過來。「馬汀。」

馬汀也站起來。「弗恩。」

「你回來了。」

「我回來了。」

接著，笑容如同大海的黎明在他舅舅臉上漸漸綻放，起初很微小，但逐漸擴大，直到他的雙唇笑開、露出白牙，笑容充滿愉悅與歡迎。「馬汀，孩子，歡迎回來，歡迎回來！」弗恩向前張開雙臂環抱馬汀，緊緊擁抱他。馬汀可以感覺到舅舅雙臂的力道、胸膛的厚實，以及弗恩此刻有多感動。他也回應他的擁抱：弗恩是他唯一僅存的親人了。

兩人擁抱過後，馬汀看到舅舅的同伴停下交談，轉頭看著這一幕。弗恩轉向他們，聲音充滿喜悅：「他叫馬汀，是我外甥。他是記者，我姊姊的兒子。他終於回來了。」他回頭拍著馬汀的背，一邊對著他猛笑。弗恩多了些灰髮，不過髮量豐厚，雖然眼角有些皺紋，臉色依然年輕，頸間的皮膚開始鬆弛，但藍色的雙眼清澈、充滿光芒。馬汀今年四十一歲，他的舅舅一定五十多了。

「弗恩，對不起。」馬汀說。

「為什麼道歉？」

「你知道的，為了所有事情。」

「說什麼傻話，沒關係啦。」他的反應令馬汀有些難以置信。弗恩絕對有資格怨恨他，但他在舅舅臉上只看得見喜悅。「這次要回來多久？」

馬汀露出笑容。「會待一陣子，也許就住在這裡了。」

「住在這裡？真的假的？永遠嗎？」

馬汀大笑。「也許吧。」

「我才不相信。光要你不出國就難了，區區一個新南威爾斯州的鄉下小鎮哪可能綁得住你。」

「鄉下小鎮其實也挺不錯的。」馬汀說。

「是女孩吧？一定是。」弗恩咧嘴笑著。「你不用告訴我，一定是報上那個叫布朗德的對不對？南部小鎮那個大美女？真的有夠漂亮。」

馬汀控制不住神色也露出笑容。

「真的是？哈，我就知道！走狗運了你！」

馬汀可以感覺開始臉紅，本來的外派硬漢記者又變成了青少年。他試圖控制語氣：「她叫蔓德蕾，你可以叫她蔓蒂，蔓蒂・布朗德。」

「媽的，她喜歡什麼我就叫她什麼！」弗恩邊大喊邊拍著外甥的肩膀。「我喜歡這個蔓德蕾・布朗德，居然能把你勾回來。什麼時候讓我們認識啊？我要請她喝一杯。」

「很快啦，我也想讓你們快點見面。」

「非常好。我現在就請你喝一杯吧，浪人回頭，要好好慶祝一下。」

「浪子啦。浪子回頭。」馬汀笑著。

不過弗恩突然停住笑容。「靠，抱歉馬汀，我忘了你不喝酒。」

「沒關係，我現在會喝一些，大學畢業當上記者又開始喝了。但現在才早上十點，還是先不要吧。」

弗恩轉向他的朋友咕噥了幾句，便拿著他的咖啡和剩下的烤三明治過來。兩人在馬汀這桌坐下。

「今天遇到你真的讓我太高興了，馬汀。媽的，可以讓我高興一整年。看到你真的太好了。」

「我也是，弗恩，我也很高興見到你。抱歉，我之前就是個自我中心的混帳，我不應該用那種態度對你。」

「聽不懂你在說什麼。」

他當然懂，馬汀也知道他懂。當年就是二十一歲的弗恩成了八歲馬汀的情緒支柱。弗恩十二歲便從學校退隱，十五歲正式輟學，這輩子幾乎不會讀不會寫——但當初收留馬汀、給予支持，並堅持馬汀要念完最後兩年高中的人就是他。在馬汀努力讀完大學期間，帶著滿滿的愛與驕傲寄錢過來的也是他。後來被馬汀切斷聯繫的，也是弗恩。當年他是報社的重砲記者，滿滿的自戀，並且下定決心要把銀港鎮和此地代表的哀傷過往拋在腦後，一心投進工作。他從沒對舅舅表示謝意，每年都收到生日和聖誕卡片，但幾乎不曾回信，且總是為那些歪斜的字體和孩子般的錯字感到丟臉。當他大學畢業經濟獨立後，那些卡片還是會定期寄到。一段時間之後，卡片改寄到《雪梨晨鋒報》，由報社轉交，因為弗恩已經不知道他搬去哪了，但他還是會寄。某天，出於想要遺忘、想將銀港永遠拋在身後的衝動，馬汀寄了一張支票給他，算是補償舅舅為他付出的一切，或者說將那些錢還給他。弗恩從沒兌現那張支票，但不再寄來卡片。馬汀看著弗恩親切的藍眼，很想知道自己怎麼能那麼無情、不顧他人感受。

「真的，弗恩，我很抱歉。」

「老弟，別想那麼多。重點是現在你回來了，又成為我們的一分子了。」

「你聽到賈斯柏．史貝特的事了嗎？」

「沒有，怎麼了？」

「他死了。」這句話沖散了舅舅的笑容。「弗恩，抱歉。」

「死了？你認真嗎？」

「我昨天找到他時，他被刺死了。」馬汀沒辦法克制聲音裡的情緒；前一刻他還像個害羞的青少年，下一刻又變成傷心消沉的孩子，連說話都在抖。直到一年前，他都還是特派記者，將自己的職業當成某種甲殼，自傲、疏離、冷漠，但那樣的他已經不在。他在中東遇到一些事，比先前在大旱中的里弗來納遭遇的事令他更受打擊。他變了，心牆已被剝去。而且現在站在他面前的不是報社編輯，而是舅舅；他不是在新聞會議上簡報，而是看著這個養育自己長大的男人的眼神。弗恩對他抱有信念、拯救過他。他看著舅舅眼中的悲痛，覺得自己的眼睛也溼潤起來。雖然害怕，但他還是意識到，多年的疏離和否認其實都是徒勞：有些事情永遠也無法逃避。

弗恩搖著頭：「賈斯柏是吧？所以昨天在河畔之家被殺的人是他？」

「對。」即使只有一個字，馬汀也耗盡力氣才讓這個字聽來沒有顫抖。

「太可怕了，沒有人應該落到那種下場。」弗恩說。

「我可以問點有關他的事嗎？關於賈斯柏。」

「可以，當然。為什麼想知道？」

「我想找出殺他的凶手。」

弗恩的眼神重新恢復了一點光芒。「真的嗎？你是個好朋友。《晨鋒報》調查報導是吧？」但當他想起兩人在討論的是誰的命案，臉色又沉下來。「嗯，你儘管問，我會盡力幫忙。」

「謝了。」

不過馬汀還未構思好問題，弗恩先打了岔：「那個，馬汀，抱歉，我其實是和別人一起來談公事，我得先回去找他們。這樣吧，今晚來找我吃晚餐怎麼樣？帶你女友一起來。」

「好啊，如果可以的話。我不確定她會不會想去，我還沒跟她碰面。」

「那你就自己來沒關係，我們可以好好聊聊。這給你。」弗恩拿出一張名片。馬汀看著舅舅像小孩用拳頭緊抓著筆，費力在卡片背面寫下他的住址，接著把名片遞給馬汀，笑容滿面彷彿正為自己的字跡驕傲。「來不了的話打電話說一聲，但別太晚講。我烤點肉，我們好好吃一頓，聊聊賈斯柏、敘敘舊。」

弗恩站起來，於是馬汀跟著起身。弗恩再次看了一遍他全身上下，彷彿要確定外甥真的站在眼前。「馬汀．史卡斯頓是吧？居然回到銀港了，難得的好事對吧？」他拉著馬汀，再次緊緊擁抱他才放開。「我先走了，小鬼，晚上見。」

當他回到朋友那桌時，馬汀看向名片。「**弗恩．瓊斯——釣魚包船&賞鯨**」，背面是那行地址，字體歪七扭八，筆畫錯得勉強還算正確。

# 第五章

海仍是同樣的海，沙灘仍是同樣的沙灘，不管中央大道有多煥然一新，不管往日的苦難被多少新錢掩飾，也無論他的生活發生多大變化，海都不會改變：接納、無私、永遠存在。他跳過腳踝高的小浪，經過踩踏水花的小嬰兒，經過淺水區玩海灘球的背包客，也經過趴在人生第一張泡棉衝浪板上的孩子們——進入更深的水域，他穿過大了一點的浪，感覺湧來的海水將他包圍。他往更遠處推進，潛入面前升起的澄澈綠色牆面下方，張開雙眼，以手觸摸海底，感覺浪花舔著自己的腳。浮出水面後，他游了幾下自由式，身體對這幾下動作帶來的舒適感覺記憶猶新，肩膀似乎非常歡迎這種運動。他往更遠處游去，遠離破碎的浪花，進入更深的海域。

他直起身體，腳踩著水，因為已經無法觸及底部了。他感覺海水輕柔的往返推拉，彷彿是大海的巨大呼吸。他深吸氣，下潛，張開眼睛，望向這片有陽光穿透的半透明世界，繼續往下沉入更冷的水層，觸碰到底部的沙後再次滿意地上升，不是靠踢水，而是放鬆身體，讓浮力將他帶往水面，帶往那些穿透水中的金色矛柄之中。在水中的感覺真好，真切誠實，沖掉警局拘留室殘留在他身上的汗漬，去除揮之不去的死亡汙點，將最近發生的事從他毛孔中全都刷洗乾淨。

他再次踩水，用力呼吸，看向四周。海面上視野寬闊，沒有威脅。記憶湧了上來形成漩渦：他曾在暴風雨來襲前的海上衝狂野的浪，被捲入離岸流後從側面游出，到了浪的最後方，好不容易往回，卻又被另一道巨大的碎浪推倒，肺裡的空氣被撞擊出來，令他難以呼吸。另一段記憶是：他在沙丘之間親吻某個女孩，最後女孩取笑著他然後離去；他和史高迪、賈斯柏到處鬼混，抽菸喝酒，帶著老練漫不在乎的態度亂彈菸屁股，嘲笑俱樂部成員對規則的順從以及他們蠢得要死的泳帽。

海水從他身上流過，涼爽平靜。十五公尺外，有個老人沿著與海灘平行的方向往他游來，有條不紊地擺動雙臂，態度悠閒。馬汀看著他經過，猜測他可能是在紅黃旗標出的海域折返游泳，不然就是一點也不在乎救生員說什麼，也不想理他們企圖管理海域訂下的規則。他游泳慢條斯理、毫不費力，可能是資深的俱樂部成員，甚至是終身會員，經驗老道的銀港人。

馬汀再次下潛，進入色彩漸深的綠色世界，再次感覺那溫和的湧浪與親切的海流。海水擁抱他，原諒他，然後讓他再次浮上海面。陽光與海，陸地與風。自從蔓蒂說她打算搬回他成長的地方後，他第一次覺得或許回到家鄉也不是件壞事；這也是他在寫完那本犯罪紀實的書，重新調整生活重心並離開雪梨，開車駛下那座斷崖後，第一次有這種感覺。雖然過去無法改變，但畢竟已經走遠，多少能受到控制；而未來尚未成形，它的模樣將由此刻的當下塑造，將由蔓蒂和他自己決定。海仍是同樣的海，不過小鎮正在進化。或許，只是或許，這一切都會有好結果。

更衣室設在海灘上，位在救生員和背包客棧之間，橫跨滾燙的沙灘和灼熱的水泥地。馬汀雙眼緊閉站在蓮蓬頭的水柱下。他想到弗恩。也許他註定該回到銀港，好讓他有機會賠罪、與舅舅重新建立關係，甚至與自己的過去和解。

他想起一段回憶。他從學校或是某處回到弗恩家裡，看到舅舅坐在餐桌旁，雙眼泛淚。弗恩面前放著一張表格，某種船隻駕照的申請書。馬汀看著坐著的他，表情受挫，眼中滿是憤怒與羞愧。馬汀默不作聲填完表格，迅速且一語不發，指著格子等待弗恩小孩般的簽名。他離開廚房時，因為舅舅的無能而充滿困惑與難堪，無法理解為什麼像他那樣機智敏捷做事又有能力的男人，讀起書卻學得如此緩慢。

§ § §

接待小姐的頭髮直而完美，彷彿尼龍假髮，她穿著筆尖一般銳利的鉛筆裙，香水氣味在涼爽的室內冷氣中顯得優雅有禮。她領著馬汀穿過德雷克聯合事務所裡的大小辦公室來到會議間，裡頭有著煙灰色玻璃牆面、黑色皮革旋轉椅，以及一張毫無接縫的黑色木桌，桌子光滑明亮、完美無瑕，馬汀起初還以為是石桌或塗上了樹脂。桌子正中央頂著一只白色瓷瓶，瓶裡插著剛剪下的新鮮百合花。桌子主位後方的砂岩磚牆是唯一非玻璃材質的牆面，上頭掛著螢幕漆黑的巨大電視。會議室另一端的儲物矮櫃上放著銀水瓶和玻璃杯；房裡一塵不染，彷彿製造電腦的無塵室，室內只有百合花香、皮革與錢的氣息。德雷克聯合事務所的辦公室占據了整層三樓，也是頂樓，就算把這一切搬到曼哈頓的摩天大樓也不會顯得格格不入。

有名年約六十的男人走進會議室，他有著值得自豪的豐厚灰髮和平滑肌膚，西裝剪裁得宜，袖扣反射著光芒，一口牙齒排列完美。「馬汀，歡迎你，我是哈洛德．德雷克。」兩人握了手。站在門邊的接待小姐問馬汀濃縮咖啡配豆的偏好比例，馬汀說他喝茶就好。

「坐吧，馬汀。」哈洛德．德雷克說。「其他人很快就來了。」

馬汀剛要坐下，便聽見蔓蒂的聲音：「他到了嗎？馬汀？」

接著她便進門投入他的懷中，緊緊抱住他，頭靠上他的肩膀，抱了一會才稍微放開，直視著他的雙眼。他可以看到她眼中的愛，以及終於放寬的心。她吻他，短暫而熱情。「我從來沒這麼高興看到你。」她說著，不過此時她的話只是字幕，真正填滿他螢幕視野的是她的面孔；她就如電影畫面完美。有一瞬間，從他心臟送出的不是血液，而是豐沛的情緒：渴望、關懷和愛。他重新意識到這個女人對他來說有多珍貴，她卸除了他的心防，朝他黑暗孤獨的心海拋入一條救生索。

「我也很高興能來這裡——很高興能為妳做這件事。」他對自己毫無保留的真誠感到訝異。接著為了轉換氣氛又說：「我喜歡這個髮型。」

「謝了。」

「連恩呢？」

「我去接溫妮佛前帶他到托兒所了。」

「我們開始吧。」此時有個聲音說。語氣正經，將氣氛拉回討論正事。

馬汀的視線越過蔓蒂，看見她身後的溫妮佛．巴比肯。這位律師的模樣就跟馬汀的記憶一樣：姿勢挺拔，穿著絲綢與高級羊毛縫製的樸素西裝，半月形的眼鏡以細金鍊掛在胸前。她一定將近七十歲了，但沒有任何減損她氣勢的明顯歲月痕跡，聲音洪亮飽滿，眼神專注。「謝謝你來，馬汀，你的律師呢？」

「在這裡。」尼克．普洛斯衝入會議室，身後跟著接待小姐。「我遲到了嗎？」他的藍色亞麻西裝外套底下是一件白色亞麻襯衫，兩件都發皺，營造休閒風格的專業氣息。棕色靴子側邊有著彈性鬆緊帶，靴面擦得明亮，他也剃了鬍子，本來的茂密短鬚只剩下一片隨時都會再長出鬍子的深青色。馬汀心想，這大概就是他在裁判法院出庭的打扮吧。

「謝謝你，哈利，接下來由我們接手。」溫妮佛說。

哈洛德．德雷克被趕出自己的會議室，短暫露出不知所措的窘迫神情，不過很快恢復了。「沒問題，需要什麼的話交代祕書就好。」接著他便離開房間並順手將門帶上——不過始終怒目瞪著尼克，彷彿年輕的律師入侵他的地盤。

溫妮佛走到桌頭主位打算坐下，但隨後改變主意。她改將四人安排在桌子兩側：馬汀坐在她旁邊，面對著蔓蒂；尼克則坐在蔓蒂旁邊，與溫妮佛相對。馬汀感謝這樣的安排，代表他們不是兩組要互相對抗的隊伍。

「先說我們知道的。」溫妮佛跳過繁瑣的社交禮節和介紹。「昨天早上稍晚，一位身分不明的人士刺殺了本地的不動產經紀人賈斯柏．史貝特，導致身亡。命案發生在蔓德蕾住處的走廊上，那是她向史貝特的公司承租的連棟透天住宅，地點靠近這附近的河畔之家。事發時蔓蒂在樓上的浴室裡，聽見騷動而下樓查看，及時發現瀕死的史貝特倒在地上。當時凶手已經逃逸，沒留下任何行跡——對方可能是男性或女性，人數也可能為一名或一名以上。蔓蒂試著拯救史貝特，但事實是她也無能為力。史貝特很快斷氣身亡。馬汀隨後抵達，發現已經死亡的史貝特，因為震驚而無法回神的蔓蒂則坐在客廳。馬汀打了電話報警，並通報救護人員，同時也打給我們。」

溫妮佛環視眾人。尼克、蔓蒂點點頭，馬汀也是。

「接下來是我以全力配合調查為由，向警方打聽到的資訊。目前幾乎可以確定凶器是非常鋒利的刀具，可能是一把刀身極薄，長約二十公分的魚刀。警方嚴格要求我們不可以外流這項資訊，他們還不想公開。」

她再次掃視眾人，大家也再次點頭表示同意。「那棟透天厝附帶完整家具，已由屋主確認並未遺失任何物品，所以凶器是凶手自行攜帶的。這點很重要。如果凶器是由凶手帶至現場，那表示已經預謀刺殺，而不是臨時起意。若警方要將蔓蒂視為此案的凶手，必須證明她從何取得刀子，以及更重要的，事後凶器被棄置在哪。目前為止，還沒找到凶器。警方也找到一些物證，暗示凶手從透天厝的後方逃離，並沿著河岸前進，時間點可能就在蔓蒂介入行凶過程之後。同樣地，警方也不想公開這項資訊。雖然他們願意說的不多，但我相信現階段，蔓蒂並不是主要嫌疑人。」

馬汀看向另一半，看見她鬆一口氣的表情。他給了她一個安心的微笑。

溫妮佛繼續說道：「目前看來死者賈斯柏．史貝特曾試圖抵抗，他受了重傷，從胸膛至腹部被劃開，雙手也有刀傷。他被刺穿背部時可能正試圖逃跑，讓他身亡的可能就是這一次攻擊，不過在那之前他或許就受了致命傷。」

溫妮佛停下來，讓這項關鍵資訊留待討論，彷彿一件等待檢視的物證。馬汀和蔓蒂雙雙看著桌面，再次被籠罩在恐怖的死亡場景之中。

尼克接了話：「那把刀——妳說是魚刀，像是漁夫用的那種？」

「正是。」溫妮佛回答。「在這樣的小鎮，幾個銅板就能買到一把。」

「雖然刀子不見了，那其他物證呢？他們有找到指紋嗎？」尼克問。

「非常多，但警方不確定這些證據是否有用，他們認為凶手戴著手套。這點再次暗示這是預謀行為，這同樣有助於擺脫蔓蒂的嫌疑。如果她戴著手套，手套目前在哪裡？或者，假如她用布擦掉門把上的指紋，那塊布現在又在哪？還有刀呢？馬汀的證詞在這裡就很關鍵。他抵達時，賈斯柏．史貝特才剛斷氣，蔓蒂不會有時間丟棄這些用具。」

馬汀往後靠著椅背，感覺緊張如潮水般退去。「所以警方知道我們跟這件案子無關，我們是清白的。」他看向蔓蒂，她露出微笑。

但兩名律師沉默不語。溫妮佛深吸一口氣才繼續說道：「『凶手為身分不明人士』這點確實是最主要的假設，警方目前也必須投注資源調查這項推論，但我們不該鬆懈。還可能有其他情況：例如蔓蒂認識凶手，或者你們兩人都認識凶手，而你們是共犯，或者出於某種原因而想保護凶手。或者，也有可能根本沒有所謂身分不明的凶手，而是你們兩人合作犯案，蔓蒂將史貝特誘騙到住處，而馬汀下手殺人，再拋棄手套和凶器，編造攻擊者從屋後逃跑的證據，才打電話叫救護車。」

「這太誇張了吧。」馬汀不敢相信地說。「救護車馬上就到了，他們可以證明史貝特才剛剛身亡。」

「沒錯。鎮上有間救護中心，警方也問過他們話了。」

「還有另一個可能。」尼克輕聲說道。「另一種情況。」所有人的視線都落在他身上，但他卻低著頭，看著前方的桌面。「如果凶手不是尾隨賈斯柏進入透天厝，實際上剛好相反呢？有可能是賈斯柏看見凶手進屋才跟著進來，質疑對方的行為，接著受到那名男性或女性的攻擊。」

馬汀和溫妮佛轉頭看向蔓蒂，她因為尼克話中的暗示而瞪大眼睛。「有人想傷害我？」她問。

「當時門是開的嗎？其他人有可能早賈斯柏一步進到屋內嗎？」溫妮佛問。

蔓蒂搖頭。「沒有，我確定門鎖上了。」

「我抵達時門上有鑰匙。」馬汀說。

「那賈斯柏就是自己進去的。」溫妮佛直視著蔓蒂，加強話語中的安慰。「對方的目標是他，不是妳。」

「大概吧。」蔓蒂的聲音聽來遲疑。

「他自己開門進去，然後凶手尾隨他進入。」馬汀說。事發順序頓時清晰起來。「今天早上我和丹妮思·史貝特談過，她是賈斯柏的媽媽。她說警方相信是賈斯柏受到攻擊，他試圖抵擋那把刀，試圖逃跑。在走廊上時，凶手在他身後，所以賈斯柏是想逃進屋內，他身體倒下的位置確認了這一點。」他環視其他人，每個人都表示同意。

「還有一件事。」溫妮佛對著所有人說。「警方已經知道了，你們也該知道。蔓蒂？」

馬汀看向坐在桌子另一邊的她，她正咬著下唇。他很熟悉這種表情，這表示她對某件事焦躁不安。

「我聽到聲音便下樓，那時我很小心，然後就看到賈斯柏癱在地上，就在你找到他的地方，但他那時還有氣息。我到了一樓想幫他，所以手上才會沾到血。但我什麼都幫不上，他有點……」她停下來，身體發抖，被回憶的碎片刺穿。「他有點胡言亂語。他想呼吸、想說話，嘴邊有泡，紅色的泡泡，像是溺水。我聽不懂他的話，他開始痙攣、咳血，而我只聽得懂一個字：**馬汀**。」她抬起視線看向他。「對不起。」

「所以他是要去找我？」

蔓蒂點頭。「他那時手裡握著東西，我想拿起，但他抓得很緊，同時想要說話，就在那時他說了你的名字。」

「我有看到他拿的東西。」馬汀說。「上面的圖案跟宗教有關，可能是耶穌基督或某個聖人，應該是一張明信片。他媽媽說他會蒐集明信片，有好幾千張。」他看著溫妮佛。「警方有提到這件事嗎？」

溫妮佛搖頭，臉色憂鬱、聲音低沉：「我沒聽到。蔓蒂？」

「有。他們問過我他手上的東西，但我沒辦法像馬汀記得那麼清楚。」

一片沉默。警方跟溫妮佛提到刀子、提到賈斯柏．史貝特有哪些傷口，卻完全沒說死者手上握著的東西。

「賈斯柏怎麼知道我昨天會到？」

「我告訴他的，上星期講的。我說你快寫完書了，可能會在星期天或昨天抵達銀港。」蔓蒂說。

「如果你昨天才剛到銀港，受害者怎麼會認識你？」溫妮佛問。

「他是我的朋友。我們以前一起長大，高中時是最好的朋友。」馬汀說。

「你在這裡長大？」溫妮佛的話半像問句，半像陳述。

「對。」

溫妮佛轉向蔓蒂：「妳知道這件事？」

蔓蒂露出為難的表情。「對，賈斯柏跟我說過。他很期待你回來，說鎮上有一個這麼厲害的記者會有多好。」

溫妮佛和尼克互瞥了一眼，但所有人都能感覺這件事跟馬汀的關聯。溫妮佛轉向他：「先釐清一下，當蔓蒂說要搬到銀港，你沒告訴她你在這裡長大嗎？」

馬汀張開雙手，擺出安撫和解的姿勢，接受自己犯的錯誤。「我以為我說了。」

蔓蒂皺眉搖著頭：「我只記得馬汀說他很熟悉銀港。」

兩名律師的眼神再次交會，但都沒再追究。

尼克改變了話題，向蔓蒂提問：「妳怎麼認識賈斯柏的？昨天妳是在家裡等他嗎？」

「他是房仲，那棟透天厝就是他租給我的。」蔓蒂說。「他還要拿另一棟房子的鑰匙給我，所以遲早都會過來。」

「什麼房子？」尼克問。

「我繼承了一棟房子，所以才決定搬來這裡。」她再次皺眉，而且是對著馬汀。他開始覺得這代表她說過了，但他沒聽進去，當時他應該著了魔似地寫書。她不屑地看了馬汀一眼，繼續對尼克說：「我繼承了一筆龐大的遺產，這就是為什麼溫妮佛會是我的律師。我繼承的很多資產都在里弗來納一個叫旱溪的小鎮附近，但在這裡也有一間房子。房子是我奶奶的，希凡．史納屈，那是她家族的房子。」

「妳奶奶？」馬汀問。

「對，就是哈利．史納屈——我爸的媽媽。她在幾年前走了，名下房子都傳給她先生，艾瑞克，現在又傳給我。溫妮佛和哈洛德．德雷克一直在幫我整理產權問題，補交稅款和一些待繳的費用，還要評估建築的狀況。我本來希望這週可以拿到房子，所以賈斯柏過來可能是要拿鑰匙給我。」

「我覺得應該不是，我問過賈斯柏．史貝特的媽媽丹妮思，她應該要提到這件事才對。」馬汀說。

「對。」溫妮佛說。「快評估好了，但還沒完成。」

四人安靜思考著，各自釐清對案情的想法。馬汀想著蔓蒂繼承的房產，所以這就是她選中銀港的原因，她在這裡有房子。他記得很清楚她說要搬到這裡時的情景，也許他當時太震驚，沒聽進她說什麼。他對此搖頭。這樣不好，對於要一起共度未來的情侶來說，他們的溝通有些問題；或者應該說是他沒有好好聆聽。話說回來，他在雪梨近郊拚命把書生下來的那段時間裡，其實也根本沒認真聽編輯以外的人說了什麼。

「房子在哪裡？」他問。

「在河對岸的海角上，望著海。」

「希凡．哈提根嗎？」尼克問。

「靠。」馬汀說。

§ § §

她坐在海灘上方一株小葉南洋杉樹腳的野餐桌旁等他，盯著海浪，思緒飄向別處。他買了自己要吃的炸魚薯條，還有她點的壽司。有那麼一刻，她只怔怔地看著波浪磷光，完全沒注意到他的存在。烈日當頭，氣溫炎熱，海面波光瀲灩。他停下腳步看著她，陽光在她赭紅色的頭髮上玩耍，她就像一場成真的夢。她莫名察覺，於是轉過頭來，笑著看他走近；他感覺世界回到了正軌，命案帶來的恐怖開始在澄澈的陽光中淡去。她笑著看他放下食物，愉悅、驚喜地看著壽司，她說，雖然在內陸的灌木荒原裡住了多年，她還是念念不忘魚肉的滋味。

她邊吃邊指著上衝浪課的小學生，他們試圖站在浪板上，卻又跌進平緩的海裡，她的笑聲彷彿浪花。他指向一個體重過重的胖男人，光著上身，胸腹如果凍，男人拖著腳步沿水線移動，看身體動作應該是在慢跑，但速度像散步。馬汀說自己幾年後就會變成那樣，蔓蒂說搞不好你現在就是這樣了。她眼神散發光芒，因為這種閒聊、這種日常生活中無關緊要的交流而感到愉悅。他稱讚她的髮色，她說這是為了不讓人認出她就是報上的那個女人；他稱讚很漂亮，她回說那是自己染的。他對她說，妳現在是有錢人了，可以上髮廊。她請他滾遠一點。

接著他們就只是坐在原地，安靜地進食，因為彼此的陪伴而感到舒適。炸魚薯條熱燙、油豐、鹽香，吃起來簡直像天堂。炸魚薯條，他媽媽每週五晚上必定招待的大餐。無論發生什麼事，這東西他絕對不會吃膩。還是小男孩的他曾幻想，自己有天能過上富有、豪華、奢侈的生活，遠離安居社區這些折磨：他會住在貴族山丘，開著金光閃閃的跑車，三餐都吃炸魚薯條。現在的他笑著揣想，也許他總有一天能達成那項目標。

前往沙灘的人潮不斷——背包客、遊客、退休人士——每個人的腳底板接觸到細緻如塵的熱燙沙粒而尖叫。早上那種精心耙梳過的整齊感已經消失，沙灘又恢復成本該有的模樣，高低起伏，和波浪峰連的海面互相呼應。人群遵循某種不言而喻的模式散坐各處，彼此之間都保持一定距離。年輕人要不光著上身、四肢大開，就是穿著比基尼、塗著防曬油；而上了年紀的則戴著寬大的帽子和更寬大的墨鏡，充滿皺紋的皮膚彷彿在陽光底下曬乾的水果。今天是平常的上課日，除了上衝浪課的學童外沒有多少小孩。微風淡薄，剛過正午的陽光炙熱，馬汀感謝有樹蔭可乘。陌生人在他面前排列如同簡報圖表上的黑點，他們看起來如此放鬆，沉浸在完美的時光。他想，這些人的生活真的這麼簡單嗎？吃飯、睡覺、海灘，盡是日常生活中無關緊要的細瑣選擇。還是他們只是表面平穩，但其實都和蔓蒂還有他一樣，水面下都困於洶湧的暗流？當然了，不可能有人沒有煩惱，每個人都在經歷各自的情節，關於愛與希望、渴求與絕望，但他很難相信眼前沐浴在日光中的人們，有任何人的的生活經歷足以和他與蔓蒂匹敵。今年不過才進入第三個月，他和蔓蒂已經度過多少辛苦事。

在海岸前緣，兩名媽媽正陪著學齡前的小孩蓋沙雕城堡，他們吱吱喳喳的說話聲夾帶在微風中，在拍打沙灘的浪聲之間走走停停。

「連恩的托兒所在哪？」馬汀問。

「往隆頓路上會經過的那間高中旁邊。」

「滿方便的。」

「對啊，那間剛開幾星期而已，時間點很剛好。園長是個單親媽媽，叫萊克希，住在比較靠內陸的地方。她很喜歡連恩，也願意在下班或是週末之類的時間幫忙帶他，根本是天使。」

「現在就讓連恩去托兒所不會太早嗎？」

蔓蒂笑了一下。「不會啊，他十個月大了。這樣對他比較好，讓他習慣，有的人幾週大就被帶去了。」接著她咬著下唇，眼中浮現憂慮。「馬汀，他會沒事的對吧？」

他擦乾淨手上的油漬並回答：「當然，沒理由會有事。」

她沒有因此放下憂慮，原本的神采開始從她臉上退去。「我沒辦法忘掉賈斯柏躺在地上的樣子，被自己的血嗆到，一邊吐血，嘴裡都是紅色的泡，掙扎著想呼吸、想繼續活下去。我只要閉上眼就會回到那個當下，聽到那些聲音、聞到那些味道，但重新張開眼睛，看到的就是這片跟天堂一樣的景色。」她指向海灘。「看到這種景色，很自然就會想到未來繼續住在這裡會有多好，但只要閉上眼，我能看到的就只有那個畫面，只有過去。那個畫面永遠都在那裡等著我們。」她長長地吐出一口氣。

「蔓蒂，事情昨天才剛發生，妳要給自己一點時間。警方會找到凶手，妳看到的畫面也會隨著時間淡去。我們的未來還是會在這裡，還是會等我們，等我們去創造自己的生活，和連恩一起。」

她點點頭，彷彿接受了他的開導，但仍深鎖眉頭，眼神也還是一樣難過。「為什麼不跟我說這是你長大的地方？」

馬汀嘆了口氣。「我不知道，應該要講的。大概是不想潑妳冷水吧，妳那時看起來很興奮。」

「為什麼會是潑冷水？」

他別過臉，一時之間沒辦法直視她的注視。他吞了一口口水。實話，現在該是坦白的時候了。他轉回視線看著她的臉，直視她的雙眼。「那不是多好的童年，爸媽死了，兩個妹妹也死了，唯一剩下的只有我。」他試著照實陳述，不要參雜太多情緒，彷彿這是再普通不過的事，但他自知失敗了，聲音背叛了他，他知道她能察覺他話語底下被壓抑的情緒。

「噢，馬汀。」她握了握他的手，只是他已經沒辦法直視她的目光。他別過視線看著遠方的海，但其實什麼也沒真的看見，努力控制迅速高漲的情緒。最後，他終於轉向她。「銀港是個很好的地方。」他再次向她保證。「真的，在我的生活變得一團糟之前，這裡真的很好，對小孩來說是個不錯的成長環境，是我忘了而已。」

她沒有立刻回話，等到再次開口時，聲音低沉而富有同情：「你之前留在雪梨寫書，沒有立刻搬來，也是這個原因嗎？」

他聳聳肩，裝出若無其事的樣子。「大概吧，我不知道。我只是覺得那樣事情會比較簡單，把旱溪鎮做個了結，讓那些事情留在過去，然後我們可以在這裡重新開始。」

她安靜地觀察他的表情。他不確定她在想什麼，於是改變話題，轉而聚焦未來的生活。「所以，妳是因為哈提根那間房子才選擇要來銀港？」

她露出微笑。「對啊，正是因為那間房子。我需要離開旱溪鎮，離開那個缺水的環境還有以前發生的事，把事情斷乾淨。我一直都想住在海邊。我考慮過雪梨，例如曼力、邦迪或巴爾摩，但那不適合連恩，城市裡都不適合。我後來考慮要去伯馬古伊或塔斯之類的地方，接著溫妮佛就說我在這裡繼承了一間房子，聽來就覺得是很好的環境。那間房子的位置真的很好，可以想見以後的生活也會很好。我去看過房子外觀了，有機會你要去看看，鋪了魚鱗板的老屋立在海岸斷崖上，視野一望無際。我還報了大學，是南十字星大學的遠距課程，校方在利斯摩和寇夫斯港都有校區，我一年只要到校出席幾星期就好，其他課都可以在這裡上。我可以在這裡整修房子、陪連恩長大、研究文學，還能吃到魚。」她再次微笑，先前的光采恢復了一些，露出酒窩和調皮的神情。「還有和你在一起，如果你願意的話。」

「當然願意。」他握住她的手。他童年時的夢魘屬於他的童年，與她無關，他的過去也不代表他們兩人的現在。

然而這時她臉上卻沒了笑容，彷彿被風暴掃過的海灘。「所以你覺得可能嗎？事情真的會像我說的那麼好嗎？賈斯柏．史貝特死在我的玄關就好像某種預兆，某種警告。」她緊盯馬汀的臉，眼神緊張。「你相信命運嗎？」

馬汀笑了。「這話題我們之前就討論過了。」

「有嗎？」

「在旱溪鎮的書店裡，我們第一次見面的時候。」

「你記憶力也太好。」

「因為很令人難忘啊，尤其是妳。」

她被這句話逗笑，酒窩深陷。「油嘴滑舌。」她說，然後再次正經起來。「你變囉，馬汀·史卡斯頓。」

「希望是。」

「你當時怎麼回答？」

「妳說哪件事？」

「你相信命運嗎？」

「不相信啊，未來是由我們自己創造的。」

「那你相信因果業障嗎？」

馬汀看向底下的沙灘，看著曬日光浴的人們，他們的生命軌跡各不相同，卻在這一天的這一刻聚集在此。「不知道，也許信吧。」他知道，幾個月前自己會對這種想法嗤之以鼻，但他現在卻沒有長篇大論地反駁，也許他真的變了。

「如果有人要殺賈斯柏，為什麼偏偏要挑我的住處？」蔓蒂問。

「蔓蒂，這件事不是什麼預兆。想想妳繼承的房子、大學、這片海岸還有連恩，妳是對的，銀港是最適合的地方。」

「過去永遠都不會離開我們，就像隱匿在房間裡的鬼。」

這次輪到他皺眉了，因為她的語氣而不安。「妳這樣想？」

「嗯。」思緒在她臉上如漣漪綻開。「我們是路障，是保護下一代的堤防，讓他們免於被過去的事傷害。我們要保護他們，保護連恩。他爸、他外公犯了罪，那些罪全都還留在原本的地方。你也是一樣，無論你以前在這裡發生哪些事，我們都必須和它們共存，接受它、放下它。但對連恩來說，他生來沒有這些負擔與汙點，乾乾淨淨，這就是為什麼我要搬到銀港，我想在這裡得到的東西。我想要他在銀港像普通小孩那樣長大，不被以前的事綁住。」她轉頭看著他。「我也希望你能在這裡，馬汀，這是我們的機會。」

「那命運怎麼辦？」

「管它去死。」她再次微笑，但不是因為心情愉悅，而是出於反抗的心。

「管它去死。」他握著她的手複誦。

海面看來如此平順、溫和。他看過這片海其他的模樣，翻騰、致命，整片海灘布滿泡沫海浪[1]，而在北澳氣旋和東岸低壓過後，所有船隻只能栓在港裡，一栓就是好幾天。此刻往南方看去，在燈塔和衝浪客後方的海平線上，馬汀可以看到雲層前緣。有道南冽風[2]正要往這裡來，夾帶著往事回憶，聚集著遺憾哀悼的等壓線。他說的夠多了；以後可以告訴她更多細節，但不是現在。賈斯柏・史貝特的謀殺案令他們太過震驚，他們得先回過神來。

「告訴我那棟房子的事吧。」她彷彿讀懂了他的心思。「你和尼克・普洛斯好像都對那裡很熟。」

馬汀擺出一張鬼臉。他知道終究得告訴她自己以前在銀港的生活，那間房子似乎是個還不錯的切入點。

「我們小時候那裡根本沒有住人。希凡・哈提根一定是在我們出生前就搬到旱溪鎮了，所以那棟房子就被丟在岬角上，沒人住、沒人管，慢慢變得愈來愈殘破。也許他們家會回來度假吧，我不知道，但總之我們一直覺得那是空屋。那間房在孩子之間很有名，因為我們都覺得那裡鬧鬼。」

「鬧鬼？這下嚴重了。」她笑著說。「你去過那裡嗎？」

「只去過一次。」

1 泡沫海浪（sea foam）是一種海邊的特殊現象。在強烈氣流的作用下，海洋中形成的海洋泡沫可能往岸邊堆積，形成數公尺高的泡沫海浪，宛如骯髒的奶泡。

2 南冽風（southerly change）又稱南勃斯特風（southerly buster），是發生在澳洲南部新南威爾斯州和維多利亞州的天氣現象。發生在天氣炎熱時會特別顯著，氣溫可能會在半小時內驟降攝氏五到十度，有時伴隨降雨。整個澳洲東南沿海一年可能會發生三十多次的南冽風，發生前，南方天空可能會出現卷軸雲。

# 第六章

他們三個男生，馬汀、賈斯柏和史高迪，曾沿著河路去過那棟房子。完全是場意外。當年他們十二歲，正要進入青春期，身體結構即將轉變，即將迎向女孩、酒精和叛逆不良的行為，迎來活躍狂熱的荷爾蒙，外加破碎的家庭和脆弱的自我認同。但還沒真正進入，此時的他們只是小孩，隨波漂蕩，對未來的混亂一無所知。他們坐在史高迪的小船裡，無憂無慮、滿不在乎地浮在阿蓋爾河上，漂過露營車營區，從橋下穿過。在好幾天的風雨之後，此刻烈日當頭、微風淡薄，連潮汐都轉向，開始順著河流入海，而不是阻礙河水前進。經過港邊和鎮中心的街道時，三人興奮地指著岸上大笑。此時賈斯柏站起來，脫下褲子對著銀港鎮大現屁股，馬汀和史高迪對他這樣胡來而又笑又叫，整艘船危險地劇烈搖晃。

爾後，隨著鎮上的街道漸漸離去，也到了要回頭的時候。但是在潮汐的吸力，以及支流受大雨餵養後豐沛水量的推壓之下，阿蓋爾河的河水高漲，流向也完全和他們作對。他們使勁划槳對抗水流，但逐漸遠離他們的河岸說明了一切：他們只進沒退，正朝著出海口、危險的河口沙洲以及汪洋大海沖去。

「沒用。」坐在船頭的史高迪開始喘氣。「我們划不過的。」

「這就跟離岸流一樣。」坐在中間的賈斯柏說。「我們得從橫向離開，直接靠岸，要不然就要順著流向到出海口，出去之後再從海灘回來。」

「不管了，我們往岸邊划。」馬汀突然急迫起來。

他們根本不必討論該往哪邊的河岸划：河水將他們推離小鎮所在和人口聚集的南岸，推向比較不適合住人的北岸；到了這麼下游的地方，北面河岸早已不是露營區周圍那種平原地形，而是變得極為陡峭，覆蓋著糾結的植披。他們剛把小船轉成與流向垂直，立刻能感覺河水的壓力將他們往海的方向推，意識到這種情況下隨時會翻船。「划啊！」史高迪大喊，男孩在他的帶領下開始揮槳，安靜地用力推進。他們的船頭指著河岸，但河水將打橫的小船愈推愈遠，岸上的樹林由右至左快速在他們眼前飛掠，彷彿整艘小船被固定在輸送帶上。馬汀害怕他們上不了岸；河面的寬度在出海口前最後一次縮緊，提高了河的流速，河岸掠過的速度也愈來愈快。右岸的鎮景幾乎要走到尾聲，開始轉為防波堤。他就要放棄了，想要叫同伴將船頭轉向海，以免最後攔腰撞上浪面而整艘覆沒。他們現在能看到也能聽到那塊沙洲：充滿白色浪沫，狂吼著要吞噬他們。三人全都嚇得瞪大眼睛，一瞬間甚至忘記划槳，就要任由命運一頭撞上。但就在他們絕望之際，小船經過一塊巨石形成的小型海岬，而河面再度敞開，本來緊緊推著他們前進的河水突然放鬆力道。他們沒命似地又開始划船，馬汀和賈斯柏跟上史高迪的節奏，帶著船奮力橫切過河面。沒人講話，沒人大叫，都全神貫注進行著，感受肌肉的痠痛。

海水撞擊沙洲後方碎成浪花，就在眼前而已，只有五十公尺遠，清晰可見。他們也能聽到浪聲重擊的力道，感覺海霧撲在臉上。拜連日暴風雨所賜，海浪波濤洶湧，而挾帶著豐沛水量的阿蓋爾河就這樣迎面衝去。即便在最好的天氣裡，那道沙洲也充滿危險，現在已完全化身為不斷爆出巨浪和怒吼的野獸。這是他們最後的機會，靠不了岸就是被捲入亂流之中。這一切怎麼發生得這麼快？就在他們快要通過大石塊時，水流放緩下來，海岸線往內凹陷，在還不到沙洲的位置形成一片小型海灘，面向大海。那是一片祕密沙灘，是他們避難的希望，雖然此時也正一步步漂遠，但他們之間的距離仍極其誘人地近。此時，隨著他們完全離開河道，水流又進一步舒緩，徹底放開對他們的掌控。「繼續划！」賈斯柏叫著，聲音壓過逐步逼近的浪潮怒吼，但語氣不再絕望。因為沙灘旁的水域平穩，不受河流影響，同時也因為受到沙洲保護，離怒濤洶湧的大海有段距離，保有一小塊難得的寧靜。他們再次能夠控制小船，最後幾公尺時，僅憑小船的動能衝力就能前進。船頭終於壓上沙地，馬汀這才放鬆下來，緊張感一瀉而盡，喜悅開始湧入。

他們全都喘著氣，氣力耗竭，安靜地坐了一會兒，沉浸在各自的思緒中，不過腎上腺素仍在鼓譟。某個人開始發笑，接著其他人也屈服於大笑的衝動裡，笑聲像浪一般在他們之間爆發，將低潮的情緒向上衝高。馬汀躺在船上，笑得肋骨發疼、歇斯底里、喘不過氣，雙眼都泛著眼淚，整個人被得救的興奮感壓倒。

他們最終將船拉上沙灘，一路拉到斷崖底部的高潮標記之上，遠超過必要的程度。他們跌在沙地上，坐成一排，遠望著平靜海灣之外的沙洲和開闊大海。狂暴的浪花陡然升起，白雪翻騰，彷彿幾千張飢餓的嘴同時咆哮。沒人說話，但他們全都想著同件事：那艘弱不禁風的小船絕對撐不過這種海況。

「我們得等到潮汐轉向。」史高迪說。

「那樣至少要三、四小時。」馬汀說。

「更久。」史高迪說。「退潮本身就會持續三、四個小時，而我們需要強烈的漲潮才有機會對抗河水的水流。之前雨已經下了好一陣子，現在有太多雨水要往下排。」

賈斯柏和馬汀彼此對看一眼。史高迪是對的，但是現在已經五點了，等到河水狀況適合回程可能要等到半夜。在午夜前他們都會受困此地，前有河水猛浪，沙灘後方則是長滿雨林的峭壁。

馬汀指著被沙洲及河水擋在遠處的浪。「只要水位漲得比現在高，浪會直接打過沙洲，到時天太黑我們根本看不到。」

「那要賭賭看跨越沙洲嗎？」賈斯柏問，然後就看見朋友們一臉不敢相信的表情。「我隨便問問而已。」他說。

「也許可以揮手攔漁船過來？」史高迪提議。

「來不及了。船隊中午就回來了。」馬汀說。弗恩舅舅就是漁夫，他知道他們的行程。「也許會有其他人看到我們，例如釣了一整天魚後回來的人。」他們看著沙洲附近波濤洶湧的程度，判斷應該沒有哪個閒閒沒事的釣客會瘋到想挑戰這種等級的浪，尤其是在潮汐跟他們作對的時候。

「我老爸會殺了我。船是他的。」史高迪說。

「好熱噢。」賈斯柏宣告著。「我要去游泳。」

「小心海流，別游太遠。」史高迪提醒。

「嗯啊，隨便啦。」賈斯柏脫下T恤、踢掉夾腳拖，直接跳入水中。「來啊，你們兩隻弱雞！」他在沙灘邊緣踩著水，對他們大喊。

「我們應該生火，然後分配飲水。」史高迪說。馬汀聽了笑了一下，他這兩位朋友的個性有時真的天差地遠。

馬汀從船上拿下他們的背包。史高迪有一瓶半滿的塑膠水壺和一小包餅乾，賈斯柏有半瓶可樂，馬汀則有三根菸，從他爸那裡偷來的。史高迪看了一遍物資後說：「這樣撐不了多久，我們會很渴。」

「總比溺死好。」馬汀明白說出他們都畏懼的事。

接著，馬汀和史高迪撿拾柴火：沙灘上的漂流木，加上從後方茂密灌木叢中撿來的細枝，可以引火。有人曾在高於潮位線的地方生過營火，他們便把柴火堆在前人留下的石圈旁邊。賈斯柏游完泳，在沙灘上曬了一會日光，接著也加入他們。「要怎麼起火？有火柴嗎？」

馬汀笑著拿出一個拋棄式打火機。

他們顧著火堆，與其說是為了取暖，更像是找事做。時值夏季，還要兩個多小時才會天黑。他們抽著菸，全都試著別嗆到咳嗽，全都試圖讓自己看來比實際感受更堅強一些。賈斯柏想升起煙霧當求救訊號，把自己的衣服舉在火堆上方，但很快就因為咳個不停和無聊而屈服。

「如果有人出來找我們的話，可能會看到煙。」馬汀說。

「除非我們到晚餐時間都沒回去，否則沒人會來找的。」史高迪說。

「噢靠，你們看。」賈斯柏指向南方。地平線上有雷雨雲，還在遠方，但頗具威脅。「半小時前明明還沒有。」

「好極了。」史高迪說。

「現在怎麼辦？」賈斯柏問。

「讓火燒得愈旺愈好。」馬汀說。

「不對，應該找地方躲，懸崖底下也許有凹處可以避雨，我們趁還沒下雨把火移過去。」史高迪說。

史高迪跑到沙灘最遠端，在海岬下方找遮蔽處。賈斯柏則在河流出海口邊的露頭下面找。最後，是負責搜索雨林邊緣的馬汀找到了岩石上雕出來的石階，雖然荒草蔓生且布滿苔蘚，但不容錯認。他喊了另外兩人過來。

「這通到哪裡？」賈斯柏問。

「一定是到海岬頂端。如果我們爬上去，上面會有小徑，我們可以走出去，在天黑前走到馬路上。」馬汀說。

「上面就是哈提根家的房子。在海岬上。」史高迪說。

馬汀和賈斯柏看著彼此，猶豫了一下。

「那就走吧。趁下雨還有天黑之前。」賈斯柏說。

而馬汀心想：**趁我們被困在這裡之前**。

§ § §

蔓蒂為了閃避一名老太太而緊急剎車，打斷了馬汀的故事。老太太駕著電動代步車輕快地橫越中央大道，橘色的旗幟在她頭上歡樂地擺動。馬汀和蔓蒂此時正開車穿過鎮上，要去托兒所接連恩。蔓蒂說她覺得那棟透天厝現在惡業太重，想要早點去接兒子，三人再一起找別的住所。在這點上，馬汀沒辦法怪她。

「我們只需要找個地方住一、兩個星期，之後就可以搬進那棟房子裡。」蔓蒂說。

「那棟房子可以入住了？」

「可以的。」

蔓蒂一路穿行車陣，開過港口的入口處，越過兩個圓環。他們轉入隆頓路後向南，經過那幾間群聚在一起的速食餐廳。托兒所和高中彼此相連，都是新成立。馬汀上高中時，每天都得坐公車通勤，緩慢而危險地爬上斷崖到達隆頓高中；很多銀港人都沒有高中畢業證書，那趟通勤路程也要負點責任。

「我喜歡你關於那棟老房子的故事。」蔓蒂說。「你們應該是爬上樓梯，在那裡躲過暴風雨吧？算是善業。」

「對。」馬汀喃喃說著。「善業。」

路上有輛曳引機正在運送某種超大型農用機械，以致他們的車速幾乎慢得像在步行。在右側，穿過斷斷續續的棕櫚樹間，馬汀可以看到安居社區的石棉纖維外殼以及在他小時候總是熱得像烤箱的幾條街道。以主要幹道為界，並以甘蔗田作為緩衝區，安居社區就這樣跟鎮中心區隔開來，明明是銀港的一部分，卻又被隔離在外，彷彿貧窮和霉運是傳染病。誰知道呢？也許真的會傳染。安居社區的房舍周圍繞著田野地，遠方地平線上則是隨著斷崖拔地而起的漫長綠意。他們的車面朝南方，看見雲層仍繼續累積，底下是飽富雷雨的波浪皺褶，上面則頂著一團無法遮掩的砧狀雲。

「嘿，馬汀，」蔓蒂皺起眉頭。「為什麼尼克．普洛斯也會知道那間屋子？他不是近期才搬來的嗎？」

馬汀嘆了口氣。「嗯，其實後面還發生了其他事。」

§ § §

要爬上那些石階，說比做更簡單。從沙灘到海岬頂端大約六十公尺，垂直陡上。在半世紀前，這些石階還維護良好時，只需要幾分鐘便能爬上去，但現在這條路徑早已荒廢。從沙灘後方起登後，前幾公尺還算簡單，階梯都刻在砂岩上，只是多年下來上面覆滿了苔蘚，得邊走邊推開低垂的樹枝和灌木叢，再加上階梯本身風化有些嚴重。不過，這幾公尺之後的路就沒那麼容易走了。曾清楚在斜坡上來回蜿蜒的小徑已被植披蓋住，變得難以辨識。最初幾公尺還容易找，路徑兩邊堆有石塊，然後路就消失了，被草叢吞噬，等到再出現時，與其說是路不如說是可能有路的暗示。三人在各種蕨類和灌木叢中狼狽地向上爬，路徑一會兒出現一會兒又消失，混入小袋鼠走過的無數條獸徑之中，難以分辨誰是誰。天空被林冠吞噬，三人難見天日，完全不曉得暴風雨現在靠得多近。如果是在其他地方，他們可能會走得糊里糊塗，甚至迷路，但在這裡，他們能靠著陡峭的斜坡地形和持續不斷的浪聲辨別方位，於是他們持續緩慢地向前推進——但速度真的非常慢。持續前進幾公尺後，坡度變得近乎垂直，草叢也被巨大石塊取代。他們在這裡找到腐化後剩下的木階梯，以及用螺絲栓在岩壁上的扶手和樓梯豎板，但螺絲已經鏽蝕，木片也都腐爛，剩餘的部分隨時都會剝落，有坍塌的危險。

「所以我們是走對路了。」賈斯柏樂觀地說。

「我們繞過去，繼續走Z字型前進。只要繼續往上爬，就一定能到頂端，到時一定能找到路徑。」馬汀說。

「好。你帶頭。」賈斯柏說。

「我？」馬汀問。

「對啊，你有穿鞋。」

馬汀看著朋友的腳。史高迪和他一樣穿著膠底帆布鞋，賈斯柏卻光腳，沾滿泥巴，還有一抹紅紅的。他把夾腳拖拿在手上，這裡的地形陡峭溼滑，那玩意毫無用處。「你還好吧？」馬汀問道。

「沒事，鞋子其實沒那麼重要啦。」賈斯柏說。

馬汀向前邁進，撥開蕨葉，踏過落枝，因為看不到地面而遲疑地探索著該往哪走，總是先伸出一隻腳，確定無誤才把整個重心移到新的踩點上。有一次他幾乎要摔下山崖，剛停下喘氣腳便滑開，心臟瞬間跳到嘴邊。他拚命抓住任何植物或樹幹，或任何可以防止他下墜的東西，在磨破兩邊膝蓋並劃傷一隻手後終於停了下來，被一座白蟻丘擋住，不再下墜。視力退化而半透明的細小白色螞蟻群湧而出。一陣寂靜淹沒浪潮聲，有隻袋鼠從樹叢間衝過，位置很近，但隱密得看不見。馬汀用單手抓住林投樹外露的根，將自己拉起，然後四肢並用地回到斜坡上，提醒朋友小心。

現在，新的危機突然籠罩在三人頭上。隨著他們愈爬愈高、浪聲漸遠，新的聲音也隨之現身：雷聲正不斷靠近。此時太陽已經消失，清晰可見的斑駁樹叢變成一片不祥的黑影。空氣開始凝滯，溫柔的微風也停了，整個白晝屏住呼吸。馬汀聽到劈啪一響；他正打算說什麼，就看到一道彎曲的白色閃電劃過天空，光線如X光一般穿透林冠。電光劃過後幾乎只間隔一瞬間，轟然的雷聲便隨之而來，在他們周圍震動後便又走遠，三人感覺五臟六腑彷彿都跟著共鳴，連地面也隨著強大的雷鳴顫抖起來。偌大的雨滴彷彿被雷擊從雲上搖落，開始紛紛落下，東一滴西一滴，重擊時發出聲響。暴雨即將降臨。

「我們走，快點。」馬汀說。他把階梯和舊路徑拋在腦後，開始直接向上爬升，用手抓攀、用腳上推，不顧擦傷和鬆動的踏點。他盡可能向上爬，聽到其他人也跟在後面。他爬了五公尺，然後推遠成十公尺，最後又爬了幾公尺，便闖入一條比較明顯的路跡，連斜度也變得平緩。「這邊！」他催促著。「是路徑！是路徑！」他等著另外兩人，史高迪先從草叢裡鑽出來，然後是賈斯柏，他左腳都是血。「你還好嗎？」

「再好不過。」

風勢降臨，樹叢間的呼嘯聲愈來愈強，樹木開始劇烈搖擺，灌木叢也不斷晃動。接著是雨，不再只是個別的雨滴，不再受樹冠遮擋，開始滂沱落下、橫向襲來，冰冷刺骨且充滿惡意。另一道閃電發難，光芒刺目，電弧畫過天空，在馬汀的眼皮底下留下餘光。雷聲立刻接踵而來，轟隆作響彷彿神的話語。男孩已經不需要再討論了，立刻像被惡鬼追趕般拔腿就跑。他們衝出樹叢就看到那棟老屋：哈提根家。

他們有猶豫嗎？也許有那麼一瞬間。但暴風雨像是察覺到他們的遲疑，變得更加狂暴。又一道刺目耀眼的電光，又一陣撼動肺腑的雷聲。雨水變成冰雹，切過空氣時發出刺耳的聲音，擊中他們單薄的衣服、裸露的臂膀和滿是擦傷的腿，更是令人疼痛。他們不再猶豫，立刻朝房子跑去，一路攀升來到屋外門廊。但雨勢幾乎是水平劈來，門廊上方的涼篷提供不了任何庇護，老屋本身似乎也在搖晃，像在抱怨這天氣。他們沿著門廊繞向背風的北面，才找到一塊乾燥的地方躲避風雨和冰雹，此處的雨聲沒那麼大，讓他們能彼此交談。老屋在他們周圍不斷呻吟，像是抗議風雨的暴力或他們三人的存在，而冰雹不斷在老屋的鋼皮屋頂拍叫。

「這樣很好，我們安全了。」賈斯柏說。

「才不好。」史高迪說。「我爸媽，還有你們家人會覺得我們跑去外面。他們會以為我們溺水了。」

「所以等他們發現我們其實沒事，就會完全鬆一口氣，沒空再去想其他事，比方說船的事，或是我們划到太下游還是我們躲來這裡。」賈斯柏說。

他們坐了一會兒，安靜地看著風雨形成的灰牆。最靠近他們的樹只在二十公尺外，但即使如此近距離，在這樣的暴風雨中都難以看清。馬汀打了個冷顫；他們安全了，但很冷，而且全身溼透。

「哎呀，真希望剛才我們沒有先把那幾根菸抽掉。」賈斯柏說。

馬汀轉頭想回話，但話到嘴邊，便被賈斯柏那隻腳的樣子堵了回去，有一道很深的裂口仍汩汩冒著血。「靠，你過來讓我們看一下。」

「沒事啦。」賈斯柏說，但他的不屑被不由自主的顫抖削弱了可信度。馬汀抓起他的腳，血從腳趾間的泥巴裡冒出。上方涼篷積滿的雨水從旁傾瀉而下。「走，我們去清理傷口。」馬汀說。賈斯柏站起身，一跛一跛地走到門廊邊緣，將腳舉至水瀑下方，在水冲過傷口時畏縮了一下。馬汀用手搓揉，清掉他腳上的泥巴，顯露出底下的切口，深且參差不齊，一路割至腳底，還在冒血。

「靠。」馬汀又罵了一次。

賈斯柏扭過身體，抬起腳檢視傷口。「我看過更糟的。」

史高迪也靠過來。「這可能要縫。」

「真的嗎？」賈斯柏說。

「應該吧。但現在應該先壓住傷口，然後舉高，看能不能止血。」

「你哪裡學來的？」

「童軍。」

「我想也是。」

賈斯柏再次顫抖。風雨堅定無情。他們都曉得這代表什麼意思：他們得進到屋裡。這種暴風雨中還想待在室外根本太荒謬。就算賈斯柏的腳沒割傷，他們也都溼透，冷得要死，而且夜色將要來襲。

門廊圍住房子的東側，他們試著去開門廊盡頭的法式窗格玻璃門，但鎖上了。馬汀冒雨繞了房子一圈，還有另外兩扇門面向道路和森林處，但也都鎖上。他回到同伴身邊，全身滴著水，感覺更寒冷。

「這裡。」史高迪說。他找到一扇破裂的窗戶，窗框上釘了一片夾板。釘子鬆脫，夾板在風中嘎嘎作響。「我們拆下來。」他伸手到板子後方，開始前後扳動，很快撬開了板子，底下是一面上下滑窗，上面那片破了。「喔耶。」他伸手進去，注意著不被割傷，然後拉開窗鉤。他和馬汀伸手到窗框底下，鬆動下方的窗片，直到將它抬起。「幹得好。」史高迪說。

窗內乾燥、黑暗，雖然整棟房子仍在晃動並發出各種吱嘎聲響，但進到室內還是給人一種平靜的感覺。這是一間大房間，像是客廳，有三面開了窗。馬汀和史高迪拉起窗簾，簾布因為老舊而脆弱，積滿厚灰，其中一條光是被史高迪沿著窗軌扯就破了。房裡的光線增加了一點點，風雨的聲響也是。馬汀試了其中一個電燈開關，毫無意外地沒有反應。

史高迪拖拉著一張雙人沙發，搬進從窗戶照進的光中。「賈斯柏，過來坐下，腳抬起來。」賈斯柏跳上沙發，照著指示躺向一邊，將淌著紅色條紋的腳放到扶手上。馬汀和史高迪對看一眼。腳還在流血，他們需要繃帶。他們所處的這整棟房子正在說話，時而喃喃低語時而爆裂大喊，在雨水敲擊下尖叫、抗議。一道狂風颳來，然後是閃電的光芒瞬間透進窗口、百葉窗和窗簾，照亮整個房間。他們為緊接而來的雷聲做好準備，轟鳴隆隆而至，撼動整間屋子，將窗戶和相框震得嘎嘎作響。房裡有兩扇門，兩扇門間夾著一座巨大的壁爐，各自開在無窗的那面牆上，通往屋子後方的主體部分。

馬汀試著打開左邊的門，史高迪跟在他後面。門後通向一道長廊，沿著屋子南邊延伸，廊上窗戶緊閉。馬汀看向陰暗之中，龜步前進。右側出現一道門，然後是另一道，接著是通往二樓的階梯。走廊最後抵達老屋的前門。「回頭吧。」他壓低聲音說。

回到大房間，他們向賈斯柏比了個讚，然後又去開另一道門。這次通向一間餐廳，右邊有窗。但真正吸引他們注意的是那張餐桌，實木製，覆蓋著灰塵、蒼蠅屍體和老鼠屎，上頭擺滿餐盤、餐具、空瓶以及棄置的餐巾和骨頭，看起來是一道餐饗盛宴的殘跡。在過去的某個時間，也許是幾星期、幾個月或幾年前，曾有人在這裡設宴，然後把廚餘都留在了身後。「看來有人趕著離開啊。」史高迪倒抽一口氣，雙眼圓睜。

餐廳裡有兩道門都關著：一道往左，想必是接向走廊，另一道則在正前方。他們沒去開走廊那扇門，而是躡手躡腳、驚恐不安地經過餐桌旁，往比較遠的那道門走去。房間一側有風暴肆虐，另一側則是被拋下的餐宴，馬汀顫抖一下，說服自己只是因為冷。他們抵達門邊，但感覺不太對勁；有東西在門後的房間裡發出重擊，聲音大過風雨。馬汀和史高迪交換了一記充滿恐懼的眼神。史高迪以手勢無聲地說，他想要剪刀石頭布。靠。馬汀不甘願地點了頭。一、二、三。馬汀出布，而史高迪出剪刀。馬汀只好伸手抓住門把，史高迪則緩緩往大房間的方向後退。

馬汀非常緩慢地開門。門後通往廚房，空蕩蕩的廚房。他很快找到重擊聲的來源：一扇鬆脫的百葉窗在強風中砰砰作響。他嘆了口氣，放鬆緊繃的呼吸，轉頭示意史高迪往前。兩位男孩進入一間頗具規模的空間，窗戶下方擺著桌子和四把椅子。工作臺上丟滿髒盤和廢棄的食物包裝。

「有個地方不太一樣。」史高迪說。

「什麼意思？」

「有味道。」

他是對的，食物腐爛、肉類餿掉的味道充滿整個空間。馬汀看著拍擊的百葉窗，後頭的窗戶開了一條小縫。空氣在室內流動，但味道並未散去。水龍頭滴著水，水槽裡全是沒洗的盤子和餿掉的廚餘。這裡最近有人來過，比餐廳使用痕跡的時間點要近上許多。

「我們出去吧。」史高迪說。

「不行，我們搬不動賈斯柏。你找東西裝水，我去找繃帶。」馬汀說。

史高迪不甘願地往水槽走去。馬汀翻找櫥櫃，挖出一個藍色塑膠冷水壺，底部蓋了一層灰以及某種蛾死掉化成的粉。「給你。」他故意隨手一扔，把水壺丟給史高迪。史高迪嚇了一跳，雙手亂揮一陣，差點沒接到。馬汀露出微笑，繼續搜索櫥櫃旁的抽屜，全是餐墊和廚房用具。往下到第三格抽屜，他才找到需要的東西：擦碗布。最上面那塊布有著一層薄薄的灰塵的黴，連抽屜深處也是，不過底下幾塊布都是乾淨的，摺疊整齊。他隨手抓了一疊，等著史高迪把冷水壺刷洗乾淨並盛滿水。兩個男生彼此點頭示意，迅速由原路返回，穿過餐廳回到客廳。

賈斯柏還坐在窗邊的沙發上，表情痛苦地看著舉高的腳，朋友出現時，他的表情瞬間輕鬆不少。馬汀覺得賈斯柏眼裡好像有淚，但他和史高迪都沒說什麼。

「腳伸來，我來。」史高迪在賈斯柏旁邊蹲下。「我們童軍時學過。」

屋內的確乾燥且擋風，但馬汀開始冷得發抖。他走向壁爐。鐵條交錯的爐柵欄已被拆下放到旁邊。壁爐內有些乾樹枝，或剪或折，堆在其中一側地上，只要找到可以引火的材料他就有辦法生火。他搜索房間，想找報紙或雜誌，但都沒有。當他正猶豫是否要再賭一把冒險進入屋內深處時，就看到客廳北面窗戶下有只書櫃。是書。下層格子裡放了一套《世界百科全書》，旁邊緊緊塞著十來本漫畫，馬汀抽出漫畫，《轟天奇兵》。要他燒這個門都沒有。他把漫畫拿到正在清理傷口的史高迪和賈斯柏旁邊。「欸，你們看。」然後把漫畫給了賈斯柏，賈斯柏邊笑著全部收下。

回到書櫃前，馬汀評估著該犧牲百科全書的哪一本，他挑了最薄的《U到V》那冊。沒人會懷念名為U到V開頭的東西。他走回壁爐，沒有馬上開始撕書，而是先在灰燼中用書清出一小塊空間。

「呃，天啊。」他轉向他們。「欸史高迪，你過來一下。」

「怎麼了？等一下，我快好了。」

「你看壁爐，還有溫度。」

他們突然一陣安靜，氣氛不祥。賈斯柏不敢置信地盯著他，史高迪的眼神轉向上方，看著天花板，也就是連接著上面那層樓的地板。

「這樣很好啊。」賈斯柏換上某種彷彿自信的樂觀態度。「他們可以幫我們。」

馬汀想到餐廳、被扔下的大餐以及骯髒發臭的廚房，直覺告訴他，這實在不能算是好的局面。

史高迪包紮好賈斯柏的傷口（他的腳現在被抹布包得圓鼓鼓的），然後走到壁爐旁蹲下，將掌心放在灰燼堆上方，證實了馬汀的判斷。「我們得離開這裡。」他壓低聲音說，但他們耳裡聽到的全是外頭風雨哭號聲裡的敵意。

馬汀考慮要叫史高迪待在這裡陪賈斯柏，自己去找救兵，但他還來不及開口，通往走廊的那扇門就突然被撞開。有個男人現身門口，他的眼神比頭上雜亂的灰髮還要狂野，冷笑著露出殘缺的黃牙，嘴裡含著咒罵，重點是他手裡直直舉著一把斧頭，斧刃指向前方。

有那麼一瞬間——在那無限延伸成永恆的百萬分之一秒裡——他們全都定在原地。這場對峙一步錯步步錯，下場恐怖，以致無人妄動。率先行動的是史高迪，他整個人跳起來，擠過馬汀身邊往餐廳那道門跑去。馬汀瞄了賈斯柏一眼，賈斯柏已經站起身往窗格玻璃門走。「等一下！」斧頭男高聲喊著。「等一下！」

馬汀沒有停住，他拔腿就跑，跟著史高迪穿過餐廳跑進廚房。史高迪瘋狂地扭著通向屋外的門把，但上了鎖。「靠。」馬汀說。他將餐廳的門板甩上，像電影裡看過的那樣，拉過一張椅子卡進門把底下。他把餐桌硬拉過來，讓桌腳卡在椅子後面。「窗戶，從窗戶出去！」他說。

史高迪看著窗戶思考著，正要說話，便看到斧頭前端破門而入。兩個男孩瞬間跑向窗邊，向上推開窗格。史高迪躍出窗外，馬汀跟著照做，落在被雨淋得溼透的泥土地上，屋頂的積水迎頭澆下。他回頭望向窗內，看到通往餐廳那道門被斧頭擊中，門把從門上噴飛出去。

「快點！」史高迪說。「跑啊！」

「賈斯柏怎麼辦？」

「他手上有斧頭欸！」

「等一下，我不會傷害你們。」男人說，他從幾公尺外的窗內探頭，但手中的斧頭讓話語都像謊言。史高迪已經離開，消失在風雨中。馬汀仍只是緩慢後退，拖延著步伐。男人體型太高大、太高齡，沒辦法輕易穿過窗戶追上他們。馬汀看進他的雙眼，看出他的瘋狂，他的眼神充滿極度的渴望和殺意，但還有別的東西，像是某種懇求，希冀馬汀能懂。「別走。我沒有惡意。」男人說。馬汀想跑，也知道該跑，但他想到只要他在原地待得愈久，盡可能吸引這個瘋子的注意，跛腳的賈斯柏就愈有機會從玻璃門離開，想辦法逃走。除非他已經掛了。

「你是誰？在這幹嘛？」馬汀大喊。

「我只是過路的人，暫時躲在這裡而已，跟你們一樣。」這些話語似乎拚了命想讓自己聽來夠平靜、夠使人放心，而且幾乎要成功了。馬汀開始猶豫。此時，男人探出的頭縮回去了。馬汀差點忘了：走廊盡頭還有另一扇門，正門。他狂奔出去，衝進視力幾乎無用的雨中，發現自己站在車道上，是在草叢中開出的一條小路。他回頭望向身後，看見男人大步跨出正門，朝雨中走了幾步。依照男人走路的樣子判斷，看來男人應該是瘸了，他意識到自己安全了，那人不可能抓得到他。男人轉身，仍揮舞著手裡的斧頭，然後退回屋內。馬汀開始沿著車道小跑，一邊大喊史高迪的名字，一邊跑進雨林中。儘管大雨傾盆、陰雲密布，他卻覺得這座雨林異常安全，而且親切。

§ § §

蔓蒂把車開向路肩，停下並打亮雙黃燈。他們就快抵達高中，但這場新生的暴風雨突然降臨，敲擊車頂的雨聲如雷貫耳，雨水從擋風玻璃潑灑而下，已經超過雨刷桿能應付的程度，能見度太低，繼續開車太危險。蔓蒂感到驚喜有趣，睜大了眼睛。在內陸乾旱生活多年後，雨水對她來說仍如此新奇，即使是馬汀童年的脫逃故事也要暫時被丟在一邊。「我真的愛死這天氣了。」她說。

馬汀笑了。他非常熟悉這樣的天氣變化：突如其來的傾盆大雨只會持續幾分鐘便迅速離去，同時，一、兩公里外的地方卻連一滴雨都沒有。當年在哈提根老屋襲擊小馬汀一夥人的風暴，跟這種急雨又不太一樣。

「後來發生了什麼事？顯然賈斯柏成功脫逃了。」她問。

「沒有，後來我們發現他其實沒有成功逃跑。我之後終於找到史高迪，發現他一個人在哭，以為賈斯柏和我都死了。接著我們順著小路走到寬闊一些的馬路，又轉到沙丘路上，但是天色很黑了。當時警局有個小隊長叫麥基，他找到我們時，我們已經快走到鎮旁邊的橋上。所以他們真的有派人出來找我們。」

「然後呢？」

「我們告訴麥基斧頭人的事。麥基載我們到警局，然後找了另一名警察，帶著槍回到哈提根老屋。警方在客廳找到賈斯柏，就在我們丟下他的地方，不過找到他時，壁爐裡生了火，他的腳也包紮好了，他還吃著茄汁烘豆和土司。那個老人把他安頓好後就離開了。」

蔓蒂笑著鬆一口氣。「很美的故事耶。所以那個人沒傷害你們，房子也救了你們。這是好業。」

馬汀很想就此打住，讓她繼續抱著原先的想法，不過他的眼神背叛了他。

「怎樣？怎麼了嗎？」

「那個人其實不是什麼好人。他是逃犯，在維多利亞州因為謀殺還有其他亂七八糟的罪行被通緝。」

她的表情僵住，腦中想的都是這項新的凶兆。「所以他當時住在裡面？住在我的房裡？」

馬汀知道自己該怎麼解釋。「蔓蒂，這是好的業沒錯，一定是。那棟房子確實救了我們，沒人受傷，同時還讓一個躲警察躲了好幾個月的殺人凶手露出行跡。麥基也不是傻瓜，他沒有被那些食物還有火唬弄過去，後來追蹤到那個人並逮捕了他。如果要說業的話，沒有比這更好的業了。」

蔓蒂看著窗外的雨，表情遲疑。「大概吧。」她說。

豪雨漸緩後便突然完全停止。陽光從雲後穿出，地平線又重新回到視野之中。在他們右手邊，甘蔗田一路延伸至斷崖下方，映射著陽光和幾近虹彩一般的綠色，甘蔗已經成熟可以採收。

「妳看。」馬汀說。一道彩虹出現在他們左側，低掛空中，襯著離去鋒面的灰牆看起來更為明顯。蔓蒂揚起眉毛，彷彿勉強認同了他的話。她發動車子，專心駕駛，眉頭糾結。

馬汀看向彩虹，看向盈滿陽光的甘蔗田。他沒告訴她後續的通緝賞金，總共兩萬澳幣，由三名男孩平分。他沒說史高迪因此拿到一盒化學實驗組和一把網球拍，賈斯柏拿到一輛越野摩托車和一本存摺，而自己什麼都沒拿到。他沒告訴蔓蒂當時在警局的情形：史高迪的爸媽在局內等待，心急如焚，因為和兒子重聚而激動得喜極而泣，毫不追究船隻去向。丹妮思·史貝特也在場，眼神如匕首刺向馬汀，爾後她便一人默默禱告，等著麥基和他的副手出發尋找賈斯柏的下落。他沒告訴蔓蒂，那天接近午夜，當麥基載他回家時，他老爸早在電視前醉暈，醒來時只說：「馬汀？我還以為你睡覺了。」

# 第七章

高中位在鎮的邊緣，在通往隆頓的路上，像是從甘蔗田裡刻出來的東西。校園由長方形的建築物組成，坐落在長方形的地塊上，彷彿是從Ikea買來，再用超大型六角板手手工組合。三原色的方形色塊試圖為建物增添活力，但失敗了。標示出學校與田野邊界的圍欄由黑色的鋼條組成，適度插上了一些尖刺，可能是想防範入侵者脫逃或阻擋學生進去。學校周圍的甘蔗與圍欄同高，從三面包夾緊貼上來，綠色的植物在風中擺動彷彿正要往裡頭進軍，挑戰著圍欄的牢固和學校的安定。馬汀想的是蛇。這些圍欄擋不了蛇。現在還會有蛇逡巡在富含糖分的甘蔗莖幹之間嗎？還是牠們全被消滅了？也許是集體自殺，也許是大啖甘蔗蟾蜍結果被毒死。雨後的操場上有不少野生兩棲動物在開狂歡派對，跳著只有牠們自己才懂的醜陋芭蕾。其中幾隻躺平在柏油車道上，顯然是旋轉得太過高興，掉下舞台。蔓蒂進入學校時又壓死了幾隻自己找上門的，她開起車來已然具有本地人的氣魄。馬汀小時候，這些蟾蜍還沒抵達這麼南邊，野狗、野貓和蛇還能安全地四處遊蕩，新南威爾斯的涼爽氣候還頗有自信能讓牠們無法輕舉妄動。但是現在，氣候暖化終究還是讓牠們找上雪梨了。雪梨港出現蟾蜍、墨瑞河裡有鯉魚，接下來換誰？布里斯本河要長出鱷魚嗎？

這座學校最令人深刻的地方是招牌——牌子裝在一面氣勢宏偉的石牆上，大喊著這是道格安東尼高中[1]，旁邊是另一塊尺寸更大的鋼牌，寫著本校建物由聯邦政府資助建立。住在搖擺選區就是有這好處。馬汀很想知道這所學校成立的原因：到底是為了滿足逐漸增長的就學需求，或者單純只是選舉送禮？也許兩者都有。

學校太新，還沒有樹蔭；車道和圍欄旁排列著不到一公尺高的樹苗，個個伸著黑色灌溉水管彷彿要求繁多的幼鳥嘴喙。教職員和學生的過氣老車全都停在停車場，只能從標誌分辨車主是誰：一邊是P牌[2]和大麻葉貼紙，一邊是「內有寶寶」和布里斯本野馬隊貼紙。每個人都在教室上今天最後一堂課。除了跳來跳去的活潑蟾蜍和搖擺的甘蔗枝外，校內沒有任何動靜。蔓蒂經過停車場，然後穿出後方圍欄，離開柏油路，轉進一條鋪了青石礫面的小路，筆直穿過兩旁成排的甘蔗之間。一百公尺後，綠色甘蔗彎腰退開，在托兒所前讓出一塊空地。托兒所由本來的農舍改建，遮蔭的樹木高大、涼爽，建物本身低矮，融入地景之中，魚鱗板外牆才剛刷上新油漆，Colorbond公司製的漆層鋼材圍籬包圍住整個房舍，免受蛇或蟾蜍侵擾。大門入口處斜靠著一把高爾夫球桿，是九號鐵桿，歡迎家長和來訪賓客隨時拿蟾蜍練習球技[3]。

蔓蒂把車停在一排白楊樹的陰影底下。她關掉引擎，但沒有立刻下車，而是握住他的手，將他拉出沉思之中，聲音輕柔但神色嚴肅地說：「你知道我爸媽以前發生的所有事，我爸強暴我媽，所以才有了我。我媽死了，我爸是個逃犯，不會再有比這更糟的狀況了。」她停了下來。「你看著我。」

1 道格·安東尼（Doug Anthony）是澳洲前任副總理，他的出生地剛好就在銀港設定的地理位置附近。

2 在英國和澳洲等地，必須依序取得學習駕照和各階段暫時駕照後，才能換發正式駕照。P牌（P plate）指的是持有暫時駕照的駕駛，必須在車子前後貼上「P」字母的貼紙，貼紙顏色根據駕照等級分為紅色或綠色。如果是學習駕照的持有者，則必須掛著L牌（L plate）。

3 甘蔗蟾蜍又叫海蟾蜍，原生於中南美洲，一九三五年引進澳洲，為協助防治甘蔗害蟲而得名，但至今已成為澳洲難以控制的入侵種之一。

馬汀發現自己一直盯著前方，眼神看著托兒所，但其實心思在其他地方。他轉過頭，看出她的擔心。

她繼續說：「那本來就會痛，馬汀。知道我媽經歷了什麼，而且那件事又將她的人生消磨成什麼樣子，知道這些事會讓人心痛，但我沒辦法改變什麼。如果裡頭有羞愧，那不是我，如果有愧疚，也與我無關。我正在消化這件事，為了自己、為了連恩，為了我們。你懂嗎？為了我們。」

馬汀點點頭。他知道她想說什麼，也可以感覺到她正等待他的回應。如果他想和這個女人繼續維持關係，就得讓她進到自己心裡，告訴她自己的過去。而在這之前，他必須先有所克服。不對，不是克服，那樣的態度不太正確，好像那是場仗，而他必須與之抗衡。他真正該做的是接受。他深吸一口氣，別開目光，回頭盯著托兒所。「在我八歲時，我媽和我兩個妹妹走了，車禍。我爸死的時候我十六歲。」

他可以感覺蔓蒂正注視著他，試圖看穿他的沉默，想知道底下埋藏的是什麼。「他們葬在這裡嗎？」

「大概吧。」

「你不知道？」

他轉頭看她。「對，他們葬在這裡。一定是葬在這裡。」他嚥了口口水；她等著他。「我從沒去看過他們的墓。」蔓蒂沒說話。「太直接了。」馬汀說。

「你也沒有參加葬禮嗎？」

「沒有。」

「你沒告訴我你在這裡長大，就是這個原因嗎？我跟你說我要搬來銀港，你卻跳過這件事。所以現在還會痛嗎？」

「其實還好。我選擇不去直視，就像妳說的，把這些事都拋到身後，只看著未來。」

又是一陣沉默。蔓蒂點了點頭，彷彿做了決定。「所以你的童年很不好過，這我懂，因為我也是，但我們不能裝作沒看到。我知道不行，因為我試過了，那麼做沒有用，它還是會纏著你，會傷害到我們的關係。」

「我知道。」他聽懂她的意思。「妳說得對。」

「很好。我不想要只有某部分的你，我要的是你的全部。別搞砸了。」

他看著她，點了頭。

但她還沒說完。「你可能不曉得我有多希望你搬來這裡，搬進那間房子，徹底開始重新生活。過去發生的那些事，我唯一想保留的只有連恩，其他都不要。但如果它們哪天找上我，我也準備好了，我會正視它們，盯著直到它們退縮離開。我不會再被過去發生的事掌控，以前或許可以，但現在不行了。我不會讓過去決定我是誰，同樣的，你也不能讓過去決定你是誰。」

「所以我不是妳的過去嗎？我不屬於旱溪鎮那些事件的一部分嗎？」

她露出微笑，笑裡有著對他的驚奇與渴望。「你不是，馬汀，你不屬於過去，你屬於現在。而且我很希望你會是我的未來。」

她捏捏他的手後下車，留他在車上看著她走向托兒所。她的堅強與韌性令他讚嘆。警方主要的調查對象是她，目睹賈斯柏．史貝特慘況的也是她，而且那不過是昨天的事。應該是他要支持她才對，而不是她支持他。他得加把勁才行。或許他已不再是過去那個刀槍不入的外派記者，但這並不代表他從此就得成為一個軟弱的可憐人。

§　§　§

那天晚上，當馬汀回到家——他已經不記得在那之前去了哪裡，可能是和賈斯柏和史高迪在一起，或者自己出去散步、在河邊讀書，總之是家以外的某個別處——當時他幾歲？十一，或者十二，還是個小孩。那天晚上很溫暖，不過快下雨了，該是時候回室內躲避風雨。要是運氣好，他爸應該還沒回家，應該還在衝浪俱樂部大喝特喝，餵角子機吃錢，甚至可能已經被麥基小隊長抓進警局。要是朗恩．史卡斯頓在家，馬汀希望他已經醉倒在那張合成皮革的活動躺椅上，腰帶大開，汗衫沾滿食物、酒液和口水，而電視正播著無聊的內容。他是這麼希望的，這樣他就不用再多花力氣理會這個爸爸，反正這個做父親的也早就不在乎他了。父親既不暴力也不惡毒，就只是不存在，而且恆常爛醉。所以，對，那晚的馬汀應該差不多十二歲，即將漫無目的地飄向青春期。

不過，這晚實際的情況和他心中希望的截然不同，糟糕很多。他爸喝醉了，這點理所當然，但卻沒睡著。差遠了。馬汀一進門就聽到聲音：尖銳的呵呵竊笑、豬叫，以及肉體貼上肉體發出的啪、啪、啪。他的父親，正和路邊站壁的海絲特做那檔事。她俯身趴在餐桌邊，他的父親則像一具燃煤不足的蒸汽引擎，正從她身後緩慢地向前挺進。啪、啪、啪。馬汀呆瞪著，被這醜陋的畫面震懾住，只想著不曉得父親的冠狀動脈有沒有可能幸運地在此時塞住，以及所謂的「蕩婦」是不是就在指這種女人。啪、啪、啪。海絲特抬頭看見他，露出淫亂的笑容，左邊乳房上下晃動，臉上腮紅已經抹歪成一片。而他父親，一開始只顧著推進拉出沒注意到他，然後突然轉過頭來，喘著粗氣，連趕他走的力氣都沒有。馬汀轉身離開。雨水冰冷，但是乾淨。冷而乾淨。

在托兒所外蔓蒂的車裡，外頭的太陽正努力抹去暴雨的影響，馬汀打了個冷顫、扭動著身體，在炎熱的氣溫中打起瞌睡。但堤壩已經崩潰，回憶就要湧來。過去像一條躲在甘蔗田裡的蛇，等著屬於牠的時間，等待機會到來。

後來，在同一天晚上，當海絲特離開，父親在床上昏去後，整個客廳只剩他一人：巨大的背投電視是樂透獎金最後的戰利品，螢幕正播映著來自柏林的影像。馬汀坐在那裡看得入迷。那面牆倒了，那面由憎惡蓋起的牆。男人們正拿著長柄錘、冷鑿，甚或徒手拆毀那面畫有塗鴉的水泥牆，周圍人群都在唱歌、大叫、哭泣、大笑。頂著醜陋髮型的年輕人騎在牆上，傳遞著一只酒瓶，一邊歪笑，一邊朝著鏡頭露出和平標誌。遠景，人群湧入水泥牆破損的裂縫中，闖入這道歷史的缺口，擠進馬汀的意識裡。在這團不斷湧向他處、紛亂、叫喊的人潮裡，有名男子鎮定自若地站在其中，以外科醫師般的精準神態對著攝影機說話，遣詞用字適當而完美，藍色襯衫不帶任何皺褶。他超脫於現場的喧亂之外，語氣嚴肅認真彷彿正在揭示預言，將一切都看在眼底，彷佛是情感波濤大海中一座邏輯的孤島。「毫無疑問地，這就是歷史。歷史正在發生。」那名駐外記者說道，而馬汀知道那是真的。

§ § §

丹妮思．史貝特的房地產仲介暫時停業了。貼在玻璃門裡的手寫告示解釋了原由：「家人過世暫時停業，復業時間另待通知。喪禮相關事宜將公告於《隆頓觀察報》」。所以她最後還是聽了馬汀的建議，選擇休息一陣子。

「現在怎麼辦？」蔓蒂將連恩的重心靠在自己臀部上，輕輕搖晃著。

「旅館呢？」馬汀說。

「你認真嗎？我們可不可以住好一點？我想要有屬於自己的地方，有廚房、浴室、洗衣機。旅館房間根本不適合帶小孩，而且我不想待在公開場所，其他人會指指點點的。」

「那棟透天厝呢？」

「不行。我說了不要住在那裡，我沒辦法。」

「那我找找看Airbnb吧，然後問一下弗恩，他應該知道哪裡可以住。」

「弗恩？誰是弗恩？」

「我舅舅。」

她一臉不敢相信地看著他。「舅舅？你有舅舅住在這裡？」

「對，我媽的弟弟。我今早在路上碰到他，只是剛好遇到。」

蔓蒂不爽地搖了搖頭。「好，所以你本來打算什麼時候跟我說這件事？」

馬汀低頭盯著自己的腳。「他請我們去他家吃晚餐。」

「你說什麼？什麼時候？」

「今天晚上。」

「噢拜託，馬汀，我不要。」她的火氣冒了出來。「我現在還是命案嫌犯，你忘了嗎？你以前的高中同學昨天早上在我面前失血致死，血沾得我全身都是。我昨天有大半個晚上都住在警局的拘留室裡，還要照顧一個十個月大的嬰兒。現在要我出去和你親戚吃什麼大餐、喝什麼酒，我才不幹。」她的聲音裡帶著煩躁，近乎歇斯底里。馬汀想到她應該根本沒睡，這多事的一天加上警方盤查的壓力已將她逼至極限。連恩安靜地盯著媽媽，彷彿感受得到她的情緒。

馬汀自知行為有如混帳。「這樣吧，妳帶連恩去喝杯咖啡或吃點東西，我會找到住處，好嗎？我晚一點打給妳。」

§ § §

他們在透天厝碰頭，坐在屋前的死巷盡頭，背對著阿蓋爾河。馬汀在河對岸的露營車營區訂了一間設備齊全的小木屋，不是什麼華麗的房間，但透過電話詢問時聽起來夠寬敞，而且不必與他人共用公設。但在入住前，蔓蒂需要先來拿她的衣物，以及在二十一世紀照顧小嬰兒所需的全套裝備。從外觀來看，這間連棟透天厝並不起眼，只是另一間平凡的都市建築，邊角方正，色調柔和。本來應該是這樣的。現在大門上掛著警方的封鎖膠帶，屋前停了輛外表凶惡的小貨車，外加兩名穿著藍色塑膠連身服的警察，背上印著鑑識小組字樣。警方已經在打包，準備撤離，一位中年技術人員請蔓蒂和馬汀稍等一下，正透過電話確認能放人進去。「可以了。我們完成工作了，如果真的有需要的話你們可以直接進來。」他說。「不過你們確定不要明天再來？到時打掃的應該都整理好了。現在裡頭其實還是跟之前的狀況差不多。」

蔓蒂的態度堅決。「不了。我要拿小孩的東西。」

男人點點頭，便帶著他們繞到房子後方，穿過河邊幾株香蕉樹下，沿著堤防上民眾慢跑、遛狗時走出的小徑，進入小小的後院。院子地上有黃色小旗子，帶有編號，從房裡一路延伸出來，間距規律地插在草坪上。

「有鞋印？」馬汀問。

「噢對，應該是凶手的。不管是誰，他應該都滿急的，幾乎是用跑的。」

「是男的？」

這名負責現場蒐證的鑑識人員正打算回答，但轉念一想還是決定不說。「不好意思，這你得去問調查的警官。」

「當然。」馬汀溫順有禮地回答。他看著那些旗子，其實看不出旗子標示的大部分腳印，但是在房子的玻璃拉門邊，以及草坪和水泥交界的土壤上，倒是有清楚的痕跡。馬汀在旗子邊蹲下。以他外行人的眼光來看，那些足跡像是某些常見鞋款的鞋印，就是上班族可能會穿的那種。

「請問我可以拍照嗎？」馬汀問。

「不行，最好不要。我們的標記還在時別拍。」鑑識人員說，然後笑了一下。「稍等一下，我們很快就要走了。」

馬汀盯著鞋印。雖然只是一部分，但還是給了他一些希望，物證愈多，就能愈早排除蔓蒂的嫌疑。進入室內，細緻的粉塵像真菌孢子般一塊一塊地散布在各種東西表面：廚房的白色層板工作檯上有黑色粉末，黃銅門把上有粉紅色粉末。指紋粉。若是撇開粉末不論，廚房和餐廳看起來倒是平凡無奇，就是日常生活的凌亂模樣。鑑識男子帶著他們進入客廳。連恩的嬰兒圍欄就在這裡，但吸走他們全部注意力的卻是別的東西：一大灘鐵鏽色的血塊躺在地上，霸占通往走廊的拱門下方，彷彿是必須挑戰的關卡。他們停下腳步，看著那片血跡，跟馬汀想像中不同，並不平滑；血液一定在他們移走賈斯柏．史貝特前就開始凝固了，留下一圈模糊的受害者輪廓。馬汀的眼神凝結在上面，而蔓蒂微微作嘔。

鑑識男子將他們帶至這裡便離開了。馬汀和蔓蒂前往車庫拿出紙箱。蔓蒂在廚房打包連恩需要用到的東西：蒸氣調理機和消毒器，奶瓶、奶嘴和塑膠廚具。接著她又上樓，打包衣物、尿布、毯子。馬汀跟著幫忙，小心翼翼地避開樓梯底部的血跡。他拆開連恩的嬰兒床、尿布台、高腳嬰兒椅和圍欄，從沒想過一個這麼小的孩子會需要這麼多東西。

這間房子比他記憶中蔓蒂在旱溪鎮的住處還要整齊。也許是因為他快抵達了，所以她先行整理過，也可能她還沒把行李全部拆開。樓上浴室的洗手檯裡有棕色液體留下的斑點，他一時以為是血，接著意識到應該是她染髮時噴到的染劑。他和尿布台上某顆不合作的螺絲釘奮戰許久，此時鑑識團隊的隊長向他走來。「我們要走了。房子可以還你們了，清潔人員晚點或是明天早上就會過來打掃。」他說。馬汀送他離開，然後快步巡過一次房子內外，用手機拍下所有東西，以各種可能的角度拍了後院裡的足跡，並將車鑰匙放在旁邊當比例尺。

§ § §

露營車營區坐落在橋的西側，隔著阿蓋爾河與鎮中心相對，過了此地後，隆頓路就會改叫沙丘路。不過馬汀覺得在河岸哪一側根本沒差，愈靠近海平面，你就愈接近貧窮補助線，北側河岸根本沒有堤防。他開著自己那輛古董Corolla領在前頭；帶他們從入口處開進營區。蔓蒂載著連恩，開全新的Subaru跟在後面。營區入口有座以三角形金屬桿搭成的生鏽鷹架拱門，上頭頂著一面褪色的招牌，剝落的油漆寫著「河濱露營車營區」。招牌上那隻用夾板切割出的海豚只剩著鼻子還掛在上面，支撐尾部的螺絲早就斷了。那隻海豚或者整座拱門遲早有天會垮下，也許就在下次暴風雨來襲時。馬汀希望到時他們已經離開營區，安穩地蝸居在哈提根老屋，他們在斷崖上的新家。穿過入口，車道兩側沿途擺滿石塊和以舊輪胎雕成的天鵝，全都塗了白漆。路旁立有告示：注意兒童、限速十公里、所有訪客都須至接待處登記、請勿於指定位置外紮營，諸如此類，數量繁多，宛如一座由指示和禁令組成的森林。馬汀心想這裡是不是有什麼不成文的規定，價格愈低標誌愈多之類的。

車道在前方分岔，這裡也擺了告示，說明右邊通往長住區，而左邊通往遊客區——短暫停留的遊客走這邊。岔路口有間底下架高的兩層樓高腳屋，彷彿收費亭般蹲坐在此；這間屋子似乎比較喜歡短暫居住的遊客，危險地朝著短暫居住區的方向傾斜。馬汀在屋旁停下，旁邊有個巨大的紅色停止標誌和一個箭頭，標誌上寫著：接待處。蔓蒂停在他的車後。接待辦公室在較低的那層，爬幾階就到了。一名中年女子坐在接待處外面抽菸斗，她穿著短褲和工作靴，毫不掩飾自己失去了一條腿，新式結構義肢由閃閃發光的金屬和高科技複合材質組成。她嘴裡吐著灰藍色煙霧，腳邊蜷著一隻澳洲牧羊犬。馬汀從車裡出來時，狗揚起頭，聞了聞微風後又睡回去，不為所動。「妳好。」

「你好。」女人說。

「我是馬汀．史卡斯頓，之前打過電話問小木屋的事。」他站在階梯底端。

女人看向他們那兩輛車，車裡塞滿行李和各種用品。「嗯嗯，你要先去看一下房子嗎？」

「好啊，是在河邊嗎？」

「不太算。在那個方向，樹林後面，也看得到河景就是了。」

「好。」馬汀回應。出於某種原因，他一直想像那間屋子有能眺望河面的陽台。

「因為有洪水。」女人說，語氣彷彿是在講一件再明顯不過的事。「真的在河邊的只有帳篷和露營車的營位，小木屋和澡堂都在地勢較高的地方，再上去就是長住區。但怎樣都不夠高就是了，真的大水一來每個人都一樣完蛋。」

「了解。」馬汀說。「鎮議會讓你們繼續開在這也挺神奇的。」

這話讓女人笑了起來，低沉沙啞、滿滿菸草味道的粗聲大笑。「哈，鎮議會需要我們。這裡就像退休村，全都是住不起房的老傢伙，再加上單親媽媽和領退休金的殘障，把我們集中在這裡才不會擋路。反正就是這裡跟安居區在選，但誰想去住安居區啊？」女人瞄了蔓蒂的車一眼，那輛嶄新的Subaru。「不用擔心，這裡的居民還算好人，不會打擾你們。但還是鎖好你們的貴重物品，以防萬一。」

# 第八章

弗恩的家是某種會蔓延、成長的生物。原本那間包覆魚鱗板的小屋在多年之間不斷向外長出各種延伸物體，彷彿長出枝條的樹幹，或像是一株由石棉纖維、木材和魚鱗板組成的芽苞，原先的屋子早被各種附加物吞沒，很難看出本來的模樣。屋頂上插滿了角度奇特的太陽能板、電視天線、衛星接收器、熱水器、磚塊和鋼材組成的煙囪，以及一些像葉子裝飾的東西。屋子各個部分像是以建造的日期為基準塗上了不同色彩，彷彿在強調整間屋子到底多古怪。弗恩的家坐落在河流彎道上方，占地約五公頃，是橋西側幾公里一處難得的高地，向河面突出，不只遠離了安居社區那些外表貼了假磚塊，其實裡頭全是石棉纖維的出租住宅，也比鎮上那些服務業人員、體力活和採水果的工人、殘障人士、失業人士和單親媽媽住的地方更靠向內陸一些；此處距離外地錢潮所及的邊界還有好幾公里，遠遠安處在遊客的探險範圍之外。馬汀緩緩駛入車道，此時太陽已經低垂，他經過柑橘、酪梨和香蕉樹，停下車子，左右兩旁是一輛深綠掀背車、一輛破舊的 Toyota 卡車、一輛 HiAce 廂型車，和一輛掛著學習駕照 L 牌標誌及側邊包的紅黑色越野摩托車。向西邊望去，平原上錯落地散布著許多溫室，它們的塑膠外殼反射著最後一道陽光的光芒。

一名小男孩來應門，大約十二歲，赤腳，穿一件 Nike 破舊 T 恤，掛著不悅的表情，頭髮蓬鬆如鳥巢。「怎樣？你要幹嘛？」他一副盤查的語氣。

馬汀還沒能回答，穿著破圍裙的弗恩就出現了，他笑容滿面，憐愛地揉了揉男孩的頭髮，並熱情地與馬汀握手。「歡迎歡迎，快進來！」

屋內沒玄關，一進門就是客廳。這裡空間本來就不大，因為小孩和雜物而更顯得窄小。較年幼的孩子們到處奔跑，在玩某種捉迷藏遊戲，有個小傢伙抓著馬汀想把他當成遮蔽物，隨後又決定還有比馬汀更適合躲藏的地方。三個年紀比較大的孩子坐在一面巨大的平板電視前，陷入電動的世界中；鳥巢頭男孩加入了他們的行列。噪音如高漲的潮水：從電視裡傳來的機關槍響和各種爆炸聲，混雜了小孩的尖叫笑鬧，再加上屋子深處某個位置傳來滾石樂團的震動音樂聲。洗好的衣服都堆在椅子上，好像有分類，又好像沒分，混雜的程度足以讓任何慈善義賣攤位為自己感到驕傲。地板四處散落著玩具。在某面牆上，嶄新的冷氣機正努力盡忠職守。

馬汀沒預期這種景象，他不曉得舅舅有孩子。有個大約三歲的小鬼頭跑來緊抓著馬汀的左腿，堅持要馬汀讓他玩盪鞦韆。「揹我。」男孩的姊姊要求著，她的年紀似乎只比男孩大一點。

「天啊，弗恩，他們都是你的小孩嗎？」

「怎麼可能，只有五、六個是吧，早就算到忘記了。」他驕傲地笑著。

一個女人從屋後鑽出來，她渾身上下沒有客套的細胞，直接走向馬汀將他抱入懷中。「歡迎，馬汀。」她說著，然後才放開他。馬汀看著她廣闊而親切的笑容，溫柔的棕色雙眼帶著溫暖。「我是喬悉。」她退開後，馬汀才從她身上看到那些透露出原住民血統的外貌特徵：寬大的鼻子、深色肌膚。她比弗恩年輕，歲數可能與馬汀差不多。有點肉肉的，但看起來並不胖，而是結實、充滿活力，穿著森林巡查員的卡其襯衫和短褲。「終於有機會見到你了。弗恩常拿你的文章給我看，我都覺得其實已經認識你了。」

「這樣啊。」馬汀有些尷尬地瞄向舅舅。

「可惜婚禮你不能來，不過也沒辦法，總不可能把你拆成兩半，同時身處兩地。」喬悉繼續說著，彎腰把小孩從他腿上扳開。

婚禮？天啊。

「自己釀的，要嗎？」弗恩拿著一只沒有標籤的長頸啤酒瓶。「也有無酒精的飲料，如果沒被小孩喝完的話。」

「自釀啤酒，好啊謝了。」

「所以你現在又會喝酒啦？」

「嗯，偶爾喝一點。」

電視機前爆出一陣爭執，兩名青少年在爭奪電動手把。

弗恩或喬悉都沒有要調停的意思；弗恩僅僅抬了抬眉毛、翻了個白眼。「走吧，我們去別的地方。」他帶著馬汀穿進走廊，喬悉跟了上來，最後面尾隨著年紀最小的兩個孩子。鋪有油毛氈的地板柔軟、有彈性，沒上漆的石膏板牆面布滿孩子們的潦草筆跡、手指畫以及畫在牛皮紙上的藝術大作。臥室的房門沒關，馬汀望進雜亂的室內和裡頭的上下舖。屋裡有著焚香、灰塵和人的氣味。走廊突然向左轉了個彎，然後又繞回原本方向；他從廢物利用的窗戶向外看就知道為什麼：外頭的小院子由一棵巨大的澳洲胡桃樹占據著，向外擴張的房子避開了那棵樹。

「我等等過去。」喬悉脫隊走進寬敞的大廚房，兩個小小孩也跟上。廚房看起來像是新建成的空間，明亮、通風，雖然是自己蓋的，但不鏽鋼廚具設備反射著天窗和大窗戶透進的光線，以及成排ＬＥＤ燈泡的燈光。爐子上有個大湯鍋，微冒著煙，馬汀捕捉到一陣湯的香味。

弗恩和馬汀來到室外的露臺，露臺遼闊，從房子後方一路延伸出來——最靠外側那一端還沒蓋完。就著昏暗的光線，馬汀看到最靠近門的木地板已經乾燥成淺灰色的，愈靠近新建的地方，木材顏色愈深。「我們家老二蓋的。她叫露西梅，是喬悉的女兒。」弗恩解釋。「趁著休息有空就蓋一點蓋一點。」還沒完工的露臺已開始服役：廚房外牆邊靠著一座大型瓦斯烤肉架，躲在一塵不染的黑色塑膠布下面，另外還有一張長桌，足以讓十來個人舒服圍坐。長桌以兩張歷經風霜的舊桌拼成，兩張舊桌的末端雙雙斜切，然後一上一下互補併成一張完整的大桌。圍繞桌邊的椅子形色各異，天曉得是從哪些地方搜刮來的。桌旁蹲著一只裝滿冰塊的陳舊保冰桶，弗恩從裡頭拿出一瓶自釀的啤酒，用冰桶旁邊綁著繩子的開瓶器扳開瓶蓋。「這給你，喝喝看覺得怎樣。」

馬汀手中的酒瓶沁涼。他將瓶子舉到嘴邊先淺嘗一口，啤酒清爽乾淨，沒有本來預期中放了太多啤酒花的苦味。「這有夠好喝。」他說。兩個男人碰了碰彼此的酒瓶，同時舉到嘴邊灌下一大口。

弗恩帶著馬汀爬下應急搭成的臨時階梯來到露臺下方，底下有座頻繁使用的烤肉爐，用煤渣磚砌進鵝卵石和水泥蓋成的牆裡。爐裡已經燒著明亮的火光，弗恩開始忙著把火催得更旺。他到附近一座波浪鐵皮搭成的小棚裡拿來木塊，放在矮椿上，輕輕鬆鬆地用斧頭劈開，餵入火焰。

馬汀的視線跟著煙霧向上爬至空中，掃視遼闊的穹頂，從僅剩的夕日餘暉到逐漸深沉的東方邊緣。這是個溫暖的夜晚，天色清朗而寧靜；白日時有時無的風已經完全消止，吐口氣放鬆下來，一天工作已經完成，舒服地沉浸在副熱帶夜晚中。望向西邊，天空還留有一點光芒，粉橘紫黃，在零星的雲朵上投射著逗留不去的花紋，飄浮在一片漆黑的斷崖上方。夕陽在斷崖山腳下重新出現，平坦廣闊的河面反射著它的光芒，一條光的絲帶朝房子的方位奔來，在弗恩家下方的曲道轉了個彎，繼續流向銀港和大海。房子所在的地勢較高，讓天空似乎更顯寬闊，東方的地平線看起來甚至比房子還低。一陣火花劈啪作響，往空中飄散，在煙柱中閃爍。

「這地方真不錯。你住多久了？」馬汀說。

「快二十年。在你離開後沒多久買的，當時就是一間小屋而已。」

「不會淹水吧？」

「應該不會。河水沒漲到這裡的高度過，至少白人來了後沒遇過。也不是說永遠不可能發生啦，但就算有，應該也是記載在聖經的等級了。」

「至少可以拿到保險理賠。」馬汀說。

「我根本不曉得有沒有那種東西，從沒查過。反正這裡如果發生水災或火災，我重建就好了。露西梅是木匠學徒，她可以來做，等她把露臺蓋好後啦。」

馬汀笑了。弗恩以前就是這種悠悠哉哉、水來土掩的態度，他很高興看到有了孩子的生活沒有剝奪掉這點。當馬汀還小時，每個人感覺都上緊了發條，他的爸媽、學校老師、賈斯柏和史高迪的爸媽，唯有弗恩，永遠都是最做自己的悠哉先生。馬汀很想知道，這種態度有多少是因為弗恩的天性，又有多少是為了補償他不識字的缺憾。他的結論是，應該大部分都是出自天性。他舉起酒瓶，又喝了一大口啤酒，覺得這支啤酒的味道很適合現在這個情境，配合著溫暖的空氣、木頭燃燒的煙味、河水的流動。在阿蓋爾河朝著斷崖蜿蜒的西北方，他可以看到糖廠的燈光開始亮起，煙囪噴煙陣陣彷彿正在沉思的抽菸的人，為空氣加入一絲殘餘的甜味。孩子的吵鬧聲及屋內飄出的搖滾樂聽起來都像在一段距離之外，夜晚因此顯得更加寧靜，似乎也滲入了他的心底。頭頂上，蝙蝠安靜飛過空中，又是一個外出覓食水果的晚上。

「弗恩，看起來你在這裡過得很幸福啊。」

「噢，是啊，我是。每天都很感激自己能擁有這一切。」

「你和喬悉怎麼認識的？」

「釣魚。」

「釣魚？」

「對，當時那趟不是工作上出海釣魚那種。我跑到斷崖上找小河；那天太熱了，覺得那裡應該會涼快一點。我找到一座瀑布後，根本忘記是去釣魚的，直接跳進去游泳。她發現了我，偷了我的衣服。」弗恩的眼神在火焰明滅的光芒中閃爍著，笑容燦爛。「那時她已經有了露西梅，我也有里凡。我們走到一起，又多了另外四個。再加上一路撿了幾個在外流浪的，差不多可以打板球了。」

「介意我問一件事嗎？你現在錢怎麼來的？名片上寫你在做釣魚包船。」

「對。政府差不多禁了整個捕魚業，把大部分的許可證都買了回去，包括我的在內。現在整條海岸線有九成都是海洋保護區，只剩幾個人還在撐，拿著限東限西的許可證，抓魚供給鎮上的餐廳，就這樣，加上有些純為娛樂的釣客。我私下會偷賣一點魚，但就是賣給觀光客而已。」

「這很不容易，你一定很想再回去捕魚吧。」

「這個嘛，倒也還好。這些事剛好發生在適合的時機，給了我一筆錢能買下這個地方，把我們從谷底拉起來。整個漁業在崩潰，銀行像禿鷹在我們頭上盤旋。我賣掉大船，留下小船做包船和賞鯨，夏天是旺季，春秋還過得去。里凡會幫我，他是很好的孩子。時機不好或者冬季我就在這附近做零工，雜工修理，或是看鎮上哪個技工需要人手。我的木工裝備都還在，就是露西梅拿剩下的那些。喬悉有正職，她是原住民巡查員，真正養家餬口的人是她，所以孩子大多是我在照顧，生活也很充實了。你有小孩嗎？」

「沒有。呃，有……大概算有。我女友有個兒子，還是嬰兒。我覺得既然現在我搬過來了，應該就要跟著一起照顧吧。」

「這樣不錯啊。」

「要給我什麼建議嗎？」

「愛他們，照顧他們，支持他們。必要的時候，把他們導回正路，但不要覺得你能改變他們。道理很簡單，他們會是自己本來的樣子，一直都是。」

馬汀點點頭，想知道蔓蒂照顧連恩時是否也曾這麼放寬心。還有，他自己是否也有辦法像舅舅一樣。「對了，蔓蒂要我跟你說聲抱歉。她很想來，但是她整個人還在震驚當中。」

「因為看到賈斯柏？」

「是啊。」

「那你呢？」

「我還好。以前就看過了。」

「以前就看過什麼？」

「死人。」

弗恩喝了一大口啤酒，思忖著話語。「但我覺得，死者是你朋友的話還是會不太一樣。」

「大概吧。我想是。」

兩個男人沉默片刻。弗恩戳弄著火堆。天色漸漸暗沉，顯露出第一批星星，而他們腳下則是銀港的燈光。「嗯，你以前話就不多。」弗恩打破沉默。「不過人還是需要有說話的對象，如果不想麻煩你女朋友，我隨時都在。」

「謝了，弗恩，你真好。」

「我說真的。還有，馬汀，好好照顧她，好女人很難找。」

「是吧？」

「當然是。喬悉幾乎救了我的人生，好啦，也可以說她創造了我的人生，我沒辦法想像自己沒有她會變成怎樣。她甚至教我讀書寫字。」

馬汀點頭。他無法想像沒有文字的人生。當初他急著遠離弗恩，就是因為這件事嗎？也許是眾多原因的其中之一？

「我有閱讀障礙和一些其他問題，所以學起來很難，但她一直在幫我。」

「弗恩，這樣很好，雖然聽起來不容易。」

「的確很不容易。以前你還很意氣風發時寫的那些分析文章，我現在還是看不懂，都叫喬悉念給我聽。」

「你說我的報導？」

「對啊。她就是這樣教我的，如果是我有興趣的文章，她覺得學起來會比較容易一點。」

馬汀不曉得該說什麼，他不發一語，慶幸夜色已暗，舅舅看不到他的表情。

「不過她教會我最重要的東西，不是字詞或數字，而是她讓我了解自己並不笨。以前我一直覺得自己是笨蛋，現在不會這麼想了。那是她給我的很重要的禮物。」

「弗恩，你從來不笨。」這是真的，馬汀從不覺得他舅舅不聰明。但跟喬悉不同的是，他沒做過任何事幫助弗恩克服障礙，也沒試著提升他的自尊。

「所以你應該好好照顧蔓蒂，找到好女人就別讓她離開。」

兩人再度陷入沉默，弗恩自顧自地撥弄火堆，馬汀在旁看著，然後想到獨自一人在營區照顧連恩的蔓蒂。弗恩是對的，他應該陪著她。但要他現在放著舅舅不管實在很難。於是他開始思考應該趁在這裡時做點什麼：開始探問舅舅的人生，還是暫時將事情放在一邊，向這吸引人的溫暖夜晚以及催眠的火光投降。昨夜在警局拘留室裡不得安眠，讓今天異常漫長。隨著啤酒流入血液，他可以感覺疲倦在身體裡漸漸累積。他甩甩頭，試著讓思緒清醒，重回此行的目的。

舅舅喝完手中的啤酒。「再來一瓶嗎？」

馬汀的那瓶已經要見底。「好啊，我去拿。」

他帶著啤酒從冰桶走回來，把其中一瓶遞給舅舅。「弗恩，我今天早上碰到了丹妮思．史貝特。」

「可憐的女人。她還好嗎？」

「我想不太好。」

「我帶幾條魚去看她好了，看看能怎麼辦。」

想到弗恩提著烏魚到丹妮思家致哀，馬汀就被這畫面逗笑。「丹妮思說，賈斯柏之前很反對麥肯奇沼澤的開發計畫，就是要蓋碼頭跟高爾夫球場那件事。」

「對。你該不會覺得這是他被殺的原因吧？」

「不知道，也是有可能。丹妮思覺得賈斯柏之前想找我寫開發計畫的報導，還說你和賈斯柏一起合作。」

「也不太算啦，喬悉的族人對潟湖還有附近的土地聲請了原民地權，我們想在判決確定之前，對那裡的任何開發案提出禁止令[1]。」

「禁止令？所以你們找了律師？」

1 禁止令（caveat）也譯為禁賣令、留置權，指的是第三方對於物業持有特定權利，因而提出的處置禁令，如果聲請成功，該物業買賣或抵押時必須經過該所有權人（caveator）同意才能進行。禁止令有一定期限，並非永久。

「對啊，就鎮上那個覺得自己很厲害的年輕小夥子，那個希臘人。」

「尼克．普洛斯？」

「你認識噢？」

「見過。的確是滿自以為的傢伙。」

「不收錢的話才叫厲害。」

這就是弗恩，說話總是言簡意賅。「你覺得你們成功的機率有多少？」

弗恩喝了一口啤酒。「不確定。但是碼頭跟高爾夫球場要成立的前提，是蜂鳥海灘的度假村要蓋得成。丹妮思有告訴你這件事嗎？」

「有。」

「沒有度假村，碼頭只能養蚊子，高爾夫球場也一樣。」

「所以是哪件事拖延到度假村的計畫？那裡也等著判決原民地權嗎？」

「不是，馬路那一側全都是私人土地，永久持有[2]，就我所知是地主不太想賣。」

「地主是誰？」

弗恩停止撥弄火堆，轉頭看著他。馬汀覺得他正在自己臉上找什麼東西，也許是某種認可，然後才給出回答。「一個銀港的本地人，珍妮佛．海耶斯，大家都叫她珍珍。你記得她嗎？」

「不記得。不過聽名字好像有點印象，她是不是贏過衝浪比賽還是什麼？」

「就是她，那時你還很小。幾年前她回到鎮上，繼承家人死後留下的土地，也就是個沒什麼用的酪農場。後來她為了付稅金和生活費，開始做生意賺錢，把海灘小屋租給背包客，或是教外國人衝浪、教中年婦女瑜伽之類的。」

「這樣賺得夠嗎？」

「她現在過得不錯，甚至還請了一個靈修的導師過來。你應該知道吧？」

「靈修？你說像印度靈修大師那種嗎？認真嗎？」馬汀大笑。「為什麼你會覺得我聽過這種事？」

「靈性導師哈瓦南達，一個多月前新聞都在報啊。」

「真的假的？還上新聞？」

「對啊，她特地從印度把他請過來，四五七簽證[3]。」

「別告訴我是《隆頓觀察報》的爆料。」

弗恩搖頭大笑。「不是，才不是那種地方小報，是全國新聞。你怎麼可能不知道？演電視劇很紅的那個葛斯．麥奎斯還跟老婆離婚，搬到這裡變成哈瓦南達的信徒。當時一直有傳聞說信徒在開群交派對、嗑藥、狂歡，警方找了他們不少麻煩，甚至突擊搜查。一堆攝影師雇船待在海灘外面，空拍機還在那附近到處飛，搞得雞飛狗跳。」

有段記憶浮了上來：當時在里弗來納的汽車旅館裡，房內的老舊電視曾有過一則新聞報導，畫面拍了一群人半裸著圍著圓圈跳舞，彷彿胡士托音樂節現場。那是銀港發生的事？「到底怎麼了？」

「什麼事都沒有，就是媒體胡說八道。警方沒找到任何毒品，只有幾個背包客在抽大麻。再說做愛又不犯法。那時還是連假，我在忙包船，不過賈斯柏和尼克有去幫珍珍。賈斯柏覺得整件事是有人想抹黑她，想讓鎮議會勒令她停業，逼她賣地。」

---

2 永久產權（freehold）指擁有者永久擁有該物業；相對的概念為長期租借權（leasehold），僅對該物業持有一段時間內的權利。

3 四五七簽證（457 Visa）是澳洲一種暫時工作簽證，二〇一八年廢止，由另外兩種新的簽證取代。

「真的嗎？有可能嗎？」

「如果真的有證據證明她那裡發生了嚴重的不良行為，也許可能吧。但議會裡半數人都是環保主義者，所以她也不是沒人撐腰。總之後來整件事平息了，警察查不出東西，媒體也就失去興趣。一個肥皂劇明星帶著老頭去吹海風，那種照片是能播多久？」

「那位導師還在這裡嗎？」

「聽說還在。我是覺得，畢竟要把他們請過來應該也不容易。」

「所以說這個珍珍．海耶斯——她絕對不可能賣地囉？」

「賈斯柏是這麼覺得。他說她現在生活那麼快樂，也賺得不少，何必賣地。」

「換句話說，也就沒有理由急著反對碼頭和高爾夫球場的計畫囉？」

「就所我知沒有。」

「如果開發案沒有進度，為什麼還會有人想殺賈斯柏？」

「我怎麼知道，可能跟這件事無關吧。」

馬汀又喝了一大口啤酒，「因為反對沼澤開發案而遇害」這個理論現在看來愈來愈薄弱，但他實在不太想放過這個可能性。此時他想起另一件事：當初自己在旱溪鎮太早驟下定論，結果一路錯看，錯得離譜，導致最後丟了工作。他得從中學到教訓才是，不要太早扣下板機，不要再被自己的想像力蒙蔽，涉入危險的水域之中。「丹妮思覺得賈斯柏有事想告訴我，可能是某種消息，你想得到是什麼事嗎？」

「不知道，完全沒頭緒。」

「他好像有在蒐集明信片。」

「真的嗎？」弗恩的語氣帶著驚訝和困惑。「所以你覺得有人為了一張明信片想殺他？」

馬汀忍不住笑出來。「不是，當然不是。」

這時有個年輕人從露臺下來。他高出馬汀和弗恩整整十五公分，肌肉健壯，二頭肌紋有刺青，有著島民的髮色和膚色[4]。他直接朝馬汀走來，聲音堅定而自信。「你就是那個偉大的馬汀．史卡斯頓嗎？久仰久仰。」

「可能沒那麼偉大，但是我沒錯。」

「我叫里凡，你表弟。」

「你好。」馬汀伸手與這個年輕人握手，雖然自己的手掌快被捏碎了，他也努力別縮手。同時，他只想著弗恩的孩子都算是他的表弟妹。當然了，這麼顯而易見的事，為什麼他會直到里凡點出才想到呢？表弟表妹。這個想法令他露出笑容。「能見到你真是太好了，里凡，說真的我從沒想過自己能有這麼多家人。」

「對啊，都怪那個叫弗恩的。」表弟話中滿是嘲諷的幽默。「誰知道他在附近播了多少種？其他人都說有半個安居區都是他生的。」

弗恩沒說什麼，就是哈哈大笑。在馬汀看來，里凡也已經大到不用爸媽罵的年紀了。

「我進去幫忙了，媽要我問你肉什麼時候要拿出來？」

「隨時都可以，火候差不多了。」弗恩說。

「小大人一個。」馬汀說。他看著里凡開腳兩大步就跳上通往露臺的樓梯。

4　此處指的應該是托雷斯海峽島民（Torres Strait Islanders），是澳洲北部托雷斯群島一帶的原住民。托雷斯海峽島民在血統上屬於美拉尼西亞人（Melanesian），因此在談到澳洲原住民時通常會另外提及。

「才十七歲。巴不得他不要再長下去，都快把我們吃垮了。」

火焰被抑制住，大火燒成煤塊，一片紅黑相間的煤床在深沉夜色裡發著暗光。弗恩將煤塊鋪平，擺上烤肉網。此時里凡回來了，旁邊跟著一個亞洲臉孔的少女——應該就是傳說中的木匠露西梅——兩人端著裝著肉、魚和香腸的盤子。馬汀開始幫忙，切開串串相連的香腸，插在叉子上；同時弗恩負責烘烤，按照每項食材需要的料理時間逐步擺上烤架。里凡和妹妹坐在露臺上小聲地說著話。

「好了！再五分鐘！」弗恩對孩子們大喊。

露西梅回到屋內叫其他人，里凡則下來幫忙，他和馬汀端著大盤子，任憑弗恩在盤上堆滿食物。喬悉和露西梅帶著一隊孩子從屋內出來，孩子立刻開始擺設餐桌，點燃煤油燈、瓦斯燈、香茅蠟燭和蚊香。桌上出現沙拉、成堆的白麵包、杯子、幾瓶水壺、四公升裝的大罐番茄醬，以及一鍋義式雜菜湯。從設桌流程頗為熟練，每個孩子都知道自己該做什麼，剛才客廳裡的混亂場面現在都化為協調的秩序。從屋頂垂下的派對燈泡發出光芒，一整排五顏六色，夜晚頓時亮起，充滿人聲與歡笑。馬汀數了數，總共十個孩子，依照年紀分別是兩個小小孩和幾個十五歲上下的男孩，再來是露西梅和里凡。馬汀被安排在主位，喬悉和弗恩分別坐在他兩側。沒人伸手拿盤裡的食物，孩子全都看著喬悉和弗恩。有那麼一會，馬汀覺得他們是在等誰在飯前禱告。不過弗恩開口說的卻是：「好囉，記得留一些給馬汀，他也是我們的家人。」孩子像聽到起跑槍聲似地全員開動，不過都遵守著某種規矩：年紀大的幫年紀小的拿食物，大盤子在彼此之間傳遞。馬汀看著弗恩和喬悉將他盤中的食物愈堆愈高，很快就得喊停，以免他們給得太多。

用餐完畢後，孩子們在露西梅和里凡的督促下清理桌面，並回到屋內，三個大人坐在星空下，倘入溫暖空氣的懷中。喬悉俯在桌上專心捲菸，很快地空中便瀰漫著濃重的大麻味，喚起少年馬汀的叛逆回憶。那味道有種令人欣慰的感覺，令人熟悉，例如煙霧在潮溼的空中捲曲的方式。喬悉將捲菸遞給他，他也接下了，出於禮貌多於欲望。他的眼皮早就變沉，食物以及酒精加上鎮日的疲憊，不斷將他推向夢土。他隨意抽了兩口，聽見捲菸裡細碎的燃燒爆裂聲，便又傳給弗恩。

馬汀緩緩闔上雙眼，感覺夜晚催眠的撫觸纏上了他。他可以聽到屋內傳來的音樂，與夜晚的聲音合為一體：蛙鳴，溫室之間的某處傳來的狗叫聲，快熄滅火堆中細小零星的爆裂，一條魚跳進河中。

他突然驚醒，發現弗恩的手搭上他的肩。「來吧老弟，該送你回家了。」

馬汀歪歪斜斜地起身，花了點時間慢慢清醒。喬悉已經離開了。「靠，我睡多久了？」

「沒多久，幾分鐘而已。走吧，我帶你回去。」

「你可以開車？」

「不是車，警察在附近不可能開啦。我們走河道回去，里凡開船。」

「好。」

「我們很歡迎你過夜，不過我想你女朋友應該會擔心。」

這句話讓馬汀完全清醒。蔓蒂。他看了手機，發現才十點，感覺彷彿已經午夜。他傳了封簡訊給她：**要回去了，很快就到。**

里凡帶著他們下到河邊，他拿著一盞提燈，外型復古，裡頭的ＬＥＤ燈泡投射出大片的光芒。這條路徑明顯，走來輕鬆。河畔有道小水灣切口，一艘鋁船停在低窪的細沙泥地上，用繩子綁在木麻黃樹上。潮水一定已經退遠了。他們把船拖進水裡，里凡穩住船讓他爸和馬汀爬上去，接著里凡涉水將船推出，敏捷地跳進船裡，將馬達斜插進水中，輕鬆地抽了幾下拉繩，啟動引擎。引擎點燃，低沉輕柔地噗噗作響。

航行於黑墨色的水面上，月亮從東邊升起，蝙蝠在空中盤旋，馬汀看見有條魚躍出水面，又撲通一聲跌下，激起的同心圓反射著光線。銀港的光芒逐漸靠近，星光在空中閃爍。銀河倒映在水中，因為船首的水波沖過而碎裂。有好一會，馬汀感到一股深刻的平靜，一種歸屬感。也許銀港終將證明足以作為他們的避風港，提供他和蔓蒂療傷、養育連恩，打造共同的生活。弗恩和喬悉，表弟妹們，一個家。

抵達露營區，一盞孤燈照著泊船碼頭，彷彿漂浮在漆黑夜色裡。有道鋼梯向下墜入黑暗的水中。里凡熟練地將小船側身靠近碼頭，起身抓住梯子、穩住船身，讓馬汀能爬上滑溜的鋼梯。在上去之前，馬汀對舅舅說：「弗恩，對不起我一直沒和你聯絡，我知道自己很不值得原諒。」

「別太自責了。我也在場，記得嗎？我知道你傷得有多深。」

「你知道？」

「當然。」

還有很多話要說，很多很多，不過以後還有許多時間。馬汀爬上梯子，離開黑暗處，進入一小圈明亮的光芒中。

# 星期三

Wednesday

# 第九章

坐在後座嬰兒座椅裡的連恩看來很高興，但前座的兩人就不同了。蔓蒂此時正載著馬汀去弗恩家牽車。馬汀滿心懊悔，蔓蒂滿腹怨懟；他想道歉，但她直接轉開新聞電台。他嘆了口氣。之前她說他可以去舅舅家吃晚餐，現在他發現只聽到那句話的字面意思是個天大錯誤。他很晚才回到小木屋，醉醺醺、渾身大麻味，醒來時發現自己睡在小房間的上下鋪床上。現在，就在他下車後，她終於開口：「我和溫妮佛約在鎮上，如果需要你的話再打給你。」如果需要的話。接著他就被丟在車道上，只能望著她頭也不回地開走。學到教訓了。

他走到那棟組織混亂的房前敲門，但沒人在家，只有一群狗嘈雜的叫聲。車子都開走了，卡車、廂型車和掀背車，只有那輛越野摩托車還在。就在他打算直接開上自己的車離開時，便聽到電鋸發動時的尖銳聲響。他繞著房子找，經過幾輛廢棄的三輪車、一座菜園和雞舍，最後在屋後找到正在蓋露臺的露西梅。她將深色頭髮綁成馬尾，戴著棒球帽，又掛上耳罩式耳機，戴著防護眼鏡。她處在與外在世界隔絕的感官的繭裡，一開始根本沒發現他。馬汀在旁看了好一會兒，被她的技術迷住了，她看起來那麼自信而有餘裕。他想起一件關於父親的往事，意外發生前的父親在屋後的小棚裡健身。父親那雙充滿奇蹟的手，粗糙不平、傷痕累累，可以打造出任何東西或修補任何東西。看著露西梅工作，馬汀想起另一件事，發生在他非常年幼時：他相信父親的手在某種程度上和父親本身是分開的，那雙手能修理、修補、創造，修理割草機洗衣機電視天線，組合椅子桌子雞舍，能以心臟外科醫生般的自信與把握拆解汽車引擊。朗恩．史卡斯頓的手有自己的生命。馬汀看著自己的手，觸感柔軟，屬於白領階級，那手並不獨立於他，而是完全臣服於他。他對現況算夠滿意了；曾有段時間，他覺得自己根本不認識它們。他曾追尋渴求著擁有父親那雙神奇之手，那樣的日子已經過去了。

「嗨，你好。」露西梅終於注意到他，摘掉耳機和眼鏡。她看起來非常年輕，乾淨無瑕的臉和她的技能不甚相襯。

「嗨。弗恩和喬悉出門了？」馬汀說。

「對。每天早上都要來一場大混戰，已經結束了，小孩去上課，家長去工作。」她用手抹過眉間；這個早上還很涼爽，但勞動將她逼出汗來。「有什麼急事嗎？」

「沒有。我昨晚把車丟在這裡，只是來開車。」

「好噢。你現在有空嗎？我需要幫忙。」

「當然。」

「謝了，兩個人做起來比較簡單。」

這情況彷彿是她一直在等他來，彷彿她用那雙專屬的神奇之手變戲法似地將馬汀創造出來。她剛才切齊兩根木條，是支撐露臺最外端的最後兩根橫梁。他分兩次幫她把梁舉至定點，拿穩，讓她可以用橡膠槌敲緊木條，再打進幾根斜釘固定，手法熟練。馬汀很佩服她，這個瘦小的女孩，纖細手臂裡隱藏著強大力量。

「看起來妳練習過很多次，弗恩教妳的？」

她微笑著：「很小就開始學了，比較像是被他傳染吧。」

「妳現在幾歲？」

「快十七了。」

「妳是學徒？」

「對。今天要到隆頓上ＴＡＦＥ[1]課程，想說出門前趕一點進度。」她看了錶。「我得出門了，剛才謝囉。」

「小事，再幫我跟弗恩還有喬悉打聲招呼。」

開回鎮上的車程中，他光想到舅舅和他太太怎麼維持那個混雜的大家庭，便不禁驚奇。雖然過程難免場面混亂，各種需求彼此競爭，但透過弗恩簡潔的說話方式和沉著的態度，以及喬悉帶給人溫暖的能力，他們的方法顯然是成功的。馬汀想，不曉得自己和蔓蒂是否有天也能那麼放鬆，以同樣冷靜而有把握的態度面對生活，也擁有那種順其自然的自信。他對此不怎麼樂觀；他們兩人都太緊張了，過於不安。或許是因為賈斯柏．史貝特的死，命案未結，像障礙阻擋著他們邁向未來。這更令他下定決心要盡可能協助警方找到凶手。

快要回到鎮上前，他突然看到瑞斯林路的路牌。等他踩下剎車時，路牌已經過了，於是他又得掉頭開回去，但確實就在那裡。瑞斯林路，穿過甘蔗田一路通向往事回憶。路牌下方有另一個藍底白字的牌子：廢棄物管理場。他轉進去，經過另一個標示：此路不通。路面彷彿馬賽克拼貼，東一塊瀝青補丁上再蓋著西一塊瀝青補丁，以致已經完全看不到原本的路面，而新的補丁又形成新的坑窪，需要繼續填補。所幸他只需要開半公里便走到甘蔗田的盡頭，接著便看到那個地方：安居社區，四個街區，跟任何都市近郊道路一樣筆直、方正，但卻出現在一片荒野之中。眼不見心就不煩，這裡連取街名的力氣都省了，同個方向的就叫一路、二路和三路，另一個方向的就叫一街、二街、三街。他開到第一批住宅前停下，不必開門就知道這裡的一切幾乎都沒變。安居社區遠離鎮中心，被驅逐於海風的範圍之外，空氣的溫度會更高、更乾燥，也更多沙塵。一切都太熟悉了，他嘴裡幾乎可以嘗到那個味道，又辣又苦的貧窮生活，蒼蠅就要從舌尖飄來。他正前方那間房子乾淨得像只胸針，草坪割理整齊也澆過水，花圃裡種著玫瑰，還擺了讓鳥玩水的水盆，車道停了一輛舊款Holden[2]，雖然車殼上有開過泥塘的汙點和鏽蝕的痕跡，但整輛車仍擦得閃閃發光。隔壁一戶，紗門鬆垮地掛在鉸鏈上，整片院子光禿，只有土，乾死的草有半米高，門廊上放了一座廢棄的冰箱和半輛生鏽的解體摩托車，屋頂上有面衛星接收器，車道上則是輛全新的Jeep，滿是灰塵和泥巴噴濺的痕跡。這裡的住戶和他年輕時不同，但其實故事都差不多。他沒看到人，街上空蕩，只有狗，是他小時候在這街區附近遊蕩的雜種狗的後代，漫無目的在路上閒晃，鼻子時時貼地。他太熟悉這些街道，就算矇著眼都能走到以前的舊家，三路十三號。但他沒那麼做，只是將車掉頭，沿原路回去。

回到大路上時，他給自己訂了一條行動方針：專注在這裡，專注在現在當下，探索過去有風險，應該優先保護未來。他想去蜂鳥海灘，去看看阿蓋爾河北岸那些開發計畫的核心。他經過速食餐廳、加油站和低矮的汽車旅館，跨過阿蓋爾河上的橋，河水在早晨的陽光中閃耀。過橋後速限提高，馬汀也隨之加速。沙丘路在茶樹叢中切出一條筆直的線，此處地勢低而平坦，路緣的土地都是砂質，充滿鹽分的風從敞開的車窗吹進來。在右手邊，他可以看到從微鹹的水中長出的灌木叢，隨著斜坡往海岸懸崖的方向逐漸抬升，才慢慢出現有些高度的樹種；左手邊，他可以透過草木植披形成的帷幕之間，瞥見後方的水面和泥灘地。儘管其他人叫那地方水晶瀉湖，但在潮退的現在，這味道聞起來仍舊是麥肯奇沼澤。

1 TAFE全名為技術與進修教育（Technical and Further Education），是澳洲技職體系的公立教育系統，類似台灣的專科或技術學院，是供高中以上至社會人士學習各項技術的管道。

2 澳洲國民汽車品牌，隸屬GM集團，二〇二〇年底停止營運。

突然間，他發現車子開上了一座比較小的橋，是沼澤出海口上方那座。他走太遠了，錯過蜂鳥海灘的岔口。又過了一百公尺，路況開始急速下降，從本來寬敞、養護得宜的柏油路變成曲折小徑，路徑中央是一條布滿坑窪和填補痕跡的瀝青碎石路。他停下車，回想丹妮思·史貝特的地圖：這條路繼續前進，蜿蜒穿過沙丘之間，向東連接偏遠沙灘的出入口，向西串起幾處零星的酪農場和甘蔗田，最後整條路漸漸消失。這條路通往荒蕪之地，哪裡也去不了。他仔細地將車掉轉方向，準備從原路折返，就在他快開回好走的路面時，對向有輛ＳＵＶ從橋上馳騁而來，劇烈急煞之後左轉。車身上的花俏標識引起他的注意：十號電視網的車；車窗貼了深色隔熱紙，正駛進一對敞開的大門裡。新聞報導團隊來到此地，為什麼啊？

身為記者的好奇心被點燃，馬汀跟了上去。這附近幾百公里都沒電視台大樓，十號電視網找到什麼值得報導的事件嗎？他在接近大門時放慢車速。菱形鐵絲網組成的圍籬上掛著一面巨大招牌，本來的文字雖然蓋了一層薄漆，但還是能識別：「麥肯奇起司與醃菜食品公司」。招牌剩下的部分都被新的文字蓋住，語氣正式、色彩鮮紅：「私人土地——非請勿入，違者告訴」，底下還有另一個牌子寫著：「二十四小時監控——全知保全公司」。不過大門是開的，他直接開車進去。馬汀想起以前老編輯的一句格言：取得原諒比請求許可更簡單。

他對舊工廠幾乎一無所知，只知道工廠在幾年前關閉，現在有個叫泰森·聖克萊爾的在地地產開發商打算在此處蓋高爾夫球場，而弗恩和喬悉反對這項開發計畫。還有賈斯柏·史貝特也反對。另一段記憶浮了上來，另一段回憶往事：餐桌旁，雙胞胎坐在雙人高腳嬰兒椅上，他的父親心情舒爽，正喝著啤酒。母親端晚餐上桌，不是香腸或燉肉，而是整塊的肉，粉灰色的，嫩得不可思議，對他稚幼的舌頭來說宛如神啟。「我在起司工廠代了兩個班。」父親笑著說，不過母親不懂為什麼父親心情這麼好，也不曉得馬汀為什麼這麼高興。

馬汀皺起眉，覺得煩。不是回憶的內容，而是過了這麼多年之後，居然這樣說來就來。

工廠內的車道寬大，是為了運送牛奶的卡車和冷藏貨車所設，柏油路面凹凸不平，逐漸因欠缺養護而壞損。車道在高大的樹林間逐漸爬升，繞上一座蓊鬱的小山丘。馬汀試著回想丹妮思．史貝特的地圖，想找出自己所在的位置，這時車子鑽出樹林，使他不得不停下。工廠斜斜地坐落在前方，不是他預期中的低矮磚造建物配上功能取向的波浪板屋頂，而是更宏偉、更具詩意的設計：水泥蓋的永久建築，有著磨砂窗面，一棟為了永久存在的建物，靜止得像吉卜力作品裡的劇照。工廠有三層樓，每層都比下面那層更小一點，樓層之間都圍著一圈紅色鐵浪板護頂。最頂那層又長又扁，側邊全鑲了玻璃，山形屋頂下方開了一扇拉長的雙面天窗，屋頂和低樓層的護頂用了相同建材、有著相同的傾斜角度。建物比他想像中更老，可能建於一九二〇年代，甚至更早。外牆的白色粉刷因為疏於照料而呈現各種斑駁色調，各類藤蔓、常春藤和攀緣植物爬上正面的牆壁，朝兩側延伸而去，有些自豪地開著巨大的花朵，彷彿雨林已接管整座建物。

馬汀前方正對著三座卸貨平台，平台的木門上了綠漆，有歲月侵蝕的痕跡，全都是晃來晃去的彈簧門，而不是現代捲門。卸貨平台前停著電視台的ＳＵＶ、一輛大廂型車和一輛四輪傳動越野車。在這些車的後方，在成排矮胖棕櫚和一道堤防的圍繞下，他可以看到瀉湖的水光在遠處閃耀著。他將Corolla開離斜坡，停在其他車旁邊，才剛下車，就剛好有兩個人從建築物的側邊出來，離他不到十公尺。那一男一女穿著白色連身工作服，戴著白色工業防塵口罩，兩人似乎都提著金屬探測器，外型像是無線吸塵器，只有著又大又圓的底座。他們停下腳步，一臉驚訝。

「早啊，你們好。」馬汀的語氣愉悅。

兩人沒有動靜。

「我看大門開著，想說進來看一看。」他這時已經走到兩人面前。

男子轉向女人：「去叫麥可。」她便轉身走進工廠。男人回頭看著馬汀，請他稍等，聲音不帶情緒。

「沒問題。」馬汀維持著愉快的語調，張開雙臂顯現開放的態度。他注意到男人的鞋外包了保護套，像浴帽，只是功能不同。「我以為這個地方已經封起來了，你們在這裡幹嘛呀？」

男人只是看著馬汀，沒有回話。馬汀正考慮要出其他險招，便看到有個大塊頭從貨物區裡走出，外型像毛利人或島民，身後跟著剛才那位女人。大塊頭男子一身漆黑——黑牛仔褲和黑墨鏡，黑色的T恤只寫了兩個白字：保全。他的黑色靴子也套著同樣的浴帽保護套，其中一隻手臂張揚地顯露著部落圖騰刺青，圍繞在他雄偉豪壯的二頭肌上，整個人看起來就像紐西蘭黑衫軍[3]的隊員。他直接走到馬汀面前，踏進馬汀的個人空間內，兩人的臉距離只剩幾公分。男人滿頭大汗，馬汀幾乎可以聞到那股味道，充滿睪固酮和攻擊性的氣味。這人身高一定超過兩公尺。「你⋯想⋯⋯怎⋯樣？」男人問，聲音緩慢帶著威嚇，每個咬字都清晰逼人，拉長發音加重語氣。馬汀向後退了一步，不過男人也跟著前進一步，還將一根手指極其溫柔地戳進馬汀胸口。「你⋯哪⋯位？」

馬汀聳聳肩，張開雙手，擺出沒什麼好隱藏的樣子。「抱歉，我只是進來看一下而已，沒什麼重要的事。那我離開好了。」不過，尋求和解的語氣無濟於事。

「我⋯⋯要⋯⋯打⋯⋯斷⋯⋯你⋯⋯的⋯⋯手。」巨人輕聲說道。

馬汀突然感到一陣實在的恐懼：這人是認真的。

此時，有張熟悉的面孔從起司工廠裡現身，那是一張不久前才見過、滿是微笑的臉：道格・桑寇頓，那個電視新聞記者。「馬汀？」

「道格？」

「你認識這傢伙？」打手先生問向道格，這時他說話就不再每個字像脫臼似地拖長。

「對，同行。」

「你同事嗎？」

「不是，不算是。不過沒必要這樣嚇他。」

「你確定？」

「確定。都沒人教過你們嗎？永遠、永遠不要威脅新聞記者。」道格說。

保全再次看著馬汀，眼神彷彿在檢查寄生蟲。「好吧，就放你們兩個小情侶慢慢聊。」他轉向拿金屬探測器的那兩人。「你們兩個，走吧，攝影組已經準備好了。」隨後三人一同走回起司工廠。

「那是你們導演嗎？」馬汀問。

「對啊，他自以為是英格瑪．柏格曼[4]。」道格大笑。「沒有啦，只是保全。腦裡裝的都是類固醇，跟未爆彈一樣，最好別去擋他的路。」

「你們還真會請人。」

「你在這幹嘛，馬汀？」

「我看到你的車，覺得好奇就跟進來。」

「我是說你怎麼在銀港？你不是失業了？」

「是啊，還不是要多謝你。」

3 黑衫軍（All Blacks）是紐西蘭國家橄欖球隊的隊名，沒有正式譯名，有時也譯為全黑隊。

4 Ingmar Bergman（1918-2007），瑞典名導。

這話讓桑寇頓不安地擺動一下。之前在里弗來納時，他散布不少關於馬汀的惡毒謠言。後來他道歉，宣稱自己被某個壞心腸的製作人騙了，但也無法讓馬汀拿回飯碗。

「怎麼可能忘得了。你們還在一起嗎？」道格說。

「我不是在工作啦。我跟蔓德蕾．布朗德一起搬來這裡，你還記得她是誰吧？」

「持續努力中。」

「我有你一半幸運就好了。她很辣。」

「你呢？怎麼會來這裡？」

桑寇頓皺起眉頭。「你確定你不是在查什麼案子嗎？」

「沒在查。我還在編旱溪鎮那本書。」

「犯罪紀實。」桑寇頓說。

「對，出版社把書歸在這個類別。」

「不是啦，不是說你那本——我是說這裡，我來是要做犯罪紀實的報導，是一件懸案。上面想做成特別報導，如果被我做起來搞不好會變成完整的紀錄，再加一集Podcast。你應該也懂，不過還沒確定就是了。Podcast、懸案、犯罪紀實，客戶愛死這種組合了。」

「懂了。」馬汀說，眼神看向工廠。「我以為你都是做即時新聞？」

「我目前處在緩刑期，上面不是很滿意我在旱溪鎮播報的內容。」他聳聳肩，眼神撇向一邊。「要是在合約到期前不做點東西出來，我想說大概就要被喀嚓了。」

馬汀完全不同情他。「所以是什麼案子？」

「你真的不知道？」

馬汀聳聳肩。「不知道。」

「噢同學，這個題材真的超讚。」道格的熱情瞬間又回來了。

「現在是要我猜嗎？」

道格看著他，或許在算計馬汀還是不是自己的競爭者，顯然經由判斷，馬汀並不是。「走吧，我們找個涼快一點的地方，別站在這裡曬太陽。」

附近就有樹蔭，就在停車場另一端，但道格卻帶他往建築物側面走去。隨著地勢朝著潟湖下行，以水泥與磚組成的支撐柱也從建物底部往下伸長。支撐柱之間有許多儲藏罐，是巨大的鏽鐵桶，在這座美麗建物的下腹部。裡頭還有排水道、鍋爐和壓力閥，現在一片死寂，被丟在原地任其腐朽，沒有任何動靜，漆黑、安靜，管線一路伸進水中。

建築物遠去後，他眺望著潟湖。這天早晨的景色頗為壯觀，陽光照得水光瀲灩，湖面如藍天。兩隻鵜鶘悠哉漂浮著，偶爾有鳥鳴打破寂靜。整個湖畔都被紅樹林包住，除了兩人所站的位置，此處地勢陡然沉入水中，幾株幼苗還在成長，尚未擋住這片景色。這裡鋪了一條水泥路，路面裂縫長滿雜草，一直鋪至短堤邊。這是一片未受破壞的田園景緻，清澈湖體、紅樹林、茶樹、木麻黃和棕櫚，有潛力成為生態觀光的旅遊景點。聖克萊爾會想將這裡收進口袋裡，原因顯而易見，這是建造高爾夫球俱樂部的完美地點。馬汀轉頭看向起司工廠，從他站的低處看上去，工廠高大雄偉，窗戶眺望著這座潟湖，比起廢棄工廠更像一間美好時代[5]的飯店。

5 美好時代（Belle Époque）也稱美好年代，指十九世紀末至一次大戰前的歐洲社會。當時歐洲在科技和經濟方面突飛猛進，一掃先前的悲慘氣氛。

「很美吧？但不要在黃昏時來，這裡的蚊子根本殺人凶器。」桑寇頓說。

「道格，為什麼帶我來看這個？」

道格望向湖面，嗓音突然柔和起來，向下降了半個八度，語氣充滿不祥的預兆。「雖然現在宛若仙境，但就在不久前，這裡發生了全澳洲最令人費解的犯罪事件之一——且至今懸而未決。」道格戲劇地停下語氣，對馬汀的震驚表情毫無所覺，繼續自顧自地背誦。「今天，十號新聞網將首次揭露重要的新線索，或許能為這起懸案帶來等待許久的真相……也讓正義得以伸張。」

「那個，道格，你可以正常講話嗎？」

但道格講得正流暢，整個感覺都來了：「備受敬重的銀港商人艾默里．阿什頓是本地工廠的老闆，工廠產品製作品質精良，屢屢獲獎。事情發生在五年多前的十一月，某個舒服宜人的星期五晚上。這天下班，員工們和阿什頓告別，準備度過週末假期。阿什頓送走所有人後，鎖上工廠的門，獨自走到這片堤岸，一邊享受甩竿的樂趣，一邊品嘗辛勞工作後應得的沁涼啤酒。這就是阿什頓最後的行跡，從此沒有任何人再見過他，生死未卜。」道格轉頭看向馬汀，恢復正常對話的語調。「我們拍了一堆訪問，他的員工都說看到他帶著釣魚用具往下方前進，然後就消失了。現在我們拚了命在這個地方拍攝，以防萬一工廠被拆掉。」

「你怎麼知道他不是跑路了？」

道格重新看向潟湖，嗓音再次進入播報模式：「隔週一，艾默里．阿什頓的員工前來上班，卻發現工廠鎖上，也沒見到老闆身影。阿什頓以往總是最早到、最晚離開，於是員工立刻懷疑老闆是否發生了什麼意外。」道格轉向馬汀，又變回正常的聲音。「訪問內容完全切中要害，他們都說他非常嚴守紀律，什麼事都要自己經手，信不過其他人。」

「所以哪點讓你覺得這裡有人犯案？」

道格再次轉頭看向潟湖，聲音也再度嚴肅：「就在大家感覺不對勁時，艾默里．阿什頓的新款賓士在同一天被人發現，地點就在這座潟湖往北七公里處，在背信海灣旁一處荒涼的沙灘上——車子被燒得焦黑。」馬汀實在為眼前的電視新聞記者感到讚嘆，竟然能用幾句話暗示這麼多東西：**燒得焦黑、荒涼、背信海灣之中的背信**。「阿什頓沒留下任何其他行跡，從此消失在世上。但是，有道疑惑仍徘徊在這座堤岸邊，在這一小片天堂樂園裡遊蕩不去：艾默里．阿什頓到底發生了什麼事？」道格從廣播機器重新切換回人類身分。「我想把這篇的名稱取為『失樂園』，你覺得怎樣？」

馬汀看著那些從工業槽裡一路伸進水中的管路，兩隻甘蔗蟾蜍正在湖水的邊緣交配。「道格，這裡本來是工廠欸。」

「噢，對。」電視新聞記者的眉頭皺了起來。「不過你覺得怎樣？故事很棒，對吧？」

「棒，當然棒。所以你們找到的重要新線索是什麼？」

道格鄙視地看著他。「同學，這你得自己去看節目。」

馬汀大笑。「也是。」

兩人沿原路往回走，攝影團隊已經站在工廠外等著他們。這和道格之前帶到里弗來納的是不同人馬，肯定是個和樂融融的大家庭。「你還要不要拍啊？」攝影師問道格。「裡面臭死了。」

「要啊，我馬上過去。」道格答道，然後轉向馬汀。「欸，如果你守密的話，我會很感謝。先壓下一陣子，別透露給媒體。」

「當然。」馬汀答應。「但我問一件事，為什麼要找來那個肌肉男？剛才如果不是你出現，他應該就要扭下我的頭了。」

「噢那個，抱歉啦，他不是我們找的。我們拍這個案子哪需要保全啊？他是這裡的地主請的。」

「地主是誰？」

「這地方的某個大人物，叫什麼泰深泰緊的。」

「誰？」

「泰森・聖克萊爾。」

「他是地主？真的嗎？」

「顯然是囉。他就是我們這次可以切入報導的關鍵人物，超幸運的。他說是我的忠實粉絲，之前又是阿什頓的友人，所以他也想知道到底發生什麼事。現在我只要想辦法讓報導能站得住腳就好。」

馬汀又看了那棟老舊建物。金屬探測器。所以他們想在這裡找什麼，阿什頓的釣魚器材嗎？「你說這裡可能會拆掉？」

「有可能，反正現在這樣丟著也沒什麼用。」

馬汀和道格握手道別，祝福他拍攝順利。想想道格當初在里弗來納的行為，馬汀自知應該要討厭這名電視記者、鄙視那種只適合八卦週刊的報導嗅覺才對，但他就是忍不住為這人感到難過。道格困在腐爛中的起司工廠裡，試圖重振自己衰退的職涯，充滿各種虛張聲勢，整個人卻一無所知得那麼徹底。

# 第十章

馬汀駛離起司工廠，跨過出海口，過了橋後便將車停在路邊。這裡沒有一絲人聲，只有林間的風、鳥鳴和遠處隆隆浪聲。他往回走到水泥橋上；橋和連接的路是柔軟世界中一道細長的堅硬傷疤。他低頭看向底下的水流，因為漲潮而緩緩流入沼澤。水道很淺，底部是沙，水質清澈。一隻鯔魚輕鬆地來回游動，乘著水流像老鷹乘著熱浪，小條的孔雀魚群則成群結隊地游。這並不是河，跟阿蓋爾河相差甚遠，就只是通往海的缺口，潮水隨著沼澤呼吸而流入、離開，就像散布在這條海岸線上其他數百個入海口一樣，每隔一、兩個海灘便出現在海灘的盡頭。這裡的水深已夠划獨木舟或輕艇，漲潮時，外側裝了發動機的小鋁船也許還能通行，不過船底有龍骨的船則無法通行。在這裡設置碼頭要非常有野心：屆時水道需要經常疏通，這座橋也要重造才能讓帆船的桅杆通過，都要花上不少錢。

進了陸地後，入海口的水道便隱至紅樹林後方。雖然擋在起司工廠前的樹林陡然茂密，但其實那塊地面看起來低矮且溼軟，建造碼頭時勢必得墊高，才能遠離沙地和泥巴，這又是另一筆錢。況且，雖然工廠所在位置非常適合蓋俱樂部，不過高爾夫球場本身還需要大量心力建造和養護。他想起自己曾有篇報導，內容關於印尼的土地掠奪案和龐式騙局，只是為了建造有錢人的超大型飯店和高爾夫度假村，本來土地上的農民便遭到驅離，卻沒得到任何補償。他在那次的經驗中學到，供水和排水是設計高爾夫球場的第一要務，但當球場所在地和海平面等高時，怎麼可能保持土地乾爽呢？要在這片沼澤周圍蓋任何濱海高爾夫球場，都會牽涉到大量土木工程：推土、清淤，建造防洪堤和運河，這些都還沒算入海平面上升的可能性，所需資金將會相當驚人。現在，當馬汀親自站在橋上，丹妮思．史貝特辦公室裡那兩張地圖想表達的地景便真實起來：要是近在咫尺之處沒有豐富客群，休閒碼頭和高爾夫球場就根本不可能建成。丹妮思和弗恩說得對：如果沒有蜂鳥海灘度假村帶來足夠的顧客，道路西側的開發案就無法成立。

但道格曾暗示起司工廠隨時可能被拆，是什麼變化讓開發案可能成真嗎？

馬汀走到橋的另一側，望向東邊的海。出海口南岸的地勢幾乎原地拔起，一路攀升至兩百多公尺外形成一座小海岬。蜂鳥海灘本身應該位於橋旁的露頭後方，彎月形狀面北朝另一邊的海岬繞過去，岬角後方就是海。從馬汀的視野看來，出海口大約就位在這道岬角對面，而北邊海岸的末端是一小片沙地，海浪打在沙上變成片片碎花。

回到Toyota的方向盤前，馬汀在橋南邊幾百公尺處找到了那個路口。泥土路穿過一片茶樹叢間，向上爬升幾公尺後轉為平穩，再往前開一點便會發現道路岔開。左邊的路被兩個標誌左右包夾，其中一個以深藍色字體寫著「蜂鳥海灘——小木屋——營地——衝浪課——瑜伽」。另一個標誌比較小，用土橘色的字體寫著「神聖冥想基金會」，旁邊用同樣的赭鏽色畫了一個圓形符號。兩條岔路中間立了一塊曾經雪白的舊式路牌，不過現在白漆斑駁、剝落，露出一塊塊的灰色木頭材質和灰綠色地衣。路牌上有塊手指狀木板寫著「蜂鳥海灘」並指向左邊的路，而在指向右側的手指中，最上面那根寫著「嶺脊路」，下面其他根則寫著「瑟爾吉」、「康威爾」和「哈提根」。康威爾的牌子看起來最新，其他都已嚴重褪色。馬汀看著哈提根的牌子，覺得有趣。這條路一定是繼續爬升，穿過樹林，然後往鎮上的方向回彎，成為懸崖上方那幾棟屋子的連外道路。以前都沒發現還有第二條路可以前往蔓蒂繼承的那棟屋子，他默默記著之後有空要把這條路走過一遍。不過現在的優先要務還是蜂鳥海灘，他於是將車開進左邊的岔道。車子開過地上的防畜格柵，透過輪胎傳來震動；這裡曾有舊酪農場的痕跡。

開沒多久，路況迅速惡化成一條欠缺維護的小路，滿是坑疤水窪，一下轉左一下轉右，在低矮的樹林間曲折穿梭。這條路爬上山脊，樹林變得更加濃密，接著又下切至山脊的另一端，路面幾乎要被侵蝕作用吃光。馬汀小心翼翼地將車開下斜坡，接著樹林大開，讓他從樹叢間第一次看見那片海灘，海浪閃爍著金色與藍綠色的光芒。**你有看到海嗎？**聲音突然冒出，如氣泡漂浮上升至回憶的水面。**看到海就到家了。**他強行壓下回憶。那句話跟這裡無關，他從沒來過蜂鳥海灘。

底下有座停車場，斷落的樹枝被拖放到各處，圍出大致的輪廓。他把Toyota停在各式車款之間：這裡有保養良好且裝有紗門的露營車，有嬉皮夢想中的迷你小巴，有苦幹實幹的四輪傳動車，租來的麵包車車殼外畫著卡通風格的女性乳房，還寫著下流標語，全新的BMW敞篷車黑布車頂滿是鳥屎，還有一輛租來的轎車，擋風玻璃裂了，輪圈蓋也少了一片。

樹叢的味道聞來清新，彷彿剛下過雨。腳下由樹葉鋪成的地毯潮溼溜滑。有隻笑翠鳥在他身後山脊的某處哈哈狂笑。他走下山坡，朝誘人的沙灘而去，經過一間由煤渣磚蓋成的巨大建築，可能是以前的奶製品加工廠，不過現在聞來有肥皂和水的味道，大概是淋浴區和洗衣服的地方。樹林中散落著幾間比較新的小屋，而在整個場地接近正中央的地方則立著一間舊農舍，樸素的魚鱗板外牆和俯瞰沙灘的新陽台形成對比，農舍再過去是另一群獨立的小木屋。巨大石塊突出在沙灘上方，在石塊和舊農舍之間則是一大片綠色草坪，左右延伸至整個場地，草地上散落許多帳篷：迷彩綠、海軍藍、搜救隊的亮橘。一小隊叢林袋鼠吃著地上的草，一路朝樹林的方向前進，宛如天然的割草機，一顆顆堅硬黑亮的袋鼠大便散落在草地間成了免費的天然肥料。

接近沙灘，地勢已經完全平坦的地方有間小避難所，擺了幾張桌子和烤肉架，避難所四面開放，不過頭頂被傾斜的波浪板屋頂保護著。有群二十幾歲的年輕人，三男一女，穿著紗籠和泳裝坐在一張桌子旁玩牌、喝啤酒。其中有個年輕男子親切地對馬汀揮手，他的辮子頭令人讚嘆，但鬍子就不怎麼樣。馬汀也朝他揮了揮手，便又繼續前進。他想先觀察一遍附近的狀況，再開始與人交談。

草地延伸到突出石塊的盡頭，接著地勢便急轉直下幾公尺，觸及沙灘。他的注意力再次被海浪吸引，海浪如蜷曲的水晶、不斷翻騰的拋物線，將陽光折射成搖曳閃爍的綠和半透明的金光。波浪溫和從容——富有節奏——沙灘面海一端有岬角和岩石暗礁保護，不受大海浪潮影響。浪花拍碎在沙地上，發出輕柔的雷鳴，引起迴聲，然後是一陣寂靜，直到浪聲再次襲來。破碎的浪聲突顯了寧靜，而這片寧靜又令浪聲更加突出，彷彿聽覺的陰與陽。波浪後方的海面平穩，但再往北走，越過標誌著潟湖出海口北岸的沙嘴，凶猛自由的浪便不斷撞擊著海岸。那是背信海灣的原始沙灘，也是艾默里・阿什頓的車被尋獲的地方。那些沙地連綿好幾公里，不受岬角束縛，寬廣而狂野，無法預期的海流和隨時變化的離岸流不斷沖刷，出入的都是些敢於冒險的漁民和徒步朝北進入國家公園的野地健行客，偶爾有些裸體主義者。

原始的自然景觀和易於親近的地理位置，給了這片海灘和這整個區域更加迷人的魔力，讓它沉溺在原始林地的露天劇場中，不受汪洋大海侵擾。蜂鳥海灘的開口朝北，冬天時也能捕捉到陽光，後方的山脊還能保護沙灘不受南冽風的侵襲，有了這種條件，你幾乎一年四季都能游泳。難怪背包客們都想待在這裡，也難怪開發商想將它據為已有。

有對年輕情侶坐在輕艇裡，金髮的年輕男子和他的黑髮女友，兩人彆扭地在翻騰的浪花中划著槳，被自己的笨拙逗笑。一對中年夫婦裸身趴在沙灘上看書。

現在，透過浪聲間歇之間的安靜片刻，馬汀聽到某處傳來吟唱。他轉向林間，尋找聲音的來源，瞥見大約十來個人圍坐在沙灘東邊，雙腿交盤、雙眼閉闔，正在輕聲吟誦。馬汀朝他們走去。引導唱誦祈禱文的是一名體型巨大的男人，坦露胸脯，有著棕色皮膚和值得誇耀的大肚子，在額頭眉心之間畫了和指甲花同色的的飾點。噢，他就是那名聲名狼藉的靈性導師哈瓦南達，淫欲歡宴的煽動者。從一段距離以外觀察，他其實頗為無害。不過，隨著馬汀離這群人愈來愈近，男人突然轉過頭來，張開雙眼直直看向馬汀，彷彿他察覺馬汀正在靠近。馬汀停下來，有些焦慮不安。吟唱聲並未停止。大師一動也不動坐著，眼神直盯著他，面無表情，但卻可以感覺到某種平靜。他注視馬汀好長一段時間，然後再次閉眼，轉過頭繼續吟唱。馬汀覺得自己被他打發走了，被他認為無足輕重。大師注視的眼神中沒有一絲脅迫或責備，但馬汀卻覺得自己侵犯了什麼。這名聖者看透了他，一一指出他的不足之處，條列他的缺點。馬汀轉身，停了一會整理心情，才從岩壁下到沙灘，他走向那對裸體的夫婦，感激他們不是正面朝上。

「不好意思。我在找珍珍．海耶斯，你們知道她可能在哪裡嗎？」他說。

「可能去衝浪了，在海裡。沒去衝浪的話，你可以去辦公室看看，或者有可能在廚房。」女人說。

「沒有和大師在一起嗎？」馬汀問。

「你說導師嗎？」男人問。「應該沒有。」

「噢，那邊，她在那邊。」女人說。

馬汀看向她指的方向：在東邊岬角下方的平坦石塊上，有個女人正帶著衝浪板朝他們的方向走來，穿著防寒衣的黑色身形映襯在海面粼粼的波光之中。

「謝謝。」馬汀說，然後朝衝浪手走去。

她看著他走來，便揮手打招呼，不過當他靠近後，她便停下腳步，站在原地，怔怔地看著他走到自己面前。

「妳好。」他說。

「你是？」她的語氣不甚確定。

「我叫馬汀．史卡斯頓。」

「史卡斯頓？」她的聲音充滿懷疑。「那個記者嗎？」陽光在她身後的浪花間跳躍，逆著光實在很難判斷她的表情。

他想到昨晚弗恩告訴他的事，媒體突然湧向這片海灘，用各種聳動報導塞滿電視頻道，八卦雜誌也堆滿腥羶色的消息。「我不是來採訪的。」他很快表明。「我不在乎你們在這舉行的儀式或任何相關的東西，也不在乎這裡來了多少明星，也不是要問導師的事。」

但她聽了似乎仍無法鬆懈。「所以你是要？」

「我只是想請問妳幾個問題。」

馬汀不太肯定，但覺得她有些不安，重心在兩腳之間換來換去。「怎樣的問題？」

「關於這個地方的開發計畫。」

她搖了搖頭，表情裡有種不解。「計畫？什麼計畫？」

現在換馬汀困惑了。她一定知道開發計畫的提案，怎麼可能不曉得呢？「我聽說有間大公司曾與妳聯絡，想要買下妳的土地開發高級度假村。」

珍珍．海耶斯直盯著他，眨了眼睛，然後又眨了眼。接著她的肩膀放鬆下來，露出笑容。「噢對，那件事。沒問題，可以啊。給我十五分鐘，我去沖個澡，然後我們到辦公室聊。」他看著她從身邊走過，她一手夾著浪板，慢慢地朝那對裸體夫婦的方向走去。她應該至少比他大上十歲──他小時候，她就已經在衝浪比賽中連連獲獎──她現在舉手投足仍帶著運動員的優雅，身體包覆在防寒衣中，曲線看來就像是她實際年齡一半的年輕女子。

辦公室緊鄰著舊農舍的陽台，並不難找，門是鎖上的，於是他在外等。他拿出手機查看，但沒有訊號；這片海灘遺世獨立，超脫在銀港的數位轄區之外。

一隻澳洲國王鸚鵡降落在陽台的欄杆上——胸腹鮮紅、綠色羽翼——另外兩名沒那麼華麗的同伴立刻加入牠的行列。牠們沿著欄杆小步橫向移動，頭歪向一邊，然後又歪向另一邊，溫馴地想被餵食。馬汀拿出手機拍下牠們錯綜交疊的羽毛。牠們啁啁喳喳地交換了幾聲對唱，他覺得自己幾乎可以聽懂其中的意思，接著鳥就飛走了，尋找更有可能施捨的恩人。

馬汀走上陽台，往停車場的方向眺望，看著一段距離外的山丘。沙灘後方的地勢穩定爬升，要透過地產商的角度看待這樣的地貌非常輕而易舉，根本無須動用什麼想像力。這種自然上升的地形，非常適合沿著山丘向上一層一層地蓋置低矮建築，每棟都能俯瞰沙灘，都能擁有迷人的海岸景緻，且都能仰賴海拔高度而免受洪泛。這種階梯地勢隱密僻靜，是已經成熟可以摘採的嬉皮天堂。他能清楚看出此地的發展願景，但卻怎麼也不懂這如何導致賈斯柏・史貝特喪命。就算值得為這片土地廝殺，但他這位老友到底發現了什麼，才會激得對方不惜動殺念？馬汀注視著眼前的美景，沒有答案。

他聽見身後有人開門，響起一陣鈴聲。珍珍・海耶斯正坐在辦公桌後等著他。她沙金色的長髮濃密、明亮，混雜幾綹灰髮，溼漉漉地全都往後貼著頭型，露出小麥色的前額。這張臉有著歲月悄悄蔓延的痕跡，陽光刻蝕的皺紋、頸間的皮膚皺褶，但她的雙眼湛藍透亮，彷彿有一小部分的海已滲進其中。她穿著背心，裸露的肩膀有著在浪板上划水多年所雕塑出的肌肉線條。她原先的顧慮似乎都在沖澡時洗淨，馬汀覺得此時的她已完全不像剛才在沙灘上那樣緊繃。「馬汀，很高興認識你。」她站起來，俯身越過桌面，帶著溫暖的笑容和他握手。「歡迎歡迎，請坐。」

馬汀坐了下來。

「我能夠幫你什麼？」她問。

「我來是想幫我朋友一點忙，她叫蔓德蕾．布朗德。」

「你說報紙上那個女人嗎？你之前在內陸寫的報導裡提過她。」

「對。」

「我見過她，看起來人很好。」她露出笑容，眼神試探。「你說她是『朋友』嗎？」

馬汀為自己一時不察措辭而尷尬了一下，不好意思地笑了。「嗯，女朋友。她現在遇到一些狀況，我想幫她。」

「對，賈斯柏在她的透天厝遇害，警方現在不得不將她列為可能的嫌犯。」

「賈斯柏．史貝特。」珍珍說著，語氣平穩。

「但你不是？」

「對，我不是。」

珍珍的笑容消失了，提到賈斯柏令她眉頭深鎖。「可憐的賈斯柏，我滿喜歡他的。」

「妳跟他很熟嗎？」

「算熟，他以前常來這裡。」

「我聽說他來找妳談過買土地的事。」

「對。要是哪天我真的想賣，應該也會透過賈斯柏。」

她用一隻手比著手勢，像在解釋再顯然不過的事。「他是個好人。雖然生活過得有點亂，但還算正派。」她深吸一口氣，彷彿做了某種決定。「大概一年前，他私下告訴我鎮議會要找我麻煩，提醒我處理好化糞池的問題，還要檢查飲用水的水質和公用廚房的衛生狀況。果然一、兩星期後衛生稽查員來了，

「為什麼？」

還帶了一個雪梨來的傢伙。要不是有賈斯柏事先提醒，這個地方十之八九就要被勒令關閉。幾個月後，賈斯柏又說鎮議會想要提高我的房地產稅。因為有他先提醒，我才有時間拉攏綠黨議員，查出露營區和鎮上那間背包客棧付的稅率。」

「那現在呢？」

「我得比原先多繳一點，但跟他們本來打算從我身上抽走的比較，算是少很多了。我繳的比露營區少，比背包客棧多。」

「比背包客棧多？但客棧在銀港正中心耶，就在中央海灘旁邊。」

「對，但那是泰森．聖克萊爾的地方，而他在議會裡很有影響力。議會覺得那只是一棟建築而已，面積相對小很多，而露營區和這裡有一大片土地。」

馬汀思考著她的話。「所以如果沒有賈斯柏幫忙，妳可能很難繼續保有這塊地，可以這麼說嗎？」

她聳聳肩。「也許沒到那麼嚴重，但他至少幫我省了錢，也躲掉一些麻煩，給了我一點喘息的空間。」

「那哈瓦南達導師呢？媒體報了那麼多嗑藥的新聞，為什麼那件事沒讓妳關門？」

珍珍看來有些惱怒。「因為那些都是狗屁。警察突擊搜查的時候，根本什麼都沒找到。」

「妳覺得他們是被逼著來搜查的嗎？」

「這我不知道。媒體報得那麼聳動，也許讓他們覺得有必要做點什麼。」

「衛生稽查、加稅、警方突擊檢查，聽來像是有人精心策畫的威脅。」

珍珍露出微笑。「但是即便如此，我也還在這裡。」

「為什麼會讓導師繼續留下來？因為妳也是信徒嗎？」

她聽了這個問題哈哈大笑。「我是不這麼覺得啦，他其實是個很好的招財生意。他在我們這裡有塊專屬的空間，裡頭發生的事他得自己負責——但就像我剛才說的，警察什麼都沒找到。」

「妳說專屬的空間是指什麼？我在這裡沒看到什麼分界。」

「對，廚房、衛浴、海灘都是共用的，但是這棟房子算是某種界線，東邊那些小屋都保留給他和他的信徒。他會在裡面辦靜修課程，兩週一期，每期收十二人。」

「他怎麼收費？」

「一個人五百左右吧。參加的人要付我場地費，他的課程費用另計。」她笑著說。「他這個人挺無害的，有點古怪，但是善良謙虛，我很喜歡。那些人來到這裡冥想、全素飲食、淨化身心，待上兩星期，最後辦場派對，高高興興地離開，同時這些活動也能幫我付帳單，對大家都有好處。」

「所以根本沒有嗑藥趴或者群交囉？」

她嘆了口氣。「他整個課程講的都是冥想、反思和自我淨化，其實是很苦行的，甚至可以說是斯巴達式訓練。不過他們會在最後一天晚上舉辦儀式，或者說慶典，象徵課程結束，參加者即將重新回到社會。這個星期五就會有一場。他會調一種儀式性的飲料，裝在舊木碗裡，用金杯子舀給大家喝——如果你相信的話，說那是神水也可以。我不曉得飲料確切加了哪些成分，但就我所知，只有酒精、水果跟一些香料而已。」

「沒有搖頭丸？」馬汀問。

「就算有也不是他給的。」她的語氣認真。「一群人在那邊喝酒、抽大麻，當然可能會有人嗑其他東西。他們常脫光衣服跳舞，報社也喜歡這種新聞，能刺激銷量，但那又不觸法。」

而且有助宣傳課程，馬汀心想，不過這種意見還是放心裡就好。「那賈斯柏呢？妳說他常來這裡，他參加過課程嗎？」

珍珍大笑。「還真的有。我不確定他能淨化得多乾淨，但至少我覺得他很享受過程。」此時臉上笑容又退去。「別太憤世嫉俗，馬汀。我覺得他當時在尋找什麼，而導師提供的東西似乎能幫上他。」

「他有宗教信仰嗎？」

「賈斯柏嗎？就我所知沒有，沒有信任何宗教。」

「他死時手裡拿著一張明信片，上面是耶穌或某個聖人。他以前提過類似的事嗎？」

珍珍皺起眉頭。「沒有，完全沒提過。」

馬汀覺得談到這點似乎會讓對話有些虛無飄渺，於是重新回到實際發生的事實上。「賈斯柏還幫過妳其他事情嗎？」

「有。他說如果我想減稅，想把稅率大幅降低，可以對我一部分的土地加上保護契約。」

「保護契約？那是什麼？」

「州政府的政策，地主可以對一部分土地加上具有法律效力的契約，把那部分劃成永久的自然保護區，之後即使賣地，契約也不會失效，會繼續約束新地主。這麼做的好處是我可以不用繳那塊土地的稅。」

「而且能夠一勞永逸擋下這次的開發計畫。」

不過珍珍搖了頭。「我不覺得有辦法。他們想要開發的其實是海灘周圍的土地，可是我並不打算在那些地方加上保護契約。不過這種做法的確能減少支出，能幫助我繼續保有整塊地。」

「了解。那劃出去當成保護區的部分，還能有其他利用價值嗎？」

「嗯，不能算有。樹木可以賣錢，這是當然的，但現在整個郡都禁止伐木，所以其實等於不能動。懸崖上方那裡有些地方可能還有點用，但我不會想讓那裡變成保護區。」

「然後妳也不想賣？」

「對，不想。」

馬汀仔細思考這點。如果蜂鳥海灘不開發，休閒碼頭跟高爾夫球場也就跟著沒戲唱了，但道格．桑寇頓似乎認為起司工廠隨時可能被拆。「那個叫泰森．聖克萊爾的提過要跟妳買地嗎？」

「有啊。他和賈斯柏之前是一間法國公司的代理人，那間公司想在這裡蓋一間高級連鎖度假村，叫經緯度假村，聖克萊爾還想開發沼澤地。」

泰森．聖克萊爾。丹妮思提過他對碼頭和高爾夫球場的計畫，但她似乎覺得代表法國人的只有賈斯柏一人。同時，道格．桑寇頓則說聖克萊爾已經買下起司工廠。「我有個地方不太懂，如果賈斯柏希望妳賣地，為什麼還要提醒妳加稅跟衛生稽核的事？這些事情不是能提高妳賣地的意願嗎？」

珍珍聳了聳肩。「他是個好人，也許對他來說有些事情比做生意更重要。」

也許吧，馬汀想。他想到她剛才說過的話：如果她真的要賣，也會找賈斯柏處理。賈斯柏的確幫了她不少，但那到底是出於真心，或者只是為了討好而使出的策略？「所以他跟泰森．聖克萊爾是在搶這筆交易嗎？還是兩人其實是合作關係？」

她再次聳了聳肩。「這我就不知道了。我對他們兩人都說過不想賣，所以這一切都只是說說而已。」

「能請妳跟我說一下泰森．聖克萊爾這個人嗎？他是銀港本地的開發商對吧？」

「最大的開發商。我以為你還記得他。」

「沒有欸，為什麼我會記得？」

「他是你爸的朋友。」

「真的嗎？」馬汀對這個名字完全沒印象。「妳認識我爸？」

「每個人都認識。」她語氣平淡地說道。

他不曉得該對這句話有什麼反應，於是便問哪裡能找到聖克萊爾。

「貴族山丘。你開上去之後，往燈塔的方向走，他家是那條路上靠海那側唯一一間房子。我聽說他喜歡在家工作。」

馬汀想著還有哪些事要問，這時兩名背包客走了進來。其中的年輕女子穿著一件薄紗棉布製成的透薄白色紗籠，只留下一點點若隱若現的空間，不過她男友的打扮就完全不需要你動用任何想像力：除了腳上的拖鞋之外，他全身赤裸。珍珍直視他的眼睛，對他大搖大擺的男子氣概不為所動。

「可以稍等我一下嗎？」她說。

「抱歉，沒辦法。我們的房間反鎖了，鑰匙鎖在裡面。」他有著中歐口音。

「好，我等一下過去。」

「瓦斯爐是開的，在小木屋裡面。」

「好吧。」珍珍煩躁地嘆了口氣，她對馬汀說她馬上回來，然後拿了串鑰匙，帶著情侶走了出去。珍珍離開後，馬汀環視一遍整個房間，房裡有辦公桌和幾個陳舊的檔案櫃，一座書櫃上擺滿折了頁角的平裝書，還有一個放了觀光介紹小冊子的架子。房間其中一面牆邊的架上專門放食物：許多番茄罐頭、塑膠包裝的義大利麵、鋁箔包保久乳、巧克力磚。還有座冰箱。馬汀打開冰箱：牛奶和啤酒、起司和人造奶油。他不知道珍珍有沒有賣酒的執照，應該沒有。一面牆上有銀港這一區的區域圖、幾張古早的衝浪海報，以及一幅以夕照海面為背景的卷軸，卷軸上印有〈想望的事物〉[1]全文：在喧囂及慌忙中沉著前

1 原文詩名為〈*Desiderata*〉，美國詩人Max Ehrmann的散文詩。

行，謹記靜默所能得的安穩……

馬汀一陣畏縮，便轉向其他地方。他看到幾幅相框，拍攝地點都在附近，其中一張照片裡有個衝浪手平衡有力地回切進浪中，細看發現照片裡的衝浪手是個女人：珍珍．海耶斯。他回頭看向那幾張衝浪海報；海報中金髮向後四散、正衝出內捲浪管的比基尼女子，想當然也是珍珍，那是她身為一流衝浪手的全盛時期。

他正想朝那張海報走去，便看到桌子後方地上的紙箱，裝著許多大信封，大多是白色的，是專業文件用的牌子，因為尺寸太大而放不進檔案櫃。他蹲下拿起幾個來看。裡頭全是掃描片：X光、核磁共振、正子斷層造影、超音波。有十幾張片子，收件人全都寫著珍妮佛．J．海耶斯。

門砰一聲關上。「你在幹嘛？」珍珍處理完歐洲情侶的問題後回來了。

「抱歉。我只是在看房間裡有什麼。」馬汀說。

「嗯，這樣嗎？」珍珍顯然非常惱火。「你該走了。」

「真的很抱歉。」馬汀說著，因為珍珍的反應而愣在原地。

她臉上掛著笑容，但嘴裡的話完全沒有笑意：「走就是了，馬汀。沒什麼壞事，但請你離開。」

§§§

馬汀回頭開往鎮上，道路筆直，於是便加壓油門，想著房地產開發商和嬉皮天堂之間的事。此時，他突然看見了那個東西：在左方路緣的外面有個十字架。他看向後照鏡，沒車，整條路空曠，鏡中是一幅人類強加於大自然的對稱景象。他執行了一次三點式迴轉，往回開一小段，然後再次迴轉，將車停在路邊。那是個需要重新上漆的白色木製十字架，稍微歪斜地坐在低於路面的地方。馬汀環顧四周；所以那件事就發生在這裡。這地方如此平凡無奇，沒有任何特別之處。在十字架後方，地勢陡然下沉，爾後便是潟湖平靜的湖水。就是那裡，那一定就是車子落水的地方。在一直以來的想像中，他都以為事故發生在路的對面，也就是潟湖大部分湖體所在的西側，他完全忘記這條路類似棧橋，其實兩邊都有水。越過事故地點後方的水面，往東南方向看去，地勢朝著海岸懸崖逐漸攀升，紅樹林讓位給茶樹和木麻黃，然後再讓位給尤加利、棕櫚和組成雨林的各種容貌。遠處，銀港的白色燈塔在晨光中閃耀。他孤身一人，只有他、風和十字架。十字架底部的某個石塊上有塊銘牌，「永遠懷念——希洛莉、伊妮德和安珀」。那行字讓他凍結在原地，全身僵硬站在接近正午的熱氣中。是他的媽媽和兩個妹妹。銘牌旁有束塑膠花，新的，顏色還沒被陽光曬褪。是弗恩，立十字架的一定是弗恩，花一定也是他放的。馬汀想著日期，事故的週年日就在幾星期前而已。三十三年又幾週。他怎麼會忘記呢？他真的有把這日期記在心裡過嗎？或者這也是被他屏除在外、拒絕想起的眾多事件之一？原來一直都這麼痛嗎？他記得的不是這樣，在記憶中，這件事並沒有將他壓得喘不過氣。他仍繼續和史高迪還有賈斯柏一起玩鬧，過得開開心心，即使父親逐漸墮落，他也還是長成了青少年。真的有那麼痛，痛到連悼念都沒辦法嗎？母親和妹妹們走時他才剛滿八歲，他繼續在銀港住了十年才離開，但卻從來沒有來過這裡，住在銀港時沒來過，後來的幾十年裡也沒來過。他真的那麼隨便、狠心嗎？自始至終把這事阻擋在外，把自己的腦袋切成兩半？連心也切成兩半？

他不由自主地單膝跪下，伸手去摸那塊牌子，試圖建立一點聯繫。但是和誰呢？和已經死去的母親，和他幾乎不記得的妹妹？還是和他自己？一段記憶浮現腦海，他和弗恩在空無一人的房裡等著，幸福感和期待的心情逐漸消失，取而代之的是憂慮以及持續壯大的恐懼，炸魚薯條變得溼涼，香檳杯上凝結的水滴蒸散在夏日的空氣中，昂貴的法國酒瓶像銀港燈塔一動不動。馬汀現在想起來了：他曾對著那支酒瓶祈禱，那支凱歌香檳，貼著橘色酒標，是對全新生活的承諾，是代表希望的寶物，瓶外寫著外國文字，瓶內裝著會令人愉悅的液體。他曾祈禱一切平安無事，祈禱是車子拋錨或者雙胞胎其中之一暈車狂吐，祈禱慶祝的晚餐很快就能開始。但香檳之神並未帶來喜悅或出手解救。電話響了，弗恩接起，他的聲音低沉肅穆，馬汀的生命從此生出裂口，至今從未消失。

一輛麵包車開過，就是剛才停在蜂鳥海灘的那輛，車身粗野地同時拼貼著奶子和厭女思維。車聲打破他的沉思，將他拉回現實。他環顧四周，彷彿以全新的角度看向此景。母親為什麼跑到沼澤地，在離鎮這麼遠的地方，將車開上這條只通向無人荒地的路呢？他放眼所見的唯一事物只有遠處的那座燈塔。

# 第十一章

燈塔吸引著他前進：走沙丘路穿越紅樹林，上橋跨過阿蓋爾河後，經過港口沿著中央大道前進，穿進鎮中心然後爬上貴族山丘的斜坡，經過那些炫耀用的豪宅，往閃閃發亮的白色燈塔而去。隨著馬汀愈爬愈高，那股吸引力也變得強大，燈塔正低聲呼喚著他。它正在說，錢，一切都與錢和土地有關，這種誘人的組合蠱惑了澳洲東海岸的每座濱海小鎮，從雪梨港區到銀港的貴族山丘，從拜倫灣到努沙，伯馬古伊到道格拉斯港。它正說著那座天堂獨特的魅力，那是一座由三層玻璃窗保護，以冷暖空調控制室溫的天堂，就連潮溼的熱帶氣候都能透過氯化後的迷你跳水游泳池加以馴化。燈塔說，錢和土地和貪婪，那才是這座銀港裡真正的銀礦。它也低語著死亡。賈斯柏之死，地產仲介之死，土地與錢與志向抱負之間的交易員。他就是這樣死的，燈塔說：他就是因為這些事情而死，藉由某人的手，用某種方法殺死。為了銀礦。要是馬汀能找到那道礦脈就好了，他就能循線追溯至它的源頭。

一座包圍在牆內的複合園區出現在馬汀左側，打斷他的思緒，也擋住了海景。這一定就是泰森·聖克萊爾的房子了，但此地盤旋的路段禁止停車，於是馬汀經過圍牆，將車停在已經不再說話的燈塔腳邊。一陣狂風突然襲來，五分鐘落下傾盆大雨，Corolla被斷斷續續的風勢吹得不停晃動。接著陣雨散去，陽光重新露臉。從這個高度看去，隨著風勢將雲吹向北方，海面就像由不斷移動的兩種色調組成的平面，有著陽光與陰影，藍與更藍。他回頭往鎮中心的方向走，步下斜坡，左手邊有幾棟房子，都是為了讓人讚嘆而蓋的具有設計感的建築，右側則是斷崖式的下墜，露出寬闊大海和一望無際的地平線，這樣的景色一路持續，直到被泰森．聖克萊爾那座設有圍牆的複合式住宅園區遮住。園區內的建物本身隱密而不可見，是這附近唯一不張揚炫燿的房子，也是唯一自負到必須與世隔絕的房子。圍牆高約兩公尺，再加上濃密的樹林，從馬路上只能看見屋頂的輪廓和一根孤獨的尖頂。

他朝聖克萊爾家走去。幾位義大利觀光客正在自拍，喧譁笑鬧。越過他們身後，馬汀看到有人正從園區裡走出來，是個年輕女子。女子擺動臀部和頭髮飄動的樣子，讓馬汀覺得有點像之前遇到的便車客托帕絲，但她沒注意到馬汀便逕自轉向下坡，往中央大道的方向走去。他確定就是她。不過還來不及跟上，他被義大利人黏上，要求替他們拍照。義大利人邊笑邊聊，身後的燈塔再次沐浴在陽光中，潔白耀眼。等到他們終於放過他，義大利語的「謝謝」和「再見」此起彼落之後，再回頭，托帕絲已不見蹤影。

圍牆邊有道巨大柵門和對講機：一顆按鈕、一個麥克風、一粒攝影鏡頭。馬汀壓了一下按鈕。

馬汀直視著鏡頭。「你好，我叫馬汀．史卡斯頓，請問泰森．聖克萊爾在嗎？」

沒有回應。馬汀正想重複一次，就聽到柵門的鎖喀噠一聲打開。「請進。」那個聲音說。

「喂？」男人的聲音飄了出來。

走進大門，裡頭是一條短徑，隨後地面向下跌落，上方則出現一座鋼橋，被緊繃的纜繩拉著，一路延伸至房前。這棟房子竟然就建在山丘的側邊。這裡有蕨、有灌叢、有林、有藤蔓，紅紫色的花，還有鸚鵡，是山丘和房子之間的凹陷處，涼爽、潮溼，對比牆外的炫目烈日和水泥，是更柔和、安靜的小世界。馬汀走到門前。同個聲音透過另一具對講機和他打招呼。「馬汀你先進來，稍等我一下。」又一次喀噠聲。馬汀伸手推厚重的門，門輕鬆開啟。

進入室內，入口大廳安靜，似乎很冷清，裝潢選用的木料帶有異國情調。入口大廳的光線黑暗，有盞孤單的聚光燈打亮了一幅布萊特．懷特利[1]的畫。馬汀無法抗拒地停下腳步，他從沒看過百萬價值的名畫就這樣掛著，距離極近、毫無防護。畫作很美，自信流淌的黑色線條、港口上方耀眼的藍、橋的弧度、裸露身軀的婀娜曲線。他聽見先前低語的回音：這是銀礦所買得到的美。他穿過門廳，被燈光吸引著，進到巨大的起居空間。敞開的門外就是陽台，陽台外面除了天空之外一無所有。他正想著進一步大膽探索，進入那片湛藍之中，便被一個聲音打斷。

「馬汀，抱歉，我沒料到會有訪客。」

一個瘦小結實的男子，穿著衝浪短褲和夏威夷衫，光著腳。衣服看起來休閒隨意，但嶄新，彷彿剛從架上被取下，而且似乎售價不菲。男人看起來六十多歲，肌膚因日曬而黝黑，體格強健，散發著活力，他將剩下的頭髮修剪得很服貼並往前梳理，彷彿羅馬皇帝的髮型。他大步向前，露出笑容，白牙閃閃，伸出一隻手說：「我是泰森·聖克萊爾。」

馬汀也伸出手；聖克萊爾的握力強勁如胡桃鉗。「馬汀·史卡斯頓。」

「是了，聲名遠播的記者先生又回到銀港。我能為你效勞什麼？」男人態度輕鬆自若，這裡是他的領域，他王者的宮殿。

「請問你聽說賈斯柏·史貝特的事了嗎？」

他聳了肩膀。「有誰還不知道嗎？」

「我正在調查他喪命的原因。」

聖克萊爾的笑容消失，動作也停了下來。「原來如此。你覺得我幫得上忙？」

「我也不確定。能問你幾個問題嗎？」

1 Brett Whiteley (1939-1992)，澳洲著名藝術家。

聖克萊爾打量著馬汀，像在評估他這個人，然後才放鬆下來，露出笑容。「當然，如果你覺得會有幫助的話。要喝點什麼嗎？啤酒？烈一點的？還是溫和一點的？」

馬汀皺了皺眉。胃裡的翻騰告訴他此時已過了午餐時間，相比飲料，他其實比較想吃東西。「你自己喝什麼？」

「我嗎？沒有，我白天不喝酒。晚上也很少喝就是了，太多事情要做。」他再次露出笑容。馬汀在他的笑容中看到某種不自然的東西，唇瓣捲曲像在咆哮，犬齒外露，讓他覺得聖克萊爾可能動了什麼手術，讓皮膚比較緊緻之類的。

「給我水就可以了，謝謝。」馬汀說。

「沒問題，跟我來吧。」聖克萊爾轉身離開，帶著他穿過走廊，走向充滿設計感的廚房。馬汀大為震撼，不是因為空間龐大，也不是大理石檯面、不鏽鋼廚具或者閃閃發亮的紅銅抽油煙機，而是因為窗外俯瞰的鎮景，景色美得令他屏住呼吸。

「這間房子真的很豪華。」馬汀說著。

「還不錯吧？」聖克萊爾說，咬牙切齒地笑著。他打開巨大的冰箱，裡頭除了瓶裝水什麼都沒有。他拿出一瓶義大利礦泉水遞給馬汀，自己也拿了一瓶，扭開瓶蓋喝了一大口。「乾杯。」他朝馬汀舉瓶示意，接著又灌下一口。

馬汀扭開瓶蓋喝了一口。水體沁涼，氣泡濃度恰到好處，嘗在舌尖幾乎甘甜。

「跟布里斯本一個進口商買的。」聖克萊爾說。

「很好喝。」馬汀假裝在讀瓶標。

「所以，馬汀——關於賈斯柏．史貝特，我可以幫你什麼？」

「他被殺害了。」

「我聽說是這樣沒錯，事情發生在你美麗女友的透天厝裡。她叫蔓德蕾・布朗德，對吧？」

「你見過她？」

「還沒，不過我聽說她挺厲害的。」聖克萊爾露出掠食者般的笑容。馬汀覺得這個人是不是只有在對自己感到滿意時才會笑。「所以你今天來是要調查誰殺了賈斯柏嗎？」

馬汀點頭。「對，或者至少證明蔓蒂的清白。警方遲早會排除她的嫌疑，但在那之前，他們還是有可能造成她很多麻煩。」

「我懂。雖然不知道能幫你什麼，不過我盡量幫忙。」他停頓下來，似乎在揣測馬汀的反應，才繼續說道。「你還記得我嗎？」

「不記得。」

「我認識你爸。」

「我聽說過。」

「我也不是一直都住在貴族山丘。我曾和你住在同一條街上，在安居社區，我住二街。和你爸一起工作過，做一些零工。那時我還沒改名。」他舉起自己的左手，這時馬汀才注意到他無名指第一節以上以及整根小指都沒了。「起司工廠。那天你爸也在，他幫我止血，開車載我到隆頓的醫院。」

「嗯。」馬汀說，不確定自己該有什麼反應。「泰森・聖克萊爾不是你本名？」

「現在是了。作家有筆名，將軍有戰場上的稱號，我需要一個適合開發界的名字。」

「你以前叫什麼？」

「強恩・派爾斯。」

馬汀對這名字完全沒印象，不過他腦中浮現一個畫面：名字笨拙的瘦小男孩在學校的操場被同學欺負。「裝久了就是真的。」他說。

聖克萊爾歪嘴笑開，伸手比著四周。「我已經很久不需要假裝了。」接著他的態度嚴肅起來。「不過我還記得自己的出身，所以能幫忙會盡量幫。但是，我幫的是你這個人，我老朋友的兒子、一個關心自己女朋友命運的男人，我幫的不是你的記者身分。我告訴你的任何事都不能寫進報紙，懂嗎？」

「當然。我來找你也不是為了挖新聞，是為了蔓蒂。」

「所以你離開新聞界了？」

「我覺得比較像新聞界拋開了我。」

又是一記狼笑。「很好，只要我們有共識就好。現在，想問什麼就問吧，我也很好奇。」

「你跟賈斯柏熟嗎？」

「夠熟了。」

「你們有生意往來嗎？或者你會找他仲介？」

「當然，合作過幾次。」

「工作以外呢？」

「工作以外就沒什麼接觸了。銀港不大，我偶爾會遇到他，但我們並不是很熟的朋友，往來不多。他是你們那一輩的，不是我們這一輩的。」

「你知道任何可能會想傷害他的人嗎？他有樹敵嗎？」

「沒有，至少我想不到有誰。」一陣停頓。「不過……」

「不過？」

「先說好，人都走了，我其實不太想講他壞話，不過大家都會說他跟女人的關係有些複雜。他老婆離開他時外面其實有些傳聞，但我不知道真假。另外我也聽說他會參加蜂鳥海灘辦的那些雜交派對。」

「那裡真的有雜交派對？」

「報紙是這麼寫的。」

這句話堵得好。「所以你的意思是？」

「也許有誰的老公發現自己戴了綠帽，或者可能被他拋棄的情人。」

馬汀回想當時的命案現場，感覺起來的確比較像情殺，而非精心策畫的謀殺行動。「你有想到確切的對象嗎？」

「我？沒有，完全沒概念。如果你需要，我可以問問看。」

「真的嗎？可以的話我會非常感激。」

一陣停頓。馬汀知道警方也會以同樣的動機去追查，只不過他們很可能會把蔓蒂也列進那份潛在的嫌犯名單裡。

「還有其他問題嗎？」聖克萊爾問。

「有一件事。我聽說你和賈斯柏曾代表一間法國公司，洽談蜂鳥海灘的開發計畫，不過他反對你開發麥肯奇沼澤。」

「簡單來說的確是這樣。」

「所以你們兩人算是合作關係嗎？」

「勉強算吧。」

馬汀想到珍珍說的，賈斯柏曾提醒她衛生稽核員和漲稅的事情。聖克萊爾會是幕後黑手嗎？「聽起來很麻煩。」他說。

「怎麼說？」

「你想要開發沼澤，他反對，但你們卻要在蜂鳥海灘的案子合作。」

聖克萊爾搖了搖頭，彷彿馬汀忽略了什麼。「不是這樣。生意是生意，賈斯柏很清楚法國人的提案可以替這個鎮帶來很大的轉變。」接著他突然露出掠食動物般的笑容，彷彿找到了滿意的解方。「馬汀，你有空嗎？我想讓你看個東西。」

「可以啊，當然有空。」

聖克萊爾帶著他離開廚房，穿過客廳，開門走到陽台牆上的某個凹處，凹處旁有一道螺旋梯向上攀升。聖克萊爾領頭，他們走上樓梯。

樓上是個獨立房間，一間巨大的書房，八角形的塔樓有六面開窗，收攬了滿室日光和環視四面八方的壯闊景觀：南邊就是那座燈塔，近得如此巨大，馬汀覺得彷彿伸手就能觸摸到；東邊則是一片無邊無際、廣袤湛藍和略帶弧度的海平面；鎮上的街道在北邊攤開，再往遠處就是河、麥肯奇沼澤，以及背信海灣那未受破壞的寬廣金色沙帶，連綿好幾公里。阿蓋爾河在西面蔓延，向著甘蔗田、製糖廠、斷崖蜿蜒而去。

聖克萊爾給了馬汀一點時間好好欣賞景色，才開口說道：「景色很棒，對吧？」

「非常同意。」

「我蓋這棟房子，就是為了這片景色，為了居高臨下看著風景。」

「有人告訴我你喜歡在家工作，我現在懂為什麼了。」

「那是很貼切的說法。」

美景令馬汀雙眼溼潤，他轉頭看向室內。這裡有張巨大的書桌，特製成八角形，放在房間正中央。剛才上樓的樓梯位於西側，梯後的那兩面牆壁鑲了木板。樓梯對面的東邊那側是滿版落地窗，從地板到天花板，不過北面和東面的窗戶最低就只到腰部。東面和北面窗戶下的牆上各嵌著一塊低矮的平台，深約一公尺，底下有抽屜。這兩塊平台一個對著燈塔，一個對著鎮上，上面都放著巨大的迷你模型。

「來，你看這邊。」聖克萊爾說著，走向燈塔那扇窗戶下面的平台旁。「我要你看的是這個。」

那是一塊涵蓋了蜂鳥海灘、潟湖出海口與麥肯奇沼澤地區的模型——不是現在的樣子，而是未來可能的願景，非常仔細地呈現各種細節。在泰森．聖克萊爾的憧憬中，潟湖水體翠藍，高爾夫球場青綠，附近還有純白的建築群。山坡地上一層層地蓋著各種獨立平房、連棟透天厝和公寓。停車場不見了，被放逐到山脊另一邊，新建的住宅區裡只看得到高爾夫球車模型。有條新橋以蛛絲般的鋼纜拉著，優雅地橫跨在兩座塔樓中間，高懸在出海口上方。模型中看得到那座休閒碼頭，和沙丘路保持著一段距離，不過可以由度假村駕高爾夫球車抵達。馬汀進一步檢視那座橋：橋的西側有高爾夫球車的專用車道，一路延伸至高爾夫球俱樂部。俱樂部是一幢兩層樓高的建築，一樓外側連接著寬闊的露臺：即使是迷你模型，這座俱樂部仍高聳支配著潟湖畔，坐擁令人讚嘆的景色。沼澤地變成有著清楚界線的湖泊，被石頭砌成的擋土牆包圍，高爾夫球場的草地則環繞在西、北兩側，紅樹林被限縮成一小群一小群，散落在東畔，隔開球場和主要道路。

馬汀點了點頭。「很驚人。」

「是吧？」泰森．聖克萊爾聲音裡滿是藏不住的驕傲。「第一階段是開發蜂鳥海灘，第二階段是橋和碼頭，第三階段是高爾夫球場。之後還有，我弄給你看。」聖克萊爾走到模型邊，在阿蓋爾河轉向北邊的地方，拿起河道與高爾夫球場西界之間那一大片灌木林。他把灌木林拿到八角形書桌放著，然後打開藏在模型底下的寬大抽屜。「幫我一下。」他說，馬汀照做。他們把新的區塊放到模型上的空缺處，像在拼一塊巨型拼圖。現在，高爾夫球場和河道轉彎處布滿了白色的紙板小房子，坐落成許多大型街區，每區都有自己的突出碼頭，並統一由一條道路朝著沙丘路的方向連接回潟湖南邊。「這是第四階段。一邊是河景和日落，另一邊是高爾夫球場，中間就是退休村，高檔的封閉式社區。」他停頓一會，欣賞自己的手工傑作，看待他理想願景的真正角度。「這個計畫——這一切，將把銀港推向高峰。」

馬汀仔細檢查著模型，理解整個規畫的邏輯，並想著這些計畫需要多少錢，以及可能賺取多少利潤。「你有完成這些計畫的資金？」

「我弄得到。」

「那露營區怎麼辦？」

聖克萊爾聳聳肩。「露營區可以不用動。在這裡，這塊就是。不過等到某個時間點後，那塊土地會變得太有價值，鎮議會還是會把它賣掉。」他在模型上指出露營區的輪廓，封閉式社區的出入道路就在露營區後方。

「淹水的問題呢？這整塊地都算洪泛區吧。」

「沒錯，所以之後會需要進行大量土木工程，並建造堤防。這不便宜，但你如果有機會去黃金海岸，可以去布洛德瓦特看看，他們做了很多厲害改造，把所有島都開發成住宅區。」

「但我記得鎮議會規定，除非高於海平面幾公尺否則不能蓋東西。」

「的確是。所以我們要進行防洪改造。」

「貴嗎？」

「絕對貴。」

馬汀又研究了一下模型。像這樣攤開來看，整個規畫似乎實際了不少。「為什麼要讓我看這個？」

「這樣你才知道真正的危機在哪裡。」

馬汀皺起眉頭。「什麼危機？什麼意思？」

「來，你看這邊。」聖克萊爾帶著他走向對面的窗戶，和窗下的另一座模型；這扇窗正對著銀港鎮街，微縮模型複製了相同的景色。「馬汀，這就是銀港。」

「嗯？」

「是個很棒的小鎮，是我的鎮，也是你的鎮，但我們老實講吧，這是個失敗品。從沒有好好發揮自己的潛力，而且很有可能永遠沒有機會發揮。」

「我不太懂。」

「我解釋給你聽。從我有記憶以來，這裡的人講的都是如何成為下一個熱門景點，追求成為下一個拜倫灣、下一個努沙、下一個黃金海岸。以前我比誰都支持這個想法。我們有海灘，有風景如畫的泊港，還有政治人物爭先恐後蓋新的高中、新的警察局、新的救護站和游泳池，想用這些建設收買選票；但光有這些是不夠的。」

「為什麼？」

「這些建設的確買到了週末的遊客，但他們並不住在這裡。背包客來了，採水果的工人來了，退休人士也來了，但錢卻沒有來。」

「什麼錢？」

「大錢。」聖克萊爾回頭，指向位在另一邊的燈塔，朝它走去，充滿幹勁。「你看這個，你有看到它嗎？這是拜倫灣以南最大的燈塔，建於一八九〇年代晚期。當時他們想把這裡打造成重要港口，從這裡運出森林裡的雪松、鯨魚處理站煉的鯨油、酪農場產的乳製品、甘蔗田的糖、屠宰場的肉品。這座燈塔象徵著未來發展的開端，是我們繁榮願景的明燈。可是有兩件事始終在妨礙我們：阿蓋爾河口那塊狡猾得要死的沙洲，還有後面斷崖上那條跟死亡陷阱差不多的羊腸小路。我們的港口夠深，也能避開風浪，但永遠停不進任何比拖網漁船更大的船；沙洲說不給過，你就進不來。我們做了各種地質調查、海洋調查，發現那下面有塊巨大暗礁，是一大塊實心的岩石，沙洲就在那塊石頭上方變來變去。想把那東西移開你得用原子彈去炸，根本沒辦法疏通，所以港口永遠發展不起來——事實跟理想相反，當船愈做愈大艘，我們的交易量卻愈來愈小。然後是鐵路，鐵軌蓋到隆頓之後就繼續往前，開下斷崖的支線卻永遠蓋不出來，因為這裡沒有港口需要連接，加上坡度太陡，收入與開銷無法打平。森林裡的木材被禁、鯨魚處理站被關閉、漁船船隊被買斷，起司工廠關了，現在連製糖廠也隨時可能要倒，他們的營運早就是虧損狀態。我們這下面的甘蔗田數量不夠，沒有規模經濟，一旦糖廠關閉，所有蔗農都要跟著完蛋。酪農場還可以一起叫奶罐車把牛奶送到斷崖上，但是我們卻沒辦法知道能不能用同樣的方法組合幾輛甘蔗卡車開上去，因為產量根本不足，叫了車也不合成本。」聖克萊爾長長地嘆了一口氣。「這樣你懂我想說什麼了嗎？」

馬汀搖著頭：「我不確定。鎮上看起來比我小時候繁榮很多了啊。」

現在聖克萊爾稍微冷靜了一點。「當然，我們還是沿著河岸種了很多花花草草，背包客會來，也有很多人搬到海邊生活，或來這裡退休。所以，對，沒錯，我們確實吸引到了一些錢，但這些錢裡有一大部分仍然是政府補助，是收買搖擺選民的支票。如果你往裡頭深究，會發現這個地方在很多層面還是很窮，因為工作機會不足。我們有領傷殘津貼的、有單親媽媽、有吸毒的，還有那些有精神疾病的可憐笨蛋，他們住不起雪梨或布里斯本、拜倫灣，很快也會住不起寇夫斯港和特韋德黑茲，然後就通通都跑來這裡。再加上在地的原住民，他們以前過得那麼辛苦，這麼多年過去，現在還是一樣辛苦。安居社區的空間已經不夠了，窮人都湧到露營區。」

馬汀指向蜂鳥海灘和水晶潟湖的微縮模型，藏不住聲音裡的懷疑。「所以這就是你的解答嗎？這個東西再加上封閉社區？」

「觀光業，那才是答案。觀光業、有錢的退休人士，還有遠端工作的人們。有高中和游泳池固然很好，可是真正的改變來自寬頻網路。這裡是選舉的搖擺區，有了網路，我們就能更順利表達自己的聲音，不必受雪梨的說客影響。我打算之後要在燈塔頂端設一個無線網路的免費熱點。」他轉過身，輕蔑地看著那座紀念碑。「反正這東西已經在了，不如讓它有點用處。」

「你真的覺得開發阿蓋爾河以北那塊地，就能克服這一個半世紀以來的發展停滯嗎？」

「對，我的確這樣認為。我們過去的錯在於追求成長。幾十年來，我一直相信我們需要成長、要變得更熱門，要變得像其他繁榮的城鎮，但我錯了，我們的未來不在擴張，而在變得精緻。」聖克萊爾暗自複述最後幾個字，彷彿那是某種值得細細品味的東西。「斷崖跟沙洲不會阻礙發展，反而會保護我們不要過度開發。我已經不再遊說議會重劃道路，也不再推動延伸堤防。相反地，我現在開始捐錢給綠黨、開始推動人口限制。我要把麥當勞趕出去，就像拜倫灣那樣，我們要成為精緻、高檔、乾淨、環保的地方。」

「抽乾麥肯奇沼澤就算乾淨環保嗎？我不覺得。還叫原住民去高爾夫球場工作？」

聖克萊爾大笑，完全不覺得被冒犯。「當然不是那個意思，不過我很希望他們可以去。他們遲早會同意我的想法，那些環保人士也是。」

「怎麼說？」

這位開發商的臉上出現一抹精明的表情。「你去過蜂鳥海灘嗎？還有潟湖？」

「有，事實上今天早上才剛去。」

「那再過去呢？你有去過更北邊的地方嗎？」

「沒有。去幹嘛？」

「我說的就是這件事，根本沒有人會去那裡。那裡的沙灘都太原始了，從沙灘往內陸走，土地沙質化太嚴重，鹽分也太高，現在還留在那裡的幾座酪農場，距離海岸線都有好幾公里。除了酪農場之外，那裡的確還有一些甘蔗田，但我剛才也說了它們會有什麼下場。這個國家都在亂搞，政府把大部分土地都變成自然保護區，因為他們根本不曉得該拿那些地方怎麼辦。」

「所以你打算怎麼做？」

「幾個月後，州長會來這裡，宣布海岸線一帶將成立新的國家公園，並和北邊那座合併。到時會提供原民巡查員工作機會，這是交換條件的一部分。」

「用來換那塊沼澤地？」

「我正在努力。不過我很相信你，這些消息都不會見報。」

「當然不會。」就算《晨鋒報》的工作沒丟，馬汀也沒辦法想像報社會對北部海岸線的某座次級國家公園有多大興趣。「所以州政府也參與了協商？」

「對。不過我沒辦法告訴你更多細節，很多事情還得先保密。」

「換句話說，你是要用這座國家公園當成蜂鳥海灘開發案的緩衝區，保證那塊地方隱密、排外，還能擁有未受汙染的自然景觀。」

「現在你終於懂了。在荒野的邊緣享受奢華和獨占的景色，距離銀港的便利設施和人力又只有二十分鐘車程，簡直完美。蜂鳥海灘是核心的沙粒，河流北岸是珍珠，而整個銀港就是母貝，會愈來愈肥美多汁。」聖克萊爾露出尖牙，馬汀覺得那應該是聖克萊爾版本的勝利微笑。

馬汀回頭繞向另外幾扇窗邊，再次看著發展願景的微縮模型。「我聽說你打算拆掉舊的起司工廠。」

這次聖克萊爾不只是咧開嘴，而是哈哈大笑起來。「不是我，那地方不是我的。」

「是嗎？我今天早上遇到一名保全，那不是你派去的嗎？」

「看來你也沒閒著嘛。」

「他為什麼在那裡？」馬汀繼續追問。

「他只是去幫忙某個努力工作的記者先生。」

「對，道格．桑寇頓，他似乎覺得你擁有那塊地。」

聖克萊爾搖搖頭。「我不知道為什麼他會那樣想，艾默里．阿什頓才是擁有者。」

「我以為他死了。」

「大家都這麼覺得，可沒人看過屍體。在他被正式判定死亡前，擁有人都還是他。」

「所以如果道格．桑寇頓找到了什麼東西，找到屍體，就會對你有利是嗎？」

「的確如此。」

「給道格線報的人是你對吧？」

「沒錯。」

「如果阿什頓被宣告死亡，繼承人會是誰？」

「誰都無所謂。對我來說，跟活人買地一定比跟死人買更有機會。」

馬汀皺起眉頭。「為什麼要使用金屬探測器？」

「桑寇頓沒告訴你嗎？」

「沒有。」

聖克萊爾笑著露出兩顆門牙。「阿什頓那老混蛋脾氣差得很，八成是他那種亂七八糟的飲食習慣造成的，紅肉、紅酒和藍紋起司。他有慢性關節炎，全身都有問題。」

「我不太懂你的意思。」

「他換過髖關節、新膝蓋，全都是鈦合金，如果他被埋在那個地方，金屬探測器就能找出他，這是他獨有的特徵。」聖克萊爾挑起眉毛，顯然覺得這個想法很有趣。他轉頭看向海面幾秒鐘，才又回過頭看著馬汀。那是個很奇怪的舉動，彷彿他在思考什麼更重要的東西，於是暫時讓馬汀等了一會。他的神情變嚴肅了。「起司工廠跟賈斯柏的事沒有任何關聯，相信我，這兩件事彼此無關。」

「為什麼你這麼肯定？」

「賈斯柏反對那個開發案，大家都知道，所以他不在我們那個圈子裡，他不曉得我打算做什麼。」

「如果無關，為什麼要給我看這些東西？」

「安居社區。」

「什麼意思？」

「你知道嗎，你從這裡也看得到那地方——看得到安居社區。夏天的時候，上方會有一層霧霾，彷彿光用眼睛看就能知道那地方多差勁，滿是需要社福介入的個案、毒蟲、酒鬼還有難民[2]，以及被趕離自己土地的原住民。那是你出身的地方，馬汀，是史卡斯頓家出身的地方，也是我出身的地方，我想要改變那裡。」

「透過建造封閉社區跟高爾夫球場來改變？」

「對。那是實實在在的工作，能夠提供他們實實在在握在手裡的錢，還有確切的未來。」

「是嗎？」

「真的。而且，馬汀，不管發生什麼事，這樣的未來都一定會來臨。」馬汀只是不停搖頭。「珍珍．海耶斯不賣地就不可能，而且就我所知，她完全沒有販售意願。沒了蜂鳥海灘，計畫就垮了。」

「她會賣的。」

「你怎麼能這麼肯定？」馬汀不禁想起珍珍．海耶斯桌子後面那盒檢查結果，X光片、核磁共振一大堆的。所以聖克萊爾知道那是怎麼回事嗎？

「人性。錢都躺在這裡誘惑她，她會賣的。」

「所以法國人還想做這個案子？」

「非常想。他們在檯面上丟了一百萬，如果賈斯柏和我能夠說服珍珍賣地，那就是我們的仲介費。」這讓馬汀開始思考一件事。賈斯柏之前很保護珍珍．海耶斯，會警告她衛生稽查和加稅，那麼他和聖克萊爾之間是競爭關係，還是彼此勾結？「為什麼要告訴我這些？」

「我要你替我工作。」

「什麼？」馬汀大笑起來，覺得聖克萊爾在開玩笑，但這位開發商人的表情卻讓他停下笑容。「替你工作？做什麼？」

「讓這一切成真。」開發商人掃過手勢，圈向整個模型。「你自己也說了，新聞界拋下了你，你會需

2 此處難民的原文為「refo」，有時也寫作「reffo」，是「難民」英文「refugee」的澳洲俗語。澳洲的種族組成非常複雜，由近代歷史上各時期抵達澳洲土地的各種種族組成，因此澳式英文中會以不同詞彙形容來自不同地區的難民，而「refo」這個詞的來源比較偏向二戰前後被迫離開德國或德據歐洲的人。

要工作。

「工作內容是什麼？」

「聯繫溝通，公共關係，對政府機關的聯絡人。出了布里斯本一直到我們這裡，沒人有你這樣的技能，你不只有媒體經驗和人脈，還知道真實世界的運作方式。」

馬汀沒說話，可是腦袋裡有個微小的聲音告訴他，聖克萊爾是對的。如果他要和蔓蒂在銀港留下，他之後要做什麼？去《隆頓觀察報》上班嗎？四處搜尋更多犯罪事件，全部寫成書嗎？「你出多少？」

「很多，馬汀，很多。但不要為了這些錢而做，不要為了錢而做。協助我讓安居社區成為歷史，讓它永遠別再出現。」

§　§　§

史高迪從沒去過安居社區。賈斯柏父親死後，他和他媽就搬出安居社區，也從沒回去過。他們不想來，馬汀也不想找他們來。他從沒察覺過那塊地方以及被稱為「安居區來的」代表怎樣的恥辱。當他和父親變得愈來愈窮、愈來愈髒的那幾年，屋前草坪堆成雜草，整棟屋子臭到他們全天都得開窗，即便如此他也不覺得那算恥辱。他學會恨自己家的房子，但並不恨那塊社區。安居社區是他的家，也是他唯一的家——至少在母親和妹妹們死前那幾年是如此，還有他住在那裡的最後兩年，弗恩搬去和他同住，兩人一起整修屋子。那地方住的都是好人，有著善良的心腸和屎一般的運氣。

史高迪沒去過他家，賈斯柏沒去過他家，沒有任何人去過，除了麥茲。有一天，麥茲來了。那年他們十五歲。他很喜歡她，但是太晚發現，而她其實也喜歡他。她在某天晚上吻了他，在沙灘上方的沙丘之間，她嘴裡有邦迪蘭姆酒加可樂的甜味，還有薄荷涼菸的酸味。他從沒說什麼，她也是，但從那天之後，兩人就有了某種小祕密，一種從未言說的共識，認為彼此遲早有天會在一起，成為情侶。某天她去了安居社區，她自己來的，去了他家。她一定是一路走過去，從五里海灘出發，穿過鎮上，然後轉進瑞斯林路。那時他在家裡自己的房間內，從窗邊看到她，她穿著最好看的那條牛仔褲和一件碎花上衣，漂亮而且端莊，髮色在陽光下閃耀，還畫著妝。她站在大門外，一動也不動，就只是看著，接著看了一下門牌號碼，試圖打開大門，但大門早就鏽得推不動了；他進出家門都是直接翻過去。她停下動作，又看了房子一眼，然後離開。

他就是從那時開始整理房子。弗恩幫他修好割草機，換火星塞、磨刀片、刷洗化油器、更換機油。馬汀除好自家的草坪，也開始幫忙附近鄰居割草；他們有的太年長或是生病無法自行處理，如果有錢可付就會給馬汀一點，如果沒錢他就免費服務。他一向把自己的外表打理得很好，每天早上洗澡，制服和外出服髒了就洗，現在他開始打掃房子，一次進攻一點，他的臥室就是灘頭堡。他洗自己的床單，洗不乾淨時就浸泡幾天，再不乾淨就丟了，然後用整理草坪的錢去買新的。他吸地板、擦拭房間，丟掉太小件的衣服，有些甚至是八歲以前買的。解決完第一陣地，他開始進軍廚房。廚房狀況其實沒那麼糟，因為他們根本不開伙。不過烤箱裡有東西放太久已經爛到分不出是什麼，冰箱裡的則爛得比較慢，水槽彎管惡臭瀰漫，一路向上散發。某個週末他打掃到了興頭，整個白天都在刷東西，一路刷到晚上，然後刷到天亮，被一種狂熱推著走。最後，他感到一股成就感，為自己驕傲，接著他爸就吐在廁所裡，還有人偷了他的割草機。

在那之後，他與麥茲還是很常碰面，幾乎不可能避開：去隆頓上課時的公車、每隔一兩堂課就在學校遇到，有時還會在中央大道錫歐的店外閒聊，或者在沙丘之間抽菸。她一直都保持禮貌，從沒說過苛薄的話，也從沒叫過他「安居區的」。但他們的共識已經不存在了。他有時能從她眼中看到同情，是那種最該死的情緒。

§ § §

馬汀將車停在中央大道，尋覓著午餐。以前那間超市變成了五金行，但屋頂上的空間仍是停車場。他將Toyota開上斜坡。斜坡長度感覺比他們比賽飆購物車那晚短了很多，也不再如過往那麼傾斜。廣袤的水泥地熱得像火烤，地板吸飽了陽光的熱度再吐出，又熱又刺眼，連一點遮蔭也沒有，剛才去找聖克萊爾時飄過貴族山丘的那片驟雨雲早不見蹤跡。這實在不是停車的好地方。馬汀打開車窗，讓窗戶大開。如果有人想從這輛鏽鐵盒裡偷東西的話，歡迎吧。

一早下來，他累壞了，他得吃東西，整理腦袋思緒。思考要選哪家餐廳時，他的思緒再度倒向童年時美味的炸魚薯條。真的要連吃兩天嗎？有何不可？不過他沒走進壽司店旁那家新開的，而是想起以前常去的老地方，錫歐的店。

店裡仍跟他記憶中差不多，地上的油氈布依然翹起，座位依然配著層板製成的用餐桌，厚重的玻璃砂糖罐依然有根銀管。兩只風扇掛在天花板上，緩慢地旋轉。曾印著可口可樂標誌的冰箱已被換掉，膠木菸灰缸也沒了，不過牆上仍掛著一排裱在廉價相框裡的褪色海報，都是去世的人：貓王、鮑嘉和白考兒、瑪麗蓮、詹姆斯、克拉克、艾洛、茱蒂[3]。二十五年過去，約翰、保羅、喬治和林哥也加入了這座萬神殿。但海報上不是嬉皮時期的披頭四，而是四顆蘑菇頭，對著鏡頭笑，跟其他人一樣印成黑白色。這座萬神小吃店。

他在同樣的櫃檯點了同樣的食物：兩片炸魚配薯條。櫃檯後的少女店員甚至沒告訴他價錢，直接把刷卡機塞過來。染髮、穿環、刺青和那種態度，標準的銀港小混混。

「付現可以嗎？」馬汀問道。

「隨便你。」

馬汀給出三十塊，收到一大把帶有報復意味的小額硬幣。那張陰沉的臉看著他，態度挑釁。馬汀也懶得理她，把硬幣一個一個投進空蕩的捐款箱裡。當他投進最後一個五分錢時，有個男人匆忙地從店後方走出來，一邊用圍裙擦著手。馬汀立刻認出他：不是錫歐．托馬基斯，而是他兒子喬治；這些年來他幾乎長成了他爸的翻版。喬治跟馬汀同年，以前就讀同間學校。當年他是足球明星，肢體靈活輕巧，長得又帥，下巴線條俐落得能切奶油。不過那樣的下巴線條已經連同腰身和髮際線一起消失了，嘴邊還長出大鬍子作為補償，但毫無疑問是他沒錯。「喬治。」馬汀說。

喬治看著他，皺起眉頭，沙粒大的熟悉感在他腦海中飄來蕩去，不一會兒便露出微笑。他指著馬汀：「馬汀．史卡斯頓，天才大記者。」

「喬治。」

兩人握手，對著彼此笑。馬汀不確定為什麼，但他們以前只是同學，算不上朋友。以前常有人在十年級結束前就輟學，追尋職業足球選手的夢想，喬治是其中之一。馬汀後來就沒見過他，但出於某種原因，他很高興能再見到喬治。現在果然相遇，就在炸魚薯條店裡，他的安居隊友，歷經生活磨練的同袍。「之前有聽說你要回來了。賈斯柏．史貝特說的。」喬治說。

3　皆為老牌影星，後面幾位依序為：瑪麗蓮．夢露、詹姆斯．狄恩、克拉克．蓋博、艾洛．弗林、茱蒂．嘉蘭。

「你們還有聯絡？」

「當然，他幾乎每星期都會來，買炸魚薯條和巧克力奶昔。」

馬汀笑了。「有些事情真的永遠不會變。」

「不過，我猜你應該聽說發生什麼事了吧？」喬治問，臉色突然變得凝重。

「嗯，我聽說了。」

「這個鎮啊，以前從沒發生過那種事，打架、鬧事或者家暴有，畢竟安居社區也不是鬧著玩的。可是謀殺？嗯。」

「你應該沒住在安居社區了吧？」

「我？當然沒有。我爸媽在那裡住了很久，就算有能力搬家也沒離開，但我就不一樣了，巴不得馬上走。」

「你爸媽現在怎麼樣了？」

「我爸好幾年前走了，心臟病。他以前唯一的運動就是打撲克牌跟抽菸。我媽現在和我一起住，我們把車庫改裝成房間給她。」

「貴族山丘？」

喬治大笑，是真正的笑容，笑聲從肚腹一路上傳。「拜託，怎麼可能。不過現在的住處也不錯就是了，雙層磚牆[4]，還有空調，在五里海灘上——從樓上就能看到海浪。家裡能吹到海風，孩子們也可以到沙灘玩，真的不錯。」

「聽起來很好。你跟賈斯柏常碰面嗎？」

「沒有，只有他來買炸魚薯條時會遇到。我們很少聊天，他有時會提到你在報上寫了什麼、去了哪裡，不然就是問我們店什麼時候要賣。」

「店是你的？」

喬治再次大笑，笑聲更溫暖了。「你不要告訴別人，其實半條中央大道都是我媽的。」

這次換馬汀笑了，腦中浮現生活節制的老太太不願離開安居社區，在改裝車庫裡過生活的樣子。

「所以如果你想要的話，你是真的可以住到貴族山丘嗎？我剛才還只是開玩笑。」

「嗯，我媽可以啦，不過她老了，討厭爬上爬下，而且她不想住到那上面和其他人一起。」

「其他人？」馬汀問。「我聽到的是大城市來的律師和有錢的退休人士。」

「對啊，一群討人厭的傢伙。如果是本地人的話更糟，永遠都在討論房價，討論自己的房子現在漲到多少，一直想著要衝到最高點。住在那上面就像活在《權力遊戲》，我媽根本受不了。」

少女店員故意擺出「有沒有這麼無聊」的態度，開始拉起油鍋裡的不銹鋼炸籃。不過喬治伸手接過籃子，自己出餐。他把炸籃掛在油鍋上面瀝油，敲了炸籃幾下，甩掉多餘的油，薯條也是同樣的流程。

「不過現在沒有以前那麼好吃了。」喬治說。

「什麼意思？」

「以前都用牛油炸，一整塊白色的肥油丟下去，現在都用芥花油了。他們說比較健康，但就少了那個味道。」

馬汀向喬治道過謝後，拿著食物走向海灘。不只肥油被換掉，包裝的牛皮紙也是。現在的食物改盛在無蓋的盒子裡，放進紙袋，好讓熱氣能夠蒸散，保留酥脆的口感。不過無論喬治怎麼說，馬汀覺得還

4　澳洲建築主要可以分成木材或鋼材的輕量結構、單層磚牆、雙層磚牆等，雙層磚牆是相對價格較高、較堅固的建造選項。

是跟以前一樣好吃。就像眼前的沙灘：儘管耙平沙粒，沙灘還是同樣的沙灘。他咬了口炸魚，麵衣酥脆燙口，鹹鹹香香，滿嘴充盈著味道，回憶不斷湧現。還是一樣的炸魚薯條，比新開的那間好吃。

他一邊吃著，彷彿又回到安居社區。他在沙發上吃炸魚薯條，全神貫注地看著電視，試圖忽略坐在休閒椅上狼吞虎嚥吃著漢堡的父親，漢堡裡的肉汁和調味料滴得到處都是。電視播著新聞，駐外記者帶著超然的客觀和永不失誤的精準度，掌握了一切事實資訊。

到了後期，情況通常是這樣：父親愈來愈少移動身子，連去救生俱樂部把錢投進吃角子老虎機都懶，也不去賭賽馬，而是更常待在家裡，醉醺醺地攤在躺椅上呈現半昏睡狀態，把錢丟向馬汀，叫他去買外帶。他們兩人會安靜吃著，不發一語，沉默中只有電視新聞的聲音和父親的咀嚼聲。這時的馬汀已經知道那些特派記者的名字，他會追蹤他們的戰績，吸收著世界的局勢變化：蘇聯解體、曼德拉獲釋、南斯拉夫碎裂成一片血與暴行組成的馬賽克。

電視機上方坐著他的寶物，那瓶法國香檳，奇蹟似地從沒被打開。香檳的橘色標籤彷彿是拉力賽上的格子旗，承諾著終將來臨的更好的生活，向他保證總有一天他也會旅居全球，穿著沒有一絲皺褶的肩章藍色襯衫，彷彿龐德，但是以打字機取代手槍，以麥克風取代消音器，以香檳杯取代馬丁尼杯。到時候，他會買下許多有著橘色酒標的瓶子，狂飲香檳，慶祝自己超脫於銀港的邋遢平庸和情緒流沙之上。

手機鈴聲響起，將他拉回現實，手中的午餐只吃到一半。蔓蒂傳來簡訊：「海濱咖啡店，現在就來」。

# 第十二章

海濱咖啡店並不在海灘一側，而在中央大道上。後來馬汀才發現，店內唯一看得到海的地方，是男廁小便斗上方的窗戶。店的裝修還沒完成，沒有隔壁那間切格瓦拉海灣那麼做作，但還是比錫歐的店更有野心一些。海濱咖啡店的內裝走濱海休閒風格：拋光水泥地面搭配木桌，舊漁網從天花板垂掛而下。菜單黑板寫著：請在櫃檯點餐付款。

蔓蒂以抱歉的笑容迎接他；溫妮佛．巴比肯也在，但沒有笑容。連恩睡在嬰兒車裡，而不是在托兒所。馬汀一進門，就知道有事情不對勁。

「怎麼了？」他問道，在她們留下的空位坐下。「發生什麼事？」

「不是什麼大事。」蔓蒂說。

馬汀望向上了年紀的律師，但溫妮佛沒說話，於是蔓蒂嘆了口氣。「警察開始急了，看見一點影子就想追，就是這樣。」

「這時的他們最危險。」他回答，獲得溫妮佛點頭表示同意，以及自己女朋友的一記皺眉。

「尼克．普洛斯剛才從救生俱樂部打給我。」溫妮佛的聲音陰鬱。「他說警方到那裡打聽蔓德蕾和賈斯柏．史貝特的事，看起來他們想要塑造蔓德蕾可能殺死賈斯柏的動機。」

馬汀看向蔓蒂，壓低了聲音說：「怎麼了嗎？為什麼是那裡？」

「幾週前，賈斯柏和我在俱樂部那邊有過小爭吵，一定是某個善心人士告訴警察這件事。」

「小爭吵？」馬汀重複了一次，這個詞跟不熟的親戚一樣不受歡迎。他只在情侶間聽過所謂的小爭吵，其他時候要嘛說吵架，要嘛說爭執，不然就會說意見不合或者給人好看。「你們怎麼了？」

「我們去吃晚餐。那時我覺得他是好人，他租給我那棟透天厝，還幫我處理哈提根房子的文件。他已經告訴我他認識你，說你們是以前學校的老朋友，說他喜歡讀你的報導。我想交點朋友，跟這裡混熟，他看起來很誠懇，還聊到這裡的環境需要保護之類的事。然後他就伸手放到我腿上。我叫他拿開，他就拿開了，過一會兒又放上來，還試著要往上摸，於是我就起身把一杯啤酒倒在他頭上。」

「噢。」馬汀說著，強裝笑意。

「算是給了他的人品五星評價。」

「繼續說。」溫妮佛說。

蔓蒂聳肩。「我叫他走開，就這樣，我沒說出要殺他之類的話。」

「但俱樂部裡每個人都看到妳給他難堪，也聽到了。」溫妮佛說。

「他自找的啊，不然妳要我怎麼做？」

聽到老朋友居然想對蔓蒂動手，馬汀覺得有點受到背叛，但他卻說：「妳確定沒有反應過度？」

她驚訝地轉向他，聲音裡的火氣瞬間降到冰點。「去你的。」

他頓時想到今天早上，她對於他昨晚去了弗恩和喬悉家有多不滿，不過為時已晚。他決定急流勇退。「我不是說那樣做不對，只是妳也知道……」他的聲音在她的瞪視下逐漸萎縮，彷彿能毀滅車諾比的眼神。

「怎樣？我知道什麼？知道他最後會死在我家地上嗎？」

溫妮佛介入調停，彷彿是要阻止球員打架的橄欖球賽裁判。她對馬汀說：「你呢？找到什麼有用的資訊了嗎？」她的語氣聽起來像是沒抱什麼期望，只是為了讓對話繼續進行。

「嗯，應該算有吧。」他重述一遍早上的事，起司工廠、蜂鳥海灘，還有和泰森．聖克萊爾之間的對話；同時，蔓蒂正用眼神在他腦袋上鑽洞。

當初在旱溪鎮，道格．桑寇頓在媒體上公開處刑馬汀和蔓蒂，因此蔓蒂一聽到他的名字就大驚失色。「那個混帳在銀港？不是要來找我吧？」

馬汀再三向她保證不是。

溫妮佛對阿蓋爾河北岸的計畫感到好奇。「所以你覺得，賈斯柏．史貝特的死在某種程度跟這些開發計畫有關嗎？」

「有可能。雖然沒有證據，可是這些計畫牽涉到的資金有好幾百萬，那會是很大的動機。」

「確實是。」溫妮佛雙手合起敲著指尖，思考著馬汀的話。「馬汀，你可以繼續追下去嗎？看看還能找出什麼資訊？」

「可以。妳跟蒙特斐爾談過了嗎？」

「只談了一下，怎麼了？」

「賈斯柏手上的相片，他們有說是什麼了嗎？」

「有，你是對的，那是一張明信片——上面是希臘正教的聖人。」

「上面寫了什麼？」

「沒有東西，是張空白的明信片。」

馬汀皺眉。他朋友死前手裡緊抓著空白明信片。為什麼？「哪個聖人？」

「克里特的聖彌榮。卡片背後有印，希臘文和英文都有。」

「誰？」

「創造奇蹟的彌榮，你聽過嗎？」

「沒有。」

「我上網查了他的資料，是三或四世紀時的希臘正教聖人，克里特的主教。」溫妮佛說。「你有頭緒為什麼賈斯柏會帶著它嗎？為什麼他要讓你看那張明信片？」

「完全沒想法。他媽媽說他會蒐集明信片，但他本身沒有信仰，這是個謎。」

「靠。」蔓蒂輕輕地說了一聲，打斷了兩人。

偵緝警長伊凡．路奇就站在門邊。他走過來，以近乎溫柔的音調對蔓蒂說：「來，我們走吧。」

溫妮佛站起身，準備和身為當事人的蔓蒂一起離開。「馬汀，把情況告訴尼克，讓他知道現在的進度，好嗎？」

「當然。」

「還有，繼續追你的調查。」她轉向蔓蒂，後者還坐在位子上，眼神焦躁得要瘋了。「來吧，蔓德蕾，無罪的人無所畏懼。」

不過蔓蒂仍然沒有立刻起身，而是轉向馬汀。他可以看見她眼中的苦惱。「連恩。你可以照顧他嗎？」

「沒問題。」

她交給他車鑰匙，告訴他Subaru停放的位置，並說連恩的所有用品都在運動包裡。「他醒來後會餓，嬰兒車上有一瓶已經泡好的奶粉和一小盒蔬菜泥。我幫你們兩人買了一個背包，嬰兒背袋，這樣你走路時可以帶著他。你想試看看的話，背袋放在車子後面。」

她發抖著起身，彎腰在熟睡的兒子額頭上輕輕一吻。溫妮佛、路奇和馬汀都耐心等著。她直起身體，雙眼溼潤。「幫我照顧他，馬汀，拜託照顧好他。」

然後他們便成一列縱隊走了出去，律師、警察和嫌犯。咖啡店裡的視線都跟著他們，閒人彈著舌根嚼著八卦，留下馬汀獨自在桌旁，而睡夢中的連恩渾然不覺。

§ § §

馬汀才剛抱起嬰兒車裡的連恩，小男孩就醒了，發出刺耳的聲音表達需求。馬汀一陣慌亂，毫無準備，隨後把奶瓶塞到男孩嘴裡，立刻安撫了他。他鬆了一大口氣。但喝完這瓶後怎麼辦？他把現在還安安順順的小男孩放到嬰兒背袋裡，並套上綁帶，小心翼翼地將他揹起，左右調整，直到連恩能平穩地坐在他背後。馬汀調低背袋，好讓臀部承受主要的重量，接著他繫緊腰帶，調整肩帶。調整到滿意的位置後，他挺直上半身以防連恩前傾，然後用這種詭異的姿勢蹲下，拿起後車廂裡的運動包：有奶瓶、尿布、溼紙巾。東西真的有夠多。

走在中央大道上，他可以聽到連恩在他耳邊大聲地吸著奶瓶裡的牛奶，能感覺小男孩很喜歡這趟新鮮冒險，對這種高度和晃動感到滿意。聰明的蔓蒂，她一定是知道兒子會喜歡才買了背袋。馬汀也喜歡這種方式，比嬰兒車好太多了。有個女人從旁邊走過，對他露出笑容，投以讚賞的眼光。連恩發出愉快的笑聲，馬汀也露出微笑；連恩咯咯笑著，馬汀就歪著頭從肩膀上對他發出傻氣的聲音逗他。不過當連恩的奶瓶掉到地上，沮喪的哭嚎聲瞬間鑽進馬汀左耳，穿入腦中。他張開腿，蹲下去撿瓶子，然而有個年輕媽媽早了他一步；她手裡也牽著她自己的孩子。她把奶瓶還給連恩，寵溺地對著兩人笑著。「好了，給你給你。」

馬汀往海灘的方向前進，覺得小男孩應該會喜歡海浪和海鷗。不過他先折回錫歐店裡，要那名凶狠野蠻的少女去叫喬治·托馬基斯。

「你怎麼這麼快就回來了？這個小傢伙是誰呀？」

「連恩，我女朋友的兒子。」

「看起來就是個大麻煩。」喬治的嘴邊拉出寬大的微笑。「有什麼要幫忙的嗎？」

「銀港的希臘族群很大嗎？」

「沒有，就五、六個家族而已，連要說是『族群』都有點困難。」

「有從克里特來的嗎？」

「克里特？應該沒有吧。隆頓那邊有幾個塞普勒斯人，就這樣。為什麼問這個？」

「你有沒有聽過創造奇蹟的聖彌榮？」

喬治大笑。「沒有耶，聽起來有夠像某個樂團團名，『聖彌榮與奇蹟的創造者們』。」

「謝了，喬治。」

在沙丘上一株小葉南洋杉樹蔭下的野餐桌旁，馬汀動作輕柔地拿下背袋。連恩嘴裡還叼著奶瓶嘴，困惑地看著馬汀。馬汀讓背袋靠在地上，用一隻手拉著，維持平衡，連恩的小胖腿自在地晃來盪去。馬汀以這種困難的姿勢脫掉自己的鞋子，在運動包裡找到小男孩的帽子和一罐防曬乳。蔓蒂什麼都想好了。馬汀將防曬乳塗抹在連恩臉上，小男孩一邊大笑一邊扭動身體，彷彿他們在玩搔癢遊戲。他發現自己會和小男孩說話，會對他笑、和他玩。

一會兒後，就在連恩忙著攻擊奶瓶時，馬汀打給尼克·普洛斯。年輕律師接起電話的速度還算及時。「馬汀？」

「尼克，警方把蔓蒂找去問更多問題了。」

「真的假的？因為她在救生俱樂部和賈斯柏有過爭執嗎？」

「我想應該是。可以碰個面嗎？」

「可以啊，但是我現在沒辦法確定時間。鎮上來了幾個檢查員，可能要花我一點時間。」

「檢查員？」

「漁業檢查員，要檢查漁獲。我現在人在港口。」

「在港口幹嘛？幫你的客人拉客嗎？」

「我在巡碼頭啦，這是工作。」

「太棒了，你現在還會和海鷗混在一起。那個，我有兩件事還是跟你說一下，也許你幫得上忙。你知道要怎樣聯絡賈斯柏．史貝特的前妻嗎？我記得她叫蘇珊。」

「現在一下子想不到，但我應該找得到。第二件事是什麼？」

「你有沒有聽過一個克里特出身的聖人，叫做創造奇蹟的彌榮？」

馬汀頓時聽到笑聲。「從沒聽過。你找錯人了，我是希臘裔沒錯，但我根本不懂希臘正教。」

「就問一下而已。我現在在中央海灘，在這裡晃一下，等等去找你。」馬汀掛上電話。

他再次拉起連恩，將他揹在背上，不過在走出樹蔭之前，他先上網搜尋了那名希臘聖人。網路資訊告訴他，彌榮約生於西元二五〇年，而且真的能夠施行奇蹟：他能夠用酒填滿酒桶，行走於水上，就像窮人版的耶穌。馬汀想著創造奇蹟和創造神蹟有什麼差別。他讀到這位聖人的瞻禮日在八月，思考著這個日期是否有什麼意義，但沒有結論。他還找到一份奇怪的報導，敘述幾年前，這位聖人曾出現在克里特當地教徒的夢中，要求將他從墓中挖出，於是信徒們便挖出他的遺物，並放在玻璃櫃中展示。

馬汀又讀了一次那篇報導，然後抬頭望向澳大利亞的白色沙灘，看著追求生活享樂的海灘遊客，思考著生活在西元三、四世紀的希臘聖人跟賈斯柏．史貝特的死到底有何關聯。

海灘上人潮頗多，就要到達午後的最高溫。人們散布在沙灘上：年輕和無憂無慮的，年老和憂心忡忡的。這個地方是他小時候不為人知的避難所，當時的他認為這裡不過是這樣而已。現在他看著這片海灘，歐洲背包客將它視為必訪之地，改變了它在他心裡的分量。他朝著海的波浪走去，讓高高騎在他身上的連恩能看得更仔細。一隻海鷗滑進他的視野中，翅膀平伸，乘著沙灘上方的上升氣流。

馬汀伸手指著。「鳥，連恩，有小鳥。」

連恩發出某種類似喉音的聲音，用塑膠奶瓶敲中馬汀的後腦勺。喝完牛奶之後，這小孩發現奶瓶還有別的用處。啪！他又打了馬汀一下，這次邊打邊發出歡笑。

「幹嘛啦，連恩。」

啪！又是一陣笑聲。

馬汀在身後揮動手臂，試圖抓到小男孩、抓住他的手，但是嬰兒背袋剛好落在馬汀搆不到的地方。連恩對這個遊戲的新發展感到興奮，高興地尖叫。啪，啪，啪。他對著馬汀的雙手各敲了一下，最後一下又敲上馬汀的頭。

有一小群穿著衝浪短褲和比基尼的背包客，本來在沙灘上畫排球場的線，現在全都停下來指向馬汀，對著這場表演哈哈大笑。有名年輕女子笑著走了過來，高舉手機錄下，準備當成社群媒體的素材。啪，啪。連恩繼續發出更多尖銳的笑聲。馬汀意識到自己可能要爆紅了，於是轉身背對這位業餘的攝影師，並且開始拆解背袋。

「噢不要，不要。」年輕的紀錄片導演抗議著。「很好笑欸，再來一次。」

不過馬汀仍將背袋放到沙地上，直立起來，然後跪到一邊用手扶穩，以免袋子整個翻倒。連恩的眼神充滿調皮的精光，他抓著奶瓶嘴，前後甩動，扎扎實實地敲打馬汀的手臂。馬汀露出微笑。這跟被敲頭不一樣，不會令人煩躁，也不會痛，於是他順從地配合，做出誇張的表情讓連恩又敲了他一下。

「他好可愛噢！」比基尼女孩邊說邊靠過來。「怎麼這麼可愛啦！」她已經沒在拍了。馬汀拿走連恩手中的奶瓶，小男孩的表情看起來有些疑惑，不確定這現在還是不是遊戲的一部分。馬汀打開綁住連恩的帶子，將他抱出來，放到自己身上。「我可以抱他嗎？」女孩問。

馬汀正打算拒絕，就聽到有人大聲對罵，突然之間充斥各種髒話，劃破平靜的氣氛。馬汀和女孩都轉過頭。在沙灘另一邊，兩個年輕男子衝向對方，推擠碰撞、互相叫罵。其中一個人是羅伊斯，他的太陽眼鏡仍岌岌可危地掛在臉上。衝突升溫，推擠變成揮拳，侮辱的話語縮減成高聲大喊的單詞。太陽眼鏡飛了出去。羅伊斯的對手和他一樣體型高大、肌肉飽滿，留著衝浪者常見的那種金色亂髮，正惡狠狠地笑著，用言語激怒羅伊斯。更多肢體接觸，皮膚觸及皮膚、拳頭撞擊骨頭的聲音響亮得令人吃驚。

「抱著他！」馬汀對女孩下達指令，把手中的連恩交給她。「住手！住手！」他邊大喊邊前進。他們朝他的方向瞥了一眼；突然之間，他就到了兩人身旁，可以聽到他們的呼吸、聞到他們身上的汗味。

「住手！」他大喊著，揮舞著手臂。但這個舉動只吸引了羅伊斯的注意，使他開始轉向，羅伊斯馬上意識到自己這麼做犯了錯，但來不及了，硬是吃了一記左鉤拳。他搖晃一下，膝蓋不由自主地彎曲。「不行！」馬汀大喊，但是沙地限制了他前進的速度，抗議成為徒勞：接續而來的右拳正中羅伊斯的臉，伴隨著令人作嘔的肉體擠壓和骨頭碎裂的聲音；血液噴灑而出，在金色沙地留下一條紅印，濺上馬汀的脛骨。羅伊斯的膝蓋完全癱軟，整個人倒了下去，在以毫無控制的狀態撞上地面之前便已失去意識。「住手！」馬汀又說了一次，不敢相信眼前的情況，不敢相信事情竟然就這樣發生了，無法被遏止。「你有什麼毛病啊？」他質問動手的人，對方勝利凜然地站著，張開雙腳、瞪大雙眼，彷彿古代的角鬥士。「你不可以這樣打人。」

「不行嗎？」男人說，往前走來。

馬汀根本來不及回答，也沒機會拼湊有智慧的答案，甚至來不及舉起手。一瞬間他只感到一陣晃動，又是另一陣令人作噁的撞擊聲，再加上燒灼開來的疼痛。一片血霧向下蔓延，將他一起拉倒在地。暈厥之前，他聽到比基尼女孩的尖叫、海浪聲，以及自己頭部撞上沙地的聲音。

§ § §

一片漆黑、騷動，然後是光。他的父親大笑著。他的父親，年輕、健壯、哈哈大笑。他們在海灘上奔跑。不對，是馬汀在跑，繞著圈，還是個幼兒，非常年輕，他追逐海鷗，那些鳥搖擺著走開，覺得沒那麼危險，不需要飛走。然後是母親。他的母親也在，笑容裡盡是寵溺，笑著看馬汀和父親玩耍。他們在海灘上，在陽光下。啊，那股陽光溫暖至極。

恢復意識後，他聽到的第一個聲音是連恩的哭聲。連恩！他張開眼睛，先動右眼，左眼反應稍慢。臉部某處隱隱作痛。他再次閉上雙眼，用手指搜索疼痛的部位。他推了推左邊眼皮，但感覺沒事，於是試探性地在眼窩附近摸了一圈，然後滑下鼻梁。都沒事，骨頭沒斷。他將手指滑向左顎，摸上臉頰。在這裡，疼痛的震央。他被擊中頷骨上面一點的位置，幾乎快到太陽穴。他咬緊牙，用指尖用力推。疼痛感浮現了，但不怎麼強烈；他最後判斷應該只是瘀青，沒有骨折。他再次睜開雙眼。陽光點燃了雙眼後方的疼痛，痛意在後腦勺迴盪。所以剛才跌倒時撞到頭了嗎？

「慢一點，大哥。放慢一點，先躺著，不要突然動作，知道嗎？」馬汀看不到說話的人，但聲音聽起來明智謹慎。他試著抬頭，一陣暈眩，於是決定聽從那個聲音的建議。但是他又聽到連恩的哭聲，便翻身想去看。有個年輕男子蹲在馬汀旁邊，是其中一名打排球的人，他拿著一條溼毛巾，輕放在馬汀臉上，感覺舒服。他可以看到那個比基尼女孩出現在他上方，連恩在她懷裡。小嬰兒伸出手，想要抓她的胸部。「不可以。」她說，然後輕柔但堅定地打掉連恩的手。馬汀不由自主地笑了。「先生，你兒子滿頑皮的嘛。」她拉開嘴角笑道。

馬汀試著坐起，在年輕男子的幫忙下勉強撐起自己。「我暈了多久？」

「沒多久，頂多一分鐘吧。」

馬汀轉頭環顧四周，後腦激起一陣疼痛。附近已經聚集了一大群人，圍在羅伊斯旁邊，他正面朝下倒在地上。「他沒事吧？」

年輕男子聳聳肩。「還活著。有呼吸，但沒有意識。救護車快來了，還有警察。」

不過最先抵達的是海邊救生員。他們三人從沙灘上跑來，其中兩人直接走向羅伊斯，另一人在馬汀旁邊蹲下。

「你還好嗎？發生什麼事？」他問。

「突然被一個傢伙打到。」

「所以你還記得？你記得那之前的事嗎？」

「嗯，都記得。」

「很好。你叫什麼名字？」

馬汀回答，還說了今天的日期，以及總理的名字。

「很好，非常好。你有失去意識嗎？」

「大概一分鐘吧，剛才別人說的。」

「嗯，那你就有腦震盪了。」救生員說。

「你怎麼確定？」

「因為那就是腦震盪的定義：曾經失去意識等於腦震盪。你得去醫院一趟。」

「你認真的嗎？我只暈過去一分鐘而已。」

「你需要觀察至少四小時，以防萬一腦部永久損傷。」他可以看到馬汀眼中的懷疑。「我很認真。」

這個救生員看起來大約十六歲，滿臉青春痘，才剛開始長鬍子，不過聲音裡帶著訓練所賦予的權威感。馬汀曾經受過的敵意環境訓練也告訴他同件事：如果神經系統受到損傷，將會在接下來幾個小時浮現，屆時最好身在醫院。

「羅伊斯！羅伊斯！」

馬汀聽到喊叫聲，轉頭看到托帕絲在沙灘上從背包客棧的方向跑來。

「羅伊斯！」她推擠穿進圍觀的群眾，跪在正為她男友急救的救生員旁邊。他們已經將他翻為復甦的姿勢，並在他額頭上放了一條溼毛巾，但他仍昏迷不醒。

馬汀的腦袋開始感覺清醒了一點，但顎骨的疼痛漸增。他再次摸索自己的傷勢，確認沒有哪個部位被打穿。

「用這個。」比基尼女孩說。她遞過手機，攝影畫面調成自拍模式。他向她道謝，然後盡可能在白晝的炫光下，像照鏡子那樣檢查自己的臉。他可以看到被拳頭擊中的地方，在顎骨上方留下紅暈，青腫的部位已開始朝眼睛蔓延，之後應該會有一大塊黑眼圈，不過這算幸運了：如果被打中眼窩，應該就會造成永久損傷。

「揍我的傢伙是誰？」他問。

「旅館的人。」年輕的排球男回答。

「旅館的人？」

「背包客棧，那邊那間。」

馬汀轉頭看向抹香鯨海灣背包客棧所在的位置，陽光中只見一片鮮藍，占據了一部分海灘。他聽到救護車的鳴笛，來得真快。接著他便看到江森．沛爾小隊長蹣跚地朝他們走來，身後幾步遠的地方跟著那個有嬰兒肥的警察，兩人都穿著公發的靴子，在沙地上走起路來頗為笨拙。沛爾先走向圍繞在昏迷中羅伊斯身邊的人群，接著有人指向馬汀，沛爾便往他走來。「史卡斯頓，你還好嗎？」

「我被攻擊了。」

「看得出來。你記得事發經過嗎？」

「記得。有個鬧事的小混混打暈了那邊的人，然後對我做了一樣的事，一拳砸在我臉上。」

「原因呢？」

「不知道。他們本來在打架，我試著勸架，然後就因為自己找麻煩被揍了臉。」

「了解，所以那邊那個男的和打了你的人本來就在打架？」

「對，就是那樣。」

「但你不知道打架的原因？」

「不知道。我本來在旁邊照顧小孩，和那個年輕女生說話，就聽到他們的聲音。他們應該是從別的地方一路吵過來，可能是從背包客棧吧，我不確定，我看到時他們就在對吼，接著互毆。」

「你認得打你的人嗎？」

「不認識，但這些人認識。」

「對。」年輕男子說；旁邊的女生點頭附和。「他叫哈利，是那間背包客棧的員工。」

沛爾點點頭，臉上扭曲的表情透露他知道哈利是誰。「哈利・德雷克。」他先大聲講出那個名字，又壓低聲音說：「哈利小子。」

「德雷克？」馬汀說。「你說哈洛德・德雷克嗎？」

「他兒子。」沛爾的聲音聽起來稀鬆平常。「世界很小。」

「你要逮捕他嗎？」

「當然要啊。」沛爾的語氣似乎沒有太高興。「你有證人嗎？」

「半個海灘的人都看到了。」

「很好。」

沛爾拿出筆記本，記下排球隊員們的姓名和聯絡方式。馬汀起身，先是彎著腿半跪在地上，試探性地站起來，沒事，不暈了。年輕女生把連恩交還給他。小男孩的眼睛睜得很大，眼神越過馬汀，對後方的救護車充滿興趣。救護車在背包客棧旁的停車場停下，嚎啕的笛聲響了最後一次後便歸於寂靜。兩名救護人員從車上走下，到救護車後方拿了救護背包，冷靜地來到海灘上。此時沛爾已記錄完證人資料，正轉而向托帕絲問話，把她說的也寫入筆記本。

救護人員走到羅伊斯旁時，他開始發出呻吟並慢慢清醒。救護人員和海邊的救生員短暫交談後就接手處置，安靜地向羅伊斯說明。他們用手電筒直射他的眼睛，要求他移動手腳並握緊他們的手指。救護人員離開人群，走到一旁小聲討論目前的狀況，接著其中一人便朝馬汀走來。「你是打架的人之一嗎？」

「不是，只是無辜的旁觀者。」

「很好，因為我們不想把吵架的人塞在同一輛救護車裡。不過你剛才失去意識了，是嗎？」

「不到一分鐘。」

「都一樣。」救護人員對他快速執行了一系列檢查，整個過程和馬汀以前在敵意環境訓練學到的相同。「好，你身體沒有出現損傷的跡象。不過因為另外那個人需要檢查，我們要把他帶到醫院，要順便載你過去嗎？」

「你覺得有必要嗎？」

「看你。」

馬汀想到要在醫院枯坐好幾小時，盯著時鐘空等。他正想回絕便想到一件事。「他們會做掃描嗎？」馬汀用手指揉了揉眼睛旁邊。「我是說在隆頓，他們會檢查軟組織嗎？」

「你說你的眼睛嗎？不會，只會照X光和超音波而已。」

「沒有電腦斷層或正子斷層造影？」

「你在開玩笑嗎？要到雪梨或布里斯本才有。但你不用掃描，你要看的是眼科，他們會用光照你的瞳孔，確認眼睛沒問題。為什麼這樣問？你視線模糊嗎？」

「不會，視線沒問題，我只是在想而已。」

救護人員皺起眉頭。「好，隨便。所以要載你嗎？」

馬汀想到連恩，想到要和他一起困在急診室等候區，無聊、無止境地等著。「謝了，不過不用。我受過訓練，知道要注意哪些症狀，視線模糊、噁心、喪失運動能力、意識混亂。」

「了解，你決定就好。但如果需要的話不要猶豫，知道嗎？」

馬汀點頭。救護人員又起身回到已經清醒、開始說話的羅伊斯旁邊，他們扶起羅伊斯，撐著他走向救護車，托帕絲緊跟在側。一大群圍觀者目送著他們離去，不過等到羅伊斯一坐進救護車，車子開走後，人群便迅速散開，回到各自的休閒狀態。排球隊員們向馬汀揮手後，便繼續本來的準備工作。馬汀把連恩放回嬰兒背袋，把空了的奶瓶塞進背袋側邊的網袋裡，就在此時，他聞到尿布的味道。真的很會看時間；他頭又痛得跳了起來。蔓蒂提醒過他遲早要面對這一刻，也示範過。這下好了，要幫別的男人生的小孩換尿布。這個念頭一出現他便心生抗拒，並覺得這個想法令人厭惡。他愛蔓蒂，孩子也是屬於她的一部分。再說他也情不自禁地愛上連恩：小男孩張著大眼，生命力如此活躍，還沒受過如廁的訓練並不是他的錯。馬汀看了看四周，判斷沙子和尿布這兩種東西實在不該混在一起，便走向背包客棧停車場旁邊的一塊草地上。

他剛完成作戰行動——幸好連恩覺得那是很熟悉的遊戲——江森．沛爾就從背包客棧裡走了出來。只有他一人。沛爾看到馬汀，做了個表情、搖搖頭便離開了。馬汀的怒氣衝了上來。為什麼警察沒逮捕哈利．德雷克？馬汀正想叫住沛爾，此時哈利小子也從亮藍色的背包客棧中走出，他看到馬汀，走了過來。

「哥你還好嗎？」他問，彷彿是馬汀踩到他腳趾似的。

「不好，我不好。」

哈利微笑，好像兩人剛才說了什麼有趣的笑話。「抱歉啦哥，我剛才以為你跟那傢伙是一起的，要來二打一。」

「你就是這樣對沛爾說的嗎？」

「對啊，自衛。」

「他信了？」

「如果他夠聰明的話就會信。」哈利說，語氣蹺到不行。

「那羅伊斯呢？就是你剛才差點殺掉的那個？」

「殺掉？屁啦，他沒事。」更蹺了。「我認真的話他只能躺著進那輛救護車。」

「你怎麼對沛爾說他？」

「說事實啊，他先動手的，有三、四個證人。」哈利的笑容慢慢擴大，他頗為滿意自己的辯護詞。馬汀完全不信，這兩人一開始出現在海灘時只是彼此叫罵、推擠，還沒動手。但他不打算對這一點提出質疑；眼前的男人赤裸著上半身，正因為自己的虛張聲勢而志得意滿。他的身側掛著一條帶子，穿過牛仔褲褲頭，上面掛著一把帶鞘小刀、一把多功能工具和一串鑰匙圈，根本查克．羅禮士[1]本人。

「你是馬汀．史卡斯頓對不對？我聽說過你，也看過你寫的東西。你現在搬來這裡了。」哈利小子說。

「所以呢？」

「這是個小鎮，我們不想樹敵。剛才那傢伙，他不是正在壯遊的學生，也不是外國背包客，就是個到處漂流的下等廢物，到處寄生的寄生蟲。那種人我看臉就知道，他很快就會離開，留下來的是我們。抱歉剛才揍了你，讓我補償你吧。」

「怎麼補償？」

1 Chuck Norris（1940-），美國武術演員，曾和李小龍在電影中對打。

「不知道，我會想到的。」

他伸出一隻手，馬汀不情願地和他握手。他並不喜歡，不過比起眼前的這小子，他這輩子曾和更糟糕的人握過手：種族清洗的傢伙、黑手黨的人面禽獸、俄羅斯寡頭和色情片商人，以及一大堆算都懶得算的政治人物。他心想，消息就是消息，無論誰提供的都一樣。連恩放了個屁，彷彿為之不齒。

# 第十三章

「你幹嘛和那傢伙握手？」

剛走出背包客棧的托帕絲說著。她肩上揹著一個背包，雙手又提一個，兩只大背包快把她壓垮了。

「妳要搬家嗎？」馬汀問道。

「都發生了那種事，怎麼可能繼續住在這裡？」

她把手上的背包丟在沙地上，甩動肩膀，脫下另一個，接著伸展肢體，拱背彷彿要釋放緊繃感，向前挺出胸脯。「真的是很亂七八糟來耶。」她邊扭轉身體邊說。高高坐在嬰兒背袋裡看著的連恩發出一陣讚賞的笑聲。「小孩很可愛，你的嗎？」

「我女朋友的。」

「你女朋友真幸運。」她露出撫媚的笑容。「希望她會喜歡你的熊貓眼，看起來有點性感。」

「呃。」他舉起一根手指試探地摸著腫起的臉頰；真的開始會痛了。他心想，不知道現在瘀青多大片了。

「還是要謝謝你剛才試著幫忙。」托帕絲說。

馬汀沒回話；就他所記得，他唯一發揮的用處是在最要不得的時間點讓羅伊斯分心，給了哈利小子打趴他的機會。「妳要搬去哪裡？」

「不知道，但總之要先去醫院。走路能到嗎？」

「醫院在隆頓。」

「隆頓？真的嗎？在斷崖上面？」

「對。」

她環顧四周，考慮著自己可以怎麼做。「我要搭便車去看他，你可以幫我們顧背包嗎？不行對不對？放在安全的地方就好了，可以嗎？」

馬汀此刻最不需要的就是那兩只背包。「抱歉，沒辦法，照顧這個小鬼就已經滿了。」

「那你知道還有哪些地方可以住嗎？這裡或隆頓還有沒有其他背包客棧？」

馬汀不清楚，但應該不會有。隆頓是個公路小鎮，不在一般背包客會經過的路線上，所有的採收工作和農場都在阿蓋爾河平原處。他想到露營車營區，但馬上打消念頭。如果這個喜歡賣弄姿色的美國人搬去，他完全可以想到蔓蒂會有什麼反應。「嗯，有個地方，不過離市區有點遠，叫蜂鳥海灘。」

托帕絲眼神亮起。「性愛趴那裡嗎？」

馬汀大笑起來，惹得下巴一陣疼痛。「所以妳聽過那個地方就是了？」

「當然，昨晚背包客棧裡每個人都在講那裡。他們每星期五晚上都會派接駁車出來，我們都想去。」

「真的假的？」

「騙你幹嘛，賣票的就是那個混帳。你可以載我過去嗎？」

馬汀想著，不曉得珍珍．海耶斯或導師知不知道哈利小子的這份小生意。「妳確定嗎？跟醫院在反方向喔。」

「我會找到方法的。」

馬汀有些猶豫，不過其實他自己也想再去蜂鳥海灘一趟。

「好，那妳在這裡等，我去開車。」

馬汀揹著連恩回到中央大道，走向蔓蒂那輛Subaru。他自己的Corolla沒有嬰兒座椅，必須借開這輛。他邊走邊拿出手機，第一件事是先打給尼克。

「馬汀，噢靠，我忘記你要來了。你現在在哪？」

「中央大道。臨時有點事，我們得約晚一點。」

「正好，我這裡忙得有點不可開交。」

「有人的托運行李裡多放了幾雙拖鞋是吧？」

「哈，我也希望是這樣。」律師的聲音乍聽一派輕鬆，不過馬汀感覺得出有些什麼。「是別的問題，比超重更嚴重點。但我根本不曉得他們想找什麼，是鮑魚、龍蝦還是什麼的。」

馬汀咧嘴笑了；這麼北邊的海域哪有多少鮑魚。他的左眼又痛了起來。也許傷勢要比他意識到的再嚴重一點。「不吵你了，你去忙吧。」

接著他打給蔓蒂，但直接進入語音信箱，應該是還在警局，於是他改傳簡訊，告知他要開走她的車。接著他突然想到某件事，又傳了一封打氣的訊息，還加了兩顆愛心符號。他打給溫妮佛，再次進入語音信箱。不過溫妮佛就沒收到簡訊了，也沒有愛心。

蔓蒂的Subaru是新的，聞起來像新車，開起來也像新車，沒有哐啷哐啷的聲音，車上的音響也是好的。跟他的Corolla相比，這輛車簡直無懈可擊。馬汀到背包客棧的停車場接托帕絲，幫她把背包放到後車廂，跟連恩的背袋還有嬰兒車擺在一起。他把其他嬰兒用品都塞到後座，好騰出空間。小男孩不再發出任何抱怨，張大眼睛看著馬汀和托帕絲重新調配所有行李。年輕的美國女孩一坐進副駕駛座就開始擠弄乳溝。「這個安全帶怎麼扣啊？幫我弄好不好？」

她這種舉動已經開始失效了，馬汀起了反應的地方是疼痛的眼睛，而不是鼠蹊部位騷動。「妳可以的。」她的確可以，露出調皮小孩的笑容，毫無悔意。

馬汀駛入車流中，小心地穿過鎮上；一邊開車，他的目光還是有些飄忽不定。連恩被車輛前進的移動感哄著，整個人安靜下來，在車子開上跨越阿蓋爾河那座橋時便睡著了。托帕絲雙腳放到儀表板上，一雙腿從裁短的牛仔熱褲裡延伸出來，在陽光中照得皮膚發亮，金黃光滑。如果她真的在乎羅伊斯，就不會露成這樣。男朋友被送進醫院，她卻搭車朝往相反方向，顯然沒事似地。她打開她那側的車窗，讓長髮隨風在曬出麥色的臉旁飄動，注意到馬汀的視線後，她對他回以笑容。不過馬汀看來，她的表情似乎有些脆弱，彷彿連她也說服不了自己。

「羅伊斯和哈利到底吵些什麼？」他問。

「哈利對我調情，羅伊斯覺得應該保護我。你也知道男人有時候多蠢。」

馬汀想起羅伊斯之前對托帕絲的調情有多不以為意。「我不相信。」這句話與其說是質疑，更像是陳述事實。

她看著他，彷彿這輩子第一次看到這種反應，接著便又看向前方道路，嘆了一口氣。此時馬汀正開過那個歪斜的十字路口，左邊是露營車營區，右邊是前往哈提根家的路。他把時速逐漸拉高到一百公里。「你發誓不會告訴警察？」最後她終於說道。

「當然。」馬汀承諾。

「他們為了毒品爭執。」托帕絲說。「羅伊斯那傢伙腦袋裝大便，想在背包客棧的酒吧賣搖頭丸，但哈利對此有意見。」

「真的假的？哈利反毒？」

托帕絲大笑。「你在開玩笑嗎？當然不是，因為他在賣啦。羅伊斯那個白癡，踩到人家地盤了。」

「噢。」馬汀說。這樣聽來倒比較合理。不曉得江森．沛爾對哈利的地下生意知情多少。

「其實沒什麼大不了的。」托帕絲說。「那些背包客，大家都想開心，你想買的話到哪都買得到。如果有東西沒在背包客棧販賣，他們也會告訴你要去找誰。羅伊斯應該先探聽一下的。他是個好人，長得也不錯——就是沒長腦子。」

「所以算他活該囉？」

「那要看他的傷多嚴重。」

「妳聯絡到他了嗎？」

「嗯，就在剛才你去開車的時候。院方似乎要他住院，觀察幾天。」

「妳打算怎麼做？還是要找工作嗎？」

「不要了，他一出院我們就會離開，可能回雪梨吧。」

「那妳的簽證怎麼辦？」

「什麼意思？」

「我以為妳說需要在偏遠地區工作才能申請。」

「噢對，不過沿著海岸線走還有很多地方可以找工作，聽說西部內陸或是其他河流附近也有。總之我不想再和這個鬼地方還有那間鬼背包客棧有牽扯了。」

他們沉默地繼續前行，沿著筆直道路切過麥肯奇沼澤周圍的水生灌木林，紅樹林的高度差不多和視線齊平。海水應該漲進來了，那股臭味變淡了。有隻鵜鶘悠哉地從車子上方飛過，往潟湖的方向飛去，接著後面又跟著另外兩隻。馬汀試圖想像如果聖克萊爾的開發計畫持續下去，這片地景會有何轉變。根據開發商人所說，他會留下足夠的紅樹林當作保護牆，隔開高爾夫球場和碼頭道路，所以應該跟現在這條路上的景色差不多。但不知怎地，馬汀覺得應該還是會不一樣，要是原住民的地權申請能成功還是會比較好。

他的右側閃過一片白影，那把十字架孤單地落在草叢之間。妹妹們若還在世，現在應該幾歲了？三十五還是三十六嗎？正值盛年，應該已經各自成家，而馬汀的媽媽——如果還在的話——會把孫子孫女寵上天。這個念頭突然令他難過，並且震驚：他以前從沒算過她們的年紀，從她們走後就沒算過。一直到他這次回來，類似的想法才又冒出，關於家人的記憶如氣泡般自他的意識浮現，家人的鬼魂主張著與他保持某種持續且不容干擾的聯繫，安靜地迫使他一一指認每個片段，彷彿試圖在他的記憶中聲明他們應有的地權。他腦中極力想要爭辯，主張那些都已成往事，今日的銀港是無主之地，但卻苦無聯邦最高法院，也找不到州立上訴法庭，哭訴無門。蔓蒂的話在他耳邊響起，問他相不相信命運或業。他搖了搖頭，想著或許自己應該開向隆頓醫院才對，而不該朝反方向前進。母親和妹妹們的紀念十字架在他車後漸漸遠去，人類情感法院全體起立，暫時休會。他朝著蜂鳥海灘的岔路口開去。

§ § §

「噢，我的天啊！」托帕絲大呼小叫地驚呼，典型的美國人。馬汀剛轉進簡陋的停車場，她就跳出車外。「天啊！這根本是天堂嘛！」她看向下方的海灘。

「辦公室在那邊那間舊房裡。」馬汀指出方向。「我還要帶連恩，我們等一下直接那邊見。」車子已經停下，男孩開始甦醒。馬汀抱起他、舉高，聞了一下他的屁股，然後就一手抱著他去開後車廂。他覺得自己似乎找到訣竅了，打開嬰兒背袋、把小男孩放進去、繫上綁帶時，甚至一氣呵成完全不需要把孩子放下。連恩疑惑地看著他，彷彿不確定發生了什麼事。連恩伸手指著馬汀的臉，也許他看到了逐漸擴張的瘀青。

等到他們進到辦公室，托帕絲已經和珍珍．海耶斯交談許久。

「馬汀，這麼快就回來了？該不會也是來找地方住吧？」珍珍問道。

「不是，不過我想要為了早上的事跟妳道歉。」

「是他載我來的。」托帕絲解釋。

「是嗎？」珍珍饒富興味地挑起一邊眉毛。「你的臉怎麼了？」

「背包客棧有個流氓員工弄的，叫哈利小子，打了我一拳。」

珍珍的眉毛沉下來，有趣的表情褪去。「認真嗎？我勸你最好不要得罪那個人。」

「為什麼這樣說？」

「他脾氣很大。」她皺起眉頭，不過隨後擺出微笑，轉向年輕的美國女孩。「好了，我先來處理托帕絲的事吧。」

最便宜的方案是多人房裡的上下鋪床位，再貴一點就是租帳篷，不過美國女孩決定要租小木屋。珍珍把床單一類的用品拿給托帕絲，馬汀則回到車上拿她和羅伊斯的背包。因為背上已經壓著連恩的重量，他只能先把其中一個搬到辦公室。

回到陽台邊時，托帕絲正要離開辦公室去她的小屋。他放下背包，告訴她另一個還在車上。「謝謝啦，馬汀。」她故意挑逗地在他唇上留下一吻，然後揉了揉連恩的頭髮，並對馬汀的不自在露出得意笑容。

馬汀回到辦公室。珍珍坐在桌子後面，那盒掃描報告已經不見蹤影。

「我想和妳道歉。」他說。

「你剛才也這麼說。」

「我那時沒有要打探的意思，真的，只是好奇而已，以前職業留下來的習慣。」

「好，那就算了吧。」

「我沒辦法就這樣算了。珍珍，我想幫蔓蒂，我需要所有可能的協助。我覺得賈斯柏的命案跟妳這塊地還有麥肯奇沼澤的開發案有關，但想不通關聯在哪。」

珍珍打量他一會兒，才嘆了一口長氣，彷彿終於屈服於馬汀的急迫。「你想知道什麼？」

馬汀一邊放下背袋，將連恩抱到胸前並坐下，一邊思考著該怎麼提問，最後他選擇直白以對。「妳死了之後會發生什麼事？」他問她。

珍珍聽了瞪大眼睛，認真地看了馬汀好一會兒，接著爆出大笑，令馬汀有些詫異。那是認真的大笑，發自肺腑，沒有一點虛假。「我不會死啦，馬汀，應該還沒那麼快。」

「可是那些掃描。健康的人不會去做掃描檢查，不會做那幾種，也不會做那麼多種。」馬汀說。

衝浪女王臉上的幽默感頓時消失。「你看了裡面的東西？」

「沒有，只看到信封。」他張開一隻手，表示自己清白無辜。「檔案就放在那裡，會注意到的人應該也不只有我。」

「噢，你嘛拜託。」珍珍說。她站起來轉向後方，把背心向上拉過頭頂。她的背上有兩大塊三角形的疤痕，就在胸罩的帶子底下。兩塊疤痕光滑、粉紅，凹進長滿雀斑的皮膚裡，每個都大約十二公分長、六公分寬。「吶，你看清楚了吧。」她接著放下上衣，轉身回到位子上。

「皮膚癌。」馬汀說。

「黑色素瘤。沒穿防寒衣在海上衝浪多年，結果就是被這個東西纏上。」珍珍說。

馬汀不確定如何接話。「所以妳現在……？」

「我好了嗎？對，好了。那些東西六年前就切掉了，術後五年就算完全排除。就算之後又冒出一塊，也幾乎可以確定是新的而不是復發。我每三個月會接受一次目視檢查，然後直到去年為止六個月會做一次掃描。不過現在不做掃描了，我把那些報告收進箱裡是想拿去丟掉，因為不需要了。」

「所以痊癒了？」

「跟以前一樣健康。」

「這樣很好，珍珍，真的很好。很抱歉我刺探了妳的隱私。」

她為此大笑。「拜託，記者也會說這種話？」

馬汀露出微笑，彷彿那是稱讚。「不過妳能不能告訴我，有誰知道妳之前生病的事？」

珍珍聳聳肩。「我的醫生、藥劑師、隆頓醫院裡的幾個人，還有我幾個朋友。」

「賈斯柏．史貝特呢？」

「他不知道，至少就我所知不知道。我沒跟他講過這件事。」

「泰森．聖克萊爾似乎很肯定妳會賣地。」

「是這樣嗎？哼，那他要失望了，誰會想賣掉天堂啊？」

她是對的。他想了如果是自己，他也許不會開露營區、不會讓靈修大師住在這裡，也不會辦什麼酒神派對，但他絕對不會想賣掉這塊地，除非真的走投無路。「再次跟妳說聲抱歉，珍珍。」他說完起身，小心地抱著連恩不讓他掉下去。

「你有什麼進度再跟我說，馬汀，幫得上的我就會幫。我欠賈斯柏一份人情。」
「好。對了，有一件事。艾默里·阿什頓消失的事，妳知道多少？」
珍珍臉上的笑容淡去。「阿什頓？他怎麼了？」
「電視新聞派了一隊人到舊的起司工廠，說要找他的遺體。」
「電視新聞？」
「十號電視網，從雪梨上來的，在拍懸案相關的特別報導。」
「我知道的跟大家都差不多。他好幾年前失蹤，然後有人在背信海灣附近找到他那輛已經被燒掉的車子。有人懷疑他被謀殺，但也都說不出原因。」她說。
「假設他死了，妳知道他那塊地的繼承人是誰嗎？」
她皺著眉，搖搖頭。「不知道。我不覺得他有家人，至少我沒聽說。」

§ § §

馬汀駛離營地，腦中充斥各種疑問。珍珍不想賣地，也沒生病，如果泰森·聖克萊爾或任何人想要開發蜂鳥海灘和沼澤地，都只會落得無路可去。那為什麼道格·桑寇頓會覺得聖克萊爾想拆起司工廠？為什麼聖克萊爾那麼有自信認為珍珍會賣掉蜂鳥海灘？還有，賈斯柏·史貝特到底為什麼被殺？難道有人犯了跟馬汀一樣的錯誤，以為珍珍生了重病，覺得整個開發計畫又會開始進行嗎？

他臉頰上的瘀青開始抽痛，頭痛被某條神經連結至頭骨底部隱隱然又要復發。他覺得自己獲得的資訊愈來愈多，但卻似乎愈來愈沒意義。它們泉湧而來，不僅沒有將他托高，反而威脅著要將他滅頂，水勢愈來愈險複雜，暗藏各種橫流與離岸流。

Subaru 哐啷哐啷地開過地上的防畜格柵，整台車都在震動。連恩發出一聲不祥的嚎叫。馬汀稍微放慢速度，在小路和馬路交會處停下。他看著岔路口的路牌，開始重新考慮自己的去向。手指招牌指著海岸懸崖頂端的幾戶人家：瑟爾吉、康威爾和哈提根。連恩沒耐心地尖叫，想要車子繼續開動。馬汀往左轉去。

碎石路面高低起伏形成皺褶，需要被重新整平。道路在斑桉林高聳、跋扈的樹冠底下一路爬上山丘，期間零星散布著些許爬滿匍匐植物和藤蔓的樹種，而蕨類和刺葉樹則在低矮的高度彼此競爭；這是在伐木卡車和酪農場出現之前，曾經存在過的海岸雨林剩下的殘跡。他敞開著車窗前進，呼吸溫暖的空氣，鳥鳴此起彼落。一隻嬌小、有著深色毛皮的小袋鼠從道路上方的邊坡看著他靠近，然後悠哉地跳進灌木叢中。這條路向上蜿蜒了一、兩公里，接著便轉向南方。雖然因為被樹林圍繞而無法確定，不過馬汀覺得應該已經靠近崖頂了，有種高海拔的感覺。他看了手機，一格，海岸邊的訊號稍微好一點點。經過一小處空地，左方的樹木讓出了一道缺口。有聲音自遠方傳來，可能是海浪拍擊懸崖底部，也可能是風吹過樹梢。

他一直都很喜歡這種感覺，像這樣探索新的道路，被第一次走上的路徑牽引著。小時候，他會徒步或騎腳踏車，試著找出穿越甘蔗田的捷徑，或是沿著銀港後方斷崖底部前進的小徑；當上記者後則是進入新的國家、新的衝突現場，探索新的現實。現在這條路對他來說也是新的，他從來不曉得還有這條嶺脊路。小時候，他們的冒險範圍很少擴及通往起司工廠那條寬大的長路。對那時的他們來說，這一帶沒有值得前往的地方，走上整整二十公里也只會通向一片荒蕪：沼澤地、起司工廠，再過去就是背信海灣那些東零西散的沙灘地。

突然間，樹林讓位給一排柵欄，前方視野隨即被一片明亮醒目的綠色牧場取代，乳牛紛紛抬頭，好奇地看著入侵客。前方的道路越過防畜格柵後直接穿進這片圈地中央。他立刻放慢速度。乳牛群在車前漫步，宣示主權，逼著他讓路。連恩發出讚嘆的聲音。「連恩，有牛，是乳牛。」馬汀說。連恩以奇異聲音作為回答。左側，在接近地平線的地方，馬汀可以看到有棟房子在農場建物的包圍之下，坐落在山坡邊緣一塊稍低的凹地中。馬汀右手邊的地勢則向下傾斜，延伸至遠處的柵欄線以及樹林屏障。路邊有條車道岔往房子的方向，牌子寫著「瑟爾吉」。馬汀繼續前進，經過另一道防畜格柵，穿出對面的柵欄，再次進入森林。路寬變窄了，現在只剩下一線道，左右兩邊車輪經過的地方凹陷，路中間突起的地方則冒有雜草。又經過一、兩公里後，路向左彎，經過一道柵門。門上有牌子：「康威爾-帕克斯[1]」。他繼續前進，路徑向上盤繞。他從林裡鑽出來，抵達一棟屋子前，屋子是新蓋的，經過建築師設計。房子不大，設計的目的不是為了讓人讚嘆，它輕盈、優美，是木材、石材和耐鏽蝕鋼材的混合體，寬大的窗戶上方都有精心計算過的雨篷保護著。另外，這間屋子不像瑟爾吉的農舍那樣處在遮蔽風雨的低處，反而是張手迎接，棲息在海崖頂端，其後除了廣闊的天空之外，想必就直接面對著大海。路到房前就停了，這令馬汀有些疑惑。他開著Subaru以低速前進。此時有個人影出現在屋門口，滿頭銀色亂髮。

馬汀關掉引擎，下車走向那個男人。男人步下門前階梯和馬汀會面。他很高，近乎削瘦，大概比馬汀年長二十到二十五歲，穿著帆布長褲和一件藍色舊襯衫，全都沾染了顏料，他的雙手也是。看上去像個畫家，藝術家。

「你好。」兩人碰面時，男人說道。「需要幫忙嗎？」他的聲音渾厚、宏亮，充滿自信，是出身於老派權勢家族的那種聲音。

「對。我想要到哈提根家那邊。」馬汀說。

「沒辦法欸。那台車沒辦法。」他指向馬汀的車，彷彿它少了血統證明。

「我剛才在蜂鳥海灘那邊看到路牌，說這條路會通到哈提根家。」馬汀回答。

「以前是這樣沒錯，這邊往前半路上有座橋，好幾年前垮了，所以現在車子過不去。偶爾會有人徒步健行、騎越野自行車或滑步車進去，不然就是有幾個比較勇敢的人會去那裡釣魚，但想過去就只能靠這種方法。路還在就是了，就在下面草叢那邊，在我們的大門旁邊。」

「你不想叫鎮議會來修嗎？去鎮上就不用繞一圈。」

「當然不要。」男人停頓一下，仔細地打量馬汀。「你為什麼這麼想過去？」

「我叫馬汀．史卡斯頓，我女朋友叫蔓德蕾．布朗德，她繼承了哈提根家的房子，我們之後會搬進去。」

「噢，原來是這樣。那我們以後就是鄰居啦，我叫比德．康威爾。」男人說。他的臉上掛著微笑；比德顯然喜歡隱居，而且覺得這位未來的鄰居不會對他的寧靜生活造成威脅。兩人握手致意。

「你是藝術家嗎？」馬汀說。

「你聽過我？」比德說。

「對，好像聽過。」

不過男人大笑起來，被馬汀的善意謊言逗樂了。「對對對，我想也是。」他的眼神帶著明亮的幽默，是溫暖的棕色。馬汀喜歡這個人。不過這時比德變得嚴肅起來。「你應該不會想打通那條舊路吧？」

1　歐美國家有時會將住戶的姓氏寫在門牌上，類似台灣人在門外掛牌寫「黃宅」。如果門牌上有兩個姓氏，通常代表這兩人有婚姻或伴侶關係，所以這個路牌就是「康威爾及帕克斯之家」的意思。

馬汀搖了搖頭。「我不覺得需要那樣做。反正我們還是能直接開到沙丘路，感覺維持現況比較好。」

「很高興我們的想法一樣。之前有個小夥子過來，我對他也這麼說。」

「小夥子？」

「一個做房地產的年輕人，賈斯柏・史貝特。」

§ § §

比德・康威爾非常熱心，一聽到馬汀即將成為他的鄰居，什麼冷漠態度都融化得一乾二淨。他邀請馬汀進屋，看到連恩時的態度是好奇而非一味寵愛。他們經過一間波希米亞風格的客廳，牆邊的空間異常珍貴：巨大的抽象帆布畫作與放到爆滿的書架互相競爭，但又得雙雙讓位給一整面玻璃牆，牆外就是天空和海，各階藍色色調的全景圖。比德的伴侶是個沉默寡言的男子，叫亞歷山大，也是某種作家，正坐在客廳盯著電腦螢幕，忙於工作中，一副不想被打擾的樣子，於是比德便帶著馬汀和連恩走到陽台上。陽台非常厲害，幾乎像個鳥巢，安座在懸崖邊緣，有著一百八十度的海景與崖景，八十公尺的下方就是海浪。海岸懸崖在陽台北面蔓延好幾公里，曲折往復、攀高迭起，到了南面，崖壁先是一路往內陸切回，然後又折返突出，直到成為岬角。「你們的房子就在那裡，在岬角上面，不過都被樹擋住了。就在這座谷的另一邊，距離這裡大約兩、三公里。」比德說。

馬汀站著，搖晃著連恩。「暴風雨來時這裡一定很瘋。」他說。

「就像坐在船艙的駕駛室一樣。」比德的雙眼充滿活力。「整間房子都會搖，橫著搖，上下搖，好像活的生物，我們愛死了。」

「聽起來很可怕。」

「你如果懂工程學就不會怕。本來的設計就是要搖，這裡的屋頂都是木造的，不過底下就是高科技的複合材料和航太等級的鋁合金。」

比德提議來點下午茶；馬汀要求濃縮咖啡而不要花草茶，比德聽了似乎頗為高興。趁著主人進到屋內，馬汀抓緊機會換了連恩的尿布——這小鬼到底打算用掉多少尿布？比德端出橄欖麵包搭配自製抹醬和肉醬，連恩很喜歡，馬汀覺得小男孩幾乎快把他手指啃下來了。連恩顯然餓了，馬汀這時才想到蔓蒂打包的那些食物，裝了蔬菜泥的保鮮盒還放在車子後座。不過，此時的連恩完全投入在抹醬裡，給多少都吃光光，並用他剛長出來的門牙無意識地咬著馬汀的手指。比德拿來一壺雨水，讓馬汀泡了一瓶新的牛奶。

「你知道賈斯柏．史貝特死了嗎？」馬汀問道。

「不知道。真的嗎？發生了什麼事？」男人看起來很震驚。

「謀殺。」

「謀殺？你確定嗎？」

「應該就是了，他被人用刀刺死。」

「太可怕了吧。」

「事情發生在我女朋友租的房子裡——之前租的房子裡——就在鎮上。」

比德別過臉，眺望著海面，搖著頭彷彿不敢相信。「連在這裡也是這樣。真的沒有任何地方躲得過暴力嗎？。」

「你說什麼暴力？」馬汀有點跟不上這位藝術家的思緒。

比德聳了肩。「暴力，真的無所不在。我們就是因此搬離雪梨，亞歷山大現在連在家裡放電視都不肯。」

「嗯，了解。」馬汀說著，但不確定自己真的懂。

比德轉回來面向馬汀。「亞歷山大在雪梨被打過，兩次。」

沒什麼話能回應這樣的事，他們沉默地坐著，一會之後馬汀才又重新開啟話題。「所以，賈斯柏本來想怎麼處理這條路？」

「喔，他打算把懸崖上面的這些土地分割出售，把我們家、你們家、瑟爾吉家，還有珍珍・海耶斯那邊，全部切割成五公頃的地塊，每塊都會包含一間位在崖頂的住家。我覺得他總共想切出二十塊。但我們沒人有興趣，柏特・瑟爾吉的地最大，我知道他不想，聽說珍珍・海耶斯也不想。」

「賈斯柏有提供什麼補償嗎？」

「當然是錢。真的要說的話是一大筆錢，而且我們還能保留自己現在的房子。他想將每間房子跟鄰居區隔開來，但我不知道確切要怎麼做，當初沒有談那麼細。因為根本沒人有興趣。」

「我懂，你比較喜歡現在的樣子。不過，他的提案有沒有……」他在腦中搜尋著正確的詞，但不確定這麼說對不對。「……有沒有什麼會讓人反感的提議？」

比德露出古怪的笑容。「要看你怎麼看。」他攤開沾滿顏料的雙手。「坦白說，如果今天有其他人想要開發懸崖上這些土地，提出來的計畫可能都比他還糟。他想接通道路，但我們不想，不過他說後面的地段會設立專屬的自然保護區，一路延伸到下面那塊沼澤地的堤岸。他那時用了一個詞，但我忘了。」

「環境保護契約嗎？」

「對，沒錯。」

馬汀構思下一個問題時，口袋裡的手機突然響了一聲。「你這裡有收訊？」

「地勢高的關係。」比德說。

不過，當然了，只有一格。是溫妮佛傳的簡訊：「六點，堤岸酒店」。馬汀笑了，這是世上話最少的律師。他看了錶，此時已經超過五點，該離開了。他向比德道謝，承諾等他和蔓蒂整頓好哈提根那間屋子之後，會邀請比德和亞歷山大過去坐坐。

馬汀一邊將Subaru緩慢退出車道，一邊想著為什麼珍珍完全沒提過賈斯柏的計畫。她講到海岸懸崖上的地，但沒提及房地產仲介的提案。他應該至少和她提過那些想法吧？還有，馬汀之後得找機會問蔓蒂關於哈提根房子的事。賈斯柏知道蔓蒂繼承了那間房子，如果他曾經找過比德和亞歷山大、柏特·瑟爾吉以及珍珍，應該也跟蔓蒂提過他的想法。那為什麼她沒講過這件事？也許，賈斯柏在蔓蒂來到鎮上前就被其他人拒絕，便放棄這項計畫。或者，也有可能是相反的情況，因為蔓蒂的到來以及她繼承了房子，才讓賈斯柏有了這樣的想法：這是個能賺錢、能保護沼澤地，還能同時勝過泰森·聖克萊爾的方法。如果是這樣，為什麼蔓蒂至今都沒提到這件事呢？如果警方懷疑她在隱瞞，那麼無論她隱瞞的事情和命案多麼無關，他們終究還是會為此而有疑心。她跟他們說過這件事了嗎？她跟溫妮佛坦承了嗎？如果有，為什麼沒讓他知道？

他倒車避開地上的坑坑巴巴，剛退出比德和亞歷山大家的柵門，就看到下一段道路彎向左方的路口，原來從下坡的角度比較容易發現。他小心翼翼地將Subaru開進去，說是道路，更像是防火巷；他很高興開的是蔓蒂這輛全時四輪傳動，而不是自己那輛時好時壞的Toyota。樹林枝椏橫越車道，刮著擋風玻璃和車頂，在車子上方形成隧道。他非常緩慢地前進。實在應該停下來的，但發現這裡沒有空間迴轉，要出去的話得一路倒車。錶面顯示五點二十分，應該回頭了，可是好奇心戰勝了他，他繼續一步一步地前進。這條路的土質是紅黏土，潮溼滑溜，跟進入起司工廠後那條灰沙滿布的車道頗不相同，而兩者相距不過幾公里而已。**微氣候**，馬汀心想。

進入森林後一百公尺，路面擴展成一小片空地。這裡還算有空間可以讓車掉頭，也許要前進後退來回琢磨五次才轉得過去。此時他看到了，就在正前方擋住他去路的其實是一道柵門。他關掉引擎，走出車外，進入一片寂靜中。空氣涼爽溼冷，充滿雨林裡的大自然氣味，鳥鳴迴盪。車子後座的連恩發出一小聲哭嚎，彷彿在擔心自己被丟下。馬汀看了一遍地上，黏土路面印有輪胎痕，一路穿越到柵門另一邊。依照這座森林招引雨水的程度，這些車痕不會太舊。他檢查柵門，白鐵材質，已經磨損鏽蝕，隨時可能從鉸鏈上脫落，但被一條嶄新的鍊子和閃亮黃銅大鎖緊緊鎖住。誰有鑰匙？誰會開進這條死巷，還在這條無處可去的路上鎖門？柵門另一邊的路看起來尚可通行，左右凹陷的車輪痕在樹林中穿行，路況不會比馬汀剛才經過的那段更糟。也許這裡有義消負責整理，作為防火道，這樣就說得通了。馬汀考慮要把連恩放進嬰兒背袋，然後爬過圍籬，繼續步行前進，至少走到斷橋。不過這麼做要幹嘛呢？的確能夠滿足他探索新道路的好奇心，但此外還能達到什麼目的？他又看了錶：五點三十。他已經會遲到了。溫妮佛很準時，以六分鐘為計費單位的人通常如此。他看向柵門後方，不過後面其實沒什麼東西可看——只是路和樹叢而已。他在這一側路邊的矮樹叢裡發現了一塊舊鐵牌，彎下腰撥去泥土和落葉。**哈提根**。那麼眼前的圍籬和柵門應該就代表了兩家土地之間的界線。

一片寂靜，彷彿瞬間的停頓，接著兩件事情幾乎同時發生：連恩發出一聲刺耳、鑽心的哀號，而馬汀的手機也響起。他看了螢幕，是蔓蒂，但連恩不接受任何理由的拖延，他再次尖叫，扎扎實實的那種。馬汀聽到男孩聲音裡的痛苦，整個心都慌了，害怕是被什麼奇怪的生物咬到，他衝回車內，從安全座椅上鬆開小男孩，任由手機繼續震天價響。他抱起連恩，輕輕晃動，試圖安撫。兩人得到了片刻的喘息，連恩紅著臉、吸著氣，看起來對自己正在經歷的疼痛非常疑惑，他看著馬汀想尋求協助，但只是淹沒在另一陣痛徹心扉的哀號聲中。毫無疑問，他很痛苦。電話再次響起，絕望的馬汀接起：「蔓蒂！」

「喂？馬汀……」她沒有繼續說下去，因為聽見了兒子痛苦的哭嚎。「那是連恩嗎？」

「對，他本來好好的，突然就……」他的聲音被另一聲哭嚎壓過，小男孩在他手中痛得扭動身體，手機滑落在地。

「到底發生了什麼事，馬汀？你做了什麼？」蔓蒂的聲音聽起來遙遠，但痛苦的程度倒是和連恩不相上下。

「我做了什麼嗎？」馬汀大叫起來，覺得自己沒用到了極點。

電話在此時斷線，或是被蔓蒂掛斷。

連恩吸入一大口氣，彷彿準備釋放能壓倒世間萬物的尖叫聲，突然間，他停了下來，紅蘿蔔般的臉上閃過一種好奇、幾乎接近愉悅的表情。他開始拉肚子了。

# 第十四章

馬汀在堤岸酒店的酒吧窗邊找到溫妮佛．巴比肯，她正在喝一大杯調酒，俯瞰著港口。馬汀年輕時，這裡是個功能混雜的地方。正面的酒吧是許多人的家：漁夫和碼頭工人、殺魚師傅和修理技工、糖廠工人和退休的捕鯨人；走進店旁的獨立入口後，樓上則是低調的度假公寓。馬汀一直覺得那些公寓有些可疑，有點英國風情：明明可以有面向沙灘的窗景，為什麼還會有人想要看著港呢？不過那些日子都過去了。自從海洋保護區成立，捕魚的船隊便萎縮到只成了裝飾品。港口開始中產階級化，空蕩的船位和封存的拖網漁船之間散布穿插著遊艇、汽艇和承租包船，碼頭區則設了咖啡館、漁業合作社經營的零售商店和葡萄酒吧。這間旅館其實落後許多：酒吧裡的地毯有些地方黏糊，吧檯前有幾把高腳椅的坐墊裂開，露出黃色的海綿內裡，整個空間也有一種啤酒腐壞以及派對散場已久卻仍徘徊不去的氣味。如果泰森．聖克萊爾期望中以觀光為導向的銀港包含這裡，這地方就亟需來場拉皮手術。不過，吧檯上方掛了布條——全新經營團隊進駐——也許之後就會重新裝潢。

「嗨，溫妮佛。」

律師抬頭時，馬汀覺得她終於透露出年齡的痕跡。「嗨，馬汀。你還好嗎？那片瘀青很大塊。」

「死不了。」

「小孩怎麼樣了？」

「大概沒事吧，現在蔓蒂在照顧。」

「在哪？」

「她在樓上訂了房間，好幫他洗澡。」

「這樣很好。他需要洗澡，她也付得起。」

馬汀繼續站在旁邊。除了蔓蒂的責罵，那條大便河也讓他心有餘悸——那麼小的身體怎麼裝得下那麼多大便？「妳在喝什麼？」他問溫妮佛。

「長島冰茶。」

「妳要再點一杯嗎？」

「沒關係，光是這杯就太多了。不過，你去點你要喝的吧，叫他們記在我的帳上。」

馬汀先繞進洗手間，找到一只有缺角的陶瓷洗手台，他洗著手，這是第三或第四次了，臭味還是在鼻孔裡難以去除。回到吧檯等待點酒時，馬汀回頭看著溫妮佛。她盯著快喝完的玻璃杯，正用吸管推弄杯底的冰塊。有什麼事情困擾著她。

「你查到更多有用的資訊了嗎？」他一帶著啤酒回來，她立刻問道。

「應該吧，但我覺得一頭霧水。」他向她交代第二次去蜂鳥海灘聽到的事情、穿過蔓蒂土地的那條小路，以及賈斯柏．史貝特想把崖頂那些土地分割出售的計畫——還有他懷疑賈斯柏曾對蔓蒂提過他的開發提案。

溫妮佛專心聽著，偶爾點頭表示理解。不過當馬汀說完，她卻苦著臉搖頭。「這些事情都沒有幫助。如果賈斯柏．史貝特曾試圖遊說蔓蒂分售土地或者重整那條舊路，只會把他和蔓蒂綁得更緊，但這不是我要的結果，我想要他們分得愈開愈好。」

「但是她有把賈斯柏和土地分售的事情告訴警方嗎？她有告訴你嗎？」

溫妮佛看著他。「你知道律師和當事人之間有保密特權[1]。」

馬汀頓時火大起來。「她之前和賈斯柏在救生俱樂部發生口角，她也沒把那件事告訴警察或者我們。」

「你想暗示什麼？」

馬汀吞了口口水，對自己要說的話沒有什麼信心，但還是開口：「她在隱瞞某件事情，跟賈斯柏有關的事。」

「所以你要去問她嗎？」

馬汀無法直視律師的目光，低頭看著自己的啤酒。他以前就做過一次這樣的事：指責蔓蒂誤導他。當時在旱溪鎮，那次幾乎要讓他們的關係還沒開始便結束。「我不覺得自己有辦法跟她提這件事。」

「這會是比較聰明的做法。」溫妮佛冷言冷語說著。

「也許應該讓妳去問她，反正有保密特權。」

「也許吧。」溫妮佛說。「但是別忘了賈斯柏．史貝特的遺言是什麼，他叫的是你的名字。他是去見你的，或是去見你們兩個。那裡面一定還有更多東西，別的事情。」

「創造奇蹟的聖彌榮？」

但溫妮佛只是搖著頭，表情沮喪。「我不知道那代表什麼意思，警方應該也不曉得。他們全翻過他收藏的那些明信片，總共好幾千張，但就是看不出那一張有什麼特別的意義。」

這時有個上了年紀的男人走了過來，雙頰有著微血管破裂形成的紅色絲網，他在賣抽獎券，大獎是豪華肉品拼盤，收益會捐給銀港本地的孩子們。看過連恩的表演後，馬汀目前實在對肉類拼盤或其他東西沒什麼興趣，禮貌地拒絕了。

「馬汀，你是記者，你告訴我，為什麼那些大媒體幾乎都沒報導賈斯柏．史貝特的謀殺案？不是很奇怪嗎？」

馬汀聳聳肩。「其實還好，這則新聞不夠吸引人。房地產仲介在偏遠小鎮被殺，值得提一下，但也就是帶過而已。」

「那假如蔓蒂真的被逮捕……會怎麼樣？」

「因為什麼理由被逮捕？」

「我不知道，因為和命案有關的事吧。」

「那可能會不太一樣。」他仔細思考。「可能會非常不同，甚至可能引起媒體瘋狂報導，就像旱溪鎮那時的情況。她從那件事情後就變成公共的財產了，大眾迷戀她。拜託，要是琳狄．錢伯倫[2]因為順手牽羊被抓的話早就上新聞了；如果蔓蒂今天在另一個鎮，因為另一件謀殺案被捕，我們什麼都不用說，這裡馬上就會塞滿記者。」

溫妮佛盯著窗外。「有時候我真的很希望她長得別那麼上鏡頭。那也是其中一部分原因，對不對？」

「對，不過也因為她背後的故事，她經歷過的事情。她是完美的新聞素材：一部分人會覺得她一定犯了某種罪，同時會有其他人替她辯護，社群媒體討論的熱門程度會像裝滿燈泡的聖誕樹整棵燃燒起來。但事實上那些人根本不認識她，可是沒人在乎這點。」他低頭看向啤酒，又抬頭看著溫妮佛。「所

1　原文為lawyer-client privilege，為了促進律師與當事人之間坦誠交流，雙方的交流內容可以受到保密，如果律師在當事人沒有放棄特權的情況下因故洩漏對話內容，則該內容不得成為對當事人不利的證據。

2　Lindy Chamberlain（1948-），澳洲史上有名的女性嫌犯，最後確定為誤判。馬汀在前一集《烈火荒原》就曾將蔓蒂和錢伯倫當年的形象相提並論。

以，拜託，別讓她被逮捕。」

溫妮佛冷冷一笑。「我是這樣打算沒錯。」不過，她很快又皺起眉頭，那些憂慮又回來了。「你之前在里弗來納那件事裡幫了莫銳斯·蒙特斐爾一把，你對他這個人認識多少？」

「幫過他也不代表認識他。他把自己的心思藏得很深，不會輕易透露。」

「我跟新南威爾斯州的同行打聽過這個人。」溫妮佛坦白地說。

「結果？」

「他很能幹，是新南威爾斯州最頂尖的調查人員之一，作風強硬、專業，每次出馬必然交出成果。他很坦白，沒有跡象顯示他參與過見不得人的事。他還有一點很有名，就是政治敏銳度很高，能夠以不激怒當權者的方式完成調查，並且結案。」

「什麼意思？」

「意思是他會把焦點控制在案件調查本身，不會波及政治敏感的領域。如果調查牽涉到有影響力的人，那些人的身分都會受到保密，媒體要不是被蒙在鼓裡什麼都不知道，就是得到消息後將一切公開。他能辦好案子，又不會打壞政治角力的算盤。」

「妳想問什麼？」

「為什麼他會來調查一件上不了全國媒體的命案？這件案子有什麼難言之隱，需要把他們的王牌搬出來？」

馬汀還真沒想到這一點，也沒聽過蒙特斐爾的名聲作風如何。之前里弗來納的案件，上頭會派他其實很合理，但現在為什麼要派他來銀港？「因為蔓蒂嗎？」

「一定是。如果賈斯柏·史貝特遇害的地點是在這個鎮上的任何其他地方，而不是在她家，搞不好負責的警官就不會是蒙特斐爾。」溫妮佛說。

抽獎男又繞了回來，說票沒賣完就沒辦法開始抽獎。馬汀把剩下的票都包了。能夠把他打發走，這二十塊也算值得。

馬汀喝完手中的啤酒，等著男人辛勤地在每張票上填好馬汀的詳細資料，包括名字和電話號碼。男人終於離開，馬汀才又繼續本來的對話。「所以妳覺得，蒙特斐爾在避免媒體曝光蔓蒂的事？也許他們不希望這次調查太引人注目？」

溫妮佛沒有直接回答他的問題。「今天很奇怪，蒙特斐爾把蔓蒂和我留在警察局五個多小時，總共問了她三次話，每次大約持續半個鐘頭，每場盤問之間就把她留在那邊讓她自己冷靜。」

「妳覺得哪個部分奇怪？」

律師皺起眉、彎著嘴。「詢問的過程本身。我有時會抓不準蒙特斐爾提問的邏輯，他用了一種很特別的詢問技巧，我曾遇過，但很少見。他會不斷改變問題的重點，在時間和地點之間跳來跳去，好像是要擾亂蔓蒂的思緒，希望她露出馬腳。我不確定這是因為賈斯柏的命案，還是為了別的事情。他時不時就會問蔓蒂認不認識某個人，一開始我以為那些都是本地人，哈洛德·德雷克、泰森·聖克萊爾、市長、做麵包甜點的、做蠟燭台的，但是後來我去查了一下，裡面有一、兩個不是本地人。」

「是誰？」

「不知道。這讓我有點擔心，裡頭藏了一些我不知道的事情。蔓蒂和賈斯柏·史貝特在救生俱樂部的爭執，他們只稍微帶過，好像那件事無關緊要，早就被他們排除在外。」

「所以妳覺得蒙特斐爾其實在查別的東西？跟賈斯柏無關的事情？」

「我不知道。」

「妳問過她嗎？她知道嗎？」

「就算她知道也不會說。」

兩人迎向更多沉默不語，更多沉思。馬汀思索著，希望能有某種火花、某種靈感，但一無所獲。

這時蔓蒂推著嬰兒車裡的連恩走進酒吧，打斷任何可能的後續討論。她看來疲憊，但還是很美。馬汀迅速起身。她打量了他一會兒，露出微笑投入他的懷中，不過與其說是擁抱更像是尋求支持。

「妳還好吧？」他問。

「嗯，只是很累。」

「連恩呢？」

「現在沒事了。小孩子就是這樣，都會生病，病完了就好了。」

「妳要喝酒嗎？」

「噢拜託，當然要。我要琴湯尼，琴酒多一點。」

馬汀到吧檯點酒，在蔓蒂的同意下，多買了一瓶水和蘋果汁讓連恩補充水分。他用消毒過的奶瓶調成稀果汁，拿給連恩。馬汀蹲下時，小男孩的眼神頓時亮起。「馬。」他說。「馬！」馬汀抬頭看向蔓蒂，不過她太專心和溫妮佛說話而沒有聽見。馬汀把瓶子給了連恩，讓他安靜下來，看著他抱著那個奶瓶咕嘟咕嘟地喝了好一會。他起身去吧檯領蔓蒂的酒，端到她面前。她完全沒在客氣，直接抽掉吸管，對嘴喝了一大口，然後誇張地鬆了一口氣。「謝了，你不曉得我有多需要這一杯。」

「嗯哼。」馬汀說。他坐回高腳椅上，回頭看著嬰兒車裡忙著攻擊奶瓶的連恩。「今天很難熬吧？」

「毫無意義，浪費時間，根本一群笨蛋。」她看向溫妮佛，後者點頭附議。蔓蒂又喝了一口酒。「馬汀，我們晚餐買外帶回去吃吧，我今天想早點睡。」

「聽起來不錯。」

越過蔓蒂，馬汀看到剛剛的抽獎男正在酒吧另一端準備抽出豪華肉品拼盤的得獎者。「我們快走吧。」他對她說。

§ § §

回到露營區後稍晚，蔓蒂已經在沙發打起瞌睡，但連恩非常清醒，彷彿他吸走了母親身上的最後一絲力氣，正歡樂地揮霍著。他靠著屁股在油氈地板上滑動，以活塞般收縮的胖腿推著自己倒退，尋找著可以攻擊的東西。他找到一本雜誌，試圖放到嘴裡吸，接著又改為用手撕開。

「連恩，你想坐背包嗎？坐到那個背袋裡？」

應著馬汀的問題，小孩雙眼盯著他看。他真的聽得懂嗎？或者只是馬汀在幻想？無論如何，當小男孩被抱進背袋並繫上綁帶時，一直不斷吱吱喳喳地發出歡樂的聲音。馬汀把背包甩上肩。他愈來愈喜歡這個背袋了，喜歡那個重量，喜歡用肩膀和臀部撐著負重，喜歡那所帶來的向前方推進的感覺。就像是以前擔任外派記者的生活，在他身體裡留下了一些什麼，留下某種要出發去某個地方、要往前方衝刺的衝動。他在照顧這個孩子時也有一樣的感覺：好像他和連恩正要迎往未知的未來，至少在這一刻，他們會一起前進。

他獨自揹著連恩走出小木屋，讓蔓蒂繼續睡。幾乎就在那個瞬間，也許是背上的重量，也許是朝著遠處斷崖落下的陽光切過樹林的角度，某個回憶頓時湧上馬汀心頭。他就那樣站著，閉上眼睛，像要試圖想起某場夢境，任憑記憶慢慢浮現。父親。他跟在父親身後。馬汀揹了個背包，父親也是；朗恩・史卡斯頓強壯的手上還提著另一只袋子。這是哪裡？什麼時候？馬汀繼續閉眼，把此刻隔絕在外，招喚著過去回來。露營。他和父親要去露營。有沙灘，夕陽低沉。露營。夜晚時分，有蚊子，睡不著，父親在打呼。他的父親，用那雙萬能的雙手，迅速、靈巧地搭起帳篷。馬汀為之驚嘆，擔心自己永遠學不會這樣的技藝。釣魚。父親甩出釣竿，收線。有條魚架在燃燒的煤炭上方。原始的海灘。背信海灣。在一切走樣之前，他曾和父親一起去過。

連恩變換重心，不再被穿透林間的陽光迷惑，他催促馬汀前進，彷彿馬上的騎師。馬汀張開雙眼，但沒有移動。背信海灣。這天稍早，他試圖回想自己是否曾去過那裡，但沒有任何印象，而現在記憶卻浮出水面，不請自來。不過真正令他震撼的不是終於想起這件事，而是回憶本身，是回憶的樣貌以及其中傳達的感覺。他對父親的感覺。**在事情發生之前**的他曾經有過的感覺，崇拜、尊敬、愛。他輕輕地深吸一口氣。他被事情發生之後的記憶淹沒了許久，從沒想過在那之前是什麼樣子。西方的天空開始變得鮮豔，浸滿金色、粉紅和橘，他又繼續站了一會兒，直到連恩開始抱怨。

馬汀受到水面上的夕陽映照吸引著，往河邊走去。河上有船駛過，尾波令折射的光彩產生皺摺，連恩出聲讚嘆。往事再度湧上，模糊、朦朧，還是小小孩的他沒有言語和理解能力，著迷於光線。又是另一段回憶，小時候初次看到煙火時的情景：弗恩和父親點燃煙火，垂直放在啤酒空瓶裡的火箭一飛沖天，在安居社區的上空爆炸。他記得煙火看起來有多不可思議，引得圍觀的群眾齊聲發出「啊啊啊」的聲音。安居社區。他想起來了，那裡每年都會在一片空地上燃起巨大的篝火，整個社區的居民都會聚集在一起，想看著火堆燃燒。他想，不知道連恩有沒有看過煙火，希望他第一次看時自己能在他身邊。

他們沿著河岸走，來到昨晚弗恩放他下船的泊船處。兩名年老男人的黑影並肩坐在一條長木椅上，駝背對著前方兩把釣竿，坐在河面上不停變幻的夕陽光芒之中。

其中一人抬起頭，喝了一口啤酒。「嗨，馬汀，想不到會在這裡看到你啊。」

馬汀盯著男人的臉，在金色的光芒中認出某種熟悉的感覺，花了一點時間才搞清楚那種熟悉感從何而來。「麥基小隊長？」

男人哼了一聲：「我沒當小隊長很久囉，孩子，現在就只是個叫克萊德的普通老頭。」

「是誰呀？」另一個男人插話，聲音粗如砂礫，馬汀認不得這個人。雖然歲月讓麥基變得厚重、拉低了他的身體重心，不過另外這個人就顯得瘦而結實。沒什麼脂肪，他的臉彷彿就要摺疊起來，臉頰上沒有下垂的肉，只有皺紋深如裂縫。

「這是馬汀．史卡斯頓——朗恩．史卡斯頓的兒子。」克萊德．麥基說。

「真的嗎？這樣的話，我也很高興見到你。我叫布萊恩，布萊恩．金傑力。」布萊恩沒有起身，只是伸出手。馬汀握了握他的手，但還是想不起這個人。

「沒關係，馬汀。」麥基彷彿讀穿了他的心思。「你不會記得他啦，以前你還小，他大部分時間都在牢裡。」

「都是你把我關進去的啊，老混蛋。」布萊恩的話中沒有絲毫記恨。

「那是因為你活該啊。」

嘲弄之中倒是有著對彼此的喜愛；退休的警察和曾經的罪犯，並肩坐在銀港的暮光河畔釣魚。

「有釣到東西嗎？」馬汀不確定自己還能說什麼。

「啥小都沒有。」布萊恩說。「時機很好，但是潮汐不對。」他開始收捲線圈。「我要回去囉，老婆應該煮好晚餐了，明天還要早起。很高興認識你啊，老弟。」男人起身，細長的雙腿還是頗有活力。他拿起釣竿和釣具箱，突然看到連恩，便把臉湊上去。「這個小朋友是誰啊？朗恩．史卡斯頓的孫子？」

「差不多了。」馬汀說著，聲音裡有著一絲驕傲。「他是連恩，我女朋友的兒子。」

「小帥哥一個。好好照顧他啊。」

馬汀目送布萊恩離開。他有著一對彎曲的腿，彷彿這輩子都在馬上度過，而不是在牢裡等候女王發落。男人走進黃昏薄暮之中，朝著分隔長住區和遊客區的那排樹林前進。

「坐吧。布萊恩說對了，這時潮相不好，不過坐在這裡還是比在小木屋裡舒服多了。有夠美的吧？」麥基說。

「是啊。」馬汀脫下肩上的背包，把連恩放到地上，讓男孩可以看到波光粼粼的水面。他在麥基旁邊坐下，用腳夾住背包不讓它倒掉。「麥基太太沒等你回去吃晚餐嗎？」

「沒在等囉。去年走了。」

「噢，抱歉，我沒那個意思。」

「沒事。她走得很輕鬆，第一次中風讓她知道時候要到了，第二次就帶走她。她活著的時候過得不錯，走得方式也很好。」

兩人沉默，望著河水緩緩朝海的方向流去。連恩也安靜下來，被水及閃爍的波光迷住。他們身後某處有隻青蛙叫了，而蟋蟀回答。一群果蝠逆著河水方向往逐漸衰退的夕陽飛去，鑽進果園、溫室和小農菜園的防護網中。馬汀突然有種異感，不是鄉愁，不是，而是別的。那像某種歸屬的感覺，感覺這裡畢竟還是他的家，某部分的他畢竟從沒離開過銀港。

隨著落日漸漸失去光彩，橋上路燈的燈光盤踞了東邊天空，銀港的光芒如同光暈般升起，他吸氣，將這片大地收入體內。對面河岸上，獨棟房舍的燈光漸強。附近的青蛙變得更大膽了，叫得更加大聲，躺在他雙腳之間的連恩也加入發聲行列，彷彿在嘗試自己能夠發出怎樣的聲音，單純地享受聲音本身。

空氣溫暖、潮溼、寬容。

「你和布萊恩．金傑力最後居然成了朋友。滿特別的。」馬汀說。

「還好啦，其實沒那麼奇怪。我們進到同個世界、認識同一群人、都遵守同樣的規矩，辛苦的日子造就堅強的男人、女人和小孩，安居社區裡都是這樣。」

「你是安居社區出身？」

「我在那裡長大，算比較幸運的——我媽媽知道怎麼往上爬。最後我高中畢業就當了警察，但是像布萊恩那樣的人，他們就沒有那樣的機會。」麥基停頓了一會兒，捲回釣魚線、檢查魚餌，然後再次甩出。「布萊恩很堅強，他和他那群朋友都是。你爸就沒那麼堅強了，可是他比較聰明。」

「什麼意思？」

「他很快就發現搶倉庫、偷車還有劫持卡車都是吃力不討好的事。」

「他犯過罪？」

「沒被定罪過。」

「被逮捕過嗎？」

「倒是很多次。尤其是你媽跟你妹妹們走了後，他幾乎每天喝醉了就因為妨害治安被抓進來。」

「這我記得，但在那之前呢？」

「布萊恩以前因為在布里斯本搶了一間倉庫進過監獄，我懷疑你爸也有參與，但沒辦法證明。是你媽媽讓他改邪歸正，後來他就開始做比較正直的工作。」

「我不記得他有那麼常在工作，就算是在事情發生以前也一樣。」

「的確沒有。他有一次在製糖廠工作時傷到背，拿到工傷賠償，數目還不小，後來就開始領傷殘補助。」

「我不記得他背有受傷。」

「是啊，你說呢。」

馬汀大笑。「你沒有向保險公司檢舉嗎？」

「我？我才不會做那種事，不是我的問題。如果他這麼做就不會去惹麻煩，對我來說就夠了。以前我時不時叫他節制一點，其他事情別那麼高調。」

「其他事情？」

「就是其他工作，建築工地、晚上出漁船，或者起司工廠的臨時班之類的零工。」

「噢。」馬汀想著，不曉得製糖廠後來有沒有發現真相。

「布萊恩出獄時，你爸教了他這訣竅，幫他也弄到傷殘補助，把他也拉回正途。」

兩個男人陷入沉默。背包裡的連恩已經倒向一邊，就要飄進夢鄉。

突然間，麥基警覺起來，他手裡的釣竿正在抽動。「噢，要死了，我釣到魚啦。」馬汀打開手機手電筒，讓老警察捲著線拉回魚，牠離開水面時閃著銀光、拚命扭動。騷動吵醒了連恩。魚跳動的模樣不知怎地讓小男孩難過起來，他開始大哭。馬汀蹲下去、露出微笑，輕聲細語地說著溫柔的話，讓男孩平靜下來。接著他提起嬰兒背袋，揹到背上，向老警察告別，讓他安靜地好好清理那條魚。

§ § §

蔓蒂醒了，正等他們回來。她看著馬汀放下連恩，溫柔地將入睡的小男孩從背袋裡抱出來。她接過兒子，讓他貼著自己，搖晃幾下，將他放進旅行用的嬰兒床上，男孩毫無所覺。蔓蒂走向馬汀，雙臂環繞住他的脖子。

「對不起。」她說。

「為什麼這麼說？」

「因為全部的事。這跟我本來想的不一樣。」

「我也很抱歉。」他說著，將她拉近，用沒受傷的側邊臉頰靠在她頭上，注意到她新染的頭髮柔軟得令人心醉。

「你沒有做什麼事需要道歉。」

「沒有嗎？」

「我很高興你在這裡。」接著她吻了他，一連串深吻的開頭。

不過這天晚上，在他們結束之後，馬汀卻無法入眠。他躺在入睡的蔓蒂旁邊想著父親；在花了半輩子試圖遺忘之後，現在他試著再次想起關於父親的事。在贏得樂透、在馬汀的母親和妹妹們逝世、在被酒精帶走之前的他，是個怎樣的人呢？馬汀發現自己完全無法想像那樣的他。他記憶中的醉漢形象難以磨滅，永遠黏在沙發上、上癮於電視，把整個世界和兒子拒於門外，浪費自己的錢、揮霍著自己的健康。他比他的太太多活了八年；就在這一丁點時間裡，他便從結實、迷人的三十六歲青年變成肝硬化的糖尿病混帳。只需要這點時間，所有錢就都花光了，全餵給吃角子老虎機，或者丟進澳洲賽馬場支持那幾匹註定跑輸的馬，以致最後除了債務，什麼都沒留給兒子。未繳的水電費、未繳的房租、未繳的貸款，根本活不下去，難怪他要死。

現在，在這無眠的半夜，愧疚感又回來了。馬汀對父親的死所殘存的愧疚，以及他當初對那消息突如其來的反應。他的父親死於一場沒有其他肇事者的車禍，他的車開出路邊，衝到一棵樹上，血液裡的酒精濃度是法定標準的三倍。蠢人死於蠢事。馬汀想起自己當初的反應，愧疚感再次襲來：那時他覺得如釋重負，逃過一劫。他高興欣喜。父親死了，而他哈哈大笑。後來幾天，即使發現所有錢都被花光，自由的感覺仍持續留存，他感激這樣就能和弗恩一起住，感激枷鎖解開，他終於可以重新打造自己。

但世上曾存在另一個朗恩・史卡斯頓，名叫克萊德・麥基的男人記得他；那個朗恩・史卡斯頓會帶兒子去背信海灘露營、釣魚。馬汀試圖召喚那個人，試圖把關於臃腫醉漢的記憶推到一旁。想起的第一件事是他的雙手，強壯有力、長了繭，靈活而能幹，那個形象從未真正離開過他。那樣的他肯定來自**那件事發生之前**，當時的朗恩・史卡斯頓仍會在漁船、工地、起司工廠打零工，賺取傷殘津貼之外的收入。不過除此之外他還想起另一段回憶，如夢境般潛伏著。他們一起開著那輛老廂型車，馬汀坐在他旁邊，父親笑鬧著、說著笑話，帶著他作伴，往返銀港與隆頓之間那條蜿蜒的山路。**你有看到海嗎？**又是另一段回憶，某種補強的細節：父親揉著他的頭髮，問他想不想陪他一起開去隆頓。他現在想起來了，淚水湧至眼眶。他試著想起更多事情，可是倦意如潮水湧來，乘載著他，將他推往眠土。

# 星期四

Thursday

# 第十五章

馬汀躺在床上打盹，夜裡的煩想都已丟在一邊，小木屋的床墊太軟，早晨的陽光透進淡紫色的窗簾。他實在沒有起床的動力。昨日漫長而疲憊，睡眠時斷時續，他現在只想重新跌入那個舒適的狀態。電話在某處響起。他伸出一隻手臂；蔓蒂已經起床了。有小小孩的母親沒有賴床的資格。電話持續響鈴，是她的，不是他的。他聽見她輕聲說話，體貼地放低音量，感覺心頭流過一陣溫暖的情緒。到現在，他還是無法理解她到底在自己身上看到什麼，不過這張床鋪因為她的愛而變得更加溫暖。他再次聽見她的聲音，然後是她的笑聲，心裡再次出現那股溫暖的感覺，即使她的笑聲已經令他完全清醒。他不想睡了，而是想要去到她身邊，想知道她為什麼而笑，什麼事令她這麼開心？

他在滿溢著晨間日光的廚房裡找到跳舞的她，抱著連恩在小小的空間裡跳著華爾滋。孩子高興笑著，雖然無法理解母親的話，卻能懂她的心情。馬汀在旁邊看了好一會兒，看得入迷，不想打擾這魔幻的一刻。蔓蒂看到他，便踏著腳步滑了過來，給他一個吻。「早啊，國王陛下。」她的眼中充滿神采，酒窩在雙頰上飛舞。「哈提根的程序都完成了。」

「妳說房子嗎？」

「對啊，我們只要去一趟事務所，簽名、拿鑰匙，房子就是我們的了。」

馬汀走向她，抱住她和她的兒子，三個人抱在一起搖擺。

「那會是我們的家，我們的避風港，連恩的城堡。」她低頭看著連恩微笑，又開始跳起舞。「聽到了嗎，連恩小王子？是你的城堡喔。」

§ § §

德雷克聯合事務所的會議室裡滿溢著一股格格不入的慶祝氣氛，連那手術室一般的內裝擺設都無法沖淡歡樂的心情。蔓蒂仍然因為愉悅而異常興奮，連溫妮佛緊閉的嘴唇都拉出淺淺的微笑。被放出嬰兒車的連恩爬進會議桌下，發出斷斷續續的尖叫，半說半笑，令哈洛德．德雷克頗為驚惶失措。馬汀在其中一面深色玻璃牆上看見自己的倒影，驚訝地發現自己臉上也掛著笑容。他有種命運終於站到他們這邊的感覺，這個世界終於偏袒了他們一些。他想著要不要乾脆在這裡幫連恩換尿布，讓德雷克再更不舒服一點。

沒什麼事項需要討論了。蔓蒂簽名，馬汀作證，哈洛德．德雷克和他們倆握手致意，他呈上兩副鑰匙，彷彿在頒獎。

「哈！」蔓蒂拉著馬汀的手興奮喊道。「我們走吧。」接著她跪到地上，爬到桌底要把連恩抓出來。不過此時溫妮佛清了清喉嚨，臉上的微笑漸漸平淡。她轉向這場儀式的主持人：「哈洛德，我們還有幾件和房子維護有關的瑣事要討論，能不能請你給我們一點時間？」

「當然，沒問題。」哈洛德圓滑應對，不過離開時還是忍不住偷瞄了會議桌底一眼。

「怎麼了嗎？」抱著連恩的蔓蒂站起身。

「坐吧，我這雙腿沒那麼年輕了。」溫妮佛說。

馬汀不太相信這句話，但還是拉過椅子坐下；他很確定，在必要時刻，溫妮佛的短跑速度可以比他還快。「怎麼了？發生什麼事？」

蔓蒂聽見他聲音裡的憂慮，笑容也開始動搖。她把連恩放回桌底，也跟著坐下。「溫妮佛？」

不過此時律師露出一副寬心的笑容。「我查了一下那間起司工廠和擁有者艾默里．阿什頓，蔓蒂有很大的機會也會繼承那個地方。」

蔓蒂皺起眉頭。「馬汀昨天說的在潟湖旁邊那間？真的嗎？怎麼會？」

「艾默里．阿什頓是妳的舅公——他是希凡．哈提根有一半血緣的哥哥。」

「他把那個地方留給我？」

「不太算，他寫遺囑時妳其實還沒出生，但是他把所有財產都留給他妹妹和妹妹的繼承人。希凡死後，她的財產就傳給她先生艾瑞克，也就是妳的爺爺，而艾瑞克基本上把他所有的不動產都留給妳。」

「所以工廠是我的。」蔓蒂說，但語氣仍不甚確定。

「還不是。阿什頓還沒被正式宣告死亡，因為沒人找到遺體，他目前只能算失蹤。這件事發生在五年多前，依照新南威爾斯州的規定，失蹤七年後才會在法律上被宣告死亡。」

「妳的意思是，未來有一天我有可能繼承他的遺產嗎？這件事有其他影響嗎？」蔓蒂問。

溫妮佛的聲音冷靜，雙手指尖輕輕貼合，形成尖塔的形狀。馬汀對她這個手勢愈來愈熟悉，象徵著不帶偏見的判斷。「艾默里．阿什頓的遺囑在哈洛德．德雷克這間事務所裡。」

「德雷克知道繼承人是蔓蒂嗎？」馬汀問。

「應該知道。」

「為什麼說應該？他一定看過遺囑了吧。」蔓蒂問。

「是這樣的，」溫妮佛的語氣彷彿是數學老師要教授新的概念。「德雷克的確隨時都能查看阿什頓的遺囑，但在阿什頓失蹤前，他其實沒有必要去看裡面寫了什麼。當他打開遺囑，他會看到繼承人是希凡·哈提根以及希凡的繼承人，也就是蔓蒂的爺爺，艾瑞克·史納屈。」

馬汀插嘴。「等一下，阿什頓的遺囑在他手上，不過希凡·史納屈和她丈夫的遺囑應該在你們事務所裡吧。」

「沒錯。在阿什頓失蹤後的一週內，德雷克就要求查看希凡的遺囑，也看了艾瑞克的，我們都有紀錄。」

「你們就讓他看了？」

「遺囑不是機密文件，他有權閱讀。」

現在換成蔓蒂插話。「我以為艾瑞克的遺囑是機密，要到我三十歲才公開[1]？」

「不是，遺囑本身不是機密。不過遺囑的主要受益人是一份遺囑信託，所以德雷克知道了這一點，並且查出在艾瑞克死後，史納屈家族大部分的財產都轉入了那筆信託，但他無法得知信託的受益人是誰。在妳年滿三十歲之前，沒人知道受益人的身分——當然了，除了信託的受託人之外。」

「也就是妳。」

「沒錯。」

「德雷克有問受益人是誰嗎？」馬汀想知道這一點。

「我查過了。有，他問了。」

馬汀微笑。「不過你們基於法律義務不能告知。」

1 根據前書《烈火荒原》，蔓蒂此時剛滿三十不久。

「就我所知，我們的態度很有禮貌。」溫妮佛說。

「那現在呢？」蔓蒂問。

溫妮佛聳了聳肩。「現在他還是看不到。法律的條件沒有改變，但是當我們告訴他蔓蒂從史納屈的財產中繼承了希凡．哈提根的房子時，等於讓他知道了繼承人是誰，因為你們是一脈相承的繼承順序。」

馬汀覺得有一小片拼圖歸位了。「所以這就是聖克萊爾聯絡十號電視網，還開始尋找阿什頓遺體的原因。他很明白告訴我，他不在乎阿什頓被誰殺或者怎麼死的，他只想要阿什頓被宣告死亡，讓擁有權確定下來。現在他知道了下一名繼承人是誰，就能夠出價向蔓蒂買下土地。」

「正是如此。」溫妮佛說。「可是為什麼這麼急呢？不管怎樣，距離正式宣告阿什頓死亡至少還要兩年。」

提出答案的是蔓蒂。「因為在這兩年裡，蜂鳥海灘那塊地可能已經被賣掉，並且開始開發。他一直很確信珍珍．海耶斯會賣地，照這個邏輯，兩年後我就會發現自己繼承的不是位在偏僻沼澤旁邊的廢棄工廠，而是價值不菲的精華地段。所以他想早點進場，先用便宜的價格從某個無腦的金髮美女手裡買下土地。」

「聖克萊爾找過妳了？」馬汀問。

蔓蒂搖搖頭。「沒有，我沒見過這個人。」

他們三人看著彼此，思考著這項推論的可能性，不過最後馬汀點出了其中的矛盾。「他沒聯絡蔓蒂，這有點不合邏輯。更重要的是，他很急於告訴我他對工廠還有那塊地的計畫，但他應該很清楚我和蔓蒂之間的關係。」兩位女性點頭，同意這項判斷。

「賈斯柏．史貝特跟妳提過他嗎？」溫妮佛問蔓蒂。

蔓蒂再次搖頭，不過這次語氣就沒那麼肯定。「賈斯柏一定跟我說過蜂鳥海灘的開發計畫，我大約記得他說沼澤怎樣，想要救那塊地之類的。他可能也提過聖克萊爾的名字，但我不記得了。」她聳聳肩。「因為我對那些開發都沒興趣，我只想要岬角上那棟房子。」

馬汀看到自己的機會來了。「賈斯柏・史貝特有沒有提過一個計畫，說要開發海岸懸崖上面那些土地？從哈提根的屋子一路往北到靠近蜂鳥海灘的那個岬角，他要把那整個地方分割成五公頃大的小型地塊？」

「有，他講過一次。那時候語氣很熱衷，說其他地主都在考慮，但我說我不想要分售。」

「他說其他人都考慮參加？」

「對，可是我不知道有誰。」

「我知道。但他們沒人想參與。」馬汀說。

「我認為不必太在乎他說話前後矛盾這一點。」溫妮佛提出看法。「那只是房產仲介扭曲事實的手法，畢竟要是沒人想賣地，他的提案等於無路可走。」

「我們漏掉一件事。如果珍珍・海耶斯不賣蜂鳥海灘，為什麼賈斯柏會提議分售土地？還有，為什麼聖克萊爾現在那麼積極要找到艾默里・阿什頓的遺體？不可能只是因為我會去繼承哈提根家的房子和那間工廠吧？」蔓蒂說。

眾人一片沉默。他們全都可以感覺這個新問題有多重要，但提不出解答。蔓蒂彎下腰，把連恩抱到大腿上。小男孩以期待的眼神看著四周，等著下個人發言。

開口的是他母親。「賈斯柏想要告訴我們的就是這件事嗎？想要告訴馬汀？」她輕聲說道。「他是不是知道誰殺了阿什頓？他找到屍體了？」

§ § §

他們三人一起開車前往哈提根家的房子：蔓蒂、馬汀和連恩，就像個真正完整的家庭。開車的是蔓蒂，她似乎下定決心要重新找回今早的歡欣心情。她說要正面看待搜索起司工廠這件事：如果道格．桑寇頓找到屍體，而這件事又為賈斯柏．史貝特的死提供了謀殺動機，就能證明她的清白，有益無害。這令馬汀想起自己最重要的兩項優先要務：證明蔓蒂無罪，並和她開始新的生活。其他一切都只是錦上添花。他知道該這麼想，但就是沒辦法甩開身為記者的好奇心，那是屬於他的一部分。有則絕佳的新聞藏在這一連串事件背後，正大聲呼喊著想被訴說的欲望。這不是旱溪鎮那種震驚四座的犯罪事件，但也絕對能使人著迷：在地產投機、小鎮願景和大筆錢潮的背景脈絡之下，謀殺與謎題、毒品與性、名人與宗教，各種元素一一展開。他默默微笑；洗刷蔓蒂名聲、和她一起打造新的生活，仍會是他最優先、最重要的任務，但如果裡頭有新聞，有著吸引人的龐大故事，那就更好了。

他覺得輕鬆了不少。當蔓蒂取得起司工廠的擁有權後，不只是休閒碼頭，她連高爾夫球開發案都能擋下；馬汀想像著弗恩和喬悉聽到這個好消息會有多高興。他想起珍珍．海耶斯之前提到的環境保護契約。如果蔓蒂對起司工廠那塊地立下契約，將會長久、無情地重擊高爾夫球的開發案，而這項結果又會破壞聖克萊爾河濱住宅區的計畫基礎。馬汀允許自己偷偷露出一點笑容，他開始有點高興了。

「你有看到海嗎？」

是蔓蒂，她正對著連恩說話。他們開在前往哈提根家的車道上，在雨林中蜿蜒，往屋子前進。

「你有看到海嗎，連恩？」

**你有看到海嗎？**父親的聲音下意識地出現在腦中，壓抑了他的思緒，平息了他的熱情。高聳的樹林、明滅閃爍的陽光、陡峭險峻的地勢，馬汀又回到那輛行駛在斷崖上的廂型車裡。**你有看到海嗎？**一段記憶浮現，通明如白晝，不是來自遠方的回音，也不是一閃即逝的畫面，而是彷彿昨天才剛發生。它來自意外發生前的時光，來自朗恩·史卡斯頓崩潰前的日子，馬汀當時大約才六、七歲，還擁有他的爸爸、他的英雄。這段記憶並未令他難以回想，反而是一如既往始終在他心底的一段往事。他閉上眼睛，回到年幼時的自己。車子、聲響，父親在他旁邊正哈哈大笑。開心的感覺。那雙屬於技工的手，大而結實，他一隻手放在巨大的方向盤上，流暢地引導廂型車駛過一連串髮夾彎，另一隻手則握著排檔桿，熟練地上下變換檔位。**你有看到海嗎？**他能聽到父親的聲音，音色低沉洪亮，肯定、沉著，有著渾然天成的自信。與這段記憶連結的情緒都回來了：他的愛、他的得意、他的喜悅，因為只有他們兩個人而高興不已，他們的男人幫。他們開車下行，在回家的路上，屬於父子的時光。**看到海就到家了。**

「馬汀？」蔓蒂把他拉回了當下。「你還好嗎？」

車子已經停了，他們正在一道柵門前。這道門上的牌子還沒脫落，褪色的門牌寫著「哈提根」。「抱歉。」他甩甩頭，走出車外。

馬汀感覺這個地方似乎變小了，和記憶中暴雨襲擊的房子相比，眼前這棟彷彿是縮小後的模型。不過即使如此，即使他們現在看到的只是屋子的背面，這棟建築依然如此令人驚豔。房子坐落在海岬最高點，周圍空無一物。屋子本身有兩層樓高，魚鱗板外牆的白漆斑駁，露出黃色的底漆和光禿的木板，疏於整理的模樣在這個陽光晴朗的上午反而更加美麗。牆上的窗戶緊閉，周圍牆面的海藍色油漆整片剝落。山形波浪鐵皮屋頂下方有幾扇老虎窗，分別望向南北兩個方向，看起來帶著些許美式風情。馬汀能看到，面對他們的這片牆上兩端各有一扇門，他已經知道它們各自通向何處：一扇通往廚房，一扇通往走廊。史高迪和他逃走時的窗戶也還在。房子的這一面對著樹叢，看起來空空蕩蕩，只有從正門上方的迷你門廊表達出少許歡迎態度。馬汀知道為什麼會這樣：因為哈提根家在設計房子時，是讓這個家面向大海，而不是內陸。

蔓蒂停好車，抱起連恩，他們步行前進。風吹在他們臉上，新鮮、清爽，充滿海的鹽分與對未來的承諾。他們略過大門，被吸引至房子面海那面。蔓蒂走在前方，愈往前愈能看出整間屋子的全貌。從兩層樓高的建築方塊體中，延伸出一間只有單層的大型房間，寬度和整個建築相同：這就是馬汀、賈斯柏還有史高迪曾一起躲避風雨的那個客廳。突出的房間被一道門廊包圍，門廊的遠端像船頭一樣翹起。這棟房子的設計確實有一種航海的風格，靈感也許來自某艘入海的船。客廳的屋頂上坐落著一片寬大的陽台，如同艦橋，被二樓房間延伸出的木頭扶手包圍。

他們踏過幾階矮梯爬上門廊。廊上多處木板已經風化、磨損，甚至整個崩塌，不過他們的注意力都聚焦在眼前的景色，而不是房子的現況。南面的地勢向下陡降，帶走所有的草木林葉，他們低頭就能俯視阿蓋爾河河口與滿是浪沫的河口沙洲，然後越過防波堤到達中央海灘、貴族山丘和燈塔。港口和城鎮則位於右方，可以從樹林頂端之間隱然瞥見。馬汀以前都沒發現這座岬角原來這麼高，就像沒有貴族的貴族山丘。望向東方，視野直抵大海。貨櫃船坐在海平線上，因為距離遙遠而像靜止不動。馬汀一個人繞行門廊。北方，凹折的懸崖在海霧中顯得柔和，陡峭的砂岩和海角，雨林向下觸及海面。遠處的岬角反射著陽光；比德．康威爾和亞歷山大．帕克斯的家高坐崖頂，彷彿擺出起飛姿勢的昆蟲。懸崖在那之後繼續前進，經過瑟爾吉家的酪農場，一路連綿至珍珍．海耶斯衝浪的地點，接著繞進蜂鳥海灘，最後是通向麥肯奇沼澤和舊起司工廠的出海口。馬汀一陣欣喜若狂——這棟房子是鎮的一部分，是這片景觀的一部分，但又超然於兩者之外。他們的未來被寬闊的阿蓋爾河保護著，安全地與他的童年隔離開來。誰想得到呢？傳說中的鬼屋拯救了他，提供一種他從來不覺得自己能夠擁有的事物：屬於自己的家庭。

蔓蒂來到他身邊。「鯨魚很快就會從南邊迴游到這裡。到時我們可以坐在這裡，一邊喝酒一邊迎接牠們。」她說，眼神閃爍著光芒，今早的興奮心情又回來了。

他們在門廊站了許久，被這片海洋的廣袤所震懾。他牽起她的手，目不轉睛地看著眼前的浩瀚，希望能在白色浪花之間發現早到的鯨魚；不過，他只在逼近世界盡頭的邊界上看到幾艘貨櫃船和一艘運煤船，另外在接近岸邊的地方有條閒置的漁船，一艘釣魚人的小鋁船正往懸崖下方駛來。那會是個很好的釣魚地點，馬汀想，緊挨著岩壁，無法從陸上前往。只要浪湧別太大。

他們離開門廊，從窗格玻璃門進入，紗門發出刮磨的聲音抗議著，門上的鎖頭一開始還懷疑著鑰匙的來歷。屋內呈現某種奇怪的氛圍，彷彿度假小屋、時光膠囊和美好未來的混合體。這裡有一部映像管電視、一部帶轉盤的音響和一台有著旋轉撥號盤的古早電話，全都包裹著薄薄的灰塵。他們探索屋內，提出各種計畫，開始想像兩人共同的生活。蔓蒂手瘦了，換馬汀帶著連恩在樓上樓下探索。廚房、食品儲藏室和洗衣間，浴室裡有個帶腳的貴妃浴缸，餐廳的桌子已被清理乾淨。往下的樓梯通往酒窖，可惜酒藏已被掠奪一空。

二樓是臥室的所在地。最大的兩間各據一方，一間能夠俯瞰森林，另一間能眺望海景並且通往艦橋陽台，第三和第四個房間則各開著雙生的老虎窗。

他們按原路離開房子，走到門廊時手上的待辦事項也迅速增加：太陽能板、修理屋頂、新的浴室、連恩的房間。水塔已經清過了，化糞池也修繕完成。在鎖上門前，馬汀最後掃視著客廳。上次和賈斯柏還有史高迪一起來避雨已是快三十年前的事了。壁爐還是同一座，不過灰燼已被清理乾淨；賈斯柏高舉著傷腳的雙人沙發也還在，破爛不堪，註定要進垃圾場；當初他們進來的窗戶經過修整，夾板不見了，換上新的玻璃。蔓蒂的爺爺艾瑞克．史納屈五年前才過世，他應該一直維持一定程度的修繕。馬汀看了書櫃。百科全書都還在，《U到V》那冊完好無損，《轟天奇兵》的漫畫也是。他笑了，也許之後可以和連恩一起看。

在下山的回程上，馬汀打開柵門，因為鉸鏈已鬆，會一直刮進泥土裡，馬汀必須邊推邊抬才打得開。當他終於完全打開門時，便聽到某處傳來尖銳的嘎響，是二行程引擎的聲音。他第一反應覺得是電鋸，以為有人竟敢跑來褻瀆這座森林。他舉起一隻手，示意蔓蒂將車子留在原地，先讓他找出聲音的來源。這時傳來一陣更嘈雜的噪音，下坡的樹叢裡衝出一輛越野摩托車，離他所站的位置不到三十公尺。摩托車騎士熟練地甩過後輪，噴起礫石瀑布，然後再次催緊油門，加速離開不見蹤影。馬汀只留下一閃而逝的印象：全身漆黑的騎士、車旁的側邊包、黃色L牌。聲音漸遠，馬汀在風中聞到排氣管裡的油味。

# 第十六章

蔓蒂載馬汀回露營區，讓他去開自己的車。她帶連恩去托兒所，接著去買掃把、拖把和吸塵器，打算把哈提根家打掃一遍。她還得接通電源，於是開始尋找建築師和技工。馬汀給了她弗恩的電話，表示他舅舅認識銀港所有的技工，露西梅可能也能幫忙。他給了她一個道別的吻，因為她的心情愉悅而高興。這時他的手機響起，是尼克・普洛斯，聲音聽起來頗為急切。「馬汀，可以碰面嗎？」

「可以啊，怎麼了？」

「我有件事要告訴你，我們約半小時後在衝浪俱樂部？」

「你沒有辦公室嗎？」

「當然有啊。但我們十一點在俱樂部碰面。」電話掛斷。

§ § §

馬汀準時赴約，不過他的律師整整遲到二十分鐘。尼克・普洛斯也沒道歉，直接在馬汀對面坐下。

「你是發生什麼事？」

馬汀摸了摸臉頰。「被哈利小子打的。」

「你要提告嗎？」

「不用。」

「好。」尼克鬼鬼祟祟地傾身向前。「我聽說有人在搜索起司工廠。」

「嗯，我知道。」

尼克嚇了一跳。「你知道？」

「對，我昨天有去那裡。十號電視網在拍犯罪懸案的紀錄片。」

「不是警察噢？」

「就我所知應該不是。」

「好吧。」

「尼克，你找我就是為了這件事嗎？你在電話就能說了啊。」

律師神色溫馴。「抱歉。」不過很快又恢復本來的充沛精力。「你覺得那會不會就是賈斯柏發現的事？」

「是其中一種可能性。你找到賈斯柏的前妻了沒？」馬汀開始覺得這次會面是浪費時間。

「有啊，找到了，她住在紐西蘭──在威靈頓。我沒傳簡訊給你嗎？」

「沒有，尼克，你沒傳。」

「噢，那我現在傳。」尼克掏出手機，把聯絡方式傳給馬汀。

馬汀先確定自己收到了，才又繼續問道：「你認識艾默里．阿什頓本人嗎？」

「我嗎？不認識，從沒見過。他在我來這裡之前就失蹤了，不過我有趕上他失蹤後的那波清算，至少有趕上尾巴。他那個人不合法的事情做得可多了。我幫了他幾個員工一點忙，因為工廠沒有工會，而他們想拿回自己應得的款項，拖欠薪資、有薪假的薪水、退休金之類有的沒的。」

「然後呢？」

「那間公司根本沒剩幾個錢，營運狀況一團亂，帳本不堪入目，有跟沒有一樣。」

「後來那些員工怎麼辦？」

「當然就涼拌。」

「那你呢？」

「我當然也沒酬勞啊，謝謝關心噢。」尼克露出嘲諷的笑容。「不過反正我那時才剛搬來，處理這種案子可以建立信任感和風評。」

「所以到底發生什麼事？阿什頓破產了嗎？有指派管理人嗎？」

「有，選了好幾個。他們看過帳務後關閉工廠，但是最終資產分配得等到他被宣告死亡、賣了土地之後才能確定。」

「不能在他缺席的狀況下直接判定他破產，然後把地賣掉嗎？」

「如果土地在他名下的話，一般來說可以，但他的狀況不太一樣，他的財產都綁在信託裡。」

「那等到他被宣告死亡後，會發生什麼事？」

「到時我們會去查信託的掌控權在誰手上，然後聲請法院命令賣掉工廠和土地，再去分配所得。不過只能分到全部收入裡的一丁點而已，有跟沒有一樣。」

「尼克，我知道之後的擁有者是誰。」

尼克眨了眨眼睛。「誰？」

「蔓德蕾，她繼承哈提根家財產的同時也繼承了那塊地。」

尼克低下頭，一邊搓著手一邊思考。「唔，我應該要想到這點的。但她還沒完成繼承對吧？」

馬汀點頭。「對。不過，阿什頓被宣告死亡後，她會獲得控制權，之後會發生什麼事？債權人可以聯合起來強迫她出售，然後看賣多少拿多少嗎？」

「應該可以吧。」

「有主要債權人嗎？」

「有，他的銀行，西太平洋銀行。」

「這件事有誰知道？」

「銀行、破產管理人、我、哈洛德．德雷克，還有幾個比較大的債權人，差不多半個銀港都知道吧。為什麼這麼問？」

「假設有人急於想買那塊地，他們就不用等到阿什頓被宣判死亡，也不必跟蔓蒂協商，可以直接跟西太平洋銀行達成協議。」

尼克．普洛斯坐直身體，仔細思考，彷彿對這個切入點感到驚訝。「對，你說得應該沒錯。當然了，他們沒辦法取得正式的擁有權，但是，對，所有條件可能都已經到位了。技術上來說，蔓德蕾還是有辦法解決這種情況，不過她得賠償所有的債權人，瘋子才會那樣做。」

「我們能不能查出哪些人已經找西太平洋銀行談過這筆交易？比方說，泰森．聖克萊爾有嗎？」

尼克緩緩點著頭，開始跟上馬汀的邏輯。「聖克萊爾的律師是哈洛德．德雷克，他不可能願意鬆口，不過我跟管理人有點交情，我去看看能問到什麼。」

尼克離開後，馬汀立刻打給弗恩，想知道更多關於阿什頓的資訊。

舅舅接起電話，聲音愉悅開朗。「馬汀啊，你好嗎？」

「還不錯。弗恩，你認識艾默里．阿什頓嗎？」

「那個王八蛋啊，他怎麼了？」

「現在有個攝影團隊在搜索起司工廠，覺得他的屍體可能被埋在裡面。」

「真的嗎？他們還缺人嗎？」

「你想去幫忙？」

「我要在他墳墓上尿尿。」

馬汀大笑。「聽起來你跟他很熟嘛。」

「我他媽熟到破表。那傢伙還欠我錢，半個銀港都是他的債主。」

「我們可以在哪裡碰面嗎？」

「現在沒辦法欸，老弟。我在碼頭，來了幾個漁業檢查員。晚點我有空再打給你。」

馬汀環顧衝浪俱樂部。就在這個地方，在這些本地人中——退休老人穿著工作短褲或斜紋布褲，挺著polo衫裡的啤酒肚，腳上穿了涼鞋又穿襪子，用滿是老人斑的手抓著今天第一杯啤酒，不僅沒忘記要戴假牙而且還頗為穩固——這些人裡肯定有誰認識艾默里·阿什頓。不過，事情已經過去幾年，個人意見早已成形：那傢伙就是個爛老闆、大騙子，儘管剝削員工又欺騙債主，卻依然開著豪華大車，四處炫富。馬汀需要的是事實，不是個人觀點，但他感覺在這個地方事實應該寥寥可數。他也可以四處問問，打聽蔓蒂和賈斯柏之間的那場爭執，可能有幾個員工當時目睹了事發經過。但是這麼做要幹嘛呢？畢竟蔓蒂也沒否認那件事。

他改為打給史貝特在紐西蘭的前妻，蘇珊。

接聽電話的聲音聽起來明亮、愉悅。「喂？」

「請問是蘇珊·史貝特嗎？」

「我是。」

「蘇珊，我是馬汀．史卡斯頓，我是——」

她打斷他的話。「我知道你是誰，偉大的馬汀．史卡斯頓。」現在，聲音裡多了敵意。「我們真正需要你的時候你人在哪？」馬汀不曉得該說什麼，還在腦中搜索著用詞，就聽到女人又說了：「你要幹嘛？」

「我想找出是誰殺了賈斯柏。」

「為了寫成報上的新聞嗎？」

「不是，是我自己想這麼做。這是為了我和我的家人，也為了賈斯柏，我想找出凶手。」

她又停頓了好一會兒，再開口時，話中的尖刺已經消失了。「你想知道什麼？」

「賈斯柏是個怎樣的人？」

蘇珊．史貝特嘆了口氣。「他很複雜，混合著各種不同的面向，好壞都有，你永遠不確定自己面對的是哪個他。」

「他是個好丈夫、好爸爸嗎？」問完這個問題後，馬汀畏縮了一下；這聽起來就像記者提問。

「他是很棒的爸爸。」

「那作為丈夫呢？」

電話中傳出一陣低微的苦笑。「你是指他忠不忠誠嗎？他不忠誠，而且花心，鎮上都知道。在銀港那種小地方，到處都是八卦閒話和小心眼的蠢貨。」

「這是妳離開他的原因嗎？」

「一部分是。其他也因為錢，還有他媽媽。」

「錢？」

「他很愛賭。雖然從沒有過分到會摧毀我們生活的程度，但時不時就會失控，可以在一星期裡輸掉幾千塊。他會試圖隱瞞，但我終究會發現，然後他會懺悔，最後收手個一、兩年，直到下次壓力又大到他撐不住為止。」

「什麼壓力？」

「他媽。」

「丹妮思？」

「對，最會欺負人的賤人就是她。」

現在換成馬汀停頓了。「妳可以多說一點嗎？」他腦中浮現丹妮思的形象，一位哀傷的母親，哭癱在自家房地產仲介公司的辦公室裡。「我離開銀港很多年了。」

「噢，拜託，你一定還記得她怎麼控制賈柏斯的一舉一動、怎麼阻止他去上大學吧。他以前一天到晚在說這些事，說你們怎麼離開的。你和另外那個朋友，他叫什麼？」

「史高迪。」

「對，你和史高迪。他會一直說你們兩個怎麼逃離那個地方，永遠沒再回去過，但丹妮思卻不讓他走。尤其是你，他會一直提到你來自安居社區之類的其他事情，說弗恩會為你到處籌錢，丹妮思卻連一塊錢都不給他。」

聽到別人提起弗恩的無私奉獻，他感覺心上又被插進另外一把刀子。「賈斯柏會跟妳說這些？」

「每天都在講。你想知道是什麼毀了我們的婚姻嗎？就是那個女人，她就是原因。我可以忍受賈柏斯外遇，可以忍受他賭癮發作，但我受不了那女人。我試過說服他離開，到別的地方重新開始，他也都說好，但從沒做到過。後來那女人開始想對我們的小孩做一樣的事——決定他們要讀哪裡的學校，明明不需要牙套卻堅持他們一定要戴——當我看到賈斯柏沒有強硬面對她，我就決定走了。」她的話幾乎是戛然而止；馬汀懷疑自己是不是聽到了她壓抑的啜泣聲。「我沒有離開賈斯柏，我要他跟我們一起過來，但他做不到。」

「這是什麼時候的事？」

「大概三年前。」

「妳離開之後，他的賭癮有變嚴重嗎？」

「我不知道。他的贍養費都很準時，也會寄東西給小孩。」

「他可以和孩子們聯絡？」

「理論上可以。他之前答應小孩會來看他們，但是從沒來過。」這次，馬汀確定聽見了類似啜泣的哭聲。「他從沒旅行過，就只是一直在蒐集那些鬼明信片。他連過來看自己的小孩都沒辦法，這根本讓我又心碎了一次。」

「他被她控制了。」馬汀不是在問問題：這是陳述，是總結。

「對。然後有時候，當他覺得壓力大，他就會失控。外遇、騷擾、砸大錢賭賽馬，都是又笨又沒有用的反抗，可是他從沒逃開過。」

馬汀已經提不出問題，整個人被腦中流淌的思緒占據，對自己的老朋友建構起新的認識。「蘇珊，謝謝妳和我說這些，這些資訊非常有幫助。然後，很抱歉他沒能繼續留在妳身邊，真的抱歉。」馬汀知道這句話太微不足道，也來得太晚。

「抓到那個混蛋，馬汀。再去寫一篇空前絕後的獨家報導吧，最好是頭版頭條大標，賈斯柏會很愛。」電話切斷了。

馬汀獨坐在俱樂部裡，任由剛才電話中的內容在他腦中迴盪，然後想著自己童年時認識的那個賈斯柏・史貝特。他從不覺得丹妮思有那麼讓人難以忍受、那麼控制，不過蘇珊・史貝特的描述聽起來很有道理。丹妮思以前確實不喜歡史高迪和馬汀，尤其是馬汀，她覺得他們配不上她的寶貝兒子，也從不隱藏這種厭惡的態度。剛才蘇珊怎麼說的？在賈斯柏感到壓力時，就會出現那些外遇和騷擾的言行舉止。所以當他在救生俱樂部裡摸上蔓蒂的腿時，他受到什麼壓力？

馬汀看著四周，突然不想再待在這間俱樂部裡。他來到中央大道，走向史貝特不動產。他想再去看看丹妮思，重新評估一下她。或者至少，她可能知道關於起司工廠的消息，可能知道阿什頓是否曾在事情無可挽回之前試圖脫手那塊地。畢竟，如果跟她相比，尼克也不過是初來乍到。不過他走到店前就發現公司還是關著，店門內側依然貼著手寫告示。馬汀又讀了一次告示的最後一行字：「喪禮相關事宜將公告於《隆頓觀察報》」。

《隆頓觀察報》。值得一試。起司工廠這樣的大公司停業，負責人在謎一般的狀況下失蹤，應該會是大條新聞，報社編輯應該會知道一些實際情況——還有流言蜚語。馬汀先前把車子丟在超市頂樓停車場的烈日底下，他回到車上，踏上前往隆頓那趟四十五分鐘的車程。

§ § §

面對繁榮，這座公路小鎮顯然比銀港適應得更好。這裡沒有金光閃閃的行頭，沒有矯揉造作的態度，沒有強迫自己吸引遊客的行為，但仍看得出澳洲四分之一世紀以來經濟持續成長所留下的印記。當然，除此之外，長年作為這個州和整個國家的邊緣選區也為這裡的開發貢獻了一份心力。這裡的主要街道到處是車，店面也全都開滿，沒有空的店鋪。有路標指向醫院、機場、購物中心、隆頓重點中學，也有標誌指向工業區、退休之家、水上運動中心。不過，當馬汀走進報社辦公室舒適的冷氣房裡，意外發現這間地方報社似乎絲毫沒受到外界的富裕狀態影響。上了年紀的接待人員抬頭看著他，顯然對他不以為然。她的頭髮燙成一頂織紋細密的頭盔，染了淡紫髮色，並用定型液固定妥當。她的貓眼眼鏡用鍊子掛在脖子上。

「帥哥，你聽好，被打了請去找警察，不用來告訴我們。」

馬汀摸了摸自己的臉頰。雖然疼痛的感覺逐漸遞減，但瘀青似乎愈來愈顯眼。「不是，我是要找編輯。」

「是啊，我也想找他。」

「所以他不在？」

老婦人打量了他一番。「帥哥，看來你不太懂當記者是怎麼回事，對吧？」

「什麼意思？」馬汀有點訝異。

「真正的記者不會傻傻坐在這裡，而是會外出跑新聞。」

「噢。」馬汀說，覺得自己奇妙地被誤會了。「那妳知道他去哪裡了嗎？」

「知道。」

「可以請妳給我他的手機號碼嗎？」他試圖擺出微笑，但知道這樣騙不了人。「拜託，很重要。跟新聞有關。很厲害的新聞。」

她盯著他，彷彿一具真人測謊機。他正視著她的凝視。「好吧，給你吧。」最後她下了決定，拿起馬汀面前一大疊名片上最頂端那張，遞了過來。「但你有電話號碼也沒用就是了。」

「為什麼？」馬汀尷尬地問道。

「他很可能收不到訊號。」

「為什麼？他在哪裡？」

「銀港附近那間舊的起司工廠。我也不知道為什麼。」

「好吧，我想也是。」當然了，他當然會在那裡。

「祝你順利。」她用這句話打發他離開，彷彿再次戰勝世上另一個小屁孩。

但馬汀還沒說完。「那個，銀港星期一發生了謀殺案，他有沒有寫過相關報導？死者叫賈斯柏·史貝特，一個房地產仲介。」

老太太看著他，眼神裡混雜著憐憫與輕蔑，只說了一句：「昨天的報紙。」接著她遞出一份報紙，但在他伸手要拿時又抽了回去。「三塊錢。」

馬汀放棄了。「刷卡可以嗎？」

「現金。」

他打開皮夾，遞出一張五塊紙鈔。「不用找了，當妳的醫藥費。」

他走出報社。頭版是本地一間五金行的廣告，不過謀殺案是真正新聞報導裡的第一篇，被排在第三版的頭條。

**警方調查本地命案**

**保羅·羅布，銀港報導**

雪梨凶案組會同一支由鑑識專家組成的優秀團隊，正在調查銀港房地產仲介商人賈斯柏．史貝特的死亡命案。

據信，本週一上午十一點左右，四十一歲的史貝特被發現陳屍在銀港河畔之家十五號的透天厝內。警方尚未確認史貝特的身亡原因，但也未排除他遭人謀殺的可能，截至週二下午為止仍在犯罪現場蒐證。

警方呼籲，如有任何民眾曾在週一上午看過史貝特，或者曾在週末與他有過任何聯繫，請盡速與警方聯絡。

據信，案發現場所在河畔之家透天厝為外地投資者所有，負責代為管理的即為史貝特與其母丹妮思．史貝特共同經營之房仲公司。

史貝特為地方知名人士……

他轉念一想，翻到頭版查看報社的擁有人是誰。出版商那欄列的是聖克萊爾控股公司。

馬汀把報紙塞進附近的垃圾桶，傳了簡訊給保羅．羅布，請他回電。他正要走向對街的圖書館，便聽到一陣有點熟悉的大笑聲。是泰森．聖克萊爾。聖克萊爾坐在一間咖啡店外，正喝著咖啡，在和某個人說話，對方背對著馬汀，是個體型龐大、頭戴寬邊巴拿馬帽的男子。聖克萊爾看到馬汀，用完好的那隻手揮手示意。和聖克萊爾說話的那人轉過頭來，看了馬汀一眼，又轉回去。那兩人繼續說話，但馬汀沒有離開。另外那個男人有著寬大的棕色臉龐。馬汀努力思索一陣，終於想到他是誰：蜂鳥海灘的導師，只不過身上改穿便服。聖人和聖克萊爾在一起？這代表什麼意思？

馬汀帶著這個疑問，邊想邊走進隆頓圖書館。圖書館大樓是新蓋的，空間寬敞，閃亮的空調通風管在房間上方曲折蜿蜒成特色設計。坐鎮櫃檯的是一名年輕的圖書館員，染了一頭紅髮，一邊剃光，另一邊則留長。超大眼鏡掛在她鼻尖的最末端，要掉不掉，雙眼在電腦螢幕和她面前的表格之間來回穿梭。她察覺到馬汀，抬起頭微笑。「你好，需要幫忙嗎？」

「我想要找《隆頓觀察報》以前的舊報紙。」

「認真的嗎？」

「對。」

「你自找的囉。」她溫暖的笑容抵銷了話中的鋒利，站起身，露出一身裝扮：破T恤、蘇格蘭格紋長褲和馬汀大夫靴。「跟我來吧。」

她帶他穿過開放式閱讀區和幾座堆滿書的巨大書架，來到最底端的牆面。牆邊有一長排老式的地圖抽屜櫃，想必是從舊圖書館裡搶救出來的設備，今天的報紙就攤放在櫃子上方，有《雪梨晨鋒報》、《每日電訊報》和布里斯本的郵報，再加上《金融評論報》、《澳洲國家日報》和《大地報》。放在最顯眼位置的是《隆頓觀察報》，和一份名叫《河流地產與餐廳評論》的免費宣傳品。韻腳壓好壓滿[1]。

「最上面放的是今天的報紙，比較近期的會在下面抽屜，超過幾個月前的舊報紙都在線上。」年輕的圖書館員說明。

「可以告訴我怎麼找線上內容嗎？」

「當然。」

她帶他往回走，穿過書櫃，來到一排類似辦公室的隔板間，每格都放著一組螢幕和鍵盤。「大報都

1 《河流地產與餐廳評論》原文為 *Rivers Real Estate and Restaurant Review*，連用了好幾個字母R，在英文中屬於頭韻。

會儲存在一個國家級的資料庫裡，裡面也有《觀察報》，不過從我們自己的伺服器存取比較快，載入不會延遲。」她告訴他怎麼進入搜尋介面，他道謝，她便露出光彩奪目的笑容。馬汀一邊坐下一邊覺得她可能最近剛談戀愛，才會這麼高興。

他設定搜尋的日期範圍──從六年前到四天前──鍵入「阿什頓」這個名字當作關鍵字。搜尋結果超過一百筆，最前面的十則新聞中有九則都在講某個小女孩登上電視達人秀──小女孩名叫伊蓮·阿什頓，是年僅十歲的死亡金屬吉他手。他把關鍵字改成「艾默里·阿什頓」，縮小搜尋範圍，搜尋結果縮減成二十四筆。第一年的時間範圍裡只出現三篇報導，第一篇提到麥肯奇起司與醃菜食品公司的銀港藍紋起司在坦沃斯農產展上贏得獎項。馬汀搖了搖頭，繼續看下一篇。第二篇報導提到，阿什頓和起司工廠獲得了聯邦政府地區發展計畫提供的開發補助。這篇報導像新聞稿，實際上應該也是：一名隸屬國家黨的本地眾議院議員，宣稱自己為地方爭取到了五十萬元的「環境改善經費」。報導附了張照片，是四名穿著西裝的男人：胖敦敦的艾默里·阿什頓笑容滿面，兩側分別站著阿蓋爾河郡的郡長西里爾·克拉珀，以及國家黨眾議員達洛·鄧肯。郡長另一側則站著泰森·聖克萊爾，他在照片上的頭銜是銀港商會會長。馬汀看著阿什頓心想，也許這個男人把自家工廠的利潤都吃進肚裡。阿什頓不只是嚴重過胖，臉上還有一種不健康的光澤，彷彿心臟病正等著他；旁邊的眾議員臉黑得像壞掉的甜菜根，但就算那樣，看起來都還比阿什頓健康一點。相較之下，泰森·聖克萊爾身形苗條、結實、皮膚黝黑，彷彿現役的橄欖球中衛站在一排退休前鋒老將之中。

同一年裡的另外兩篇報導都是敷衍用的文章。其中一篇表示州環保局同意調查起司工廠，並引述阿什頓的話，說明調查只是形式作業，是他主動邀請環保局訪視，但報導中完全沒提到環保局到底要調查什麼。另一篇報導則是關於起司工廠卡車撞毀在斷崖的山路上。文章引用了泰森·聖克萊爾的話，他同樣以商會會長的身分向各界呼籲——聯邦政府、州政府、地方議會和其他任何相關人士——應提撥經費改善道路。

資料庫在接下來的四個月中沒有找到任何搜尋結果，接著便突然爆出大量報導。第一篇是一則簡報，刊登在第七版。

警方正在調查銀港居民艾默里·阿什頓的下落。他最後一次出現在眾人面前是星期五下午在麥肯奇起司與醃菜食品工廠。警方表示，目前的調查為例行程序，但希望能聽到阿什頓本人親自說明，或任何知情者提供相關資訊。

馬汀看了日期。當期報紙是星期三出版，所以阿什頓最後的行蹤是在前一週的星期五，距離現在五年三個月。

到了星期六出版的那期，艾默里·阿什頓的新聞已經不再是概要短文，而是整個頭版：「恐傳謀殺案——協尋商人下落」。報導用了一張他的大頭照，拍照時間顯然和聯邦政府撥款那篇新聞相同。阿什頓臉上掛著同樣的臭屁笑容、穿著同一件西裝，也有著同樣不健康的光澤，肥胖的臉在又圓又小的眼睛周圍起著皺紋，眼神毫無光彩。報導寫道，有人在背信海灣內陸沙丘之間的偏僻地點發現阿什頓被燒毀的賓士車，發現者是漁民，時間就在這位工廠負責人被提報失蹤的同一天，但當時漁民們並未多想，直到兩天後回到鎮上才向警方報案。報導再次提到，阿什頓的最後行蹤是前一週週五工人下班時。麥肯奇起司與醃菜食品工廠從三年前開始就不再排週末班，因此直到隔週一才有人注意到阿什頓失蹤。工廠經理一早上班時沒有看到老闆便覺得奇怪，當天上午稍晚發現阿什頓缺席會議，他開始擔心。不過即使如此，經理仍是先試圖打電話給老闆，直到下午聯絡不到人才報警。

在下週三的報紙中，阿什頓仍然失蹤。頭條標題問道：「艾默里．阿什頓發生了什麼事？」報導引用未具名消息人士的話，指稱警方正在探查麥肯奇起司與醃菜食品公司的財務狀況。同日另一篇報導提及一則未經證實的消息表示，有人目擊阿什頓過境奧克蘭機場。當週六出刊的報紙開始鬆手：阿什頓還是不見蹤影，但報導的重心已經移往起司工廠的未來，對工廠的所有權及穩定性表示憂慮。工廠仍在營運，不過未來充滿不確定性。後來隨著工廠暫時關閉，相關討論繼續在接下來幾週成為新聞的重心。接著，工人開始抱怨公司拖欠薪資、權利遭到剝奪，而債權人引入破產管理人制度，永久關閉工廠。阿什頓的命運因為沒有新消息可報，而被貶謫成補充說明，撤出主要版面，下放至當期報紙的後方位置。

相關報導漸漸退潮，每逢週年便複製貼上前一年的新聞，刊成短文，然後再被來年抄襲。接著，在去年間，一系列新的報導宣稱「在地卓越富商泰森．聖克萊爾」為工廠所在地制定了「極富遠見的計畫」，包括在周邊興建高爾夫球場。報導提及當地原民團體的反對意見，並引述喬悉．瓊斯的話表示，該地尚有原民地權判決未定，開發案將受到約束。馬汀對這一點感到佩服：《觀察報》的擁有者泰森．聖克萊爾竟沒有排擠反對者的聲音。阿什頓和他的失蹤事件被塞在當期報紙的深處，足以觸發圖書館的搜尋引擎，但僅此而已。

馬汀退出搜索介面。阿什頓要不死了——可能被他人謀殺，可能自殺——就是逃亡在外，躲避債主和受欺壓的工人，非常有可能。如果他早知道工廠狀況已經無可挽回，很可能早就把五十萬元聯邦補助以及公司帳戶中還能搜刮的東西納進自己口袋，潛逃出國。尼克．普洛斯說帳本一團亂，《隆頓觀察報》則暗示其中有不法行為。也許他現在正在海外某個地方過著無憂無慮的安逸生活，而那輛火燒車是他聰明的騙局。馬汀突然想到，如果阿什頓真的燒了自己的車後逃亡，那麼他還需要一個同夥載他離開現場。

他正打算離開時，突然冒出一個想法。不知道這些舊報的數位紀錄可以追溯到多久之前？他設定日期參數：三十三年前的某兩個星期。他猶豫一會，喉頭哽著，然後在關鍵字那欄輸入自己的姓：「史卡斯頓」。

那則新聞就這樣撞進他心裡，來自久遠的過去，卻清晰得像才剛出版。

**沼澤悲劇**

銀港有一年輕媽媽及其雙胞胎女兒於沙丘路不幸意外喪命，事故地點位於麥肯奇起司與醃菜食品工廠往南約三公里處。

希洛莉．史卡斯頓的車輛行駛於沙丘路時衝出路面，沉入麥肯奇沼澤，史卡斯頓及兩名三歲女兒（安珀與伊妮德）皆未生還。

警方表示該起事故無其他涉案車輛，發生原因不排除機械故障的可能。

還有很多篇相關新聞，但馬汀的視線被一張照片吸住了。在拖吊車的拖拉之下，那輛凶車剛要從水邊出現，一旁有個男人正以手勢示意後方操縱絞盤的人繼續拉起。那張照片給足了尊重，刻意從一段距離外拍攝，畫面中只有操縱絞盤的男人有所動作。不過，即使只有這些資訊，也已經能引起許多令人毛骨悚然的想像。這時遺體還在車子裡嗎？還是已經先被打撈上岸了？思緒湧進馬汀腦中，彷彿有窗未關。她們死於車禍的衝擊，還是溺斃？走的時候痛苦嗎？還是一瞬間的無苦無痛？母親死的時候，心裡是否仍有因贏得樂透而感到的興奮和愉悅？還是因為溺水、因為看到寶貝女兒被死亡帶走，而只剩下滿心恐懼？

他甩著頭，試圖趕走那些臆測以及一波又一波討厭、陌生的情緒。他看著照片。車體看來沒有損傷，而且完整，除了車尾有顆剎車燈壞了之外，沒有損毀的跡象。車子沒有翻滾，外表沒有曾經遭到撞擊的痕跡，代表車體直接離開路面，開進了水裡。

報紙內頁繼續描寫，沒有對車禍本身提出更多新資訊，只是補充背景資料。報導寫道，史卡斯頓一家人是安居社區的長期居民，在太太和兩名女兒罹難後，只留下丈夫朗諾德．史卡斯頓和八歲的兒子馬汀。有另一張事故現場的照片，廣角鏡頭，拍攝的距離比前一張更遠：那輛拖吊車和事故車擺在正中央，畫面左右兩邊各停著另外一部車，簇擁著中央的戲劇性事件。位在畫面左方的是一輛警車，一名警察正和一個男人說話。馬汀仔細查看他們，試圖從報紙畫面的點陣圖形中看出更清楚的細節。警察是克萊德．麥基嗎？他是不是正和發現車禍的人說話？馬汀感覺肚裡有個洞正在擴大，他正打算移開視線，那個洞突然又變大了一點。照片右側是另一輛車，Morris牌的廂型車。是他父親的車。馬汀再次看向警車旁的兩名男子。所以背對著鏡頭、正在協助警察的人是他父親嗎？他是在收到痛徹心扉的消息後，開車抵達現場的嗎？但如果父親開的是Morris，母親當時開的是誰的車？他們家從沒擁有過兩輛車，他很確定。安居社區的居民能有一輛就算幸運了。

他翻回頭版，檢視那張拍攝距離比較近的照片。那輛車看起來有點眼熟。對，當然了——那是弗恩的車。她借了車，要去告訴丈夫家裡多了一筆天上掉下來的財富。但她為什麼會開在沙丘路上？噢，對：起司工廠。父親當時一定接了臨時的代班工作。馬汀又翻回那張廣角照。當畫面拉出距離，另一項細節也跟著浮現：銀港的燈塔彷彿一根直立的白色把手，坐落在弗恩車尾上方的地平線上。所以十字架的位置是對的，事故的確發生在道路那一側，這表示當車禍發生時，她是要開回鎮上，不是開出鎮外。所以，當時她已經告訴父親樂透的消息，正興奮、愉快地開在返回銀港的路上，接著就發生某件不可挽救的事。是這樣嗎？弗恩的車。他有好好保養車子吧？剎車正常嗎？馬汀想到他這位舅舅，不擅書寫、不擅計算，但手藝永遠那麼靈巧，隨時都在修修補補。如果需要修理剎車，弗恩會自己動手，把有問題的地方調整至完美。但話說回來，那條路相當筆直，其實根本用不著剎車。是遇上了樹叢中突然跳出的小袋鼠嗎？

疑問不斷湧入，不請自來、持續堅決。他想到父親。他是第一個到達現場的人嗎？開著車跟在她們後面，正要回來參加有著炸魚薯條和香檳的慶祝派對，卻目睹了那場意外？天啊，那根本是看著自己的人生在眼前瓦解，難怪他要把自己浸入酒精之中。馬汀再次細看那張三十三年前的廣角遠景照。雖然很不容易看清，但現在他知道該去找什麼了：那個背對著鏡頭，在和警察說話，軀幹上有著一圈黑色淤泥的男人。他才剛從水中起身。此前一刻，他曾躍入水中，試著拯救她們。

圖書館員的聲音打斷了他的思緒。「你沒事吧？」

馬汀嚇了一跳，抬頭看著她，試圖把自己拉回現實。「沒事。對。怎麼了嗎？」

她眨了眨眼，遲疑地說：「你在哭。」

§ § §

中央海灘的浪比平時更猛烈，有個熱帶性低壓正朝南飄向紐西蘭，導致前幾天平靜的景象已不復見。天上一朵雲都沒有，至少銀港上空沒有，但天空底下卻激起雲一般的高聳浪潮，猛烈翻騰。離岸吹向海面的微弱陸風徒增顛簸，導致浪形變得破碎、難以預期，衝浪的人不會因此離開浪區，但卻會讓泳客只敢留在水深及腰的水域。不過馬汀沒被嚇退；他進入那些碎浪之間，潛入浪下，每次浮出水面的時間非常短暫，只為了讓他能再次下潛。他感覺水波將他拉往一個方向，再扯往另一邊，而已成圓柱狀的浪從上方如瀑布朝他傾瀉而下。他不習慣這樣：身體還記得浪的模式，腦袋也想得起如何應對，但肌肉耐力已經失去青少年時那種輕鬆餘裕。

突然間，他感覺喘不過氣，幾乎無法吸進潛入下一波浪底所需要的空氣，但他並未停止。他需要這麼做，需要被浪衝擊、洗淨，需要經歷分秒必爭的高速決策，讓自己完全專注於存活，然後用那股專注驅散任何其他念頭。一道後浪追上前浪形成雙峰，讓中間浮出海面的他嗆了一大口水。他咳嗽，試圖找回呼吸，隨後又立刻躲進下一波浪底，沒有往沙灘的方向回游。他可以感覺被海浪的強大力量搖晃著，被暴力地推向沙灘，還好他被抓住時浪體還沒開始崩潰。他的手臂已經無力，開始抗議，肺也發疼。得上岸了，他和沙灘之間的距離不超過五十公尺。就在此時，他突然想起某件事，想起一種本能的直覺。下一道浪還沒來，出現一個空檔，他趁機游向外海，在手臂允許的範圍內使盡全力，游出碎浪區之外，來到浪群後方。

他在最後一道浪開始破碎之前潛入海浪之下。身體已經威脅著要進入凍結狀態，不過他以意志力使軀體冷靜下來，將腳踢上水面，整個人漂浮在海面上，強迫自己放鬆。另一道浪來到他身下，不再具有威脅性，盛著他像是浮標一般上下漂動。他再次放下腳，踩著水，重新找回力氣和呼吸。接著他準備好要重回碎浪區。第一道浪來時他沒抓穩，不過看得出已經足夠回到浪區。他自知沒辦法等太久，於是又潛入接續的浪中。下一道浪非常完美，由左至右，緩慢穩定地崩碎成管狀，時機和位置都恰到好處。他開始朝岸邊游，快速划動兩、三下後便被攫進浪裡。海浪將他抬至急速馳騁的水牆上方，往岸的方向帶。他乘著它，騎在白色浪花上方直到浪完全破碎，此時浪已幾乎耗盡動能，又將他往前推了幾公尺才終於放手。他試著站定，雙腳觸碰海底。另一道浪湧來，在他的頭邊形成浪沫，是為最後的愛撫。馬汀跟著下一道浪的尾巴往前游，借用那些剩餘的動能。他划了幾下水，然後起身走過剩下的距離，此時的浪只剩泡沫。他的雙腿軟得像果凍，膀胱也突然向他索求。走上沙灘時試著別太東倒西歪。救生員不發一語地看他經過，眼中充滿理解。

他趴在海灘上，背上頂著太陽，身下墊著毛巾，青少年時的感覺記憶又回來了。扎進沙裡的腳趾，盤旋的海鷗影子。但回來的不只是感覺的記憶。還包括實際的記憶。他的父親，在喝酒，永遠都在喝酒，喝光了樂透的錢，彷彿一口一口地吃掉一整座山。他童年時的英雄化為某個神智不清的意識，唯一開口說話時就是命令他，從冰箱再拿一瓶啤酒，或者，去買吃的。而每一次，都是那瓶凱歌香檳，從電視上方的凹處裡發出光芒，如同燈塔，承諾會引導馬汀遠離深海中潛伏的海怪，前往安全的港灣。

當蔓蒂找到他時，他還趴在原地，趴在沙上，想著也許再怎麼強勁的浪也無法洗淨他的過去。蔓蒂找到他，猛力將他拽回現實。她在哭，美麗的臉因為痛苦而扭曲。

# 第十七章

馬汀立刻起身。「怎麼了？發生什麼事？」

而她口中只能擠出他的名字：「馬汀。」

他張開手抱住她，將她拉進懷裡。「是連恩嗎？他怎麼了？」

她搖著頭，雙眼緊閉。「他沒事，他在托兒所。」她吸進一口氣。「靠，馬汀，真的太誇張了，我——媽的，那傢伙就是渣。」

他沒說話，等待著。

她又深吸一口氣，讓自己冷靜。「我去找泰森．聖克萊爾。」

「然後？」

「那個混帳。」她聲音裡的顫抖已經消失，取而代之的是一股確信。「那傢伙根本是人渣。」

「你們怎麼了？」

她大笑起來，讓馬汀有些傻住。她退後一步，看著他，彷彿不敢置信地搖著頭，接著再度笑起，不是真正的笑，而是一種模仿，虛弱且缺乏幽默感。「那個混蛋，噁心巴拉的傢伙。」

「告訴我，發生什麼事。」

她深呼吸，試著組織思緒。「我去找他，想要好好看一下這個人，也許能從他嘴裡套出一點話，弄清楚他對起司工廠的想法。畢竟我是新的地主，至少很快就會是了，而他是可能的買家。」

馬汀點頭表示理解。基於警方還沒排除蔓蒂殺害賈斯柏．史貝特的嫌疑，馬汀不認為此時接近聖克萊爾是明智的行為，但他沒說出口。「所以發生了什麼事？」

「他沒在辦公室，而是在家裡工作，就在燈塔附近。」

「我知道，我去過那裡。」

她看著他，把這個資訊收進腦中。「噢，那他有帶你去看他家樓上的辦公室嗎？有景色跟模型的那個，在他那個高聳的家。」

「有。但你們發生什麼事？」

「他應門時，感覺好像本來就在等我。我一開始覺得他在虛張聲勢，你懂嗎，就是可能想嚇唬我，讓我的行為比較好預測。總之他叫我到樓上等，說他馬上來，所以我就邊等邊看風景，觀察那些模型。其中一個模型是蜂鳥海灘和起司工廠那塊地，他把所有規畫都做成了模型。他上來時身上穿著浴袍，一上來就突然發脾氣，對我說：『妳在幹嘛？』我回問什麼意思，然後……」她的話音漸止，停頓了一下，整理心情，帶著重整後的決心繼續說道。「他對我大叫：『衣服脫掉，趴下。』」

「妳說什麼？」

「你沒聽錯。他……」她的聲音再次中斷。

「搞什麼？結果妳怎麼做？」

「我踹了他下面一腳便跑掉了。」她的笑容又突圍重現，現在她邊哭邊笑，同時抗拒著兩種情緒。

「我跑到樓梯旁邊時被他抓住手臂，我伸手打他，一巴掌打在他臉上，但因為重心不穩，所以打得沒有想像中用力。我叫他放手，他很生氣，非常生氣，我以為他會動手打我，但他突然間像是搞懂到底發生什麼事一樣，看起來非常害怕，然後就放我走了。」

「搞懂情況是什麼意思？」

「我覺得他認錯人了，以為我是他在等的某個人。」

「什麼意思？等誰？」

蔓蒂的雙眼再次浮現痛苦的神情，聲音顫抖。「你不懂嗎？他以為我是妓女。」

§ § §

馬汀的突觸正在放電，神經元彼此連結，事實和想像互相混合，拌入預感以及記者的本能，接著全部倒入他腦內那鍋名為直覺的湯中，細細燉煮、冒著小泡。泰森．聖克萊爾，他的假名以及房地產開發計畫：這些食材在馬汀的頭蓋骨內翻滾、蒸騰、細火慢燉。是種熟悉的感覺，使他陶醉，有件大新聞正在醞釀，他因為發現自己就站在風頭浪尖而一陣激動。新聞就在某個地方，他感覺得到，口中幾乎可以嚐到它的味道，而這股興奮感通常預示著獨家新聞。但他按捺著，蔓蒂現在太心煩意亂，因此完全沒向她提起。他還記得旱溪鎮的情況，他太快跳向錯誤的結論，下場就是被報社開除。這次不會了，這次他會重複求證，他的新聞將耐得住檢視。

他先載蔓蒂前往德雷克事務所。她換上泰然的態度，以堅強代替苦惱，迫不及待地想和溫妮佛討論如何提起告訴，如何在法律的烤肉架上將聖克萊爾做成串燒。道別時他抱了她一下以示支持，給她一吻，目送她大步走入自動門中。她是對的：聖克萊爾一定把她誤認成別人，這是唯一可能的解釋。蔓蒂和聖克萊爾從沒見過面。他一定沒看過旱溪鎮謀殺案的任何新聞，所以沒想到那是她，要不然就是被她的紅髮騙了。如果是這樣，那他就不是個混蛋了，而是個愚蠢的混蛋。現在，連恩在托兒所，而蔓蒂與溫妮佛商討對策，馬汀有空檔依循自己的直覺行事。二十分鐘後，他便將Corolla駛入蜂鳥海灘的停車場。

他找到托帕絲，她正躺在沙灘上，左右各有一名年輕男子簇擁。她赤裸上身，閉著眼睛曬日光浴，乳房呈現完美的球形，令兩名仰慕者目不轉睛看著。馬汀搖著頭；他們根本完全任她擺布。他認出其中一個年輕男子是肥皂劇明星葛斯．麥奎斯，雖然頭髮長了，不過布滿鬍渣的下巴線條仍舊俐落。

「托帕絲？」馬汀說。

「你是誰？」麥奎斯問道。她睜眼露出笑容。

「那是馬汀．史卡斯頓，」托帕絲調皮地說道。「有名的大記者。」

「史卡斯頓？又來一個挖糞的嗎？」麥奎斯吐了口口水到沙地上。

「就是我本人。」

「幹，你們這些人到底有完沒完？這是騷擾了。你的攝影師在哪裡？帶著大砲躲在樹叢裡嗎？」

「帥哥，這裡沒有攝影師，你已經是昨天的舊聞了。」

「啊？」

「真抱歉啊。」他對麥奎斯說，然後轉向正竊竊笑著的托帕絲。「可以私底下跟妳講點事情嗎？」

她抬起一邊眉毛。「一定要嗎？」

「對，不會太久。」

馬汀本來希望她會起身跟他離開，但相反地，她轉頭對兩名護衛隊說：「可以給我們幾分鐘嗎？」他們服從地遵守，起身沿著海灘走開。這就是形狀完美的胸部所擁有的力量。馬汀看著那兩人走遠，麥奎斯還不斷東張西望，試圖找出躲在樹叢裡的狗仔。

馬汀在她旁邊蹲下。「昨天早上我去找了一個叫泰森．聖克萊爾的男人，他住在燈塔旁邊那間大房子裡。」

「我那時從燈塔走過去，快到他家的時候，我看到妳從他家離開。」

她不發一語。

「你說是就是囉。」

「妳為什麼會去那裡？」

「不關你的事。」

「托帕絲，我不是警察，不會把事情告訴其他人，但這件事對我很重要，我得搞清楚才行。」

「幹嘛？好讓你寫成新聞嗎？抱歉，大哥，還是不要吧。」

「不是為了新聞。我正在想辦法幫我女朋友蔓蒂，讓她不會被關進牢裡。」

托帕絲皺起眉頭。「之前我們幫你提供不在場證明的那起命案，涉案人是她？」

「事情發生在她的住處，現在她還是嫌犯。我正在想辦法幫她。」

托帕絲嘆了口氣，望向海面。「我不知道能幫什麼，我能說的都跟警察說了。」

馬汀不想就這樣被敷衍，不過仍試著讓自己的態度不那麼急迫。他坐下，將聲音放緩一些。「她跟妳有點像：年輕，而且很漂亮，也很性感。她去找聖克萊爾，結果聖克萊爾叫她脫衣服。」

托帕絲爆出一陣大笑。「我想也是。那傢伙就是老色狼，不然你女朋友以為他會有什麼反應？」

「她是去談公事的，聖克萊爾錯認她了。」

「聽起來應該是。可是馬汀，抱歉，我真的幫不了你。」

「為什麼？妳欠他們什麼？」

「誰？」

「他們。」他停頓，讓這兩個字和其中的暗示發酵。「打暈羅伊斯的那個人，還有他背後的人。背包客棧是聖克萊爾的，他是哈利小子的老闆。」這引起了她的注意。「告訴我哈利小子到底為什麼要揍羅伊斯，否則這些事情全都會見報。那件事根本和毒品無關，對不對？」

托帕絲盯著他，厭惡地拉下嘴角。「這就是你的手段嗎？用威脅的？你都是用這種方法在挖新聞嗎？」她開始起身。

但是馬汀不吃這一套。「他們揍了妳男朋友，讓他頭部重傷被送進醫院，妳也想讓他們付出一點代價吧？我跟妳保證，沒有人會知道跟我說的人是誰。」

這時，她身上有某種東西改變了，彷彿脫下了光鮮亮麗的外表，本來那個無憂無慮的背包客消失了。她似乎變老了一點，變得厭世了一點。她重新坐下，沒說話，屏著呼吸，拉起大毛巾裹住自己，瞪著眼前破碎的浪花。馬汀讓她思考。有對小情侶悠閒地漫步過兩人面前，一定都還是青少年，手纏繞在彼此身上，對自身存在以外的一切都毫無所覺；這兩人就是馬汀第一次造訪蜂鳥海灘時，看到在玩輕艇的那個金色捲髮年輕人和他的美麗女友。馬汀和托帕絲看著他們走過。

「好吧。」她終於開口。「但是你今天或明天可以載我去看羅伊斯嗎？我得告訴他這件事，然後我們就得離開了。你發誓不會把我說的任何事情寫出去？」

「絕對不會。」

她又嘆了一口氣才繼續說道。「好吧。哈利在背包客棧外面也在販毒，這沒什麼大不了，不過除了毒品之外，客棧還會提供一種類似工作仲介的服務。他們有一輛巴士——你可能曾經看過——會把有意願的人載到小農菜園、溫室或果園，去做採水果之類的工作。背包客做這些工作除了可以賺到一點錢，做滿三個月之後還能符合簽證延期一年的申請資格，這對客棧來說是筆很好的生意，等於可以保證這些住客會住滿三個月。哈利也會幫忙安排住處[1]。」她嚥了口水，思考接下來要說什麼。馬汀知道此時任何提示都可能造成反效果，於是保持安靜。「不過還有另一個更快的做法；我們到這裡的那天，哈利就告訴我了。有些農夫願意直接在你的簽證申請書簽名，條件是你和他們上幾次床。很多人都會選這個方法，每個女生都知道，這是公開的祕密，反正對我們來說沒什麼害處。」

「那泰森．聖克萊爾呢？」

「他只要一次。跟他的話，每個女生都只要做一次，那是最快、最快的捷徑。」

「而且他只要最漂亮的。」

她抛出一個苦笑。「對，差不多就是那樣。哈利小子負責檢查、挑選，把人載到上面，告訴她們會發生什麼事。」

「彷彿是天大的榮幸。」

她突然轉頭看著他，目光熊熊。「嘴別那麼賤好嗎？我不覺得這是什麼值得驕傲的事。」

「抱歉。可以請妳告訴我過程嗎？」

「你會把這些事寫成報導，讓大家知道他做了什麼嗎？」

「妳想要我寫嗎？」

她思考著。「我不知道。也許吧，但不能寫我的名字。就算他告你，你也不能說出我的名字，連在法庭也不行，我不會幫你作證。」

她對於誹謗罪和法院的了解令馬汀有些訝異。「我當了二十年記者，知道怎麼保護消息來源。說吧。」

「他直接叫我到樓上的辦公室等，完全沒有閒聊寒暄什麼的。哈利事先告訴我要怎麼做，他叫我脫光，所以我就脫了衣服等那個老傢伙來。聖克萊爾上樓後叫我轉圈，把我全部看光光。那個老變態，口水都要滴出來了，噁心得要死。他叫我趴在其中一張桌子上，旁邊是銀港的模型。我照做，眼睛一直看著窗外的鎮景，那個景色比他的臉要好看太多了。然後他就從後面上我。」她發出一聲苦笑。「我告訴你，整個過程中他都在說話，一邊撞一邊臭屁地說整個鎮都是他的，『是我蓋的』、『我到時候要讓那些雜種狗好看』之類的屁話，那個鎮的模型就搖得像地震一樣。但坦白說，我不覺得他有在爽的感覺。一結束，他立刻叫我穿衣服走人。」

「這麼紳士。」

「就是個渣。」

「不過妳拿到簽證了？」

「嗯，拿到了申請文件。」

「那羅伊斯呢？那又是怎麼回事？」

「羅伊斯不怎麼高興我做這件事。真的不該告訴他的，算我錯。他聽了後想從中撈點油水，於是跑去威脅哈利，說除非讓他抽一筆，否則就公開他們性愛換簽的詐騙行為。想得很美吧？」

「所以哈利小子打他是因為這件事？」

「對。羅伊斯說他認識記者，如果他們不付錢，整件事就會見報。」

1 在銀港這類鄉下小鎮，背包客棧本身的床位通常沒辦法容納這麼多停留打工的人，因此有的客棧會跟當地租屋房東合作，將多出來的住客仲介至其他民宿或一般房屋居住。

「記者?他不會說了我的名字吧?」

「不然你覺得那天在沙灘上，哈利為什麼連你都打?」

「噢天啊，你們也拜託一下。」

他們停頓一會兒，各自面朝海浪思考，看著一排排浪花拍打上岸。

「偉人來了。」托帕絲說。

「誰?」

「你看那邊。」她撇了一下頭，指向馬汀身後。他轉過頭，看到導師帶著一小群追隨者，沿著海灘走來。

「看哪，偉大的先知和他的門徒。」托帕絲語氣冷淡地說。

「不是真的要他們改信印度教吧?」

「改他去死啦。他應該帶著碗回去旁遮普化緣，而不是留在這裡騙澳洲人。」接著，她帶著一種永遠吃不胖的瘦子的鄙夷，又補了一句:「你看他胖成那副德性。」

他們看著聖者領著信眾走入淺灘，在水深及膝的地方停下。一群人跪在水中，由他按著他們的頭，將他們浸入水裡。

馬汀大笑。「看起來比較像基督教受洗，實在不像印度教的儀式啊。把這裡當成恆河也差太遠。」

托帕絲沒說話。他回過頭，發現她不屑地看著導師和他的信眾。

「妳怎麼了?」他問。

「那傢伙是個混蛋。至少聖克萊爾還會給簽證。」

他們一路看著偽冒似的受洗禮結束，那群人又走回來，經過他們旁邊，走到海灘上方的草地圍坐成圈，開始輕聲吟唱。

托帕絲顯然有了興趣，她站起身去看。「他們在幹嘛？」

草地上，信徒輪流坐在導師面前，讓他用紅棕色的染料在他們前額塗上圖案，不太算是眉心中間的一點，就只是一個圓圈，中間有幾個點。馬汀認出那就是嶺脊路路口指標上所畫的符號。

「他們待在這裡十四天了。」他想起珍珍之前告訴他的話。「應該是在準備畢業儀式。明天晚上會有一場大派對，應該滿有趣的。」

但托帕絲沒說話，臉上毫無任何幽默的神情，看起來頗為不安。

「托帕絲？」

「你想知道的我都說了。」她的聲音尖銳。「你不用去救你女朋友嗎？」

馬汀離開年輕的美國女孩，往停車場走去。他一邊走，托帕絲剛才那些資訊的重要性才逐漸向他湧來，變得愈來愈清晰。那些話語彷彿以前收取電報時會用的長紙條，在他腦中不斷印出、書寫成字。聖克萊爾和他的爪牙，外號「哈利小子」的哈利．德雷克，用背包客棧掩護性愛換二簽的詐騙手法，如果這件事被賈斯柏．史貝特發現，聖克萊爾的偉大開發計畫就有翻車的危險。若聖克萊爾因為簽證詐騙案被定罪，根據法律規定，他就不適合再當公司的經營者。要是賈斯柏揭發此事，蜂鳥海灘度假村的國際投資者就會和聖克萊爾撇清關係，並把原本的機會轉給賈斯柏，而這就給了聖克萊爾和哈利小子殺害賈斯柏．史貝特的明確動機。馬汀得告訴蒙特斐爾，他加快腳步。

也許賈斯柏已經找過聖克萊爾，以揭發詐騙案作為籌碼，威脅聖克萊爾妥協。他甚至可能已經告訴江森．沛爾，但在之前的沙灘鬥毆事件中，那名警官選擇輕放哈利小子。或許，在得知賈斯柏的指控後，沛爾並沒有採取實際行動，反而選擇把消息透露給聖克萊爾和哈利小子。也是有這種可能。這讓賈斯柏打算轉向馬汀求助，前往透天厝，想把這起小鎮醜聞告訴自己的老友。都有可能。

馬汀的這項推測導出了一項緊迫的新危機。如果他的推論正確，賈斯柏真的是因為簽證詐騙案被殺，蔓蒂可能就有危險了。因為她想對聖克萊爾的行為提起告訴，所以馬汀剛才才會把她送到溫妮佛那裡。他胸口一緊，一股恐慌蔓延開來。他得趕快提醒溫妮佛，不要以採取法律手段為由威脅聖克萊爾。之前羅伊斯威脅要爆料詐騙案，哈利小子就把年輕的背包客打到住院，誰知道他之後會對蔓蒂做出怎樣的暴力行為？馬汀改變路線，轉朝辦公室走去；他的手機沒有收訊，得用市內電話才行。得打給蒙特斐爾，還要提醒蔓蒂。

但珍珍．海耶斯不在辦公室，門也鎖著。他無法確定她是在附近還是在衝浪，或到鎮上採買。無所謂了，他沒有時間去找，得立刻聯絡蔓蒂和溫妮佛，於是跑向自己停在山丘上的車。

車上的他焦急忐忑：開慢了很有可能來不及，開快了又有發生意外的危險，到頭來還是沒辦法把消息傳回銀港。理智告訴他小心駕駛，快那一、兩分鐘不會有什麼差別，但他心裡的聲音卻說著不同的意見。他大力催動油門，緊急甩過方向盤以避開一個坑洞，卻撞進下一個坑裡。那個坑有他車身那麼寬，車子一時間撞到坑底彈起，車底磨過礫石路面。樹枝刮過車子的兩側，路面兩條凹陷的轍痕咬著車輪，石塊砸得車底乒乓作響。他在途中某處差點發生意外，幸好事先瞄到路旁的殘樁而沒有直接犁過去。在其中一個轉彎處，有輛廂型車擋住了大半個車道：一個男人拿著千斤頂，一個女人盯著扁掉的輪胎；馬汀按著喇叭，完全沒有放慢車速，令那兩人逃命似地躲到一旁，對著他車屁股罵出一連串髒話。馬汀已經在先前的車速辯論中敗陣，隨著爬上海岸懸崖的岔路口逐漸靠近，此時他的腦中又跳出一道新的數學題：除非花上十五、二十分鐘開到露營區附近，否則整條沙丘路都不會有訊號。他想起曾在嶺脊路上面的某個地方收過訊號，有一格。是在哪裡？還不到瑟爾吉家前面那段嗎？大概五分鐘車程，也許十分鐘。他快速開過地上的防畜格柵，車子一瞬間騰空而起，留下格柵的鋼條在一片寂靜中格格作響。他左轉往懸崖上開去，進入雨林。

本來，雙手去應付這條原始道路就已經不怎麼容易，但當馬汀開上第一個山坡，他放慢車速，開始只用右手操縱方向盤，另一手則高舉手機。「沒有訊號」幾個字正嘲笑著他。已經快到懸崖頂端了，他開始懷疑到底有無收訊，搞不好昨天的情形只是天氣造成的偶然，雲層意外將訊號反射過來的結果。就在此時，手機的收訊條如同被施了魔法般出現了一格。他立刻剎車，但那一格就消失了。他還沒開上最高點，只剩幾百公尺遠，上面收訊應該會更好。事實確實如此，甚至不僅如此。奇蹟中的奇蹟，他有兩格收訊。手機瞬時歡天喜地響起，簡訊和電子郵件相繼來到。他忽略所有通知，立刻打給蔓蒂，令人欣慰的是她馬上接起。她說她還在德雷克事務所，旁邊只有溫妮佛。他要她打開擴音，然後發現自己氣喘吁吁，彷彿剛才是一路跑來，而不是開車。他整理思緒，深呼吸，把自己知道的事告訴她們，中途沒人打岔。

溫妮佛等到他全部說完才問道：「你會把這件事告訴警方嗎？」

「我等一下就會打電話，但只會告訴莫銳斯．蒙特斐爾，我不相信那個叫江森．沛爾的本地警察。」

「了解。證人叫什麼？你說的那個年輕女孩？」

「我答應她不能暴露她的身分。」

「好。蒙特斐爾不會喜歡你隱瞞這一點，不過那就是你要處理的了。」

「妳有他的電話嗎？」

「我等一下傳給你。你別說是我給的。他會知道是誰給的，但沒必要跟他確認這件事。」

「溫妮佛，謝了。總之不要讓聖克萊爾發現我們知道了簽證詐騙案，他可能會做出對我們有危險的事。」

溫妮佛接著傳來聯絡資訊，但是莫銳斯・蒙特斐爾沒接電話。馬汀留下語音訊息：「莫銳斯，我是馬汀・史卡斯頓。我發現了很重要的資訊，是殺害賈斯柏・史貝特的動機，跟泰森・聖克萊爾還有小哈洛德・德雷克有關。打給我。」

現在呢？現在沒事了。他坐在車裡，仍在喘氣，腎上腺素持續噴發。他走出車外，檢查車子外觀，側邊有幾條刮痕，不過他的車一直都有刮痕就是了，外加泥巴、砂土和灰塵。車頭一邊方向燈的燈罩破了，橘色的塑膠蓋有一部分在他看到樹樁時噴飛，不過也就這樣。他回到車上，緩慢前行，尋找迴轉的空間。引擎聲變得低沉、陽剛了一點；剛才來的路上，他大概在某個地方把消音器撞破了。他將車掉頭，往來時路開回去，他還是得回到鎮上，得去見蒙特斐爾，不過已經沒那麼緊急了。

他反覆思考自己發現的資訊，愈想愈覺得簽證詐騙和賈斯柏命案之間的關聯顯而易見，這會是一篇多麼了不得的新聞。以前那種記者的衝動又回來了，在他血管中奔馳，敦促他剝開外在的觀察，追根究柢探求事實真相。聖克萊爾和哈利小子，一個是嗜血的混蛋，一個是下手凶狠的同謀幫凶，他們非常有可能在腐敗警察江森・沛爾的保護之下，殺害賈斯柏・史貝特，以阻止賈斯柏揭露他們的惡行；所有內幕最後都被偉大的調查記者馬汀・史卡斯頓公諸於世。這會是很棒的新聞。沒有旱溪鎮那種死傷遍地的場面，但也不錯。能再次推高史卡斯頓的名聲，打臉那些逼他離開《雪梨晨鋒報》的窩囊廢物。道格・桑寇頓會夾著尾巴前來道歉，只求能被施捨一次採訪機會。馬汀摸了摸自己的眼睛，傷口還是腫的，還會疼。他從照後鏡裡檢查，深紫色的瘀青周圍開始出現一點沒那麼嚴重的顏色。雖然速度緩慢，但確實在復原。也許他該趁機留下幾張照片：追求真相的記者被謀殺案幫凶威脅的證明。也許他的下一本書就用這張照片當封底。

他小心翼翼將Corolla開抵淺山溝的底部，然後再次爬升，回到剛才手機第一次收到一格訊號的地方。在這條路左轉溜下山坡之前，有一小片高原，其中一邊的路肩上有些許空間可以容納幾輛車。出於好奇，他將車停至路邊，然後關掉引擎。走到車外，森林的涼意迎面而來，風勢和地面上的微風差不多，只不過都吹在樹冠層上方。這一小塊停車空間的存在並非偶然，路旁有條小徑延伸進了矮樹叢中。這個位置一定還在珍珍的土地範圍內，是灌木區的一部分，從沒被開發成酪農場，也許賈斯柏．史貝特之前想要開發的地方就是這裡。因為不再趕時間，馬汀決定稍微查看一下附近。

他快步走入小徑，很快遇上岔路，左邊的路往下方的蜂鳥海灘延伸。他走向右邊，大約一百公尺後開始聽到樹林之間傳來浪聲，空氣中也聞得到鹽的味道。接著路徑便離開叢林，帶著他走向十幾公尺外一塊平坦的砂岩石塊，是突出於海面上方的天然瞭望台。雖然這裡的高度沒有他想像中那麼高，遠不如哈提根家或是比德和亞歷山大家所在的海拔，不過景色可能更為壯觀，能夠沿著海岸線一路向北，直望背信海灣附近的原始沙灘和洶湧浪濤。往內陸的方向，他可以看到那些海灘起始的邊界，就在麥肯奇沼澤出海口的北岸。蜂鳥海灘被岬角擋住了，看不到，不過和他現在站的位置應該只距離幾百公尺而已。在他下方大約三十公尺深的地方有一片平坦的岩石平台，突出於海面上方一到兩公尺。他可以看到岩石上有幾個水潭以及海浪將海水沖進沖出的渠道，另外還有幾塊在古早以前就被風暴從崖頂推落的巨型砂岩。就在馬汀看著的當下，有個全黑的身影拿著衝浪板，從蜂鳥海灘的方向繞過岬角而來。珍珍．海耶斯，身上的防寒衣一方面保護她不受曝曬，一方面也能保暖。他想著要喊她，不過還是讓她安靜走過。她沒有抬頭，沒看見他，顯然深陷在自己的思緒之中，或者更可能的是她太熟悉這條路線了，不覺得有必要觀察四周。

珍珍在馬汀的注視下走到岩石高原的邊緣。她綁上腳繩後就一動也不動地站著，依著海的節奏評估自己的時機，接著便像貓一般跳入海潮之中。馬汀被她的純熟動作迷住了，她自信確然地向外划至洶湧的海上，完全不受附近的礁石影響，彷彿回到棲息地一般自在。很快地，她便在浪區外找好自己的位置，沒等待多久便開始往回划，乘上浪、站上浪板，朝著馬汀的方向滑浪而來。他屏住呼吸；她幾乎快要滑至礁石上方，幾乎快要撞上去，但在最後一刻瞬間轉離方向。海浪進入浪區之後開始破碎，而她順著浪的方向滑行，曲身鑽進捲曲的浪管中，暫時消失在視線之外，然後又重新出現。她滑上浪頂而又向下切回，腳下的板子隨她控制，成為她的一部分。接近蜂鳥海灘和沼澤出海口時，浪便開始失去動能；珍珍離開那道浪，腳下的板子已經再次指向大海，她以貓一般的靈活動作趴下，身體貼板，立刻向海划去。當她快回到海中的出發點時才第一次抬起頭，看到了馬汀。她向他揮手，他也向她揮手。這是她專屬的私人浪區，難怪她不想賣。

§ § §

莫銳斯．蒙特斐爾看起來並不高興。這名偵緝督察的臉色憔悴，眼皮沉重地塌下。他坐在一張桌子後方；這裡算是會議室改造成的開放式辦公室，充當雪梨凶案組警探們的臨時調查總部。他的副手伊凡．路奇也在旁邊，看著馬汀的目光裡滿是懷疑。

「馬汀．史卡斯頓，記者。」蒙特斐爾說，聲音裡的惱怒程度遠不如疲憊來得沉重。

「馬汀．史卡斯頓，證人，同時也是消息來源。」

蒙特斐爾無動於衷。「隨便你。把你知道的說出來，但如果你是想從我這邊挖資訊才搞這一齣，最好現在離開，我沒那個心情。」

「我可以坐下嗎?」

「當然。」

馬汀拉過椅子，把他和蔓蒂在泰森．聖克萊爾那裡發現的事情重述一遍：聖克萊爾喜歡和年輕背包客上床，以及他們以性愛換二簽的非法勾當。在馬汀描述聖克萊爾的行為時，一旁的路奇便露出猥褻的竊笑，但蒙特斐爾只是聽，面無表情，沒有透露任何想法，只是不時點頭，示意馬汀繼續說，或者露出兩道再淺不過的皺眉紋路，從鼻子頂端延伸到額頭之間。馬汀提到自己找到一位背包客證人，能夠明確佐證聖克萊爾的癖好以及他們以簽證文件為餌的性交易。

聽完後，蒙特斐爾沉默很長一段時間，接著轉頭對副手說：「伊凡，讓我跟史卡斯頓私底下談。」路奇點頭照做，起身準備離開。「還有，伊凡，這件事一個字也別說。時間點還沒到，懂嗎?」

「當然。」

蒙特斐爾等到手下離開房間並關上門後，才又開口：「所以你的推論是，賈斯柏．史貝特得知詐騙案之後，威脅聖克萊爾要爆料?」

「對。他被殺的那天早上之所以來找我，可能就是這個原因。」

「他為什麼要揭發聖克萊爾?」

「這樣他就能成為國際財團開發蜂鳥海灘的核心人物。照聖克萊爾自己的話，光是仲介費就有一百萬，外加珍珍．海耶斯同意賣地之後那筆土地交易的抽成，更別提他能成為財團在銀港的窗口。除了這些，如果聖克萊爾被判定有罪，還能阻止他開發麥肯奇沼澤。你應該知道賈斯柏反對那份開發案吧?」

「嗯，我知道。」蒙特斐爾說完，又花了點時間衡量自己的立場。「蔓德蕾．布朗德應該願意作證指認她和聖克萊爾之間發生的那件事，是嗎?」

「這你得問她，不過我覺得她應該願意。」

「你的背包客線人呢？她叫什麼？」

馬汀深吸一口氣。「我不能告訴你，我答應她不透露她的身分。」

蒙特斐爾搖著頭。「當然了，你當然會答應那種東西。」這位警察的語氣平淡，不過臉上明顯出現怒意。「你們這些記者，每次都說什麼要保護線人，我應該不用提醒你那種保護在法律完全站不住腳吧？根本一點用都沒有。」

馬汀聳了聳肩。「除非她本人同意，否則我不能告訴你她的名字。」

「如果是這樣，那我們等於什麼都沒有。你要知道，在沒有確切證據的情況下，蔓德蕾．布朗德的證詞就跟沒有一樣。真的說起來，聖克萊爾也就是提了一個下流的要求，很噁心沒錯，但並不犯法。而且他也沒提到簽證或者交換條件的事，至少沒跟蔓德蕾．布朗德提過，我這樣說對嗎？」

馬汀點頭。

「好，那她基本上就不能算是公正的證人了。史貝特死在她家裡，她還是有嫌疑，她的每句證詞都會輕易地被視為是因為對自己有利，是為了脫罪，到時在法庭上，聖克萊爾的辯護人會把她生吞活剝。」

「但你可以做更多調查。你是警察，不需要我的證詞，你可以找到其他人。」

「噢？這樣嗎？那我請問你，這些證人在被聖克萊爾上了一次後就拿到簽證文件，何必繼續留在這個地方呢？她們何必跟我們講這件事，特地證明她們也有罪呢？別忘了，我們是在要求證人承認犯法，她們會害怕被關或被驅逐出境，或者又被關又被驅逐出境。與此同時，無論背包客棧裡其他人聽到了什麼，都只是傳言，不算可以採信的證據。所以我們才需要你們的證詞，或是跟你那位線人一樣曾經拿到簽證文件的證人。」

馬汀無話可說。他覺得有什麼事情不太對勁，照理來說，蒙特斐爾對他所透露的資訊應該更熱烈一點才對。他提供可靠的線索、一個可能的突破口，但這名警察似乎氣憤大於感激。「莫銳斯，到底發生什麼事？你有什麼事情沒告訴我？」

這句話完全沒有安撫到警探的情緒。「第一，我們沒那麼熟，你還沒資格直呼我的名字。第二，我是凶案組警探，而你是記者，我沒有義務告訴你任何事情，應該反過來才對。」

「那為什麼要叫伊凡・路奇離開？」

「什麼意思？」

「沒有旁人在場，沒有正式紀錄。」

蒙特斐爾向後靠上椅背，大笑起來。「天啊，你真的有那麼笨嗎？」

「什麼意思？拜託你直說。」但蒙特斐爾搖了搖頭，只是笑。不過，至少他現在沒那麼冷漠了。「聽著，」馬汀說。「你很清楚我為什麼會在這裡。我想幫蔓蒂洗脫嫌疑，所以也沒有隱瞞任何事。當然了，如果這個案子最後能夠寫成好新聞，我再高興不過，但我現在的態度非常開誠布公，你很清楚我的立場。」

蒙特斐爾點了點頭，似乎做了決定。「好吧，我告訴你我能說什麼。但是不准見報，懂嗎？」

「當然。」

「第一件事，你握有調查中凶殺案的重要資訊，也就是關鍵證人的身分。你向警方隱瞞了這項資訊，這算刑事罪，我此時此刻在這裡就可以逮捕你。如果我把你交給裁判官時，假設在明天好了，而你選擇繼續隱瞞這項資訊，那你同時也會被判藐視法庭，直接吃上刑期。我能跟你說的就是這個。」

警官的眼中沒有絲毫笑意，馬汀努力控制自己的表情，忍耐著想要破口大罵的衝動，但各種髒話已經在他腦中如泥漿噴發，形成狂風暴雨。他正想著該如何回應，蒙特斐爾又開口了。

「但是我不會這樣做。相反地，我要你去找你的線人，說服她來跟我談。我會跟她私下談，讓她的身分保密。如果最後證明你的推論正確，到時候出庭應該就不太需要她了，我們可以利用她的話去做後續搜查，找出其他有力證據，搜索令、通聯紀錄，整套都來一遍。但是我們需要她的證詞，才能拿到搜索令。」

馬汀微笑。「你在擔心江森．沛爾。」

「不予置評。」蒙特斐爾說，不過，現在他的眼神中出現了一絲承認。

當然了，馬汀心想，這就是他叫路奇離開的原因，他不想讓下屬看到他質疑其他警察是否適任。

「現在的情況是這樣。」蒙特斐爾繼續說道。「從明天開始，這裡只會有我跟伊凡．路奇外加一個菜鳥警察，鑑識團隊跟其他所有人都會回雪梨。到時候，無論是要沛爾本人出面或者報他的名號，出了這間警局的所有行動我都得靠他幫忙，連帶任何行政和人力支援也要靠他。我不可能把他踢出去，但也不能讓他知道任何調查內幕，所以得由你把那個證人找來給我，否則我也無能為力。除此之外，你也要確保知道這件事的所有人都了解這一點——包括你的女朋友還有她那個令人頭痛的律師。」

馬汀沒有說話，清楚自己必須謹慎以對。

「我會去查證你的推論，」蒙特斐爾說。「但我想要做得很謹慎。如果賈斯柏．史貝特發現聖克萊爾從事非法行為，他可能一開始就去找過江森．沛爾，但沒有得到任何回應，於是史貝特才想去找你。你跟我一樣，我們都很清楚這代表什麼意思：沛爾沒有開始調查。」

他們盯著彼此一會，直到馬汀再次開口：「你該不會覺得沛爾可能跟謀殺案有關吧？」

「馬汀，去找你的證人，叫她來跟我談。叫她不要和其他任何人說這件事，我們沒必要讓她身陷險境。」

# 第十八章

馬汀沿著中央大道開，故障的消音器發出低吼，被沿路的店面反彈之後穿進他敞開的車窗裡。他想回到蜂鳥海灘說服托帕絲找蒙特斐爾談，但他得先確定蔓蒂已經從聖克萊爾那件事平靜下來。她已經離開德雷克事務所，要先去托兒所接連恩，再帶他回露營區。馬汀打算先到露營區等她，之後再前往蜂鳥海灘。

他開車過橋，阿蓋爾河在車下從容流過。就在他放慢速度要左轉進入露營區時，後照鏡裡閃起一片光芒，藍光與紅光閃爍。媽的，是警察。他現在最不需要的就是被攔停。他仔細打了方向燈，將車開離通往露營區入口處的柏油路，在路邊停下；那隻海豚仍舊靠著鼻子掛在入口上方，隨時有掉落的危險。他關掉引擎，坐著等待警察，心想現在遇到警察，大家的反應好像都是這樣了，坐在車裡等警察過來，而不是像他小時候那樣下車自己走過去。養成了美國人的習慣，他想：因為恐懼槍枝。你乖乖坐在車裡，手放在方向盤上。

他從鏡中觀察後方動靜，心跳頓時漏了一拍。江森・沛爾正朝他走來，雙手掛在腰帶上，佩槍向外突出。馬汀雙手移至方向盤頂端最明顯的地方。媽的。他深吸一口氣，戴上表情自然的面具。

「哇，看看這是誰呀，大名鼎鼎的記者先生嘛。」沛爾的笑容彷彿賴比瑞亞油輪般洩漏著惡意。他俯下身，把手放在車窗的邊緣。

馬汀直視他的眼睛，露出微笑。「午安，警官。」

「駕照和行照[1]。」

馬汀知道沛爾早就從警車的電腦查到車子的登記資料，但他不打算爭辯。他繼續將手放在方向盤上。「我的駕照在口袋的皮夾裡，行照文件在副駕駛座的置物箱。」

沛爾的笑意變得更深。「很好，請拿出來。」接著他離開門邊，站直身體，將手搭回腰帶上，放在佩槍附近。

馬汀別無選擇：必須照做。他緩慢地往下伸出左手，拱起背，從褲子左前口袋拿出皮夾。做著每一個舉動時，馬汀全程都盯著沛爾，看著這個惡霸的邪惡笑容，以及他一隻手放在槍托上的隨意態度。馬汀拿出皮夾，高舉到方向盤頂端附近的明顯處，用雙手打開皮夾，拿出駕照交給沛爾，後者只隨便看了一眼就把駕照還回來。「行照。」

馬汀把駕照插進皮夾後放在儀表板上，轉至一旁，俯身打開副駕駛座的置物箱。他正要拿出文件，沛爾突然開口，聲音低沉，充滿敵意。「停。手舉起來，放在我看得到的地方。」

馬汀照著指示動作，轉過身，不由自主地畏縮一下。沛爾掏出手槍指著他，槍口彷彿黑洞，把馬汀的注意力全吸了過去，彷彿散發著X光似地流露著恐懼。他們維持同樣姿勢幾秒鐘的時間，感覺就像永恆。

「抱歉，搞錯了。」沛爾說。「我以為看到了別的東西。」他露出笑容，挑起一邊眉毛。「這樣吧，文件就算了。」他將槍收回槍套，但不代表他打算放人。「打開引擎。」

馬汀啟動車子。

「踩一下油門吧？」

馬汀照做。

沛爾故作嚴肅地點著頭。「排氣管的消音器壞了，你有注意到嗎？」

「今天早上壞的。」馬汀咬著舌頭把接下來的話壓下；他已經認出沛爾想玩什麼遊戲，知道說再多都不會有幫助。

「是這樣嗎？」沛爾說，挑起另一邊的眉毛。他走向車後，開始在車子周圍繞行；馬汀在鏡子之間跟著他的身影，而雙手又放回方向盤上可以被清楚看到的位置。沛爾經過後車廂，沿著馬汀斜對角那端繞回，停在水箱罩前面，對著馬汀咧嘴一笑，用手指劃過自己喉頭，示意馬汀關掉引擎。馬汀照做。

「你自己過來看。」沛爾要求。

馬汀爬出車外，知道接下來會發生什麼事。

「左邊的方向燈破了，你有注意到嗎？」

馬汀點頭。「也是今天早上撞到的。」

「今天很不順嘛。好，你可以回車上了。」沛爾又加了一句：「把手放在我看得到的地方。」

馬汀回到駕駛座。沛爾裝模作樣地走回他的車邊，拿了一台類似刷卡機的掌上型裝置回來，用手寫筆在螢幕戳弄。馬汀等待著，試著維持面無表情的撲克臉，不斷猜想接下來會收到幾張罰單。他的結論是，沛爾想開幾張他就會收到幾張。警察大人慢條斯理地勾選表單項目，彷彿是在用公帳點飯店早餐。一輛廂型車開過他們旁邊，從聲音可以聽出根本連消音器都沒裝、連墊圈都不見了，排氣管裡冒著陣陣黑煙。沛爾看著那輛車開過，對著馬汀一笑。有輛黑色Range Rover從鎮上的方向緩緩駛來，在他們面前轉彎，開進營區裡，暗色的玻璃讓人看不清車內的情況。馬汀感到腎上腺素湧出。那輛車跟露營區

1 澳洲的行照稱為Registration，簡稱Rego，形式上來說比較像是每年購買的行駛資格，必須每年繳費才有上路的權利。

周遭的環境格格不入，直到最後一刻他才想到要看車牌，只瞄到一眼，但已經夠了。車牌上只有三個字母：TSC[2]。媽的。他的想像力填補了雙眼看不見的資訊：泰森．聖克萊爾、哈利小子，以及起司工廠那個大個子流氓，三人坐在車上，正要去幹壞事。馬汀想要立刻開車走人，趕在蔓蒂和連恩回去之前早一步抵達露營區，但他無能為力；要是他現在試圖開走，沛爾會立刻逮捕他。如果他伸手拿手機，這個警察很可能會開槍，事後再宣稱他以為馬汀要拿武器。於是他只能無力地坐在原處，任憑沛爾宰割，知道任何催促沛爾警官的舉動都只會造成反效果。他閉上雙眼，敦促自己冷靜。

但就在此時，右邊的後照鏡裡可見更多動靜，另一輛車正往他們靠近。恐懼成真：是Subaru。他現在可以從鏡子裡看到蔓蒂的臉。她打出想要轉進露營區的方向燈，然後慢下車速，最後並排停在他的車旁邊，引擎持續運轉

沛爾轉頭對她說：「繼續開。」

她直接忽略他；上天保佑這女人一生平安。「你還好嗎？」她對著馬汀喊。

「繼續開，否則我連妳一起抓。」沛爾又重複一次。

「妳到櫃檯等我。」馬汀喊道。

蔓蒂皺起眉，搖了搖頭，表示她聽不到。她駛離現場，車子消失在入口處的生鏽拱門裡，垂掛在上方的海豚彷彿達摩克里斯之劍[3]。馬汀被一陣驚恐吞噬，引得他胃痛。

沛爾彎下腰，雙手又回到窗沿。「我告訴你我會怎麼做：我會再一次把你當成這裡的人，這次給你個警告就好，當作是歡迎你回來。」

即便沛爾的態度中有任何一絲歡迎，馬汀也完全感受不出來。不過他焦急地想離開，好跟上蔓蒂，所以現在選擇不去戳破這件事。「謝謝，您很寬宏大量。」

但沛爾還沒說完。他趴得更近了，頭幾乎要伸進車窗，口氣並沒有那麼好聞。「你應該知道這是為了什麼事情的警告吧？」他停下來等馬汀點頭。「很好。這是第一次警告，也是最後一次。」他從車窗邊把頭探回去，重新挺直身體。「好了，快滾。」

馬汀發動Corolla，仔細打了方向燈，龜速向前爬過岌岌可危的海豚下方，進入露營區。一穿越入口處，離開沛爾視線之外，他便忽視七嘴八舌的速限牌，立刻重踩油門，想要馬上到達蔓蒂身邊。不過車子開到接待處的岔路口時，露營區的老闆卻橫向走入車道，讓馬汀不得不停下。她的義肢假腿在陽光中閃閃發亮，彷彿才剛被仔細擦過。她站在車道正中間，擋住他的去路，雙手比劃著要他減速，才又走回路邊。「開慢一點啦，你看不懂牌子嗎？這裡住了很多小孩和老人耶。」

馬汀頓時想把自己的挫折感發洩在這女人身上，不過他壓下那股衝動。「會啦會啦。這輛是老車了，聲音大而已，開不快啦。」

露營區老闆聽了理由，看起來不為所動，但馬汀不在乎。他再次上路，往他們那間小木屋的方向開去。

他抵達時，衝突已經要結束了。Range Rover停在他們的小木屋外彷彿巨大機械，烏黑發亮，完全看不出曾開上土石路面過。馬汀停下車，跳出車外，拔腿往前衝，然後又立刻停下腳步。泰森．聖克萊爾正站在小木屋前的階梯上，沒看到哈利小子，也沒有那個凶神惡煞島民的身影。聖克萊爾的武器只有一束花和一個禮盒——他的表情驚恐。蔓蒂正站在門邊對他破口大罵，而馬汀剛好趕上最高潮的那幾句。

2 TSC是泰森．聖克萊爾（Tyson St Clair）的名字縮寫。
3 sword of Damocles，典故出自希臘傳說，原意是指在位者會時時擔憂權位被奪，如芒刺在背，此處引申為隨時會降臨的災難。

蔓蒂的聲音輕柔，但話中充滿盛怒：「像你這種可憐、可悲、噁心巴拉的卑鄙敗類，滾遠一點去死吧。」她說完便轉身走進小木屋，給了聖克萊爾一記充滿魅力的笑容，關上了門。

有好一會兒時間，聖克萊爾只是傻站在原地，動也不動，一手無力地拿著花，另一手拿著禮物。

「看起來滿順利的嘛。」馬汀調皮的衝動瞬間沸騰起來，在這之前的恐懼和慌張都被勝利的感覺取代，如釋重負。

聖克萊爾轉過來看見他。「我只是想要解釋，只是想要道歉。」

馬汀露出微笑。「祝你好運了。」

「她跟你說了？」

「說你以為她在賣嗎？對，說了。」

聖克萊爾走下階梯，看了一眼手中毫無用武之地的花，連同那盒包裝精美的禮物一起丟到Range Rover的引擎蓋上，朝著馬汀走來。「那件事完全是誤會。」

馬汀聳了聳肩。「你該說服的人不是我。」

「我不需要說服任何人。」聖克萊爾的回答簡潔。「我甚至不一定要來這裡。但我還是想來賠禮，就這樣而已。」

馬汀迅速評估情勢。很好，聖克萊爾應該還不曉得他已經得知簽證詐騙的事，不過一定已經得知蔓蒂是起司工廠的新主人。馬汀試著讓語氣聽來嚴肅一點。「抱歉，泰森，我沒辦法接下你說的那份工作。」

聖克萊爾的雙眼頓時變得像兩顆熊熊燃燒的藍寶石，但仍不發一語。

馬汀再次施加壓力。「我想要繼續做新聞。」

聖克萊爾瞇起眼睛，臉部肌肉緊繃。「你想要什麼？」

「告訴我你為什麼要搜索起司工廠，為什麼要向十號電視網通風報信，為什麼是現在？」馬汀說。

泰森．聖克萊爾緋緊的臉上漸漸綻放微笑；商人的本能嗅到了交易的可能。「好，我告訴你為什麼，但我有個條件。」

「請說。」

「你要向我保證，除了我們三人之外，不會有其他人知道我和小蔓德蕾發生的那場意外。那件事在任何情況之下都不會見報，也不會被寫成什麼亂七八糟書裡的小鎮陰謀。」

馬汀皺著眉頭，彷彿在衡量記者的職業道德。但那只是做戲，其實他心裡正得意地笑著。他總有一天會寫下這件事，但無關聖克萊爾如何將正直公民誤認為妓女，而是會鉅細靡遺地詳述他涉入簽證詐騙並且強迫性行為的惡行。所以當馬汀回答時，雖然聽來語氣嚴肅，倒也不是多認真的承諾。「好，我答應你不寫，畢竟這件事曝光對她的名聲也沒好處。」

聖克萊爾咧嘴笑開。「沒錯，你寫了的確能讓我難看，但她也占不到便宜，大家都會覺得是無風不起浪。」

馬汀比了個手勢，彷彿同意他的說法。「所以，說吧，為什麼你會覺得阿什頓被殺了，而且屍體還埋在起司工廠？」

聖克萊爾聳了聳肩，彷彿大家都知曉。「他有很多仇人，欠一堆債。有傳言說他最後下場悽慘，而他生前最後被人看到的地方就在起司工廠，所以我覺得值得查一查。」

「阿什頓也欠你錢嗎？」

「當然啊，那傢伙就是個混蛋。我告訴你，在他消失以前我就有種預感他已經難題纏身。他曾提議要把地賣給我，早知道他那麼需要錢，我就能用非常便宜的價格買下那個地方了。」

馬汀皺起眉頭。「你為什麼不買？」

「那地方在五、六年前還偏僻到不行。而且如果買了，環保局有可能會追著要我負擔清理費用，更別提我會被一堆債權人追著跑，想想還是算了吧。」

「因為法國人和蜂鳥海灘。如果阿什頓能被宣判死亡，我就能找到新的擁有人，從他們手裡買下。」

「那為什麼現在改變心意？」

「你不知道之後繼承那塊地的人是誰嗎？」

聖克萊爾嘲弄地嗤了一聲，眼神悲戚地看向花和禮物。「當然知道。」

「十號電視網在搜索工廠，他們是你花錢請來的嗎？」

「不是。我只有讓他們免費住在我其中一棟房子裡，就這樣而已。」

「他們找到任何東西了嗎？」

聖克萊爾打量了他一陣。「我發過誓要保密，不過我私底下告訴你，桑寇頓說他們有進展了。」

「什麼意思？」

「這你得自己去問他。好了，我們算是達成協議了嗎？」

馬汀和聖克萊爾握手以示成交。此時蔓蒂剛好從小木屋裡出來，她抱著連恩，眼神凌厲，一看到他們兩人，便立刻轉身回到屋內。

聖克萊爾後來開著 Range Rover 返回他在貴族山丘的巢穴。他一離開，馬汀立刻進屋想向蔓蒂解釋，擔心她誤會，卻發現她臉上掛滿了笑容。

「他還不知道，對不對？他不曉得我們已經知道簽證的事了？」她說。

「對，應該還不知道。不過他一定已經猜到妳很可能會是起司工廠的擁有者，雖然現在還不是。」

她搖著頭。「那個人真的眼裡只有錢欸。他對我做了那種事，怎麼還覺得只要送花和便宜的禮物一切就能風平浪靜？」她走向馬汀，拉住他的手。「我現在真的有夠希望你把整件事寫下，爆料出來。」

「別急，很快就有機會了。」

她的笑意更深了，他也是。或許他們有所進展了，或許吧，但這樣的得意時刻也只能短暫維持。他還必須去蜂鳥海灘，說服托帕絲幫忙。但在出發前，他趁著還有收訊，打了通電話給莫銳斯．蒙特斐爾。這次警探很快接起電話。

「馬汀，你那個線人談得怎樣？」

「我還沒到她那邊，但有件事要先跟你確定。」

這不是蒙特斐爾想聽到的答案，他只簡短答道：「你說。」

「你知道十號電視網正在沙丘路那間廢棄的起司工廠裡找屍體嗎？」

「有聽說。怎麼了？」

「我剛才從泰森．聖克萊爾聽說電視台的人有進展了。」

「進展？什麼意思？」

「我不知道，所以才想告訴你這件事，也許你可以查一下。」蒙特斐爾沒說話，馬汀沒放棄。「如果賈斯柏當初發現誰殺了阿什頓，凶手可能會因此想殺賈斯柏滅口。」

「你真的應該當警察的。」

「你跟聖克萊爾談過了？」

「當然。」

「你應該告訴我的。」

「要講什麼？就只是某件舊案的傳聞不是嗎？」

「聖克萊爾有提到其他東西嗎？他知道是誰殺了阿什頓嗎？」

現在，這位警官的聲音裡有了些怒意。「如果我知道，你覺得我現在會傻傻坐在辦公室裡嗎？」他極為短暫地停頓了一下。「馬汀，去說服你的線人，我們需要她站出來，這樣她的證詞才能算數。」蒙特斐爾掛斷了電話。

蒙特斐爾說得對，他必須先去說服托帕絲願意和警方談，於是向蔓蒂道別後再度出門。開在沙丘路上，他試圖想出該怎麼說服那個美國女孩，但Corolla因為沒了消音管，排氣聲如嘶啞咆哮在他周圍轟隆作響，穿過沒關的車窗，進入他的腦中，勾出一段回憶。

賈斯柏開著一輛Mazda在沙丘路一路呼嘯，不斷飆破時速新高。那款車外號「野獸」，銷量炙手可熱。賈斯柏和馬汀坐在前座，史高迪在後座，三人手放窗外，一路興奮地亂吼亂叫。那輛車是丹妮思給的畢業禮物；如果不是為了慶祝賈斯柏畢業，就是為了阻止他跟著朋友們跑去雪梨而施行的賄賂。那是輛舊車，有著嶄新的烤漆：螢光黃底配上賽車似的黑色條紋，車體前低後高，混合了金屬銘與荷爾蒙，不斷發出咯咯轟鳴。賈斯柏說，那輛車就是一顆巨大的妹仔磁鐵。他拿到車時，距離馬汀永遠離開銀港只剩下一個月，他們三人在那段時日把想得到的事情都做了一遍：在中央大道無止境地繞圈圈，在斷崖的山路上跟時間賽跑，三更半夜在沙丘路挑戰陸地上最快時速。他們在三個不同的地方被克萊德．麥基攔下來三次。

想到那輛野獸，馬汀笑了起來。也不是每段回憶都那麼糟嘛。接著他就經過家人的十字架，看到它孤零零地坐在路邊。他被猛然拉回現實，想起大部分的回憶其實都不那麼美好。

§ § §

馬汀在沙灘上找到托帕絲，她和一小群愛慕者一起圍坐在沒點燃的火堆旁，輪流分抽一支大麻菸。幾個比較勤快的人正從樹林裡帶回木柴，提前準備晚上的派對。最後幾束金色陽光穿透樹林，風停了，而海浪彷彿心跳，不時打斷著這個傍晚。

「嗨，托帕絲，可以跟妳談點事情嗎？」

「當然啊。」她說，然後把捲菸遞給他，彷彿祭出挑戰。「大家都是好朋友。」

馬汀隨便地抽了一口；他在沙灘上穿著鞋子，四十一歲了還穿著年輕人的街頭打扮，這一切已經夠讓他自覺像個外人，沒必要連行為都格格不入。他把捲菸傳給下一個年輕人。「我說真的，這很重要。」

她露出微笑，從人圈中退開，心知肚明地搖著臀部，讓那幾雙黏著她的眼睛吃點冰淇淋。她爬上突出的岩塊，來到海灘上方的草地，然後轉身看著他，雙眼在最後的日光中閃閃發亮。「什麼事？」

「警察想找妳談。」

她皺起眉頭。「你說過不會告訴他們我是誰。」

「我沒講，所以現在才又回來找妳。他們不知道我說的是真是假，從我口中說出來就只能算是傳聞而已。」

「那你女朋友呢？他們不相信她說的嗎？」

「不相信。她一聽到聖克萊爾叫她脫衣服就跑出他家了，聖克萊爾根本沒提到簽證的事。」

但托帕絲已經不停搖頭。「不行，我沒辦法，我不要。」

「拜託。我的好友被殺了，妳懂那種感覺嗎？如果沒有妳的幫忙，凶手就會逍遙法外，很有可能再次下手。而且我女朋友是清白的，可是依照現在的狀況，最後坐牢的很有可能是她，這是妳想要的結果嗎？」

「這只是你的推測，你也不確定一定會這樣。如果警察知道我的簽證是騙來的，他們可以逮捕我，把我驅逐出境。羅伊斯現在還一個人躺在醫院裡沒人幫他，我不想冒險。」

「妳已經申請了嗎？」他問。

「申請什麼？延長簽證嗎？」

「對。」

她皺起眉頭，彷彿兩人在講不同事情。「沒有，還沒。等我回雪梨才會申請。」

「所以那份文件還在妳手上囉，就是那份表格還是申請書之類的東西？」

「對。」

「那從法律層面來說妳就沒做錯事，只要沒送出申請，妳就沒有犯法。」

托帕絲面露疑惑。「你在說什麼？」

「如果妳把這件事告訴警察，就算警方想要起訴妳也沒辦法。妳只要告訴他們妳重新想過後，覺得這麼做不對所以沒有申請，只要這樣說就好了。妳不會有任何責任，不會被逮捕，也不會被起訴或驅逐，剛好相反，他們會因此感激妳的幫忙。」

「但我也拿不到簽證。」

「對。但如果妳在銀港待不到一個星期就送出申請表，妳覺得會發生什麼事？」

「你在威脅我嗎？」

「不是，我是在幫妳。妳不能用那張表申請，至少現在不行，因為警方已經注意到可能會有這樣的事了。但如果妳把文件交給警方，他們就能拿到需要的證據。」

「我跟你說過了，我不會出庭作證。」

「不必出庭。如果妳能和警方談，讓他們看到那張表，他們就有足夠的證據申請搜索令，調出所有過往紀錄，找出哪些人用假文件申請簽證延期。警方甚至可能不會管申請者是誰，而是直接去抓聖克萊爾、哈利．德雷克還有那些農夫。德雷克那樣傷害羅伊斯，妳應該也想看到他得到報應吧？」

托帕絲直直地看著他，思考著，她那些調情的小手段都不見了，逍遙樂天的人格也暫時收了起來。「好，我跟他們談。他們如果想要表格的話可以拿去，但我不會出庭，這是我的條件。我要保持匿名，而且我要求豁免。」

「好，我們現在打給他們，只有他們才有權答應這些條件。」

兩人一起往辦公室的方向走去，馬汀希望珍珍在辦公室，而且沒在使用電話。

辦公室窗戶裡透出昏暗的光芒，馬汀正要開門，托帕絲便抓住他的手臂。「你聽。」她小聲說道。

馬汀停下動作，屏住呼吸細聽：海浪拍碎成花，遠處傳來音樂和笑聲，然後在近一點的地方，有人在呻吟。腎上腺素從馬汀的體內湧出，削弱了大麻的效力：辦公室裡有人，而且很痛苦。他伸手觸碰門把，但托帕絲再次拉住他，阻止他開門。他回頭看她，她笑著搖頭。她放開手，比了一個粗魯的手勢：一根手指在圓圈中進進出出。馬汀瞬間懂了。

托帕絲走到某扇窗前，把臉貼了上去，睜著大眼睛回頭看向馬汀，臉上掛著大大的笑容，她低聲說：「欸，你來看。」

可能因為大麻，或者是自己與生俱來的好奇心，總之馬汀並未抗拒偷窺的邀請。他將臉貼上窗戶，用雙手擋住夕陽的眩光。

辦公桌邊緣點滿蠟燭，桌旁的地上躺了兩個人。他先是看到一雙腳，然後是一個胖乎乎的棕色身影：男人躺在地上，看不出是誰，有個女人騎在他身上熱烈搖動，擋住了他的臉。女人背對著窗戶，白色的肌膚在燭光中暗暗發亮。她的背上刻著兩個菱形圖案，隨著她在情人身上扭動，兩個菱形彷彿也活著似地動起。

「是珍珍。」馬汀小聲地說。

「和那個導師。」托帕絲笑道。「天啊，他整個人跟彈簧床一樣。」

但是馬汀沒有回話，他愣住了。那對皮膚癌手術留下的疤痕在燭光中舞動，而在那下方，在她其中一邊的臀瓣上，彎曲著另一道不整齊的新月狀疤痕，在閃爍的光芒中呈現青紫、深紅的顏色。「她屁股上是什麼？」他問。

「打屁股的瘀青啦。」托帕絲話中帶著驚嘆。「我的媽呀，他們真的全套都來耶。」

馬汀看了最後一眼。美國女孩說得沒錯，珍珍在空中高舉雙手，背向後彎，叫得愈來愈大聲，愈來愈有力。他覺得看夠了，於是移開視線。

回到沙灘上，太陽已經西斜，點燃的營火在逐漸黯淡的日光中明亮燃燒。一部攜帶式音響正在播放過去十年間的民歌音樂。馬汀很想讓托帕絲今晚就能和蒙特斐爾談，在她改變心意之前。他提議開車到海岸懸崖上有收訊的地方，但她拒絕了，唯一的選擇只剩下接待處的市內電話；他得等到珍珍和導師出來，才有辦法向珍珍借用。他看著營火對面的托帕絲，她脖子上掛著一條手臂，手臂的主人是個穿著背心和牛仔迷你裙的玻里尼西亞裔年輕美女。美女神情誇張地笑著，顯然已經抽大麻抽嗨了。有人向馬汀遞來大麻菸，他抽了一大口，然後將菸傳給下一個人，接著脫掉自己的鞋襪。

隨著人群聚集愈來愈擁擠，播放的音樂也更嗨了，不再只是不插電的原聲音樂。他拿了一杯柳橙飲料，不過很快發現杯裡不只是果汁。還有酒精。伏特加。他喝完飲料，甜得發膩。派對提供啤酒，一個年輕人問他要不要加入，二十塊就可以喝到飽，還有大麻可以抽。雖然馬汀只想要一杯，不過還是付了錢，買了繼續待著的資格，讓自己有理由繼續在此閒晃，繼續等珍珍和導師回來，不放棄說服托帕絲的機會。她現在和玻里尼西亞美女跳著舞，雙雙磨蹭著彼此的臀部。其他人或者跟著跳舞，或在一旁看著。肥皂劇明星葛斯．麥奎斯也來了，他灌了一大口啤酒後便直盯托帕絲。馬汀覺得自己可能得主動去找這個精蟲衝腦的傢伙聊天才行，希望能在珍珍和導師回來之前，阻止這個人對托帕絲出手。

他正想著，那兩人就來了：心靈導師和冠軍衝浪手。導師容光煥發、表情平靜，而珍珍一臉得意的樣子。她看到馬汀，兩人盯著彼此，沿著營火朝他走來。「沒想到你會來參加。」她的聲音充滿質疑。

「我在探索自己內心嬉皮的那一面。」他因為自己的機智回應而大笑起來，隨後立刻控制住自己。酒精和大麻的雙重作用一定比他察覺到的更強烈。

珍珍不相信地搖著頭。「那你把手機給我，還有你身上任何有相機的東西。」

「啊？為什麼？」

「帥哥，你不是第一個這麼做的人了。之前有一次派對，半個新聞圈的人都擠到我這裡來。」

「珍珍，我發誓——我來不是為了那些事情。」

「對，我知道，但就是以防萬一。我會把你的東西放在辦公室，你離開時可以取回。」

馬汀點頭，抓到機會問道：「好。對了，妳要去辦公室的話，我能不能借一下妳的市內電話？」

她聳了聳肩。「可以吧。是要跟女朋友報備你在這嗎？」

「欸，不太算是。」

她大笑。「我想也是。你要的話可以叫她一起來啊，之前她來的時候玩得滿開心的，可以讓她放鬆一點。」

馬汀眨了眨眼。蔓蒂？之前？

「手機。」珍珍伸出手。

馬汀交出手機。「我等一下就過去，我要帶某個人一起過去。」

「隨便你。」珍珍說。「但別拖太久，我想在天色完全暗下之前去游泳。」

但來不及了，馬汀沒辦法說服托帕絲離開舞池，她不想走。現在除了玻里尼西亞美女之外，葛斯・麥奎斯也加入她們肢體糾纏的行列；他的雙眼盈滿欲望，雙手在另外兩人身上遊走。

馬汀只能放棄，獨自走向辦公室，他覺得自己開始有點搖搖晃晃。在暮色中，他走上通往辦公室的階梯，誤判了其中一階，整個人歪了一下，差點跌在地上。進到屋內，辦公室裡有熄滅蠟燭後留下的焦味和焚香的香氣，不過更多的是泥土般的體味。珍珍靠在她的辦公桌上，正在喝酒。

「你要喝啤酒嗎？比外面給的冰一點。」她問。

「好啊。」馬汀拿了一罐。「我可以打電話嗎？」

「請便。不是國際電話吧？」

「不是，打到鎮上而已。手機還我一下，我要查號碼。」

珍珍遞出手機。馬汀找到蒙特斐爾的電話並撥打。

「喂？」

「我是馬汀・史卡斯頓。」

「馬汀。」

「稍等我一下。」馬汀轉向珍珍，她正把他的手機收進辦公桌的抽屜裡。「妳要的話我可以等一下幫妳關門。」

珍珍快速掃視她的辦公室，顯然不相信他。他並不怪她。「好吧，離開時把門關上。」她指向天花板其中一個角落。「監視器在錄影。」

馬汀點頭表示理解，重新回到電話上。「莫銳斯，你還在嗎？」

「在。」

「我找到證人了。我覺得她應該願意跟你們談，你可以保證不會逮捕她嗎？」

「因為哪件事？」

「簽證詐騙。」

「她申請了嗎？」

「還沒。表格都簽好了，隨時可以申請，但她還沒送出。」

「這樣的話，只要她沒送出文件，我可以保證她不會被起訴。不過我得看到文件。」

「我知道。我會試著說服她先在電話和你談，但不透露身分，這樣你可以嗎？」

「不透露身分？」

「只是第一步而已，然後你可以說服她公開身分並交出文件。」

「好，可以。如果這個方法失敗，就直接拿文件。」

馬汀覺得警察似乎在暗示他用偷的，但他決定無視這個想法。「我之後再和你聯絡。」

回到營火邊，派對愈來愈熱鬧，音樂更大聲、火焰燒得更旺盛。又多了幾個從各自的營位晃來參加的人。現在這裡大約有二十多人，主要都是背包客，以及幾對三十多歲的情侶。馬汀之前看過的那對小情侶正一起跳著舞，彷彿要把自己融化在對方身上。馬汀很慶幸他不是在場最年長的人；好幾個五、六十歲的老嬉皮站在一起，跟著音樂搖擺，看著跳舞的人群，彼此傳遞著一根超大捲菸。濃厚的大麻味混入海風、音樂，以及各種說笑的聲音。人們享受著當下，放下各自的煩惱和束縛。馬汀看到這樣的場面，聽到這樣的音樂，實在不確定自己有沒有辦法那麼放鬆去體驗那種感覺。

托帕絲來到他旁邊，拉著他和她一起跳舞。她擺動身體，貼得很近，他正想推開她走人，就看到葛斯・麥奎斯投來怒火熊熊的視線。馬汀控制不住自己，開始跳起舞來。

跳舞令他發熱，在這無風的夜晚滿頭大汗。他喝下更多啤酒，還有一點水果調酒，筋疲力竭，興高采烈。

導師盤腿坐著，彷彿蓮花，臉上掛著大大的笑容，赤裸的肚子在火光中閃閃發光。他對面坐著一名年輕的金髮美女，和他的坐姿一模一樣。她伸出雙手，掌心朝上，導師用中指和食指指尖輕輕地在上面畫著圖案，然後伸出手，輕觸她的額頭。她張開雙眼，笑容煥發。他手邊放有一只大的可樂瓶子，他從瓶子裡往塑膠杯倒出一小口拿給她。她笑著道謝，起身帶著杯子離開；一個胸部下垂的老嬉皮女人補上她離開的位置。

「那是什麼？」馬汀問托帕絲。

「啊？你說什麼？」

「導師，他在發東西。」馬汀大笑。「我們也去拿。」

「不要管他啦。」托帕絲說。

「不去拉倒。」

馬汀直視大師的眼睛，深如潭水，神祕難測。他閉上雙眼，感到一股波濤湧起，彷彿內裡的海潮包圍住他，托著他漂蕩。

他又繼續和托帕絲跳舞，還有年輕的金髮美女、老嬉皮、麥奎斯以及玻里尼西亞女孩，還有那對青少年情侶。然後是一段關於游泳的記憶，關於星光如此明亮以致刺痛他的雙眼，星群生氣勃勃，也隨著音樂舞動。接著是吻，甜美與背叛的味道。

# 星期五

Friday

# 第十九章

馬汀在做夢。有隻蜜蜂嗡嗡振翅，黃黑相間，在他頭邊飛來飛去。牠想告訴他什麼事，非常重要。嗡嗡嗡的聲音就是牠說的話，但他不會說蜜蜂語，完全聽不懂，便開始後悔自己小時候沒認真上課。現在，那隻蜜蜂開始變大，愈來愈大，大到飛不動了。牠降落在地上，本來毛絨絨的外表變得光滑閃亮，因為牠變成了一輛車，金光閃閃，有著黑色條紋。是賈斯柏的車。他發現自己坐在車內，負責開車的賈斯柏非常興奮，宣稱這輛車水陸兩用。還真的是：因為他們正開在水上，順著阿蓋爾河的流向往下游前進。他們哈哈大笑。透過後車窗，馬汀看到史高迪被拖在車子後方滑水，大喊著要他們甩尾。接著突然換成了蔓蒂在駕駛，賈斯柏和史高迪都不見了，氣氛不變。他們正朝著河口的沙洲，朝著那片死亡浪花開去。他試圖提醒她，但她不聽。連恩正在後座睡覺，坐在嬰兒座椅裡安全帶繫得緊緊。他不會游泳啊！馬汀慌了，伸手去抓方向盤，用力扯著，想讓車子朝祕密海灘的方向避難。方向盤脫離他的掌握。一陣恐懼沖向他。現在車內只剩他一人，不是賈斯柏的車，是他自己的。車子在沙丘路緩慢前進，排氣管刮著路面。他從後視鏡裡看到有輛車子正在靠近，藍色與紅色的燈光閃爍。他使盡全力踩下油門，但是沒得到任何回應，低頭去看，踏板早就從車底掉到路面上了。他看向鏡子，逐漸靠近的車子已經不是警車，但它的速度太快，絕對會從後面撞上他。他無能為力，覺得一定會死在這裡。

馬汀醒來。有隻蚊子在他耳邊嗡嗡叫，他覺得動彈不得。眼屎黏住他的眼睛，視線一片模糊。陽光像鋒刃刺進眼中，將他殺得完全清醒。他口乾舌燥，而且渾身發燙，太燙了。他睡太久了，四肢僵硬而且痠痛。他在哪裡？不熟悉的床鋪，陌生的味道，未知的房間。這是露營區嗎？不是。遠遠地有東西在拍打，什麼聲音？海浪嗎？靠，他在蜂鳥海灘。他緩慢地坐起身。床邊放著一杯水，一飲而盡後突然感到一陣噁心湧來，胃裡因為那杯水而翻騰著。他能做的只有盡力忍住嘔吐的衝動。更多位置遙遠的身體部位開始陸續報到。他掀開床單，向下看去：手臂和胸前滿是蚊子叮過的咬痕，被他視線掃過之後開始發癢、灼燙。雙腳傳來抱怨，他掀起整張床單，眼見自己赤裸的身體，兩腳膝蓋都有擦傷，乾掉的血液已經結痂。這是什麼時候弄的？他的頭開始加入抱怨的大樂隊，成為主旋律：一陣脈動般的抽動連結、強化了其他地方的不適，左邊眼球後方被插了一把手術刀，而脖子後方則是疼得令人作嘔。他閉上雙眼，試著平靜下來，試圖以意志力驅走疼痛和噁心感，但完全無法減輕痛苦的程度。相反地，他開始發抖，無法克制地全身顫抖，覺得自己彷彿被機器塞進食物然後擠壓，想讓食物在他體內成形。

他試著起身，但沒辦法維持姿勢，於是又坐下。完了，他站不直；現在的狀態根本連思考都耗盡心力。為什麼宿醉得這麼嚴重？跟以前經歷過的完全不同。昨晚某個時間點以前的記憶都非常清楚，他還記得在海灘上跳舞，但接下來的記憶開始錯亂斷續。在海裡游泳。和人親熱。和誰親熱？接著就不記得任何事了。一片空白。

他低頭看著自己，再次意識到赤裸著身體。衣服在哪？環顧四周都沒有蹤影。現在怎麼辦？他知道得離開，但光是想著要起身，一波新的噁心感便襲來。左膝在滲血。他抬起雙手，激得脖子疼痛難忍。兩邊的手肘也磨破了，但他聽不見它們在說什麼，樂隊的其他成員演奏得太過響亮。媽的，是導師和他的特調果汁。他的記憶在喝了那東西之後一路下滑，逐漸磨損，變得破破爛爛。媽的。全裸。他伸手摸向胯下，一片黏糊，接著聞了聞手。媽的。

托帕絲衝進房間，撞碎門外透進來的光線。她的頭髮一團亂，表情因為紛亂的心情而破碎不堪，身上則圍了一條大毛巾。「是你。」

馬汀沒辦法說話，只能點頭。

「過去一點。」她說完便擠上床，臉朝下躺在他旁邊。她身上的毛巾鬆開，底下也沒穿衣服，背上一片擦傷和瘀青。

「天啊。」馬汀終於能夠清楚說話。

「我們有做嗎？」托帕絲問。

「想不起來了。我覺得我和某個人做了，但記憶一片空白，根本想不起任何東西。」

「所以你也是這樣。」她的聲音細小，嘶啞而輕柔。

馬汀試圖讓自己放鬆，噁心感再度湧來，他用一聲咳嗽壓抑想吐的感覺。

「去吐。」托帕絲說。「把那些東西全吐掉。還是吐不乾淨的話就喝水，喝愈多愈好。」

「可以借我毛巾嗎？」

「煩欸。」她說著，但還是翻了身，鬆開毛巾。馬汀看見她脖子有吻痕，伸手摸向自己的，感覺也有東西，希望只是蚊子叮咬。他向上觸摸自己的臉頰，在下顎骨最上面的地方，哈利小子打的瘀青。相較身體其他部分，臉上瘀青的狀況還算不錯。

「妳還好嗎？」他問。

這個問題觸動淚腺，淚水湧進她眼眶。她搖搖頭，沒辦法說話。馬汀的目光向下掃過她赤裸的身體，他並未因為她的裸露而興奮，也不覺得被她的胸脯誘惑，反而是被她大腿的瘀青嚇到。這是他做的嗎？他有辦法把別人弄成這樣嗎？肯定不是。

他站起身，腳步仍不穩，用她的毛巾此地無銀地遮住下體。走到門邊時，陽光點燃了樂隊所有可能的潛力，定音鼓群震天價響。他衝下樓梯，好不容易在嘔吐之前終於清醒過來。他把毛巾丟在一旁，全身沒有任何一件衣物，沒有任何一絲尊嚴。吐了又吐，吐到沒有東西可吐之後還繼續乾嘔，直到喉嚨因為殘留的胃酸感到燒灼且胃部肌肉痙攣為止。

最後，他終於站起來。托帕絲站在小木屋的門邊。「吶。」她丟來一罐瓶裝水。他彎腰撿起，血液衝進腦袋，推高了血壓，樂隊再次鏗鏘奏起刺耳的副歌。他漱了口，把嘴裡洗過一遍，吐掉那些水，然後試著喝下幾口。水流過喉頭，感覺美好，但他體內的革命仍未止息。

「看起來有人把你操了一頓。希望那不是我。」托帕絲說。

「什麼意思？」

「你整片屁股都是紅的。」

馬汀震驚地看著她。他試探性地將一隻手探至身後。她說得對，他的臀瓣痛得碰不得，彷彿挨了一頓揍。一個噩夢般的念頭浮現；他伸手進兩腿之間，碰了自己的肛門，不痛，手指上也沒沾到血，鬆了一口氣。還好沒有發生，但確實有那個可能。

「現在你知道我們是什麼感覺了。」托帕絲說著，眼裡充滿輕蔑。

「他們到底給我們吃了什麼？」

「聽其他人說的時候，我以為是搖頭丸。」

「沒人告訴我啊。」

「沒有人逼你吃啊。」

「也沒人逼妳吃啊。」

他們瞪著對方好一會兒，但馬汀現在沒辦法跟她吵。「所以到底是什麼？」他問。

托帕絲搖了搖頭。「鬼才知道。反正一定有搖頭丸，還加了其他東西，十字仔。」

「妳說FM2嗎？」約會迷姦藥，有效降低自制力，因為會使人喪失記憶而惡名昭彰。他覺得她是對的。「妳以前吃過？」他問。

「嗯。」

「所以？」

「所以，對，那種斷片的感覺一樣。」

「靠。」馬汀說。突然間，彷彿他又逐漸有了自覺似地，他意識到自己正裸體站在外面，於是撿起毛巾圍在腰上。

「剛才還想說你什麼時候會想到這件事。」托帕絲的嘴上掛著淡淡的微笑。

「現在怎麼辦？」馬汀問。

「你可以開車嗎？」

這句話暗示著他們將重新回到現實世界，他對此眨眨眼睛。「還不行。」他又試著喝了一口水。「但如果有必要的話，應該等一下就可以了。為什麼問這個？」

「我們應該去一趟醫院。」

「妳想去看羅伊斯？」

「對。」她眨著眼睛擠掉眼淚。「然後我想要吃下人類已知的所有抗生素和抗病毒藥物，你應該也這麼做。」

馬汀望向海灘。沙灘上有幾個人，不過這個早晨仍然安靜，袋鼠啃著草皮，鳥群靜默，只有海浪的節拍器在計算著時間。天堂不過如此而已。

§ § §

他們又待了兩小時才離開。第一小時就只是癱在床上、喝水、打瞌睡，緩慢地起床。托帕絲有帶止痛藥，布洛芬、乙醯胺酚、可待因、阿斯匹靈，馬汀每種都吞了兩顆，並因為吞了後沒吐出來而心安。第二小時則花在尋找消失的衣服，散落在沙灘營火的餘燼附近。他的皮夾奇蹟似地仍放在褲子口袋裡──裡頭的信用卡和現金一張都沒少。他們在共用廚房吃了吐司和香蕉，還喝了牛奶，正常的感覺開始逐漸歸位。

「我覺得好不舒服。」他對著屋內的人說。整個廚房裡除了他們兩個，還有另外三、四個人在場，但他們只是聳了聳肩，彷彿昨晚和平常一樣，並沒有什麼不同。馬汀認得其中幾個人的臉，昨晚在完全斷片前看過，他們也在派對上和其他人一起狂歡，但現在看起來完全正常。他看著一對情侶愉快地對彼此笑著，走出廚房、下到海灘，走進水中。馬汀回頭看向托帕絲，想知道她有沒有注意到：不是每個人的反應都那麼嚴重。他們正打算離開時，葛斯・麥奎斯走了進來，踮著腳，彷彿地上鋪滿了玻璃碎片。馬汀看一眼他的臉就懂了：上頭寫滿了和他們一樣的感覺。麥奎斯沒刮鬍子、雙眼通紅，小麥膚色底下的臉蒼白暗淡，連T恤都前後穿反。

「你也是嗎？」馬汀問。

「怎樣？」

「昨天晚上啊，我完全不記得後來到底發生什麼事。」

麥奎斯看著他，腳上的步伐磕絆飄搖，臉上也掠過一陣不穩定的情緒。他點點頭：「對，我也是。」

「你在這裡的時間比我們久很多。以前也會這樣嗎？」

他搖頭。「不會，從沒發生過。」

他們安靜地對坐了一會兒。

麥奎斯又說：「有時就只是蘭姆調酒和大麻，有時水果調酒還會加其他東西，但每次感覺都很好，很有趣，從沒像這樣過，不至於連記憶都斷片。」他看起來快哭了，用手穿過電視明星般亮麗有光澤的髮絲之間，指節滿是瘀青，血跡斑斑。「你們覺得他們是不是故意對我下手？」

「什麼意思？」

「對我下藥。你們有看到狗仔在拍嗎？」

「我覺得我被設計了。」肥皂劇大明星喃喃自語。

馬汀和托帕絲看了彼此一眼，根本懶得回答。

托帕絲起身，慢慢走到麥奎斯身邊。「回去繼續休息吧，我陪你走回去。」她的聲音銳利如刀。

「嗯。」麥奎斯說著，一開始還有些疑惑，隨後臉上便綻開一朵微笑。不過那花很快枯萎，因為托帕絲猛然在他肚子揍了一拳。帥哥名人彎腰折成兩半，喘著氣，好不容易逃到廚房外的草地上。

「走吧。我們走了。」托帕絲說。

他們離開廚房，肥皂劇演員盯著他們彷彿被踢了一腳的狗。

「妳看。」馬汀撇了撇頭，指向一個方向。導師盤腿蓮花坐著，信徒在他身邊圍了一圈，全都閉著眼睛；導師莊嚴安詳，追隨者們看起來也頗為平靜。托帕絲用厭惡的表情看著他們。

「妳有喝他調的那個東西嗎？」

「沒有。我不記得有。」托帕絲說。

馬汀差點忘記手機。珍珍不在辦公室，不過有個年輕男子負責看家。馬汀的手機就放在辦公桌上等著他來領，他的車鑰匙也被人撿到送來，一併放在手機旁。他還忘了什麼？

「托帕絲，可以去拿簽證的申請文件嗎？」

「你真的想要現在處理這件事？」

「對。」

她回以一記陰險的笑容。「好啊，我們去給那些王八蛋一點顏色瞧瞧。」

§ § §

開往銀港的路上一路安靜，直到他們接近露營區時，因為回到收訊範圍內，馬汀的手機開始不斷震動、吱吱喳喳。他們已經快要上橋了，他在十字路口左轉，切進要往哈提根家的那條路上。蔓蒂的簡訊如雪花般來到。一開始是鼓勵的文字，「很幸運有你陪著我，一切小心」，然後是日常瑣事，「我在煮飯了，你多久回來？」，然後是「我先吃了，會留一些給你」。接著她開始擔心：「你還好嗎？」，以及「要睡了，拜託告訴我你沒事」。早上時，蒙特斐爾傳了一封訊息：「有進展嗎？」，接著是另一封：「你在哪？有事要討論。」最後一封是蔓蒂傳的：「搞什麼？你到底在哪？警察來了。」

「靠。」馬汀脫口而出。警察。露營區的入口處就在旁邊，在沙丘路的另一側。「我要去個地方，不會耽誤太久。」他對托帕絲說。

蔓蒂站在小木屋前的台階上等著，緊抓手機，彷彿在以意志力透過手機和他溝通，試圖引誘他回家。

他直接開到門前，把車停在她旁邊。

她一臉脆弱，聲音中帶著顫抖。「你去哪裡了？」

「說來話長，發生了什麼事？」

「警察正在來的路上，他們還要找我去問話。」她看來非常恐慌，彷彿昨晚也經歷了難以招架的事件。

「為什麼？他們要幹嘛？」

「我不知道。」

「溫妮佛知道什麼嗎？」

「不知道。她現在正在那邊等我。」

「為什麼妳不直接開過去？」

「他們叫我不要開，我是在等你。」她的眼神飄向車裡前座的托帕絲。

「連恩在哪？」馬汀問。

「托兒所，我很早就帶他去了。然後警察才打來說要找我，所以我又回來這裡。」她虛弱笑著，壓抑著自己的情緒。「我想先見到你，我擔心你出事了。」

「我沒事。」

她的眼神再次飄向車內的托帕絲。「你和她上床了？」

馬汀胃裡一陣慌亂翻攪。「沒有，不是妳想的那樣。」

但她看見他眼中迴避的神色，看出那是謊言。她打了他一巴掌，狠狠摑在他瘀青未消的那側臉頰。她不發一語，只是低頭盯著他，沒說出口的話比任何髒字都更加嚴厲。他直視著她的雙眼，希望獲得一個解釋的機會，重新拉回兩人的心。

警察的來到打破了這靜默的戲劇場面，巡邏車如鯊魚般靠來，蔓蒂什麼話都沒說，便朝他們走去，她帶著過夜包。看見那只包包令馬汀一顫。她要面對的是怎樣的場面？她知道什麼嗎？他想追上去，說些令她安心的話，但卻僵在原地。她坐進警車，車子退離、開遠，而他仍站在原地。

溫妮佛・巴比肯沒接電話，馬汀只好留下一則內容奇怪的語音訊息，問她為什麼警方要質詢蔓蒂，還有他能幫上什麼忙。他隨後打給自己的律師。尼克・普洛斯放任電話響了又響，直到馬汀正想掛斷前才接起。

「馬汀，怎麼了？」

「蔓蒂被逮捕了。」

「逮捕？你確定嗎？」

「不然就是拘留。他們剛來露營區把她帶去警局問話，不讓她自己開車過去。」

普洛斯安靜一會沒說話。「我去處理，看看我能查到什麼。你呢？他們有找你嗎？」

「沒有，我覺得他們有點在無視我。」

「這樣很好。」尼克說。「我查到之後打給你。」

他不情願地回到車內。他想去警局陪蔓蒂，查出原因，在她被釋放時在場等她。開車去隆頓是他最不想做的事，此時爬上斷崖對他來說彷彿是種失職。但坦白說，就算他真的在警局枯等不曉得幾個小時，對誰都不會有好處。他發動引擎，開始駛向隆頓。

一路上托帕絲都沒說話，要不是閉著眼睛，就是盯著她那側的車窗。挑逗的小動作都消失了，她彷彿變了個人。馬汀專注開著車，在他的視線中，世界的邊緣模糊不清，彷彿隨時都要脫落。他知道自己經不起失誤，說起來此時的他根本不該開車。他現在最不需要的就是遇上拿著酒測計的江森・沛爾，或者被沛爾下令強制驗血。

§ § §

隆頓醫院由兩個部分組成：初始建物由磚塊和木材組成，建於二十世紀早期，現在已被功能完善的雙層混凝土建築奪去風采。他們從一個指標上得知，行政單位、物理治療和門診部門都位在舊建築，而急診室和一般病房則在較新的建築。急診室頗為安靜，一個紅髮小男孩坐在母親身邊，雙眼紅腫，一隻受了傷的手包在自製的吊帶上。有個上了年紀的亞裔男子睡著了，一人占了三個位子。負責檢傷的護理師看了馬汀和托帕絲一眼，只抬起一邊眉毛表示懷疑，接著記下他們的情況，指示到一旁坐著等待。馬汀倒進托帕絲隔壁的塑膠座椅中，心不在焉地看著等待區提供的各種雜誌，《女士生活》、《女性週刊》、《新觀念》、《誰人》，全都有關英國貴族和好萊塢貴族：誰家孕婦待產、迫在眉睫的婚變、外遇傳聞。頓時間，他好希望自己能過上那種無聊極致的生活，無聊到哪個名人的肚子是凹是凸都會引起他興趣。托帕絲仍然時而凝視著一段距離以外的空中，時而閉眼好幾分鐘。她的前額發皺，馬汀心想她是否很難受。他走到櫃檯詢問大概的等待時間，護理師說他排在第四位，但順序隨時會變。他很想去買報紙和咖啡，決定冒險離開，便告訴護理師自己離開一下馬上回來，請醫生先替托帕絲看診。而那道質疑的眉毛再度挑起。

當他帶著兩杯咖啡、兩個甜甜圈和一份《雪梨晨鋒報》回來，托帕絲還在等待。她小聲道謝，拿了飲料和點心。

「妳還好嗎？」馬汀問。

「非常不好。」她說。

馬汀不曉得怎麼回答。至少咖啡和甜甜圈還不錯，尤其甜甜圈的糖霜，提供了他亟需的安定感。自從今晨在蜂鳥海灘醒來後，他第一次稍微體會到什麼叫生而為人的感覺。

看診的是位實習醫師，有著印度次大陸的長相和雪梨帕拉馬塔區[1]的口音。女醫師先喊了馬汀的名字，而不是托帕絲，她帶他到一間小小的診間裡。「這是什麼時候弄的？」她看著他的眼睛。

「前天，不過感覺已經在復原了。」

「我看看。」她輕輕掀起他的眼皮，用手電筒和放大鏡快速檢查。「你視力都正常嗎？」

「沒問題，我看得很清楚。」

她面露疑惑。「那為什麼要來檢查？」

「不是因為眼睛。」他解釋派對的事，還有和多人無套性交的可能。

「可能？」她臉上的專業表情是被笑容衝破了嗎？

「因為我沒辦法確定。」他說。

她以專業態度重新控制表情，不過笑意仍留在眼中。「所以為什麼這麼急著來醫院？」

「我有女朋友。」他的聲音帶著羞愧。「她昨晚沒有跟我在一起。」

她眼中的笑意消失了，不過馬汀並不覺得自己受到了批判。「這是很明智的選擇，很體貼。」她開給他一大堆藥，告訴他在一週內不要進行不安全的性行為。他要求止痛藥，藥效強一點的，她同意給一些低劑量的可待因錠。

「還有一件事。」他說。「我覺得自己可能被下了非法的藥物，可以做血檢嗎？」

實習醫師皺起眉頭。「我可以幫你抽血，但我不確定病理檢查適合用來查這種情況。」

1 Parramatta，雪梨西邊一個商業中心，是大雪梨都會區的一部分。

「那可以麻煩妳還是抽血嗎？也許可以查出什麼藥物。」

實習醫師無所謂地聳了聳肩。「也好，我們可以順便看看你的肝功能如何。」

他出來時，托帕絲還在外面等。

「我現在要去領藥。等一下就回來。」他說。

「沒關係，你不必一直等我。這邊結束後我會去看羅伊斯。」

「妳確定嗎？」

「嗯。這裡也有公車可以回銀港，大不了奢侈一點去住汽車旅館。」

「好吧。那個，簽證的申請單——我可以拿給警方嗎？」

她露出冷酷的眼神。「可以，儘管拿去。你去幹爆他們。」

太陽更加炙熱地烤著這座小鎮，海洋的調節作用鞭長莫及。陽光刺痛他的雙眼，灼熱感迎面襲上。乾燥的風從西方吹來，夾帶旱地塵土和火災的威脅。雖然已經正式入秋，不過風險並未降低，即使在澳洲大陸這麼東邊的位置，連樹叢也都乾的像火種。而且，正因為在東邊，可以燃燒的材料變得更多了。他嗅了嗅微風，空氣裡沒有燃燒的煙味，只有被風吹來的內陸表土。

他找到一間藥局，但藥劑師暫時外出，稍後才會回來。店員拿了他的處方箋，要他半小時後再來拿。天啊，還要半小時。他試著打給尼克，電話卻被直接切斷，正覺得奇怪就收到簡訊：「正在查，查到馬上打給你。」馬汀傳了訊息給蒙特斐爾：「拿到簽證申請單了，等一下過去。」

馬汀環顧四周。他現在能做什麼？真的有能力做什麼嗎？他在陰涼處坐下。每件事都偏了，也許是藥的關係，也許是因為他自己。蔓蒂一定遇到某種麻煩，但他毫無頭緒，不曉得確切的原因。在她需要他時，他卻卡在隆頓等著領藥。

他拿出那張簽證表格，仔細檢視。簽名的保證人不是泰森．聖克萊爾，而是某個他完全沒聽過的人：約翰．普林特斯。地址位在阿蓋爾河上游，表示普林特斯是個農夫。算是有點道理。托帕絲的名字和護照資料都寫在文件上。托帕絲．潔德．索爾所，出生於美國加州沙加緬度，二十九歲。她看起來比實際年齡年輕。

他試著再次回想昨晚的情況，但失敗了，沒有獲得任何新資訊，覺得自己可能就此失去那段時間的記憶，永遠不會再想起，藥物從源頭就阻斷了記憶形成。他腦中浮現的仍是同樣的破碎片段：他在跳舞、游泳，感覺非常、非常舒服。然後就是一片空無，除了自己想像出來的駭人情節之外，什麼都沒有。他想起今早醒來時的不適感，那麼難受的只有托帕絲、他以及葛斯．麥奎斯，其他人都很正常。或者，也許還有別人，但他們都還在各自的小木屋或帳篷裡睡覺，沒辦法起床面對白晝。可是他也看到幾個昨晚一起狂歡的人，一大早便起床活動，游泳、散步、有說有笑，還去參加導師的課程，導師自己似乎也不受影響。所以到底發生什麼事？他、托帕絲和葛斯被當成目標了嗎？為什麼是他們？

他想起昨晚被下藥前的一件事：珍珍和導師在辦公室地上做愛。馬汀想起那兩塊菱形黑色素瘤疤痕上下起伏的模樣，以及衝浪女王臀瓣上還有一道紅色新月在燭光中跳動著。珍珍和導師，多麼奇怪的組合，但仍比不過導師穿著西式服裝在隆頓和泰森．聖克萊爾聊天的畫面。可是話說回來，托帕絲沒有喝大師的特調神水，也許需要負責的人不是他。

馬汀看向手機，還要再等二十五分鐘。有個念頭穿過迷霧和痛苦大樂隊，浮現在他腦中。

進入隆頓圖書館，他直接走向能夠存取報紙數位檔案的那排電腦。他閉眼片刻，打起精神。坦白說，他現在最不想做的就是盯著螢幕，但還是打開介面，輸入「珍珍．海耶斯」，將搜尋區間推至久遠以前，設為四十年，按下搜尋，第一筆結果來自三十七年前，配圖是一個三人組的照片，三名女子自信地站在各自的衝浪板旁。珍珍是三人中最年輕的，只有十三歲，不過已經是畫面中心的人物，另外兩人站在她兩側。新聞稿不算真的報導，比較像是加長版的圖片說明。文中交代了三名年輕女性的身分，表示她們贏得了本地衝浪賽，將會前往巴林納參加地區賽。隔年，珍珍在巴林納贏得地區賽，進入州冠軍賽預賽的最後一輪。在這之後，搜尋系統找出的報導數量激增：珍珍沿著海浪滑行、靦腆地對著鏡頭微笑、穿著比基尼；她愈來愈有自信，業餘排行直線上升，在十八歲時成為職業選手，前景一片看好。此後報導的本質開始改變，從地方性的吹捧文章轉為就事論事的國際外電報導：南非、加州、智利、夏威夷，世界巡迴一站接一站。後來她開始從新聞淡出，報導大約在二十五年前逐漸止息，然後她就消失了。馬汀快速計算，當時她應該二十五、六歲，沒有退休或受傷的消息，就只是突然不見。他向後靠上椅背，想著她當時應該放棄衝浪了，或至少放棄世界巡迴賽。可能有各種原因，受傷、結婚，甚至是有了小孩，或者是所有原因中最常見的那種：她不夠強了。馬汀知道，職業衝浪跟大部分運動賽事一樣，可以讓選手賺到非常高額的獎金，不過僅限一小群菁英選手，就是只有贏得大獎獎金並拿到豐厚產品代言合約的幾人。出了菁英圈，獎金便會迅速下滑，任何形式的代言酬勞則會以實物支付：免費的衝浪板、防寒衣和泳衣，而不是機票、旅館住宿和伙食所需要的費用。而且這還是現在的情況，二十五年前的女子巡迴賽應該幾乎賺不到錢。他想了一會，最後認為這裡頭沒有太多可以質疑的空間：她是個前景看好的業餘選手，於是轉成職業選手，全力一搏，然後就結束了。

他搜尋更近期的日期，一無所獲，一連幾年、幾十年。接著，七年前出現一則訃聞，是她父親。他死於八十三歲，比太太晚了二十年離開，留下的唯一家人是外號「珍珍」的前衝浪冠軍，珍妮佛・海耶斯。她就是那時回到銀港的嗎？為了舉辦父親的喪禮，並繼承那座老舊的酪農場？還是她其實更早以前便回來照顧逐漸年邁的父親？馬汀想起蜂鳥海灘，酪農場留下的痕跡已經非常稀少。也許她父親很早以前就放棄繼續經營那座舊農場，住在農場純粹只為了度過退休生活；畢竟，外面多的是比蜂鳥海灘更不適合退休老人的住所。

他繼續搜尋，將日期拉近，並不期望能看到更多資訊。不過，下一則新聞令他大為震驚。一則頭版頭條：「衝浪冠軍遭鯊魚攻擊」。今天第一次，馬汀覺得徹底清醒，腎上腺素帶來的機警穿過頭痛和呆滯的腦袋，突破重圍，他繼續閱讀報導。

外號珍珍的前職業衝浪選手珍妮佛．海耶斯在銀港北邊二十公里處的蜂鳥岬角遭到鯊魚攻擊，腿部受傷，目前已於寇夫斯港地區醫院接受治療，正在恢復當中。

據信，意外發生於日出後不久，海耶斯當時獨自衝浪。一條巨大鯊魚從下方攻擊她的衝浪板，咬傷她大腿的上半部，隨後被海耶斯擊退。

當地居民表示，最近曾在攻擊事發地點附近海域看過幾條公牛鯊。

遭受攻擊後，海耶斯爬上岩石確保自身的安全，接著跛行數百公尺報警。由於海耶斯的傷口極深且大量失血，因此立即被直升機送往寇夫斯港治療。

救護車人員表示她非常幸運，鯊魚並未傷及大動脈。「擊退鯊魚後還能鎮定止血並且求救，她真的非常了不起。」

海耶斯在二十年前首次嶄露頭角……

馬汀苦笑著。現在他懂了，當她和導師做愛時，她臀部那張牙舞爪的印記，不是打屁股的痕跡，而是被鯊魚攻擊後留下的疤痕。這也解釋了為什麼她在海水最溫暖的三月也堅持穿著防寒衣：不僅防曬，也是隱藏傷痕。

馬汀想繼續搜尋，不過此時手機響起，鈴聲在安靜的圖書館裡聲勢驚人。是尼克・普洛斯。「老哥，我現在和蒙特斐爾偵緝督察在一起，你最好過來一趟。」

# 第二十章

馬汀進入銀港警察局，不見尼克・普洛斯人影，只看到坐在裡頭等他的伊凡・路奇。路奇看到馬汀便咧嘴微笑：「這邊。」

「怎麼了？蔓蒂在哪裡？」馬汀問。

「放輕鬆，你很快就會知道。」

但他沒有因此鬆懈。掌控局面的路奇自信、嚴肅、懷有惡意，馬汀覺得自己像是走進某種陷阱裡。他甩甩頭，試著甩開這種偏執的妄想。拜託一下，這裡可是警局。他得釐清思緒，提高警覺，再三思考話語。他希望腦袋可以再清楚一點，希望剛才沒那麼快就吞下隆頓藥劑師給的止痛藥。

路奇將他帶到一間彷彿電視影集裡會出現的偵訊室，而且是製作預算不高的那種，塑膠桌面、便宜的辦公椅、水泥地板、磚牆。室內乾淨，有消毒水味，彷彿剛發生過什麼可怕的事需要消毒整理，不過至少室溫涼爽，還有冷氣吹。

馬汀坐下，把臉埋進雙手中，閉上眼睛，試著打起精神。頭痛被可待因的效力中和，已經稍微緩解，但並未完全消失，仍在暗中預謀策反，彷彿藏身山林的游擊隊。他的骨頭深處還留下根本的疼痛，不過胃裡已經簽了停戰協議。他深呼吸，試著集中注意力，並不容易，能感覺有東西朝他而來，某種比頭痛更惡劣的傢伙。他身在警局偵訊室，卻不曉得為什麼自己要在這裡。

之前那名年輕的女警拿著攝影機走進偵訊室。馬汀環顧四周，發現這裡就是星期一江森・沛爾偵訊他的房間。剛才為什麼沒認出來呢？完了，他現在的狀況根本不適合被警方問話。女警忙著架設攝影機，把機器安置在三腳架，連接桌上麥克風的音源線，檢查機器是否準備妥當，全程沒看馬汀一眼，也沒因為他坐在那邊而有任何形式的招呼，接著她便離開了偵訊室。

幾分鐘後，蒙特斐爾進來，身後跟著路奇和那名女警。蒙特斐爾匆匆看了他一眼，面色嚴肅，接著將手中的檔案夾攤開在桌上，忙著查看裡頭的內容。路奇則完全相反，除了看著馬汀什麼也沒做，就只是看著他咧著嘴笑。如果這麼做是為了令馬汀心生畏懼，可以算成功了。「開始錄影。」女警說。但蒙特斐爾仍看文件看得入迷。路奇則繼續笑著，彷彿是要打破世界紀錄。

門打開了，是尼克．普洛斯。

「尼克，怎麼回事？」

律師做了個鬼臉。「警方有幾個問題想問你。」他朝蒙特斐爾瞥了一眼，然後回過頭看著馬汀。「請你一定要誠實回答，這點非常重要，我強烈建議你據實以答。」

馬汀不敢相信地盯著他。這傢伙到底站在哪一邊？

普洛斯在他旁邊坐下，手放在他肩上以示支持，彷彿是要馬汀放心，他沒有背叛他。

「我們開始吧。攝影機？」蒙特斐爾說。

「報告長官，已經在錄了。」

蒙特斐爾一口氣講完必要的前置資訊，時間日期、在場人員姓名，然後他停頓了一下整理思緒。或者，也可能是為了施加更多壓力。

「馬汀，我要你回想四天前，也就是這週一抵達銀港時的情況。你之前簽署一份筆錄，表示你在當天早上十一點左右抵達蔓德蕾．蘇珊．布朗德所租下的透天厝，並宣稱賈斯柏．史貝特在你抵達時已經死亡。現在我要你仔細想想，你對於這份紀錄的內容，有沒有任何想要修改的地方？是否要變更或是補充任何細節？」

馬汀瞥向普洛斯，後者只是抬了抬眉毛，什麼都沒說，彷彿他的表情已經傳達一切。「沒有。」馬汀說。「完全沒有。」這位警探到底在打什麼主意？

「了解。」蒙特斐爾的語調審慎。「不過為了慎重起見，可以請你現在重述一次你進入透天厝之後發生的事嗎？」

尼克．普洛斯插話：「等一下，他做過筆錄，也說了不想改變或補充任何地方，這樣應該就夠了。」

蒙特斐爾看向普洛斯，思考著他的立場。「好。史卡斯頓先生，你在筆錄中說，在你發現賈斯柏．史貝特的屍體並確認他身亡後，你看到蔓德蕾．布朗德坐在客廳裡離你幾公尺遠的地方，雙手沾滿血跡。你現在的記憶有變嗎？」

「對。她雙手有血，不過我不會說是沾滿，那是你說的。」

「了解，謝謝。」蒙特斐爾說。「但當時你沒有走到她身邊？你直接打了緊急電話，站在本來的位置直到警方和救護車抵達現場，是嗎？」

馬汀看向普洛斯，但沒得到任何回應。為什麼蒙特斐爾要追究這一點？「對。我覺得她那時嚇到了，我自己也是。」

「你說你檢查過脈搏，確認賈斯柏．史貝特身亡，當時你有看見殺害他的凶器嗎？」

「沒有。我沒有找，不過，對，我沒看到。」

「從你當時蹲在地上的位置，你能夠清楚看見布朗德小姐嗎？」

「可以，看得到。」

「那從你第一眼看到她開始，一直到救護車和警方抵達為止，這中間有任何時候她曾離開你的視線之外嗎？」

「沒有，她就是愣愣地坐著，完全沒動作，像在恍神。就像我剛才說的，她嚇壞了。」

「你說你當時蹲在地板上，所以在警方和救護車來之前，你都一直在原地保持同樣的姿勢嗎？」

馬汀試著回想。「大部分時候都是，不過聽到救護車的聲音停在門外之後，我應該就站起來了，他們進來時我是站著的。」

「你確定嗎？」

「確定。」

「那麼當你起身之後，你是否有面向蔓德蕾．布朗德？」

「一定有，我沒辦法想像自己沒有轉過去看她。當時我非常擔心她。」

「但是你沒辦法百分之百肯定？」

馬汀閉上眼睛，雙手沾了血的蔓蒂坐在沙發上的畫面已經烙印進他腦海裡。但他當時是從什麼角度看她？是在地板上，還是起身之後？或是兩者的綜合體。他搖搖頭：「我沒辦法百分之百肯定，想不起來確切的過程，但如果我沒看她就太奇怪了。而且，如果她從沙發上離開我一定會記得。為什麼這樣問？」

蒙特斐爾點了點頭，彷彿表示理解。「好，馬汀，沒關係。從地板上的角度，當你百分之百確定能夠看到布朗德小姐時，你有看見她旁邊的沙發上有任何東西嗎？」

馬汀回想，聳了一下肩膀。「我不記得有看到其他東西，沒什麼重要的。」

「靠墊呢？」

「什麼？」

「沙發的靠墊。沙發上有靠墊嗎？」

馬汀眨了眨眼。記憶閃進腦中，她的雙手和白色沙發形成對比，彷彿雪地裡的血跡。「有，有兩個，沙發兩個角落各有一個。」

他身旁的尼克．普洛斯換了個姿勢。馬汀瞥了他一眼，律師臉上掛著淺淺的笑容。

「沒有其他東西了嗎？」

馬汀想了一下。「沒有，我記得的只有這樣。」

「所以完全沒看到凶器？在沙發上或是任何其他地方？」

凶器，那把刀。前面問這麼多就是為了這件事嗎？「沒有，我沒看到。」

「你也沒和布朗德小姐說話？」

「沒有。」

「這很奇怪，不是嗎？」

馬汀直視他的雙眼，在自己的語調中加入些許憤怒與魄力。「你覺得奇怪嗎？所以是有哪本說明書會教你在女朋友家的地上發現死人時應該怎麼做嗎？」

「不必這麼咄咄逼人，史卡斯頓先生。」說話的是路奇，邪笑又回到他的臉上。

馬汀用手指朝小隊長的方向戳。「我在發現他的幾秒鐘內檢查他的脈搏，然後打電話叫了救護車和警察。現在你可以告訴我哪裡做錯了嗎？你可以在攝影機面前講一下，讓我們留下正式紀錄嗎？」

蒙特斐爾歪著臉做了個表情。路奇則安靜不語，只是笑著。尼克伸手觸碰馬汀的腿，以示約束。

「我們繼續。」蒙特斐爾說，便看著手中的筆記。若他是想留點空間緩和氣氛，顯然失敗了。「根據我這邊的紀錄，在星期二下午，也就是命案發生的隔天，你和蔓德蕾・布朗德曾回到透天厝。這個紀錄正確嗎？」

「正確。」

「為什麼要回去？」

「我們去拿蔓蒂的東西，衣服和盥洗用具之類的，還有她兒子連恩的用品，奶瓶、調理機和毯子。很多東西。」

「在這段期間，布朗德小姐是否曾離開你的視線？」

「有，很多次。」

「所以你沒辦法完全肯定她到底打包哪些東西？」

馬汀搖頭。天啊，他們還在追那把刀。「對，沒辦法。但警方待在那個地方已經超過二十四小時，搜過整間屋子，到處都是指紋粉，每樣東西、每個能看到的表面都是粉。」

「所以你現在是警方的鑑識人員還是調查專家嗎？」路奇的話中帶刺。

「不是，但我相信警方在這兩方面肯定專業。請問路奇小隊長是在質疑自己同事是否適任嗎？」馬汀直視著攝影機鏡頭。

蒙特斐爾露出笑容。「好了你們兩個，冷靜一點。我們繼續。」

另一陣停頓，警探看著手中的下一張紙。尼克・普洛斯把一隻手放在馬汀肩上，吸引他的注意，然後對馬汀點點頭表示鼓勵。馬汀平緩著自己的呼吸，他不該被王八蛋路奇激怒，尤其是此刻疲憊又宿醉的狀態下。

「好，你們從透天厝帶走的東西，那些蔓德蕾・布朗德的行李，後來拿去了哪裡？」蒙特斐爾說。

「我們在河對岸的露營區租了小木屋，把所有東西都帶到那邊。」

「全部嗎？你們有沒有丟掉任何物品？丟到垃圾場或是路邊的垃圾桶？」

「就我記得沒有。」

「你們開的是布朗德小姐的車嗎？」

「還有我的。我們開了兩台車。」

「小男孩連恩當時在哪裡？」

「和我們在一起。」

「你確定嗎？」

「確定，因為他很難搞。」馬汀瞄到攝影機後的女警露出了笑容。「我們去透天厝的一、兩個小時前，蔓蒂才剛從托兒所接他出來，你可以和托兒所確認，他們應該有家長的簽名紀錄。」

「你們在透天厝待了多久？」

馬汀聳了聳肩。「五十五分鐘或一小時之類的吧。」

「在太陽下山前就離開了嗎？」

「對，沒待到那麼晚。」

「你們抵達露營區時，是誰從車上卸下行李？」

「我們兩個人都有。」

「你們一起搬嗎？」

「對。」

「不過那些大部分都是蔓德蕾．布朗德和她兒子的行李，是嗎？」

「對。」

「那我們可不可以說你是主要把行李搬下車的人，而布朗德小姐主要在小木屋裡整理？」

「也可以，大部分時候也確實是這樣。」

「了解。」蒙特斐爾繼續說道，他的聲音放鬆，毫無敵對的意思。「然後那天下午，你、蔓德蕾・布朗德和她兒子，你們三個人應該就是一起沿著河邊散步、看夕陽，最後回到小木屋吃晚餐了吧。」

「不是這樣。」

「不好意思，不是這樣？」蒙特斐爾聽到答案看起來有點驚訝。

「對，不是。」

「那你們去了哪裡？」

馬汀看向尼克・普洛斯，後者低頭看著自己的手，不願意有眼神接觸。馬汀回過頭看著蒙特斐爾。路奇臉上不再掛著笑容，只是專注地看著他。操作攝影機的員警已經不再動作，完全看不出她有沒有在呼吸。馬汀感覺這就是問話的重點，前面的鋪陳就是為了來到這裡。他不曉得該說什麼才能幫到蔓蒂，於是說了實話。

「我去我舅舅家吃晚餐，在河上游一點的地方。我抵達時大約七點或者晚一點。」

「在太陽下山前嗎？」

「對，離日落大概還有十五分鐘吧。」

「什麼時候回去？」

「不確定。可能十點半或者更晚。」

「你舅舅叫什麼名字？」

「弗恩·瓊斯。全名應該是弗恩農·瓊斯。」

「他可以證實你說的時間嗎？」

「可以。他太太也在，還有一大群小孩。後來是我舅舅和他兒子開船載我回露營區。」

「為什麼？」

「我喝了一點酒，不想開車。」

「那你舅舅呢？他沒喝嗎？」蒙特斐爾的眼神中透露著一點調皮的幽默。

「開船的是他兒子。」

蒙特斐爾笑了。不過這時路奇問了下一個問題，臉色異常嚴肅：「為免誤會，我再跟你確認一次：賈斯柏·史貝特在你女朋友家被殺，死在你女朋友面前，但是隔天晚上你卻沒和她待在一起，反而跑到舅舅家，還喝醉？」

「對。」馬汀說。

蒙特斐爾看起來有些失望，但馬汀不確定到底是對誰，是對馬汀還是對他的小隊長。「謝謝你的協助，史卡斯頓先生，你可以離開了。」這句話是為了攝影機說的，代表問話正式結束。

「等一下。」馬汀說著並起身。「我有東西要給你。」他從口袋抽出托帕絲的簽證申請表交給蒙特斐爾。「幾小時前你還很急著要拿到這個東西。」

蒙特斐爾打開表格，迅速掃過。「謝謝你，馬汀，我保證這項證據會得到應有的重視。」這位警官的眼中帶著真誠，但馬汀無法忽視自己從他話中聽見的諷刺。

馬汀等到他和尼克·普洛斯走下警察局外面的樓梯之後，立刻轉頭質問律師：「剛剛到底是在幹嘛？」

「我們喝杯咖啡吧。」普洛斯語氣安撫地說道。

「不用了，就是告訴我剛才怎麼回事，解釋一下為什麼你沒有幫我。」馬汀一根手指戳向普洛斯，離他的胸口僅距離幾毫米。

尼克舉起雙手，彷彿投降。「他們在套你話，想知道你會不會說謊。」

「說什麼謊？」

「他們找到一名目擊者，宣稱星期二晚上太陽下山時，在露營區裡看到蔓德蕾把某個東西丟進河裡，那時你在舅舅家了。警察覺得被丟掉的就是那把凶刀，他們的潛水員正從雪梨過來。」

馬汀站在原地，一動也不動地看了尼克好一會兒，但其實腦中快轉的思緒已經不曉得飆到何處。

「還有另外一件事，關於起司工廠。」尼克說。

但馬汀沒在聽，他已邁開腳步。「晚點再告訴我。我再打給你！」他轉頭對著身後大喊。

§ § §

車子塞在中央大道。他被沮喪感吞噬，壓抑著想大叫的衝動，想對這些在各自正常生活中夢遊一般閒晃的路人破口大罵。接著他便離開市區，開上橋前往露營區。

開至接待處的路口，他右轉往保留給長期住戶的園區前進，途中經過一排樹籬，進入自給自足的迷你世界，裡頭布滿各種小屋，全都包裹著HardiePlank的新式纖維水泥壁板；這些屋子本來都一模一樣，現在則被住戶改造成各自的風格。就像迷你版的小村落，道路縮小成自行車道，房子縮小成大型狗窩，生活則縮小成盆栽的規模。不過這裡確實過得了生活。路旁站了兩位年輕媽媽，正一邊抽菸一邊親切地聊著天，兩人的孩子都坐在便宜的嬰兒車裡；一名穿著藍色汗衫背心、有著刺青的年輕人，在一輛肌肉車的引擎蓋裡鑽進鑽出；就在前方，一小群上了年紀的男人正在草地玩滾球。馬汀把老舊的Corolla停在這座便宜租金社區的某棟屋子前，走向玩滾球的那群老人，向他們問路。

克萊德．麥基正在整理院子，在小小的陽台上除草，身邊圍繞著花卉盆栽。一旁的收音機喃喃自語，聽起來像在轉播某種比賽。「馬汀？怎麼了嗎？」他說。一定看見了馬汀臉上的急迫。

「克萊德，可以和你聊一下嗎？」

「當然，上來吧。」

馬汀走上小陽台，空間小得只夠讓兩張椅子並肩而坐，中間再加一張小桌子。麥基關掉收音機後問道：「你要喝什麼嗎？茶？咖啡？想吃點東西嗎？」

招待食物的提議令他餓得痛了起來；在收下蜂鳥海灘的吐司以及隆頓的甜甜圈之後，他的身體渴望擁有更多食物。「水，請給我水就好。如果有什麼可以吃的，我可以吃一點。」

「沒問題。」克萊德說著。他脫掉園藝手套，走進小屋裡，一會兒之後帶著兩杯水和一份夾了火腿和番茄醬的白吐司三明治回來。「坐吧，馬汀。這裡太小了，沒空間讓你走來走去。」

馬汀坐下，喝了一點水，開始切入正題。「克萊德，你和布萊恩很常在停船的碼頭邊釣魚嗎？」

「天氣好的話幾乎每天都會去吧。」這位前任警官說著，眼神充滿機敏的神采。

「你們每次都約在日落時？」

「是啊，已經變成習慣了。」

「那你還記得星期二那天你們有去嗎？」

「應該有吧，我這個星期應該每天都有去。」麥基專心回想。「可能只有一天沒去，應該是星期一，但不太確定。每天做的事情都差不多，現在回想都混在一起了。」

馬汀咬緊嘴唇。「克萊德，這件事很重要，我們可以去和布萊恩求證嗎？」

老警察正想回答，眼中突然閃過一陣光芒。「等一下，你說星期二，板球比賽那天嗎？單日賽那天[1]？」

馬汀看著克萊德，眨了眨眼，露出笑容。「我們來查查。」他拿出手機搜尋，確認澳洲隊確實在星期二有比賽，是在墨爾本板球場的日夜賽。「對，那天有板球比賽。」

「那我們兩個就有去釣魚了。從澳洲隊進攻開始，我們就用收音機在聽，大概是六點半或七點左右，一直釣到天色太暗沒辦法繼續為止。那場比賽打得很好，我們後來去交誼廳看完比賽，差不多是十點或十點半。」

馬汀可以感覺有股笑容就要衝到自己臉上，不過他還沒問完。「所以從六點半、七點左右到日落後一小時這段時間，你們都待在碼頭？」

「對啊。怎麼了，馬汀，為什麼問這個？」

「當時你們有看到任何人去那裡嗎？」

「一定有吧，那段時間每天都有很多人會到碼頭邊散步。」

「我女朋友蔓蒂．布朗德，你有看到她嗎？」

「沒有，如果看到一定會有印象。她那麼漂亮。」

「你確定嗎？」

「當然。如果我沒記錯的話，我那時候根本不曉得你們也住在這裡。」

「對，克萊德，你沒記錯，我們那天下午才住進來。」他的笑容突破重圍，不過他並未鬆懈；這件事太重要了。「如果蔓蒂在太陽下山時去了河邊，你有任何可能會沒看到她嗎？比方說忙著釣魚、只看到河的方向，或是因為三柱門被放倒所以太專心在聽球賽之類的？」

馬汀還沒問完，麥基已經搖頭。「不可能的，老弟，如果她走到那邊，我們一定會看到。」

「我們可以去和布萊恩確認這點嗎？」

「孩子，當然可以，但你得先告訴我怎麼回事。」

馬汀向他解釋神祕目擊者的指控；有人聲稱蔓蒂在星期二近日落時在河裡丟入某樣東西。

麥基直搖頭。「胡說八道。如果她——或者任何人把證物丟到水中，肯定會被我們看到。你知道目擊者是誰嗎？」

「不知道。」

「你剛才說星期二，那時就知道你們住在這裡的人有誰？」

馬汀看著眼前的警察，思緒如奔逃的野兔開始往多個不同方向竄。麥基說得很對，明明當時他們才剛住進來而已。

「來吧，孩子，我們去找布萊恩。」

§ § §

1　板球比賽是持續時間極長的賽事，一場對抗賽通常會每天至少打六小時，並持續三到五天。單日賽（One-dayer）則是另一種賽制，比賽會在一天內結束，時間會比六小時長上許多。下文的日夜賽（day-nighter）並沒有常見的中文名稱，指的是從下午開打，一路打到晚上的比賽。

布萊恩．金傑力正在他的小屋外，從年代已久的皮卡車貨斗上抬起一只巨大的鍍鋅工具箱。馬汀上前幫了他一把。

「謝了，老弟。我的背把我整慘了。」布萊恩說。

「你還有在工作？」

「對啊，大熱天的爬到屋頂修理破天窗。找我什麼事？」

「想請你幫點忙。」

他也確實幫上了，證實老友的記憶正確無誤，星期二日落時蔓蒂並不在河邊。

馬汀打給溫妮佛，電話進入語音信箱，他把髒話吞進肚裡，改傳簡訊，字母全部大寫：「**兩名證人能確認蔓蒂星期二日落時不在河邊。打給我。**」

不到兩分鐘，律師便來電。

「馬汀，你確定嗎？」

「確定。我現在和他們在一起，是露營區兩名住戶。他們每天太陽下山時都會去釣魚，就在停船的碼頭上。他們星期二也在那裡，發誓如果蔓蒂走到河邊，他們一定會看到。」

「他們可靠嗎？」

「其中一位曾是警察，服務了幾十年。」

她一陣停頓，然後說：「可不可以讓我和那位警察說話？」

馬汀把手機拿給克萊德．麥基，麥基向溫妮佛重述一遍自己所記得的。他的聲音低了半個八度，充滿在法庭上磨練的權威感。馬汀聽到他解釋了當天收聽板球比賽轉播的情況、描述兩人坐的位置，以及他們看到什麼。麥基向溫妮佛保證，他願意出面將這些資訊做成正式筆錄。

通話結束後，麥基的雙眼炯炯有神。「你知道律師怎麼說嗎？那個所謂的目擊者宣稱你女朋友把某個『可能是』凶器的東西丟到河裡，而且說她是從碼頭上丟，不是河邊。根本就不可能，我們全程都坐在碼頭上釣魚。」

馬汀覺得自己眼中盈滿淚水，無法控制。「克萊德，謝謝。我現在說不出話，但我真的非常、非常感激。」

麥基看來有些不好意思。「沒關係，孩子，我沒有幫到什麼忙，只是說實話而已。」

「你要喝啤酒嗎？」布萊恩．金傑力問道。「聽起來你贏了這一局。」

不過馬汀已經開始考慮接下來的事了。「謝謝，先不要好了，我還得處理幾件後續的小事。」

「那我們走吧。太陽快下山了，我們可以到碼頭喝一瓶冰的。」麥基對布萊恩說。

§ § §

回到車內，有個念頭困擾著馬汀，是克萊德．麥基剛才說的話，他說星期二下午他根本不曉得馬汀和蔓蒂住進露營區。那有誰知道呢？溫妮佛、露營區老闆。還有誰？尼克？但那個假目擊者現在才現身，這幾天下來，早有各路人馬知道他們住在這裡。他甩了甩頭，覺得繼續思考也不會有結果。

手機響了，是尼克．普洛斯。「尼克。」

「發生什麼事？為什麼溫妮佛這麼生氣？」

馬汀解釋了來龍去脈。

「天啊，這也太精彩了吧。」律師說。「目擊者是假的？被蒙特斐爾找到的話，鐵定會把他們釘在十字架上。」

「希望如此。他知道對方是誰嗎？」

「我也不曉得。警方說是匿名線報，所以八成不知道。不過也可能只是用來保護線人的藉口。」

「但現在他們發現那是胡說八道，就不會想保護對方了。」

「他們正在叫潛水員從雪梨過來，準備搜索河底。」

「啊？為什麼？他們沒取消嗎？」

「馬汀，你仔細想，刀子現在可能真的在河裡。如果有人想要陷害蔓蒂，可能會自己從岸上或者從船上丟入刀子，再給警方假的線報。」

「你覺得警方有可能從這件事循線找到凶手嗎？」

「也有可能是同夥，如果找到刀子的話。或者，如果他們知道線索是誰給的話。」

「那蔓蒂呢？他們讓她離開了沒？」

「還沒，但應該快了。」

馬汀看了錶。靠，連恩。

「尼克，蔓蒂的兒子——我們的兒子——他還在托兒所。」

「你要我去接他嗎？」

「可以嗎？」

「我等一下跟你確定行不行，因為外人去接會需要蔓蒂簽名的同意書。」

「這麼麻煩？」

「對啊。你等一下。」馬汀可以聽到尼克在和某人說話，接著他又回到電話上：「沒關係，警察要讓她走了，她會自己去接。」

「可以讓我和她說話嗎？」馬汀等著，他可以聽到電話裡傳來一陣不清楚的說話聲。

尼克又回到電話上：「不好意思，哥，她趕著離開，已經過了托兒所的關門時間了。」

馬汀結束通話後，發動車子開離長住區，出來時經過接待處，看見露營區老闆在陽台抽著菸斗，他停下車朝她走去。

「天氣不錯。」他說。

「的確不錯。你女朋友怎麼樣了？」

「妳是指？」

「我看到她被警察帶走。」

「沒事，她只是幫警方釐清一些東西，現在要回來了。」

「沒事就好。」

「警察要派潛水員過來搜索河流，他們告訴妳了嗎？」

老闆皺起眉頭。「你怎麼會知道？他們五分鐘前才告訴我。」

「就像我剛才說的，我們在協助警方調查。」

「是這樣嗎？」

「對。」馬汀說謊。「跟妳請教一件事，這條是進出露營區唯一的路嗎？」

「算是吧。你可以搭船到碼頭，或者沿著河岸走路進來，但車子進出只有這裡。」

馬汀點頭。「除了長住區的居民和露營區的遊客之外，這幾天妳有沒有看到奇怪的人在這附近閒晃？」

她搖搖頭。「沒有，沒看到。有一、兩個人會沿著河岸騎摩托車，不過他們本來時不時就會來。」

「摩托車？妳說像騎重機的那種機車幫派嗎？」

「才不是，就是幾個騎越野摩托車的死小鬼。二行程引擎，吵得像是縫紉機和桌上型攪拌器的混合體。」

「什麼時候的事？」

「常常有啊。今天沒來，但昨天、前天都有。他們一早就會來，非常早。除了他們之外就是一些來散步或是騎登山車的，不過這些人不會那麼吵。」

「謝謝。」馬汀想著應該告訴蒙特斐爾這件事。警方每次公開呼籲民眾提供線索時都是怎麼說的？「無論有多微不足道，請提供我們任何細節的資訊」，是這樣講嗎？

老闆彎下腰，拿起義肢重新裝上，然後站起身。「有那麼多警察來來去去，感覺這裡要變忙了啊。」辦公室裡傳來電話鈴響。

「如果妳不介意的話，我可以再問一件事嗎？」馬汀說。「妳的腳怎麼了？」

「鯊魚咬的。沒被多咬掉一塊肉算我幸運。」她說。

「什麼時候的事啊？」

她聳了聳肩。「大概十年前吧。」回答完便走進辦公室接聽電話。

馬汀回到車內，坐在駕駛座思考，河邊的越野摩托車、鯊魚攻擊事件、騙子目擊者，這些拼圖碎片似乎不太協調，至少彼此沒有直接關聯。他轉動插在方向盤下的鑰匙，接著突然想起另一件事。尼克・普洛斯剛才說什麼？如果凶器被人丟進河裡，可能從岸上，也可能從船上。

馬汀腦中浮現一個畫面，不請自來且令人反感：弗恩和里凡在碼頭邊放他下船。另一個畫面是馬汀在舅舅烤肉架旁切開一大串香腸，刀身在火光中閃爍光芒。他一陣作嘔。又一個畫面。賈斯柏・史貝特的腹部被一把刀切開。還有一輛摩托車，一輛掛著黃色學習駕照標誌的二行程越野車。

# 第二十一章

「你不能住在這裡。」她看著他的眼睛說道，然後彎下腰解開連恩的安全帶。小男孩在車內的安全座椅睡著了。

馬汀立刻覺得自己洩了氣，空氣從他身體裡逃離，也一併帶走樂觀的心。「溫妮佛沒有告訴妳我發現的事嗎？我幫妳洗清了嫌疑。」

她讓連恩繼續坐在本來的位子，直起身體看著馬汀。「她說了。謝謝你。」但她話中的感謝頗為稀薄，而且聲音毫無溫度。

「蔓蒂？」

她搖頭。「你和那個背包客上床了，那個小蕩婦，我沒辦法忘記這件事。」

馬汀張開雙手安撫。「我被下藥了。我甚至不確定自己有沒有跟她上床，我根本不記得。」

現在她臉上出現了真的怒氣，聲音滿是控訴。「我才剛被警察找去問話四小時，問我星期二下午到晚上期間去了哪裡、做了什麼，等我到托兒所時，連恩已經歇斯底里地在鬧脾氣。所以我到底為什麼會在警局待這麼久？因為沒有任何人可以證實我說的是真是假。因為星期二晚上你人不在，你跑到你舅舅家，抽你的大麻、喝你的酒。賈斯柏．史貝特在那前一天才被謀殺耶。結果昨晚你又搞失蹤，參加派對，連自己老二插到哪都不知道。一整晚耶。你不是可以依靠的人，馬汀。我已經遇過很多不可靠的男人，不需要再多一個。連恩需要的不是偶爾會出現的爸爸，而是更負責任的人。」

小男孩聽到自己的名字，從睡夢中醒來放聲大哭。蔓蒂斷開和馬汀的視線接觸，重新彎腰將兒子從車後的座椅鬆開，然後拉起身抱在手上。

「馬！」小男孩說著，朝馬汀伸長一隻手臂。

蔓蒂搖著頭，眼中有淚。「當你應該在這裡時，你待在雪梨寫書。現在你人在這裡，卻又一直失蹤。」

「蔓蒂……」

「不行，你不能住在這裡。去哈提根那裡，你去住那邊，好好想想怎麼修好那個地方，怎麼把『我們』的關係修好。」

「溫妮佛怎麼說？」

「我管溫妮佛說什麼。她很高興，但我不高興。你現在就走。」說完，她便將連恩帶進小木屋。

幾分鐘後，當她重新出現時，馬汀還站在原地。她用他之前的背袋將連恩揹在背上，並把一串鑰匙丟給馬汀，哈提根家的鑰匙。「我要帶他散步，回來時我不想看到你還待在這。」她邁開腳步走開，又停下來回頭看他。「我再打給你。」她說，話中的怒意多了一點後悔的情緒，不過說完仍然轉頭朝河邊走去。

馬汀看著自己的手，但雙手也沒有答案。他其實沒什麼選擇餘地，只好走進屋內，收拾自己的衣物；沒花多久時間，畢竟早已經驗豐富。身為四海為家的特派記者，閱歷過上千間旅店的他，再一次收拾行李準備移動。媽的。

他離開露營區，穿越沙丘路，向上開往哈提根家，頓時疲憊不堪。蒙特斐爾正朝凶手逼近，然後就出現一名假目擊者，宣稱蔓蒂把刀子丟進河裡。找出目擊者、刀子、凶手，能有多難？而且蒙特斐爾還持有托帕絲的簽證申請表，是聲請法院命令、搜索令和警方調查的關鍵條件。如果聖克萊爾涉案，蒙特斐爾會把他連根拔除。那為何馬汀還是這麼空虛、鬱悶？一種生活出了錯的空洞感。他覺得自己正在失去蔓蒂和連恩，而且已經失去了她的信任，他昨晚的越軌行為讓每件事混合在一起，加成雜化。疲勞席捲而來，過去的重量迎頭壓下。

他抵達哈提根家的柵門前，停下車呆坐一會，提不起精神繼續前進。閉上眼睛，腦海浮現一幅畫面：安居社區在他面前展開，而且是他年輕時的安居社區，彷彿他正由上而下俯瞰，是不可能出現的那種制高點。他掙扎著睜開眼，推開腦中的景象，環視四周。這片地景暗藏著回憶，彷彿雷區，無論視線所及何處，無論走得多麼小心，隨時都有往事威脅著要在他腳下爆炸。有事發生了，再也不受控制，潘朵拉的盒子開門營業。

他自知需要睡眠，讓精神重新恢復到平衡狀態，可是，現在的他心裡卻充滿著對那些畫面、回憶的恐懼。他眨了眼，張大雙眼，彷彿要榨出一點剩餘的氣力；陽光在車內的後照鏡中燃燒，夕陽低垂天際，往西地平線和一長條逐漸黯淡的斷崖方向落下。哈提根屋內沒有電，他也沒有手電筒，只有手裡的iPhone能指路。他看了只剩一半的剩餘電力，跟他一樣。他應該進到屋內，看能否找到蠟燭或提燈之類的東西。這天氣生火太熱了，而一想到壁爐，他的胃便提出新的問題：飢餓。他突然想到可以先開回銀港，買些外帶還有蠟燭。

此處沒有空間迴轉。較明智的做法是打開柵門，開到屋子前面，在屋前掉頭後再開下來。然而光想到要下車就令他無法承受。他打入倒車檔位，開始緩慢地退下山坡，尋找可以迴轉處。陽光占滿了後視鏡；他改用左右兩邊的鏡子，瞇眼看進陽光中。當他有所進展時，突然想起昨天早上從樹叢裡衝出來的那輛摩托車。

他停下車，將車輪在斜坡上打橫，用力拉起手剎車並切到一檔才關掉引擎。他深吸一口氣，踏出車外。回頭望，柵門就在山坡上。摩托車當時出現的地方就在附近，也許在更往下坡一點的位置。他開始找那條路，沒花太多工夫便看到出現在邊坡上的路徑。他翻過邊坡，慢慢下切到嶺脊路本來的道路上。路面雜草叢生，只留下一條由越野摩托車、健行者和登山車走出來的小徑。他抬頭望，樹冠層在舊路上方變得稀疏了一些。可以看到有棵樹被砍倒，掩飾道路和爬往哈提根家車徑兩者交會的地方。交會處附近的樹木已經開始拔高，難怪他們昨天開上來時沒注意到。

他想要跟著那條小徑，找出路會通向哪裡。先前，他都從蜂鳥海灘走嶺脊路上來，現在他站的位置就是道路的另一端。這令他有些火大：他腦中有兩處端點，中間的部分卻缺失了。他很想接起兩邊，填補那段空缺，知道在達成這項目標之前不會善罷干休。可是太陽很快就會落到斷崖後面，現在沒有時間探索嶺脊路的這一部分，至少不是現在。目前太晚了，而且他已精疲力盡。明天，這將是他明早第一件事，來這裡探探情況。也許賈斯柏．史貝特就是在這條路發現什麼，才引來殺身之禍。

§ § §

馬汀睡著了。沒有蠟燭、沒有火堆、沒有食物。自從吃下克萊德．麥基的三明治之後，他唯一下肚的就只有止痛藥、抗生素以及抗病毒藥物。白日的奔波放倒了他，以哈提根家為殼，沉沉睡去，就躺在當初賈斯柏．史貝特包紮腳傷的沙發上，晃蕩進夢鄉。他的東西都還在車上，衣服枕在身下，澡都沒洗，睡得極為深沉，以致第一架直升機飛過時幾乎吵不醒他。直升機的探照燈穿透窗戶，他全身浸淫在光芒之中，螺旋槳造成的風壓使得百葉窗格格作響，震動整個屋頂。即使如此，等到他醒來時直升機早已飛走，他的腦袋還糊成一團，努力想確認剛剛發生了什麼事。他閉上眼睛，重新向夢的深處飄去，直到直升機再次撼動整座屋子，將他拉回清醒的世界。他起身打開法式玻璃門，走到門廊。直升機已往北邊離去，正沿著海岸懸崖的頂端飛行，而且不是只有一架，而是兩架。更多噪音傳來：他轉過頭，剛好看到第三架直升機衝過眼前，追著另外兩架而去。為什麼這種地方有直升機？也許是哪個好萊塢大明星正飛往拜倫灣，一時興起就用探照燈掃射懸崖，只因為好玩。大半夜的，那些混帳真以為能為所欲為。

他的手機在屋內響了，來電顯示為貝瑟妮．葛萊斯。貝瑟妮，他在《雪梨晨鋒報》的前同事，負責跑警界線的明星記者。

「馬汀？是你嗎？」她的聲音急迫。

「貝瑟妮，嗨。」

「你在哪裡？」

「北邊的海岸，和蔓蒂一起。」

「是銀港嗎？你之前跟我說你要搬到銀港。」

「對，銀港。」

「太好了，你知道發生什麼事了嗎？」

「什麼意思？我不知道。」

「去開電視，ABC新聞。」

「沒辦法，我身邊現在沒電視，屋內也沒電。直接告訴我吧。」

「陸續有報導進來，類似某種大規模的謀殺自殺案件，多名死者，像瓊斯鎮那樣。地點在一個嬉皮的群聚地，蜂鳥海灘，你知道那個地方嗎？」

「知道。」突然之間，他完全清醒，心裡瞬間明亮起來。謀殺自殺。蜂鳥海灘。

「你可以過去嗎？發稿過來？我們這邊開車過去要七小時，已經在找小飛機了，但還是太費時。」瓊斯鎮？凶手是誰？那個心靈導師嗎？受害者有誰？發稿過去？「貝瑟妮，我不是《晨鋒報》員工了。」

「等一下，我叫泰芮跟你講。」

等待編輯前來接聽時，馬汀可以聽見電話另一頭編輯室裡的嘈雜聲。他看了錶，晚上十點三十分。其實不算很晚，但對《晨鋒報》來說已經晚了，尤其是在縮減版面更新次數[1]以及精簡員工數量的現在。可想而知這新聞一定很大條。

「馬汀，我是泰芮．普斯威爾。你知道那個地方嗎？蜂鳥海灘？」

「我今天早上才在那邊。」

「你說什麼？真的嗎？」

「泰芮，誰死了？凶手是誰？」

「我們不知道，我們他媽的什麼都不知道，警察根本不說。電視台記者已經搭直升機飛過去了，但那裡完全沒地方降落，所以只拍得到空拍照。我們現在用電話聯絡，聽到至少死了五、六個人，然而沒辦法確認真偽。你可以過去嗎？」

「我不是《晨鋒報》的員工。」他提醒她。

1 原文術語為「single-edition」，指的是電子化之後，報社開始減少紙本印刷的新聞更新次數，在單一地區只出一個通行版本，將即時新聞和更新報導改發於網站。

「媽的，馬汀，這是外包的案子。我們會給你最高的稿費，你想開多少都可以。這是全澳洲現在最大的新聞，我們現在就要。到了明天，澳洲每間媒體都會派人過去，那個地方會被記者擠滿。」

「還是會掛我的名字嗎？」

「你也拜託一下，馬汀，當然是掛你的名字。如果當初我能決定的話，你根本不會被開除好不好。」

「有掛名就好。但在蜂鳥海灘手機收不到訊號，我得先進去，看找得到什麼資料，然後開車回到收訊範圍才能傳給你們稿件。」

「好，一有消息就打電話給我們，愈快愈好。先交代重點讓我們先出稿，你再寫其他細節。」

「好。再聯絡。」馬汀說，他掛上電話，有那麼一瞬間，他懷疑剛才到底答應了什麼，但就只是一瞬間而已。腎上腺素開始在他體內奔馳，以前的感覺又回來了。他可以感覺到自己的視線所及範圍愈變愈窄，其他事情都變得無關緊要，注意力完全集中到一項東西上：新聞。**全澳洲最大條的新聞**。

出發時，馬汀開著Corolla差點撞上柵門。他踩死剎車，車子一直滑到柵門前才停下，只剩下幾公分的距離。他打開門鎖後便放著大門敞開不管，一路衝下山。但到了沙丘路的交叉口，他被迫停下，一輛閃著頂燈的救護車從銀港方向飛馳而來，短暫打開鳴笛提醒他讓路。救護車後跟著一輛雙排座的客貨兩用皮卡，車頂的閃光燈宣告車子的公務性質。馬汀瞇眼看著車子大燈，準備隨後跟上，不過此時皮卡的後座伸出一條手臂，拚命揮舞。皮卡緊急煞車，停在路肩，接著車上鑽出一個人影朝他跑來。是尼克·普洛斯，還穿著反光背心。

「你聽到消息了？」律師問道。

「蜂鳥海灘？死了很多人那個？」

「對。你把車子停在這裡，跟我們一起進去。警方已經召集SES[2]了。」

馬汀把車子退進車道內，跟著尼克跑向皮卡。他接過螢光橘的背心時，簡直不敢相信自己的運氣。SES會把他一路帶進整個事件的中心。

他們在車上快速自我介紹了一遍：司機叫菲爾，是原住民；菲爾旁邊是一位嬌小的亞裔女性，名叫李；尼克坐在後座的正中間，而後座另一頭則坐了一個渾身蘭姆酒和動物臭味的老傢伙，一隻眼睛歪斜，抓絨外套沾滿狗毛，他叫老桀。

他們沿著沙丘路疾馳，很快抵達嶺脊路，一會兒之後便來到轉向蜂鳥海灘的路口。到處都是車，因為情況緊急而全被丟在路邊。馬汀看到一隊電視團隊正從水電工的廂型車上搬運設備，他心想，不曉得他們的直升機停在哪裡。更多媒體在趕往這裡的路上，包小飛機從布里斯本和雪梨飛來，降落在隆頓機場，強行徵用車子開下斷崖山路。他的進度超前大部分的人，省去好幾小時路程。

此處設了路障，一輛警車斜向擋住車道，一旁臨時徵用的障礙物還掛著「前方施工」的牌子。皮卡車的車燈照亮了前方場面：道格．桑寇頓揮著手，懇求警察讓他和團隊進去；馬汀認出那是之前拿早餐給他的年輕警察。警察把桑寇頓晾在一邊，簡短地和菲爾說了幾句便放行他們通過。馬汀在車內壓低了頭。

菲爾猛踩油門，當他們抵達蜂鳥海灘停車場時，幾乎也趕上了救護車。救護車閃爍的車頂燈讓漆黑的樹林溢滿了波動的紅藍光，投射出的陰影讓車子像是某種令人毛骨悚然的迪斯可球。

那位負責操作攝影機的年輕女警也在現場，以急切、嚴肅的聲音對救護車的醫護人員說話。「銀港

---

2　SES，全名為州緊急服務部（State Emergency Service），是澳洲各州都有的緊急救援組織，負責協助天災或其他事件的緊急救助，參與者大多為志工。

的團隊已經設好檢傷站，就在下面的海灘旁邊有燈光的地方。」她轉向SES的志工團。「菲爾，來得正好，你們去幫忙救護人員，他們說什麼就做什麼。」救護車上的緊急醫護人員有兩位，一男一女，已經開始搬運車上設備：許多氧氣筒、一部去顫器、好幾袋醫療裝備以及擔架。SES團隊帶上裝備後，朝著開放式避難所下方散發的光芒前進，接著下到海灘。馬汀跟在其他人旁邊。

他們向下來到海灘，進入耶羅尼米斯．波希[3]的畫中：有的人穿著衣服，有的半裸；有些人因震驚而茫然地遊蕩，有些人病成死泥；有的在幫助別人，其他人則茫然無助。他們走過雙眼呆滯而被動的哈利小子旁邊，他被一隻手牽著，正要走往停車場。江森．沛爾負責指揮現場，一對中年夫婦正在協助他。馬汀認得那兩個人，他在海灘看過他們，這次他們穿著衣服，沒了笑容。男人站在那裡，茫然地四處張望；女人正努力處理正事。現場只見一名醫護人員，銀港的救護車一定先把幾名傷患運往隆頓，留下她繼續處理其他傷患。一名留著辮子頭的男子跪在一名年輕女性旁邊，握著她的手、和她說話，但她看來已失去意識。此時，就在馬汀注視下，女子開始因為某種原因而不斷痙攣、抽搐，救護車上的急救人員毫無遲疑地衝過去立刻接手。人們到處倒臥，至少六人失去意識，其他人醒著，但全都語無倫次、漫無邊際地喃喃自語。在不省人事的人中，馬汀看到托帕絲和珍珍，以及其他幾張他在昨晚看過的臉。現場有股臭味，混合了嘔吐物和排泄物。一名年輕男子突然嚷嚷著什麼，李往他的方向走去，蹲下，試圖隔著藥物的效力安撫他、和他說話。

「你們幾個。」沛爾對其他SES志工說。「你們兩個去幫救護車人員，幫忙把最嚴重的病患搬上車子。菲爾，你開車嗎？」

「對。」菲爾說。

「那好，把這件事告訴救護人員。如果他們需要你把沒那麼嚴重的傷患載到隆頓醫院，你就照做，知道嗎？」沛爾沒有等待回應，便立刻轉向尼克和馬汀。「你們兩個？」他猶豫了一秒，但就只有一瞬間。「你們有手電筒嗎？手機的也可以。」

馬汀和尼克同聲回答：「有。」

「好，去搜索海灘、帳篷還有小木屋。可能會有人走散、搞不清楚方向或暈倒，你們負責找出他們，將人帶回這裡。」

「那幾個人怎麼處理？」馬汀問。在他們旁邊，在避難所外側燈光照射範圍的邊緣，躺著四個人，彷彿一團團黑色團塊。

「來不及了，不用管他們。」

「好了，大家聽好！」說話的是剛才救護車上的其中一名急救人員，那個年輕女子，她的聲音清楚且帶著權威。「這些人因為喝了某種東西，導致體內藥物過量，他們的狀況只會變糟，不會變好。需要立刻為他們催吐，把胃裡剩下的任何東西全吐出。如果他們還有意識，就幫他們催吐，手指伸進喉嚨或是灌他們海水，任何方法都可以。」

沛爾轉頭背對尼克和馬汀，重新開始幫助生還的人。

「我們先從海灘開始吧，再去找小木屋和帳篷。」尼克說。

「要分頭進行嗎？」馬汀問。

「不行，如果找到人的話我們得盡快把他們抬回這裡。」

「好，先找海灘。」但尼克還來不及反應，馬汀便逕自離開急忙試圖救助的人群，走向癱在地上的那

3 Hiëronymus Bosch，十五至十六世紀荷蘭畫家，畫風複雜、晦澀，多描繪道德沉淪或罪惡的場面。

四具黑色身影。藉著昏暗的燈光，他看到他們的臉已經毫無生氣。那是導師、葛斯・麥奎斯、一名年輕女子和一名老人，老人的襯衫被撕開，看來有人曾試圖施行急救。年輕女子和老人的眉心中間還留著紅棕痕跡。

「靠。」尼克說。

一個嗓音刺穿他們的思緒，江森・沛爾大喊：「你們兩個，動作快，直升機隨時都會回來。」

他們離開避難所的光圈，進入海灘，海浪仍保持著節拍器般的節奏，不因岸上戲劇化的事件而加快腳步。在避難所流瀉出的昏暗光芒中，馬汀看到沙灘前方有人，站在營火餘燼旁邊。「你看。」他對尼克・普洛斯說。就在他們朝著人影走去時，那人突然打開手電筒，拍開沙塵，把手電筒的光直接對著他們的臉。

「哇噢。」尼克說。「我們要瞎了。」

光源往地上避開。「你們兩個在這裡幹嘛？」馬汀認出了聲音：是莫銳斯・蒙特斐爾。

「SES。沛爾派我們來找有沒有更多傷患。你有看到人嗎？」尼克說。

「沒有。我沒去找。」蒙特斐爾說。

馬汀的視線越過蒙特斐爾身後。火堆仍在燃燒，煤炭在橘黃色火焰下方發著紅光。木塊和樹樁仍圍繞在火堆旁，如同人們之前坐的地方。到處都是派對留下的廢棄垃圾：空塑膠杯、水瓶、散落衣物。有只外表包裹著金色的木碗，碗中空蕩。空中有股嘔吐的臭味。

「不要靠近火堆附近。這裡是犯罪現場。」蒙特斐爾說。

新的噪音突然傳來，一架直升機衝進他們的視線中，飛在海岬上方，用聚光燈仔細地搜索著海灘。直升機刺眼的光芒找到了他們，蒙特斐爾揮著手要直升機遠離火堆。馬汀一開始以為那是媒體，不過接著他就看到有個戴著頭盔和護目鏡的身影從機上垂降。那個男人解開扣環，蒙特斐爾朝他跑去。男人點了點頭表示理解，接著便轉向身後，引導直升機離開火堆，轉向飛至海灘西段的空地上。

「看！那邊。」尼克．普洛斯說。

馬汀也看到了。在海灘的相反一側，朝著海岬的方向，有個黑色的身影，面朝下趴在水邊。他們跑了過去。

§ § §

時間是凌晨兩點。蔓蒂被他話中的急迫語氣、新聞的規模以及他對電力的需求說服，讓他進入小木屋。電視開著，但調成靜音。馬汀正在電話中以最快的語速把訊息傳達給雪梨的編輯室，聲音輕微，但情緒強烈。泰芮．普斯威爾已經回家了，貝瑟妮．葛萊斯正在天上飛，不過馬汀對電話另一頭的男人非常熟悉。他叫寇馬克．康諾斯，是真正的報社人，自願擔任這則重大新聞的聯絡員。馬汀盡量重述最突出的重要訊息。據信死者多達七人，包括靈性導師哈瓦南達和葛斯．麥奎斯。馬汀聽到康諾斯用力地倒抽了一口氣。肥皂劇明星喪命簡直是對著篝火灑油，本來的大新聞將完全炸開。

「你確定那是麥奎斯？你的資訊來源可靠嗎？」

「我就是那個資訊來源。他死了，我親眼看到他的遺體。」

「好吧。所以警方還沒公布任何名單？」

「還沒，但我覺得應該不會公布。」

「好，我得打給泰芮，讓她決定要不要在家屬得知消息前發布新聞。我等一下馬上打給你。」

蔓蒂站在臥室門邊看著他，雙手交疊在胸前，臉上有著因為擔憂而起的皺紋。他們隔著客廳的深淵互相凝視。馬汀看不出她在想什麼，無法預測她的感受。

手機響了，是泰芮・普斯威爾。「馬汀，把你知道的告訴我。」

他重述一次晚間發生的事。

「你確定那是葛斯・麥奎斯，沒有任何認錯的可能？」

「沒有。」

「好吧，不管什麼禮節了，這件事我們不能壓著。他是公眾人物。我們要開始了。」

「妳決定吧。」馬汀說。

「掛的是你的名字。」泰芮說。

「我沒意見。」

「好樣的。所以那裡發生了什麼？警方怎麼說？」

「可以肯定是中毒。如果不是搖頭趴出了意外就是有人謀殺，不然就是謀殺自殺，我們得討論所有的可能性，警方也會朝這幾條線思考。」他快速交代蒙特斐爾守在營火邊的情況，以及營火附近留下的派對痕跡。

「你有拍照嗎？」泰芮問。

「沒辦法，現場有警察。他們沒趕我走是因為我跟著SES一起進去幫忙。」

「好，我告訴你我們接下來會怎麼做。我們會立刻公布這條新聞，稿子讓寇馬克寫。快報會寫據信七人死亡，多達十二人以上被直升機或由救護車載離現場。可能為吸毒派對意外或為謀殺自殺案件，身亡的心靈導師是可能的嫌犯。稿子會掛你的名字。我會讓寇馬克發稿前先打給你，念內容給你聽。但我們暫時先別提到麥奎斯；現在這個時間，除了同行之外沒人會看新聞。我想把麥奎斯的事情留到七點或八點，讓所有人知道那是我們的獨家消息。你可以出稿嗎？你有帶著筆電吧？」

「有。」

「好，我要你寫一篇新聞和你的第一手報導。其他新聞台很快就會把能報的挖得一乾二淨，不過到時刊登你的第一手報導，就能區別我們和他們。這樣你可以嗎？」

「可以啊。不過警察不會喜歡這樣。」

「他們哪次喜歡了？你會介意？」

「不會。」

編輯哈哈大笑。「很高興你還站在我們這邊。發稿過來時打我的手機，我要回報社一趟。」

馬汀笑著掛斷電話，因為泰芮的誇獎而心情愉悅，然後便看到雙手緊緊交疊、皺著眉頭的蔓蒂。她搖著頭：「死了七個人，你還笑得出來。」她轉身走進臥室，在身後帶上了門。

馬汀想著自己該怎麼做、怎麼解釋，接著得出結論：半夜兩點不是解釋的好時機。於是他打開筆電開始寫稿。

他在四點左右寫完，之後只在凹凸不平的沙發斷斷續續睡了一會兒，因為他的手機大約每半小時就會響一次。文稿編輯要確認資訊正確，然後是貝瑟妮的飛機將會在隆頓降落，要求和他碰面。他閉上眼睛稍微休息，重整剩餘的精力，接著又被搖醒，睜眼看到的是蔓蒂。

已經早上了，她泡了杯咖啡給他。

他坐起身。脖子痠痛。陽光透過窗戶傾瀉入室，第一口咖啡的味道令他想要相信上帝。

「謝謝。」他說，視線在她臉上搜尋著線索。

「我讀了你的報導。你救了那個男孩的命。」她說。

她遞給馬汀 iPad。

有名編輯幫他的第一手報導下了個情感得宜的標題。

## 我們在夜裡對抗死亡

**馬汀．史卡斯頓，蜂鳥海灘報導**

我們在沙灘找到他時，他正孤單地一人在黑暗中面對死亡。海浪拍打他的雙腳，死神只在幾步之外。他開始抽搐，進入心臟停搏的階段。我們覺得來得太晚了。

我不曉得他的名字，不過這也不重要，現在已經都不重要了……

他抬頭看向蔓蒂。她臉上沒有笑容，但看來情緒平靜。「繼續吧，把你該做的事情做完。結束後我們再談。」她轉身離開，然後又走回來。「還有，拜託一下，去洗澡，換掉你身上的衣服。」

但馬汀沒有動作。他向下掃至報導的最後一行，希望結局有所不同，好像這只是一場夢。

我們在小木屋裡找到他們，仍然糾纏在一起，仍然愛著彼此。但我們來得太晚。不是每個人都能獲救。

# 星期六

Saturday

# 第二十二章

隆頓醫院遭到包圍，停車場裡擠滿攝影團隊和平面攝影師、電台記者和電視台的連線車，那是一大團會移動的野心，極度渴求事實資訊、掠奪新聞成性。蜂鳥海灘已被封鎖，沒人能進入犯罪現場，於是媒體全都聚集在隆頓醫院外面，等待著院內六名正努力活下來的傷患。這是生死關頭，也是直播現場，這是新聞發生的當下，是發生時你會立刻想要知道的那種新聞。

馬汀在附近繞圈，尋找車位，最後把Corolla停在一個街區之外的艷陽下，那是他所能找到最近的位置。他早該料到會有這種場面。即使曾有任何新聞組織仍猶豫著是否該派記者前來，那股遲疑都已迅速被他的報導消弭殆盡。他的報導傳播至全國，甚至全世界。邪教、以毒品助興的狂歡聚會、七名死者、一位電視明星，再加上最難言喻的致命特質：沒人知道事發經過以及誰該負責，完全是場謎團。再大的新聞不過如此。英國人一向對澳洲肥皂劇有著獨特的愛好，這起事件對他們來說簡直如核彈攻擊；葛斯．麥奎斯，《天堂海域》的明星演員，得年三十四歲，成了性愛毒品邪教的受害者。不受任何司法力量管轄的倫敦八卦小報，早往荒唐的方向迅速墮落，和社群媒體交相競爭，看誰能想出最荒謬、最猥褻且最難以置信的理論。社群媒體本身則變得凶猛野蠻，模糊處理的死亡現場手機照片以倍數增生，催產出無數假消息和地獄梗。紀念花束在醫院入口處堆積成山，爬上了寫著「隆頓地區醫院」的樸素磚造石牌。紀念物堆積的地方蜷縮著一群淚流滿面的中年女性，她們在哀慟中彼此扶持，被飢餓的鏡頭群團團包圍。

「馬汀．史卡斯頓，終於找到你啦。」說話的嗓音厚實且帶著權威，馬汀朝聲音的來源轉過頭：是電視記者道格．桑寇頓。「真的是，早該料到你會超前我們所有人一大步。」

「嗨，道格。」

「報導很棒，文筆真他媽有夠好。」

「謝謝。你又回去報新聞了？」

「跟你一樣啊，剛好在場就被叫來了。我拿到很棒的素材。」

「你進去現場了？」

「完全不用。我弄到很厲害的手機影片，外加影片拍攝者的受訪影片。是個嬉皮。」

「了解。現在情況怎樣？」

「院方答應十點要開記者會說明傷者情況。我們聽到的最新消息是還有四人在搶救，四人重傷，十幾個留院觀察。除了一對夫婦被飛機載到布里斯本之外，其餘人都在這裡治療。」

「為什麼是布里斯本？」

「比去雪梨近啊。」

馬汀回頭看向醫院，入口處站著一名警察和一個保安。「有人進去嗎？」

「完全沒辦法。我們試過讓攝影師扮成男護理師，運氣不怎麼好。」

「支票呢？」

「你當我第一天出道嗎？」

「所以沒用囉？」

「沒用，所以我們全都卡在這裡等。我聽說裡面現在一團亂，他們為了清出床位，把所有能出院的通通趕出來。」

「真的假的？」

「嗯哼，我們攔下出院的人，臨時訪問他們。」

「有問到什麼嗎？」

「沒什麼重要的。」

「了解。謝了，道格，晚點見。」

「嘿，馬汀，趁著等記者會的這段時間，有沒有機會採訪你一下？就我目前所知，你是唯一進到蜂鳥海灘的記者。」

馬汀嘆了口氣。他最不想面對的就是這種事。「好啊，兄弟，不過要晚點才行。」他才走開幾步路，又有另一個聲音大叫他的名字。「馬汀！」是貝瑟妮・葛萊斯。

「貝瑟妮。來得很快嘛，妳有睡嗎？」

「一點點。你有什麼新消息嗎？」

「沒有。妳呢？」

「也沒有。我去了海灘一趟，但被封起來了，不給進，所以我又上來這裡。你聯絡泰芮了嗎？」

「今天早上還沒。」

「你應該跟她聯絡一下。她一直稱讚你，講個不停，說有多喜歡你寫的那篇，想把你直接留下來。你應該打給她的，趁現在勢頭上跟她談個好一點的費率。」貝瑟妮笑著說。

「謝了，我會打給她。」

「所以現在你想怎麼做？」

「什麼意思？」

「分工啊。」

「噢，我們其中一人得留在這裡聽記者會。」

「那我來吧。你在這裡比較有人脈。」貝瑟妮說。

「謝了，貝瑟妮。掛名聯合報導？」

「當然啊。」

馬汀看向醫院，看向門口的保安和警察。「我們晚點聯絡。」他朝醫院入口處走去。

「你是媒體嗎？」外表壯碩的保安問道，似乎對自己職務的重要性有些趾高氣揚。

「我是銀港本地人。」馬汀轉移了問題。「我朋友被要求出院，我來帶他。」

「他叫什麼名字？」

「羅伊斯・麥艾勒斯特。他前幾天在我們那邊的海灘和人起爭執，被留院觀察。」

「你的瘀青就是這麼來的嗎？」

「噢對啊，我那時試著勸架。」

「在這等一下。」保安說完便往裡頭走去。

馬汀轉向那個警察。「你是本地人？」

「我住在格倫茵內斯。」警員說。

「難怪不認得你。跑這麼遠來看門也太累了吧？」

「你才知道。能愈早離開這裡愈好。」

「現在情況應該都控制住了，不會在這裡待太久啦。」

警察一臉戒心地看著他。「這我就不知道了。」

保安回來後向警察說：「他可以進去。」又轉向馬汀：「跟我來。」

馬汀跟在保安身後，進入門廳來到櫃檯。這裡有種忙碌的嘈雜聲，所有事情都有效率地處理妥當，急迫但是控制得宜，和先前白天時那種鄉下地方的緩慢，以及昨晚在蜂鳥海灘的混亂場面形成鮮明對比。

「你來帶羅伊斯．麥艾勒斯特？」一位有點年紀的護理師以總管般的語調命令馬汀回答。

「對。」

「好，跟我來。」

羅伊斯坐在病床上，看到馬汀時並不驚訝，聽到護理師說朋友來帶他出院，也一副理所當然的樣子。「你臉這樣也挺帥的嘛。」羅伊斯說。

「我留你們在這裡換衣服，收拾行李，離開之前到樓下櫃檯簽名。」護理師說。

兩人等到她離開後才開始交談。

「這地方到底發生什麼事？」羅伊斯壓低聲音問道。他指向病房另一邊。「那裡本來躺一個老人，今天早上他們突然叫他出院，他老婆把人帶走後，那個女生馬上就被推進來了。」馬汀朝那名年輕女子的方向看去。她正安穩沉睡著，身上連接著生理監視器，兩瓶不同種類的點滴朝她的手臂注射。「這裡明明就是男性病房，」羅伊斯壓低了聲音。「可是他們卻讓那女人住進來，還叫我出院，要我打電話叫人帶我。我一直打電話給托帕絲，她昨天還有來看我，說我們要離開這個地方了，現在又突然不接我電話。」

馬汀朝年輕人走近，低著嗓音說道：「羅伊斯，她也在院內。不是在這裡就是布里斯本。」接著他盡可能地快速交代了一遍能說的事情，才說到一半，羅伊斯就撇開臉，盯向牆壁直搖頭。「我不信，她才不會那麼無法駕馭毒品。」

馬汀一時不知怎麼回應。

「走吧，我先換衣服。我們再去找她。」

「別換衣服。」馬汀說。「這個地方現在都是警察跟保安，我們會被趕出去。你穿著病服，然後撐著我走，如果你看起來像是應該住院的人，他們就不會起疑心。」

羅伊斯以同意的眼神看著他：「有道理。」病房門口有支帶滾輪的點滴架，最頂端掛著全新的生理食鹽水。羅伊斯將點滴架據為己有，把食鹽水袋上的管子纏在手臂。但其實他們不用走多遠，終點就在隔壁病房而已。病房裡有四張床、四名女性，床邊圍繞的簾幕全被拉開。在生死關頭，隱私只是第二順位，非常後方的第二順位。

「托帕絲。」羅伊斯輕聲說道。他看到她躺在最靠近門邊的其中一張病床，陷入沉睡或者失去意識還是陷入昏迷，監控機器輕輕拍著和她心跳一樣緩慢的節奏。他朝她走去，完全忘記點滴架和馬汀的存在。「托帕絲？」他坐上床沿，伸手撫摸她的頭髮。

另外兩張病床也各自躺著一名沉睡的女性，不過最後一張床上的病患已經清醒，坐在床上，盯著床邊的窗外。那是珍珍．海耶斯。馬汀過去坐在她身旁的塑膠椅上，背對著門口。

她轉頭看他。「嗨，馬汀。」

「珍珍，感覺怎樣？」

「很不舒服。他們洗了我的胃，還餵了我一堆碳。」她雙手捏著毯子，沮喪顯而易見，重新抬頭看他時眼中有淚。「他們說有人死了，真的嗎？」她一定在他的表情中看出答案，於是又閉上眼。恐懼讓她的臉發皺。「噢天啊，幾個人？」

「七個人。」

「七個人？噢不。有誰？」

馬汀握住她發抖的手。「葛斯．麥奎斯、一個男的、兩個信徒、一對年輕情侶。」想到那對年輕小情侶，那麼純真的他們死得那麼徹底，他的眼眶也跟著泛淚。「還有哈瓦南達導師。」

「你說蒂夫嗎？天啊。」她的愛人死了，這則消息中的恐怖令她睜大雙眼。「他死了？」

「嗯，很抱歉。」

「你那時在場嗎？你親眼看到的嗎？」

「我在事發後才抵達，和尼克．普洛斯還有SES一起進去。我們幫忙救援，能做的都做了。」

珍珍點頭，眼神空洞。「嗯。」

「珍珍，發生什麼事？哪裡出了問題？」

「我不知道。他的藥水被人下毒了，摻了別的東西，我只想得出這種可能。就是出錯了，發生不該發生的事。」

「調酒一直都有摻東西，大家都知道。」

「不對。」她的眼神充滿堅定。「不是那樣。蒂夫他——他一直都很小心，會控制劑量，並確保每個人都知道自己在做什麼、知道自己吃的是什麼。」

「所以裡面是什麼？」

「酒，只是這樣而已，混了香料的酒。他以前可能加過其他藥物，但最近沒有。在葛斯加入引來媒體後我跟他討論過這件事，他也知道有風險，所以這幾個月的蘭姆酒調酒只加了香料和果汁。」

馬汀皺起了臉。「不對。星期四晚上我也在那裡，記得嗎？大家不是只有喝酒，還有別的。」

珍珍嘆了口氣。「對，有人會嗑藥——大麻跟搖頭丸或其他東西——但那不代表是他給的啊。」

「不是只有娛樂藥物。那天還有迷姦藥，或其他類似的東西。」

萎靡的神情並未離開珍珍臉龐，不過現在她看來專注了一點。「迷姦藥？在星期四？你確定嗎？」她放輕聲音，低聲細語。

「對，因為我受到藥效影響了。托帕絲、葛斯．麥奎斯也是，可能還有其他人。」

珍珍不相信地搖著頭。「星期四我也在場，我沒有吃到那種東西啊。」這時她的額頭露出一條皺紋，疑惑在眼角逐漸堆積。「等一下，葛斯？如果是這樣，那為什麼他第二天又來參加？」她看向病房另一邊。「還有托帕絲也是？她連續兩晚都來欸。」

馬汀循著她的視線望去：托帕絲仍昏迷不醒，羅伊斯坐在床邊握著她的手，低聲向她說話。這是很好的問題，為什麼要這麼做呢？他回頭看著珍珍．海耶斯，眼淚已經逃離她的眼眶，滑落臉頰。她用手背抹臉，胡亂擦著眼淚。他看著被悲痛情緒攻陷的她，情人死去的事實讓她所有的情緒翻湧。他自知應該離開，讓她好好哀悼，或者留下來給予安慰，這些都是比較體面的做法，但他知道自己之後可能沒有其他機會了，只好繼續追問。「派對上出現迷姦藥，以前發生過類似的狀況嗎？」

她點點頭。「有。我知道的只有一次，大概在一、兩個月前，我事後才聽到。」她垂下臉，避開眼神。「跟你說的一樣，那次也只有幾個人受影響。」

「有沒有可能，導師沒跟妳說實話？」

「你說蒂夫嗎？」她的雙眼放出光芒，一時變得防禦。「不會，不可能。而且不管是誰在飲料加了十字仔，都不可能是在他的藥水裡。」

「妳確定？」

「如果真的是那樣，每個人都會喝到。」

「第一次被下藥的人有誰？」

她抬頭看著他，給出一道微笑，笑容在她飽受摧殘的臉上顯得格格不入。「我們有個原則：蜂鳥海灘發生的事止於蜂鳥海灘。」

「妳覺得警方會接受這種說法嗎？」

笑容漸漸淡去。「不會。那是葛斯訂的規矩，但他已經死了。」

「所以受影響的人有誰？」他又問了一次。

「葛斯，賈斯柏．史貝特。」現在她終於抬頭看著他。「然後，可能還有你女朋友，蔓德蕾。」

這句話讓他愣住了，思緒瞬間脫軌。蔓蒂去了蜂鳥海灘，而且是和賈斯柏、葛斯一起。他感覺胸口一陣緊繃，一時難以呼吸。珍珍之前就提過蔓蒂去過蜂鳥海灘，但他把這件事推到一邊掩蓋，告訴自己她只是看看派對什麼情況，沒有參與。媽的。他繼續問話，把情緒壓進一個箱子裡，就像以前做過很多次的那樣。他壓制情緒，回到只有智力運作的狀態，彷彿只剩一架引擎可用的機師。

「如果照妳所說，昨天的事情跟迷姦藥無關。」他繼續說道。「那前面兩次發生時都只有一小部分人受到影響，也沒人中毒。但這次每個人都中毒了，那罐藥水是很明顯的媒介。那是誰調的？」

「蒂夫調的，他會用儀式用的碗分裝給大家。」

「我不記得有這件事，星期四晚上不是這樣。」

「對，因為他只會在每個隔週五發藥水，就是在兩個星期的密集課程結束時。他會把藥水從碗裡舀進小玻璃杯，象徵節制兩週後的釋放，慶祝學員重回現實世界。」

「星期四的派對他也在，他沒有用什麼碗，而是直接從可樂的大瓶子裡倒出來，我也有喝。」

珍珍虛弱地笑了。「我能說什麼呢？他喜歡參加派對啊。」

「妳認真的嗎？」

「對啊。那些參與課程的人不會參加派對，像星期四他們就不在，有的話你一定會記得，他們的額頭全都有指甲花畫的圖案，那些圖案在兩週課程之間會愈畫愈顯眼。」

馬汀想了一會，搜索著自己可疑的記憶。他記得看到大師盤腿成蓮花坐姿，面對著一個漂亮女生，但他不記得女生臉上有任何圖案。

「所以有誰可以喝到他的藥水？只有參與課程的人嗎？」

「不是。那些人會先喝，之後只要你想加入就可以去領。他們的概念是，因為學員要重新進入世界，所以如果有來自世界的部分參與其中，能對他們有所幫助。我記得是這樣。然後在沒有儀式的那週，我們通常也會舉辦派對，雖然跟他或他的課程無關，不過他通常都會出現，就像星期四那場一樣。」

「所以妳的意思是有兩種不同的派對？」

「差不多吧。課程的慶祝儀式每兩星期會舉辦一次，一開始只有導師和幾個追隨者，後來露營的人開始加入，消息傳開了，鎮上背包客棧裡的旅客也會特地搭巴士進來。所以現在每星期五都有派對，就算是課程學員不會參加的那個星期也會舉辦。」

「而導師每個星期都會去？」

「大部分都會，他有點像我們的鎮店之寶。」她微微一笑，彷彿想起什麼美好的回憶。

「這些派對都是誰在籌畫？」

「沒有誰，那已經變成傳統了。」

「但背包客棧——小哈洛德．德雷克會開巴士載旅客過去。」

珍珍點頭，皺起眉頭。「對。」

「哈利有在你們那邊賣藥嗎？」

「我不太確定。不過，背包客棧來的人每次看起來都很茫，比其他人都茫很多，所以可能有吧。」馬汀壓低聲音，試圖讓自己聽來老練一點，不過知道一定失敗了。「警方可能會懷疑這是導師故意所為。」

「什麼意思？」

「懷疑他企圖謀殺，自殺。有媒體用這樣的詞彙在報導了。」

她拚命搖著頭，不相信這種說法，即便他已經懂得她的意思，她仍繼續搖著頭，彷彿她要說服的人是自己，不是他。「不可能，根本沒有那樣的跡象，完全不是那樣。而且他說過，他想一直待在蜂鳥海灘。」

「他都在哪裡調藥水？共用的廚房嗎？」

「不是，在他上面的靜修所，或是他住的小木屋裡。他都自己處理，調完後用大罐可樂瓶帶下來，就像你那天看到的，再倒進碗裡。」她正要繼續，突然想起某件事，因而舉起雙手摀著嘴，雙眼圓睜。

「他說過有人在翻他的東西。」

「什麼時候？昨天嗎？」

「不是，一、兩個星期前。」

「妳應該告訴警察這件事，他們會想知道。」她點點頭。「但是妳先回答我一個問題，連續兩晚都舉辦派對，兩場嗑藥派對，這種狀況很常見嗎？」

「不常，我不記得之前發生過。」

「妳覺得他是真的嗎？」馬汀問。

「什麼意思？」

馬汀想起導師穿著街頭服飾、戴著巴拿馬帽，在隆頓和泰森・聖克萊爾碰面。「他相信自己在做的這些真的有效？」

她露出苦笑。「當然是真的啊，他幫過我。」

「怎麼幫？」

「他教我冥想、反省、原諒。」

馬汀朝窗外瞄了一眼。照她描述，幾乎讓導師的修行方式充滿了吸引力。「所以他真的有那個能力？」

「他有他自己的方法，不正統，但很真誠。」

「怎麼個不正統法？」

「我放棄衝浪後跑去印度，在靜修所裡待了一段時間，想要找回初衷。」

「結果？」

「除了拉肚子之外，我毫髮無傷。」

「這跟他有什麼關係？」

「他不是傳統那一派出身的人，雖然也會唱誦一些句子，但都不是出自經文。如果他在某個大師底下受訓過，他的教法就會比較像一般看到的那樣，但這並不代表他就是騙子。」

「嗯，應該不是。」馬汀暗自決定別去爭辯騙子的定義。

他們兩人沉默地對坐了一會兒，沉浸在各自的思緒裡。

「你他媽的在這裡幹嘛？」莫銳斯・蒙特斐爾站在門口，勃然大怒。

「莫銳斯，我有事情要告訴你。」馬汀起身說道。

「我跟你沒什麼好說的。」蒙特斐爾壓低音量吼著，抓住他的手臂把他拉到走廊。「你搞清楚，我們不是什麼有話就說的朋友，你沒資格好像跟我很熟地直稱我的名字，也沒資格直接打電話給我。」

「我想幫忙。」

「潛入犯罪現場幫忙，然後寫成報導登在《晨鋒報》嗎？你說你不是新聞記者了。」

「我在那個犯罪現場救了一條人命。」

蒙特斐爾停了下來，因為怒意而愣住。「這是威脅嗎？」

「什麼意思？」

蒙特斐爾低頭盯著自己的鞋子，彷彿從一數到十，他稍微冷靜下來。「好，你說，什麼事這麼重要？」

「那些嗑藥派對已經舉行好幾個月了，有時就只是喝酒、抽大麻，有時會有搖頭丸，但那些藥應該都不是導師給的，至少最近不是。」

「這我們知道。」

「我在星期四晚上參加了其中一場，派對上有其他東西，迷姦藥。」

這引起蒙特斐爾的注意。「你沒辦法確定。」

「對，也許我沒辦法，但我知道你們可以查出來。我昨天來過這裡，這間醫院，和那邊那個昏迷的年輕女生一起來的，就是男朋友黏在旁邊的那個，她叫托帕絲。醫院昨天抽了我們兩人的血，現在我授權你去驗我的血，如果需要紙本授權書我再寫給你。你們昨晚應該有找到一些樣本還是什麼的，你可以拿我的血和那些比對。」

蒙特斐爾懂了馬汀的邏輯。「你的意思是，連續兩晚辦了派對，第二天可能是第一天行動的升級版？」

「可能是，但也可能完全沒關聯。」他正打算繼續把前一次的迷姦藥事件告訴警官，不過最後決定作罷。賈斯柏和蔓蒂一起出現在蜂鳥海灘，告訴蒙特斐爾此事，等於讓熊自己走入陷阱，他不想這麼做。

警探沒注意到馬汀的猶豫。「好，很好。但你現在得離開了，你不能待在這裡。」蒙特斐爾的指示非常清楚，不過聲音已經柔和，不再激烈。

馬汀正要離開，接著又回頭：「我還要帶那傢伙離開。他們叫他出院，好把他的床位讓給別人。」

「好，動作快點。然後，馬汀？」

「嗯？」

「海灘上的那個男孩——你救的那個——謝謝你，我那時沒看到他。」

「沒事。」

蒙特斐爾點了頭，表達簡要、近乎飄渺的感謝之意。

馬汀再次進入病房，呼喚羅伊斯。「來吧，我們得走了。」

「我不能留在這裡陪她嗎？」

馬汀聳了聳肩。「應該可以吧，但你還是要去更衣跟收拾東西，院方要把你的床位給其他人。」

§ § §

回到外頭的停車場，白日炎炎，愈來愈熱。這裡無風，沒有輕柔的海撫，連河水附近乾燥虛弱的蒸氣都沒有。暑氣正在延伸，一路探至三月，威力絲毫沒有減弱的趨勢。

馬汀看見道格．桑寇頓在附近盤旋，趕緊躲入一株藍花楹的樹蔭下。他在手機裡打了個名字，撥出號碼。傑克．高芬，ASIO[1]探員。他們兩人在調查旱溪鎮事件的期間結為好友，幫忙彼此脫離困境。也許傑克能在此時幫上忙。

「嗨，馬汀。我看到你又回到戰場上啦。」

「要這麼說也是可以。」

「找我有什麼事？」

「你看到新聞了嗎？」

「你說澳洲版的瓊斯鎮嗎？」

「靠，我們真的這樣叫嗎？」

「誰不是這樣叫？」

「傑克，死掉的那個心靈導師——蒂夫．哈瓦南達——他之前會在派對分發某種藥水，他有可能在裡面下毒，不然就是其他人故意做的。你懂我在說什麼嗎？」

「嗯，我有讀你的文章，也有看其他新聞。順道稱讚你一下，寫得不錯啊。」

「他有可能是假的嗎？」

「你是說他沒有真的成仙嗎？」

馬汀聽得出高芬話中的譏諷，但他不覺得這件事有值得幽默的空間：他去過現場，親眼看到死者，和仍在死亡邊掙扎的人。「不是，我是說他不是真的靈修大師。有方法可以查證嗎？看看他到底是不是自己說的那個人，例如查他在印度的背景之類。」

電話另一頭一陣停頓，然後傳來聲音：「你那邊有莫銳斯・蒙特斐爾，把你認為的疑點告訴他，你用不到我。」

「蒙特斐爾忙得腳不沾地，整個人像壓力鍋一樣，我根本靠近不了他，就算真的靠近他也一副要發飆的樣子。如果你有查到東西，我保證會把資料轉給他。」

「先見報再轉，還是轉了再見報？」高芬話中的幽默感又回來了。

「當然是先告訴他啊，我還想引用他的回答欸。」

這次高芬大笑出聲。「好啦，我看能查到什麼。可是你知道今天是星期六吧？算你幸運，我今天下午要上班。」

「噢對，傑克，還有件事。」這是他臨時才想到的。「這裡有對年輕的情侶——一個叫羅伊斯・麥艾勒斯特的澳洲人，他女朋友是美國人，叫托帕絲・索爾所。他們很年輕，都還二十幾歲，我覺得這兩人有點奇怪。」

「例如？」

「他們藉機想向人勒索，結果被抓包。男方說托帕絲對毒品很有經驗，可是她連著星期四、星期五兩天都參加了蜂鳥海灘的派對，現在躺在醫院裡，昏迷，還吊著點滴。」

一開始高芬沒說話。如果是其他人，馬汀可能會開始不耐煩，不過他已經學會重視這位情報員評估事態時的謹慎態度。「我不太懂，」最後他終於說。「你想要我找什麼？」

「我也不確定，他們有沒有前科，或者有沒有任何定罪紀錄之類的？也許整件災難只是某個騙局出

1 ASIO，全名為澳洲安全情報組織（Australian Security Intelligence Organisation）。

了差錯。」

「你告訴蒙特斐爾了嗎？」

「我什麼都沒說，時機還不到。」

高芬答應嘗試看看，兩人便結束通話。

馬汀離開樹蔭，不過沒走幾步便被道格．桑寇頓攔截，他帶著攝影團隊四處狩獵。「手段也太好了吧，你怎麼進去的？」這位電視新聞記者朝著醫院的方向偏了偏頭。

「在地人的魅力。」

「你現在有時間受訪一下嗎？」

「不是應該等記者會結束嗎？」

桑寇頓瞄了一下錶，皺起眉頭。「好像是。那等一下記者會結束就來訪？」

「好，你直接來找我。」

馬汀看著桑寇頓回到人群之中。每分鐘都有更多記者從雪梨走州際公路來到這裡，這是全國最大的新聞，而且規模仍在持續擴張。他聞得出來，鼻子裡都是那股味道。他想要盡快回到銀港，保持專注，追出事情的真相，然後傳達給全世界。他先去找了貝瑟妮，確認她會負責記者會，便趕回自己車上，催動消音器咆哮著，往斷崖和銀港的方向開去。

但顯然路況無法讓他滿足，道路並不在乎新聞、截稿時間或記者的自尊心。這條路太窄，卻有太多車流想擠過一路上的那些髮夾彎，以致沒有任何超車空間。他發現自己卡在一輛聯結車後面，前車正以一檔的緩慢速度拖磨下山。泰森．聖克萊爾說對了一件事：只要沒有新的連外道路，銀港就沒辦法得到多好的發展。當他覺得前進的速度已經至最緩慢時，聯結車的氣壓剎車竟然發出嘶嘶叫聲，氣喘吁吁地完全停下。馬汀猶豫地切往對向車道，打算超車，不過一切出來便看到問題出在哪裡。他們下方有另一輛卡車正要上行，光看長相還以為是他前面那輛聯結車的雙胞胎。那輛車正試圖在髮夾彎的彎道口完成三點式轉彎，危機四伏，一位熱心的駕駛正在幫卡車司機指揮方向。馬汀退回原先的位置，拉起手煞車並打開雙黃燈。這狀況大概得很久才能解決：首先下面的卡車要上來，然後他前面那輛要下去，車子需要完成相同的精細動作才能通過彎道——而在下方還有另外兩、三個髮夾彎。馬汀嘆了口氣，試著告訴自己沒有關係，反正他現在沒有截稿期要趕。但是，無法前進仍阻礙了他的注意力，阻礙了他一心一意追求目標。他想要專心追查中毒事件，釐清導師身分的真實性，查明迷姦藥物的來源，想要仔細推敲艾默里．阿什頓神祕失蹤的原因，他想要推測出羅伊斯、托帕絲以及哈利小子各自扮演什麼角色。想做很多事，任何事，只要能讓他不想到蔓蒂、賈斯柏還有葛斯一起在蜂鳥海灘的畫面就好。可是車陣完全停住了，無路可逃。珍珍揭露的真相從他心中的盒裡彈出，再也無法隔離。這是什麼意思呢？蔓蒂曾對他不忠嗎？關於她和賈斯柏在救生俱樂部的口角爭執，她是不是誤導了他和溫妮佛什麼？她也對警察說謊嗎？當初在旱溪鎮，她也是到很後來才願意坦白她和殺人牧師之間的交往關係。那時的馬汀被她的美貌蒙蔽，才始終相信著她。不過，此一時，彼一時，那時她還不認識他，他們兩人還沒開始交往，還沒開始規畫屬於兩人共同的未來，現在情況一定有所不同。那她為什麼一直沒坦承去過蜂鳥海灘呢？反而在得知他的過夜地點時打了他一巴掌。他現在既不能去問賈斯柏，也沒辦法問葛斯，想到要拿這件事質問她，馬汀的胃便翻攪起來。

他被翻動的思緒搞得焦躁不安，於是走下車，彷彿可以把這些煩躁都留在車外。往隆頓方向的卡車緩慢地爬上山，從他旁邊經過，後面跟著一長列緩慢前行的車。馬汀還會被困在這裡一段時間，因為前方的卡車司機得等到車流都通過後，才能試圖施展自身的芭蕾舞步，穿過前方的髮夾彎道。馬汀走到路邊。太陽跟著他移動，在樹林之間閃爍著，彷彿一顆頻率緩慢的閃光燈號。**你有看到海嗎？**父親問他。他凝視遠處，在蕨類植物鋪散而成的綠色區塊上方，穿過斑桉林間垂直的縫隙。然後他看到了：海洋，一道細薄的水平線隔出兩種不同深淺的藍。是海，他看到海了。只要停得夠久，就找得到。

# 第二十三章

蜂鳥海灘的入口處沒有紀念花束。這裡只站了一名臉色陰沉的女警，雙手交叉在胸前，警車停在防畜格柵後方，斜斜占住狹窄的路面。馬汀關掉Corolla的引擎，讓愈來愈違規的消音器安靜下來，接著走向那名警察。她很年輕，深色頭髮剪成了鮑伯頭，雙眼隱藏在太陽眼鏡後方，先發制人。

「這裡是犯罪現場，不能進去。」

「我之前住在這裡。」馬汀的語氣充滿和解意願。「我只是想來拿我和我朋友的東西。」

警察摘掉太陽眼鏡，眼睛眨也不眨。「你是馬汀．史卡斯頓，記者，再往前走一步我就逮捕你。」

「我昨晚還來過這裡，是SES團隊的一員。我們昨晚來救援。他們說我可以來拿我的行李。」

她直盯著他，眼神沒有一絲同情。「我畢業於哥爾本警校。」她輕聲說道。

馬汀疑惑地眨了眨眼睛。為什麼告訴他這件事？

「我和羅比．豪斯瓊斯同一年畢業，他是我這輩子遇過最正直的人。」她的聲音平板，不帶感情。

媽的，報應來了。羅比．豪斯瓊斯，這位年輕警察在西部荒野將馬汀視為朋友，提供許多幫助；而現在，他受到三度灼傷，正在接受治療，並且遭到革職，面臨刑事起訴。羅比，可憐的羅比。

馬汀完全放棄辯解。他回到車內，小心地倒車，在女警毫無動搖的注視下畏縮地離開。一脫離她充滿正義的目光，他便想辦法迴轉，往外開走。現在該怎麼辦？他也不確定。一時間，他考慮是否要去起司工廠找找有沒有獨木舟或輕艇，沿著沼澤的岸邊穿過出海口，划進蜂鳥海灘。但是哪來的獨木舟與輕艇？不如把車停在橋邊，涉水而過，再游過岬角進入海灘。然後呢？像沼澤地裡的妖怪一樣浮出水面，被警察抓起來嗎？好極了。他們會將他遊街示眾，讓道格．桑寇頓還有其他媒體看個過癮——罪證一：他是個笨蛋。此時，他開到了這條路和嶺脊路的交會處。嶺脊路……他想起連接嶺脊路和海岬瞭望點的那條步道，有另一條岔路可以下切進入蜂鳥海灘，抵達導師的追隨者們所住的營地。珍珍剛才說導師在哪裡調藥水？**在他上面的靜修所，或是他住的小木屋裡。他都自己處理，調完後用大罐可樂瓶帶下來。**在上面的靜修所？然後再帶下來？值得去看一看。

幾分鐘後，他便將車子留在步道的入口處，停在三天前同樣的地方。步道還是一樣，有著同樣的海潮聲，不過今天的景象沒那麼深刻，沒那麼有存在感。今日無風，也許是這個緣故；沒有任何東西能減輕逐漸高漲的熱度。通往下方蜂鳥海灘營地的岔路如他記得的沒有改變。他往下走，然後便看到了，彷彿他想像的畫面化為現實，在和主要營地還有一段距離的上方，有著一間獨立小屋。屋子坐落在裸露砂岩岩架的右側，躲在一道濃密的枝葉屏風後面，和步道區隔開。他沿著細窄的通道來到小屋的側邊，爬上幾階階梯，走上小露臺。小屋本身有多簡樸，這片景色就有多奢華：站在露臺上，每次呼吸都充滿著愉悅與興奮。開闊的景致向北沿著海岸伸展，直到沙丘，直到背信海灣那連綿不盡的無數海灘和無數浪潮，直到最遠處斷崖和海岸交接的那條藍綠色線段。

起初他打不開小木屋的門，他不想用手，會留下他來過的證據，於是走下露臺，找了兩根樹枝，回頭將門撬開。

小木屋裡沒有隔間，空間甚至比下方海灘旁邊的出租小屋更小。屋內有種薰香和香料的味道，在封閉的室內令人作嘔。一張墊高的大床占據了大半空間，上方垂掛色彩繽紛的絲布，一點也不像蚊帳。地上仍有一只保險套包裝。馬汀愣了一下，意識到警察還沒來過這裡。他們一定不曉得這個小木屋的存在。但這可能嗎？

他伸手放入口袋，不想留下來過的證據。床前放著一張用來祈禱的地毯。馬汀可以想見大師坐在這裡的樣子，盤腿蓮花坐姿，房門大開，世界在他面前開展，彷彿神祇一般檢視自身腳下的世界。其中一面牆上掛著溼婆的雕像，另一面牆上則掛著黑天。馬汀拿起手機拍照。有個木製衣櫃，猜測是峇里島製的，衣櫃上方放著一頂巴拿馬帽。櫃裡有各種長袍，以及格格不入的商務襯衫和斜布紋長褲；就像他在隆頓和泰森・聖克萊爾說話時穿的那種街頭服飾。馬汀拍下衣服。他在衣櫃最底部找到一堆鞋子，有東方式的涼鞋和西式的鞋子與靴子，鞋堆旁則有一只老式手提箱，年代已久，上漆的紙板殼配上深棕色的拋光木材骨架，外表貼著許多已然褪色的貼紙。馬汀用了一塊布拿出手提箱，拍下箱子外觀。那些貼紙寫著「Madras」、「London」和「Bombay」。不是叫「Chennai」而叫「Madras」，不用「Mumbai」而用「Bombay」[1]，這些城市都改名多久了？

馬汀把箱子放在床上，以一條絲布包著手掀開箱子。裡頭有幾件衣服：厚重的套頭上衣和冬天穿的祭衣。馬汀翻找著重要的物品。他在衣物底下找到一本屢經翻閱的旅行指南，是本《孤獨星球》許久以前出版的印度旅遊書。他拿起，書頁間穿插著好幾張明信片。明信片。馬汀感覺一瞬間停了呼吸。他小心翼翼地在絲布保護下緩慢打開那本書，依序仔細查看每張明信片，每張看完都再夾回原位。第一張是某個印度聖人的黑白照片，背後註明了此人是布然瑪南達・薩拉司瓦帝導師[2]，另一張是披頭四和瑪哈

1 貼紙上三處地名依序為馬德拉斯、倫敦和孟買。馬德拉斯（Madras）為印度東南城市，於一九九六年改名為清奈（Chennai）。「Bombay」則為印度大城孟買（Mumbai）的舊名，於一九九五年改名。

2 Swami Brahmananda Saraswati，十九世紀至二十世紀上葉的印度聖人。

禮師．瑪赫西．優濟[3]的合照，第三張是身穿橘色長袍的巴關．希瑞．羅傑尼希[4]，看來志得意滿，彷彿一隻成功偷吃魚的貓。剩下的三張明信片則是印度神祇的畫像：梵天、毗濕奴和象神甘尼許。所有卡片背後都沒有手寫字。宗教明信片。賈斯柏．史貝特死前手中也緊抓著一張希臘聖人的明信片，馬汀絞盡腦汁，想找出兩者的關係，但沒有答案，沒有任何實質關聯。他把書放回手提箱底層，關上蓋子。正打算把箱子放回衣櫃，突然閃過一個念頭，一種懷疑。他把箱子重新放回床上，掀開蓋子，找到了：蓋子側邊貼著一段藍色膠帶，上頭用筆寫著擁有者的名字。**蒂夫．哈瓦南達導師**。但是膠帶這麼容易被撕掉，為什麼要把自己的名字寫在膠帶上呢？馬汀撕下膠帶，不過手上包著絲巾實在太困難，他扔掉絲布，改用指甲摳除，動作小心，不希望撕破膠帶或是傷到下面的箱殼。他很快撕開一部分，能看到底下字跡的開頭：那是另一個名字。他動作輕柔，不過興奮之情逐漸升高，最後，他撕開整條膠帶，直到名字完全顯露。不是英文，但也不是印度文或斯里蘭卡文，而是西里爾字母，或者是希臘文。馬汀拿起手機拍下那個名字：*Μύρον Παπαδόπουλος*。

有那麼一剎那，他考慮帶走手提箱。以前的他不會如此猶豫。年輕時，還是海外特派記者的他，會蔑視當地法律直接偷走手提箱，完全不顧後果。但現在他不可能這麼做，他不能拿走對警方有用的證據。什麼東西變了？是他變了，還是只因所在地點不同？如果是在印度，他還會這麼尊敬當地警方嗎？還是會充滿害怕？怎樣都無所謂，他不能拿。於是他將膠帶貼回原處，隔著絲布按壓，確保牢牢貼緊，並且擦掉自己的指紋。他關上蓋子，把手提箱放在地上，從不同角度拍下照片後再放回衣櫃。得離開了，他知道如果警方發現他在這裡，自己將無話可說。不過他也知道這是自己唯一的機會，他以後不會再被允許進入這個房間，至少不是在死人的所有物都仍處於原位的狀況下。

他掃視屋內。他在找什麼？他漏掉了什麼？然後想起來了。他掀開罩在床上的絲布，爬上床。找到了，就在床頭的架上：一只研磨缽和杵。他站在床上，因為這個發現而興奮不已。在這組石製的缽和杵旁，放著一只棕色玻璃瓶和一個細長的檀木盒。他沒有移動盒子的位置，只是用包裹著絲布的手掀起黃銅門片打開。裡頭排列著六支有著金屬蓋子的小藥瓶和一個包裝著藥丸的透明袋子。瓶上沒有標籤，難以辨識。馬汀拿出手機，盡可能推近鏡頭，以最近的距離拍了好幾張。他真的愛死這支手機了。他蓋上蓋子，走下床離開小屋，心跳不已。

一陣狂喜湧上。這篇報導將會熱門到不行，是最炙手的獨家新聞。邪教領袖的隱密聖所裡羅列毒藥，那幾張配圖將會帶著文字報導向上衝。馬汀．史卡斯頓，早所有媒體一步，早警方一步。標題在他心裡逐漸成形，他的腳步開始輕快，風一般跑過小徑，等著看泰芮和《晨鋒報》那些專在背後捅人一刀的傢伙會有什麼反應，頭版就在遠處等著他。他停下一會兒，深呼吸。空氣聞起來有海的鹹味以及他即將證明自己的美好氣息。他想怎麼寫就怎麼寫、想怎麼說就怎麼說，死人不會爬起來告他。不過就當他站在那裡，第一道疑慮在他心中投下了陰影。這裡很安全，他很清楚這一點。即使警方從海灘沿著步道爬上來，他也能清楚看到他們。那他到底在猶豫什麼？有股情緒掠過。內疚嗎？不對，不是內疚。責任感？也不是。對自己行為的譴責？有可能。為了新聞報導而將證據留為己有，在不先告知警方的情況下就發表見報，他真的可以這麼做嗎？執行後還能把責任推得一乾二淨嗎？他愣在原地，剛才跑跳的衝動已然消失。他得先告訴他們，否則怎麼能寫進報導裡？要是真的隱瞞證據，逕自出稿，他就是等著被告而已。競爭者們會毫不猶豫地蜂擁指責他這種不道德的行為：就是這人破壞了命案調查。還有誰比被搶

3　Maharishi Mahesh Yogi，印度瑜伽大師，是前者薩拉司瓦帝的弟子。
4　Bhagwan Shree Rajneesh，一九八九年後改名，也就是後來廣為人知卻也備受爭議的奧修。

了新聞的記者更公正？媽呀，他用再多手段都躲不過這種攻勢。這時他終於想到，自己猶豫的真正理由，跟報導或警方的反應都無關，甚至無關這件事會對蔓蒂造成的影響；不是因為這些實際層面的原因，而是因為死掉的那七人以及殺了他們的凶手。他又想起那個畫面：那對美麗的小情侶，躺在床上彷彿只是肉塊，他們的純真消失殆盡，未來的人生已被偷走。珍珍．海耶斯也是原因之一，得知情人死去後的她哀傷不已。他一陣顫抖。一直以來他都將報導擺在第一位，不去考慮後果，但在這一刻，他知道該怎麼做了。自己以前怎麼能做出其他選擇呢？

遲疑就此消散，他快步走向車旁，用鑰匙打開後車廂，掀起破舊的底墊，露出放備胎的凹槽，然後關掉手機電源並塞進備胎旁邊。關上後車廂，確定上鎖後，便匆匆走回步道，經過靜修小屋，往底下的蜂鳥海灘營地走去。他在步道末端的雨林林蔭內停下，放緩呼吸，像在側邊等待出場指示的演員那樣讓自己沉澱，接著走出雨林遮蔽之外。

能看到伊凡．路奇露出那樣的表情，一切付出都值得了。他一臉震驚地看著馬汀漫步走到面前，完全忘記正和他說話的另外三名警察。那三人穿著一次性的塑膠連身服，背上橫過「鑑識組」幾個大字。

「嗨，你們好。需要幫忙嗎？」馬汀輕鬆自然地問道。

但路奇面無笑容。「馬汀．史卡斯頓，你故意不服從警方依法下達的指示，我現在要將你逮捕。」他轉向其他警察。「可以麻煩你們其中一人去車上幫我拿副手銬嗎？」其中一名鑑識人員疑惑地聳了聳肩離開了，顯然不習慣逮捕民眾的感覺。

馬汀突然發現難以繼續虛張聲勢下去。「說真的，我是來幫忙的。我有關鍵資訊。」

路奇搖搖頭。「入口的警察已經警告你離開了，你真的應該照她說的做。」

「我本來是，但卻發現你們可能要錯過關鍵證據了，到時候出糗的是你們。」馬汀的話充滿挑釁，但他盡可能保持語調溫和。

路奇上鉤了。「什麼證據？」

馬汀嚥了口口水。現在的路奇想把他掛在十字架上風乾，他得更有說服力才行。「我本來照著她的指示沒靠近，只是走到海岬上面，沒有進入營地，也沒有越過警方設的屏障。我只是想看看能不能從那上面看到海灘，也許之後可以帶我們的攝影師來，讓他拍攝你們工作的照片。你應該懂吧？就是用長鏡頭，像狗仔隊那樣從上面拍。」他轉過身，模稜兩可地指著海岬頂端的方向。

路奇完全中了圈套。「然後呢？」

「那裡有條小徑向下延伸，是可以通行的步道。我本來在找攝影師可以拍照的制高點，然後就找到那個東西了。」他停頓著，製造懸疑效果。

「找到什麼？」

「導師的小木屋。」

「什麼？」

「他的小木屋。」

「放屁，我們搜過他的屋子了，是在那邊。」路奇指向馬汀身後某處。

「他有兩間。上面這間是他的靜修所，刻意選在偏遠的位置，很容易被忽略。」馬汀攤開雙手。「那裡沒有警方的封鎖線，什麼都沒有。」

「你怎麼知道那是他的？」

「這裡的地主珍珍．海耶斯說的，她之前跟我提過導師除了小木屋之外還有一間靜修所。我看過屋內一遍，全都是印度人會用的東西，絲袍、香、印度教神祇的雕像，看起來完全沒人搜索過。我剛要離開就聽到你們的聲音，覺得你應該會想在我寫進報導之前先知道這件事。」

路奇盯著他，彷彿想用眼神將他整個人就地蒸發。「你進到裡面了，有碰任何東西嗎？」

「對，我進去了，才知道那是他的地方。然後我覺得你們應該會想知道這件事，所以就下來了。」

路奇瞪著他，衡量著目前的情況，露出惡毒笑容。「不過我還是要逮捕你。」

馬汀突然感到一陣絕望。他不能被逮捕，現在不行，蔓蒂需要他，《晨鋒報》也需要他。是時候來點手段了。「不對，你不會。」他平靜說著，心裡默默為自己的大話感到佩服。

「為什麼不會？」路奇問。

「因為我會把剛才的事發經過一五一十地告訴裁判官：雖然被告知不要進入這個地方，但我覺得自己有責任告訴警方遺漏的關鍵資訊。」

這招生效了。路奇氣得要死，完全可以從他眼中看得出來，但他仍努力壓抑著情緒。「為什麼裁判官會忽視偵緝警長的意見，站在記者那邊？」

馬汀搖了搖頭，露出彷彿同情的態度。「裁判官說什麼其實不重要，因為這件案子的判決是由輿論決定。《雪梨晨鋒報》會報導我的證詞，其他媒體也會。我會重述自己如何協助警方，下場卻是遭受警方迫害，最終全部的新聞都會被你老闆讀到。」

路奇沒說話。兩人僵持一會，是一場比誰站得久的意志考驗。打破僵局的是其中一名鑑識人員。「這麼做不是有點，呃，違反新聞倫理還是什麼的嗎？」

路奇和馬汀都一臉蔑視地看著他，不過最後開口的是路奇：「你怎麼不去幫你同事一起找手銬？」年輕人一陣臉紅，看著旁邊比較年長的同事；後者應該是他的上司。「算了，」路奇說。「不用了，你去拿搜索這間屋子要用的器材。」他等到年輕人離開後又轉向留在原地的鑑識人員。馬汀認得他，是當初他和蔓蒂到透天厝拿行李時，態度很親切的那個男人。「你也有話想說嗎？」

「報告長官，沒有。」鑑識人員的表情有些不自在。

路奇轉向馬汀。「給我你的手機。」

「在這裡不能用，沒有訊號。」

「我不管那麼多，給我你的手機。」

「不在我身上，還在露營區裡充電。我知道帶手機來也沒用。」

路奇轉向那名鑑識人員。「搜他身。」

男人看起來有些驚訝。「不了。」他說完便走開。

職責分工有爭議，馬汀想，不服從上級指示。不過他還算聰明，沒說出心裡的話。

「你把身體打開。」路奇說。

「認真？」

「當然。」

馬汀照做。路奇好整以暇地將他搜了一遍，但也沒越線，只是滿足於搜身行為本身不言而喻的威脅。

「好，你可以走了。」

「謝謝。說真的，我希望你們能找到有用的東西。」馬汀說。

「在我反悔前快滾。」

馬汀轉身邁開腳步，正打算恭喜自己逃過一劫時，便聽到路奇說：「不對，不是那邊，你可能會破壞現場。」

「我剛才就是從這邊下來的，我的車停在上面。」

「好可憐噢。你從主要的出口出去，再順著外面的路走上去牽車。」

那是兩公里的路程，將近三公里。然而現在說什麼也沒用，於是馬汀沉默下來。

不過在經過珍珍的房子和接待處附近時，他停下腳步。三名鑑識人員正在停車場裡搬拿裝有設備的袋子，另外有兩名穿著制服的警察坐在珍珍家的陽台上，喝著茶眺望海景。除此之外，他沒看到其他人。他放慢腳步。身穿藍衣的鑑識人員往下走來，經過他身邊，完全沒有眼神接觸。馬汀往更高處走，離開陽台的可見範圍。他停下來觀察、聆聽。只有打在沙灘上的悠閒浪聲和遠處海潮滾動的白噪音。此外一片安靜。他俯視整個園區，快速評估局勢，迅速做了決定。

他向路徑西側走去，快步穿過小木屋群後方；這些小屋先前住的都是背包客、社交達人和追求刺激活動的遊客。只有五間小屋，門上全都拉著警方的封鎖帶。馬汀認出托帕絲住的那間，所以直接略過。死掉的年輕情侶住在隔壁，所以也不是那間。馬汀仔細觀察；最後一間小木屋看起來比其他間稍大，背後就是樹林，還有自己的水塔。葛斯．麥奎斯應該會想住最好的那間。

他頭也不回地快步向前，低頭鑽過警方封鎖帶，踏上樓梯來到小陽台。他再次注意到指紋的問題，於是用手掌根部緩緩推開門；他沒有理由來到這裡，再也沒有可以利用的現成藉口。他有種強烈的感覺，覺得自己進入了不該進入的地方。這人已經死了，而他正侵門踏戶。

房裡一團亂，衣服散落各處。一扇邊窗下方有座寬大的架子，架上的相框裡放的是麥奎斯某次受獎的照片，應該是洛吉獎[5]，擺放的位置大概是想向進屋的人炫耀，或是麥奎斯想告訴自己：放心，你的星光還閃閃發亮。相框旁邊是一只盥洗包。馬汀用一件T恤包起手，打開盥洗包，小心地不留下指紋。牙膏、除紋霜、某種仿曬乳液，但沒有藥丸，沒有任何可能違法的證據。當然了，如果東西放在這裡，應該早被警方拿去鑑測。架子下方的地上有個紙箱。馬汀倒出裡面的物品。有只皮夾、一副ＢＭＷ的車鑰匙，和一只仍滴答作響的金色勞力士。一盒保險套，特大號。馬汀沒碰任何東西，訝異這些私人物品竟然都還在。裡頭有另一張照片：麥奎斯和某個有著模特兒外貌的金髮美女，還有兩個年輕的孩子。是他的家庭，被他遺棄在雪梨，流放到箱裡。侵入他人領地的感覺再次掠過馬汀心頭。他不確定自己在找什麼：也許是想知道為什麼像麥奎斯這樣的人會來到此地。他用仍然裹著衣服的手，小心地將零碎的物品放回箱子裡。他最後一次看向四周。他在這裡幹嘛？他想找到什麼？也許是為什麼自己還活著，麥奎斯卻死了的原因。要是事情早一天發生，他有可能已經躺在隆頓的太平間裡，就躺在麥奎斯隔壁的抽屜，然後換成某個別人——最有可能是蔓蒂——對著他自己的物品慢思細想。那是他此生的殘骸，在守靈儀式中浮出水面。

接著，就在他正要離開時，他看到了那個東西，吊在窗下架子的某個鉤子上。一條細窄的銀鍊，最末端有顆珍珠，就跟蔓蒂常戴的那條一模一樣。

5 Logie，澳洲著名的電視圈獎項。

# 第二十四章

離開海邊之後，氣溫變得悶熱難耐。這天沒有風，沒有任何東西能攪散沼澤地的溼氣。他的襯衫很快溼透，細小的叢林蒼蠅[1]布滿他的背又停在他臉上，一再靠近他的眼睛，嘲弄著他，絲毫不被揮舞的雙手嚇倒。他費力爬上嶺脊路，樹林的遮蔭毫無作用。已經連續兩晚睡眠不足，雙腿因為賣力跋涉而逐漸沉重。但這蹣跚的上坡爬行不算什麼，他自己的思緒和那種遭到背叛的感覺才是壓在身上最沉重的負擔。蔓蒂，她怎麼可以這麼做？在那麼多人之中偏偏選中葛斯．麥奎斯。他得停下休息，重新找回力氣。然後，很快地，他便開始譴責自己多麼偽善、多麼幼稚。他也和托帕絲睡過，不然就是那個波里尼西亞女孩，不然就是某個別人；大概睡過，雖然是因為他被下了藥。如果他曾遇上這種情況，她很可能也遇上一樣的事情。珍珍也暗示過這點。葛斯．麥奎斯就是那個強暴犯。當然了，馬汀無法證明這名男演員確切的作為，除了在這兩次可能出現迷姦藥的場合中，麥奎斯是唯一一名兩次都受到藥效影響，或者宣稱受到影響的人。他只是個肥皂劇演員，演技可能那麼好嗎？而且在兩次狀況裡，麥奎斯都有很明確的目標：第一次是蔓蒂，第二次是托帕絲。馬汀這時發現，兩次事件中都還牽涉到其他男性：賈斯柏和他自己；他們可能是保護目標的人，或是麥奎斯的競爭對手。而且這些男性也都被下了藥。他重新邁開腳步，逐漸升高的憤怒有助他征服這段山路。等到走至車邊，他對這件事的態度幾乎已然底定：麥奎斯就是個以導師為掩護，用迷姦藥迷昏女人的下流廢物。或許馬汀僅有間接證據，但根據現有事實，他想不出其他可能性。

他很想立刻寫這篇新聞，把麥奎斯推上舞台，確保麥奎斯得到應有的嘲笑。他想把隆頓醫院外面堆積成山的悼念花束燒成灰燼。然而——他也得不情願地承認——如果麥奎斯真的做了這種事，無論他的行為多可惡，那包括他自己在內的七條人命多半便與他無關。殺死那些人的不是迷姦藥。對，這兩件事毫無關聯。馬汀突然感到一陣嚴厲的決斷心：他想為蔓蒂報仇，但是洗刷她的謀殺嫌疑更加優先。他得找出賈斯柏的凶手，葛斯．麥奎斯的惡行不是他最主要的新聞。

得去找蔓蒂。他不知道自己會說什麼、怎麼說，也許全盤坦白，解釋自己行為脫軌那晚到底發生了什麼事。當然了，她一定會抓住這個機會，也說出她在蜂鳥海灘的遭遇。一定會吧？

一邊想著這些念頭，他一邊將車開下山丘，回到沙丘路比較穩固的柏油路面後，往露營車營區的方向開去。他已經從後車廂拿出手機，快抵達露營區時，手機開始尖聲響起。又回到收訊範圍了。他在通往哈提根家那條路前停下。有幾封訊息和未接來電，前兩通來自某個沒有顯示的號碼，沒有留下任何留言。他打給傑克．高芬。

「傑克，剛才是你打的嗎？」

一陣短暫停頓。「馬汀。」

「你找到什麼了嗎？」

「有，你的心靈大師。他的護照是真的，背景也都確認過了，他是個貨真價實的印度人。」

「好。」馬汀試圖不讓語氣流露失望。「謝謝啦。」

「不過另外那兩個小詐騙集團就沒那麼誠實了。」

1 bush fly，一種澳洲蒼蠅，數量龐大。

「什麼詐騙集團？你說托帕絲和羅伊斯嗎？」

「對。他們去年在墨爾本行騙的時候被逮到，受過警方調查，不過他們的詐騙目標覺得太丟臉，不希望因為這種事鬧上法庭。」

「他們做了什麼事？」

「教科書裡最陳腔濫調的那種騙局。我猜那個女的應該長得還不錯吧？」

「的確是，而且她知道怎麼利用這一點。」

「聽起來應該沒錯。他們的做法是女生會去勾引一個有婦之夫，兩人正在做的時候，女生的老公會闖入，抓姦在床，並威脅要揍目標人一頓，或者公開這件事，之後目標人為了息事寧人而付錢。老把戲，但非常好用。」

「靠，這真的會成功？」

「超乎你想像。而且在他們那件案子裡，那個男的被下了藥，讓他更容易被勾引、更容易被操弄。」

「下藥？哪種藥？」

「應該是迷姦藥吧，或是類似的東西。」

迷姦藥？馬汀串起各種事情了，但顯示的形狀卻對不上邊。蔓蒂被下藥時，托帕絲並不在這裡，而且托帕絲也不可能把自己迷昏，放任麥奎斯對她胡來，所以這頂多只能解釋為什麼她會知道這種藥以及藥效。「謝了，傑克，真的謝謝，我知道你幫我查這些其實風險不小。」

出乎馬汀意料，高芬開始大笑。「沒關係，馬汀，我已經把你登記進名冊裡了。」

「什麼意思？」

「你現在已經正式成為我的線人之一。」

「你認真？」馬汀不舒服地在駕駛椅上挪動身軀。現在，在這片土地的某個地方，在祕密警察的地窖裡，他被歸類為一條資訊來源，他並不喜歡。「我不確定我想要這種身分。」

「放輕鬆，你不是我們小本本裡的第一個記者，也不會是最後一個。」

「為什麼我一點也沒有高興的感覺？」

知道馬汀因此坐立難安的高芬再次大笑。「噢還有件事，那兩個小騙子啊，羅伊斯和托帕絲，他們不是男女朋友，已經結婚了。」

「結婚？所以她有永久居留權？」

「她有更好的東西，她是有澳洲護照的正式公民，同時還有美國護照。幹嘛問這個？」

「沒事。我得掛了。傑克，謝了。」

馬汀並未立即開車。他們第一次碰面時，就是當他讓羅伊斯和托帕絲搭便車時，他聽到的故事是假的。托帕絲有澳洲護照，她不需要簽證，也不需要在偏遠地區工作。他們只是拿馬汀演練虛假的身分背景，兩人來銀港，就是為了敲詐簽證詐騙案的主人，那和他們慣用的手法只有一點點差別。他們一定是在雪梨就得知簽證詐騙的事。想法其實不錯，畢竟涉案人不太可能報案，甚至可能願意付他們兩人更多錢。風險更高，報酬也更高。

他打給貝瑟妮；她馬上接起。「馬汀。我一直打你手機都不通，你沒收訊嗎？」

「對，我在蜂鳥海灘。記者會怎麼樣？」

「沒什麼特別的。醫生們先出來說明，確認七人死亡，都是昨晚在海灘就已經身亡。另有四人情況危及被送到布里斯本，不過預計都能康復。而住在隆頓的傷者預計明後天就能出院，醫生預估不會造成內臟永久損傷。」

「算是好消息。那警方說了什麼？」

「他們認為蜂鳥海灘是犯罪現場，但還沒打算要定調為犯罪事件。警方說有可能是無心造成的結果，意外用藥過量。原話是，拿這件事與瓊斯鎮相提並論是『牽強附會、毫無根據，而且十分不恰當』。」

「嗯，也沒什麼好反駁。還有其他事嗎？」

「有。警方很生氣我們公開麥奎斯的身分，說我們應該遵照正常程序。不過我感覺他們也不怎麼緊張就是了。」

「他們也只能這樣說了吧。稿子妳寫了嗎？」

「正在寫，你有什麼要補充的嗎？」

馬汀想了想他在蜂鳥海灘的發現，以及傑克・高芬告訴他的資訊。「沒有，都不怎麼重要，現在還看不出所以然，如果後續有發展的話，也許能寫在明天的早報。不過，原來一、兩個月前蜂鳥海灘就有一大堆新聞，就是我還困在里弗來納的時候——葛斯・麥奎斯離開他老婆，跑到海邊飲酒作樂之類的事情。我們可以從圖書館找到相關剪報嗎？」

「我在下載了，再把連結傳給你。」

結束通話後馬汀發動車子，但沒有立刻開上路。他可以看到露營區的入口就在前方幾百公尺處，那隻海豚的鼻子還黏在拱門上。他得和蔓蒂談談，問她關於麥奎斯的事情。他坐了一會，遲遲無法決定。試圖把這個念頭關回盒子裡，內心有個理智的聲音堅持著：爭執也無助於解決事情。

手機響了，螢幕顯示「尼克・普洛斯」。他很感激有事情可以讓他分心。

「尼克。」

「馬汀，你在哪？」

「沙丘路。」

「嗯，警方在找你。」

「我？為什麼？」

「他們懷疑你破壞了犯罪現場。」

「認真？」

「對，馬汀，非常認真。你現在馬上來衝浪俱樂部。」

馬汀實在忍不住：「你是不是真的沒有自己的辦公室啊？」

「衝浪俱樂部，馬汀，現在就來。」電話掛斷。馬汀懷疑他律師的自信到底從何而來。

§ § §

這次尼克沒有遲到，馬汀抵達時他已經在裡頭等著。所有人都在露臺享受美景，希望看著海色能感覺涼快一點。在沒有海風吹拂下，整間俱樂部熱得令人難受，天花板的吊扇幾乎拿溼氣無可奈何。尼克的穿著不像律師，像是每天都在海邊遊手好閒的人，每天刮掉後又冒出的鬍渣茂密到彷彿沒刮，不過他面前放著開機的筆電，神情專注，有著清醒的判斷力。馬汀沒和他打招呼就直接坐下。

「說吧。」尼克說。

「我是去那邊找資料。我又開始幫《晨鋒報》寫稿了。」

「我有看到文章。但你我都很清楚，無論任何理由都不能進去現場。」

「我沒有破壞任何證據。」

尼克裝出憐惜的表情，彷彿在聽小北鼻的藉口。「你繞過警方的路障，進到裡面了。蒙特斐爾現在火冒三丈，打算把你吊起來曬成人乾。」

「我只是想幫忙。」

尼克神情質疑，拿出一本筆記本。「告訴我事情經過。」馬汀略過在葛斯．麥奎斯屋子看到的東西，重述一遍他在蜂鳥海灘的發現。他描述如何找到導師的小屋以及裡頭的物品，並強調立刻通知了伊凡．路奇。說完後，他的律師向後靠上椅背，再次搖著頭。「抱歉，但這種理由還不夠。你根本不該進到屋內，尤其是在那位警察警告你離開之後。他們可以對你提起告訴，直接把你拖去找裁判官。」

「尼克，我說真的，我這麼做是想幫忙，否則我大可以不透露任何資訊。」

尼克的情緒並未受到安撫。「你可能破壞了犯罪現場，也可能沒破壞，但都不是重點。你是記者，他們是執法人員，裁判官會想趁機殺雞儆猴，讓其他人清楚知道：在任何情況下，記者或任何人都不該違背警方指示進入犯罪現場。」他停下嘆口氣，做出總結：「你完蛋了。」

「你怎麼建議？」

「低聲下氣去道歉，在莫銳斯．蒙特斐爾把事情鬧上法院前主動去找他。」

「也許我可以和他交換條件，把查到的資料給他們。」

「你有找到有用的資訊？」

「還不少。第一件事是現在人在隆頓醫院裡的一名年輕女性，托帕絲．索爾所，看起來像是這起事件的受害者。她和她先生是二流的詐騙犯，警方的系統應該有他們的紀錄。有一種可能，這次的死亡事件本來應該只是一場騙局，但他們在詐騙勒索的過程中出了差錯。」

「他們要騙誰？」

「我不知道，也許是珍珍．海耶斯，也許是導師。目前看來，導師的印度護照顯然是真的，但我還是覺得他有點可疑。他有一本印度的旅遊書。為什麼印度人身上要帶那種東西？還有這個，你看。」馬汀點擊手機的一張相片，是寫在箱裡內側膠帶下面的名字，他把手機遞給尼克。

律師皺起眉頭，因為驚訝而睜大眼睛。「這是希臘文。」

「你看得懂嗎？」

律師的眉毛因為專心而瞬間往中間靠攏。「靠，彌榮。彌榮．帕帕道普洛斯。」他說。

他們看著彼此。

「彌榮。」尼克說。

「創造奇蹟的彌榮。」馬汀說。「導師的手提箱裡有其他明信片。」

「天啊，我們得告訴蒙特斐爾，他得知道這件事才行。」尼克說。

「同意。可是誰是彌榮．帕帕道普洛斯？」

「我怎麼會知道？」

「你不覺得那有可能是哈瓦南達真正的名字嗎？」

「你剛剛才說他絕對是印度人。」尼克說。

「但他卻帶著印度的旅遊書。」

尼克看著他，因為腦袋正在運轉而表情呆滯。「我上網查。」他開始在筆電打字。「媽呀，幾千個人都叫這個名字，帕帕道普洛斯是希臘最常見的菜市場名，就像這裡的史密斯。」

「所以很適合當假名囉？」

「我想是吧。那個，你有這個人的照片嗎？那個導師。」他問馬汀。

「沒有。」有個念頭閃過他腦海。「筆電可以借我一下嗎？」尼克把電腦推過桌面。馬汀登入自己的信箱。果然，貝瑟妮的信寄來了。信的標題寫著「蜂鳥海灘相關報導」，內文裡有一個檔案分享平台的連結。馬汀點進連結，打開那些剪報，不久便找到一張相片，導師盤腿而坐，渾身散發著善意的光芒。

尼克拿回電腦。「讓我試試看一個方法。」接下來幾分鐘，他都在鍵盤上敲敲打打，一臉聚精會神，接著，那股嚴肅的神情突然被浪潮一般的笑容沖散。「有了！」他把筆電轉向馬汀。「這就是你要找的人。」

馬汀眼前是一個Facebook頁面。網頁寫的都是希臘文，他一個字也看不懂。除了一張相片，裡頭的男子一定就是那個導師。就是他，不過是年輕時的他。「你怎麼找到的？」

「Facebook的人臉辨識功能。我把照片放到我的牆上，點他的臉，輸入『彌榮』當名字開頭，系統就會跳出幾個建議選項。我找到這個人，彌榮．弗洛拉基斯。」

「弗洛拉基斯？所以帕帕道普洛斯是假名囉？你可以確認那真的是他嗎？」

「等我一下。」

尼克繼續敲著鍵盤，一邊打字，他的五官也開始跟著扭曲：先是睜大眼睛，然後眉毛也高高聳起，接著下巴掉了下來，直到整張臉呈現驚訝的神情。眾五官皆已到位，最後只剩話語能表達他的訝異。

「靠。」他輕聲說著。

「怎麼了？」馬汀問道。

「靠，靠，靠。」

「尼克，怎麼了？」

「你看。」尼克把筆電轉向馬汀。那是一篇儲存成ＰＤＦ檔案的報紙報導，只有黑白顏色，畫質很糟，彷彿經過傳真之後又被掃描進電腦裡。報導全是希臘文。

「寫些什麼？」馬汀問。

尼克拿回電腦，開始閱讀螢幕上的文字，然後一邊遲疑地翻譯著。

「這是將近八年前的報紙，標題是『巫術魔藥案擴大搜索』。報導寫道：『警方已將巫術魔藥一案的搜捕範圍擴大至本島。警方相信，數名擁有重要資訊的人士可能已搭乘渡輪離開克里特，前往比雷埃夫斯，其中包括自稱為宗教治療師的彌榮·弗洛拉基斯。』」

「他是逃犯？」

「對，以前是。」尼克說著，又讀了幾行。「好，你聽這個：『宗教儀式釀成悲劇，多名信徒服藥過量，造成三人死亡。』」尼克抬頭看著馬汀，已經不需再多說什麼了。

「我們去找蒙特斐爾。」馬汀說。

「等一下，後面還有：『弗洛拉基斯的父親為希臘裔，母親為印度裔，他在大約五年前回到克里特成立備受爭議的治療中心，該教派混合了基督教和東方信仰。』」尼克停下來，抬頭看著馬汀。「母親是印度裔，就是他沒錯。」他平靜地說著。「我們走吧。」

「等一下，我要先打個電話。」

馬汀向外走至露臺，但人潮實在太擁擠而且太熱，便又回到室內找了一個安靜的角落。他打給高芬，快速說了一遍剛才的發現，包括他可能會面對告訴，晚點要去求蒙特斐爾赦免。他要高芬查查彌榮·弗洛拉基斯的相關資料，確認他是不是真的逃犯。

「然後你會把資料都交給蒙特斐爾嗎？」

「當然，我還有自己的小命要救。」

掛斷電話後，馬汀看了看錶，快要五點了。他的確得去求蒙特斐爾饒他一命，但在那之前，他得先把新聞發給《晨鋒報》；警官大人極有可能把他關起來，並下達禁口令，但這則新聞大到不能等。

§ § §

他們在隆頓一間燈光昏暗的中式餐廳裡找到蒙特斐爾和路奇，餐廳名為「美味神龍」。兩名警察坐在一張圓桌旁，大桌足以容納十二人。餐廳外頭金燦燦的，整個小鎮都籠罩在傍晚的陽光之中，但餐廳內的燈光卻很昏暗，也許是店家將所有的電力都拿去餵冷氣了。偵緝督察將餐巾鋪在腿上；偵緝警長則將餐巾塞進衣領，極其高雅。他們安靜地看著馬汀和尼克走來，一句話都沒說。蒙特斐爾的目光能切割大理石，路奇的冷笑能讓牛奶凝結。雙方都沒向彼此打招呼，尼克．普洛斯直接切入正題。

「我的當事人想要表達最高的歉意，他願意完全配合警方調查，並提供他蒐集到的重要證據。」

蒙特斐爾發出一聲咕噥，表達不屑。

「我們可以坐下嗎？」尼克問道。

又是一聲不帶話語的咕噥，但聽來像是同意了。馬汀和尼克對看一眼後坐下。兩名警察繼續用餐，忽視他們的存在，確保他們知道自己有多無足輕重，一條小命能不能活全仰賴蒙特斐爾的恩德慈悲。蒙特斐爾嚥下嘴裡的蜜汁蝦仁，抬起頭，緩慢地將視線從記者移到律師身上：「說吧。」

尼克負責開口，這是他和馬汀講好的。「我的當事人認為哈瓦南達導師的身分可疑，想要將他的疑慮告訴你們，但卻沒有任何事實佐證，所以他就去了蜂鳥海灘搜索大師的小木屋。」

路奇差點噎到。「他承認了？」

「對。」馬汀說。

「他沒有拿走任何物品，也沒有變動屋內的任何東西。」尼克說。

蒙特斐爾轉為注視馬汀。「說重點。你找到了什麼？」

「我的當事人……」尼克開口，不過蒙特斐爾搖了搖頭。

「他，不是你。」

尼克閉上嘴；馬汀吞了口口水。「他有個手提箱，你們可以在他屋內找到。那是——」

蒙特斐爾看向路奇。「在我們這裡。」年輕的警官說。

「裡面有什麼？」蒙特斐爾問馬汀。

「他的名字，希臘名字，寫在手提箱蓋子內側的膠帶下面。」

蒙特斐爾轉頭看向路奇，後者聳了聳肩，於是蒙特斐爾轉回來看著尼克。「希臘名字？你確定嗎？」

「確定。」

「他是印度人。他的護照是真的，我們查過了。」路奇說。

「是這樣沒錯。」馬汀說。「母親是印度人，父親是希臘人。」

蒙特斐爾專注地看著他。「繼續說。」

「我們找到了他的身分。他的真名叫彌榮．弗洛拉基斯。」尼克說。

「彌榮？」蒙特斐爾又說了一遍。「創造奇蹟的彌榮？」

「沒錯。他是逃犯，或者說曾經是。我們有報紙剪報，可以轉寄給你，不過內容全是希臘文。」尼克解釋了報導中的重要資訊：弗洛拉基斯自稱宗教領袖，三名追隨者因為用藥過量身亡，其他人住院治療，而他本人逃逸。用藥過量本身應該是場意外，不過希臘警方仍認為弗洛拉基斯有罪責。在律師一一揭開證據的同時，馬汀仔細觀察兩名警官的表情，他們本來的質疑態度開始動搖、退縮，取而代之的是深思熟慮。路奇向後靠上椅背，因為專心而瞇著眼睛。蒙特斐爾則持續全神貫注，他將注意力重新轉向馬汀。「這件事會登在明天的報上嗎？」

馬汀沉默地點頭。

「突出自己扮演的角色，說你領先警方一步找到證據，然後再向動作緩慢的調查人員公布資訊。你是這樣寫嗎？」

面對警探注視的目光，馬汀試圖撐住。「不是，我的初稿沒有寫這些。」

「你引用了警方當消息來源嗎？」

「沒有。」

「那你引用什麼資料？」

「希臘報紙。」

蒙特斐爾點點頭。「很好。」

一直到他們走出餐廳，馬汀才覺得自己的呼吸終於恢復正常。從尼克・普洛斯的表情看來，這位律師也有同樣感覺。

「媽呀，你那反應厲害。」尼克說。

「是啊，我先打給編輯吧。」馬汀回道。

尼克開著已經十歲的家庭用旅行車，載著兩人前往銀港。快接近斷崖頂端時，馬汀才掛上電話，長長地鬆了一口氣。泰芮想辦法及時改了稿子，刪掉馬汀是第一人找到手提箱的部分，也刪掉他把這些資訊提供給調查警官的部分。不過他還來不及說話，手機又響了，是隱藏號碼。

「喂？」馬汀接起，語氣有些不受約束。

「馬汀，我是傑克，你現在一個人嗎？」

「不是。我跟我律師在車上，他在開車。」

「他會聽到我說話嗎？你現在不是擴音吧？」高芬問。

馬汀朝尼克看了一眼。「不是，你可以說話。」

「我剛才讀了你的報導，拜託告訴我你有先把那些資料告訴蒙特斐爾。」

「我的報導？都還沒出版耶。」

「所以？」

「什麼所以？祕密警察在監控新聞自由，這就是所以。」

「噢，隨便啦。你聽好，我幫你找到一些資料，這很重要，你得告訴蒙特斐爾。」

「好，我在聽。你先等一下。」他用手遮住電話。「尼克，靠邊停一下，我們可能還得回去。」

尼克表情疑惑，不過還是開至路邊。此時距離斷崖大約還有一公里。

馬汀回到電話上。「好了，我在聽。」

「首先，你的資料非常正確。應該是你的律師幫忙的吧？」

「沒錯。」

「很好。雖然對希臘警方來說，彌榮・弗洛拉基斯目前仍然下落不行，不過只要有指紋，蒙特斐爾應該只要幾小時就能確定他的身分。」

「很好。」馬汀說。「就這樣？」

「還有。你聽好了，克里特那件案子其中兩名受害者是遊客，一名加拿大人和他的美國女朋友，那個美國人名叫卡絲蓋．索爾所。」高芬停頓，製造懸疑。

馬汀眨了眨眼。「你唬我的吧。」

「她們是姊妹，托帕絲比妹妹大兩歲，而且她當時人也在那裡。」

「在克里特？」

「對。不過她妹妹和男朋友去了靜修中心之後，托帕絲就離開了。看起來她後來就一直在旅行，直到現在。」

「竟然有這種事。」馬汀對著電話說，接著他轉向尼克：「我們要回去，掉頭吧。」

「馬汀，有聽到嗎？」高芬問。

「有。」

「你先告訴蒙特斐爾，說這件事是你和你的律師在希臘報紙的舊存檔裡發現的。我會寄一個你可以用的連結給你。」

「你不想跟這件事有關是嗎？」

「當然不想，拜託別把我扯進去。」

§　§　§

馬汀和尼克走回餐廳時，蒙特斐爾和路奇還在圓桌旁吃著炸香蕉和冰淇淋，一邊配著啤酒將甜點沖下肚。

「來得及改掉你的稿子了？」蒙特斐爾問道，任何縫隙都不放過。

「我們好像找到凶手是誰了。」馬汀說。「蜂鳥海灘事件的凶手。不是那個導師。」

「所以現在又怎麼了？」

「希望是吧。」

蒙特斐爾沒說話。路奇推開餐盤，喝乾啤酒，向櫃檯揮手示意結帳。

五分鐘後，四個人一起離開餐廳，朝醫院走去。兩名警察走在前面，馬汀和尼克跟在後方。律師本來小狗般的熱情早已消失，取而代之的是一陣安靜的果斷。

警察突然停下腳步，轉向馬汀。「我們不需要你們幫忙。離開吧。」路奇說。

「警方突破瓶頸。」馬汀說。「凶案組大破謎案，疑雲一目了然。頭版。想當然你們會想要這樣的報導。」

「我點頭了才能報。我不要事情鬧大。」蒙特斐爾說。

「你說了算。」

「好，讓他們跟吧。」蒙特斐爾對路奇說。不過到了醫院，蒙特斐爾再次轉身。「在外面等。我不能讓你們跟進去。不過我們會從這扇門出來，不會躲開，這則新聞是你的。」警察休閒地走進醫院大門。

馬汀責備自己竟然沒有預先想到這件事，立刻打電話給貝瑟妮。

「馬汀？怎麼了？」

「妳那邊有攝影師嗎？」

「有啊，貝克斯特．詹姆斯，我現在就和他在一起。」

「貝克斯特？他有喝醉嗎？」

「目前沒有。怎麼了？」

「你們在哪？」

「銀港。我們住進堤岸酒店，這裡有點破，但景色很好。」

「好，妳聽我說。我目前在隆頓，警方馬上就要進到醫院逮捕人了。」

「逮捕？好，我們馬上過去，那邊見。」她掛斷電話。

馬汀看了手錶。銀港遠在四十五分鐘車程外。攝影師會開著某輛租來的車拚命趕路，如果斷崖那段都沒塞車，也許半小時就能到，但是算起來還是不太可能來得及。馬汀檢查手機的相機程式，確保已經打開閃光燈。接著他打給泰芮．普斯威爾，報備最新進度。

「來不及了，馬汀，報紙送出去了。我們會調整網路版的標題，說警方即將逮捕凶手。」

馬汀正要回應，就看到蒙特斐爾和路奇衝出，像是被擠出豆莢的豆子。他們兩手空空。

「泰芮，我得掛了。」他掛斷《雪梨晨鋒報》編輯的電話。

「他們不見了。你們有看到人嗎？」蒙特斐爾說。

「我們？沒有。」尼克說。

「他們才剛離開，跑得很匆忙。」

「他們沒有車。」馬汀說。「他們知道你們在追嗎？」

「有什麼差別？」路奇不屑地說。

「如果他們知道你們在找，就會盡量隱藏行蹤。如果不曉得，就還會待在公共場合，例如在公路攔便車，或者住進旅館。」

「好。」蒙特斐爾接手指揮，對著路奇說。「把所有人從銀港叫來這裡。叫巡邏員警到公路查搭便車的人，其他人到隆頓警察局集合，我們從那邊指揮。」他轉向馬汀。「條件是這樣，我們不想打草驚蛇，所以不希望他們知道自己正被追捕，報上什麼都不要說，直到我們逮到他們為止。這樣懂嗎？一個字都不能寫。交換條件是，等到我們逮到那兩個混蛋，這件新聞全是你的——你可以拿到照片，獨家。這樣懂嗎？」

「成交。」

蒙特斐爾和路奇火速趕向警局。

「接下來怎麼辦？」尼克問道。

「等我一下。」馬汀打給還未離開報社的泰芮。

「馬汀，現在情況怎樣？」她接起電話。

「我們得拿掉逮捕那篇新聞。彌榮．弗洛拉基斯身分曝光本身就很震撼了。」

「你認真的嗎？」

「對。嫌犯在逃，警方不想要我們打草驚蛇。」

「我們在乎這件事嗎？」

「如果我們暫時保密，他們答應給獨家新聞；要是不從，以後就難辦了。」

她停頓好長一段時間。「你覺得值得嗎？」

「值得。」

「好吧，不過等你找到機會，盡可能把稿子寫好先丟過來，等到警方逮捕，我要報導立刻上線。這樣你同意嗎？」

「完美。」他結束通話。

「回銀港？」尼克問道。

「不對，去火車站。他們之前從雪梨上來就是搭火車。」

尼克一臉震驚，然後露出笑容。「腦筋動很快嘛。」

§ § §

馬汀找到全國火車的手機應用程式，他看了資訊，應該盡速抵達車站，往雪梨的列車不到十分鐘後就要進入隆頓車站。托帕絲和羅伊斯逃跑的時間實在抓得很剛好。坐在尼克車上，馬汀傳了簡訊給貝瑟妮：「隆頓火車站。跟貝克斯特到了後找我在哪裡，盡可能悄悄接近。」

當尼克在車站外一百公尺處停好車，夜色幾乎完全降臨。白日的熱度還在，被毫無移動的巨大空氣困在原地，星色朦朧。

「你在這裡等。」馬汀一邊指示，一邊爬出車外。「如果他們不在這裡，我會在兩分鐘後回來。只要超過這個時間沒看到我，就表示我在和他們說話，到時你得打給蒙特斐爾。如果我們讓他們搭上車而沒告訴警方，我們就完了。」

「了解。」尼克說。

這是個小鎮車站，只是布里斯本出發的慢車其中一個停靠站，十九世紀的磚石建築至今仍維護得宜，依照本來的配色重新上漆，拒絕衰老。這年頭開往雪梨已經不用七小時，搭火車卻還得花上十個鐘頭。

月台空無一人，連個靈魂也沒有。只有蛾，因為季節延長的熱氣而興奮，繞著燈柱打轉。馬汀的心跳漏了一拍。他跑了起來，思緒翻騰。他們會在哪裡？還是說這個鎮有隔夜客運可以搭？來火車站是不是錯了？接著他找到了。他們在一間小小的候車間裡，背包放在腳邊，安靜坐著，只有他們兩人。馬汀走進候車間時，羅伊斯露出笑容，對著他高興笑著。「馬汀！你還來送我們嗎？」他站了起來，似乎對發生了什麼事毫無所覺；如果不是這樣，那他就是個很好的演員。才華洋溢的騙子大師。

不過托帕絲已經不想裝了。她只是看著馬汀，神情冷漠，眼神空洞。

馬汀抓到她了，抓到逃犯、抓到兇手。他有五分鐘可以進行獨家採訪。

「我知道克里特的事了。」他說。

托帕絲只是點了頭，雙眼緊閉。

「什麼意思？」羅伊斯問。

馬汀站在原地拿出手機，拍了這名女子的照片。她瑟縮成一團，本來的生命力完全消失，雙眼無神，坐在鄉下小鎮候車間的長椅上，直盯著鏡頭。馬汀又拍了兩張，羅伊斯才走進鏡頭中，坐在他太太身邊環抱著她。「托帕絲？」

「這不是計畫好的，對吧？」馬汀問道。「星期一我載你們的時候，妳根本不曉得他在這裡。」

托帕絲搖搖頭，聲音近乎細語。「對，不知道。」

「妳什麼時候發現的？」

「和你還有葛斯坐在沙灘的時候。我看到他把那些信徒壓進水裡，看起來就像受洗，還有他們額頭上的記號。那時我突然想起來，想起那些相似之處。」

「可是，死了七個人？」馬汀說。

「寶貝？」羅伊斯問道。他摟著她，眼裡充滿憂慮，以及眼淚即將湧出的跡象。

托帕絲毫無情緒地回話。「本來不該是那樣。應該只有他，他跟我。」

的劑量，但是那些藥在她體內的時間不夠久。馬汀回想那天晚上看到的托帕絲，躺在地上昏迷不醒，全身都是自己的嘔吐物。她確實吞下了致死

「所以到底發生了什麼事？」

「我不知道。」

「是哪種毒？」

「不重要了。」她倒入丈夫充滿保護的懷裡。羅伊斯的眼中滿是痛苦，而且只有他獨自顯露痛苦。

遠處傳來嗡鳴。火車快到站了。馬汀在門邊探出頭，可以看到一盞燈光在遠處，快要到了。

「走吧，寶貝，我們走了。」羅伊斯站起身。「火車來了。我們要走了。」

但是托帕絲沒有移動，她頹喪地坐著，完全洩了氣，再次閉上雙眼。「他該死，我也該死，但其他人不該，對不起。」她不再說話，馬汀發現自己也沒辦法再繼續提問。

火車緩緩入站，最終停下、等待，車體緩緩地呼吸，盼望著乘客。但就算有人上下車，馬汀也不曉得。他背對著火車，注意力都在兩名逃犯身上。

尼克．普洛斯進入候車間，朝著托帕絲和羅伊斯走去。她對他視若無睹，他安靜地將名片遞給羅伊斯。年輕男人讀了名片，抬起頭來，還是不完全明白到底發生了什麼事。「拜託你幫幫她。」他對尼克說著，聲音微弱、碎裂。

接著蒙特斐爾也到了，呼吸急促，身旁跟著路奇以及之前在蜂鳥海灘見過的那名女警，她握著已經拔出的手槍，槍口指著地面。蒙特斐爾停下腳步，評估眼前的場面。他略過馬汀和尼克，只盯著托帕絲和羅伊斯。

「托帕絲．索爾所，」他以正式語氣宣布。「我現在以謀殺彌榮．弗洛拉基斯，也就是蒂夫．哈瓦南

達導師的嫌疑逮捕妳。」他接著轉向她丈夫。「羅伊斯．麥艾勒斯特，我現在以謀殺同謀的嫌疑逮捕你。」羅伊斯一臉震驚，托帕絲則一臉順從，兩人被上銬時都沒有掙扎。火車離站，對這一切視若無睹，繼續駛向南方。另外兩名警察此時抵達，接到指示拿起背包。

他們呈一列哀傷的縱隊離開車站，走進燈火通明卻又荒涼的漫長夜色裡：最前頭是兩名穿制服的警察，分別領著托帕絲和羅伊斯，接著是蒙特斐爾、路奇和那名女警，然後是馬汀和尼克，最後是另外兩名警察戴著橡膠手套提著兩只背包。一切不急不徐，平靜安穩，直到夜色突然被閃電劈開：是貝克斯特．詹姆斯的閃光燈。

「對，《晨鋒報》員工。」

蒙特斐爾沒有試圖斥退他們，而是在托帕絲被送進警車後座時主動走入鏡頭中。車子開走後他才開口，眼神看著貝克斯特和貝瑟妮，嘴裡的話卻是對著馬汀：「他們和你一起的嗎？」

「好。我抓到人了，不過最快要到中午才會起訴。」他露出一道笑容。「馬汀，謝謝。」接著他便走向一輛等在一旁的車。

「我要去警局，他們需要律師。」尼克說著，像在陳述而不是提問。

「當然。」馬汀回答。他直到最後一刻才想起來：「嘿，尼克？」

「怎樣？」

「謝了，如果沒有你幫忙，我沒辦法解決這些事情。」

「也許吧。」律師說著，但臉上沒有笑容。

「這是怎麼回事？」貝克斯特已經開始檢查剛才相機捕捉的照片，一邊問著：「為什麼還不起訴？」

貝瑟妮解釋：「我們現在可以報導。不過一旦他們被起訴了，那就算是進入審理程序的案件[2]。」

「不過現在太晚，來不及上報了。」貝克斯特看著錶上時間說道。

「對，我先打給泰芮，她應該不會想要壓著這件事不報。」她說完便去拿手機。

§ § §

公路上有家麥當勞，提供免費的無線網路，但是網速太慢，他們改用手機當熱點，連上各自的電腦。貝克斯特很快透過平板電腦把相機拍下的照片送回報社，馬汀用自己的筆電寫稿，貝瑟妮則負責與《晨鋒報》的製版團隊協調。

「他們九點前就要，否則就延到早上。」她說。

馬汀以最快的速度下筆，連重讀的工夫都省了。他完全不管錯字、文法句型或行文風格，直接放任文字從腦中宣洩，讓它們自行排列組合。貝瑟妮站在他身後讀著，他一邊寫，她一邊提出修改建議並更正錯誤，在十五分鐘內寫完。

## 獨家

馬汀·史卡斯頓與貝瑟妮·葛萊斯，隆頓報導

擁有澳洲及美國雙重國籍的年輕女子托帕絲·索爾所遭到警方逮捕，預計將以謀殺七條人命的罪名遭起訴，受害者包括演員葛斯·麥奎斯以及自詡為宗教領袖的蒂夫·哈瓦南達導師。

索爾所和澳洲籍的丈夫羅伊斯·麥艾勒斯特企圖搭乘火車逃離新南威爾斯北部的隆頓鎮，在上車

前一刻被《晨鋒報》調查團隊攔截。

在這對夫婦試圖逃逸的同時，《晨鋒報》調查團隊也發現了令人震驚的新證據：哈瓦南達導師其實是個有著黑歷史的冒牌貨。

蜂鳥海灘一案的案情因此有許多驚人發展。哈瓦南達實為一名希臘與印度混血的逃犯，本名為彌榮．弗洛拉基斯，八年前因為在克里特涉入一起三人死亡命案而遭到通緝。

據信，克里特案其中一名受害者即為托帕絲．索爾所的妹妹卡絲蓋．索爾所。據研判，這起舊案應該就是索爾所殺害弗洛拉基斯的動機。

蜂鳥海灘是銀港附近的僻靜度假村及宗教靜修所，本週五夜間在該地的海灘派對上，儀式用飲品遭摻入不明毒素，導致七人不幸喪命。

據信，嫌犯索爾所也曾喝下同樣致命的飲品試圖自殺，不過在警方和救護車醫療人員的及時搶救下保住性命。

警方懷疑羅伊斯．麥艾勒斯特為本起案件的從犯而將他拘留。據了解，直到《晨鋒報》調查團隊攔住兩人之前，他對於妻子的行為皆不知情……

馬汀和貝瑟妮最後讀了一遍文章，做了最後調整便按下送出，將稿子透過無線電波傳到《雪梨晨鋒報》編輯室的電腦。一條簡訊確認已經收到檔案。「收到了。我們去喝一杯吧。」貝瑟妮說。

馬汀露出微笑。「我等一下就過去。」

2 在澳洲、英國和其他國家，為了維護判決公正，媒體不得公開討論已進入審理程序的案件。

他走到室外，進入停車場，空氣中仍散發著高溫，他滿心欣喜地打給蔓蒂。

她接起電話，聲音有些遲疑。「馬汀？」

「我們破了那個案子，知道是誰殺了蜂鳥海灘那些人。警方已經逮捕托帕絲，就是蜂鳥海灘那個背包客。」

「很好啊。」蔓蒂說，但是話中卻沒有任何高興的語氣。「這樣就可以甩掉那個女人了。」

馬汀忽視她話中的酸刺。「然後，我覺得我們也知道殺害賈斯柏的凶手是誰了——還有動機。」

一陣停頓。「真的嗎？」

「還沒有明確證據，但我很肯定是那個導師。他本名叫彌榮，是半個希臘人，半個印度人。」

「彌榮，跟明信片上面的名字一樣。」

「沒錯。賈斯柏發現了這件事。我覺得那張明信片不是他的收藏，應該是他在導師的小木屋裡找到的。他發現哈瓦南達冒用身分，而且因為和希臘的毒品死亡案有關而遭到通緝。」

兩人又聊了一會，但是蔓蒂的語氣平淡，而馬汀的思緒不斷回到他在麥奎斯屋裡找到的項鍊。

「謝謝你，馬汀，非常感謝你。」在掛掉電話前，蔓蒂最後這麼說著，措辭出奇正式。

馬汀、貝瑟妮和貝克斯特在隆頓一間酒吧的露天啤酒屋裡慶功，慶祝三人報了一則大新聞。馬汀點了炸魚薯條，貝克斯特點了牛排，貝瑟妮點了炸肉餅，三人分食一份沙拉和一瓶白酒。第二瓶下肚後，項鍊的事就被拋在腦後了。馬汀喜歡這樣，像是回到自己的老崗位，與同事重聚，像球隊那樣慶祝勝利。他們完成了一篇會吸引所有人目光的報導，像在終場警報響起後將球踢進球門，扳回比數，贏得了總決賽[3]。他們拿到全澳洲最大的新聞，他在蔓蒂的案子也獲得不少進展，沒有更好的事了。

「感覺就像中了樂透。」貝瑟妮說著。但即使這句話也澆不熄馬汀的興致。

此時泰芮．普斯威爾打來：「報導上線了。你們三個人做得很好，非常好。文章很好，照片也很好。」她的聲音激動不已，那股腎上腺素飆升的感覺是每個記者都熟悉且垂涎的快感，也是讓他們不斷回到這一行的癮頭。「現在整個網站首頁都是這篇文章，我已經找了社群媒體的團隊，要把這篇報導的曝光量衝到最高。」

「哇嗚。」馬汀說。「謝謝，泰芮，謝謝。」

「好說好說。不過我們還沒結束。」

「妳接下來想怎麼做？」

「我這裡有幾個律師，他們在懷疑這個叫托帕絲的何時會被起訴。」

「警察說最快也要到中午以後。」

「你相信他們？」

「相信啊，他們也想要這篇報導能夠刊登。」

「好，不過那就表示我們不能把任何資訊留到星期一了，尤其是關於托帕絲的過去，關於她妹妹在希臘死亡的事，否則可能會被說是干涉判決。我們得在她被起訴前讓所有報導上線。」

「嗯，我懂。我可以寫一篇聚焦在托帕絲的，講她和導師怎麼遇到彼此之類的，就是兩人的過去。」

「好，不過把重點放在她身上。我委託了雅典的特約記者寫另一篇報導，主要講弗洛拉基斯這個人還有克里特的命案。」

3 在澳式橄欖球賽中，如果球員在終場警報響起前獲得定球（mark）或自由球，但是踢出之前警報就響起，那麼該球員可以在警報響起之後（也就是該場比賽結束之後）踢出該球，且計入比賽得分。這類「賽後球」通常不會有太大影響，但如果成為獲勝關鍵，都會令球迷記憶深刻。

「很合理。」

「好，那截稿時間跟昨晚一樣。我們還不想把其他東西放上網路，但需要有最新資訊可以在明早發布。你們熬夜寫吧，寫完盡快給我們，最晚要在明天早上六點前傳來。律師們可以稍微看一下，然後在七點左右上線，那時民眾應該已經看過我們現在的報導了，而其他媒體還在想辦法趕上。我們到時會再推一波社群媒體，確保全澳洲都看過這些文章，等到她被起訴再把報導全部撤下。」

馬汀同意，接著兩人又花了幾分鐘確認報導作業如何分工。過程中，他都想著這通電話暗示著什麼——現在的馬汀．史卡斯頓只是個外包記者，但泰芮．普斯威爾卻找他討論戰略，而不是找《晨鋒報》的新星貝瑟妮．葛萊斯，這種感覺就像他從沒離開過。他在結束通話前種下一顆種子，是關於另一則後續報導，表示也許能在星期一時見報：銀港本地房地產經紀人謀殺案與蜂鳥海灘命案有關，凶手可能是導師本人；這讓泰芮很興奮。

馬汀、貝瑟妮和貝克斯特找了間旅館入住。馬汀和貝瑟妮訂了一間兩房一廳，貝克斯特則自己訂了一間房間。他們安頓好電腦便開始工作。這時貝克斯特拿著相機，打算出門拍一些可能有用的照片，並答應會帶咖啡和零食回來。

「別把我們知道的事告訴任何人。」馬汀說。

「老哥啊，你也拜託一下。」貝克斯特的語氣彷彿受到了汙辱。「阻止不了我去挖他們到底知道什麼就是了。」

「還有別喝太多。」貝瑟妮說。

「妳說我嗎？」這句話把貝克斯特逗得哈哈大笑。

# 星期天

Sunday

# 第二十五章

隆頓的黎明滑順而平靜，旅館窗外的天色在微微發亮的粉紅與藍光之間漸變，但此時的馬汀・史卡斯頓卻是憔悴煩躁，整個人神經緊張而且睡眠不足，僅僅靠咖啡因撐著。文稿已經交給泰芮和律師團，他拍的照片也送到版面設計手上；托帕絲・索爾所孤零零地坐在月台候車室裡，火車正要起行。照片中的她眼神驚惶地看著馬汀的手機鏡頭；貝克斯特看到照片時立刻認出了那種強大的渲染力，其實有點不太高興。

貝瑟妮睡著了，趁著這天開始前盡量偷點時間。但馬汀靜不下來，他得去走走。警方已經因為蜂鳥海灘的命案逮捕了托帕絲，現在也幾乎能夠確定是導師殺死了賈斯柏・史貝特，等同洗刷蔓蒂的嫌疑。他的報導也傳遍整個網路，引起其他媒體爭相追趕，把新聞的生命週期再往前推了一點。他應該高興，但沒有。昨夜某些時候，在半夢半醒間的某些片刻，在偷來的睡眠和短暫的夢境之間，有東西始終困擾著他。他伸手進口袋，項鍊還在。怎麼會這樣？怎麼會做新聞這麼容易，做人卻這麼難？

於是他出門散步。有列火車經過，如雷鳴般提醒著他生活沒有暫停按鈕。逐漸升起的太陽在樹林之間爍爍而亮，幾段記憶也隨之一明一滅：一顆板球、在海灘附近露營、空香檳瓶。荒野之地的書店裡有個美麗的女子。他突然疲憊至極，可以感覺歲月正往自己的四肢蔓延，是怎麼也無法逆轉的過程。他覺得自身毫無遮蔽，暴露在潛意識丟來的任何東西底下，來什麼就得接受什麼。

一輛車從隆頓的主要街道上緩緩爬過，彷彿對打擾了這嶄新的一天而感到抱歉。沿著街道前進，馬汀發現人行道上放了一群桌椅。這裡和其他任何地方都一樣，麵包店總是每天早上最早開門的店家。馬汀朝店走去，想著再來一杯咖啡，或許還能吃點早餐，來點培根和蛋，給自己一點獨處時間，好好吃點東西，暫且停下腦中思緒。但當他走進店裡，就發現羅伊斯和尼克四眼無神地坐在店內的桌邊。尼克看到他，招手示意他過去同坐；一旁的羅伊斯則面無表情地看了他一眼。馬汀在櫃檯點了咖啡和早餐；沒有培根和蛋，他只能將就昨天剩下的鹹派。他在桌邊坐下，尼克坐在一邊，羅伊斯則在另一邊。

「你還好嗎？」馬汀問羅伊斯。

年輕人只是搖著頭。

「他沒事了。」尼克說。「他完全不知情，事發時都待在醫院。警方已經撤銷對他的指控。」

馬汀仔細看著羅伊斯。他臉上還留著哈利小子拳頭給的瘀青，看起來完全沒有因此鬆一口氣的樣子。

「托帕絲呢？」馬汀問尼克。

「她認罪了，承認對自己和大師下毒。但她堅持無意傷害其他人。」

「你相信她嗎？」

「這也改變不了實際情況。一條謀殺罪加上六條過失殺人，我能做的也就是那樣。」

「你現在是她的律師嗎？」

「暫時是。」

馬汀轉向羅伊斯。「你之前知道她的過去嗎？她妹妹的事？」

羅伊斯再次搖頭。「完全不知道。」一起初他就只說了這幾個字，那些話帶著事實的重量砸下。原先充滿活力的年輕人不見了，剩下某種空殼，現實如浪一般沖刷過他，他失去立足點，再也沒辦法騙任何人，包括他自己。「這麼久了，一個字都沒提過。」他盯著空中某個地方，既不是在看尼克也不是在看馬汀，彷彿自言自語。「我以為我們是一起的，一起面對這個世界。我很認真，但看來她不是。」
「不如說是她從沒相信過自己。」馬汀說。
「什麼意思？」
「羅伊斯，是她一直在逃避，想要逃離她自己，那不是你的錯。」
「你說起來簡單。」他臉上的痛楚顯而易見。
一陣沉默籠罩。馬汀放棄那塊鹹派，派不新鮮了，接近無法下嚥的狀態，內餡開始泛灰。尼克幫他自己和羅伊斯續點咖啡。一輛卡車在店外停下，剎車氣閥發出呼嘯，引擎被切成怠速狀態，等著頭髮油膩的卡車司機帶著一身刺青和照顧周到的腸胃下車買早餐。他點了一份香腸麵包捲、一包番茄醬和一瓶巧克力牛奶，結帳後離開。檔位嘎吱作響，卡車離去。
「羅伊斯，」馬汀說。「前幾天，就是星期一，當我在路邊載到你們兩個人時，你說你們大老遠從雪梨坐火車過來。銀港不是你們隨便挑的目的地。」
羅伊斯沒說話。尼克起了警覺。馬汀是他的客戶，但羅伊斯也是。
馬汀繼續施壓。「我知道你們為什麼會來。你們聽到了哈利小子那個性愛換簽證的騙局，覺得可以騙他一把。你們都計畫好了，人還沒到就安排好了。」
羅伊斯看著他的眼睛，不置可否。「我沒有承認這種事情。」
「不必承認。」
「那你也不必問我。」
「我還知道你們結婚了。托帕絲有澳洲護照，她不需要簽證。」
羅伊斯仍不願配合。「所以？」

「你們怎麼知道簽證詐騙的事情？」

「老哥啊，每個背包客都知道。而且不只在這裡，隨處都是這種事。你往西走墨瑞河邊那麼多小鎮？到處都是好色的農夫，只是沒有像這裡組織完善就是了。我們真的應該繼續騙那些笨蛋就好。」

「所以你們以前就做過了？騙那些農夫？」

尼克插手。「你不用回答這種問題。」接著他轉向馬汀。「你也拜託一下，態度別這麼凶好不好？」

馬汀看了尼克一眼，視線又回到羅伊斯，將聲音放柔。「你聽好，你告訴尼克的每句話都享有律師和當事人之間的保密特權，這你懂，對吧？警察和法院不能強迫他說出你告訴他的任何事。現在，我也會用類似的方式對你。雖然沒有實質的法律效力，但我保證你私下告訴我的任何資訊，我都不會透露是誰說的。每個記者都會保護他們的消息來源。」

羅伊斯轉向尼克，後者不置可否地聳了聳肩。

「是你朋友說的。」羅伊斯說。「賈斯柏．史貝特。」

馬汀愣住，他的嘴巴大開，接下來的話在嘴裡難產，本來要問的一連串問題全被掃空。最後，他能說的只有：「賈斯柏．史貝特？」

「告訴我們聖克萊爾事情的人就是他。」

「聖克萊爾？怎麼會？你們以前來過銀港嗎？」

「沒有。我們之前在雪梨想要騙史貝特，以為他結婚了——他那時手上戴著婚戒。但是當他和托帕絲在做的時候，他看到我闖進去只是哈哈大笑，接著給了我們他前妻的電子信箱和電話。他早就看穿我們了。」

「這是什麼時候的事？」

「大概一個月前。」

「我不懂，為什麼他要告訴你聖克萊爾的事？」

羅伊斯聳了聳肩。「他跟那傢伙有過節，還有哈利小子，就是幫聖克萊爾工作的那個王八蛋。」馬汀下意識舉起手摸了摸自己瘀青未退的眼睛。這傷是不是以後都不會好了？「噢對，抱歉啦。」羅伊斯嘴上說著，但表情看起來完全沒有歉意。

「所以賈斯柏的目的是什麼？想要你們去騙聖克萊爾嗎？為什麼？」

「不是，不是那樣。他想要托帕絲用針孔攝影機拍下過程。」

馬汀現在懂了。「勒索。」

「大概吧。」羅伊斯說。「我們根本懶得管他想幹嘛。史貝特說如果我們拍到影片並拿到簽證文件的話就給我們一萬，聽起來就很好賺。」

「後來你們知道他死了——被殺——但還是繼續進行？」

「我們很缺錢，沒什麼選擇，所以想說那就自己來吧。」

「這就是為什麼哈利小子把你揍成那個樣子。」

「對。他叫我閉嘴，滾出鎮上。」

「後來那段影片呢？」尼克問道。

羅伊斯搖了搖頭。「根本沒拍。史貝特本來應該在我們到的時候給我們針孔攝影機，但你們也知道，那時他已經死了。」

他們三人再次坐在一片沉默中。有個年輕人從店後方端著大托盤走出來，他身材纖瘦像是才剛開始做麵包沒多久。「嗨，你要的話，這裡有剛做好的新鮮鹹派，剛出爐。」他對馬汀說。

馬汀看著自己盤上沒吃完的樣品說：「沒關係，謝謝。」

尼克轉向馬汀。「有件事要跟你說，不過現在可能也不重要就是了。本來星期五就要告訴你，就是你被警察叫去問完刀子的事之後，但你那時突然匆匆忙忙跑掉了。」

「什麼事？」

「你要我聯絡西太平洋銀行，查查看有沒有人想和他們買起司工廠那塊地，你還記得嗎？」

馬汀聳了聳肩。「嗯，不過現在好像不重要了。」

「應該吧。不過不只一個人跟銀行談過，都是最近的事。」

「不只一個人？所以好幾個人想買嗎？」

「有泰森．聖克萊爾。」

「有他倒是不意外。」

「還有丹妮思．史貝特，她來勢洶洶。」

「什麼意思？怎麼個來勢洶洶？」

「她已經簽了一份購買土地的意願備忘錄。」

馬汀露出微笑。「聖克萊爾應該不會喜歡聽到這件事。我都不曉得她手段這麼好。」

「但現在賈斯柏走了，我懷疑她還會不會想買那塊地。」尼克說。

§ § §

走到戶外，馬汀覺得更不舒服了，開始後悔吃了那塊鹹派。過多的咖啡因加上嚴重不足的睡眠，混合成某種邪惡的狀態，令他的腦袋依然緊繃。整個世界看來蒼白無力，有種顆粒感，像在觀看電影畫面。陽光過於刺眼。那兩個小騙子和賈斯柏之間的意外關聯令他一陣混亂，丹妮思已經說服西太平洋銀行給她起司工廠購買權也令馬汀驚訝。但是說實話，這些都不重要；要是哪天把這些事情寫成書，或許可以拿來營造一點背景氛圍吧。然而，這還是讓他不禁想著：賈斯柏打算付錢給托帕絲和羅伊斯，要他們偷拍聖克萊爾；而丹妮思對於聖克萊爾想買下起司工廠嗤之以鼻；感覺賈斯柏和他媽媽可能會一起合作，想要贏過聖克萊爾。那為什麼賈斯柏要帶著創造奇蹟的聖彌榮的明信片來找馬汀呢？是出於正直公民的責任感，想要馬汀揭露導師是冒牌貨嗎？還是為了消滅對手，並將馬汀納入旗下？美人計、針孔攝影機、勒索，羅伊斯的話動搖了馬汀對這位老同學的印象。小時候的賈斯柏的確偶爾魯莽輕率，但從不會控制別人或者耍詭計。他到底發生了什麼事？是被他媽媽改變了，還是被土地金錢誘惑，因為白銀的讒言低語而墮落？也許賈斯柏接近蜂鳥海灘是出於他母親的意志，或許導師去到那裡，也是因為他是聖克萊爾的爪牙。馬汀想起聖克萊爾和導師在隆頓一起喝咖啡。也許就是因為這樣，賈斯柏和丹妮思才會想要揭露導師的身分，拿掉這個自稱聖人者所擁有的影響力，並且藉此削弱聖克萊爾的勢力。鹹派躺在馬汀胃裡，令他不太舒服，彷彿吃了一塊鉛塊。有事情不太對勁。

丹妮思·史貝特和泰森·聖克萊爾是競爭關係，是彼此的敵手。之前喬治在炸魚薯條店裡怎麼說的？貴族山丘那些地主活像在演《權力遊戲》？聖克萊爾對沼澤地、起司工廠以及河濱地帶有所計畫；而賈斯柏想要分割出售海岸懸崖頂端的土地。但丹妮思想要早聖克萊爾一步買下起司工廠，於是直接找上西太平洋銀行，同時他兒子又雇用托帕絲和羅伊斯，打算拍下聖克萊爾的性愛影片。根本蛇鼠一窩。

馬汀看了時間。現在還很早，不過漁夫們也通常習慣早起。他打給弗恩。

「早啊，馬汀。這時間對記者來說有點早啊。」

「弗恩，你現在在家嗎？我有事要找喬悉。」

「不在耶，老弟，我在船上了。我把她的聯絡方式傳簡訊給你吧。」

「謝謝。」

「小事。對了，報導寫得很好，又讓你挖到寶了。你還好嗎？你聽起來有點焦慮。」

「沒事，沒事。」

「那就好。」舅舅掛斷了電話。

舅舅聽出他的焦慮嗎？算了，不重要。他的手機震動著，喬悉的聯絡電話傳了過來，他撥出號碼。

「喂？你好。」因為認不得馬汀的號碼，她的語氣聽起來有些生疏。

「嗨，喬悉，我是馬汀．史卡斯頓。我應該沒有吵醒妳吧？」

她聽了大笑。「家裡小孩這麼多，你不可能吵醒我。找我什麼事？」

「我在想麥肯奇沼澤原民地權的事。有沒有人想要跟你們買下土地？開出條件或價格之類的？」

「你想知道什麼？」

「坦白說，我也不太確定，但就是覺得事有蹊蹺。」

「有啊。這幾個月突然冒出好幾個買家，泰森．聖克萊爾、丹妮思．史貝特都是。」

「嗯，你們有比較想要賣給誰嗎？」

「目前沒有耶。那是我們的土地，我們想要自己留著。」

「所以你們絕對不可能賣囉？」

她停頓一下，嘆了一口氣。「其實事情沒有這麼簡單。沒人能夠保證地權一定會判給我們，而且這件事可能會花上好幾年才有結果，假設真的賣了，可以算是我們預支了一部分的錢。」

「但你們會失去自己的土地，而且那塊地會變成觀光碼頭和高爾夫球場。」

「如果聖克萊爾買到的話才會這樣。」

「為什麼這麼說？丹妮思·史貝特想要拿地做什麼？」

「什麼都不會做。她說希望把起司工廠改成生態度假村，但會確保溼地被保留下來。」

「這是她跟妳說的嗎？」

「對啊，她跟賈斯柏。」

「賈斯柏？」

「對。就像我們之前跟你說的，他一直很反對高爾夫球場的計畫。」

「所以妳可能會賣給丹妮思囉？」

「有可能。只是現在賈斯柏走了，不確定她還有沒有意願。只是賣不賣也不是我說了算，決定權還是在部落手上。」

「喬悉，謝謝，非常謝謝妳跟我說。」

「不客氣，隨時歡迎。」

他坐在某個商店櫥窗突出的窗臺上，上面覆滿乾旱內陸吹來的灰塵，但他不在乎。他試著回想自己和丹妮思·史貝特說話的那天早上，就在她兒子被殺害的隔天早晨，她說了什麼。那時他以為她受到震撼，傷心欲絕，但她很快說出泰森·聖克萊爾對於碼頭還有高爾夫球場的開發計畫，很快表明賈斯柏表示反對。那時他問她對沼澤地有什麼想法，她的回答類似是，她想看到那塊地開發，讓原住民獲得公平的補償金以及工作機會。他很確定她是這樣說的，就算不是原字原句，也是相同意思。她沒提到任何私利。為什麼呢？

手機鈴聲嚇了他一跳。沒有顯示號碼。應該是傑克・高芬，但不是。

「馬汀？是馬汀嗎？我是威靈頓・史密斯。」那是個武斷、急躁的聲音。

「對，我是。」馬汀回答。

「搞什麼啊，馬汀？我就只問這句，你搞什麼啊？」

馬汀也只需要聽到這句就知道來者何人。威靈頓・史密斯，是《本月》雜誌的出版商，也即將成為馬汀的出版商，替他發行那本關於新南威爾斯西部命案的犯罪紀實書。威靈頓・史密斯，當初馬汀被《雪梨晨鋒報》開除，就是這個男人伸出援手救了他的記者生涯。「威靈頓，我沒忘記你。這個事件什麼元素都有：性愛、毒品、謀殺案，完全可以寫成另一本書，而且絕對暢銷。」

「對，馬汀，我知道，我不是白痴。所以我才問你幹嘛發表在費爾法克斯的網站啊？當初就是他們一腳踢開你，還記得嗎？」

「我沒別的選擇。警方會在中午時起訴托帕絲・索爾所，到時《晨鋒報》得撤下全部新聞，包括我們在內的所有人都得閉嘴，直到審判結束。你就當作這是宣傳吧，等到案子判決出來，我們就可以馬上出書了。」

出版商人似乎冷靜了一點。馬汀可以聽到他在電話另一頭濁重地吸著氣、整理思緒。「所以到時可以做一次雜誌專題嗎？再出一本書？」

「我覺得可以。」

「好，就聽你的，說了不准耍賴啊。就聽你的。」然後他就消失了，二話沒說便掛斷電話。

光是想到要寫另一本書，馬汀就覺得精疲力盡，他現在只想睡覺。不過他決定先去一趟警局，確認最新消息。他剛邁開腳步就看到那輛ＳＵＶ，那部電視新聞台的ＳＵＶ彷彿鯊魚四處逡巡。車子在他身旁停下，貼了隔熱材料的車窗緩緩下降。

「馬汀・史卡斯頓！第一流的人才啊。」是道格・桑寇頓，嗓音大得不適合早晨。

「道格，很高興見到你。」

「你知道他們什麼時候會正式起訴托帕絲・索爾所嗎？」

「差不多中午以後吧。」

「太好了！」桑寇頓說。「感謝你呀。我要趕去現場直播，晚點見。」新聞車往前開動。

「道格！等一下。」車子停了下來，馬汀走到打開的窗邊。「你正式回來跑新聞線了嗎？」

「還沒，也可能永遠不會了，我把這個案子收尾後就會回去做犯罪紀實。」

「所以你還在追那件失蹤案？」

「你跟我開玩笑嗎？這是傑作耶，裡裡外外都印著沃克力新聞獎的獎盃。你不會相信我們發現了什麼，到時能出書的就不只你一個啦。」

「真的嗎？那麼厲害？那就太好了。所以你們已經知道凶手身分了嗎？」

「差不多快了。」

「道格，我問你一件事——當初告訴你這件事的人是泰森・聖克萊爾，對嗎？不是賈斯柏・史貝特？」

「對，沒錯，就是聖克萊爾。怎麼了？」

「沒什麼。謝啦。」

他穿越這座尚在緩慢甦醒的小鎮，試著思考起司工廠和麥肯奇沼澤之後會有什麼發展。泰森・聖克萊爾向道格・桑寇頓提供線索，告訴他傳聞中艾默里・阿什頓的遺體可能被埋在哪裡，但丹妮思・史貝特已經設法超前一步；一旦阿什頓的遺體被找到，她很有可能就會從西太平洋銀行手中買下那筆土地。不曉得聖克萊爾知不知道自己的算盤已被打壞。

他來到隆頓警察局。又是一座城堡般的建物，雖然相比銀港那座少了水泥、用了更多磚塊，但同樣氣勢磅礴，想必這兩個地方同屬搖擺區。同樣的公式總是萬年不變：法律加上秩序、政治酬庸等同選票。他站在外頭看了一會，一時猶豫不決。就算這棟建物能解答他的疑惑，也不會對他開口。

玻璃門滑開了，他站在原地，只見莫銳斯·蒙特斐爾走了出來。照警察的臉色來看，他睡的不比馬汀多，一臉憔悴，兩眼惺忪。

「早啊，馬汀，我看到你的報導了。」

「然後？」

蒙特斐爾聳了肩，聲音冷漠。「照片拍得不錯，拍到我比較帥的那一邊。」他沒有笑容，也許只是太過疲憊。

「莫銳斯，我可以跟你說一件事嗎？我不曉得那代表什麼，或者有沒有用。而且我沒辦法告訴你消息來源是誰。」

又一次聳肩。「說吧。」這位警官在逮捕托帕絲·索爾所時，或許感到激動興奮，不過現在顯然都消失殆盡。

「問問托帕絲，她和羅伊斯為什麼會來銀港，看是不是跟賈斯柏·史貝特有關。」

這次蒙特斐爾笑了，至少盡了點蒼白的努力。「你和羅伊斯聊過了。」

「我沒說。」

「看來我永遠不會知道是誰囉。」警探的表情逐漸正經起來。「不過還是謝了，馬汀。她告訴我們

子。」

「當然，謝謝。我們很快會發出更多報導。《晨鋒報》找了一名特約記者寫當初希臘發生的那件案

了，但還是謝謝你。」

這回換成馬汀聳了聳肩。「你應該還是一樣，沒打算在中午以前起訴她吧？」

「當初的條件就是這樣。對你們還可以吧？」

蒙特斐爾點了點頭。讓媒體公開發表一點背景故事倒還不會影響他們起訴犯人。「她已經完全招供了。我覺得審判庭上也沒太多東西需要辯論。照目前情勢，她會承認有罪。」

「承認殺死全部七個人？還是只有導師？」

蒙特斐爾嘆了口氣。「你猜對了，她只承認對導師還有自己下毒，其他不認。你撰稿記得分清楚這一點。她聲稱其他事情都只是意外。但誰知道呢？也許之後得分開開庭了。」

「她的毒藥——她是下在導師的碗裡嗎？」

蒙特斐爾搖了搖頭。「我沒辦法告訴你。」

「拜託，這很重要。我會先壓著，除非你允許才發表。」

蒙特斐爾看來對此毫不在乎。「好吧，絕對不能見報。她說她等到最後一刻才在碗裡下毒，那時只剩她和大師兩個人。」

馬汀點點頭。他知道托帕絲沒有理由說謊，蒙特斐爾也一樣。「你會開記者會嗎？」

「嗯。我是不想開，但是雪梨那邊想要我們說明清楚。大概在一小時後，地點就在這裡，快速對鏡頭講點話，不接受提問。類似平常被你們在門口堵到的那種短訪。」

「我應該會回去試著補點眠。謝了，莫銳斯。」

「馬汀？」

「是。」

「我覺得有件事你應該要知道：我們找到刀了。潛水員昨天下午在河裡找到的，已經送到雪梨了。」

「了解。我猜應該被河水洗得一乾二淨了吧。」

警探嘆著氣說：「不只是河，刀子事先被漂白水刷過了。」

「呃，那就完全沒用了吧。」

蒙特斐爾直視著他。「我想是吧。不過，鑑識組那些技術宅還是有個幾招，有時他們能找到令人驚訝的東西。」

「什麼意思？」

「你最好回去銀港，好好陪一陪你女朋友。」

馬汀表情不解，確認自己沒有聽錯話裡的意思。「為什麼？你已經知道誰殺了賈斯柏，也知道動機，凶手是哈瓦南達啊。」

「不是。我們本來也以為是他，但他有不在場證明，不可能對賈斯柏．史貝特下手。」

「他都死了怎麼還能給出不在場證明？」

「星期一他在帶密集進修課，整個早上都在。當時在場有十二個證人，其中十人都還活著。」

馬汀只是看著他，好一會兒完全沉默。最後他說：「你偵訊蔓蒂兩次了，你覺得還能從她身上問出什麼？」

警探再次嘆氣，彷彿整個世界的重量都壓在他肩上。「是那把刀。刀柄上有棕色的汙漬，跟她的髮色一樣。」

馬汀無話可說。他記得在透天厝樓上看到的汙漬痕跡，沾得浴室洗手槽裡全部都是。

要不是蒙特斐爾倦容滿面，他此刻的表情可能看起來更有同情心一點。「你把她載上來這裡，可以嗎？讓她自己進來。如果得讓我們去帶人，對誰都沒好處。」

§ § §

馬汀的車還在銀港，所以載他下斷崖的是貝克斯特。一路上，各家媒體駛過他們的車身，源源不絕地往反方向開，全是接到通知蒙特斐爾將會公開說明。愈往斷崖下走，空氣就愈厚重、悶熱且潮溼，急需海風來場大掃除。馬汀試著打給蔓蒂，撥了又撥，但她就是不接電話。他打給溫妮佛．巴比肯，留下語音訊息。她回電時，他解釋刀子的事；她說她會上去隆頓，建議馬汀去載蔓蒂。

那把刀肯定是栽贓。匿名線報說蔓蒂在星期二太陽下山時把刀丟進河裡，克萊德．麥基的說法已推翻這點。但有什麼用？如果刀上留有鑑識證據，將會壓過麥基的證詞。ＤＮＡ獨霸一切，此乃二十一世紀的鐵證。但刀上不可能有ＤＮＡ，漂白水以及阿蓋爾河底好幾天的洗禮已經排除了這一點，所以就只是染髮劑而已。這樣的證據足以判她有罪嗎？被剝奪睡眠的狀態下，他的腦袋焦躁不安、一片混亂，只有睡覺能使思緒鎮定。只有睡覺，以及找出是誰殺了賈斯柏．史貝特。

馬汀的車還停在衝浪俱樂部外，貝克斯特將他載到車邊。車上夾了一張收費單。見鬼了，鎮議會什麼時候開始會收停車費了？他發動車子，讓引擎好好運轉，消音器的噪音在中央大道還沒開門的店家之間來回跳躍。

他在露營區裡找到蔓蒂。她獨自一人坐在河邊。

「嗨。」他說。

「嗨。」她回答。「我還在想你會不會過來。」她的聲音裡聽不出怒意，就算有，也被某種暗示著遺憾的情緒蓋過了。

「連恩在哪？」

「還在睡覺。」她舉起寶寶攝影機。

馬汀在她旁邊坐下，兩人同時眺望河面。「對不起，我沒辦法早點來。我們整晚都在工作。」

「我知道，我在網路看到了。那個叫托帕絲的女人。」她的話中沒有怨恨、沒有指責。「七條人命，只為了替她妹妹報仇。」

「她的目標是導師，其他人都是意外，那六個無辜的人在錯的時間去了錯的地方。我不知道所有人的名字，只知道有導師和麥奎斯。」不知道為什麼，這件事一直困擾著他。他還是不知道那些人的名字。

她搖著頭，額頭上出現憂慮的皺紋。「太可怕了，很難想像有這種事。」

馬汀伸手進口袋，拿出她的項鍊。「我找到這個。」

她看著他把項鍊放進她手裡。她一語未發。

「我在蜂鳥海灘找到的，在他住的那間屋裡。麥奎斯住的那間。」

一陣沉默。她看著水面，他等著，度秒如年。

最後，她終於開口，聲音輕柔。「我沒辦法告訴你這件事，我太愧疚了。」

「發生了什麼事？」

「我去了蜂鳥海灘，很想知道是什麼模樣，之前都聽說海灘很美。」她停頓一下。「不對，不是這樣。不只是因為這樣。那時的我很寂寞，被困在那棟透天厝裡，身邊除了連恩沒有其他人，然後一天一天過去，我開始覺得你不會來了，會留在雪梨。我覺得你不要我了。」

「我永遠都會想和妳在一起。」他握住她的手。

但她將手抽開，再次開口時，話中盡是難過，而沒有不滿。「當初你帶著那種超然的態度去到旱溪鎮，嘴裡講著複雜的話，有那麼多愛可以付出，讓我覺得你是很好的人，比拜倫．史衛福特和其他人都好。然後你又走了，去寫你那本書，連在我搬來銀港的過程中都沒有幫忙。對你來說，那本書永遠比我和連恩重要。我連你會不會過來都不曉得。」

「我本來就會過來。那本書已經寫完了，我現在就在這裡啊。」

「是這樣嗎？但你昨天不在啊。昨天一整天，潛水員來了、警察來了，還有一大堆圍觀的人，所有人都在，但你不在。」她的眼裡有淚。「你和你的新聞在一起，她才是你的女人。」

他能說什麼？對，沒有錯，他把所有注意力都投進旱溪鎮的書裡，不管其他任何事情，沒日沒夜地逼迫自己，用了整整四星期寫完七萬字。威靈頓．史密斯設了一個近乎不可能達成的截稿日期，而馬汀甚至提早五天完成，只為了能來到銀港和她重聚。但他怎麼能這麼說？她聽了只會覺得他不停地工作，因為他對工作有愛、他是工作狂。而他知道，某種程度這也是事實。

「蔓蒂，他對妳下了藥。葛斯．麥奎斯對妳下藥。」

她轉頭看著他，眼神承認了，但什麼都沒說。

「就像他對我下藥，還有對托帕絲．索爾所下藥一樣。」

她還是無語。

「妳還記得發生的事情嗎？還是有些片段完全沒印象？」

「你怎麼會知道？」她問，聲音近乎細語。

「藥效之一。他用了FM2，約會迷姦藥。」

「天啊。」她的眼睛比河水更綠，但其中沒有任何因此寬心的情緒。即使她因為聽到這句話而覺得自己的行為清白了，也顯然沒有表現出來；剛好相反，她根本無法直視他的雙眼，彷佛更深陷痛苦之中。

「我昨天在讀新聞，讀你寫的新聞。我在筆電追著最新的進展，然後潛水員就來了。我試過打你的手機，但你關機，忙著追新聞。所以我起身，帶著連恩一起去看他們工作，然後其他人開始從那上面陸陸續續走下來。」她朝著長住區的方向偏了偏頭。「他們也來看潛水員，但是後來開始看我。到最後，沒人在看潛水員了，全都只看著我。我受不了那個目光，就帶著連恩開車出去，沿著沙丘路一直朝北開，一直開到背信海灣。」

「他們找到了。」馬汀說。「潛水員找到東西了。」

「找到什麼？」

「刀子。」

她嘆了口氣。「很好啊。所以接下來會怎樣？」

「刀子現在在雪梨，他們會對刀進行所有可行的測驗，血跡、DNA、電子顯微鏡，各種測試。我告訴溫妮佛了。」

她轉向他。「不是我，馬汀。不是我做的。」

「我從沒說是妳。」

「你不用說。」

他不曉得該怎麼回，便繼續本來的話題，提到那個無法避開的問題。「妳的頭髮，妳什麼時候染的？」

她被對話的走向搞迷糊了，疑惑地看著他。「星期天晚上。本來想給你一個驚喜。為什麼問這個？」

「妳自己染的？」

「對。」她皺起了眉頭，不確定在回答什麼問題。「發生什麼事？」

「妳在透天厝裡染的嗎？在樓上的浴室裡？在賈斯柏被殺的前一天？」

「對。告訴我發生了什麼事？」

「那把刀子。蒙特斐爾說握柄上有汙漬。」

她沒說話，無話可答，轉頭看著河面。

「我在隆頓跟警方談過了，他們想要再偵訊妳一次。」

「我跟那把刀一點關係也沒有，沒看過，也沒碰過。」

「我知道，我相信妳。我只是來告訴妳這件事。」

她的臉上沖刷過另一波痛苦的神情。「所以你才來這裡嗎？因為警察叫你來嗎？」

「不是，蔓蒂，我在這裡是想陪著妳，給妳一點鼓勵。」

但她的思緒已然往前飛去。「媒體。記者都在那邊對不對？還有攝影師？跟旱溪鎮那時一樣嗎？」

他沒有想到這些，但這是事實。媒體會在警局外站崗，等待蒙特斐爾針對蜂鳥海灘命案發表意見。

「對，他們會在那裡。但他們不在乎賈斯柏，也不在乎那把刀子，他們在乎的只有葛斯．麥奎斯和導師的死，澳洲版的瓊斯鎮命案。而妳和那件事無關。」

蔓蒂一動也不動。她靜止著，臉色如蠟，彷彿一尊雕像。唯一動態的只有淚，先從一隻眼中冒出，然後是另一隻眼睛，一滴、兩滴。她直盯馬汀的臉，彷彿正努力理解兩人之間發生了什麼事情。

「我會打給警方，看能不能約在其他地點，例如旅館之類的。但如果我們不上去，他們可能會來逮捕妳，不然就是發出逮捕令或向其他媒體通風報信。我們沒有其他選擇，必須過去。」他說。

蔓蒂還是沒有動靜。最後，當她終於開口，聲音細微飄渺，幾乎像在說悄悄話。「你消失太久了，你本來應該要待在這裡才對。」

她的話中有種情緒，某種低迷、聽天由命的味道。她的語氣不是控訴，更接近關心。「蔓蒂？」接著大堤崩潰，她整個人被自己的啜泣抽噎擊倒，身體再次開始動作，面露痛苦神色。

他靠近她，抓住她的雙臂。「蔓蒂？」

「你不在這裡。你被新聞帶走了，我不知道你還會不會回來，我很孤單，很害怕。」

在那一剎那，他害怕自己會失去她，他可以感覺得到，她和她的孩子正緩緩流走。但他找不到該回的話，找不到可供安慰的詞語。一個寫了幾百萬字、靠寫字吃飯的人，這時連個字都吐不出來。

一陣哭聲穿破早晨，刺耳且充滿麻煩的感覺，從寶寶攝影機發出。連恩淩駕於這片寂靜之上。未來正試圖對過往聲張主權。

# 第二十六章

他們沉默地開著車，無話可說，思緒卻仍不停運轉：醜惡的念頭在他腦中開墾、殖民，玩弄他的情緒。開車的是蔓蒂，他連用開車分散自己的注意力都沒辦法。他之前到底在想什麼？埋頭寫他那本寶貝書，想著為自己的專業能力提出辯駁，但卻離她愈來愈遠、丟她一個人。難道反駁其他人的唱衰就那麼重要，即使會因此失去她也可以嗎？一段記憶穿透進他腦海：在雪梨的公寓裡，他振筆疾書，並在途中偶爾間斷的片刻裡思念著她，享受愛情帶來新的悸動，還覺得小別勝新婚。這段記憶現在看來多麼痛苦，當他的心覺得愈來愈靠近，她的卻正飄散開來，被不確定感和他明顯的冷漠趕跑。她怕自己最後發現，他和其他人其實沒有兩樣，只是另一個趁夜摸來的賊。

另一道思緒從心中的某個角落鑽進，刺痛了他。賈斯柏，他的老朋友，也是他報導文章的狂熱粉絲。賈斯柏看到了這一切：幼時老友的女友開始四處飄蕩，彷彿落在海中的筏。他們到底為什麼在救生俱樂部吵架？是賈斯柏看到機會想趁虛而入，還是氣她怎麼會誤入歧途？馬汀甩了甩頭，彷彿想擺脫這種揣測。這些念頭除了折磨，沒有任何好處。

此刻的她就坐在旁邊，伸手可及卻無法碰觸，近在咫尺卻又極其疏離，她專心開著車，沿著棕櫚成排的道路往高中和托兒所的方向前進。後座的連恩在他自己的小天地裡吱吱呀呀地說著話，聲音天真無邪，幼兒最初的語言填補了車內的寂靜。這令馬汀心碎。當蔓蒂帶著兒子往托兒所走去，馬汀不禁心想這會不會是自己最後一次見到這個男孩。他很想跳至後座抱緊連恩，再次呼吸他身上那種不可思議的奇妙味道。不過當他們抵達托兒所時，他卻毫無動作，而是繼續留在位子上。如果警方拘留蔓蒂，就是他來接連恩了。他幾乎希望他們把她留在警局，這樣他就能和她的兒子多相處一點時間，在男孩的善良和單純的喜悅裡多浸淫一會。他看著蔓蒂帶連恩走向托兒所，沒走前門，而是繞向建築後方。當然了，今天是星期天，她得請托兒所園長抽空幫忙帶小孩。

快要開到斷崖下方時，蔓蒂的電話響了。她把車橫過路面，開往對向路邊的空地，就在往糖廠的轉彎處。將近一星期前，他在同樣一個地方讓托帕絲和羅伊斯上車。等到她停好車時，電話鈴聲已經停了。她回撥電話；他只能聽到她這一邊的對話。

先是「我懂」，然後是「大約二十分鐘」、「我們可以約在其他地方嗎？」以及「為什麼？」，最後是「好，謝謝」。

馬汀等了一會，希望她會自己說出電話裡談的資訊，但最後還是得由他主動開口：「壞消息嗎？」

「溫妮佛打來的，她說警察想在警局談。」

「真的嗎？為什麼？」

「她也不知道，她和我們直接約在警局碰面。」

他們再次陷入沉默，現在連恩不在車上，兩人之間的聯繫似乎愈來愈稀薄。他再試了一次：「蔓蒂，妳要記得，我會在旁邊支持妳，會陪著妳。」

至少她轉頭看了他。「馬汀，謝謝。希望我們等等不會遲到。」然後她便專注在斷崖狹窄的彎道上，神色不安，眼中充滿擔憂。

§ § §

跟他們擔心的一樣，媒體已經在警局外等候。他這些記者同行，要不是因為工作態度勤奮有加，就是閒著沒事幹，再不然就是警方給了媒體消息，才會全部聚集在此。他的胃底一陣空，被腦中傾巢而出的思緒啃穿。**警方是故意的，他們想要她被拍到，即使已經知道當初在旱溪鎮對待她的方式有多不光采，現在卻依然變本加厲**。然後，最糟糕的來了：**他們一定知道什麼內情**。

「不管了。」蔓蒂說。她把車直接開到警局前，轉進旁邊的車道，無視兩個寫著「僅限警車進入」的標誌。她順著車道轉彎，直接在後門前停下，這裡有著另一個標誌寫著「嚴禁停車」。她沒拔鑰匙，讓引擎繼續運轉，然後走下車，但警局的玻璃門鎖著。馬汀也跟著下車，按下門邊的對講機按鈕，又按一次。

「誰？」某個沒有形體的聲音說。「你們不應該從這個入口進來。」

「我們是馬汀．史卡斯頓和蔓德蕾．布朗德，是偵緝督察莫銳斯．蒙特斐爾要求我們盡速趕來。布朗德小姐的律師是溫妮佛．巴比肯，她應該已經到警局裡了。」

「請稍等一下。」對方說完就沒了下文。

蔓蒂看向他。「他們是故意的，想把我困在這裡。」

馬汀再次按下對講機按鈕。「現在不開門我們就走了，到時出事就是你的責任。」

沒人回話。

「馬汀！蔓蒂！」

他們轉身，看見貝克斯特。正確來說沒看到貝克斯特，而是看到他的相機鏡頭和閃光燈的烈焰，他接連拍了數張相片，接著放低相機，聳了聳肩道歉，嘴上說著這只是工作時，已經低頭檢查剛才拍的照片。他再次舉起相機，斷斷續續地又連開了幾槍。馬汀心中一時湧上各種情緒：憤怒、挫敗、背叛。

開鎖的聲音響起，門打開了，是溫妮佛。「進來吧。」她的語氣平靜，然後她看向馬汀：「你不用，只有蔓德蕾。」

蔓蒂和他交換了一個眼神；總算又稍微回到平常溝通的樣子了。蔓蒂進到警局內，門重新關上，電子門鎖重新連結，發出一陣噪音。

「馬汀！」

他轉過身，只見道格．桑寇頓氣喘吁吁，後頭跟著他的攝影團隊。

馬汀此時恨不得甩出幾句尖酸苛薄的話，歪著嘴角把怒氣都發洩在鏡頭上。但他只是轉身坐進Subaru，對要他停下來說幾句的桑寇頓視若無睹。他把車往外開，穿過一大群突然躁動的媒體記者。攝影師和電視台的人頓時蜂擁而上，沿著建築物的側邊蔓延，激烈渴求任何影像，即使完全不曉得拍了什麼或者代表什麼意思也無所謂。

他甩開人群，從後照鏡裡檢查有沒有哪個可悲的傢伙不要命地追來。等到確定沒人尾隨，他才終於在人行道旁的一棵樹蔭裡停下，再次確認四周只剩自己後，放聲大叫。他在這三分鐘裡釋放了一連串下流的髒話，大吼大叫直到宣洩所有的憤怒和挫敗感。然後他打開所有車窗，開始深呼吸。重新冷靜後，他伸手調整駕駛座的位置，為雙腿騰出空間，並把所有的鏡子都調整到適合自己的高度。但他不曉得該開往哪裡。他知道自己必須有所行動，但不確定該做什麼。他必須幫蔓蒂，或至少找條新聞去追。任何新聞，或者任何事都可以。

手機響了，是貝瑟妮。「嗨，馬汀。」

「貝瑟妮。」

「貝克斯特給我看了照片。」

「妳要呈報上去嗎？」

她停頓了一下。至少她願意付出這點禮貌，先想清楚才回答他的問題。「有任何不這麼做的理由嗎？」

「妳有新聞可以搭配嗎？」

「這跟蜂鳥海灘有關嗎？」她問。

「沒有，是發生在蔓蒂透天厝裡的另一件命案。」

「噢對，」貝瑟妮說。「警方覺得凶手是導師。你還是會在明天的報上寫這件事嗎？」

「應該吧。」他沒提到哈瓦南達的不在場證明，也沒說刀子的事。

貝瑟妮猶豫了一下，衡量著這件事的新聞價值。「你真的很不想讓她在媒體曝光，是嗎？」

「對，尤其是之前在里弗來納發生那麼多事。能怪我嗎？」

「不能。但你也知道攝影師的工作流程，我沒辦法控制貝克斯特要把哪些照片送回報社。」

「嗯，他會直接發照片給編輯。我懂。謝謝了，貝瑟妮。」

「謝什麼？」

「謝謝妳打給我，沒有全都推給他們。」

「現在謝還太早，再看看後續狀況吧。」她結束通話。

他坐在位子上，想著自己剛才做了什麼。如果貝瑟妮之後發現凶刀的事或是哈瓦南達的不在場證明，她就會知道他在誤導她。媽的。現在警察正在偵訊蔓蒂，《晨鋒報》又拍到一張獨家照片，他已經卯勁全力阻止此事見報。有一瞬間，他想到自己的職業生涯，能夠返回崗位和貝瑟妮還有貝克斯特一起工作，把挖到的資訊寫成報導傳回報社，拿下這塊土地上最大的新聞，感覺有多好。即使完全沒說出口，他也很清楚，內心那種能重回報社的希望已被點燃；但現在他知道，等泰芮發現他耍了什麼花招，報社就不會再用他了。他露出微笑。到頭來，他根本不必在蔓蒂和報社之中做出選擇，未來早已決定。他得幫忙蔓蒂，證明她的清白。除此之外的任何事都是次要。他發動車子上路，得想辦法搞清楚蜂鳥海灘到底發生了什麼事、誰殺了賈斯柏．史貝特，以及如何贏回蔓蒂的信任。他將車掉頭，朝著隆頓地區醫院開去。

§ § §

珍珍．海耶斯坐在床上，瞪著床頭邊的窗外，目光渙散。

「珍珍？」

她的雙眼重新聚焦，轉過頭看著馬汀。「噢，是你呀。」

「妳還好嗎？」

「不好。」

「妳聽說了嗎？警方昨晚逮捕了托帕絲，之後會以謀殺罪起訴她。」

「噢。」她又回到他走進病房時的樣子，雙眼看著空中莫名的空間裡，並未因為這個消息而激起太多反應。「所以是她做的。」

馬汀在她床邊的椅子坐下。「八年前在克里特，哈瓦南達導師殺了她妹妹，是一起意外。」他盡可能地交代了案情。

珍珍搖著頭說：「但她為什麼要殺其他人呢？」

馬汀抓住這個機會。「珍珍，我想跟妳說的就是這件事。我跟妳一樣，想不通為什麼她會想殺其他人。她只承認謀殺導師，但否認了其他死者和她有關。」

珍珍皺起眉頭。「你是說她活下來了？我看到她喝了藥水，她是第一個出現症狀的人。」

「怎麼說？」

「她開始吐，很嚴重，所以我才打電話叫救護車。」

「叫救護車的人是妳？」

「對。我那時很害怕，雖然我只意思意思地喝了一點，但還是突然覺得很不舒服。有人看起來完全沒事，繼續正常跳舞、大笑，但我可以感覺不對勁，先是她開始吐，然後……」她閉上眼睛一會兒。「然後蒂夫就昏倒了。以前從沒發生過這種事，所以我叫了救護車。接著我也開始吐，完全停不下來，後來應該是整個人暈過去。」

「她本來打算自殺，但毒藥來不及致命，就被她吐出來了。」馬汀說。

「她用了什麼東西？」

「我還不知道。我星期五載她上來這裡，她一定是在那時拿到的。警方的科學專家應該完成鑑定了。」

「嗯。」

「珍珍，導師通常怎麼發放藥水？星期四晚上我參加時，他是從可樂瓶裡倒給大家。星期五的結業儀式也是一樣嗎？」

「不是，更正式一點。他會把藥水放在儀式用的碗裡，然後用舀的，信徒先喝，再來才是其他想要參加的人。他會確定每個人拿到的量都不超過一杯。整個過程被包裝成一項儀式，但其實很安全。等到每個人都喝到，他自己也會喝一點，再把剩下的藥水都倒進沙裡。他對這種事情非常小心。」

「為什麼？我以為裡面只有酒、果汁和香料。」

「對，是沒錯，但也許是希臘那件事讓他變得非常留心。」

「所以星期五那天也是一樣嗎？跟之前的流程相同？」

她的額頭露出皺紋。「應該是吧，我沒辦法很確定。托帕絲在吐、蒂夫昏倒，我跑去打電話。」

「那導師他自己每次都會喝下藥水嗎？」

「對，他說那是和神靈連接的橋梁。」她轉頭看著窗外，低聲說著。「神靈。」然後便只是注視著外面，彷彿忘了馬汀的存在。

「珍珍？還有其他事嗎？妳有其他事情沒告訴我嗎？」

她看向他。他現在看出來了，她的臉色冷靜，近乎安詳，但眼神深處透露著別的事物。「又來了，馬汀。」

他沒說話，正在猜測她的意思。

「癌症，又來了。」

馬汀還是無語。能說什麼呢？

「他們本來只是進行檢查，確定我身體沒事，血檢結果就出現了這一項。X光不夠精密，所以照不出來，我得去雪梨做核磁共振和其他檢查。」

「抱歉，珍珍。」

「他們確認一遍我全身的皮膚，連眼睛都查過了，就是沒看到任何東西，還說有可能是偽陽性。但我知道是黑色素瘤，就在某處。它回來殺我了。」

馬汀眨了眨眼。黑色素瘤晚期。一直到最近，這種病都還是絕症。「我聽說有新推出的藥物，效果很顯著。」

「嗯，大概吧。」她聽起來對自己的運氣沒有太大信心。「不過這應該是我活該。」

「沒人活該得癌症。妳也知道，那就是機率問題。」話一出口，他立刻後悔用了這個比喻。

但她看來並不同意。「你不會懂的。病症就在你身體裡，啃著你、給你壓力，讓你晚上無法入眠，永遠都沒辦法休息。會奪走你所有的心力，讓你變得脆弱。」她直視前方，雙眼乾燥。「我覺得那些藥不會有用，對我這種人沒用。」

馬汀突然感到頭頂一陣發麻，頸後的寒毛一一豎起。他聽過這種話，這種懺悔。不是在澳洲所聞，而是在戰區裡、在難民營裡、在發生了種族清洗之後的一段時間裡。她說的不是癌症，而是自己的罪過。「珍珍，妳做了什麼嗎？」

「那更好啦。答應我好嗎？」

「妳不會因為這樣死掉。」

「我會告訴你，會告訴你全部的事情。你想要的話，等我走了之後寫進報導也可以。」

馬汀點了點頭。他不曉得自己答應了什麼，但他想要聆聽，而她也需要訴說。如果她在蜂鳥海灘的命案裡扮演了某種角色，他就得知道那是什麼。「我答應妳。」

「艾默里．阿什頓。」她說。

「阿什頓？他怎麼了？」

「我殺了他。不是故意的，但事實就是我殺了他。」

馬汀愣在原地，一臉震驚。「發生了什麼事？」

「我和那個噁心的男人吵了一架。」

一段記憶閃進馬汀腦中：在辦公室裡騎在導師身上的珍珍，一道疤痕環繞著她的臀部彷彿一把紅色的鐮刀，還有《隆頓觀察報》的那篇新聞。「鯊魚。」他說。

她點點頭。「鯊魚，我在自己的浪區裡被攻擊，被他的鯊魚攻擊。」

「他的鯊魚？」

「那其實跟他養的意思一樣。是工廠把公牛鯊吸引到沼澤裡，我是說工廠排放的廢水。」

「所以妳就殺了他？」

「不是故意的。我那時很生氣，出院後就到那裡找他。我不是第一個被攻擊的案例，你知道這件事嗎？」

馬汀點頭。「露營區的老闆也被攻擊。」

「很好，現在你知道了，寫進報裡吧。」

「會的。」

「那天天氣很好，是在接近太陽下山的時候。平靜、無風，沒有不規則的碎浪破壞海浪的形狀。我覺得自己準備好了，想要重新開始衝浪，傷口也復原了，但就是沒有辦法。我太害怕了，害怕自己最熟悉的浪區。是他造成的。我那時已經在想自己可以怎麼利用蜂鳥海灘那塊地，打造成屬於衝浪人的低調露營區，讓他們可以前來休息，可以做瑜伽、冥想；但如果鯊魚出沒，我就完全不可能吸引遊客。所以我去工廠找他談論。那時工廠是空的，最後一班員工已經下班離開，不過他的車子還在，他也在，在堤防上釣魚。」

「然後呢？」

「我們起了爭執，吵得很難看。他是個噁人，講話也很噁心。他想用手抓我，那些手指醜得要死，肥肥短短像香腸。我用力踢了他一腳，試著掙脫，然後我一推，就把他推進去了。他掉到堤防外面，掉進沼澤裡。」

「什麼？所以他是淹死的？」

「鯊魚找上了他。」

馬汀不曉得該說什麼。腦裡浮現一個畫面，劇烈扭動的雙臂，水面漸漸染紅。「聽起來像是自我防衛，妳為什麼沒報警？」

「應該要的。我現在才懂，當初應該報警才對。但那時我其實沒有正當理由去那個地方，我覺得警察會說那是預謀，說我是想殺他才去找他。」

「結果呢？」

「我拿走他的釣魚用具，放到他車上，把車開到北邊的背信海灣，燒了車子，然後沿著海灘徒步回來。那時是晚上，而且我走在淺灘，所以不會留下腳印。走了兩個小時。」

馬汀不知道如何回話。一部分的他興奮不已；這是另一個意想不到的真相，能寫進下一本書裡，單獨成為一章。但問題來了：這是單獨的篇章，和蜂鳥海灘的命案以及賈斯柏．史貝特的謀殺案都沒有關聯，除非……

「這件事妳只有對我說過嗎？」

「對，差不多吧。」

「妳有告訴賈斯柏．史貝特嗎？」

「賈斯柏？沒有。我為什麼要告訴他？」

「不然還有誰？」

珍珍低下頭，哀傷的漣漪沖刷過她的臉。「蒂夫，我跟蒂夫說過。」

馬汀現在懂了；導師和珍珍並非只是玩玩，不是為了取悅彼此的肉體，也不只是靈性大師與門徒之間的關係。「你們很親密。你們是彼此的伴侶。」他說出這件事實。

「對。我們是伴侶，是情人。」她說，伸手握住馬汀的手。「我很想他，已經開始想念他了。現在我得一個人面對這件事，面對癌症，我真的很希望他在這裡。」

「妳告訴他妳殺了阿什頓，那他提過他以前的事嗎？在克里特到底發生了什麼事？」

她沒說話，只是搖著頭，雙手捏著醫院的毯子。

他們安靜地坐了一會兒，接著她說：「馬汀？」

「嗯？」

「你可以載我回家嗎？這裡的治療對我沒用了，我得準備去雪梨，得回去打包東西。」

# 第二十七章

回到蜂鳥海灘，防畜格柵上方的路障已經移除，鑑識團隊也離開停車場，只有癱軟的警用封鎖帶證明他們曾來過這裡。整個地方幾乎像被遺棄，停車場淨空，僅剩一輛停在樹林後方的老舊Holden，和一輛滿是鳥屎的淒慘BMW。BMW是葛斯・麥奎斯的車，而那輛Holden則屬於那對中年夫婦，他們留下顧著這塊地方，聽到車子駛近便趕來幫忙，給了珍珍一個擁抱，攙扶著她向下走回自己的家。

馬汀安靜地道了再見。從隆頓開來這一路上，兩人幾乎沒有交談。感覺就像珍珍整個人被攪拌了一輪，一夜之間變得蒼老。但在離開前，他試著問了在整趟車程中一直困擾他的問題：「珍珍，我不想給妳壓力，但我一直在想蜂鳥海灘之後的事。」

「你說我死了之後會怎麼樣嗎？」她毫無情緒地說著。「你之前問過我一次。看來我得去找尼克・普洛斯重立遺囑了。」

「重立？所以妳本來有遺囑嗎？」

「當然，畢竟之前生過病。」

「繼承人是誰？導師嗎？」

「沒錯。」

「那現在呢？」

她對此蒼白一笑。「現在？我也不知道。看著辦吧。」

§ § §

回到沙丘路，他朝鎮上的方向開，經過那根白色十字架，它帶來的震撼已隨著熟悉而逐漸流失。他穿過由茶樹和紅樹林構成的地景，右手邊是沼澤，左手邊是蓊鬱的海岸懸崖，而燈塔漂浮在遠方。他強迫自己集中精神，防備著疲倦和一瞬間短暫的瞌睡。回到收訊範圍後，手機彷彿收到指示般響起，讓他開至路邊停下。

「馬汀？我是貝瑟妮。你跑到哪了？」

「蜂鳥海灘。怎麼了嗎？」

「他們做了短訪，醫院和警方一起。」

「有什麼值得注意的嗎？」

「差不多都是例行公事。剩下的受害者都脫離險境，康復狀況良好。你的好朋友蒙特斐爾確認他們逮捕的女性名叫托帕絲・瑪莉・索爾所，並預計會加以起訴。他提醒一旦確定起訴，我們就不能再發布可能造成偏見的報導。」

「好。他有說什麼我們不曉得的事嗎？」

「沒什麼重要的，他只回答了幾題媒體提問而已。」

「他有提到關於蔓蒂的事嗎？任何事？」

「有。桑寇頓問蔓蒂跟案子有什麼關聯。蒙特斐爾強調她和蜂鳥海灘的事沒有任何關係，她只是在幫助警方調查其他案件。蒙特斐爾基本上斬斷了她和這件新聞沾上邊的可能。」

馬汀覺得本來的緊張感消失了。蒙特斐爾還沒告訴媒體導師有不在場證明，也沒提到刀子。「所以我們不必把她寫進我們的報導裡吧？」

「沒這麼簡單，馬汀。」

緊張感又回來了：貝瑟妮是個好記者，也許她感覺有事不對勁。「妳是指什麼？」

「我之前跟你說過，貝克斯特交了蔓蒂的照片。」

「所以？」

「拜託，馬汀，都是獨家照片，沒有其他人拍到她進去的畫面。旱溪鎮的事情之後，她就算是相當受大眾關注的人物，而現在導師在她的屋裡殺了人，再加上——如果你忘記的話，我可以再提醒你一次——她就是那麼漂亮，根本不像警方線人，說是模特兒還差不多。她到底為什麼有辦法長成那個樣子啊？」

馬汀嘆了口氣。木已成舟，他知道再跟貝瑟妮爭論也沒用，那不是她能掌控的事。如果雪梨的編群喜歡那張照片，他們就會使用。「所以接下來呢？」

「我已經把短訪的稿子發給報社了。警方撤掉了醫院的守衛，所以我安排了一對一訪問，要採訪其中一名受害者，是獨家。如果你那篇房地產仲介命案的新聞沒有成，我們覺得這篇採訪應該會是報紙的重頭戲。貝克斯特想把那個受害者帶回蜂鳥海灘，拍她回到犯罪現場的場景。現在可以進去海灘了嗎？」

「可以，警察離開了。貝克斯特的提議聽起來不錯。妳採訪完後可以給我她的電話嗎？以防萬一我需要跟她進一步確認資訊。」

「怎麼了？你目前在追哪條線？」

「我還在釐清案發過程、誰該負責，以及所有的事情怎麼串在一起。不過現在說還太早，也許要過幾天才會有進展。」

電話另一頭沉默了好長一段時間，貝瑟妮才終於開口：「我聽不太懂。你說誰應該負責是什麼意思？托帕絲．索爾所認罪了，而且是你抓到她的耶，你忘了嗎？那還是我們的獨家、我們的內幕消息，我們的網站跟所有社群平台全都在討論這件事。你現在應該不是在說你抓錯人了吧？」馬汀可以聽出她聲音裡的惶恐；經過旱溪鎮的事件，她的反應情有可原。

「沒抓錯人，她的確有罪。我說的是另一起命案，賈斯柏．史貝特的凶手。」

又是一陣停頓。「我以為是導師殺了他，想掩蓋自己的過去。你之前這樣告訴我，我們也是這樣告訴泰芮。」

「對，但警方覺得可能還有內情。」

「所以才把蔓德蕾．布朗德找去嗎？」

馬汀不曉得該說什麼。Subaru 開著冷氣，但他滿頭大汗。「我想是吧。」

「天啊馬汀，你也拜託一下，貝克斯特的照片放在泰芮的電腦桌面都要燒出洞來了，她整天黏著我要我寫東西去配那張照片，現在警方為了命案要偵訊蔓蒂．布朗德，而你居然沒告訴我？」馬汀隔著無線電波都能感覺她有多火大。「你不可能期望我丟著這條新聞不寫吧？」

馬汀深吸一口氣。「我們不必今天就把這件事發過去。還要處理蜂鳥海灘的後續，妳也還要去採訪其中一位受害者。」

「不對，馬汀，不對。我們有照片，也知道她人就在隆頓警察局裡被問話，可能跟導師犯下的命案有關，甚至可能跟蜂鳥海灘的七條人命有關。如果我們壓著不寫，可能會有其他人寫，到時我要怎麼跟泰芮交代？跟她說我其實都知情，但就是沒說嗎？」

「好，好，妳說得對。妳有理由去寫這條，但我沒辦法插手這件事，很明顯有利益衝突。而且如果到時署名欄有我的名字，蔓蒂一輩子都不會再跟我講話。」

「我沒意見。」

「但妳可以幫我一個忙嗎？」

「怎樣？」

「別把話說得太死。我很肯定蔓蒂是清白的，警方隨時都可能釐清她不是凶手。現在案情還不確定，別太言之鑿鑿，不要犯下我在旱溪鎮犯過的錯。」

經過一陣安靜，貝瑟妮才開口，聲音裡的部分怒氣已經消失：「也許是應該這樣做，但你應該知道，決策權在泰芮手上。」

「當然，總之不要寫過頭就是了。」

「靠，馬汀。」他可以聽到她話中有著一絲後悔。她結束通話前說了一句：「對不起。」

馬汀呆坐許久，就在沙丘路旁的車裡。他已盡可能保護蔓蒂，但自知這還不夠。媒體的狼群已經來到鎮上，正索求著可以報導的新聞，如果來自警方的消息斷炊，他們會即刻四散，開始以各自的角度追尋。無論貝瑟妮再怎麼低調，隨便一張蔓德蕾．布朗德的照片登上《晨鋒報》網站都無可避免。一旦有人起頭，其他人就會跟進，全都想著超越彼此，開始把之前在內陸時的那些畫面翻出來重播。蔓蒂長途迢迢來到銀港，就是為了逃離那些畫面。他得採取行動才行，得幫忙，而他現在所能幫上最大的忙，就是找出一條更新、更大的新聞，將新聞媒體推往下一個循環、推往另一個方向，好讓蔓蒂被遺忘。

第一個問題是：如果不是導師用魚刀把賈斯柏．史貝特開腸剖肚，會是誰呢？

手機響起，是泰芮．普斯威爾。

「泰芮。」

「馬汀，貝瑟妮剛才把你女朋友的狀況告訴我了，我會暫時把照片壓著，暫時。」

「太好了，非常謝謝妳。」

不過她打斷他的話，掛斷前說：「不要謝我，馬汀。如果我們沒有拿到更好的料，那張照片會被放在明早的頭版。」

媽的。現在時間已經超過一點了，離頭版截稿只剩五小時。如果《晨鋒報》真的把蔓蒂放上頭版，其他媒體也會蜂擁而上，然後不用多久，一定有哪個記者會發現導師的不在場證明並得知刀子的事。五小時，他有五小時拯救蔓蒂的名聲、拯救兩人的關係，並且挽回泰芮・普斯威爾、貝瑟妮・葛萊斯和整個《雪梨晨鋒報》的顏面。他得在五小時內找出殺害賈斯柏・史貝特的真正凶手；五小時，再多都不行。

可是他毫無頭緒。

他坐著思索。突然有輛摩托車在他面前急轉彎，騎進通往哈提根家的泥土路，騎士一身漆黑。又是摩托車。他想到嶺脊路：賈斯柏・史貝特是不是在上面找到了什麼，才讓自己的生命安全受到威脅？顯然有人不想要他人進入已經斷掉的路：在比德和亞歷山大住家那一邊的邊界上，老柵門的新鎖頭閃閃發亮，但門後卻有輪胎的痕跡。而在嶺脊路的這一端，有棵樹被放倒，掩飾小徑的入口。到了更下面的露營車營區裡，則有人在阿蓋爾河丟了一把魚刀。露營區老闆那時怎麼說的？一天到晚都會有越野摩托車沿著河岸騎行。這樣就夠了。他發動車子，跟了上去。當他爬升到柵門前，摩托車和騎士早不見蹤影，只剩二行程引擎在遠處發出的吱嘎聲以及殘留在空中的汽油味。馬汀走下車，找到那條被掩蓋起來通往嶺脊路的小徑，推開樹叢開始跑起。

一開始他幾乎用衝的，腎上腺素和擔憂的情緒推著他向前，但很快就因為體能不佳和睡眠不足而降速。小徑很窄，路徑沿著嶺脊路剩下的部分在灌木叢間穿梭。周圍的樹叢沉默無聲，雨林安靜等待著，空氣厚重，高溫濃烈。路徑向上攀升，愈靠近懸崖頂端的高地就愈朝北邊傾斜。他停下喘氣，覺得聽見了潮聲，像遠方的白噪音。他苛責自己竟然就這樣跑來追越野摩托車。到底想知道什麼？他再次奔跑，彷彿想要擺脫自己的質疑。

地勢開始向下傾斜，離開車子後不到十五分鐘，他便來到一座斷橋邊，本來的橋已倒塌成溝壑。這一定就是比德．康威爾提過的那座橋。橫梁上長滿苔蘚，小徑往梁的一側偏去，下至溪谷裡，然後從對面再爬升回來。騎士在此下至溪邊然後騎上對岸，他可以看到摩托車留下的胎痕。這個人的騎車技術一定很好，而且頗有膽量。馬汀往溝下爬，在底部的眾多水池邊停下，在涓細的水流邊喘著粗氣。他彎腰舀水送入口中，冰涼，口感澄淨。他看向水流緩慢地從水池流向另一個水池。小溪並非如他預期中往內陸流去，注入麥肯奇沼澤，而是往相反方向，流往海岸懸崖和大海。他爬出溪底，再次開始慢跑。

往前大約一百公尺，小徑便衝出森林，進入一片空地，一大圈圓形的泥土地。馬汀停下喘著氣。他可以看到小徑在穿過空地之後繼續前進，不再是單條路徑，而是左右兩道犁溝。他看向地面。這裡有另一種胎痕，是汽車留下的兩道平行線。這塊圓形的裸土不是天然的空地，而是車輛迴轉劃出的圓圈。此處是汽車經過哈提根家另一頭的柵門之後，最遠所能到達的地方。但是沒有車，也沒有摩托車。靠，那個機車騎士一定繼續前進了，搞不好根本握有柵門的鑰匙。馬汀看了看錶，只剩四個半小時可以拯救蔓蒂免於媒體的私刑，但他卻卡在雨林中間，上氣不接下氣，毫無頭緒，快沒有時間了。他望向天空，彷彿祈求神明介入幫忙，這時才看到那個東西：樹冠之間的縫隙。小徑西側的樹林茂密，遮住了太陽，底層灌木密不可透；但在東邊面海的那側，雖然下層樹叢看來一樣扎實，上方的樹木之間卻有著一道縫隙，天空清澈湛藍。

馬汀研究起路邊的落葉。現在他知道自己在找什麼了，路其實不難找，只是一部分被樹叢擋住。他推開樹叢前進，十公尺後，小路便開展成一條更寬的路徑，即使地勢開始下陷，路徑也清晰易尋。繼續往前十公尺，推開更多樹叢後，便看到了水泥地。居然在這種地方有水泥。那是一條水泥路，寬度正好容納一輛汽車通過，路面滿布裂痕，邊緣覆蓋泥土，雜草從長滿地衣的裂縫中鑽出。這條路看起來很舊，十幾年沒維護的那種老舊，水泥被侵蝕多年後露出粗糙的礫石表面。這種材質的路面令他想起二戰時期的炮臺，它們至今仍散布在海岸線上，作為歷史古蹟被保存。所以這塊地那麼久了嗎？

這條路沒有直接貫下山坡，而是向右斜去，將滑出邊坡的可能降至最低，並讓坡度沒那麼陡峭，彷彿一塊向外傾斜的板球道。繼續向前三十公尺後，路在一道蔓密的植物牆前停下。馬汀抬起頭，樹冠頂端的開口再次洩露了祕密，從另一面往斜坡傾斜。他檢查那片植披：果然，有人推開樹叢而過。馬汀跟著走了進去，來到另一塊水泥地，地面以互補的角度橫過山坡，地勢愈來愈陡。水泥上有著摩托車的泥胎痕，他找對方向了。

接下來，當水泥板在三十公尺外來到盡頭時，他已經知道該做什麼了：尋找樹頂的縫隙。有條小徑連結著這塊和下一塊水泥板。第三段水泥路面往回橫過斜坡，傾斜的角度和第一段差不多。他注意著不要滑倒，盡可能加緊腳步，想要快點走到底下。他現在可以清楚地聽到浪聲：路徑向下通向海邊。

他剛踏上第四塊水泥板，便又聽見摩托車的刺耳咆哮。聲音正爬著斜坡往上，朝他的方向靠近。他匆匆離開路面，躲進樹叢中，鋒利的樹葉刮過他的手臂，劃過他的臉。不到一分鐘後，摩托車便來到他的位置，騎士降低了一個檔速，準備進入下一段樹叢中。他躲在暗中觀察，穿過葉間的縫隙看到是她：露西梅，面罩拉至頭頂，因為專注而神色緊繃。

弗恩的女兒。她在這裡做什麼？摩托車吱嘎尖叫著往上坡離去。來不及問了。

馬汀從藏身之處走出來，小心不讓身體留下更多刮痕。距離截稿剩不到四小時，該怎麼辦？但他都走這麼遠了，應該要去看看這條路的盡頭到底有什麼。再經過三段重複的路段，地勢平坦下來。海就在附近：他聽得到，如果仔細去找也看得到。**你有看到海嗎？**他面前是一條窄路，泥土路面，用路的人已經不再試圖掩蓋路跡。右手邊的樹叢後傳來水流翻騰的聲音：剛才斷橋處的溪流在往下流動的過程中加快了速度，也變得更大聲了。他循著窄路往前，即使這座小溪谷兩側的懸崖逐漸靠近，此處的坡度也已趨於平緩了。溪流的位置愈來愈近。接著他便鑽出樹叢，來到鵝卵石遍布的海灘上。灘地長度不超過三十公尺，寬度大約五公尺，小溪就在他右手邊幾公尺處入海。海灘位於這片小海灣的尖角處，附近有幾根殘樁，但是向海中凸出的棧橋早就不見了。不過他的注意力全被別的東西吸引。鵝卵石海灘上停著一艘鋁製的小艇，舷外的引擎向上翹起。

「你他媽要幹嘛？」

馬汀轉過身，是弗恩的兒子里凡。他手裡揮舞著一把刀，一把片魚刀，刀上有血。他像是舉著武器，將刀尖對著馬汀。在那一刻，馬汀覺得自己彷彿變成了賈斯柏・史貝特，是遭到攻擊前一刻的他，什麼都做不了，無處可逃也無法防衛。另一陣思緒闖進他腦中：殺死賈斯柏的那把刀，可能從碼頭上扔進水裡——也可能是從船上。恐懼的浪潮向他襲來，終將一死的宿命感將他擄獲，過往犯下的所有罪過同時朝他逼近。

「咦？馬汀？」里凡的聲音充滿疑惑。「馬汀？你沒事吧？」他將刀尖放低。

馬汀又能呼吸了，不過離鬆懈還很遠。那還是一把片魚刀，上頭有血。

「你怎麼會在這裡？」里凡問道。

「我剛才看到露西梅的摩托車，就一路跟過來。」馬汀的視線還看著那把刀。「我剛剛在散步，我們搬到上面岬角頂端那間老屋裡。」他試圖讓聲音聽來像是一般閒聊。

「哈提根家嗎？我有聽說。」里凡的語氣聽起來有些羨慕。

「你可以把刀子放下嗎？」

里凡看著刀，彷彿忘記自己還握著刀。他抬頭看著馬汀笑著說：「噢靠，放輕鬆一點好不好，我又不會拿刀戳你。」

「那我還真的走運了。你們在這裡幹嘛？」

里凡皺著眉頭。「你不知道嗎？」

「不知道。」他又聽到摩托車的聲音了，正從山坡上方下來。「她是要騎回來嗎？」

「對。」

「為什麼？」

不過里凡搖了搖頭。「這你得去問弗恩，他等一下就過來了。」

弗恩？「好，我去問他。欸對我問你，你們很常來這裡嗎？」

「其實還好欸。」

「你在這裡看過賈斯柏．史貝特嗎？」

里凡似乎對這個問題有些訝異。「有，看過一次。他和另一個傢伙在一起，想知道如果重建那邊那座舊棧橋碼頭有沒有搞頭。」

「另一個傢伙是誰？」

「哈利小子。你知道他吧，就是背包客棧那個男的。」

「這是什麼時候的事？」

里凡聳了聳肩。「大概三星期或一個月前吧。」

摩托車從樹叢裡鑽出來，沿著小徑放慢速度，最後在兩人旁邊停下。露西梅跨下車，拿掉安全帽。

「馬汀？」

「露西梅。」

「你怎麼會在這裡？弗恩告訴你的嗎？」

「告訴我什麼？」

露西梅看向里凡，男孩搖著頭。「這你得問弗恩。」

# 第二十八章

那天馬汀很晚才回到安居社區的家，早過了晚餐時間，已接近午夜。他喝了盒裝紅酒，有點醉意。他剛才跟賈斯柏、史高迪在沙丘上閒混，和幾個女孩一起抽菸。賈斯柏一直厚顏無恥地說著各種逗弄的話語以及拙劣的搭訕台詞，想藉此和她們聊天。她們咯咯笑著，彷彿看到什麼有趣的表演。場面也的確滿好笑的。賈斯柏並未因此生氣，反而迎合著她們的反應，像上了舞台的單口喜劇演員表演起來，想出更多更荒唐的搭訕詞。「跟妳們說，我有一輛快艇，上面還可以停直升機。」他們全都爆出大笑。「妳們覺得這樣會有人想認識我嗎？」賈斯柏認真地詢問女孩的意見，引得她們更加高興。

不過現在馬汀到家了，從海灘走回安居社區三路，漫長的路途足以讓他清醒。倒也不是說他在乎自己有沒有喝醉，至少他爸根本不在意。馬汀打開家門，第一件事是用力聞，想知道父親此刻有沒有可能已經爛醉，不省人事、全身髒得要死，像條垂死的鯨魚般癱軟在躺椅。但什麼都沒聞到，沒有特別奇怪的氣味，就只有窮人家裡揮之不去的臭味。也沒聽到鼾聲。馬汀打開燈，但燈沒亮。沒有電。他回頭看向門外，幾戶人家裡亮著燈，窗戶投射出電視的電子彩虹色光芒。他判斷家裡不是停電，而是另一張沒繳的電費帳單。又沒繳了。所以他爸到底跑去哪裡？

他靠著拋棄式打火機走進一片漆黑之中，拖著腳步前往自己的房間，在黑暗之中摸索，因為酒醉的腦袋而增加了一點難度，最後他找到床邊的手電筒。手電筒從上次停電時就躺在那個地方，直到現在。他打開手電筒，去找他的家長。不在臥房，沒有昏迷倒在浴室，也沒在躺椅上。遠方某處傳來警笛聲。

他將手電筒的燈光掃過客廳，撿拾著那些一如以往存在的垃圾，披薩盒、上星期的舊報紙、洋芋片的空包裝。然後他看到那個東西，側著身倒在地上，軟木塞不翼而飛，內容空空如也。是那瓶香檳，深色玻璃瓶在手電筒的光中閃爍著光芒。

馬汀跌坐在地，不敢相信這是真的。那支凱歌香檳是他的護身符，象徵著他的未來，是他們在後院打街頭板球那天最後殘存的遺跡；當天陽光普照，連命運都對他們微笑。那是他曾有過家庭的最後證明。現在，那個老混蛋居然喝掉了。連放進冰箱都沒有，連插進冰桶都沒有，就這樣喝掉。馬汀掃視四周，找到目標：一只外帶咖啡杯。他檢查杯內，咖啡留下的一圈痕跡仍然清晰可見，放到鼻子前聞，還能聞到香檳的味道。可憐沒藥醫的廢物連找玻璃杯都懶。髒紙杯裡的溫香檳。馬汀想哭，但眼淚不來；淚水不會再來，已經很久了，自從八歲那年的那一天起就是這樣。他在那天跨過了之前和之後的界線，從那天起，他就不再是個小孩，長成了別的東西。他沒有眼淚，只有決心。現在他非得離開不可，一定要馬上就走。因為現在的情況比那時更糟，糟過他爸骯髒的程度，糟過他尿在自己身上，糟過他和那個叫海絲特的蕩婦打炮。那一切都比不上這瓶香檳受到的褻瀆，比不上希望遭到剝奪。馬汀起身。他要立刻打包走人。好幾個月前就應該離開了。手電筒開始閃爍，但他不在乎，就算摸黑打包也可以。但就在他走回自己房間前，有名警察來了，是克萊德．麥基。警察小隊長把他舅舅也帶來，他的弗恩舅舅。弗恩。

§ § §

馬汀張開雙眼。剛才疲憊一度戰勝了他；他閉上了眼睛，思緒飄向夢鄉和記憶，飄向潛伏在意識表層底下的過往回憶。他努力睜大眼皮，彷彿是打開青少年房間的窗簾一般，要讓自己的腦內盈滿光線。他環顧四周，又回到嶺脊路斷掉後留下的轉彎空地，被雨林圍繞著，坐在一只塑膠箱子上，裡頭裝著分解後的魚塊。里凡已經離開，駕船走海路回去；露西梅也走了，騎著她的摩托車穿進樹叢。他看了錶：還有三個半小時。弗恩呢？

又過了一會，他才終於聽到弗恩那輛貨車的聲音。過了幾分鐘，車子從樹林之間鑽出，抵達空地。

「馬汀？你怎麼會在這裡？」

「你抓的魚在我這裡。孩子們把魚留給我，就放在那邊，在樹叢後面。」

「你知道了？」

「不知道。我只知道桶子裡有魚，但不知道為什麼你們要在這裡卸貨，而不是從港口。」

「噢。」弗恩的語氣聽起來頗為鎮定。「可以幫我搬一下嗎？」

他們兩人分別抬著一只桶子，放到卡車後方的地面。桶子很小，小到可以放在越野摩托車的後座。

「你想看嗎？」弗恩問。

「想。」

弗恩掀開蓋子。第一桶裡裝著大小不一的灰色肉塊，每塊的邊緣有血，下方全是碎冰，而另一桶裡是某種灰灰粉粉、黏糊糊的東西，也放在冰上。

「看起來像鰭。是鯊魚的嗎？另外那桶是什麼？」

「對，鯊魚鰭。還有一顆鯊魚肝。」

馬汀搖著頭。「我不懂，為何這麼大費周章？鯊魚鰭也沒被禁，我在中國城就吃過了。」

「但你吃的不是這種，」弗恩輕聲說道。「邊走我邊告訴你。」

弗恩打開貨車車斗末端，拉下一捆漁網，然後爬了上去。後斗左右兩邊各有一個大型不鏽鋼櫃，長度和後斗一樣，典型的貨卡設置。弗恩打開其中一個櫃子並說：「把桶子搬上來。」馬汀照做，而弗恩將桶子放進一個特製的洞裡，關上櫃子。弗恩跳下後斗，兩人再把漁網推回去。「走吧，我載你到哈提根家。」

弗恩先將車掉頭，車子一路彈跳地往比德·康威爾家和瑟爾吉家的方向駛去，他才開了口：「那些魚鰭是一條大白鯊的。」

「大白鯊？你認真？怎麼抓啊？」

「歷經千辛萬苦。」

「牠們是保育類不是嗎？」

「嚴格禁捕。你不會想被抓到，罰金難以想像。」

「被禁的鯊魚鰭，有人買單？」

「嗯，價格很好。」

「吃起來有差別嗎？」

「我怎麼會知道。」

馬汀看著錶，只剩三小時，而他的舅舅在盜獵大白鯊。「所以你在海裡抓到鯊魚，把鰭和你要的東西切下來，再把其他部分丟回海裡。然後等你要回來時，里凡再到海灣等，以防萬一港口有漁業檢查員。」

「現在你懂了。」

他們來到隔開哈提根家以及比德和亞歷山大住家之間的柵門。弗恩把鑰匙給他。馬汀打開柵門，等貨車經過後再重新上鎖，過程中想的都是那些鯊魚鰭。感覺不太合理，至少從馬汀的角度審視覺得不太合理。那麼大費周章又高風險。而且，大白鯊？牠們又不是很常出現，你可能得花上好幾天才抓得到一隻。

回到車上，他開始對舅舅發問：「抓那些鯊魚鰭要幹嘛？」

「沒幹嘛。我們很偶爾才會抓一次，就是賺點外快。現在補漁業都被禁了，我們做起來也比較方便，尤其是在冬天沒有觀光客時。」弗恩說。

「所以鯊魚鰭會被送到哪裡？」

「雪梨。運送的卡車會從北邊一路開下來，經過隆頓，都是事先安排好的。」

「只有鯊魚嗎？」

「當然不是，鯊魚只是我們運氣好。只要是非法的，你想得到的海鮮都有。規則就是這樣：禁捕名單列出的就可以。你懂，就是保育類，愈瀕危價格愈高。你應該不曉得，每年到了這個時候，各種熱帶魚類就會衝出大堡礁，往南游到我們這裡。連海龜都有，大隻的。」

「靠，弗恩，海龜？」

「嗯，我也覺得抓海龜不太好，不過鯊魚的話，我可以殺一整天不手軟。我討厭那些害蟲。」

「所以誰是買家？是誰在吃？」

「不知道，我也不想知道。大概就是什麼美食家，喜歡故意犯法的有錢公子哥。我在他們的卡車上看過，各種莫名其妙的東西一大堆，保育、瀕危的，大多都是野外獵來的。鱷魚之類的也有，但前提是必須野生的。我有一次還看過兩隻無尾熊。」

「他們還吃無尾熊？」馬汀腦中浮現一個畫面：一隻剝了皮的無尾熊被串在烤叉上，嘴裡還有尤加利葉。「他們都是事先預訂嗎？」

「對。我會接到電話，可能一星期前吧，說他們要辦聚會，幾號的時候會過來收貨。他們會有一份類似願望清單的東西，長期都有需求，如果我們抓到清單上的任何一種，他們就收。」

「多常下訂？」

「大概一、兩個月一次。如果期間我抓到什麼東西，就先塞在家裡的冷凍櫃裡。」

「我的天呀。這件事多久了？」

舅舅轉過頭看他，研究他的表情，又把眼神轉回路面。他深吸了一口氣。「你覺得你爸以前為什麼那麼常開車去隆頓？」

他們就這樣安靜坐著，直到弗恩開著貨車走完嶺脊路剩下的路程。他想起小時候在斷崖上的那些小旅行。**你有看到海嗎**？當然了，那些車程想必有所目的，不可能只是因為他們喜歡開車而已。他從沒想過這一點。所以這麼久以來，他父親一直用那輛Morris廂型車把非法盜獵品運到隆頓。那馬汀呢？父親帶著他，是因為想要有個伴，是他喜歡帶著馬汀一起，或者只是計畫的一部分，把馬汀當成掩護的藉口？爸爸帶著兒子，誰會懷疑背地裡其實在做什麼勾當。**看到海就到家了**。

弗恩此時已經駛過瑟爾吉的農場，回到珍珍土地上的樹林裡，幾乎快要抵達步道的入口處，就是可以通往瞭望臺，或者向下經過導師的靜修所並進入蜂鳥海灘的那條步道。離截稿還有三小時。「賈斯柏．史貝特知道盜獵的事。」馬汀說著，像在陳述事實。

「賈斯柏？誰告訴你的？」

「里凡和露西梅。他們說賈斯柏和小哈洛德．德雷克在打探你走私的那個海灣，在談要重新修好下面那座棧橋碼頭。」

「嗯，不過他們有興趣的是土地，不是魚。」

馬汀回到自己的思緒中。賈斯柏．史貝特和哈利小子一起，討論著重建海灣那座棧橋的可能性。賈斯柏和哈利，似乎是個不太協調的組合。他想起蘇珊．史貝特的話：賈斯柏被他母親握在手中，完全任其擺布。而另一方面，哈利則是替泰森．聖克萊爾做事，負責管理抹香鯨海灣背包客棧，並監督性愛簽證的詐騙行動。丹妮思．史貝特和泰森．聖克萊爾是競爭激烈的死對頭，但是兩人的副手卻在合作。合作什麼呢？重建棧橋碼頭嗎？為什麼？賈斯柏想要重新開發嶺脊路，把懸崖上方的土地分割出售，如果有個可以泊船之類的地方也許更能吸引潛在買家。

但哈利小子呢？他能提供什麼？馬汀記得，泰森．聖克萊爾認為賈斯柏的分售計畫很好，但賈斯柏缺乏資金。假如賈斯柏需要的是錢，那個兼職藥頭的傢伙也沒辦法提供計畫需要的幾百萬元澳幣。但也許他爸爸可以。老哈洛德．德雷克。也許哈利是他老爸的代理人，就像賈斯柏是他媽媽的代理人。或許之前聊天時，丹妮思其實一直在誤導馬汀，就像她不願坦承她對沼澤地和起司工廠的想法一樣。丹妮思和哈洛德．德雷克在這件事可能是一夥的。

此時，他看到了那個東西，彷彿來自天堂的啟示。弗恩已經開到山丘下方，來到嶺脊路和蜂鳥海灘岔路的交會處。神蹟在此——標誌上寫著「神聖冥想基金會」，並畫了一個棕色的神祕徽章，一個圓圈裡圈住好幾個點。這就是啟示。哈利小子和盜捕漁獲的事從他腦中流走，被新念頭沖刷得一乾二淨，資訊與資訊相互碰撞、推論與推論彼此連結，產生新的關聯。導師。啊，當然了。真相大白，一層剝開裡頭還有一層。弗恩轉入沙丘路，馬汀忍不住高呼出聲。

「你還好嗎？」弗恩問。

「好啊。」馬汀咧嘴一笑。「應該會很好。」

蔓蒂的車還停在哈提根家的柵門邊，弗恩一將他載至車旁，他第一件事就是先打給尼克。普洛斯。律師立刻接起，實屬難得。「馬汀，我一直在找你。你在哪裡？」

「哈提根家附近。怎麼了？發生什麼事嗎？」

「他們要帶蔓蒂回銀港了，要帶她回透天厝重演一次案發當天的過程，可能是今天晚一點或者明天。他們可能也會要你再講一次抵達時的狀況。」

「誰跟你說的？」

「溫妮佛。」

「靠。好，我們警局碰頭。」

「那就這麼說定了。」

「等一下，尼克，你可不可以先幫我查個東西？哈瓦南達導師有個組織叫做神聖冥想基金會，你能不能查查看它有沒有任何公司結構？」

「你想知道什麼？」

「在他死後，基金會是會跟他一起消失，還是會繼續留下來？還有，基金會裡面有誰？」

「了解，馬上查。」

§ § §

銀港警局一如往常不歡迎任何來客，銳利的日光燈在白日根本沒有必要打開，但能嚇阻任何不必在場的人。不過馬汀有自己的理由，他非常需要來到警局。櫃檯邊有個救護車的急救人員正和其中一名男警閒聊；男警是江森．沛爾那位壯碩的年輕副手。

「不好意思，我要找蒙特斐爾偵緝督察，是很重要的急事。」馬汀打斷兩人。

男警懷疑地看了他一眼。「好，你那邊坐一下。」

馬汀坐在一旁，拿出手機查看來電或訊息，但沒有任何新消息，此刻沒有事情能幫忙分散他的注意力。

「史卡斯頓。」

他抬起頭，但不是蒙特斐爾，甚至不是伊凡．路奇，而是沛爾。馬汀起身說道：「我有事要找莫銳斯．蒙特斐爾。」

小隊長惡狠狠地笑著。「他不在，請回吧。」

「我不是在開玩笑。」

「我也不是。」沛爾臉上的笑容逐漸黯淡。「這位先生，你妨礙警方執勤了，請離開。」

馬汀心裡一股怒火湧上，某些極其惡劣、骯髒的話語已經含在嘴邊，但他自知無法承擔被逮捕的風險；現在不行，因為蔓蒂又回到了調查人員的鎂光燈下。於是他也露出虛假微笑，彷彿是沛爾的倒影。「小隊長，謝謝你的幫忙。」接著他轉向救護人員和那位員警。「也謝謝兩位，祝你們工作順利。」他在沛爾來得及回應前便大步離開。

走出警局，他立刻打給蒙特斐爾，但沒接通。他留下語音訊息，又在簡訊中重複一次：「有急事告知。我在銀港警局外面。」至於溫妮佛，他則完全跳過通話，直接傳簡訊：「急事要找蒙特斐爾，我在銀港警局外面。」

她立刻回覆：「已經離開隆頓在過去的路上，再十分鐘。」

他回了一個「讚」的表情符號。沛爾沒說謊；剛才那局算馬汀贏了。他看了手錶，離截稿還有兩個半小時，他考慮要打給尼克，不過他的律師還有事要忙。沒別的選擇了，他得乖乖等在原地。他對這種感覺頗為熟悉，「趕著到達目的地，然後空等」，這是每一位記者的生活寫照，等事情發生、等記者會召開，等採訪、等公告、等法院公布判決結果，再急忙回去趕截稿的死線。

他停止踱步，在銀港警局外的水泥階梯坐下。星期天的午後，太陽開始朝西邊傾斜。中央大道靜默。夏季的遊客早已離去，返回城市，回到各自的學校、辦公室和工廠。夏天正一點一滴地退去。他看到一對年輕夫婦靜悄悄地走在人行道，手挽著手，來來回回走得有一點點東倒西歪，好像喝醉酒，或者抽了大麻。警察局投下的影子開始在中央大道蔓延，不過還要再幾個小時才會抵達錫歐的炸魚薯條店。他看到一個穿著法蘭絨襯衫和工作靴的人從店內走出，身上衣著亂糟糟的，拿著白色紙袋裝著午後點心。香味朝他飄來，是炸魚薯條。他的距離太遠，聞到的香味大概只是幻想，但還是讓他開始流口水。他今天吃了什麼？一口快壞掉的鹹派。還有別的嗎？他一臉渴求地望著錫歐的店，但是蔓蒂、蒙特斐爾和溫妮佛隨時都會抵達。

馬汀意識到自己舔起了手指，彷彿剛吃完一塊裹了麵衣的炸牛尾魚。天啊，他真的餓了。正當他想著衝進錫歐的店裡快速買一買出來時，隆頓的護送車隊到了。最先抵達的是一輛警車，警局標誌、閃燈，一應俱全，並由穿著制服的警察開車。馬汀瞄到蔓蒂坐在後座，旁邊坐了另一名警察，不過因為車子直接開進地下室停車場，所以她沒看見他。警車後面跟著一輛沒有標誌的車，大概是租來的，開車的是路奇，蒙特斐爾坐在副駕，他們跟著第一輛車進了地下室，鋼製柵門隨後關上。最後一台車在此時姍姍來遲：尼克．普洛斯開著他那輛老舊旅行車，剎車聲刺耳，車身還詭異地歪向一邊。車子在馬汀旁邊停下，溫妮佛．巴比肯從副駕駛座走出，沉著、鎮靜一如以往，彷彿剛才搭的是賓士。

「馬汀，你找到了什麼資訊？」

「我們得去見蒙特斐爾，我覺得他推測刀子的方向錯了。」

「好，但是小心處理，他現在情緒有點受挫。」

「為什麼？怎麼了？」

「蜂鳥海灘的案子變複雜了，他又找不到角度切入蔓蒂的案子。」

進入警局後，溫妮佛直接走向一道有著電子密碼鎖的安全門，要求櫃檯後的員警替她開門。

「小姐，不好意思，我不能讓一般人進去。」

「我不是一般人，也不是什麼小姐，我是律師，還是整個司法制度的一分子。」溫妮佛以命令的口吻表示。「我的當事人現在被拘留在裡面，如果你拒絕讓我進去，就是在違抗法律，『法律』。你懂了嗎？」

年輕的警官瞪大眼睛，一臉茫然。「我要請示我的小隊長。」

「請。」溫妮佛說。「動作快一點。」

幾分鐘後，安全門打開了。江森．沛爾盯著馬汀。「我已經以警察的身分要求你離開了，滾出去否則我逮捕你。」

「胡言亂語。我來見莫銳斯．蒙特斐爾，史卡斯頓先生是和我一起的。」溫妮佛說。

沛爾只是笑著，沒有移動。「妳他媽的也給我滾到一邊，老潑婦。」

溫妮佛沒回話，而是開始緩慢、從容不迫地向前移動——一步，兩步，三步——直到她離沛爾的臉只剩幾公分距離。他的笑容在她的注視下開始動搖。

安全門打開了。莫銳斯．蒙特斐爾的出現立即為這個情況做出決策。「溫妮佛、馬汀，謝謝你們這麼快趕來。謝謝，請進。」

有那麼一會，什麼事都沒發生。沛爾沒讓開，溫妮佛也沒移開視線，繼續盯著他的臉。接著，銀港的小隊長讓至一邊，溫妮佛和馬汀依序走入安全門內。馬汀實在忍不住，在經過沛爾旁邊時朝著他眨了眨眼。莫銳斯．蒙特斐爾壓後，將門帶上。

「謝謝。」一進入警探指揮室獲得庇護之後，馬汀說道。

蒙特斐爾沉重地跌入某張桌旁的椅子裡，沒興趣閒聊。「告訴我你找到什麼。」

「那把刀，握把上的汙漬，那是唯一與蔓蒂有關的實質證據，對不對？」馬汀說。

「繼續說。」

「你們說那是她染髮劑的汙漬，這件事是確定的嗎？沒有任何其他可能？」

「鑑識組很肯定，但他們還在處理。」

「你之前說刀子被用漂白水刷過，還在河底躺了好幾天，這種情況下他們怎麼可能那麼肯定？」

蒙特斐爾搖了搖頭，神情疲倦。「你要說服的人不是我。決定符不符合的人是鑑識組，不是我。」

「我覺得汙漬的染劑來自導師。他會用一種棕色的顏料在信徒額頭上畫記號，畫在眉心的一點。那是一種紅棕色的顏料，類似指甲花，不是放在他住的小木屋就是在他靜修的地方。」

警探皺起眉頭。「我跟你說過了，那個導師——不管你要叫他彌榮．弗洛拉基斯還是其他名字——他有不在場證明。」

「蔓蒂也有啊。克萊德．麥基發誓星期二那天太陽下山時她不在碼頭。」馬汀說。

「你的重點是？」

「珍珍．海耶斯和導師是伴侶關係。珍珍說，導師死前幾天曾抱怨有人在翻他的東西。」

「對，應該是賈斯柏．史貝特。我們之前以為那張明信片是他自己的收藏品，現在覺得應該是他在手提箱裡找到的。」

「你沒看出來嗎？不管誰殺了賈斯柏，他們一開始打算栽贓給導師，所以故意用他屋裡的染料弄髒刀柄。他們本來應該是想把刀子藏在他身上，或者跟他有關的地方，但後來發現他有不在場證明，所以改讓蔓蒂頂罪。他們刷了刀子，把刀丟入河裡，然後匿名報警。」

蒙特斐爾大笑出聲，緊張的情緒一掃而空。「這也太荒謬了吧。所以你的意思是，他們事先知道握把汙漬的顏色會跟蔓蒂的髮色一樣嗎？」

「不是，我是指這是巧合，所以他們才試圖刷掉汙漬，還用了漂白水。」

蒙特斐爾不再說話，但是表情懷疑。

馬汀繼續堅持。「剛剛你才說過，我們在這裡想怎麼吵都可以，但能確定的只有鑑識專家。我只要求他們一定要把那些汙漬跟導師屋內找到的任何顏料進行比對。」

最後，打破僵局的是溫妮佛：「偵緝督察先生，如果可以，請聽聽看以我旁觀的角度會怎麼做。如果你們之後起訴蔓德蕾並且走到法庭那一步，我們一定會對這點提出爭議。如果你們沒有比對導師所用的顏料，我們會把這些疑慮全部告訴陪審團，並讓他們開始懷疑，這是非常合理的懷疑。」

蒙特斐爾看著她一會兒，面無表情，嘆了口氣。「好吧，明天是星期一，我們會去查。」

溫妮佛突然一怒：「如果你們沒有起訴她，就不能把她拘留過夜。」

「還有另一個問題。」馬汀補充。「《晨鋒報》準備把她的照片當成明天的頭版頭條，說你們正以謀殺嫌疑為由對她進行偵訊。如果鑑識組在同一天內證明她的清白，到時場面會不太好看；若報導又提到你事先就知情導師顏料的事情，你們的面子也會掛不住。」

現在蒙特斐爾的眼中閃過一絲惱火。他站起身踱著步，仔細思考後做出決定。「好吧，就照你說的做。」他拿起手機撥出電話。「喂？是我。對，我知道今天是星期天。問你一件事，賈斯柏．史貝特的命案和蜂鳥海灘那件案子，兩邊的證據鑑識是同一組人員嗎？」

蒙特斐爾停了一下，等待對方回答。

「了解。所以在這邊採證的是同一組人，但在雪梨交給兩個組處理。」

警探再次停下。

「沒有，沒有問題。不過我需要你幫我測一個東西。在賈斯柏．史貝特那把刀子的握把上可能會找到某種染料或汙漬，你能不能拿去交叉比對在蜂鳥海灘找到的任何可疑顏料、汙漬或類似的物質，特別是在導師那兩間屋內找到的任何東西？」

蒙特斐爾聽著。他一邊聽，一邊轉向馬汀，拉高眉毛，示意進展頗為有趣。

「真的嗎？已經在那邊了？當然好啊。如果他們可以盡快回覆的話會非常……一個小時？真的嗎？那太好了，謝謝。」

通話結束後，蒙特斐爾已經完全忘了怒氣，對馬汀還有溫妮佛說：「很順利。鑑識組有一名組員今天有班，他們有一台分析儀器經常需要使用，所以二十四小時都得運轉。那台機器正在處理別的作業，大約一小時後可以輪到我們。鑑識組已經鑑定完刀上汙漬的材料了，因為採到的素材很少所以不太好做，花了兩天才完成。不過如果只是要拿它去比對瓶瓶罐罐裡的物質，只要掃描就好了，幾乎馬上就能知道結果。」

「太好了。」馬汀說。

蒙特斐爾勉強露出類似微笑的表情，原先的怒氣似乎從他身上消失殆盡。「謝謝你們告訴我這件事。我自己覺得應該不是你說的那樣，不過還是確定一下比較好。」

「再問你一件事。」馬汀說，「蜂鳥海灘命案，你們起訴托帕絲・索爾所了嗎？」

「今天下午。她被押送回雪梨了，所以我們才又搬回這裡專心調查史貝特的案子。」

「所以蜂鳥海灘結案了？她的起訴罪名是殺死七條人命嗎？」

蒙特斐爾就只是站著，沒有動靜，臉上神色再次變得難以捉摸。「我們還在處理證據，還有很多事情要做。」

「血檢報告寫了什麼？」馬汀問道。

「你是指什麼？」

「你忘了嗎？我跟你提過迷姦藥的事，還有星期五早上托帕絲和我在醫院做的檢查。」

「血檢怎樣？」

馬汀愣了一下，他感覺蒙特斐爾又拉高了防備心。「報告的結果跟星期五晚上那件案子的結果一樣嗎？是同樣的毒素嗎？」警探避開視線，重新跌回椅子上。馬汀和溫妮佛看了彼此一眼。她也感覺到了，馬汀心想。有東西困擾著蒙特斐爾。「莫銳斯？」

「對，至少有三個人出現一樣的反應，導師、一個中年男子和一名年輕女性。也許還有其他人，但我們只驗了死者和住院患者。」

「年輕女性。長得很漂亮，看起來有點像玻里尼西亞人？」

蒙特斐爾抬起頭，重新看向他。「對，就是她。你怎麼會知道？」

「葛斯・麥奎斯。」馬汀說，接著解釋了他的理論，認為這位肥皂劇明星會對自己的目標下藥，並且會同時迷暈其他男性競爭者或目標的保護者。

「那個女生還有中年男子後來怎麼樣了？」溫妮佛問道。

「女的活下來，男的死了。」蒙特斐爾說。

「媽的。」馬汀想起那天在黑暗中躺在麥奎斯和哈瓦南達旁邊的屍體。「所以他同時喝到了迷姦藥和毒藥。」他說出這項事實，不過蒙特斐爾再次避開眼神，開始檢查自己的辦公桌。馬汀和溫妮佛又對看一眼，律師皺起眉頭。

「怎麼了，莫銳斯，你有什麼事情沒說？」馬汀問道。警探閉上眼睛，低著頭，不停地搖頭。馬汀不放棄。「是不是什麼事情不對勁？有奇怪的證據。是托帕絲那件案子嗎？」

蒙特斐爾抬起頭，張開雙眼，表情近乎懇求，彷彿他想要說出某件事，但自知不能說。

「你覺得她有共犯。」溫妮佛的話半是確定，半是問句。

這次警探回答了，聲音低微。「有這種可能，我們不確定。」

「是不是血檢裡發現了什麼？」馬汀問道。

蒙特斐爾只是研究著自己的手。

「我的天啊。」馬汀說。「你們找到其他毒素對不對？」警探看著他，露出飽受折磨的表情。這在馬汀看來等同確認，於是他繼續施壓。「有兩種毒，有些人兩種都吃到，有些人只吃到一種，有些人完全沒有。迷姦藥另外算。但托帕絲只承認自己下了其中一種。」

蒙特斐爾完全靜止，眼神專注，聲音低沉。「所有事情彼此牽連，我們想不透到底怎麼回事。」

# 第二十九章

尼克．普洛斯等在警局外，滿臉笑容。馬汀很想知道為什麼，不過他還是先傳了簡訊給泰芮．普斯威爾以及貝瑟妮．葛萊斯。「警方正在進行新的鑑定，會在一小時內確定蔓蒂有沒有嫌疑。」他看了手錶，剛過四點，還有很多時間：六點之前都還能抽換頭版內容，也許到六點半也可以。

他轉過頭問白牙齒的律師：「你查到什麼？」

「神聖冥想基金會是個法人組織。」

「所以是公司？」

「沒錯。而且在哈瓦南達死後依然存在——哈瓦南達或是弗洛拉基斯，不管你用哪個名字都一樣。」

「有其他股東嗎？」

「我還在查。今天是星期天，加上他們是私人公司，沒辦法一目了然看到所有資料。不過ASIC[1]網站列出了公司的主要幹部，哈瓦南達是董事長兼總經理，老哈洛德．德雷克是祕書，而小哈洛德．德雷克是董事。」

「兩個德雷克都在裡面嗎？」

「對。如果哈瓦南達只是想成立公司，那他其實可以把自己設為唯一董事跟唯一股東就好。」

1　澳洲證券投資委員會，全名為Australian Securities and Investment Commission。類似台灣的金管會。

「那為什麼要把另外兩人也列為董事？」

「我猜是為了要以慈善機構或宗教的名義拿到免稅資格，公司結構必須更完整才有辦法符合。」

「基金會已經登記為慈善機構了嗎？」

「依我目前看到的應該還沒，不過那可能是他們的規畫。」

「珍珍・海耶斯之前說要去找你立新的遺囑，前一份遺囑是你幫她寫的嗎？」

「珍珍嗎？不是，不是我。」

「她說現在這份的受益人會是神聖冥想基金會。」

兩個男人對視了好一會兒，心中的思緒愈來愈不言而喻。最後，開口的是馬汀。「之前幫珍珍・海耶斯立遺囑的人是哈洛德・德雷克，遺囑把她的財產都給了蒂夫・哈瓦南達，包括蜂鳥海灘在內——正確來說是給了神聖冥想基金會——而德雷克本人是這間公司的祕書，他兒子是董事。」

尼克・普洛斯點點頭。「我們把這件事告訴警察吧。」

馬汀很想這麼做，不過卻搖了搖頭。他想讓蒙特斐爾專心處理刀子的汙漬。「還不行，我不想讓警方分心。你去看看能不能找到更多基金會的資料，尤其是股東結構。」

「那你呢？」

「我去拜訪一些人。」

§ § §

燈塔坐落在貴族山丘頂端，反射著午後的陽光，彷彿一座散發白色光芒的燈號塔台，在天空的襯托下幾近如銀。銀礦般的銀。馬汀從人行道蜿蜒而行，朝著上坡走去。隨著高度爬升，沿路房宅主人的財富與地位也愈來愈高。彷彿銀礦的礦脈。他又聽到了那種隱晦的暗示：賈斯柏．史貝特的死在某種程度與錢有關，與貪婪、與財欲有關。與銀有關。在蜂鳥海灘，托帕絲．索爾所殺死了蒂夫．哈瓦南達，葛斯．麥奎斯沒殺人，但此外還有其他人涉案，還有另一個凶手。他們的動機是什麼？是銀啊，燈塔低聲說著。去找到那道銀脈。而這座鎮上擁有最多銀子的人是泰森．聖克萊爾、丹妮思．史貝特和喬治．托馬基斯的母親。馬汀不覺得那位希臘老太太會知道多少內情，她沒對阿蓋爾河北岸的開發案表現任何興趣。但另一方面，泰森．聖克萊爾和丹妮思．史貝特則雙雙深陷其中。這兩個人，和他們手下的代理人：賈斯柏．史貝特、蒂夫．哈瓦南達和哈利小子。一切與銀有關，燈塔的笛聲如是低語。「銀啊。」馬汀對自己說。

丹妮思．史貝特的房子坐落在貴族山丘的最遠端，比燈塔再過去一點。馬汀站在她的門廊喘著氣，看著眼前的景色。他在高溫中熱得滿頭大汗，這白日依舊沒有一絲海風，他膝蓋和手肘上的繃帶正在發癢，沒有絲毫憐憫。眼前的五里海灘一路往遠處延伸，左方是海，右方則是海岸灌木叢和甘蔗田，是銀港中下階層的家。低垂的太陽開始讓這幅全景畫有了重心。遠處的海面上，風暴雲正在海平線上方集結。這片景色非常壯觀，令人讚嘆。馬汀轉身背對風景，伸手去拉一條由金屬與皮革組成的精緻繩索，敲響設置在這座三層樓建築深處的門鈴。丹妮思花了一點時間才前來應門。她看起來非常瘦弱，整個人彷彿縮了水，穿著一身黑，在這片自然景致以及她的龐大住家相比之下顯得更加矮小。「馬汀？你怎麼會來？請進。」

他們在門廳裡尷尬地站了一會兒，她才像突然想起似地，急忙請馬汀進客廳。這間客廳就和聖克萊爾家的一樣大，卻更加奢華，但也更雜亂：拼木地板上鋪著許多繡花繁華的地毯，彼此重疊，顯然數量比能夠鋪設的空間更多；所有牆面下方都擺了一整排的櫻桃木櫥櫃，多張英式古典切斯特菲爾德沙發被分成三大組，其中兩組有著幾近漆黑的深綠皮面，另一組則染成深沉的酒紅。牆面宛如戰場，各種風格混雜的藝術品彼此爭奪著空間：金箔閃閃發亮的俄羅斯東正教聖畫像、褪色褪到彷彿產自中世紀的掛毯、某幅裱在古董鍍金畫框裡可能是喬治・布拉克[2]真跡的畫作、褪色的澳洲航空海報[3]、北領地最北端的原住民樹皮畫，以及幾幅全家福照片。她帶他走向最大的那組古典沙發。沙發組圍繞著一張寬可容納十人的咖啡桌，桌面採用玻璃，以便展示底下錯綜複雜的細緻雕刻畫，是來自峇里藝術家們精緻過了頭的傑作。客廳裡有座火爐，清理得乾乾淨淨，一側擺著一只陶瓷花瓶，藍白配色且年代久遠，約有一點五公尺高，壁爐另一側則停著外表粗糙的紋飾石棺。如果說聖克萊爾的房子不時低語著「錢」這個字，這間房子就是大喊特喊；如果聖克萊爾家屬於極簡主義，這裡就是極致的繁複；如果聖克萊爾家營造了現代風格，這裡就是過時的展覽間。馬汀估計聖克萊爾請了室內設計師，而丹妮思・史貝特是自己規畫。

「馬汀，有什麼事嗎？」她在他對面坐下，整個人在古典沙發中看起來只剩一點點身軀，彷彿被看不見的重量往下壓。

馬汀入座並說：「妳之前要我去查殺害賈斯柏的人，我覺得我快找到了。」

丹妮思・史貝特的臉色蒼涼，這個消息並未讓她感到一絲喜悅。「我聽說他們逮捕了你女朋友蔓德蕾・布朗德，現在正在偵訊她。」

馬汀放低姿態：「不是的，他們並沒有逮捕她。偵訊倒是真的，不過她應該很快就會被放出來了。」

丹妮思別開視線，看向掛在壁爐架旁的一張相片：照片裡是她和賈斯柏，她的兒子那時還是個滿臉笑容的青少年，箍著牙套。當她轉回來看著馬汀時，本來就發紅的雙眼便有了淚水。「馬汀，我想要好好安葬他，可是他們到現在還不肯把他還給我。」

「我相信妳應該很快就能見到他了。」這種陳腔濫調連馬汀自己聽了都一陣尷尬。

「凶手不是那個導師嗎？我讀了你的報導，案情似乎沒有很複雜啊。賈斯柏發現了他骯髒的小祕密，導師為了滅口而殺了賈斯柏。」

「我們之前也都這麼覺得，但他不可能是凶手，因為賈斯柏死時他人在蜂鳥海灘。」

「這樣啊。」她說。「有什麼我能幫忙的嗎？」

「賈斯柏曾計畫開發嶺脊路沿路的土地，分割出售，妳知道這件事嗎？」

「嗯，我知道，但我們沒有那種資金，所以不可能進行。也許之後會有，但現在根本沒辦法。」

「缺少資金的原因，是不是因為你們已經把很多錢都投在阿蓋爾河北岸的地段？我知道你們已經承諾要購買起司工廠的廠址，也向原住民提案要買下麥肯奇沼澤周圍的其他土地。」馬汀看到丹妮思·史貝特眼中閃過某種情緒。她不喜歡這件事被他發現。此外，她眼中還有其他東西，蔑視、憤怒或者驕傲，他無法確定。

「這跟賈斯柏的死有什麼關係？」

「他有沒有可能在妳不知情的狀況下，繼續嶺脊路的開發計畫呢？」

「不可能，沒有我的同意他不敢那麼做，絕對不可能。」

「他什麼時候放棄這個計畫的？」

---

2 Georges Braque（1882-1963），二十世紀上半的法國立體主義畫家。

3 在二十世紀早期到中葉，澳洲航空曾使用過一系列頗有藝術風格的宣傳海報，在收藏家之間小有市場。

「這有關係嗎？大概在三個月前，就在我們得知有機會能夠投資水晶潟湖時。」

「水晶潟湖？所以重新包裝這個名字的人其實是你們，對不對？」

「就像我剛才說的，這跟案情有什麼關係？」隨著時間過去，原本哀傷的母親變得愈來愈有防備心，她的回答中帶著一絲攻擊的意味。

「如果我告訴妳，大概在一個月前，賈斯柏還在和小哈洛德．德雷克討論他對嶺脊路的計畫，妳會驚訝嗎？」

他可以從她眼中看得出來，這件事的確令她訝異。「我不喜歡那個年輕人的處事作風。他做了很多讓他父母擔心的事。」她說。

「哈利會有足夠的錢資助賈斯柏，讓他能夠分售嶺脊路沿路的土地嗎？」

丹妮思聞言大笑，笑聲尖銳，乾可見骨。「我聽說販毒能賺不少錢，但絕對沒那麼多。」

「那他父親呢？」

丹妮思的嘴型逐漸縮小，最後噘起嘴來。「他如果明理一點的話就不會那麼做。」

§ § §

即使在貴族山丘，這天午後依然一點風都沒有。馬汀沿著環狀道路往回走，經過燈塔，往下朝往鎮中心的斜坡。他頭頂的天空清澈，但外海上的風暴正在蓄積力量，白雲與灰雲如浪花般朝著天空上層騰起。他走到泰森．聖克萊爾家，按了柵門旁的對講機，但不確定這位開發大亨願不願意紆尊降貴來接見自己。對講機裡的聲音細微、遙遠，彷彿他們正透過舊式電話溝通。「是你啊，進來吧。」門上發出一聲彷彿跨越護城河的吊橋。屋子的前門打開，泰森．聖克萊爾出來迎接。

電子設備的拍擊聲，鎖開了，馬汀推門進入。雨林裡涼爽、陰暗，前往主屋的橋穿過綠色植物之間，彷

「馬汀，我還在想你什麼時候會來找我。」

「泰森。」他們握手的姿態出奇地正式，彷彿兩名鬥士在回合開始前的致意。

進入屋內，入口處的燈光昏暗，近乎漆黑。一盞低調的聚光燈隱隱照亮了那幅布萊特．懷特利的畫作，不像是要展示神奇傑作那般明亮，但足以令人注意到畫的存在。進入主空間，從地板延伸至天花板的玻璃窗彷彿電影布幕，畫面上以大片的藍色為主調，逐漸累積的白雲彷彿電影開頭的片名。有個女人蜷曲在沙發上，在一盞檯燈旁看書。她戴著耳塞，穿著毛巾質的浴袍，修長的腿不僅光滑，而且曬色健康。她起身一笑，但是笑得沒有溫度，金髮蓬鬆，妝容技巧熟練，在室內看起來可能比在外面的太陽下更柔和。馬汀估計她的年紀大約在四十多歲中段：苗條、迷人，有著健身房鍛鍊的結實身材。「我就不打擾你們了。」她用雙唇在聖克萊爾頰上掃過毫無生氣的一吻便離開。

「我太太。」聖克萊爾在她離開後向馬汀介紹。

「很漂亮。」馬汀心想，不曉得她知不知道丈夫喜歡背包客的癖好。

在聖克萊爾身後的長窗外頭，一道閃電掠過雲層下方。「你喜歡威士忌嗎？」

「應該說是它們喜歡我。」

這位百萬富豪走到櫥櫃邊，裡頭的醒酒器和酒瓶在另一盞聚光燈下閃爍光芒。「你應該會喜歡這支。」

「我以為你白天不喝酒？」

「通常不喝，但今天是星期天。要煙燻泥煤還是滑順圓潤？給你選。」

「泥煤，謝謝。」

聖克萊爾為兩人各倒了一杯，遞給馬汀，沒有標籤這類粗俗的事物表示他們喝的到底是什麼。「這兩瓶都是今天才剛到。」他舉起杯子無聲地致敬，戰鬥即將開始的另一個手勢。

馬汀啜了一口威士忌。酒液在口中如天籟，單是這杯酒就值得剛才徒步上山費的力氣。聖克萊爾領著他走向窗邊，某種看不見的裝置感應到他們靠近，門安靜地拉開了。他們走至寬廣的陽台，彷彿漂浮在懸崖上方，與世隔絕，被各種色調的藍與白包圍著：天空的漸層、大海的深藍、暴風雨雲的大量白色塊，燈塔彷彿在軌道上運行的衛星從上方朝他們逼近。他們彼此對坐，中間隔著一張小桌子，彷彿即將在棋局廝殺。柳條藤椅寬大、舒服，擺了全天候適用的戶外大坐墊。

「很高興你來了，馬汀。我本來想明天一大早打給你的，我們有很多事情要討論。」

馬汀感覺有事不太對勁。「怎麼說？」

「嗯，我聽到很多消息，不過《雪梨晨鋒報》的重砲記者應該知道的比我更多，例如鑑識組專家此刻正重新檢驗凶器，尋找相符的顏料。」

馬汀盯著他。他怎麼會知道這件事？一定是江森．沛爾透露的。這位開發商告訴馬汀這件事，是想強調他的人脈多廣闊。「的確是這樣。我希望凶案組的警探能盡早排除蔓蒂的嫌疑。」

「所以是誰殺了賈斯柏？」聖克萊爾的語氣輕鬆隨意，彷彿在問板球賽的比數。

「我還希望你能幫忙我找到答案。」

聖克萊爾輕笑起來。「希望你的意思不是我跟這件案子有關。」

「不是。」馬汀又喝了一口酒。這支威士忌同時擁有滑順和粗獷的質地，而水晶酒杯輕盈地反射著光線，握在手中卻又那麼沉。他自知其實不該喝酒，尤其是烈酒，尤其是空腹的現在。「我知道你和史貝特家族是競爭對手，但我看不出你會冒著這麼大風險殺他。」

「很高興聽到你這麼說。和你女友發生那場誤會之後，我還以為你會搞錯方向。」

「我的方向很正確。你參與了簽證詐騙——這給了賈斯柏決定揭穿你的動機。」

地產開發商人盯著馬汀許久，思索著他的話。「警方這麼覺得嗎？」

「這你得問他們。」

聖克萊爾將酒杯舉至唇邊，細細品味酒液後才繼續說道：「所以我能怎麼幫你？」

「法國人的蜂鳥海灘開發案現在進展如何？」

「還是一樣。珍珍．海耶斯不想賣，我覺得應該永遠都不會有想賣的一天。」

「這很有趣。上次我們談的時候，你看起來很肯定她會賣地。」

「我改變想法了。」

馬汀發覺聖克萊爾的態度和先前有些反覆無常，彷彿正在嘲弄他，玩著某種把戲。「關於導師，」馬汀反擊。「我前幾天在隆頓看過你們在一起。」

「是啊，沒記錯的話我還對你揮手。」

「他在幫你監視珍珍。」

聖克萊爾大笑，露出門牙。「不是，差得遠了。他想要擴大他的冥想事業，所以詢問我的建議。作為回報，他會告訴我賈斯柏．史貝特有什麼動靜。」

「所以他有什麼動靜？」

「他試圖與珍珍交上朋友。但根據蒂夫所說，好像沒什麼進展。」

馬汀看向海面。「怎麼覺得你好像突然對開發案失去興趣了。」

聖克萊爾咧嘴笑開，彷彿聽到有趣的笑話。「為什麼這麼說？」

「你讓每個人都知道你對麥肯奇沼澤的開發計畫，觀光碼頭、高爾夫球場、河畔的門禁管理社區。上次我來這裡時，你還很熱情地告訴我這些規畫，說你相信珍珍最終會答應賣地。」

聖克萊爾的笑容仍在。「繼續說啊。」

「但如果你真的那麼想得到那間舊起司工廠，為什麼從沒向蔓蒂提過購買的意願？從她繼承了哈提根家之後，你和哈洛德・德雷克應該很快就知道她也會繼承麥肯奇起司公司。」

聖克萊爾聳了聳肩。「也許我覺得直接去找破產管理人和主要債權人談會更有意義。」

「沒錯，不過後來丹妮思・史貝特從你手裡把這個機會偷走了。」

「她是個好勝心很強的女人。」

「我相信她是。」馬汀說著，重整了自己的思路。「所以你知道她已經和西太平洋銀行達成協議了？」

「知道。」又是一個笑容。

當馬汀再次開口時，聽起來比較像說出了心裡的自言自語，而不像在對話。「當然了，如果不是你本人——以及《隆頓觀察報》——這麼用力推廣，她根本不會對那塊地有興趣。」

「《隆頓觀察報》是很優秀的報紙。」

「而且是你旗下的報社。他們的編輯從沒回過我的電話。」

「你來就只是要說這些嗎？」

「不只，還有道格・桑寇頓。你提供線索給他，聲稱艾默里・阿什頓被埋在起司工廠裡，還給了他幾個假證人，營造阿什頓的遺體就要被找到的假象，讓人以為他很快就會被宣判死亡，他的土地也終於可以開始拍賣。」

聖克萊爾的笑容還留在臉上，犬齒閃閃發光。「這瓶威士忌真的很不錯，是吧？」

「告訴我，當初在起司工廠——你的手指到底發生了什麼事？」

聖克萊爾的笑容停止了，彷彿馬汀的其中一個問題終於激怒了他。「什麼意思？」

「你之前說我爸幫過你，但你到底為什麼會在起司工廠裡切斷自己的手指？」

聖克萊爾一臉好奇地看著他，問道：「你知道酪農場都怎麼處理乳牛生的小公牛嗎？」

「怎麼處理？」

「杯子給我，我去幫你倒酒，你可以趁這段時間上網查。」

馬汀把還半滿的杯子交出去，然後火速點開手機。等聖克萊爾回來，他已經知道了：乳牛必須生產才會泌乳，新生的小母牛會被養大成為乳牛，但小公牛通常一出生就會被宰殺。聖克萊爾把杯子遞還給他，杯裡倒了將近八成滿的酒液。

「阿什頓在起司工廠裡設了屠宰場。」馬汀說。

「對。處理環境不怎麼衛生，也不怎麼合法。」

「而且他把剩下來的頭腳和內臟都丟進沼澤，才引來公牛鯊。」

「沒錯。」

「那為什麼要叫道格·桑寇頓搜索工廠內部？如果我在那個地方殺了艾默里·阿什頓，我會直接把他的屍體拿去餵鯊魚。」

聖克萊爾不只是微笑，而是哈哈大笑起來。「是啊，孩子，是啊，我也覺得應該要那麼做。」

「為什麼要把這件事告訴十號電視網？」

聖克萊爾向前傾身，不再哈哈大笑，但嘴角再次微微上揚，露出牙齒。「那個笨蛋不可能找得到阿什頓，不管在工廠或沼澤都一樣，因為他根本不在。那傢伙已經跑了。」

馬汀使盡全力隱藏自己的驚訝。他想到珍珍和她的自白。聖克萊爾一直都非常精明且消息靈通，直到現在；他怎麼會不曉得艾默里．阿什頓已經死了呢？「你怎麼能確定？他的失蹤一直是個謎。」

「因為就在他失蹤時，有一千萬澳幣也跟著消失了。他捲款潛逃。」

「我沒聽過這件事。」

「沒幾個人知道。」

「那一千萬是誰的？」

「哈洛德．德雷克的。」

馬汀不曉得該做何反應。遠處的海上閃電仍頻，他在幾秒鐘後聽到雷聲。暴風雨開始朝岸邊靠近。

「哈洛德．德雷克？」

「阿什頓騙了他，而德雷克不只咬了餌，還連整根釣竿都吞進肚裡。阿什頓編了一個天花亂墜的故事，說要把起司工廠開發成高級度假村，連帶設置高爾夫球場、碼頭和可以獨立買賣的公寓大廈。德雷克大肆舉債，丟了一千萬進去，下一秒阿什頓就消失得無影無蹤。」

馬汀有點難消化聖克萊爾的話語。「德雷克損失這麼大筆錢，有誰知道這件事？」

「他的銀行和會計師。然後是我，現在是你。我覺得連他老婆都不一定知道，這個祕密守得挺好的。」

馬汀喝了一口威士忌，腦中的思緒先是奔向四面八方，最後才落定整頓在一起。他把杯子放在桌上，告訴自己不能再喝了。「為什麼你說麥肯奇的開發案是天花亂墜？銀港轉型不是你的願景嗎？上次你說得那麼興奮。什麼改變了？」

「你說我跟阿什頓的差別？第一，多了法國人。五年前時，他們對這裡還沒興趣。開發蜂鳥海灘是很合理的規畫，那是很完美的地點，但就算有了那個案子，其他部分也還是掛在半空中的大夢。你的確有可能改造起司工廠那塊地——變成飯店或是生態度假村什麼的——但也僅此而已。觀光碼頭則完全是不切實際的想法。過去二十五年，我一直想辦法疏通阿蓋爾河的河口，想讓船隻可以正常通航。我處理的是實際的河流，河裡有真的河水，但是麥肯奇沼澤旁邊那個骯髒的小洞連一條輪胎都漂不起來，更別說要讓遠洋遊艇進出了。」

「高爾夫球場呢？你上次還舉了黃金海岸的土地改造開發當例子。」

又是一臉自鳴得意的笑容。「土地改造可行啊，當然可行，但是開銷非常龐大。唯一可以回收資金的方式是開發住宅區，就像昆士蘭那樣——當然，前提是要有住宅需求。一座距離鎮中心二十公里遠的高爾夫球場根本沒辦法產生足夠收益，你經營一百年都沒辦法。」

馬汀發現自己的身體一直向前傾，現在他把重心拉回來，視線望向暴風雲，彷彿想從中尋找合理的解釋。「所以一切都是假的，你從沒想過開發，也從沒找蔓蒂談過。」

聖克萊爾點了點頭，舉杯敬酒。

「可是為什麼呢？為什麼要這麼認真繞出這一大圈詭計？目的是？」

「報仇。」

「報仇？」

「港口邊有間舊旅館叫堤岸酒店，現在經營得一蹋糊塗，但是潛力無窮。你知道嗎？」

「知道，蔓蒂的律師住在那邊，半個媒體圈的人也都住在那裡。」

「算他們有眼光。你注意到旅館換了管理團隊嗎？」

馬汀點頭。「我知道。新的經理是誰？」

「不只是新經理，還是新老闆——是丹妮思．史貝特。」聖克萊爾以厭惡的語氣說出她的名字。「過去幾十年來，堤岸酒店的擁有者都是一位希臘裔的老太太，托馬基斯太太。」

「喬治的媽媽？」

「就是她，已經過世的錫歐的老婆。過去五年、十年，因為補漁船被禁止出海，我們又拿到一筆政府資金可以把港口整修得好看一點，所以我一直在說服她重新包裝酒店，看她要擴大規模或者賣掉都可以。那個地點很有潛力，但親愛的托馬基斯老太太不是開發商，討厭花錢，就算花一塊可以賺十塊也不願意。她是我所認識賺錢最穩扎穩打的人，幾乎把半個安居社區都收在她名下。」

「你講得好像她是壓榨貧民窟的惡劣地主一樣。」

「不然這麼說好了，她個性強悍，但也非常誠信，而且多年來始終如一。你跟她做生意根本不需要簽約，握手就夠了。當初交易堤岸酒店時，我們就握了手。那時沒任何人知道酒店要賣，但我就買下來了。沒人知道這筆交易，除了我的會計師，和我的律師。」

「哈洛德．德雷克。」

「對，就是他媽的哈洛德．德雷克。自從艾默里．阿什頓灌他迷湯、拿他的錢跑掉之後，我都一直很幫著他，但最後出賣我的也是他。托馬基斯太太後來把事情都跟我說了，為了這件事羞愧得要死。德雷克頂著我律師的身分跑去跟她說，聖克萊爾不想買了，但是丹妮思．史貝特想。你說他這樣背叛我是為了什麼？跟猶大一樣為了三十個銀幣嗎？他背叛我，是因為他可以拿到多一點的佣金，還有堤岸酒店十分之一的所有權。」

一道閃電的光束從雲層中劈下，擊中離岸有幾公里遠的海面，原先發光的大海開始被陰影占據。

「所以你演出這齣戲，就只是為了報復哈洛德．德雷克和丹妮思．史貝特？」

「沒錯。」

「哈洛德是丹妮思的律師嗎？」

「是。」

「但不是你的了？」

「當然不是。同樣的，他也已經不是托馬基斯太太的律師了。」

「然後，他因為你演的這齣戲而陷入嚴重的財務危機？」

「希望如此。要是我運氣好一點，這次應該能把那個暗算人的傢伙打到無法翻身。」

馬汀低頭看著莫名其妙又回到自己手中的酒杯，接著抬頭望向海面，再轉回來看著聖克萊爾，想起喬治對貴族山丘的厭惡。「你覺得依照哈洛德．德雷克現在的處境，他會有多走投無路？」

「你問我啊，我會說他媽的絕望到什麼牆都想跳過去。」

「你得告訴警方這些事。」

「會的，只是得先等另一件事情確定下來。」這時聖克萊爾又露出狼一般的笑容。「你還沒告訴我，你喜歡我的威士忌嗎？」

話題切換的劇烈程度讓馬汀一時語塞；前一秒他們還在討論報仇、財務背叛和謀殺的動機，下一秒鐘這名百萬富翁卻開始討糖吃。「喜歡啊，好喝到不行。」

「應該的，這一瓶都價值幾千澳幣，現在你杯裡那些應該就有個幾百塊吧。喝了吧。」

馬汀皺起眉頭。聖克萊爾應該不是想用這種方法讓他覺得有所虧欠吧？「你想說什麼？」

「這是法國人的送禮。他們出手真的非常大方。」

馬汀愣到說不出話。他看向自己的杯子，又看回聖克萊爾。「法國人？」

「對。經緯度假村的開發案已經開始進行了，我們今天早上在布里斯本簽了協議。」

「但是珍珍沒要賣地啊，你剛才自己說的。」

「對，但地點不在蜂鳥海灘，而在五里海灘。開發範圍包括了海灘的整個南端，占地龐大。會是非常優秀的高檔度假村，世界級的，附帶一座高爾夫球場和封閉式社區，一側面向沙灘，另一側則面向廣闊的自然保留區。對我們來說是沼澤，對法國人來說是溼地，寫在宣傳冊上又會是其他名字。到時成果將會非常美麗、雄偉，同時能替銀港的繁榮未來打下基礎。」聖克萊爾對著馬汀微微一笑，比了比馬汀手中的威士忌。「然後呢，每天早上，丹妮思．史貝特一走出她家大門就會看到那個地方，占據她全部的視野。」泰森．聖克萊爾咧嘴露出白牙，那笑容幾乎可以從骨頭啃下肉來。

「之前的地主是誰？」

「直到昨天為止，是我，透過掛名公司持有。我在幾年前買下那個地方——還是從哈洛德．德雷克手上買的。當時他非常缺資金，我只是覺得在幫他一個忙。」

「你想要我把這件事放在《晨鋒報》，是嗎？」

「《隆頓觀察報》星期三發刊時，這會是前面五版的內容。」

馬汀把酒杯輕輕放在面前的桌上，杯子仍幾乎是滿的。「天啊，你一定很討厭他們。」

「噢，是啊。我是啊。」

一道巨大的閃電劃破天際。

# 第三十章

銀港警局裡幾乎空無一人。大多數員工都已下班，只剩櫃檯的值班員警以及莫銳斯・蒙特斐爾。他到前台來接愈來愈狼狽的馬汀。

「我的媽呀，你是發生什麼事？」他問著，一邊帶馬汀穿過安全門。「你還好吧？」

馬汀渾身溼透，水滴得到處都是。「只是遇到暴雨。」

「對了，我有好消息要告訴你。」

「刀上的汙漬嗎？」

「對，檢驗結果跟導師的顏料是同一種。你說對了。」

內心放鬆的感覺幾乎像是連結到了肉體。「所以蔓蒂的嫌疑排除了？」

「對，你可以在報上寫她不再是嫌犯。」

馬汀看了看錶，五點半，他趕上了。「她人在哪？」

「你們剛好錯過，她去接兒子。」

「噢對。」馬汀說。兩人並肩走著，馬汀腳步有些踉蹌。

「你確定你沒事？」蒙特斐爾問。

「沒事。只是有一點點醉，但沒事。你呢？」

蒙特斐爾面帶嘲弄地看了他一眼。「不是我最好的狀態。今天是星期天，我晚上應該要回家陪老婆小孩，卻卡在這裡原地繞圈，愈繞圈子愈小。」

蒙特斐爾也有家庭和日常生活，意識到這一點令馬汀有些驚訝。他沒辦法想像這個警察會有停機的時候，沒辦法想像他會脫下那身西裝；連他的西裝看起來都工作過度。在馬汀的想像裡，警探大人連睡覺都會穿同一套衣服。

他們走到警探的臨時指揮總部。「等我一下。」馬汀說。他打給泰芮・普斯威爾，告訴她蔓蒂的嫌疑被排除了，警方表示已經沒有不利於她的實質證據。

「好，謝了。」編輯說。「不過我還是想放她的照片，在第三版，會說她洗清嫌疑了。」

「妳是在徵求我同意嗎？」

「當然不是，只是跟你說一聲。」

「謝謝，泰芮。蔓蒂會非常感激，我也是。」然後他打給貝瑟妮。

「靠，馬汀，你可以再晚一點啊？」她停頓一拍。馬汀可以聽到其他聲音，人群在大笑。聽起來像在酒吧。「好啦，我會馬上處理這件事。」又停頓了一拍。「還有，幹得好，謝謝你啦。」

「謝了，貝瑟妮，我欠妳一次。」

「要我說的話是好幾次。」

蒙特斐爾一直在旁邊饒富興致地聽著。「處理完了？」

「處理完了。」一陣放鬆的感覺沖刷過馬汀全身。蔓蒂自由了，沒有任何嫌疑，而他的前報社會向天下昭告此事。心裡湧上一股喜悅與驕傲，他對蒙特斐爾笑著，但是眼前的警探沒有回應。「你看起來好像沒有很高興。」馬汀觀察說道。

「普普通通而已。」蒙特斐爾說。「排除蔓德蕾・布朗德的嫌疑了，現在我就得開始追真正的凶手，然後蜂鳥海灘的案子還是沒解決。我得打給我老婆，告訴她我至少得在這裡多留一個星期。」

「她為了這件事跟你生氣嗎？」

「星期二是我們兒子生日。」

「噢，抱歉。」

蒙特斐爾環視辦公室，彷彿想知道自己為什麼還留在這裡。

「那把刀，」馬汀試圖讓這名警察集中注意力。「你們已經確定那是殺死賈斯柏的凶器了嗎？完全沒有其他可能？」

「對。至少鑑識組非常肯定這點，刀刃長度、寬度和弧度都符合，顯然刀身有個特殊的彎度，不會弄錯。」

「所以現在的情況是，有人先用刀殺了賈斯柏，然後用眉心那一點的顏料弄髒刀柄，想嫁禍給導師，但後來發現導師有絕對的不在場證明，於是改為栽贓給蔓蒂。我這樣說對嗎？」

「對，我是這麼覺得。」

「那他們怎麼知道已經沒辦法陷害導師了？」

蒙特斐爾沒有回答，看起來還是一臉不想待在這裡的樣子。事實上，現在要他去任何地方他應該都願意，只要能離開就行。

「還有，蜂鳥海灘到底發生了什麼事？為什麼案件還沒釐清？」

蒙特斐爾嘆了口氣，露出疲憊的表情。「你是對的，又對了。我們找到不只一種毒素——但是托帕絲・索爾所非常堅持她只用了一種。」

「而且她也沒理由說謊。」

「是沒多少理由。」

馬汀繞著房間觀察一圈，看著眼前的空桌空椅，思考接下來該怎麼做。他開始覺得有點意識迷茫，泰森．聖克萊爾的威士忌遲來的醉意強化了整天累積的飢餓和疲倦。泰森．聖克萊爾，這個地產開發大亨，到底為什麼能那麼快得知鑑識人員正在調查刀上的汙漬？到底為什麼他的消息永遠那麼靈通？馬汀有了一個想法。他向後一靠，伸手拿起伊凡．路奇桌上的紙筆。「莫銳斯，關於賈斯柏．史貝特的謀殺案以及第二種毒藥，我覺得我可能有點眉目了，也許可以串起所有的事情。」

蒙特斐爾只是看著他，沒說話，連呼吸都要停下。

馬汀在紙上寫了東西，遞給警探。「不過還是讓我們求證一下吧。」他說。

§ § §

堤岸酒店裡有一股慶祝的氣氛。多虧了湧向此地的記者和他們的公帳經費，在星期天晚上，旅館裡的酒吧高朋滿座，外頭的滂沱雨勢令氣氛更加高漲。道格．桑寇頓在此接見粉絲，而貝瑟妮．葛萊斯裝出好像很感興趣的樣子，貝克斯特．詹姆斯則早就醉得搖搖晃晃。澳大利亞新聞界的菁英們——無論是事實或者自稱——齊聚一堂，完全不受黏沾的地毯和破舊的吧臺椅影響，仍愉快地為自己的成功乾杯：又一天結束了，他們又為一則新聞畫下休止符。於是他們歡笑，暢快飲酒，但每個人都清楚得很，同樣的流程將會在明天重演一次。然後再一次。然後又一次。蔓德蕾．布朗德抱著睜大眼睛的連恩，坐在酒吧其中一角，同桌的還有溫妮佛．巴比肯和尼克．普洛斯兩名律師。馬汀．史卡斯頓也在，整張臉都埋進了炸魚薯條之中，即使自己身上的衣物還是溼的也毫不在意。蔓蒂和溫妮佛在喝香檳，尼克．普洛斯拿了半杯在敬酒時喝，馬汀則是堅持喝水就好，他說泰森．聖克萊爾給的威士忌份量已經足夠他撐完這場慶祝活動。他不想在此時解釋自己其實有多討厭香檳，時間不對，地點也不對。所以當其他人正為蔓蒂的自由乾杯時，他則全心投入在食物；雖然比不上錫歐的店，但飢餓的胃告訴他已經夠好了。

溫妮佛再次舉杯。假使酒精對她起了任何作用，馬汀也看不出來。「敬馬汀，」她高聲宣布。「是他徹底洗清了蔓蒂的嫌疑，讓這起事件正式結案。」

他們互相碰杯，向馬汀敬酒，但蔓蒂卻皺起眉頭。「妳說結案是什麼意思？我們還是不曉得是誰殺了賈斯柏啊。」

溫妮佛寵溺地笑著。「無所謂了，孩子，妳沒有嫌疑了，可以繼續去過自己的生活。我也可以回到墨爾本。」

「不對。」蔓蒂突然變得嚴肅，幾近生氣。「我沒辦法繼續過自己的生活。怎麼可能可以？只要一天不抓到凶手，我就得一直受到懷疑。經過旱溪鎮和透天厝的事情，銀港不會有任何人想和我有所牽扯，也不會有哪個媽媽願意讓連恩和她們的小孩一起玩。」

連恩癟著嘴，因為母親的情緒轉變而不安。

溫妮佛意識到自己的錯誤，收起笑容。「對對，抱歉，是我糊塗了，我剛才是指從法律來看。」

他們這群人安靜下來，酒吧裡持續不斷的喧囂和傾盆雨聲反而襯托了這種沉默。馬汀吃完最後一根薯條，擦了擦嘴邊誤入歧途的油漬。「案子有新線索。警方在處理了，應該再過一、兩天就能結案。」

蔓蒂以少見的強烈眼神看著馬汀，一雙綠眼睛直盯著他。「是誰？他們懷疑誰？」

「我一小時後還要跟蒙特斐爾碰面。他要請幾個專家從雪梨飛來，正在樓上聯絡安排。」

「什麼專家？」尼克問。

「怎麼了？告訴我們你知道什麼。」溫妮佛說。

於是馬汀開口了。他傾身靠向桌子，放輕聲音，話語藏入酒吧嘈雜的人聲和杯觥撞擊聲中，小心不被旁人聽見。他小聲、直白地解釋了對於事發經過的推論，以及警方可能的處理方式。

聽到最後，蔓蒂開始點頭。「有動機，也有做案時機。但這樣就夠了嗎？這樣警方就能逮捕了嗎？」

「之後一定可以，但目前只有一個間接證據。」

「沒錯。」尼克．普洛斯說。「那是很有力的間接證據，但畢竟沒有物證與人證，我不確定DPP[1]是否有辦法提起告訴。」

「所以會被他們逃掉嗎？這樣不對吧。」蔓蒂說。

尼克搖搖頭。「我不是那個意思。警方一定會追究這個案子。死了八個人，他們不會讓這件事無疾而終。加上現在有了確定的嫌疑人，警方會投入所有心力。不過整個過程可能需要幾星期，甚至幾個月。抱歉，但妳還是得做好準備面對這段時間才行。」

「不行。」蔓蒂怒火高漲。「警方還沒結束調查，才正要到緊要關頭而已，我們不能坐在這裡裝做沒事，一定有什麼是我們可以做的。」

此刻香檳已被他們晾在一邊，慶祝的心情逐漸消扁，沒人說話。外頭的雨勢漸歇，風暴已經遠離。就在這時，彷彿是為了強調馬汀一行人的安靜，酒吧內突然爆出一陣巨大的笑聲。道格．桑寇頓說了什麼機智風趣——或者愚蠢——的話，惹得新聞同行哄堂大笑。貝克斯特．詹姆斯笑到整個人從吧檯椅上跌下，不知所措地躺在地上，引起另一波混亂的歡樂場面。

馬汀看著他們一會，然後轉回來看著其他人說：「我有個想法。我去跟蒙特斐爾討論看看。」

---

1　澳洲聯邦刑事檢察署，全名為 Office of the Commonwealth Director of Public Prosecutions，負責涉嫌違反聯邦刑事法罪行的檢察事宜。

# 星期一

Monday

# 第三十一章

剛過正午，莫銳斯．蒙特斐爾正準備在銀港警局門前的階梯上舉行記者會，兩旁站著江森．沛爾小隊長和小隊長手下的兩名員警。天際多雲，風從海上吹來，氣溫適中。但即使如此，因為各家媒體爭相恐後地爭奪這位偵緝督察下方的位置，導致他並沒有感覺有多舒服。事實上，他看來滿頭大汗。馬汀．史卡斯頓和蔓德蕾．布朗德，剛才已被馬汀的前任同行從各種角度拍下身影，現在兩人都退至媒體群的後方。ABC和天空新聞團隊都安排了現場連線——莫銳斯．蒙特斐爾的記者會將被即時轉播，放送至全國。

「各位媒體朋友，謝謝大家前來。我要向各位報告銀港幾件凶殺案的最新調查進展，我會盡量簡短。稍後我會先簡短說明案情，再回答提問。」

「首先我要提的，是關於一直配合警方調查的蔓德蕾．布朗德小姐。我要謝謝她協助案情調查，並藉此機會清楚地告訴各位——希望大家聽清楚了——她並非警方所列的嫌疑人，我們也完全排除了她涉嫌謀殺本地居民賈斯柏．史貝特的可能性。如大家所知，史貝特遭謀殺身亡的地點是在布朗德小姐先前的租賃住處，不過我要再次強調：我們已明確排除布朗德小姐的涉案嫌疑。」

馬汀看向身旁的蔓蒂。她的表情依舊堅定，準備隨時以目光震懾所有衝著她來的人。他將視線拉回，但不是看著蒙特斐爾，而是看向他身旁的警察。兩名警員的表情嚴厲，但沒有值得注意之處，真正令他覺得有趣的是江森．沛爾臉上不斷變化的情緒。

蒙特斐爾繼續說道：「我能向各位證實，賈斯柏．史貝特命案的調查進度目前有相當大的進展。我們找到了凶器，是一把片魚刀，雪梨的鑑識團隊也透過最新的突破性技術徹底檢查了這把凶器，並從刀上取得可能極為關鍵的重要資訊。我們已初步排除數名嫌疑人，並正在追查多條有力線索，有望在不久後逮捕一名或多名嫌犯。」

「關於星期五晚間於蜂鳥海灘發生的七人命案，各位應該知道我們已經以謀殺彌榮．弗洛拉基斯，也就是蒂夫．哈瓦南達導師的罪嫌，起訴一名擁有澳洲及美國雙重國籍的公民托帕絲．瑪莉．索爾所。調查程序目前正在繼續進行，同樣地，我們也有信心能在不久後針對另外六名死者的殺人案提起告訴。」

蒙特斐爾停下喘口氣，但他還來不及繼續開口，道格．桑寇頓那尖銳響亮的嗓音便如瘋狗浪似地襲捲上了階梯。「偵緝督察，傳聞賈斯柏．史貝特曾在死前寄出一封信，信中詳細指控了蜂鳥海灘發生的許多違法行為，請問您能夠確認有這封信嗎？」

蒙特斐爾搖著頭，一臉茫然。「我沒辦法確認這種事……」

「那封信裡寫了什麼？」

「你從哪裡得知這項資訊的？」蒙特斐爾問道。

「請問偵緝督察，那封信件的收信人是誰？」

蒙特斐爾雙唇緊閉，用力地搖著頭。「關於這類問題我都無可奉告，謝謝各位今天前來。」

但就當他轉身要走進警局時，另一個聲音迅速從人群中鑽出。「督察，督察！我有其他事情要問。」

說話的是貝瑟妮．葛萊斯。

「其他事情？」蒙特斐爾說著，嘆了一口氣。「好吧。」

「督察，據傳蜂鳥海灘事件中的毒素不只一種，而是兩種，而且凶手不只一人，請問您可以確認這件事嗎?」

但蒙特斐爾已經受夠了。他直接轉身,大步走向警局的安全區中。不過就在他來到門邊時,馬汀聽到他突然轉頭不滿地責備江森·沛爾:「這些事情到底怎麼傳出去的?」

十分鐘後,馬汀來到堤岸酒店,敲著溫妮佛·巴比肯的房門。門打開,裡頭的人不是溫妮佛,而是伊凡·路奇,以及另外兩名技術人員。技術人員戴著耳麥,坐在一張寫字桌旁,桌子本來是溫妮佛的,但現在擺滿了整排的筆電和技術設備。

「有反應了嗎?」馬汀問。

「有,是江森·沛爾。」路奇邊說邊走向寫字桌。「這個先,江森·沛爾打給泰森·聖克萊爾。」路奇按了筆電的某個按鍵。

「喂?江森?」

「我剛才本來要馬上通知你的……」

「如果是說警局的記者會,我剛才已經看了天空新聞的即時連線。」

「噢,也是。」

「有什麼事情我還不知道的嗎?」

「呃,還好。」

「我不太高興啊,江森,我應該早一點知道這些事的。付你錢就是為了這種時刻啊。」

「對不起,我完全不曉得那些事,一定是昨天晚上才發生。」

「嗯,你最好努力一點。」

通話結束。

「還有別的嗎？」馬汀問。

路奇點頭，臉上清楚寫著厭惡的表情。「江森．沛爾打給小哈洛德．德雷克。」他按下筆電按鍵。

「老江，兄弟。找我什麼事啊？」

「你剛才有看電視嗎？」

「大白天看電視？怎麼可能。」

「我們剛才開了記者會，凶案組說他們排除了蔓德蕾．布朗德的嫌疑。」

「那又怎樣？我一直都覺得是導師殺了賈斯柏。」

一陣停頓。「那件事跟你無關吧？」

「殺死賈斯柏？當然無關啊，怎麼可能有關。」

又是一陣停頓。「記者說蜂鳥海灘那天出現兩種毒，凶手有兩名。」

一陣停頓，接著對話的氣氛就變了，哈利小子的語氣聽起來不再那麼輕率。「記者說的？他們知道了什麼嗎？警方怎麼說？」

「什麼都沒說。凶案組的蒙特斐爾警探不願正面回答，但也沒否認。」

「嗯，反正這不關我們的事。」

「當然他媽有關。」江森．沛爾突然堅決起來。「你在蜂鳥海灘到處發毒品，發了那麼多年，你覺得凶案組不會找上你嗎？」

「幹，老江，你冷靜一點好不好？對，我是讓那些人嗨過幾次，如果事情嚴重的話我也會承認，但是我他媽沒有殺人好嗎？我做那種事幹嘛？」

「我怎麼知道。總之從現在開始，別再把我扯進你的事情裡。」

「什麼意思？」

「我不會再睜一隻眼閉一隻眼了，一切到此為止。」

「好啊，隨便你。等這些事情結束我們再來說。」

通話結束。

「聽起來沛爾也不知道太多。」馬汀說出自己的觀察。

路奇沒回話，表情彷彿聞到溫妮佛把吃完的蝦頭丟在房間的垃圾桶裡，沒拿出去倒掉。

「有動靜了！」其中一名技術人員說。「小哈洛德・德雷克離開背包客棧，正在走路，沿著主要街道前進。」

「他要去哪？」路奇問，但沒人回答。

漫長的幾秒鐘過去，四個男人都繃緊了神經，最後那名技術人員終於開口：「小哈洛德・德雷克走進了中央大道十八號辦公建築的一樓。」

「哈洛德・德雷克聯合事務所。」馬汀說道。

「上場的時候到了。」其中一名技術人員說著，調整了自己的耳麥。

這時旅館房門突然被掀開，是喘著粗氣的莫銳斯・蒙特斐爾。

「剛好趕上重頭戲。」路奇對他說。「小哈洛德進了老哈洛德的辦公室。」

「噓！」其中一名技術人員說。

「好，是辦公室，不是會議室。」另一個人說。

「轉大聲一點。」蒙特斐爾要求。

「你看了嗎？」聽來像兒子的聲音。

「嗯，看了。」這是老德雷克的聲音。「電視有播。」

「她沒有嫌疑了，不是她殺的。」

「他們是這麼說的。」

「所以是誰？」

「哈利，你冷靜一點。坐下。」一陣停頓。「怎麼回事？」

「你之前說是她殺的。」

「我是說過。那是江森．沛爾告訴我的，他告訴你的有不一樣嗎？」一陣停頓。「現在的狀況只表示我們不知道殺他的是誰，也不曉得他為什麼會被殺。」

「他們說他寄了一封信，裡頭提到蜂鳥海灘。」

「對，他可能懷疑自己有危險。也許他是對的。」

「危險？是誰要害他？」

「我猜是珍珍．海耶斯。」

「珍珍？為什麼她要殺他？」

「因為賈斯柏發現她的情人是個騙子，而且打算揭穿。賈斯柏的信可能就是在講這個，他要揭穿彌榮．弗洛拉基斯的身分。」

漫長的沉默。

「他們認為蜂鳥海灘出現兩種毒藥，來自不同凶手，而不只是那個叫托帕絲的小妞。」

「那是外界認為的。」

「你明明說那東西對人無害，吃到後只會嘔吐，然後說這能讓那個地方的形象受損，讓他的課程上不下去，逼珍珍賣地。」

「沒錯啊，就只是這樣。你沒有殺人。」

「所以現場另外一種毒是誰下的？」

「珍珍。」

「珍珍？」

「對。她為了保護導師而殺死賈斯柏，但她不信任哈瓦南達，所以把他也幹掉，同時幹掉了其他幾個人，掩飾自己的行跡。她很聰明。」

他們停頓了非常久。

「我不相信你。」

# 第三十二章

蜂鳥海灘空空蕩蕩，一個人都沒有，只有鳥、袋鼠和打在岸邊的碎浪。今天的海浪似乎頗為急迫，因為最近的幾場風暴而激動不已。但對馬汀來說，這裡沒剩多少能讓他興奮的事物了。警方已經帶著搜集到的證據離開，露營的遊客如浪般湧向別的海灘，而新的心靈修行課程也都被取消。媒體蜂擁包圍住抹香鯨海灣背包客棧、銀港警局，以及一老一少兩位哈洛德．德雷克的住家和辦公室。馬汀把那些事留給貝瑟妮和貝克斯特處理。他已經透過網路交出自己的稿子，那會是最具權威地位的報導，將在明天見報。而此刻，在好好睡過一覺並吃了一頓豐盛的早餐後，他神清氣爽地來到蜂鳥海灘。

他往斜坡下的房子走去。珍珍正坐在陽台的桌旁等他，她打包好行李，準備出發。桌上有一小把花束，也許是某個長住露營客的餞別禮物。她完全沒注意到他出現，只是望著大海，讓景色占滿視野。他觀察一會才走上階梯，打擾她的沉思。他之前答應要載她到隆頓，她會接著搭火車前往雪梨接受治療。

「準備好了？」他問。

「還沒。」她微笑著。「我好想一直坐在這裡。」

「妳早點啟程，就能早點回來。」他回以笑容。

「也許吧。不過在出發前，可以先告訴我真正的事發經過嗎？我在電腦讀了你的報導，但還是看不太懂。」

「不會懂的，因為德雷克家那兩個人現在都被起訴了，我們能刊出的資訊也跟著受限。不過重點大概是這樣：上星期五晚上，有兩個人在蜂鳥海灘的派對投下兩種不同的毒藥，而他們都不知道彼此的存在。第一個人是托帕絲·索爾所，她想殺死彌榮·弗洛拉基斯為妹妹報仇，接著自殺；另一個凶手則是哈利小子，他的任務是殺死妳以及他所認識名為蒂夫·哈瓦南達的導師。但這兩人的計畫最後都出錯了，弗洛拉基斯死了，妳和托帕絲卻都活下來，然後多了另外六個人死得不明不白。」

珍珍·海耶斯一臉震驚。馬汀給她點時間，讓她好好消化剛才的資訊。應該等了至少一分鐘後，她才又開口，聲音細微地問道：「他們為什麼想殺我？」

「老哈洛德·德雷克想要置妳於死，好讓神聖冥想基金會繼承蜂鳥海灘，而殺害導師則可以讓他全權掌控基金會。他打算把這個地方賣給想蓋度假村的法國開發集團。」

「所以是為了錢？就為了貪念，七條人命就沒了？」

「德雷克現在其實快被債務壓垮了。這整件事要追溯到艾默里·阿什頓身上，當初他告訴德雷克，有條捷徑可以讓德雷克一舉超越聖克萊爾、托馬基斯和史貝特三個家族，直接坐上貴族山丘的頂峰寶座。於是德雷克借了重本，把一千萬澳幣投進阿什頓大力推銷的假計畫裡，阿什頓失蹤後，這些錢也跟著打了水漂。」

「阿什頓？可是我告訴過你，他已經死了，所以那些錢去了哪裡？」

「想聽我怎麼猜測嗎？我覺得那筆錢現在還躺在某個海外避稅天堂，沒人認領。但是對德雷克或每個知道這筆錢的人而言，他們會覺得是阿什頓捲款潛逃。」

珍珍點了點頭，面色凝重。「所以他們本來的計畫是要殺我，殺我和蒂夫。哪個流程出了錯？」

「我也不確定，不過哈利小子現在非常配合警方，聲稱自己受到父親欺騙。他說他知道自己在對其他人下毒，但以為那只會讓他們不舒服，不至於死亡。還提到他們這麼做，是為了破壞蜂鳥海灘的形象，讓導師的課程關門大吉，然後逼妳賣地。」

「你繼續說。」

「托帕絲本來只想殺死導師和她自己，所以在最後一刻才把毒藥放進儀式用的碗裡，確保只有他們兩人會喝到。但在喝下毒藥後，哈瓦南達就搖搖晃晃地走掉了，有可能是因為那時哈利已經對他下了毒。他還來不及倒掉碗裡的藥水就昏過去，其他人看到碗裡還有藥水，就都喝了一些。」

「然後因此喪命。」

「有人死了，有的沒有。」

珍珍再次停下思考，眉頭深鎖。「那為什麼蒂夫死了，托帕絲和我卻活下來？」

「哈利小子。他爸給了他兩種藥劑，第一種含有少量毒素以及吐根。妳知道那是什麼嗎？」

「吃了會想吐的東西。」

「對。所以吃到這一種毒劑的人會開始嘔吐，渾身不舒服，如果受檢會顯示中毒跡象。與此同時，妳和導師吃到的則是另一種劑量，不含吐根，而且毒藥濃度相對高很多。老哈洛德．德雷克希望讓整起事件看來像是導師計畫謀殺自殺，但想把死者名單限制在你們兩人身上。哈利小子聲稱他完全不知情這些事。」

「警方會相信他嗎？」

「我覺得很難。他一定曾懷疑過，為什麼要對妳和導師下其中一種毒，然後其他人下另一種。不過，那天晚上還出現了另一種藥……」

「什麼藥？」

「FM2。」

「又來了？星期五晚上也有？」

「對，而且幾乎可以確定下藥的人是葛斯．麥奎斯。藥物反應出現在一名年輕女性和一名年長男性的血檢報告裡，那名女性是麥奎斯盯上的目標，幸運的是，她是其中一名倖存者。」

「可是葛斯為何這麼做？他長那麼好看，永遠都有女人主動貼上來，根本沒必要下藥啊。」

「顯然性愛無法讓他滿足，他要的是別的，控制權、完全的臣服。他是性侵犯，不過他的手法是不只攻擊目標一人，而是同時對多人下藥，再假裝自己也被下了藥。蔓蒂受害的那天晚上，他對賈斯柏下藥。星期四托帕絲受害時，也對我做了一樣的事。星期五那天，他的下藥對象非常有可能包含了哈利小子，然後，可能也包括導師。」

「天啊，」珍珍說。「所以那天蒂夫才沒有像托帕絲和我一樣開始嘔吐，而是在吐之前就昏倒了。也是這樣，哈利小子才搞不清楚誰喝了哪一種藥。」

「推論是這樣沒錯。」

「警方會以謀殺罪嫌起訴他嗎？」

馬汀聳了聳肩。「我不知道。我認為他想和警方達成協議，以完全配合調查並作證指控父親為條件，換取以過失殺人罪起訴，而不是謀殺罪。」

「這樣有用嗎？」

「不知道。但可以肯定的是，他並不曉得父親的財務狀況已經爛得一蹋糊塗。就在幾星期前，他還在和賈斯柏討論投資計畫，想要分售嶺脊路上的土地，他還以為老爸會幫忙出錢。」

「所以是誰殺了賈斯柏？」

「老哈洛德．德雷克。他發現賈斯柏已經得知道蒂夫．哈瓦南達隱瞞真實身分的事。不過可能的情況是，賈斯柏其實只查到一半的真相，他以為哈瓦南達的本名就叫彌榮．帕帕道普洛斯，於是想告訴我這件事，但他應該不曉得克里特的案子。賈斯柏當時可能覺得這是很好的新聞素材，也許還能協助改善妳在蜂鳥海灘的財務壓力。不過他的這項舉動就逼得德雷克動手了，因為如果妳得知哈瓦南達是騙子，妳很可能會剝奪他的繼承權。於是哈洛德．德雷克殺死賈斯柏，並試圖栽贓給哈瓦南達，後來江森．沛爾告訴他導師有不在場證明，他就改為陷害蔓蒂。」

「我的天啊，他真的是被逼急了。」

「完全窮途末路。當然了，他全盤否認這些罪行，但是那天他從蔓蒂的透天厝後方沿河逃跑時有留下一枚指紋，而且他兒子為了自救也已向警方倒戈。」

珍珍回望著海，想著剛才聽到的一切。「可憐的賈斯柏，我為他覺得可惜，他始終沒有成為自己理想中的人。我以為蒂夫能幫他，為他帶來一點平靜，讓他稍微看透，但也許沒有那麼簡單。事情從來沒有那麼簡單過。」她說。

在那之後他們又坐了許久，兩人都沒說話，只是看著一波波浪花如機械般精準地捲至岸邊，彷彿海浪正遵照著某種不可知的指示打著節奏。最後，馬汀起身將珍珍的行李袋提至車上，留下一些時間讓她獨自和這片出生之地好好地告別。他在停車場等她，看著她爬上斜坡朝他走來，再次為她健康結實的外表感到震撼。她看來這麼健康，唯有低垂的頭、已經悄悄爬上肩膀的駝背姿態以及緊緊纏繞的哀傷情緒，才隱約透露些許不對勁。

兩人安靜地離開，一句話都沒說，唯一的聲響是車子消音器轟隆隆的低沉噪音。來到轉往沙丘路的路口，馬汀將車停下，兩人一同看著十號電視網的車急速開往起司工廠的方向，緊追在後的除了馬汀的微笑之外，什麼都沒有。馬汀轉入瀝青路面，往銀港的方向行駛，盡可能平穩地拉高車速，試著不讓壞掉的消音器太過興奮。但他才剛加速，珍珍就伸出手輕輕按住他手臂。「靠邊停一下，馬汀。停在這裡，在那個十字架旁邊。」

馬汀將車速放緩至步行速度，導向路邊後停下。十字架就在兩人前方，而燈塔飄浮在遠處。

「來吧。」她說著，便走出車外。他跟了上去。她手裡拿著陽台上的那束花，走至十字架旁蹲下，將花放在基座上，待了好一會兒才起身。「這次就不是塑膠花了。」

「所以是妳。」馬汀說。「我還以為是弗恩。」

這時她轉頭看著他，眼眶溼潤。「我在場，馬汀，那天我也在。」

他讀著她的表情，遲遲無法理解她在說什麼，彷彿面對著一道巨大狂野的浪，大到無法潛入下方，又野到無法漂浮其上。「我不太懂。」

「那天你爸和我在蜂鳥海灘。我爸在牛棚裡擠奶，每次都是一樣時間。」

「和妳在蜂鳥海灘？」

「你媽媽進來，看到我們，沒說一句話就馬上離開。朗恩出去追她。」

「但是我爸那天在起司工廠啊。」

「不是，馬汀，他和我在一起。而且你媽非常清楚該到哪裡找人。」現在淚水滑落她的臉龐。「我很抱歉，非常、非常抱歉。」她張開雙手，彷彿是要拉過他，給他擁抱。但馬汀沒有辦法，他就是沒有辦法。相反地，他低頭看著十字架。他的妹妹們，年幼的妹妹們，困在那輛車的後座，掙扎、哭喊、溺在水中。她們做錯了什麼？

一會兒之後，她轉身走回車上，留他站在原地想著自己的母親、妹妹和破碎的家庭。他不曉得站了多久，低著頭、心碎著，因為懊悔而痛哭不已。

重新回到車上。他們一路開過阿蓋爾河、港口和鎮中心，直到將那所高中以及被甘蔗團團包圍的托兒所拋在身後，馬汀才終於打破沉默。「所以妳是因為這件事才離開嗎？因為這樣才跑去衝浪？那沒辦法衝浪之後，妳為什麼沒有回來？為什麼要到印度靈修？」他轉頭看著她，但她回答時一直看著窗外。

「我本來沒有要回來銀港，永遠都不打算回來。我離開超過二十五年了。但是我最終明白，過去永遠會在我們身邊，我們沒辦法逃離自己的過去。所以我剛剛才覺得應該要把這件事告訴你。」

馬汀沒說話。他們繼續開進甘蔗田組成的翠綠海中，通往糖廠的岔路從他們的右手邊經過。正好一星期前，馬汀在這裡停車，載了一對看起來無憂無慮的背包客。他們再也不是無慮的人了。托帕絲・索爾所，她也是另一個無法逃離過去的人。道路開始爬上斷崖，車子的檔速降低，消音器咆哮著，排氣管發生逆火。一直到他們進入閃爍著光芒的樹林裡，陽光頻頻閃動，馬汀才開口：「珍珍，他以前是怎樣的人？我說我爸，在那件事發生之前。」

老車劈啪吱嘎地在雨林之中爬升。她說了，聲音一開始聽起來不太情願，而且充滿懊悔，但很快便熟稔自己被賦予的任務，被回憶推著往前。「他是個有趣的人，非常有趣，永遠精力旺盛，充滿活力和機智」，然後說「他像個大孩子，忘記要長大」，又說「他很頑固，死性不改」。最後，也是最令馬汀印象深刻的是：「他愛你們這幾個孩子。他非常愛你，也愛希洛莉。他從沒打算離開你們，其他的一切都只是玩玩而已。我心裡很清楚。」說也奇怪，甚至可能有些難以置信，不過當那輛Corolla爬上斷崖邊緣，重新回到平地以及正常的轉速時，他們兩人正哈哈大笑起來；因為回憶而笑，因為他們對朗恩・史卡斯頓的回憶而笑。那一刻不長，只有一會，但確實存在。

抵達火車站後，雖然珍珍的身體看起來沒有任何不適——至少沒有顯露——馬汀還是幫她將其中一只行李袋提至月台。一段記憶湧上心頭。這陣子回憶總是說來就來，不過現在的他已經不再抗拒，就讓回憶湧上，不再迴避那種疼痛。他再度變回年輕時的自己，十八歲，急著離去，急著前往雪梨，急著從銀港、隆頓和自己的過去逃開。他看到弗恩給他一個擁抱、幫他提行李、把錢塞進他手裡，但他自己的雙眼正注視著未來。他草率告別，迫不及待想埋葬過去的自己，重新塑造另一個不同的馬汀・史卡斯頓。他無視舅舅眼中的情緒，頭也不回地登上火車。

接著記憶消散，他又回到珍珍旁邊。兩人一時尷尬起來。待會該怎麼道別？他們在等火車時該說什麼？

「你知道嗎？幾天前，我們第一次碰面的那個早上，看到你在沙灘上朝我走來，我有瞬間差點以為你是朗恩。你們兩人走路的樣子一模一樣。」珍珍說。

馬汀不確定該說什麼。「那件事經過三十三年了，當時的他比我現在還年輕。」

「對啊。」珍珍深情地看著他。「你們有同樣的笑容，同樣調皮的眼神，同樣一雙手。」

馬汀看著自己的手，驚訝地發現這雙屬於白領階級的手，竟然也能與父親那雙粗糙、做工的手相提並論。他仔細看著，發現這雙手完全是屬於他的，但她沒說錯：確實帶有父親那雙手的影子。

這時珍珍的表情嚴肅起來。「馬汀，我今天早上和尼克・普洛斯談過了。」

「阿什頓的事嗎？」

「不是，是關於我死了之後的事。如果我死了該怎麼做。」

「我很確定妳會康復。」

她露出心領神會的笑容。「希望是。不過我要說的是，我要把蜂鳥海灘留給你。」

「給我？為什麼？」

她聳聳肩，淚水再次盈滿眼眶。「因為已經沒有別人了。」

就是此刻，馬汀才明白自己該說什麼。「珍珍，我原諒妳。妳當時還年輕，而且單身，沒有對誰不忠的問題。妳只是在探索自己的人生而已，妳不可能知道後來會發生那種事。」

她閉上雙眼。「再說一次，拜託，一次就好。」

「我原諒妳。」

# 星期二

Tuesday

# 第三十三章

蔓蒂、馬汀以及連恩坐在露營區的碼頭上，等待弗恩開小船來接。這是個溫暖的早晨，海風徐徐。夜間大雨已經止息，陽光溫和且帶有秋天的氣息，河光反射。馬汀喜歡這樣的日子，有某種近似完美的本質。蔓蒂坐在他身邊，和兒子玩鬧著。她給了連恩一個吻，然後將他遞給馬汀。小男孩一天比一天更重了。他們三人一起坐著，沒說話，就只是享受當下，沒有非做不可的事、沒有重擔、沒有威脅。

先開口的是蔓蒂：「你把它讓給別人了，馬汀。那是你的新聞，但你卻讓給別人了。」

「沒有啊，沒給。刊在今天《晨鋒報》的頭版耶，要是這裡買得到就好了。署名欄有我的名字，我和貝瑟妮一起。」

「我知道，但本來應該都是你的。德雷克家的那兩個人，他們走投無路所做的事情、說的謊言，本來都屬於你一個人，但你卻把這些資訊給了警察，給了貝瑟妮，還給了道格·桑寇頓那個笨蛋。」

馬汀聳了聳肩，咧嘴一笑。他知道她的意思，但是現在自己能夠坐在溫暖的陽光中、坐在屬於他的家庭的溫暖之中，他一點也不後悔。*這是屬於他的家庭*。「那個笨蛋在記者會演得那麼完美，我們欠他一份人情。」

蔓蒂重新露出笑容。「真的演得滿好的。不過你懂我的意思，你本來大可以一人獨享，如果是以前的馬汀·史卡斯頓，就算赴湯蹈火也會把這麼大的獨家新聞據為己有。」

她是對的：有什麼東西不一樣了。他不再視新聞為唯一至高無上的事物，他不再是從前那個馬汀·

史卡斯頓了。也許不像當初在旱溪鎮答應她的那麼好，但正朝著對的方向前進。他現在已經知道，有些東西比報紙頭版更重要。「必須那麼做。聖克萊爾終究會把他知道的事情告訴警方，然後他們終究會把一切搞清楚，不過那樣得花上好幾個星期，到時德雷克可能早就逃跑，或者又再次殺人。照現在的做法，我們可以把事情一次結束，省得我們兩人繼續提心吊膽。」

「你是說讓我不必提心吊膽吧。」

「一樣意思呀。」

他們先是聽到聲音，馬達運轉的細微嘟嘟聲響，才看到弗恩開著船從河流上游駛來——不是那艘大型漁船，而是里凡在走私灣開的小鋁船——他將船晃進露營區碼頭，來到馬汀、蔓德蕾和連恩坐的地方。

「船耶。連恩，說『船』。」馬汀把小男孩抱在腿上，對他說道。「船。」

「川。」連恩因為驚喜和喜悅睜大雙眼。「川，川，川。」

他們大笑、拍手，蔓蒂從馬汀身上抱起男孩，對著他一陣親吻。

「川！川！川！」連恩大喊，享受著注目的焦點。

馬汀小心翼翼地將連恩抱給弗恩，等蔓蒂爬下梯子上船，自己才跟上去。弗恩堅持他們穿上救生衣；那些救生衣看起來頗有年代，但似乎從沒被用過。

他們嘟嘟嘟地繼續往阿蓋爾河下游前進，放慢引擎運轉速度，讓河水推著船，將他們推過橋下。右手邊依序經過港口、堤岸酒店和鎮中心，同時左側的河岸則逐步攀升，變得愈來愈陡峭。他們已經聽得到浪聲了，乾淨的海水氣味取代了河水沼澤般的味道。這時河流的流速似乎開始加快，左側是河岸峭壁，右側是防波堤，就像當年他們三個小男生乘著小船遇上的那樣。他們抬頭看向上方，蔓蒂試圖找出哈提根家的房屋位置，不過他們太靠近岸邊，所以只看得見茂密的樹林。馬汀把連恩放在自己腿上，緊緊抱著，然後指著各種事物，說出那些東西的名稱。現在他們能看到海水沖刷過那塊沙洲，浪因此被向上推起，但仍維持一體，並未碎成浪花。接著到了那塊裸露的岩石，仍然位於懸崖下方往海中延伸。他們猛然被推了出去，接著弗恩便打開油門；他們劃過一圈，繞進隱蔽的小海灘裡，此處的海波瀾不驚。將近三十年前的那天，這片海灣庇護了三名絕望的小男孩，對馬汀而言，這個地方似乎從那之後完全沒有變過。

後來，當蔓蒂和連恩在淺水帶潑著水玩耍時，馬汀和弗恩並肩坐在一根漂流木上，看著海面。

「弗恩，你得停止捕獵瀕臨絕種的魚，你應該知道吧？」

弗恩點頭。「嗯，我知道。可惜囉，畢竟曾是我們的家族傳統啊，讓單調的生活有點變化，觸犯一點小法律之類的。」

馬汀露出微笑。「你一定看得出來這不太合邏輯吧，一邊保護麥肯奇沼澤，同時又獵捕保育動物。」

弗恩大笑。「現在你這麼一說，對耶。」他們看著蔓蒂彎下腰抱起連恩，小心地讓自己的背挺直。小男孩正在長大，即將學會走路說話，她已經沒辦法輕易地將他隨手撈起。「她要怎麼處理起司工廠那塊地和麥肯奇公司？」弗恩問道。

「不知道，我們還沒討論。就我所知她還沒去那邊看過，我們可能這星期會找一天過去看一下。丹妮思·史貝特先喊了要買，但我覺得她會違背與銀行的約定。再說，我不覺得蔓蒂會急著想開發那塊地。」

「那你呢？你之後要做什麼？我看到你又回到今天頭版了，內頁還有跨頁報導。」

「對。他們給了我一份工作，全職的，在雪梨。」

「你怎麼回答？」

「我拒絕了。」他說話時視線正看著蔓蒂和他們的兒子。「不過他們還是很想保持合作關係，偶爾找我掛名、參加活動之類的，所以改說要付我預付金，希望我每個月給一篇專題報導，蔓蒂和我覺得也許可以試試看。再看看囉。」馬汀看著自己的手，仔細選擇著用字。「我覺得自己心理有點問題。」

「馬汀？」

「面對人的時候，我總是會設想他們最壞的那一面，即使是我應該信任的人也一樣，比方說你或者里凡、喬悉，還有蔓蒂。感覺就好像我在當特派記者時得了某種病，一直到現在都沒辦法完全治好。」

「需要時間，馬汀。過一點正常的生活，你會沒事的。」

「希望如此。」馬汀聽起來不太相信。

「你不會去設想連恩最壞的那面吧？」

馬汀大笑。「當然不會啊，怎麼可能會？」

「那就對啦，就是這樣，這就是第一步。」

馬汀輕輕笑著，的確是很好的例子。不過接著他的臉色又再次嚴肅起來。「昨天我開車載珍珍・海耶斯去隆頓車站。她去雪梨了，去雪梨的醫院。」

「應該不是什麼嚴重的問題吧？」

「可能非常嚴重，是癌症。」

「噢不，珍珍？真的嗎？」

「她說如果她死了，要把蜂鳥海灘留給我。」

弗恩轉向馬汀，正打算說話，但想想又覺得不要比較好。他別開視線，望向遠處的沙洲。

「你知道？」

弗恩近乎不可察覺地點了點頭，視線定在河與海的交會處。

「一直以來都是她，還會帶花過去。所以你早就知道了。」

「我知道。」

「為什麼沒告訴我？」

「什麼時候呢？馬汀？我應該什麼時候告訴你？在你八歲的時候嗎？還是十八歲？你十七、八歲時什麼都不想懂，甚至連去掃墓都沒辦法，也從沒去看過沙丘路的十字架，那時你只想著要趕快跳上火車去雪梨，把事情拋在腦後。有哪個時間是我能說嗎？」

遭到責備的馬汀一下子沉默了。沉默持續蔓延著，但沒什麼用；問題還是存在，他逃不掉。他想到珍珍，在旅途上走了那麼多年，試圖逃離他母親以及妹妹的死亡讓她產生的自責。他也想到托帕絲，被她妹妹的死糾纏著，連向自己的丈夫傾訴都沒辦法。然後是賈斯柏，除了透過明信片想像之外，從未旅行過。最後他想到自己，永遠的特派記者，寧可進入戰區也不願面對自己童年的記憶。

「我在隆頓的圖書館裡找到以前報上的舊聞，」他告訴弗恩。「有一張車子被拖出沼澤的照片，是你的車。我爸的車也在，他也在場。」

「他是第一個到達現場的人。」

「你車子後面有顆剎車燈被撞壞了，在右手邊。」

弗恩朝馬汀伸出一隻手，按在他的手上。「那顆燈在幾星期前就壞了。是我的車，我知道。」

馬汀搖著頭。「你知道嗎，我只是在想，原來克萊德．麥基也有辦法睜一隻眼閉一隻眼。」

弗恩虛弱地笑著，不是因為覺得有趣，而是出於同情與理解。「對這種事情沒辦法。當初有正式的死因審訊程序，必須要有。他們在事發的幾個月後舉行，驗屍官查了剎車燈以及任何可疑的東西，最後判斷為意外身亡，整件事就是偶然而已。你在舊報紙沒讀到嗎？」

「我沒查到那麼久之後的新聞。」他握住舅舅的手。「所以他真的有去救她們，只是救不了。」

舅舅眼中透露著肯定。

「就是這點把他壓垮了，對不對？不只是因為她們死了，而是因為那種死法，就在我們中樂透的同一天，在他跑去找珍珍而沒有和我們其他人一起打板球的時間裡。難怪他會酗酒，不在乎任何事，從此沒辦法再直視我的眼睛。」

弗恩沒說話，只是捏了捏馬汀的手。

「他是自殺的，對不對？」馬汀沒辦法放下；過去擄獲了他，逼他開始思考三十年前事情發生的邏輯。「當所有錢都花完，什麼東西都不剩，他把唯一剩下的東西也喝了。那瓶香檳。連冰塊都沒加，就用紙杯喝掉那瓶香檳，然後開車出門撞樹。」

「什麼香檳？」弗恩問。

「你一定記得吧？中樂透那天我們在打板球，我打了一顆六分球，然後我們就發現自己中獎了。我媽帶著妹妹去通知老爸，然後你和我出門買了炸魚薯條，你買了一瓶我們所能找到價格最貴的香檳，一瓶橘色酒標的凱歌，慶祝我們中獎，慶祝未來的生活。」

「不是這樣。」弗恩說。

馬汀轉過頭。他舅舅的眼眶溼潤。「不是嗎？」

「那瓶香檳不是要慶祝中獎，而是要慶祝她要離婚了。她開車出去就是要告訴他這件事，那筆錢能讓她獲得自由。她知道他人在哪裡，也知道他和誰在一起、在幹嘛，所以她才只帶你妹妹們，而沒有帶你。她知道你跟你爸有多親近，不想讓你看到他和珍珍在一起。那時你夠大了，她知道你能夠聽懂得她要和你爸說的話，所以不想要你看到那個場面，不希望你因此受傷。」

被血緣、過往歷史和數十年來的悲痛所牽絆著的兩個男人，握著彼此的手輕輕啜泣，茫然地凝望著大海以及沙洲上翻騰的浪，在各自的思緒中逐漸懂得彼此。他們在這裡坐了許久，大概有好幾分鐘加上半個永恆那麼長。

這場沉默的儀式被蔓蒂的聲音打破。「嘿！」她大喊著。「快來，我們找到東西了！」她在懸崖腳下，沙灘與樹林的交界。

馬汀和弗恩緩慢起身走向蔓蒂和連恩，弗恩的手勾在外甥肩上，兩人都用手抹著眼睛，重新找出日常生活的偽裝。

「看。」蔓蒂說。「你們覺得怎樣？」是刻進砂岩上的那些階梯，雖然歷經風、水以及時間的侵蝕，但仍不容錯認。「弗恩，你和露西梅可以幫我們重新整修這條路嗎？重建這些階梯，讓我們可以一路走到屋子那邊，就像以前一樣？」

弗恩露出笑容。「當然可以。」

「我們會付錢。」蔓蒂補充。「階梯還有房子。」

「當然要付啊，」弗恩說。「畢竟我剛丟了一個收入來源。」

即使如此也澆不熄蔓蒂的熱情。「這裡會變成我們的，只屬於我們的祕密海灘。」她環視沙灘，因為想像中的景象而睜大雙眼。「這片海灘有名字嗎？」

弗恩聳了聳肩。「名字很多，但都不怎麼正式就是了。」

「那我要命名為連恩海灘。」她邊說邊抱著兒子上下晃動。

「川！」連恩說。「川！」

「好啦。」蔓蒂大笑。「川川海灘！」

她洋溢著幸福，具有強大的感染力，而連恩的快樂又那麼令人不可抗拒。馬汀發現自己在傻笑，就像弗恩臉上的表情一樣。

接著馬汀聲音輕柔地對舅舅說：「如果你們要建樓梯，我可以幫忙嗎？你跟露西梅可以教我嗎？」他伸出自己的手，兩掌大開，秀了秀自己的手指。「有人說我的手跟他的很像。」

# 致謝

首先我要感謝Allen & Unwin出版社的全體成員，因為《烈火荒原》的成功要歸功他們每一個人，現在他們也為《銀港之死》付出了同樣的努力。謝謝編輯、行銷到市場銷售部的所有人。

我很幸運能與全澳洲（可能也是全世界）最棒的編輯團隊一起共事：Jane Palfreyman、Christa Munns、Ali Lavau、Kate Goldsworthy。非常感謝你們。

同時我要對Left Bank Literary經紀公司的經紀人Grace Heifetz致上萬分感謝和敬意，妳在維持絕對專業的同時還能保有頑皮的心態，是非常獨特的完美技能！

特別感謝《烈火荒原》的宣傳公關Christine Farmer，《銀港之死》也有勞妳了。

謝謝Alex Poto nik再次超越自己，將我想像中的銀港完美地呈現在地圖上。

Helen Vatsikopoulos和Juhee Ahmed，謝謝兩位對希臘和印度姓名的建議，書中如果仍有任何錯誤都是我的問題。

深深感謝紐澳兩地的所有書店，謝謝你們支持我以及所有紐澳作家的作品，我會為此永遠感謝你們。

最後，謝謝友子、卡麥隆和伊蓮娜，始終支持著我，你們是最棒的家人。

類型閱讀 046
# 銀港之死
Silver

作者　克里斯・漢默（Chris Hammer）
譯者　黃彥霖
社長　陳蕙慧
總編輯　戴偉傑
責任編輯　丁維瑀
行銷企畫　陳雅雯、汪佳穎
封面設計　兒日設計
電腦排版　宸遠彩藝

讀書共和國集團社長　郭重興
發行人兼出版總監　曾大福
出版　木馬文化事業股份有限公司
發行　遠足文化事業股份有限公司
地址　231 新北市新店區民權路 108 之 4 號 8 樓
電話　（02）2218-1417
Email　service@bookrep.com.tw
郵撥帳號　19588272 木馬文化事業股份有限公司
客服專線　0800-221-029
法律顧問　華洋國際專利商標事務所　蘇文生律師
印刷　前進彩藝有限公司

初版一刷　2022 年 11 月
定價　520 元
ISBN：978-626-314-316-6
EISBN 9786263143159 ( EPUB )、9786263143142 ( PDF )

SILVER
Copyright © 2019 by Chris Hammer
Published by arrangement with Left Bank Literary, through The Grayhawk Agency
ALL RIGHT RESERVED

有著作權・翻印必究　（缺頁或破損的書，請寄回更換）

**國家圖書館出版品預行編目**

銀港之死 / 克里斯 . 漢默 (Chris Hammer) 著 ; 黃彥霖譯 . -- 初版 . -- 新北市 : 木馬文化事業股份有限公司出版 : 遠足文化事業股份有限公司發行 , 2022.11
528 面 ; 14.8×21 公分 . -- (類型閱讀 ; 46)
譯自 : Silver
ISBN 978-626-314-316-6（平裝）

887.157　　111016884

特別聲明：有關本書中的言論內容，不代表本公司／出版集團之立場與意見，文責由作者自行承擔